AF873985

EL JUEGO DE LA MUERTE

XABIER GUTIÉRREZ

EL JUEGO DE LA MUERTE

LOS SECRETOS Y MISTERIOS DE CANFRANC

LIBROS CÚPULA

La lectura abre horizontes, iguala oportunidades y construye una sociedad mejor.
La propiedad intelectual es clave en la creación de contenidos culturales porque sostiene el ecosistema de quienes escriben y de nuestras librerías.
Al comprar este libro estarás contribuyendo a mantener dicho ecosistema vivo y en crecimiento.
En **Grupo Planeta** agradecemos que nos ayudes a apoyar así la autonomía creativa de autoras y autores para que puedan seguir desempeñando su labor.
Dirígete a CEDRO (Centro Español de Derechos Reprográficos) si necesitas fotocopiar o escanear algún fragmento de esta obra. Puedes contactar con CEDRO a través de la web www.conlicencia.com o por teléfono en el 91 702 19 70 / 93 272 04 47.
Queda expresamente prohibida la utilización o reproducción de este libro o de cualquiera de sus partes con el propósito de entrenar o alimentar sistemas o tecnologías de inteligencia artificial.

© de los textos: Xabier Gutiérrez
Diseño de cubierta: Planeta Arte & Diseño
Realización: Planeta

© Editorial Planeta, S. A., 2025
Av. Diagonal, 662-664, 08034 Barcelona (España)
Libros Cúpula es marca registrada por Editorial Planeta, S. A.
www.planetadelibros.com

Primera edición: junio de 2025
Depósito legal: B. 6.095-2025
ISBN: 978-84-480-4330-8

Impresor: Black Print
Impreso en España – *Printed in Spain*

PEFC
PEFC/14-38-00305
Certificado PEFC
Este libro procede de bosques gestionados de forma sostenible y fuentes controladas
www.pefc.es

A Alma y a Mateo, a Isa y a Jon, a Edu y a Helena

Todos los personajes son ficticios. Algunos lugares, también.

Los aromas son los marcadores del tiempo.

Todo lo que puede ocurrir sucede en universos paralelos.

Hugh Everett III, físico estadounidense

0

Estación ferroviaria de Canfranc, valle del Aragón, Huesca. Pleno invierno de 1943, diez de la noche.

Aunque necesitaba imperiosamente el aire, Amira Rosen dejó de jadear durante casi medio minuto.

Cuando por fin aspiró, lo hizo tan despacio como se lo permitió su acelerado corazón. Un hilo mudo y constante llenó sus pulmones de aire agradecido. En la bocanada percibió el aroma verde de las plantas susurrándole una sensación de libertad vigilada.

Mientras, el silencio y la oscuridad eran casi absolutas. Bajó la vista intentando que el negro fuese todo lo oscuro que requería la situación. Quiso hacerse más pequeña para caber mejor en aquel lugar imposible. Meterse aún más adentro de su pequeño cuerpo. Ser un doblez de sí misma.

La piedra —húmeda, muy fría y cubierta de algo similar al musgo— parecía no molestarle. Por ahora. Su tacto no era agradable, pero se aferró a ella, intuyendo que sus apenas veinte años dependían de aguantar la misma posición en ese estrecho lugar.

El paisaje solo se intuía. A veces se olfateaba. El escenario se veía salpicado de nieve densa, trasformada en pétreos bloques sucios de hielo temeroso.

Encontró cierta comodidad en el silencio. Aquello duró poco. Los sonidos volvieron a rebotar en estéreo entre sus oídos. La mujer abrió los ojos y sus pupilas se dilataron intentando adivinar las sombras lejanas. Sintió que estaba en un teatro y que notaba los nervios habituales de cuando se camina de manera errática entre bambalinas, intentando recordar el texto que hay que recitar. El miedo escénico era palpable en su interior.

Unas pisadas muy fuertes atronaron.

El difícil idioma, emitido a gritos, volvía a sonar ante sus tímpanos incrédulos. Confirmaba su intuición de mantenerse a buen recaudo. Imaginó que estaba en un sueño mortífero.

Todo cambió en unos instantes.

La luz que se encendió aclaró su mente. Era fuerte e iluminó la parte trasera del majestuoso edificio de la estación de ferrocarril de Canfranc. La más cercana a la entrada al túnel de Somport que conectaba con Francia, y donde Amira se encontraba en ese momento, introducida en una grieta tan pequeña, a la altura del suelo, que era casi imposible intuir que allí cupiera una persona.

Volvió a recoger aún más sus pies, calzados con unas botas negras muy ajadas que hacían del color un tono solidariamente mimético. El matorral que estaba delante de aquella grieta jugaba a su favor, aunque no sabía durante cuánto tiempo. Era delgado y apenas tenía ramas. La base acumulaba nieve sucia.

Los soldados hablaban entre ellos. No entendía qué decían, pero el tono volvía a ser rígido y elevado. Los contó en la distancia, aunque las sombras que generaban, unido a la lejanía, no hacía fácil la apreciación. El miedo se acrecentó cuando los hombres empezaron a caminar en la dirección hacia donde la mujer se encontraba.

De nuevo, las palabras ininteligibles golpearon su mente. El tono era más relajado, no obstante, solo fue una ilusión. Los haces de las tres linternas apuntaron, desde cierta distancia, a la entrada del túnel ferroviario de Somport que conectaba España con Francia. Contó las sombras de los fusiles sobre el hombro. Eran seis. Bien abrigados con zamarras largas y gruesas.

Cerró los ojos temiendo que el brillo de sus dilatadas pupilas la delatase. Se tapó la boca y la nariz con una esquina de su gabán para que el vaho de su aliento no revelara su posición. Fue el último movimiento que decidió hacer. Durante los siguientes minutos, toda la información pasaría por los sonidos. El tacto, colapsado por el frío y la humedad. El olor, ingrávido y anodino de tela rancia y esperanza. El gusto, detenido. Los párpados, sellados. Solo los oídos estaban preparados para captar la más mínima onda sonora.

Las pisadas sobre el camino de tierra se escucharon más cerca, sin embargo, un murmullo lejano y ajeno a los hombres le llamó la atención. El runrún fue creciendo lentamente, tanto que provocó que los soldados se apartasen. El sonido terminó siendo ensordecedor y fue en aumento. La claridad que percibía a través de sus párpados cerrados fue incrementándose. El amanecer parecía asomarse. El miedo atenazó de tal manera a la mujer que no tuvo más remedio que abrir un párpado para saber qué sucedía.

Una potentísima luz iluminó los cuerpos de los soldados. En sus antebrazos brillaron los colores blanco, negro y rojo de la esvástica nazi. El ruido atronador llegó precediendo al convoy. El potente foco de la máquina del tren iluminó el escenario de manera irreal. Lo hizo lentamente.

Parte del vapor inundó la salida del tren. Cuando pasó la máquina, el murmullo mezclado con el chirriar de las ruedas fue apagándose poco a poco. Los militares miraron desde el borde sin moverse, para comprobar quién venía en el convoy. El ferrocarril circuló despacio hasta detenerse por completo en una de las playas de maniobra de la estación. La bandera nazi, que ondeaba en la parte ocupada por los alemanes, permanencia lacia. El rumor se fue disipando hasta que el maquinista accionó la suelta del vapor. Una nube recorrió con nitidez el teatro de frío e incertidumbre.

Amira se percató de que la grieta la estaba escupiendo de su escondite con lentitud, pero inexorablemente. Con desesperación se agarró al musgo con las manos. Por un momento detuvo su deslizamiento. Imaginó que no podía mantener aquella situación sin moverse, y eso significaba que quedaría a merced de los soldados que seguían acercándose. Parecía que estaban haciendo una guardia rutinaria. Los vapores de sus alientos escupían nubes y palabras al mismo tiempo.

Amira comprobó que su cuerpo continuaba resbalándose de manera lenta, pero constante. La grieta se estaba cansando de ser su cómplice. Volvió a agarrarse a la piedra húmeda, al musgo, o a lo que fuera, para no moverse.

La comitiva se detuvo a escasos metros de la boca de la galería. Otearon con sus linternas. Uno de ellos habló en voz alta.

—*Gut aussehen! Nach dem Zug fliehen manchmal einige aus Frankreich.*

Haciendo caso a la persona al mando, los militares se cercioraron de que nadie viniera subido en la parte exterior del tren proveniente de Francia.

Aquellas palabras sonaron muy cerca de la mujer. Los haces de las linternas llegaron a iluminarla de refilón sin llegar a detenerse. Amira se sujetó con todas sus fuerzas a la estrechez de la grieta. Su cuerpo volvía a escurrirse.

—*Schau genau hin!* —gritó el cabecilla—. *Denken Sie daran, wir hatten eine letzte Woche.*

La grieta fue abandonando su posicionamiento solidario a la vez que la mujer se dejaba vencer por la gravedad.

La aguanieve hizo su aparición como invitada imprevista y nada deseada. El suelo brilló con las escasas luces del lugar. Todo se fue poniendo un poco más difícil para la joven. Mientras tanto, los soldados merodeaban la boca del túnel. Alguno pasó a menos de cuatro metros de su posición.

No iba a dejar que la cogieran, pensó. Si había llegado hasta allí, hasta España, no lo iba a permitir.

Decidió la huida en dirección a las casas que se intuían en uno de los lados del gran edificio. Eso si se lo permitía la suerte y aquellos hombres, que para su alivio habían comenzado a alejarse un poco.

«Y en caso de llegar hasta allí, ¿qué?», se preguntó desde su soledad.

La aguanieve comenzó a arreciar haciendo el piso resbaladizo. Amira volvió a hacer un esfuerzo en un intento de alargar su estancia en la improvisada guarida. Sintió calambres en los brazos y en las piernas. Miró con descaro cómo se había generado suficiente distancia con el último soldado del grupo, y entonces terminó cayendo con bastante más ruido del que hubiera deseado.

Justo para que el militar más rezagado del grupo volviera la vista, extrañado. La fortuna hizo que fuera uno de los que no llevaba linterna. Ese lapso le dio una raquítica ventaja.

—*Lass mir die Taschenlampe!!!* —gritó pidiéndole una linterna a sus compañeros.

Amira se levantó con rapidez. La escena pareció acelerarse. Unos débiles copos toparon con su cuerpo. Empezó una alocada huida hacia el poblado de casas que intuyó al fondo. Pero pensó que estaba demasiado lejos y que no lo conseguiría.

—*Hör sofort auf! Hör sofort auf!* —gritó uno de ellos levantando el fusil.

Pero la mujer hizo caso omiso a las órdenes de detención inmediata.

Un soldado levantó el arma y apuntó. Los matorrales acrecentaban la dificultad del disparo. Sonó uno en el aire y retumbó en forma de eco plomizo. Los seis soldados comenzaron a perseguirla.

Definitivamente, la noche estaba siendo su gran aliada. Amira no dejó de correr por la parte externa, adentrándose en cuanto podía entre la maleza del borde de la carretera. Los disparos volvieron a sonar y esta vez la mujer notó muy cerca de su cabeza el chasquido de una rama partida por una bala. No aminoró su errática huida. Se resbaló varias veces sobre el piso mojado. A pesar de ello, las zancadas eran todo lo largas que su cuerpo le permitía. Se torció un tobillo, pero ni siquiera sintió dolor. Avanzó por donde intuyó más espesura. Apartó las ramas que le arañaron la cara. Las casas del poblado de Arañones eran grandes y en alguna se veía luz parpadeante. Nadie salió a las ventanas. Los gritos de los soldados arreciaron; sin embargo, la distancia y la oscuridad le había dado distancia suficiente para llegar.

Sonó un tercer disparo, pero no oyó el impacto. Aquello le dio ánimos.

Se arrimó con desesperación a las paredes de los edificios intentando mimetizarse, obsesionada por localizar un lugar donde guarecerse. Su mirada resbalaba entre lágrimas y gotas de lluvia. El escaso calor de su cara trasformaba el aguanieve con rapidez. Tres segundos después, en un instante que nunca imaginó que llegaría, una puerta de la calle del poblado se abrió de improviso. Apenas poco más de un palmo en el preciso momento en el que pasaba delante. Casi chilla cuando una mano la agarró del antebrazo.

La acción duró un suspiro. Un acto de magia de desaparición en el momento exacto. La chistera del improvisado mago anónimo funcionó con precisión. Amira se introdujo en la casa y la puerta se cerró con la misma discreción y premura que se había abierto.

El silencio en los edificios del poblado de Arañones, al lado de la estación, fue total cuando llegaron los soldados. Paredes mudas.

Ventanas ciegas. Puertas sordas. Mientras tanto, los militares deambulaban por entre las contadas callejuelas, hablando y gritando desconcertados.

—*¡¡¡Schau in den Fluss, in den Fluss!!!*

Obedeciendo las órdenes, varios se asomaron corriendo a la orilla del río Aragón, que discurría por uno de los lados del poblado. No divisaron nada que no fuera la corriente fluyendo con fuerza y las gotas de aguanieve cayendo mansamente y dibujando sutiles ondas perfectas.

Los soldados volvieron sobre sus pasos.

1

Amira Rosen temblaba de frío en el rellano de la casa. A pesar de que la oscuridad era casi total, miró el calendario recién empezado de 1943. El sitio olía a leña y nostalgia.

Solo podía intuir la figura silueteada y grande de una persona. Después, un dedo sobre su boca y un shhh muy bajo. Lo notó áspero y curtido, de manos veteranas. Fue entonces cuando se dio cuenta de la increíble humedad que llevaba en la ropa y los zapatos, y en sus dedos arrugados por el agua. Tiritaba sin control. A Amira le cayeron algunas lágrimas por las mejillas. No emanaban tristeza, solo aturdimiento general. Se refugió en sí misma cruzando los brazos con fuerza. El sudor de su nerviosismo la sacudió haciéndole sentir aún más frío. Solo pudo articular palabras repetidas. Una súplica a la nada.

—*S'il vous plait, s'il vous plait.* Por favor, por favor —mezcló sus dos lenguas maternas de manera continuada y sin acento. Tartamudeaba de miedo.

—¡Shhh! —volvió a pedir el hombre a la joven.

De nuevo, se oyeron gritos en el exterior.

Fue automático. La mano del hombre agarró con fuerza la suya y comenzaron a subir por la escalera. La notó como un témpano. La joven no supo responder, solo pudo trepar por peldaños desiguales hacia ningún lugar en el más absoluto silencio. A veces, los escalones de piedra quedaban atrás de dos en dos gracias al brazo firme de su improvisado anfitrión. Volvieron a oírse voces ininteligibles que venían de fuera. Ambos se detuvieron en seco. Los ruidos y las órdenes se oían por varios sitios al mismo tiempo. Todo era confuso. Parecía que los soldados alemanes estaban muy cerca. Amira intentó utilizar su intuición para ubicar dónde se encontraban realmente.

A medida que los ruidos se acrecentaban por un lado, por el otro se hacían más pequeños. Tras más de dos minutos en esa posición, los murmullos se hicieron casi imperceptibles hasta desaparecer por completo.

Solo en ese momento los dos volvieron a reanudar la marcha entre los escalones. Al llegar a la habitación de la parte superior, ambos se detuvieron. El hombre abrió la pequeña puerta que daba acceso a la habitación. No chirrió, estaba perfectamente engrasada.

—Tienes una manta dentro de esa caja —señaló en la oscuridad—. Al lado, en la repisa, hay un trozo de pan —añadió con un tono de voz nervioso—. Por ahora escóndete aquí, al menos hasta que pasen —agregó, señalando un lugar oscuro en una esquina—. Y no hagas el más mínimo ruido... ¿Entiendes mi idioma?

Los ojos de la mujer se abrieron más y afirmó con la cabeza. Pareció entenderle.

El hombre movió un enorme cajón levantándolo para que no sonara. Una trampilla se abrió en la pared. El interior oscuro, de apenas dos metros, tenía forma de ataúd grande. Cabía una persona. Tal vez dos, imaginó la joven. Pero la imagen de que pudiera ser su propio sepulcro no la arredró.

Cuatro golpes seguidos interrumpieron el instante acelerándolo. Habían sonado muy cerca. Los cuatro siguientes se percibieron aún con más fuerza. Venían acompañados de un grito.

—*¡¡¡Öfnen die Tür!!!*

—Métete ahí y no te muevas —ordenó el hombre—. Rápido, rápido.

La mujer se acurrucó en el final del habitáculo. La escasa claridad se desvaneció al cerrarlo. Antes le advirtió:

—No hagas ningún ruido. Si sientes que alguien entra, tú callada y sin moverte; y si me pasa algo, esta trampilla no se queda bloqueada desde fuera. En el momento en el que se hayan marchado, empujas el cajón con fuerza y sales. —Amira abrió mucho los ojos para asentir.

—¿Entiendes lo que digo? —preguntó Emeterio.

Amira afirmó. Su carita se alteró aún más y mudó a la de una niña asustada, cuando el hombre volvió a oír la misma orden de abrir la puerta inmediatamente, en aquel difícil idioma.

Bajó los peldaños de la escalera, de dos en dos, desde el tercer y último piso donde se encontraba la buhardilla. Al llegar al rellano encendió la bombilla situada en el acceso a la casa.

—*Gute Nach* —dijo el oficial alemán al ver el rostro del dueño de la casa. Dos soldados más le acompañaban—. ¿No estaría durmiendo?

Negó con la cabeza.

—¿Ha visto pasar a una persona que venía desde la estación? —preguntó en correcto castellano, pero con fuerte acento extranjero.

—Por aquí no ha pasado nadie —replicó en voz muy baja.

—Entonces no le importará que echemos un vistazo al interior.

—Ustedes no pueden estar aquí —replicó el hombre en el mismo tono de voz. La expresión le salió tan de corrido que de nuevo imaginó que su impulsividad podría llegar a delatarlo.

El oficial sonrió con ironía. Rápidamente, el hombre añadió un matiz:

—No pueden estar, lo cual no significa que mi casa tenga secretos para las fuerzas que colaboran con nuestro Caudillo. Adelante, se lo ruego.

El alemán volvió a sonreír de manera controlada al oír el peloteo tan descarado. Por supuesto que desconfió. Mientras, el hombre abría la puerta y dejaba entrar a sus dos soldados. El alemán lo hizo en último lugar.

A mano derecha se podía observar la cocina. Todavía se notaba el calor de la leña apagada. A pesar de ello, el frío se colaba por los cristales de un pequeño ventanuco que daba al exterior.

—¿Qué hay ahí arriba? —preguntó, señalando la escalera mientras empuñaba la Luger.

—Dos habitaciones.

—¿Nada más?

Tardó una décima de segundo más de lo necesario en responder.

—También una buhardilla. Al final.

—Por lo que observo —dijo, señalando la cocina—, tiene usted harina, alguna botella de licor e incluso latas de sardinas, y esta vivienda es además muy confortable... ¿Cómo se gana la vida?

—Mantenimiento de la estación. De las agujas, distribución de vagones y esas cosas.

—Vaya, entonces le confesaré que trabajamos en el mismo sitio. Ahora sé por qué me es familiar su cara. También por qué parece que tiene tan bien surtida su despensa.

El hombre esbozó media sonrisa.

—Con su permiso voy a subir a las habitaciones —afirmó—. ¿Hay alguien más con usted?

La respuesta fue rápida.

—En una de las habitaciones está mi mujer.

—Bien.

—Se encuentra enferma. Tiene fiebre —replicó el hombre—. Estará dormida.

El oficial receló de la información mirándole fijamente. Los cuatro subieron hasta el primer rellano. Una puerta de madera tosca se abrió a la derecha. Una cama hecha y un armario eran todos sus enseres.

—Esta habitación está vacía, como puede ver. Era la de mi hijo. Murió en la guerra el año pasado. En el asedio a Leningrado. Fue voluntario de la División Azul.

El oficial le miró con una mezcla de desconfianza y fijeza.

—Vaya. Entonces era uno de los nuestros. Veo que le educó con lógica. Lo siento de veras —expresó con aparente sinceridad—. No olvide que lo hizo por una buena causa.

El hombre bajó la cabeza.

—¿Aquí está su esposa? —preguntó el oficial señalando la puerta contigua.

—Así es.

El oficial abrió la puerta sin pedir permiso. La mujer se encontraba en la cama tapada por varias mantas. Con el brazo izquierdo paró a sus dos hombres y él mismo entró en la habitación. Salió después de mirar la estancia y abrir el único armario que había en él. La mujer, desde el lecho y sin intercambiar palabras, le miró asomando los ojos entre las sábanas Solo una tímida y temerosa mirada cruzada durante unos instantes. Salió cerrando la puerta.

—Quiero pensar que ese bulto alargado que he visto bajo ese montón de mantas es su mujer. Solamente eso, ¿verdad? ¿Es muy alta? —preguntó con socarronería—. Podría haber dos personas allí. O que usted sea soltero y sea ella la persona que ando buscando.

—Es mi esposa, hace más de veinte años que estamos casados, y ella está sola, esté seguro, no escondo a nadie, se lo juro —afirmó el hombre con voz creíble.

El oficial hizo una pausa mientras observaba la incomodidad del hombre ante sus preguntas.

—Me parece que no termino de creerle —remató siguiendo un juego muy medido—. Busco a una persona joven. No vea cómo corría hace solo unos minutos. Parecía tener ruedas en vez de pies.

—Le estoy diciendo la verdad.

—De acuerdo, de acuerdo. No se preocupe. Vamos a ver la buhardilla y luego nos vamos —apuntó en tono amable.

Amira escuchaba todo desde que habían entrado. Oyó pasos de varias personas más y los notó cerca. El sonido se fue haciendo más y más fuerte. Las pisadas resonaban sordas y lentas por el edificio. La puerta se abrió. La joven se acurrucó aún más en su escondrijo. Cerró los ojos.

Primer plano sonoro en sus oídos.

—¿Qué guarda aquí? —preguntó el oficial nazi.

—Ya ve. Muebles, algo de leña por si me quedo sin ella o por si no puedo salir. También guardo algo de ropa vieja. Apenas suelo subir.

—¿Sube la leña dos pisos? ¿Le gusta la gimnasia?

—Por tener un remanente —respondió con rapidez—. El grueso lo tengo abajo y además...

El oficial rodeó el habitáculo interrumpiendo a Emeterio con un movimiento del brazo. Bajo la atenta mirada del oficial, los soldados abrieron los dos baúles. Las linternas Daimon iluminaron el interior cerciorando las palabras del hombre.

—Tal vez habría que mirar si tiene alguna trampilla en el suelo, en las paredes o en alguna esquina —dijo el oficial—. Esta disposición de casas da mucho juego para todo ello.

Amira seguía la conversación y comenzó a temblar. Se mordió el labio inferior y ocultó el rostro con una esquina de la manta. Las voces olían a agua detenida. A sufrimiento y a humedad. Se negó a imaginar que todas las peripecias, sorteadas a golpe de intuición y grandes dosis de suerte, más el largo viaje desde París, acabaran justo allí. En una ratonera de madera perdida en algún lugar olvidado del mundo.

El olor del miedo le estremeció el cuerpo. Todo cambió en el instante en el que los soldados iban a comenzar a mover bultos.

—¿Qué es eso? —preguntó el oficial, señalando el fondo de una repisa de madera.

Al acercarse, solicitó luz. Ambos soldados iluminaron la zona.

—Es solo una figura de madera —dijo en alemán uno de ellos mientras se la ofrecía a su superior.

El oficial pidió más luz cuando la agarró entre sus manos enfundadas en guantes negros. Hacía un rato que había devuelto la pistola a su cartuchera de cuero. Le pasó un pañuelo que sacó del bolsillo. Como si quisiera limpiarla con respeto.

—¿Qué es esto? Voy a empezar a pensar que la historia de su hijo en el frente ruso es cierta. ¿La hizo usted?

El hombre notó cierta distensión respondiendo con una pregunta.

—¿Le gusta?

—Está hecha con mucho detalle. Es usted un artista. El uniforme de las SS es clavado. Tiene usted habilidad con la madera —indicó Dietter, acercando su propia linterna al objeto—. Se ve la pistola y la cruz gamada del brazo resaltada. Curioso —añadió mientras miraba el objeto desde diversos ángulos. Después lo devolvió a la repisa.

—Suelo hacer estas figuras para pasar el rato. Aprovecho los troncos que guardo aquí. En invierno hay veces que no podemos ni salir de la cantidad de nieve que hay. Las hago pensando en mi hijo.

—Ahora entiendo el almacén de maderas. —El oficial ató cabos sin dejar de mirar la figura—. Nos vamos —dijo con voz autoritaria—. No le molesto más.

Hizo una señal a sus soldados y todos bajaron la escalera.

Al llegar a la puerta, y luego de alejarse unos metros, el oficial volvió sobre sus pasos e impidió con su brazo que el hombre cerrase la puerta de la calle.

—En mi país los llamamos *arschloch*, y yo no quiero que piense que soy uno de ellos. Es por dejar las cosas claras —matizó.

—¿Perdón? No le entiendo —inquirió el hombre.

—Sí, me explico, verá. No quiero que piense que soy un gilipollas. ¿Me comprende? El suelo de la buhardilla tenía manchas de humedad. Yo diría que tal vez podrían ser pisadas recientes de alguien.

—Podrían ser de ustedes mismos —contestó Emeterio con rapidez.

El oficial lo miró de reojo y cogió aire para responder, pero finalmente no lo hizo. Solo esbozó una sonrisa cínica que mantuvo durante unos instantes.

—Con las prisas no me he presentado —dijo el oficial extendiéndole la mano—. Soy Dietter Meyer. *Hauptsturmführer* de la Brigada de Cazadores de Montaña de Baviera de la Gestapo, acantonada aquí, en la estación de Canfranc.

—Emeterio —respondió el hombre estrechándosela. Notó frío el guante de cuero negro. El oficial no le soltó la mano hasta oír el apellido.

—Emeterio Gascón. Me llaman Eme.

—Supongo que solo lo harán los más cercanos. Si me permite, yo también utilizaré la abreviatura.

—Sí, claro, por supuesto, hágalo —respondió.

—Me cae usted bien. Puede que tenga razón. Le veré un día de estos por aquí, ¿verdad? Espero que su esposa se mejore —añadió el oficial alemán.

El hombre afirmó con la cabeza. Cerró la puerta y pudo respirar con profundidad. Su corazón latía a un ritmo alocado.

Se dirigió hacia la buhardilla y dejó que Amira se acostase en un jergón improvisado.

—Mañana hablaremos —dijo Eme. La joven asintió.

El hombre tardó en quedarse dormido en la habitación vacía. Sabía que en apenas un par de horas debía levantarse. Cuando salió de la casa, lo hizo en absoluto silencio. El aguanieve había parado hacía mucho rato sin dejar huella en el piso. Era la una en punto de una madrugada helada. La bruma iluminaba la estación de Canfranc con la esvástica ondeando lacia en el lado francés.

Comenzó a andar.

2

Eme comenzó a rodear la trasera del monte Tobazo. Dejó a mano izquierda el pico del águila rodeando con cautela el circo de Rioseta. La majestuosa montaña dormía en los albores de la noche. La visibilidad era buena. La luna reflejaba la luz sobre la nieve prensada tras casi dos semanas sin precipitaciones cuantiosas. Las largas noches de invierno le daban un plus importante de maniobra para llegar hasta su objetivo. La parte mala eran las condiciones del suelo, con hielo y nieve abundante por todos los senderos.

Mordisqueó un trozo muy pequeño de bacalao seco y duro que a menudo llevaba en un bolsillo. Sintió la sal y el olor cariñoso y fuerte del pez. Parecía que le daba ánimos para seguir andando.

Al llegar a uno de los pocos lugares llanos interrumpió la caminata absorbido por el paisaje. Parecía un mar de hielo detenido. En su superficie todavía se podían apreciar las marcas de esquís de algún aficionado deslizándose por la estación de Candanchú. La claridad era ambivalente. Se orientaba mejor, pero al mismo tiempo podía ser visto por las múltiples patrullas de soldados franceses y alemanes que rodeaban la frontera.

El hombre apretó la marcha por uno de los caminos oculto entre las rocas. La altitud le restaba un oxígeno muy preciado, aunque él había nacido allí y estaba acostumbrado a su escasa ración. Notó el frío en sus manos enfundadas en unos rústicos guantes de lana, bordados amorosamente por una persona muy querida. Al fondo de uno de los recodos pudo observar las cabinas de la frontera de Somport. Tras él, la impresionante y gigantesca laja caliza del pico de la zapatilla, plagada de nieve muy dura, parecía querer pisar su diminuta figura.

En unos minutos estaría pisando el territorio del país vecino. «La Francia ocupada con cariño por las tropas alemanas», ironizó Emeterio para sí mismo. La zona francesa, presidida por el Gobierno títere de Vichy, le esperaba al comienzo del valle de Aspe.

El hombre conocía bien las antiguas rutas de las calzadas romanas que trascurrían por el paso de Somport y sabía cómo esquivar las miradas indiscretas. Transitadas como ruta del Camino de Santiago, serpenteaban entre rocas pulidas por el tiempo. Podía avanzar por ellas en las peores condiciones de nula visibilidad, nieve o cualquier otra inclemencia.

Nada más pasar la frontera se mimetizó en el bosque y bajó hasta la borda. Estaba situada a menos de un kilómetro antes de llegar al lago de Peilhou. Dos vacas le miraron con indiferencia. La puerta, cerrada. Golpeó con los nudillos muy despacio. El olor fuerte, mezcla de restos de leche fermentada, queso y leche recién ordeñada, le dio la bienvenida. Olía a supervivencia.

—Cyrille.

La respuesta no se hizo esperar.

—*Oui Oui. Parler bass, bass. Entré, entré.*

En el interior, los dos hombres se dieron un abrazo. La barba blanca y su baja estatura le daban un aspecto entrañable. Sus palabras se volvieron susurros en una mezcla medida entre francés y español. Eran las dos de la madrugada.

—¿Has venido sin problemas? —preguntó Cyrille Blanchard.

—Nada, bien, está la noche muy luminosa.

—Te he guardado un trozo de queso. No te olvides de llevártelo.

—Te lo agradezco. El último que me llevé estaba increíble.

—Salió por casualidad. Lo dejé madurar más por olvido —afirmó el pastor—. Yo también aprendo. La base del queso es la cantidad de días de maduración. Si no, no deja de ser leche cuajada nutritiva, sinsorga y perecedera. El tiempo en la guerra, amigo, es un lujo. Tantas cosas lo son. Deja que termine de escurrir este —añadió.

Palpó con el dedo la temperatura de la cuajada ya hecha. Con ayuda de una gran cuchara de madera, y rompiéndola lo menos posible, la trasvasó a una tela que se encontraba sobre una lata de metal con agujeros. Bajo ella recogió el suero que drenaba. No la apretó en absoluto, pues así conservaba la cuajada perfecta, como le solía gustar llamarla. Guardaba el líquido un par de días para luego tomárselo como bebida. Si alguien le subía azúcar, se lo añadía, pero eso ahora era un bien preciado. Se secó las manos y envolvió un trozo del que ya tenía hecho en papel de periódico. El hombre lo metió directamente en el bolsillo exterior del abrigo que llevaba puesto. Dio la impresión de que el fuerte olor a queso rodeaba su persona.

—Te he traído el cuajo que me pediste —dijo Eme. Dos trozos de estómago de cordero medio secos, envueltos en papel, pasaron de manos. El pastor se los acercó a la nariz. El fuerte olor del cuajar pareció gustarle.

—Menos mal que te has acordado. Estos que tengo ya están muy deteriorados.

—Me han dicho que es del bueno. Del cordero que ha mamado un poco antes de sacrificarlo. Está un poco salado.

—Bien.

—¿Qué novedades hay?

—En tres días llegarán dos más. Lo he hablado con el enlace de Urdos y ya están allí. ¿Cómo tienes la cosa? —preguntó Cyrille y añadió—: ¿Has podido sacar a la última?

—No, todavía no. Horacio, el enlace de Jaca, no ha podido subir. Pero el problema es que desde hace unas horas no tengo a una. Ahora son dos.

—¿Dos? ¿Cómo dos? Yo no tengo nada que ver. No he enviado a nadie más que los que tenemos programados.

—Ya, ya. No es eso. Ayer entraron en mi casa las SS.

—¿Qué estás diciendo? ¿Entraron? No pueden hacer eso.

—Pues lo hicieron. Fue una noche animada —ironizó—. Ayer, casi a las diez de la noche oí disparos, y vi cómo de entre la bruma salió una cría, porque no es más que eso, una jovencita. Venía sola y corriendo despavorida. Fue increíble.

—La desesperación es mala consejera —interrumpió el pastor—. ¿Quién es? ¿Tiene relación con alguien de los nuestros?

—No he tenido ni tiempo de hablar con ella. Está todavía con el susto en el cuerpo. Creo que habla español de corrido. Salió de la nada. Tenía el terror marcado en su rostro.

El francés se mesó los pocos cabellos blancos que le quedaban en la cabeza.

—Tenía los soldados encima. Lo peor es que...

—Has puesto en peligro toda la estructura de fronteras —interrumpió Cyrille—. ¿Es casualidad o esa tía es alguien de los alemanes?

—Calla, ¡no jodas! Venía huyendo. Te lo aseguro.

—Te pareció..., o puede que te hicieran creer eso —argumentó el pastor.

—Joder, que no, que no. No podía hacer otra cosa. No quiero pensar en qué hubiera sucedido si la dejo a su suerte. Lo hice casi sin pensarlo. Si me pillan, estaré tranquilo... Habré hecho lo que debía.

—No necesitamos héroes, Emeterio. Simplemente necesitamos personas frías, muy frías, que hagan su trabajo por la libertad del mayor número de personas. Si esto salta por los aires, habrá muchos que no podrán huir de los alemanes. Gracias a tu torpeza, por una podrían caer mil.

Emeterio bajó la cabeza y prosiguió el relato.

—Registraron la casa, creo que está todo bajo control. No lo sé seguro, el oficial me hizo muchas preguntas. A la joven no la encontraron. Pero sí a la que me pasaste la otra semana. Hicimos lo que habíamos pactado. Que pasara por mi mujer y que estuviera enferma.

—Joder, no me creo que dejaras entrar a un alemán en la casa. ¿Y le vio la cara?

—Apenas. Yo creo que no. ¿Qué querías que hiciera? Entró y salió con rapidez de la habitación donde se encontraba. Era un oficial cínico y prepotente. Registró los tres pisos con una calma que me puso los pelos de punta.

—¿Era Otto?

—No, un tal Dietter. A Otto hace ya bastantes días que no le veo. Tal vez le hayan trasladado. Llevo fijándome en ese detalle, no está por ningún lado. Además, Otto es educado y amable.

—No sé quién es Dietter.

—Un tipo muy arrogante. Parece que limpia todo antes de tocar cualquiera cosa. Un maniático de su pañuelo.

—¿Podría significar algo? Otto llevaba bastante tiempo por aquí. Si lo hubiesen trasladado, alguien nos lo habría dicho.

—Ni idea. Otto, Dietter. No sé, puede que lo hayan sustituido.

Tendría que averiguarlo. Y hacerlo significa tener algo de suerte y saber estar en el lugar adecuado y en el momento preciso. Yo bastante tengo con pasar personas de un lado a otro.

El silencio enlazó con más palabras.

—¿Llegó hasta la buhardilla? —reflexionó en voz baja.

El hombre afirmó con la cabeza.

—Creo que lo tengo controlado —insistió con calma—. Horacio, el enlace de Jaca, casi seguro que se la llevará mañana —dijo Eme.

—Ya, se la tenía que haber llevado anteayer, ¿no?

—Sí, sí, joder, así quedamos, pero este hombre no ha aparecido. No sé qué está ocurriendo. No habrá podido por alguna razón. Siempre que llega me dice que no me preocupe. Que si no ha venido, es por algo sin importancia. Esto ya ha pasado un par de veces. No quiero pensar mal. Vendrá, casi seguro.

—Espero que sea así, porque como los soldados vuelvan, este tinglado se va a tomar viento —señaló Cyrille.

—¿Quiénes son las personas de pasado mañana?

—Dos mujeres. Para ser más exactos una madre con su hija pequeña —dijo el pastor.

—Hostia, ¿cómo de pequeña? Me dan pánico los recién nacidos. Pueden ponerse a llorar en el peor momento. Pasé mucho miedo la única vez que me ha sucedido. Su propia madre casi lo ahoga por intentar que dejara de llorar y que no delatara nuestra posición. Salió de chiripa, fue un verdadero milagro.

—No lo sé. Es lo único que me han dicho los de Urdos. Bien sabes que los niños son una prioridad. Los ancianos como yo tenemos que arriesgarnos para que ellos sobrevivan. A mí no me queda mucho, solo le pido a Dios que me deje contemplar un solo día del fin de la guerra —añadió con voz baja—. No te preocupes, si la niña es muy pequeña, aquí tendrá leche y se podrá llevar algo para cuando vengas a recogerla; y si lo hace con el estómago lleno, habrá menos posibilidades de que llore. Es una buena técnica. Estómago lleno, dormida y calladita.

—Si es muy pequeña, nos ralentizará la marcha. Y cuanto más tiempo estemos deambulando, más posibilidades de que nos pille una patrulla.

—Tienes razón, pero no lo puedo cambiar. Lo haremos como

podamos. Con buena intención y Dios de nuestra parte, no fallará. A mí me da fuerza poder salvar niños —dijo el anciano.

—A mí, Dios no me ayuda. Yo solo creo en la fuerza de mis dos manos —respondió Eme con acritud y continuó—: el resto te lo dejo para ti.

El silencio se hizo patente.

—Joder, ¿cuándo va a acabar esta puta pesadilla? —prosiguió.

—Pronto, seguro que pronto —añadió Cirylle mientras se frotaba las palmas.

—Tú has tenido visitas. ¿Sospechan algo?

—Las habituales, yo aquí tengo controlado el asunto —concretó el pastor—. No me muevo más que para cuidar las vacas. Alojo a quien me traiga el enlace mientras espero que vengas. El escondrijo es cómodo y muy oculto. Lo conoces, está a menos de un centenar de metros y protegido por los árboles. Se puede entrar y salir sin ser vistos. Por aquí suelen aparecer un par de veces a la semana. En ocasiones se dejan ver los propios alemanes y otras, los de aquí. Les doy algo de leche y se van tan tranquilos. Incluso cuando hago queso vienen por el requesón. Les doy algo, pongo buena cara, a veces les digo un par de palabras en alemán y punto. No alcanzo a hacer otra cosa. Nadie sospecha de un anciano que no se mete con nadie. Todos me llaman abuelo y no tengo más de setenta y cinco años —rio.

El momento de distensión duró poco.

—Supongo que no habrás venido para dar un paseo —dijo Cyrille.

El hombre rebuscó en el bolsillo interior del abrigo marrón.

—Esta es la información del tren —refirió el hombre, dándole un papel un poco arrugado.

Al desdoblarlo, lo leyó de corrido.

—Una de las personas de Jaca es gallega, los datos que aparecen son veraces. Apréndete lo que dice en el papel y luego destrúyelo. Yo tengo la cabeza tan descentrada con el asunto de la jovencita que no he seguido el protocolo de destruirlo. No me he atrevido a romperlo. Me daba miedo no acordarme de la información del mensaje. Cuando llegue el de Urdos, se lo cuentas y punto.

—La de Urdos.

—¿El enlace es una mujer?

La mirada del pastor se mantuvo fija en la información mientras asentía con la cabeza.

—Las últimas veces fue una mujer —añadió volviendo a leer el papel—. Joder, son muchas cosas.

—No son tantas.

El chasquido de una rama en el exterior interrumpió el escaso nivel sonoro del diálogo.

Cirylle hizo con el dedo la señal internacional de silencio y agudizó el oído. Se acercó a la puerta y miró por una rendija. Después abrió la puerta unos centímetros. Una vaca torció la cabeza para mirarle.

Calma nocturna. Luz de luna. Brisa fría apenas perceptible. Perfume de humedad.

Emeterio se alejó. El pastor leyó el mensaje intentando memorizarlo. Lo hizo con rapidez, imaginando que su memoria jamás le había traicionado.

> Nombre en clave Margot y Aligó. Él, zamarra larga y negra con un periódico español bajo el brazo, llevará gafas de varilla y sombrero de fieltro marrón. Ella, un gabán gris y un bolso de tela escocesa. Un pañuelo en la cabeza y un paraguas. Cuando cojan el tren en Jaca llevarán, además, dos maletas de color marrón con una cinta blanca en el asa. Salvoconducto en regla para llegar hasta Burdeos. Hablan francés sin acento. Papeles de matrimonio en regla. Enlace en la estación de Oloron en coche. De ellos depende todo. El material ya ha llegado al lugar. Día y hora de llegada a confirmar en el próximo mensaje. Exquisito cuidado.

Leyó la nota detenidamente dos veces más. Cyrille respiró hondo mientras rompía el papel en mil pedazos. Después se quedó pensativo viendo cómo ardían junto a los rescoldos de la chimenea casi apagada.

Un leve resplandor iluminó su rostro.

3

Las vías de la estación de Canfranc brillaban con el rocío de la mañana. La bandera nazi parecía más estática que esvástica, se la veía congelada. Multitud de pequeños carámbanos permanecían agarrados a un extremo a lo largo de la tejavana.

Emeterio terminó de apilar varios tablones de uno de los arreglos que estaba preparando. Sobre su hombro derecho colgaba una caja de madera repleta de herramientas, algunas de ellas de gran tamaño. La cinta que la sujetaba era la de una persiana ajada por el paso de los años. Oscura del uso, nostálgica de un tiempo lejano, cuando con autoridad decidía si el sol entraba o no en el interior de alguna casa olvidada.

Dietter se acercó al hombre por detrás y lo saludó con efusividad distante en dos idiomas. Primero, en el suyo.

—*Guten morgen.* Buenos días, Eme.

No lo cogió por sorpresa, pero sí a contraluz. El reflejo de una lata de clavos le había advertido de la proximidad de alguien.

Varias zonas de la tela del uniforme del oficial brillaban lustrosas. Su mano hizo de visera. Le respondió con media sonrisa y un escueto saludo mientras se secaba el incipiente sudor de la frente. En escasos segundos imaginó posibles respuestas a algunas de las tantas preguntas que el oficial pudiera hacer. El hombre emanaba un olor a cuero e impunidad.

—Le dije que nos encontraríamos. Tiene usted cara de no haber descansado bien.

—Me cuesta dormir. Nunca lo he hecho más de cinco horas. Incluso cuando era pequeño —reconoció Emeterio al tiempo que recogía parte de sus enseres.

—No son buenos tiempos para dormir de un tirón —respondió el oficial—. Yo permanezco alerta en todo momento, incluso en la cama, con la Luger a mano y sin el seguro, dispuesta para empezar a trabajar en cualquier momento —ironizó—. Es mejor compañía que la de muchas mujeres.

El hombre sonrió forzado. Se reubicó la caja sobre el hombro y comenzó a dirigirse hacia el hangar situado tras de sí. Solo le detuvo una pregunta, para la que ya tenía una respuesta preparada.

—¿Qué tal se encuentra su mujer? ¿Está mejor?

—Sí, sí, ya no tiene fiebre. Gracias.

—Me la tiene que presentar. El otro día apenas la vi —afirmó.

A partir de ahí comenzó a improvisar, mientras el oficial volvía a su monólogo.

—No para mucho en casa.

—El lugar de toda mujer es el hogar, junto a su marido, criando a los hijos para defender la patria —afirmó con autoridad.

—A veces sustituye a una maestra en la escuela de Jaca. Le viene bien después de lo del hijo.

—Ya.

El hombre hizo ademán de alejarse. La mirada del oficial parecía ordenar que se mantuviera allí y le diera palique en un momento de ocio. Le ofreció un cigarro al tiempo que sacaba una pitillera de metal oscuro con un exiguo detalle en el costado derecho. Apenas un punto del tamaño de un botón remataba la superficie marrón. Una cruz gamada sobre fondo rojo y rodeándola, la inscripción NSDAP, Nationalsozialistische Deutsche Arbeiterpartei.

El hombre dudó del ofrecimiento, pero no se atrevió a rechazarlo. Imaginó que caminaba sobre el hielo sin patines y no podía hacerlo más que de una manera muy concreta. Despacio.

Cuando el oficial se acercó para encenderle el cigarro, le llegó un olor a gasolina proveniente del mechero, que era un pequeño tubo de color grisáceo con una inscripción que no supo identificar. Las manos se aproximaron a su cara. Se sintió incómodo con la escasa distancia, que duró lo que tardó en tragar la primera bocanada de humo.

—¿Usted ha nacido aquí? —preguntó el oficial, sentándose encima de varios tablones cercanos. El hombre asintió después de imitar esa acción. Las dos personas se encontraban en un ángulo muerto formado por los hangares de mantenimiento y al resguardo de cualquier mirada.

—Mis abuelos y mis padres eran de San Sebastián. A los primeros no los llegué a conocer. Recuerdo palabras en vasco que mi madre se empeñaba en hacerme recordar. Varias se me quedaron en la mente. Me explicó también que mis ancestros debían de ser de Aragón, de ahí mi apellido. Yo nací en Jaca. Mis padres vinieron aquí, a Canfranc, a los pocos años de nacer yo.

—Ah, ¿y por qué vinieron?

—Trabajo. Mi padre ayudó a repoblar el entorno. Unos cuantos de los más de dos millones de árboles que ve usted por estas empinadas laderas rodeando la estación los plantó mi padre, y sus brigadas, claro —añadió sonriendo de medio lado—. Después se enamoró de este lugar y ya no volvieron ni a Jaca ni a San Sebastián. De hecho, yo nunca he estado en San Sebastián. Me pasa una cosa muy parecida a la de mis padres. Este sitio engancha, tiene un aliento que conforta. Tan protegido por las montañas. Parecen gigantes prestos a echarte una mano. Esta tierra huele bien.

—Vaya, entonces su padre ayudó a proteger la estación. Como lo hacemos nosotros ahora —reflexionó el oficial—. De ahí le vendrá la afición a la talla de madera, ¿no?

—Sí, puede ser —dijo el hombre, intentando apurar su cigarro para reanudar el trabajo. Pero el oficial no tenía la misma intención.

—¿Solo tenían el hijo que murió en el frente ruso?

Joder, pensó el hombre afirmando con la cabeza. Nada más hacerlo cambió de táctica.

—¿Y usted de dónde es? ¿Tiene familia?

El oficial, acostumbrado a preguntar, dio una calada larga antes de responder:

—Mi madre era austríaca, de Salzburgo, y mi padre de Ansbach, en Alemania. Yo nací en este último pueblo, un sitio pequeñito cerca de Núremberg. Y sí, tengo mujer y una hija pequeña a la que volveré a ver cuando esto acabe. Estoy deseándolo. Mi niña es mi mundo. Es rubita y muy cariñosa. Apenas tiene cinco años. La llevo en mi mente a todos los lugares donde voy —dijo mientras le enseñaba una pequeña foto rescatada del fondo de su cartera—. Ahora vivimos en Dresde. Ellas están esperándome allí. Es un sitio muy protegido, por lo que nada puede ocurrirles.

—Es muy guapa —afirmó Eme.

—Estoy seguro de que pronto la veré.

—Entonces no es alemán puro, como su jefe... —se atrevió a comentar Eme mientras esbozaba una sonrisa cómplice.

El oficial rio al oír el comentario poco respetuoso y se le vio cómodo en la distancia tan corta en la que estaba trascurriendo el diálogo, imaginando que él mismo la había creado.

—En efecto, más o menos como nuestro Führer. Pero tampoco es así, también Austria es nuestro hogar. A partir del Anschluss de 1938 nos pertenece —agregó el oficial con orgullo.

El momento se ralentizó más cuando por fin el hombre apagó su cigarrillo contra el suelo.

—¿Está usted a gusto trabajando aquí?

—Sí. Sobre todo estoy a gusto con la vida de aquí. Estas montañas son mi mundo, las conozco bien —afirmó Eme.

—Seguro que no está ganando mucho dinero.

Torció la cabeza al notar el tono de la pregunta. Emeterio tenía unos ojos que a veces hablaban sin decir palabra alguna.

—Ya sé que es una pregunta muy personal —insistió el oficial—, pero no creo que me equivoque. Esto —indicó girando la mano con desdén y señalando las instalaciones de la estación— no dará para mucho, ¿no?

—Lo compenso con estar aquí. En estos tiempos nos arreglamos con lo que tenemos. No paso hambre; el resto de España, sí. Vivo en la casa de mis padres. Murieron hace ya unos años. Solo por eso ya tengo suerte.

—Vamos, sincérese, creo que usted y yo estamos de acuerdo en muchas cosas, ¿no?

—Tal vez.

—Aprovechando su tal vez, le pregunto si no le gustaría tener más suministros..., aceite, vino, coñac o armañac. Estos malditos franceses hacen uno maravilloso. Incluso algo de moneda alemana. O la nueva moneda de cinco francos que han acuñado. Tiene el rostro de Pétain en una de sus caras. Dinero, en suma, para vivir más cómodo.

El hombre no respondió. Apoyó los pies en la caja de herramientas. Su corazón se aceleró levemente.

—Vamos, ¿qué me responde a eso?

—Me considero feliz con lo que tengo. No necesito más —insistió Eme.

—Yo le estoy proponiendo estar del lado de los vencedores. En muchas ocasiones, la vida se juega a un simple cara o cruz, y hacer que la moneda caiga de cara depende de cosas muy pequeñas, apenas un ligero soplo de viento. Estar en el lado de los que ganan o en el de los perdedores tiene la misma diferencia que existe entre la vida y la muerte. En su estúpida guerra, a ustedes les pasó los mismo. Un bando u otro. Con el Caudillo o con los necios de la República. Usted elige. Es tan fácil como jugar a la ruleta. Apostar al rojo o al negro: si lo hace bien, tiene por delante una vida cómoda y si no, un infierno. Le puedo asegurar que la desigualdad es considerable. La misma que hay entre un patricio y un esclavo.

El hombre no respondió. Su mirada intentaba ser evasiva, pero las palabras del oficial sonaban con autoridad.

—Le avanzo, por si tenía dudas, que la victoria será nuestra. En el resto de Europa sucederá algo muy similar a lo que pasó aquí, en España, en su particular contienda. El bando bueno puede perder batallas, mas no la guerra. Al final la balanza se termina inclinando hacia el lado correcto. En Alemania ganaremos nosotros. No tenga duda de que será así.

—No sé. ¿Y todo eso a cambio de qué? —inquirió Eme con seriedad.

—A cambio de palabras. Solo eso. No tendría gran cosa que hacer. Solo estar atento. Vigilar. Nada más. Aquí hay mucho ambiente. Gente llegando y partiendo. No sería difícil contármelo, trabajamos en el mismo terreno. Somos vecinos laborales.

El hombre se sintió acorralado y mantuvo un silencio tenso antes de levantarse y preguntar.

—¿Vigilar?

—En efecto. Con mucha discreción. Y, claro está, después informarme personalmente de lo que ve. Aquí hay mucho indeseable dispuesto a sabotear nuestras misiones. Este lugar es peregrinaje de enemigos de nuestro régimen, gentuza que no duda en boicotear cualquier intento de expandir nuestra manera de pensar. Apenas unas palabras cada dos o tres días. Mantenerme informado. No tendría que hablar con nadie más. Solo conmigo.

—Ya.

—Nadie sospecharía de usted. Los dos trabajamos en la estación. Nos arreglaríamos para que esto se hiciera de manera discreta —insistió el oficial—. Tiene la palabra de un oficial de alto rango de la Alemania nazi —añadió con pomposidad—. No le faltaría de nada, aunque por lo visto en su casa el otro día no anda mal surtido de suministros. No quiero pensar de dónde los saca. Ni se lo voy a preguntar. Cada uno busca su propia existencia. La suerte, también.

El hombre se disponía a hablar, pero el oficial le detuvo.

—No, insisto, no hace falta que me dé ninguna explicación. Tal vez le seduzca más el dinero contante y sonante. Aquí tenemos hasta francos suizos. Entiéndame, usted podría tener acceso no a fortunas, claro, pero sí a pellizcos que podrían sorprenderle por la cuantía. Los vencedores no pasan hambre. Hágame caso. Mire la falta de alimentos que sufren en su país los vencidos —gesticuló con desprecio—. La supervivencia depende de ellos.

—No sé qué responderle. El trabajo me absorbe.

—Le ruego que acepte. Soy fiel amigo de mis amigos. Se lo aseguro, aunque le confieso que entre los oficiales tengo una fama oscura. Vamos, que es mejor tenerme de amigo, pero creo que exageran bastante —añadió con una sonrisa burlona.

El hombre miró al oficial, que permanecía sentado.

—No le puedo contestar ahora. No sé si es buena idea. Necesito tiempo. Yo estoy con ustedes, eso ya lo sabe —puntualizó Eme con extrema seriedad.

—Eso da la impresión.

El silencio se mantuvo unos segundos.

—No se preocupe, se lo concedo —dijo el oficial mientras el hombre comenzaba a alejarse—. Pero no mucho —remató alzando levemente la voz—. En la guerra todo sucede muy deprisa y el tiempo es un lujo que no me puedo permitir. No se olvide de mí.

4

Varios camiones llegaron a la explanada de la playa de la estación ferroviaria de Canfranc. Un oficial nazi, acompañado de unos cuantos soldados, se acercó a comprobar el interior de estos. Dos cruces blancas sobre fondo rojo a ambos costados, acompañadas de banderas suizas en la parte delantera de los vehículos, los hacían fácilmente distinguibles. La noche estaba cerrada y llovía con fuerza. Algunos operarios empezaron a trasladar pesadas cajas de madera desde el tren procedente de Francia, que ya llevaba allí varios minutos.

A pesar de la hora, la actividad en el interior del gigantesco edificio de la aduana era intensa. Todo el entorno se mantuvo bajo una fuerte vigilancia durante la noche, mientras conductores y acompañantes se retiraban a descansar, unos a una fonda cercana y otros en la misma estación.

El agua de la fina lluvia resonaba sobre el asfalto. Apenas hacía viento. El ambiente emanaba un aroma de zozobra.

Horacio Viñuales dio tres golpecitos seguidos, y dos segundos después, un cuarto. Era el código para que el hombre abriese la puerta de su casa sabiendo quién era el que llamaba.

Emeterio y Horacio se abrazaron tras cerrar la entrada con la efusividad cercana que da la clandestinidad. Un aroma tierno.

—Creí que no llegabas. ¿Qué ha pasado? —preguntó Emeterio.

—Nada en especial. Llegar aquí desde Jaca está complicado y la camioneta no arrancaba desde ayer. He tenido que hacer un apaño con una pieza antigua. Es difícil conseguir cualquier cosa. Era un problema de bujías. Ahora ya funciona, veremos cuánto dura. Además, he preferido esperar a cuando suben los camiones suizos, porque toda la atención se la llevan ellos. Yo paso desapercibido. Se llevan cajas de chopo llenas de lingotes de oro. Rodeados de viruta de madera muy gruesa para que no se muevan. Es increíble. Lo cargan en dirección a Madrid y después a Portugal. Es posible que lo cambien por el wolframio que llega de Galicia. Lo usan para proteger la cubierta de los tanques de la Wehrmacht. Sin ello, los blindados son muy vulnerables a las bombas —argumentó Horacio.

—Lo sé, lo sé. Pero todo eso a mí no me interesa. Yo no como ni el puto tungsteno ni el oro. Aquí, el paso de personas y paliar el hambre como sea son bastante más importantes.

—¿Qué has traído? —preguntó Emeterio.

—Lo de siempre. Harina y un poco de tabaco. Hoy ha habido suerte y también he subido aceite para la fonda Cramora. Juliano lo agradece, tanto que lo llama el oro de oliva.

—¿Aceite? Joder, fenomenal.

—Es que escasea todo, pero desde hace un mes tenemos un enlace andaluz y estamos trayendo aceite de oliva desde allí. Por supuesto evitando a los estraperlistas que invaden cada rincón. Te he pillado un litro —dijo Horacio mientras se abría el gabán y sacaba una botella de vino, oscura y sin etiquetas, que contenía el líquido del color del oro.

—Qué bien. Gracias.

—No he querido ni estar en la sala de la fonda. Desde hace unos días he decidido no volver a pasar por allí. Creo que me pueden sacar más información de mí que la que yo puedo sacar de ellos escuchando a los oficiales. Es mejor hacerte invisible. Que todo el mundo sepa que solo soy la persona que trae mercaderías, cuando las hay, desde Jaca. Eso me permite estar con Juliano sin que nadie sospeche nada. Soy el que trae las existencias y juega con las cartillas de racionamiento, con los hijos de puta del estraperlo y punto. De lo que le llevo, el oro de oliva es lo que más aprecia —repitió Horacio recreándose en el nombre.

—Lo sé, lo sé —sonrió Eme.

—Y además te he agenciado dos cosas más. Un trozo de bacalao. Está como una puta piedra, ya sabes, y... los ojos del águila.

—¿En serio?

Horacio sacó de la bolsa un trozo de pescado envuelto en papel de periódico y un bulto protegido por una tela. Unos pequeños prismáticos Stella 8x25.

—Ostras. Qué bien.

—Es lo que he podido conseguir. No sé si te servirán.

—Seguro que sí. Hay veces que veo cosas en la montaña que tengo que cerciorarme de qué son en realidad para poder seguir avanzando. De cerca veo poco, pero de lejos veo con nitidez. Esto será fundamental para evitar las patrullas. Muchas gracias —dijo Eme mientras no dejaba de observar el aparato.

—¿La mujer está preparada? —inquirió Horacio.

—Sí, está muy nerviosa desde lo del registro —respondió Emeterio.

—¿Qué registro?

El hombre resopló después de que Eme detallase exhaustivamente el suceso con la joven Amira.

—¿Sabemos de verdad quién es Amira?

—No —reconoció Eme, lacónico—. Una fugitiva, creo.

Horacio se mantuvo callado un buen rato.

—Eres un puto pedazo de pan. Estás poniendo en peligro todo el tinglado que tenemos montado.

Eme bajó la cabeza.

—¿Otto hizo el registro?

—No, no. Era un oficial nuevo. Puede que al anterior le hayan sustituido. Este se llama Dietter. Es alto...

—Joder. Sí, creo que sé de quién me hablas —interrumpió Horacio—. Sí, sí, es alto, moreno y tiene ojos negros. Lleva aquí poco tiempo. Será un oficial nazi con ganas de subir aún más en el escalafón a base de exprimir a sus hombres —aventuró.

—El tiempo suficiente para conocerme. Yo no me había fijado en él —respondió Emeterio.

—Bueno, pero salvaste la situación. Se lo creyó, ¿no?

—Bufff, creo que sí. No sé. Tengo que decir que la joven se portó bien y aguantó el tipo. Está un poco más tranquila y no sale de la buhardilla. Con respecto a la que ya tenía aquí, lo pasé mal, porque ahora la cosa se ha vuelto más complicada. Si el oficial vuelve, preguntará por ella, a lo que hay que unir el peligro con el hecho de tener otra persona más. ¿Qué le voy a contar si vuelve? ¿Que es mi hermano si es un tío, o que he cambiado de mujer porque me he cansado de la anterior? Tendré que disponer de otro modo esa disculpa, no me termina de convencer. No sé si lo hemos pensado bien eso de...

—Déjalo estar si ha funcionado.

—Pero no sé con seguridad si el oficial se lo habrá tragado y no nos hará más visitas —dijo Emeterio.

—Ya, ya. Hay que pensar qué se le dice si vuelve. No va a estar siempre enferma. Aunque el estar en la cama fue una buena manera de ocultarla. —Horacio se quedó pensativo y añadió—: Hay que crear con rapidez un nuevo protocolo.

—Vas a tener que llevarte a las dos.

—Lo sé, lo sé. No hay problema. El hueco camuflado de la camioneta está preparado para dos personas. No más, pero dos entran con relativa facilidad.

—Perfecto, es una chavalita pequeña —afirmó Emeterio.

—Ahora me gustaría dormir un rato. He quedado con Juliano en la fonda, hablaremos de lo que tenemos pendiente. Además, tengo que llevarle el aceite y más cosas.

—Perfecto —respondió Emeterio, dándose la vuelta.

—Antes tengo que hablarte de algo más —dijo Horacio, extendiéndole la mano.

—¿Qué sucede?

La mirada denotaba dificultades para hacerlo. Casi tartamudea al decirlo.

—El pastor —soltó Horacio.

Emeterio se quedó con los ojos como platos.

—Puede que tengamos problemas con él —añadió el conductor.

—¿Qué hostias dices? ¿El anciano? ¿Cyrille? Estuve con él ayer mismo. Sigo manteniéndole al tanto de las noticias. Y él sigue siendo el correo con Urdos. ¿Qué sucede? —preguntó Emeterio.

—No lo sé, no lo sé, aunque todo parece indicar que tal vez no esté limpio. Es solo una hipótesis. Yo pienso que no es así, pero me han pedido que te informe de ello —afirmó Horacio.

—Joder, ¿estás bromeando? Vamos aviados. ¿Por qué pensáis eso?

—Parece que este tipo pudiera estar pasando información a los nazis de lo que estamos haciendo. Un agente doble.

—¿Tenemos pruebas?

—Lo que se dice fehacientes, ninguna. Solo sospechas —afirmó Horacio.

—Yo, por ahora, lo único que sé es que está colaborando con nosotros a sacar gente del otro lado y lleva haciéndolo ya un tiempo. Siempre está ahí cuando se le necesita. No sé... ¿Cuáles serían exactamente esas sospechas? —preguntó Emeterio.

—Habla alemán fluido —afirmó el conductor.

—¿Eso es cierto? Me parece una bobada. ¿Sabe dos frases hechas o habla de corrido? Yo también te puedo decir algo en el maldito idioma de los nazis. En todo caso, de ser cierto, puede haber una explicación razonable para ello, por ejemplo que su familia tuviera algún ascendente alemán, o qué sé yo —argumentó Eme.

—No lo sé, pensamos que pudiera estar compartiendo la información con el enemigo. No podemos fiarnos de nadie —indicó Horacio con extrema seriedad.

—¿Y de dónde has sacado eso? —preguntó Eme y continuó—: El pastor me contó que, a veces, habla con ellos y les chapurrea un par de frases en su idioma. En la última visita me comentó justamente eso. Pero hay un trecho muy largo hasta lo otro...

—Simplemente nos lo han dicho. Alguien de confianza —afirmó Horacio.

—Confianza, riesgo... Joder, qué locura. Existe un momento en que tienes que coger el peligro por las solapas y viajar con él. No te queda más remedio. Esto es un juego de ruleta rusa que podría irse al traste en segundos, pero tenemos que estar seguros de lo que estamos haciendo. ¿Quién me dice que tú no eres agente doble? —le increpó Emeterio.

—Nadie —afirmó Horacio encogiéndose de hombros.

—Ahí tienes la respuesta —dijo Eme.

—Piensa lo que quieras. Mira, recelar de todos no es mal método, nos hace ser más cautos; y si evitamos la oportunidad, evitamos el peligro —respondió Horacio.

—Entonces, ¿qué hago? —preguntó Emeterio y prosiguió—: Cyrille me ha dicho que en unos días viene una madre con su hijo pequeño.

—No lo sé. Solo son sospechas. Además, hay otra cosa. La hipótesis que estamos barajando es que delata solo lo que verdaderamente les interesa a los nazis. Lo que llamamos un topo selectivo. Es decir, solo pasa información de lo muy importante y sacrifica pequeñas cosas para mantenernos cerca. O sea, su tapadera, con la que está muy... cómodo, digamos, es que colabora con nosotros en cuestiones menores, como el paso de personas que vienen huyendo. Si son desheredados o judíos sin relevancia para ellos, lo pasa por alto, y lo sigue haciendo para mantener la corriente fluida contigo. Pero si es algo gordo, la cosa cambia. Si detecta algún sabotaje o atentado, es cuando al parecer él avisaría a un enlace que pudiera tener en el mismo Urdos o incluso más lejos. Este sistema le daría una pátina de credibilidad para con nosotros.

—Como, por ejemplo, lo que le acabo de filtrar de Margot y Aligó —interrumpió Emeterio.

El conductor levantó la mirada con aire lacónico.

—Exacto.

—Si tus sospechas son ciertas, la acabamos de fastidiar. Sabiendo esto, ¿por qué se lo hemos pasado? Lo dicho, pifia gorda...

—Todavía no lo es, si sabemos que ellos lo saben. Es muy simple. Cambiamos los planes y estos pasan a ser información errónea. Es la clave de los mensajes. Saber que el enemigo conoce nuestros movimientos te da un margen grandísimo. Nosotros llevamos el mando de actuación —razonó Horacio.

—Pero Cyrille no se mueve de su borda y sus vacas. Ese viejo no tiene más mundo que sus animales. Me parece que estáis equivocados. Yo he hablado mucho con él —afirmó Emeterio.

—Mira, probablemente será como lo estás contando —replicó Horacio y continuó—: No hay que olvidar que es una borda a la que se puede acceder con relativa facilidad. ¿Tú sabes con exactitud quién le visita allí? No, ¿verdad? De eso estoy hablando. El viejo seguro que no se mueve de allí, pero podría ser un vigilante certero para algunas cosas. Está a escasa distancia de la frontera. Es una zona estratégica. Un desfiladero que te obliga a pasar muy cerca de allí.

Eme miró el suelo y tardó en contestar.

—Conclusión, esto es una locura. Tenemos una alta probabilidad de tener un perro en la borda —dijo Emeterio tirando de su socarronería habitual.

—¿Perdón?

—Sí, joder, un pastor alemán —respondió Eme con media sonrisa.

Horacio le golpeó el hombro mientras sonreía. Conocía su sentido del humor.

—Entonces, no hay cambio de planes.

—No.

—Me ha citado para...

—Ya me lo has dicho —interrumpió Horacio—. Una madre y su hijo. Tú mantén la calma. Lo haces sin despertar movimientos extraños.

—Bueno, tranquilo, no será precisamente en el siguiente encuentro. Cuando pierdes la confianza, en alguien es un caos. Y encima en territorio francés y con los alemanes deambulando por todos los lados. No es el mejor escenario para sacar a alguien. Recelar del pastor es un detalle más para estar muy sereno —ironizó Emeterio bajando la cabeza.

El silencio reinó durante los siguientes segundos.

—¿Podríamos puentearlo? ¿Ir directo a Urdos? —preguntó Emeterio.

—No me parece buena idea. Necesitaríamos un vehículo y eso en este momento es inviable. Tendría que tocar a mucha gente para obtener uno, y hacerlo con mi furgoneta tampoco es una idea feliz. Es demasiado conocida. Sin contar que hay muchos controles por la carretera. Si el pastor está con los nazis, lo primero que hará será comunicar que algo sucede entre nosotros o que le hemos pillado. Debemos mantener los movimientos habituales para que, en caso de ser cierto, no sospeche nada —añadió Horacio.

Emeterio bajó la vista y mientras se levantaba agarró una botella de vino. Se acercó y le ofreció un trago a su contertulio. Ambos bebieron.

—Y de ser ciertas tus sospechas, el que de verdad está con el culo al aire soy yo —afirmó Eme con desaire—. Si la información que le he pasado ya está en manos de los alemanes, puede que esto sea lo último que haga. Me estarán esperando en la misma borda cuando vuelva a ir.

—No necesariamente, pero sí es verdad que tienes que dar ese paso para ver en qué posición se encuentra el pastor. No hay otra —aseguró Horacio, categórico.

—El pastor es de los nuestros, joder —murmuró Eme entre dientes—. Estoy seguro —añadió en voz tan baja que, por un momento, él mismo dudó de su afirmación—. Sin lugar a duda, en esta ocasión diría la frase manida.

—¿Cuál?

—Pondría las manos en el fuego por él.

—Ojalá tengas razón.

—Sí, las pondría —reafirmó Eme.

—Ten en cuenta que este asunto no está confirmado —continuó Horacio, dejando que el vino aclarase su gaznate—. Solo es un pálpito. Y si es cierta nuestra teoría, casi seguro que a ti no te va a delatar.

—Sí, sí, pero ya hemos sembrado la duda. Y si tu hipótesis es cierta, no será difícil confirmarla. Lo que acabo de pasarle es muy gordo. El claro ejemplo de hacerlo saltar todo por los aires —aventuró Emeterio.

—Sí, me temo que sí. Mi opinión es que por ahora no corres peligro. Solo son los preparativos. Solo sitúa a dos personas en un lugar muy exacto, que no introduciremos en territorio francés hasta no estar seguros.

—Ya... ¿Qué misión llevan Margot y Aligó? —preguntó Emeterio.

—Por ahora no te lo puedo decir. Tal vez más adelante. Es mejor así. Cuanta menos información ande por ahí, más segura será la operación.

—Pienso que necesitarán sacar bastante más información y por eso dejarán que la situación corra hasta que lleguen nuevos datos. No de la acción en sí, sino de fechas y lugares exactos. Pasado un tiempo, si tenemos novedades del pastor que confirman nuestras sospechas, cortamos con él y lo hacemos desaparecer. Un anciano que se despierta muerto en su propia cabaña no es nada del otro mundo. Ya sabes... —dijo Horacio de forma contundente.

Hubo un momento de silencio tenso. Las miradas, frías como un mármol congelado, se cruzaron.

—Yo no podría hacer eso —alegó Eme, evitando mirar a su contertulio—. Yo solo paso gente.

—Lo harás si es verdad que estás con nosotros —dijo Horacio

con solemnidad no exenta de duda—. Esto es la puta guerra, Emeterio. Mueres tú o muere el enemigo. Es tu muerte o la de ellos. Matar para sobrevivir. Es muy antiguo, tanto como la humanidad. Asesinar en estas circunstancias tiene un sabor dulce, tanto como mantener tu propio cuerpo con vida.

—Horacio, tú estás muy convencido de tus ideas —razonó Eme—. Tú crees en la política y en esas mierdas. Yo no —prosiguió—. No existe razón alguna para quitarle la vida a una persona. No te engañes. Solo hago esto porque quiero aportar mi grano de arena. Hace que me sienta bien entre tanto desatino. Me es igual el resto. Tanto la charlatanería de palabras bonitas, pero vacías, como la mierda de política. Verborrea populista para convencer a los más incautos. Nada de eso veo cuando logro pasar a una persona a través de las montañas para alejarla del espanto. Solo una a la que libro del horror. Ese día estoy feliz. Lo otro te lo dejo a ti, que estás convencido de las ideas de mierda.

Se escuchó un movimiento leve que provenía de las habitaciones de arriba. Ambos se miraron sintiendo que la otra realidad estaba justo encima y que tenía una forma humana muy concreta.

Los razonamientos se desvanecieron.

—Mañana aparcaré el camión delante de la puerta, como siempre —dijo Horacio—. A las cinco y media. La oscuridad nos protegerá.

El silencio volvió a hacerse patente.

—Este trozo de queso me lo dio el pastor la última vez que nos vimos —indicó Emeterio, señalando la mesa de la cocina—. Parece como si los franceses hubieran inventado el queso.

—Seguro que sí. Les sale cojonudo —intervino Horacio con una sonrisa que ayudó a relajar el momento.

Ambos observaron el queso con recelo. En el papel de periódico en el que estaba envuelto se podía leer un pequeño artículo escrito en alemán. La lengua germánica informaba de algo, pero ninguno de los dos era capaz de entenderlo.

—¿Alguna otra novedad? —preguntó Horacio.

El hombre tardó tanto en responder que la imagen del oficial alemán Dietter se le hizo casi corpórea en su mente. Confundió palabras con sonidos y olores hasta percatarse de la pregunta.

—No, nada, nada. ¿Te parece poco? —inquirió Emeterio.

5

El reloj despertador de la habitación de Emeterio sonó a las cinco en punto de la madrugada. A la llave permanente de la cuerda posterior del artilugio no le dio tiempo de agotarse. Lo apagó de un manotazo. Le daba la impresión de que sonaba en todo Canfranc.

Llevaba despierto un buen rato. Sentado sobre el lado de la cama volvió a darle cuerda al reloj, como cada mañana. La llave giró hasta el tope. Parecía que él mismo necesitase darse cuerda para ponerse en funcionamiento. Después restituyó la hora adelantando los dos minutos que el aparato retrasaba cada día. Al mirar por la ventana, la oscuridad era total. Solo un canalón cercano goteaba sonido, anuncio de que aquella noche no había helado.

Bajó con rapidez hasta la cocina mientras se vestía con dos gruesos jerséis de lana. El de fuera tenía el color gris oscuro de panza de burra, mimético con el cielo y la piedra.

Echó un zoquete sobre los rescoldos casi apagados de la económica. Después subió con sigilo hasta la buhardilla. Amira estaba sentada en una silla al lado del jergón donde había pasado la noche. Varias mantas estaban dobladas y recogidas en una esquina. Se frotaba las manos en silencio.

—¿Has dormido bien?

La joven sonrió afirmando con la cabeza.

—Baja a comer algo —dijo el hombre—, te vendrá bien. Toda la ropa ya está seca, y tengo guardado un abrigo que es parecido a tu talla. Te lo puedes llevar.

De nuevo, su sonrisa fue la respuesta. Emeterio dudó.

—¿Entiendes lo que digo?

—Sí, si hablas despacio.

—Vaya, hablas español fluido, te servirá —preguntó ralentizando sus palabras.

La mujer tardó en responder.

—Mi abuelo era español y se empeñó en enseñármelo —afirmó.

—Te vendrá fenomenal para entenderte en este país. Ahora baja a la cocina que Horacio suele ser muy puntual —explicó el hombre mientras hacía ademán de salir.

Amira le detuvo con la mano derecha. La joven tenía una mirada de haber vivido bastantes más años de los que reflejaban sus ojos. En cambio, su cuerpo demostraba que apenas tenía veinte años.

—Gracias por lo que estás haciendo por mí.

El hombre sonrió con amabilidad.

—Solo hago lo que cualquiera haría. No te demores. Tengo algo de pan negro y aceite. También algo de tocino con veta. El hogar ya estará soltando calorcito —agregó Eme mientras se alejaba de la habitación.

Cuando llegó abajo, Emeterio se encargó de las presentaciones. Amira pensó que la que la acompañaba bien podría ser su madre. Tenía canas salpicadas por toda la cabeza. Los tres se sentaron a la mesa más cercana a la cocina. El tronco ardía con cierta intensidad templando la estancia. El aroma de leña y nostalgia recorrió la mente de la joven. El leve resplandor del fuego era la única luz que daba claridad.

—En menos de diez minutos estará Horacio con la camioneta. Viene de dormir en la fonda. Os cuento un poco —empezó a decir Emeterio, dirigiéndose primero a la mujer mayor—: usted ya lo sabe, se lo conté nada más venir, pero a Amira, no. Vais a ir apretadas. Tranquilas, tampoco es mucha la distancia hasta Jaca. Es casi todo cuesta abajo. En dos horas estaréis allí. El vehículo tiene un falso hueco al que se accede por una trampilla desde dentro de la cabina del lado del acompañante. Caben como máximo dos personas un poco juntas. Primero entrará usted —dijo dirigiéndose a la mujer mayor—. Y cuando ella esté acomodada, entrarás tú, Amira. Luego, Horacio cerrará la trampilla. Por favor, no debéis moveros hasta llegar al destino. Nadie sale de la puerta de esta casa si yo no doy el consentimiento. Debéis hacerlo rápido y sin hacer ruido. Nada de hablar. A estas horas hay muchísimo silencio. Se oye cualquier mínimo ruido y a una distancia increíble. La camioneta estacionará justo delante de la puerta. Entraréis por el lado opuesto del conductor y justo debajo del asiento está la oquedad. Horacio os guiará por señas.

Las dos mujeres afirmaban sin mediar palabra.

—Puede que haya controles en la carretera. No os preocupéis. El cacharro es un viejo conocido y además todo el mundo sabe quién es Horacio. Cuando quiere, tiene buena mano izquierda. Vosotras, calladitas, que mi amigo sabrá salir airoso. Conservad la serenidad oigáis lo que oigáis. Aunque sean amenazas o cosas raras. Mantened la calma.

El ruido de un motor interrumpió el pequeño protocolo de huida. Apareció en la lejanía y se fue haciendo más intenso hasta llegar al portal del edificio. El hombre dio las últimas instrucciones.

—Ese sonido es el nuestro —dijo Emeterio sonriendo—. Suena a cafetera vieja, pero es fiable —añadió para intentar cortar el nerviosismo que de manera sutil emanaban las dos mujeres.

—Si pasa algo grave, tendría que ser algo muy importante, podéis golpear tres veces en la trampilla que sirve de acceso al hueco. Hacedlo fuerte si vais en marcha. El ruido del motor es intenso. Pero si no pasa nada, simplemente tenéis que respirar hondo y pensar en algo agradable, aunque sea difícil, y dejar que el tiempo pase. Vuestro cerebro será clave para evitar los pensamientos oscuros. En Jaca os sabrán tratar bien. Os he puesto en el bolsillo de los abrigos un trozo de queso envuelto en papel, por si hay cualquier imprevisto. ¿Habéis ido al baño? —preguntó Eme.

Las dos mujeres afirmaron con la cabeza. El sonido del motor se apagó. El reloj marcaba las cinco y media de la madrugada.

—Vamos. Cerraos los abrigos. Esta noche por poco no ha helado, pero eso no quiere decir que no haga mucho frío —dijo el hombre.

Bajaron al rellano de puntillas. Emeterio dio dos vueltas a la cerradura y retiró la enorme llave, que mantuvo en la mano mientras abría la puerta. Un parco haz de luz iluminó el suelo brillante. Parecía el telón de una obra de teatro presta a comenzar la función.

Horacio lo miró desde la ventanilla de la camioneta con la tranquilidad de haberlo hecho ya en varias ocasiones. Asintió dos veces con la cabeza antes de abrir la puerta contigua. Emeterio agarró a la mujer y la condujo hasta el vehículo. Durante el trayecto solo dijo una palabra en voz extremadamente baja: ¡deprisa!

Nada más entrar, las miradas entre la mujer y Horacio se mantuvieron unos instantes.

Una voz en el mismo tono se dirigió a ella con la misma palabra.

—¡Deprisa! Túmbate y métete hasta el fondo.

El corazón se le disparó cuando vio el estrecho agujero e imaginó que podría ahogarse. Durante unos segundos dudó en hacerlo.

Horacio pareció adivinar sus temores.

—Rápido, tiene rejillas de ventilación. ¡Vamos!

Se acurrucó con habilidad en la parte final del estrecho habitáculo. Sintió un fuerte tufo a gasolina y terror, pero supo mantener la calma. El conductor se cercioró de que estuviese bien acomodada bajándole parte del cuerpo.

Dio la impresión de que el aire frío pasaba de brisa suave a intensidad moderada. Como si sintiera el aliento caliente de alguien en su cogote. La sensación térmica descendió con el viento. Horacio se incorporó un poco y volvió la vista a la puerta apenas abierta por un resquicio. Los ojos de Emeterio esperaban la señal.

Miró intranquilo por el retrovisor. Después, una ligera inclinación de la cabeza dio luz verde a la segunda persona. Eme tuvo tiempo de despedirse de Amira. Ella intentó decirle unas palabras mientras negaba con la cabeza. Eme la interrumpió.

—Cuídate. Mucha suerte —le susurró imaginando que aquellas serían las últimas palabras que cruzaría con ella.

Pero se equivocó. Tuvo tiempo de agarrarla antes de que asomase por la puerta. La sujetó con tal fuerza por el hombro que pensó que le había hecho daño.

—¡¡¡Quieta, quieta!!! ¡No te muevas! —murmuró mientras la tiraba con fuerza de vuelta hacia el interior de la casa.

Todo se detuvo en esa fría calle de Canfranc.

6

Las miradas entre Emeterio y Horacio se detuvieron durante un instante en la madrugada de Canfranc.

Las sombras de tres hombres aparecieron de repente por el fondo de la calle. Los uniformes del ejército alemán se reconocían con facilidad. Se estaban acercando a paso moderado. Desde el quicio de la puerta, Emeterio giró sobre sí mismo y empujó a Amira hacia el interior de la casa. En voz muy baja la instó a que desapareciera de allí.

—¡Sube enseguida y escóndete en la buhardilla! ¡¡Deprisa y no hagas ningún ruido!! ¡¡¡Rápido rápido rápido!!!

Amira subió la escalera. Emeterio se mantuvo en el quicio de la puerta hasta oír el leve chasquido que confirmaba que la joven había alcanzado su escondite. Abrió levemente la puerta mientras observaba cómo Horacio terminaba de cerrar el acceso que había bajo el asiento del copiloto. Al incorporarse miró por el retrovisor. Después, las miradas volvieron a cruzarse. Los tres militares terminaron de acercarse.

—Los veo madrugadores —observó Dietter nada más llegar—. Creo que usted es el proveedor de la fonda, ¿me equivoco? —añadió mientras lo señalaba—. Esta misma furgoneta se encontraba hace unos días aparcada por algún lugar de la estación.

El conductor afirmó con la cabeza y media sonrisa. El alemán le extendió la mano.

—Soy Dietter. —Horacio le apretó la mano con cierto recelo disimulado.

—Sí, somos viejos amigos —intervino Emeterio mientras salía de la puerta.

—¿Y se reúnen a estas horas de la madrugada?

—Es que tenía un problema de bujías y le he ayudado a arrancar. Aquí tenía unas de repuesto.

—Vaya, qué previsor —respondió Dietter.

Emeterio intentó cambiar de tercio.

—Ustedes también van patrullando muy temprano.

—No estamos patrullando. No podemos hacerlo. No tenemos jurisdicción, por ahora —afirmó casi riéndose—. Son simplemente paseos —remarcó con cinismo—. Nos contamos historias y ellos me van poniendo al día de lo que hay. Chismes, intrigas y esas cosas. Llevo poco tiempo aquí.

Los soldados que le acompañaban se alejaron una docena de metros y en la misma esquina se detuvieron mientras encendían un par de cigarrillos. El humo se confundía con el vapor de sus alientos. Llevaban los fusiles MP 40 cruzados sobre el pecho. Los cañones asomaban con timidez por encima de los hombros formando la estilizada silueta de un hombre armado.

—Yo entiendo mucho de mecánica, déjeme echar un vistazo, abra el capó —ordenó Dietter.

—No se preocupe, ya está arreglado, arranca bien —aseguró Emeterio intentando solventar la situación lo más rápido posible.

—No es ninguna molestia. Tengo curiosidad por ver qué tipo de bujía han instalado.

Horacio bajó del vehículo tras preguntar con los ojos a Emeterio. El lateral se abrió desde uno de los costados. El conductor señaló las bujías. Estaban relucientes.

—Sí, están nuevas —confirmó, pasando el dedo por la zona cerámica—. Estas furgonetas son buenas —añadió—, pero no tanto como las alemanas. ¿De qué año es?

—Del treinta y cuatro. Pronto hará diez años. La compré de segunda mano. Barata, había tenido un accidente —respondió Horacio—. La restauré con piezas improvisadas.

—¿Y la parte trasera? Creo recordar que eso no viene así de fábrica —señaló el alemán.

—No, no, tiene usted razón —afirmó Horacio—. Yo también

le hice estas costillas de madera para sujetar la lona y poder llevar más mercancía, y sobre todo para que no se me moje —expuso mientras el oficial caminaba mirando con lentitud el lateral del vehículo.

Al llegar a la parte trasera, el motor se caló. El silencio tensionó la escena un poco más. El mutismo del motor permitió que la mujer pudiera seguir la conversación como si fuera una partícipe más de la misma. La posición fetal que adoptó hizo que se sintiera mejor. Cerró los ojos. El olor a gasolina la estaba mareando. Apuró la postura intentando hacerse más pequeña.

—¿Puedo ver el interior? —preguntó Dietter sujetando la lona.

—Sí, por supuesto. Solo hay botellas de vidrio vacías que son las que utilizo para el vino y el aceite. Las más grandes son para el vino.

—Sabia decisión —añadió el oficial con retranca.

El interior mantenía las cajas de madera oscura con botellas vacías, las cuales estaban alineadas y sujetas a los bordes del vehículo. Dietter las miró entornando la vista. Después sacó una linterna. El interior se iluminó de sombras y espacios sugerentes.

—¿Y este saco?

—Llevo bolsas de papel —respondió Horacio—. Si no están muy deterioradas, Juliano, el de la fonda, me las guarda. Son de harina. Las otras son las del pan.

El oficial las tocó con el dedo y sin abrirlas pudo confirmar que, en efecto, contenían papel. No llegó a ver el pequeño saliente del fondo en forma de escalón.

—Bueno, yo me voy —comentó Horacio—. Tengo que ir muy despacio. La carretera puede tener hielo y hay que bajar con mucho cuidado.

—Vaya tranquilo —dijo el alemán—. En Somport casi seguro que ha nevado, pero hacia donde usted va, no creo. Jaca no está a tanta altura. Porque es Jaca el lugar al que usted se dirige, ¿verdad?

Horacio afirmó con la cabeza sin añadir palabra. Por su parte, Emeterio, intentando poner fin a la situación, levantó la mano e hizo ademán de volver a su casa. Dietter despidió a Horacio, pero retuvo con palabras a Emeterio.

El ruido del motor inundó la noche. Emeterio y Horacio cruzaron la mirada sin mediar palabra. Le iba a decir que se verían la semana que viene, pero prefirió mantenerse callado. El vehículo se alejó traqueteando entre los desniveles del piso en dirección a la ciudad que era cabeza judicial de la comarca. El humo del tubo de escape se hizo visible hasta casi desaparecer en la oscuridad de la noche.

—Ahora entiendo lo bien suministrada que tiene su casa —aventuró Dietter—. Ser amigo del proveedor no es cosa nimia.

—Bueno, Horacio es del valle, nos conocemos desde que éramos críos. Crecimos juntos —respondió Emeterio.

—Claro, claro. Me voy con mis soldados —añadió, frotándose las manos envueltas en guantes de cuero negro—. Por cierto, ¿qué ha pensado de la conversación del otro día? —preguntó en voz baja.

El hombre tardó en responder.

—Necesito tiempo.

—Eso ya me lo contó en su momento. Como puede observar, aunque no mucho, ya le he dado un tiempo prudencial. Necesito una respuesta. Ya. O, como máximo, para mañana.

Emeterio se mantuvo en silencio.

—Vamos a hacer una cosa —insistió el oficial—. Esta noche, lo poco que queda de ella, lo consulta usted con la almohada, y si no me dice nada, daré por entendido que empezamos a colaborar. ¿De acuerdo? En caso contrario, quedamos tan amigos. No soy rencoroso —añadió Dietter con una sonrisa medida.

Emeterio tomó aire para responderle. La última frase del alemán alejándose le cortó.

—Doy por supuesto que sabe dónde encontrarme —se despidió el oficial.

7

Eme subió los peldaños de la escalera de dos en dos hasta llegar a la buhardilla.

—Ya puedes salir, Amira —dijo el hombre—. No enciendo la luz por seguridad. Desde fuera se ve la zona iluminada a través de ese ventanuco —añadió—. Y puede que el oficial aún esté oteando la zona.

Las maderas tardaron en moverse. Desde su escondrijo, la joven parecía estar pensando en sus palabras. El hombre insistió.

—Ya se han ido. Estate tranquila.

La mujer salió arrastrándose por el suelo con la cara desencajada y tiritando de frío, a pesar de estar seca y abrigada. Se abrazó a Emeterio y empezó a llorar. A él, el gesto le tomó por sorpresa, pero no rehuyó el abrazo. Tardó varios minutos en calmarse. El leve resplandor que entraba desde una farola cercana apenas iluminaba la estancia. Parecía que las palabras fuesen más íntimas de esa manera.

—No te preocupes. Horacio viene una o dos veces por semana. El próximo viaje será para ti. Te lo prometo —señaló el hombre intentando infundir ánimos.

—Saben que estoy aquí —afirmó—. Lo saben y están jugando con nosotros —dijo Amira entre lágrimas contenidas. Su español se escuchaba entrecortado por los sollozos.

—Estate tranquila —volvió a decir el hombre—. Nadie sabe que estás aquí. Los alemanes no son tan infalibles como cuentan.

—Sí que lo son —aseveró—. Mira dónde han llegado.

El hombre mantuvo abrazada a la joven para intentar calmarla. La oscuridad hacía que el diálogo fuese íntimo. Tras unos instantes, bajaron juntos a la cocina. Sobre un taburete, y muy cerca de las llamas contenidas de la económica, la agarró de las manos. Parecían témpanos.

—Pon las manos cerca de la chapa —la invitó Emeterio y añadió—: Enseguida entrarás en calor. ¿Quieres comer algo?

—Tengo el queso que me diste —dijo señalando el bolsillo del gabán.

—No, ese guárdatelo para imprevistos. El comodín por si las cosas se ponen feas de verdad. Nunca sabes cuándo ni dónde puedes necesitarlo.

Por primera vez sonrió. Emeterio pareció agradecerlo. Ambos se mantuvieron sentados cerca del calor que emanaba la cocina. Eme depositó un solitario trozo de pan negro de varios días en una esquina.

—Estará más comestible así —afirmó el hombre—. El pan sobre la chapa calentita mejora. Me han prometido que la semana que viene habrá pan blanco, aunque no es seguro. Suelen traer unas barras de Francia, pero no siempre —dijo mientras le ofrecía una lasca recién cortada con una pequeña navajita. La joven lo mordisqueó con ganas.

—No te alarmes, Amira. La casa está vacía y yo me voy a trabajar en un par de horas —indicó el hombre en voz baja—. Tú estate aquí, tranquila, hasta que vuelva del trabajo. No salgas para nada, no abras a nadie y sobre todo no hagas ruido. Ya ves que son órdenes sencillas. Las paredes oyen lo suficiente como para desconfiar hasta del vecino. En este momento no hay vecinos, pero es lo mismo. Y no tengo muy claro si este que tengo enfrente no puede piar algo que no debe —dijo, señalando el otro lado de la calle—. O sea que silencio —la conminó Eme.

La mujer afirmó con la cabeza.

—Veo que hablas español y quizá también lo sepas leer. Si es así, en la habitación tengo varios libros. Comienza con alguno si te apetece.

—Sí, sé leer en francés y en español —explicó Amira.

—Así las horas no se te harán tan largas.

—¿Dónde trabajas? —inquirió Amira con tono de voz bajo y más tranquilo.

La inesperada pregunta de la joven hizo que Emeterio reaccionase con cautela. Las palabras de Horacio le rebotaron absurdamente sobre su cabeza en forma de repetición: «No te fíes de nadie».

—Aquí al lado. En la estación.

—¿Y cuál es tu trabajo?

Emeterio habló de sí mismo con tranquilidad, pero con cierto recelo extraño instalado en su cerebro. Después de comentar algunas anécdotas sin importancia, preguntó él.

—Ahora quiero que me cuentes cosas de ti, Amira. ¿Qué edad tienes?

—Acabo de cumplir veinte.

—Aparentas muchos menos años —dijo el hombre con cara de sorpresa.

La joven se sujetó la media melena detrás de su oreja derecha. Tenía el pelo revuelto y sucio.

—Tienes un barreño con agua y la cocina todavía está caliente. Si quieres, puedes calentarla para asearte. Eso sí, en silencio y con las ventanas cerradas. El terrazo es muy frío, pero disfruta de una ventaja. No se oyen las pisadas si vas descalza. Si te mueves, hazlo sin calzado.

—Así lo haré —respondió bajando la mirada hacia sus botas ajadas.

—¿Cómo has llegado hasta aquí? ¿Tienes familia? ¿De dónde eres? —inquirió Emeterio.

La joven mordisqueó el pan y al sentir el calor se abrió el abrigo que todavía llevaba puesto. Los botones parecieron ser fronteras pequeñas que cayeron cuando los desabrochó. Un ligero descosido en el antebrazo del abrigo hacía pensar que allí algo se había remendado.

—Vengo huyendo —añadió lacónica mientras besaba la parte descosida—. Para poder huir tuve que quitarme la estrella de seis puntas, mi estrella —explicó—. Me imagino que como muchos.

Eme la miró con respeto.

—¿Desde dónde?

—Desde París. Nací allí, pero mis padres son judíos polacos. Yo soy judía. Jamás había salido de la ciudad.

—¿Perdona? ¿Has venido andando desde París? ¿Cuánto tiempo llevas así? —preguntó el hombre con cara de sorpresa. Amira tardó en responder.

—Salí de París a finales de julio.

—Estamos en pleno invierno —expuso Emeterio asombrado.

—He estado unos meses en una granja cerca de la ciudad de Agen.

—Eso está relativamente cerca de aquí y también muy lejos de París —interrumpió Emeterio—. ¿Cómo llegaste hasta allí? —insistió.

—En una camioneta parecida a la de tu amigo Horacio. Luego me escondí con una persona que me dio cobijo en la granja. Pero un día desapareció. Me dijo que la policía le había citado en la comisaría para aclarar el tema de unos papeles y que volvería a la tarde. Contó algo de unos documentos de impuestos. Algo sin importancia. Yo esperé varios días, pero nunca volvió. No me atreví a ir a buscarle. Imaginé que tal vez vinieran a buscar cosas a su casa, y en cuanto pude me marché de allí.

—¿Por qué saliste de París? ¿Dónde están tus padres?

—Hubo una redada muy grande y no nos pudimos librar. No sé qué ha sido de mis padres. Me escapé de un edificio enorme en el que nos encerraron. Éramos miles allí. El velódromo de invierno.

—¿Te escapaste del velódromo?

La mujer asintió.

—Estás bien informado.

El hombre respondió afirmando con la cabeza.

—Estoy en el ajo. Tengo que estarlo. Procuro no casarme con nadie. Solo intento ayudar. Si me descubren, caerá una red pequeña, pero importante, de paso de fronteras.

Lo dijo tan de corrido que nada más terminar notó que estaba abriendo demasiado la boca. Y que no debía hacerlo. Limítate a sacarla de aquí, pensó el *mugalari*. Aquella mujer emitía un halo de confianza. El momento era adecuado para pedirle más información. Le pareció que su mirada era sincera.

La joven volvió a morder el trozo de la hogaza.

—¿Lo hiciste sola? ¿Lo habías preparado? —cuéntame.

8

París dormía en un verano más de ocupación alemana.

El reloj de pared del estrecho salón marcaba las tres de la madrugada. Llegó a dar las campanadas, pero nadie las escuchó. El ruido exterior entraba de manera atronadora y no tenía rival sonoro. Retumbaban por los descansillos del portal una mezcla de voces, golpes, portazos y pisadas de botas a la carrera. El hueco de la escalera amplificaba los sonidos como un gigantesco altavoz que llamaba a la confusión y el miedo más atroz. De las voces se pasó a los gritos. Rebotaban erráticamente por los estrechos pasillos desnudos haciéndolos aún más confusos. Los golpes se confundían en la oscuridad.

La noche sin sentido se abría camino rasgando por la mitad la lógica más humana. La ciudad de la luz ardía, apagada por dentro, de verano, odio e indiferencia.

Los golpes en la puerta fueron incontables. Retumbaron los goznes, la madera y las paredes casi al unísono. Parecían detenidos en su rellano. Amira miró a su madre, aterrorizada.

—No digas nada. Solo haz lo que pidan —la previno mientras terminaba de vestirse.

—¡¡Vamos a echar la puerta abajo!! ¡¡¡Abran inmediatamente!!! —retumbaron las palabras.

Esta vez, el ruido era aún más áspero. Las culatas de los fusiles hacían las veces de brutales aldabas. Amira terminó abriendo la puerta. No había más opciones.

Tres gendarmes entraron casi de inmediato. Amira y su madre se apoyaron en la pared del fondo del pasillo. En el descansillo del edificio el caos era total. Los soldados subían y bajaban gritando y llevándose a todas las personas que encontraban a su paso. Las estrellas de seis puntas de color amarillo cosidas a las mangas de los abrigos pululaban escaleras abajo. Resaltaban sobre ropas oscuras, como un contraste llamativo en un firmamento errático en el interior de un agujero negro que todo lo absorbía.

—¿Solo están ustedes dos? —gritó por segunda vez uno de los soldados en francés fluido.

La madre de Amira afirmó con la cabeza.

—Carguen una manta por persona y un vaso. Nada más, solo eso —gritó uno de ellos.

Tras registrar la casa, los gendarmes conminaron a las dos mujeres a salir al descansillo a empujones. Ellos no respondían a ninguna pregunta: «¿Qué sucede? ¿Qué quieren? ¿Adónde nos llevan?». Y ellas se perdían en un tono de súplica mientras bajaban la escalera envueltas en una marea humana. El caos era estremecedor. Terror en estado puro.

La travesía entre peldaños volvía a tener un paisaje similar de espiral descendente de pánico. Una marea de sujetos aterrorizados, soldados y fusiles. Se oyeron dos disparos desde el interior de uno de los pisos. Se perdieron en mitad del estruendo. Amira sí los oyó. Se detuvo y observó desde el hueco de la escalera cómo un soldado salía con la pistola todavía humeante. Parecía sonreír. Fue entonces cuando ella avistó lo que le pareció un cuerpo que se arrojaba desde el balcón del cuarto piso. No logró oír el estampido entre tanto alboroto, pero su imaginación se lo recreó en privado. Nada más salir vio como alguien tapaba con una chaqueta el rostro de la persona que acababa de caer. La sangre que emanaba de la cabeza crecía con rapidez sobre el suelo de terrazo, en dirección a la entrada de una alcantarilla cercana. Como si el resultado de su terrible decisión fuera una sentencia de muerte arbitraria dirigida a las cloacas de la condición humana.

Un nuevo empujón las devolvió a la escalera de madera; su madre tiró de ella sin soltarle la mano. En la calle, la situación era muy similar. La oscuridad hacía aumentar el desconcierto reinante, pero los gendarmes aparentaban tenerlo controlado.

Varias camionetas enormes llegaron, como salidas de la nada, añadiendo nuevos sonidos. Recogieron a todos los presentes mientras seguían llegando vehículos para continuar el traslado. El ruido de plena madrugada revolvía el silencio acostumbrado a esa hora. Su madre tropezó al entrar, pero Amira la sujetó de un brazo. Un gendarme le recriminó su lentitud.

—¡Mi madre está enferma! —gritó Amira, intentando ayudarla a andar.

—La mía muerta. No te quejes —bramó uno de los soldados mientras la empujaba al interior del vehículo.

Tardaron un tiempo que no fue capaz de calcular. La oscuridad en el interior era casi absoluta. Solo se oía el lamento de sus compañeros de ruta. Algún rezo suplicaba lo que en ese instante parecía imposible.

Al llegar al velódromo lo que más le impresionó fue el tamaño del edificio. Sobrecogía por fuera. Por dentro, la impresión era aún peor. Miles de almas se amontonaban a lo largo de todo el pabellón. El ruido era infernal. El hedor acre era indescriptible, asfixiante. Tanto que se metía en el cuerpo sin pedir permiso y no había protección posible. Había heces y orina en cualquier esquina. La pista se mantenía con una larga fila de gendarmes vigilando la multitud en las gradas. En mitad de la pista, algunos niños correteaban aparentemente ajenos a la situación. En el centro del campo, varias tiendas de campaña grandes y blancas atendían a los enfermos de manera muy precaria.

A medida que trascurría el día, el calor era agobiante y resaltaba la increíble fetidez que invadía por completo el recinto.

Su madre se detuvo en un trozo de pared que encontró libre. Declinó subir la escalera que accedía a los pisos superiores. Apenas estaba iluminada y mantenía una extraña privacidad, que la convertía en un escalonado retrete. El tufo lo inundaba todo. Amira se detuvo junto a ella en una de las esquinas del propio campo y quiso creer que estaba en un sueño. Más bien en una maldita pesadilla. Entonces imaginó que todavía seguía durmiendo en la cama de su habitación. Que nadie había venido a buscarlos en mitad de la noche. Que el reloj de pared seguía marcando las horas plácidas de una noche de verano. Las palabras de su madre le hicieron volver del dulce bucle en el que se encontraba sumergida. La agarró con la mano, que la notó extremadamente fría, y le habló en un susurro.

—Debes huir, Amira, es tu única oportunidad. Tienes que salir de aquí. No puedes quedarte mucho rato. Yo sabré arreglármelas.

—No pienso dejarte aquí bajo ningún concepto —respondió Amira con seriedad.

—No seas absurda. Yo también lo intentaré, pero juntas no vamos a ser capaces. Por separado tendremos más oportunidades. Es una simple cuestión estadística. Yo ya soy mayor y sabes perfectamente que estoy muy enferma. Tú debes sobrevivir, tienes la obligación imperiosa de intentarlo —añadió mientras le apretaba la mano a su hija—. No tienes derecho a hacerme esto. No he luchado tanto para tenerte y que tú lo tires todo por la borda. Amira, un día deberás contárselo a tus hijos o a tus nietos. Esto debe saberlo el mundo entero. Si tú mueres, será una doble muerte, por la impunidad con la que se está produciendo todo esto —dijo después de volver a toser con fuerza.

—No, mamá, no, no te voy a dejar aquí —insistió la joven.

—No es una sugerencia, no quiero tu opinión. Es una orden. Amira, debes huir. En cuanto anochezca. Hoy. No puedes permanecer ni un minuto más aquí. La noche te resguardará. Tienes que tratar de hacerlo. No puedes morir sin intentar vivir. Y esto huele a muerte.

Su madre le repitió la misma letanía hasta la saciedad. Durante un rato, ambas mujeres se mantuvieron sentadas y abrazadas en el suelo, apoyadas contra una de las paredes del recinto. La peste comenzaba a mimetizarse con sus ropas, lo cual le daba un grado de indiferencia a la increíble fetidez. Los sonidos rebotaban con intensidad en el techo y hacían que la confusión reinara, ahogando lamentos y suplicas. A veces daba la impresión de que llegaban nuevas oleadas de gente, abarrotando el recinto ya saturado.

Amira le dio un abrazo pensando que tal vez fuera el último que le daría en su vida. Le agarró una mano y la mantuvo cerrada. Las toses de la madre apenas se oían debido al ruido. Parecía querer ocultarlas, como si se avergonzara de su situación. Sintió su presencia de forma muy intensa y fue consciente de que con casi total seguridad sus vidas se iban a separar. Pero eso la afianzó en un único pensamiento: huirían juntas.

A pesar de que al llegar la noche el calor se amortiguó levemente, muchos de los allí presentes seguían sintiendo el frío del miedo. El sonido, en cierto modo, también. No todas las luces del recinto estaban encendidas. Las de las tiendas blancas ofrecían un resplandor extraño. La oscuridad empezó a reinar.

Amira contempló a su madre tendida en el suelo. Parecía dormir. «Es el momento de ver por dónde podemos intentar salir», pensó la joven mientras se levantaba. Comenzó a caminar en dirección a varios de los pasillos que circundaban el edificio. Todas las salidas estaban vigiladas por soldados, a algunos de ellos se los veía sentados en bancos improvisados con cajas de madera. Amira dedujo que la oscuridad le estaba brindando un estrechísimo margen de ventaja. Tras más de veinte minutos deambulando, recorriendo los distintos pisos del velódromo y sopesando la situación, imaginó que la puerta más cercana podía ser una posibilidad. «Tal vez dentro de un par de horas», caviló mientras volvía al sitio donde había dejado a su madre. No pudo creer lo que sus ojos le trasmitieron.

El lugar donde dejó a su madre estaba vacío.

Con nerviosismo miró a su alrededor, pero era tal la aglomeración de gente tirada y medio tapada con mantas, que enseguida pensó que aquello iba a ser imposible. Entendió rápidamente que su madre había desaparecido para que ella pudiera escapar. Se maldijo mil veces entre sollozos amortiguados por los miles de almas que abarrotaban el velódromo de invierno en pleno estío. Detestó su ingenuidad por haber cometido el error de dejarla sola. Dio varias vueltas más al centro del recinto para buscarla. Levantó con descaro dos mantas que cubrían a personas sumidas en un duermevela. Algunas la miraron con extrañeza. Otras ni siquiera eso.

—*As-tu vu la personne qui etait avec moi? C'était ma mère, Savedvous où il es allé? J'était ici il y a quelques minutes* —preguntó con desesperación a varios de los que estaban alrededor del lugar vacío. Nadie supo responderle nada coherente.

Alzó la vista hacia el tercer piso y se dio cuenta de que había aún más gente de la que parecía antes. La soledad se apoderó de su escueta figura. Miró a su alrededor y nuevamente empezó a rodear el edificio atestado de cuerpos tirados en el suelo, gente rezando y gritos de niños. Calculó que llevaría casi una hora buscando a su madre. Se había volatilizado por completo.

Se sentó, cansada, en el lugar que apenas media hora antes había compartido con su madre y se convenció de que jamás la encontraría. Se secó las lágrimas y respiró todo lo hondo que pudo a través de un trozo de la propia falda. Observó a un oficial nazi que se paseaba al mando. Aquello fue un resorte. Tardó unos minutos en reaccionar.

«Tengo que salir de aquí. Se lo debo —pensó convencida—. Debo intentarlo. Tal vez muera en el intento, pero no me voy a dejar vencer con la derrota dibujada en mi cara», murmuró para sí misma.

Las salidas estaban fuertemente vigiladas. Las únicas zonas donde la custodia era mínima eran los retretes. Inundados de heces, orina y vómitos, algún guardia las vigilaba. «Lo intentaré por allí», se convenció Amira.

Avanzó despacio hacia la zona. Sorteó a un guardia joven con un pañuelo sobre su rostro. Mantenía el rifle apuntando al suelo con el dedo situado en el gatillo. Sus miradas se cruzaron. Amira también se tapó la nariz y la boca con un pañuelo.

—*Tu ferais mieux de ne pas y aller* —dijo el guardia con ironía.

Amira no le respondió. Avanzó hasta una de las zonas más profundas. Los retretes se encontraban desbordados de heces. Todos iguales. Salvo uno. Un pequeño ventanuco de ventilación asomaba entre la penumbra de uno de ellos. Un cristal era el único parapeto hacia, quién sabe, la libertad. Así lo imaginó Amira cuando se adentró en él. Esquivó como pudo heces y orina. En el momento que hizo ademán de subirse a través de la tubería del agua escuchó pasos. El guardia francés apareció sin dejar de taparse el rostro con un pañuelo. Con la otra mano encañonó con su fusil a la joven.

—¿Qué haces?

—Tú qué crees —respondió con rapidez la joven, haciendo ademán de bajarse las bragas—. Si te vas, podré hacerlo con tranquilidad —agregó con una decisión que, en realidad, estaba tan ausente de su mente como la fuerza con la que hablaba. El corazón se le aceleró de manera loca nada más terminar la frase. A pesar de ello, su rostro permaneció hierático.

Las miradas se cruzaron en silencio. El guardia bajó al mismo tiempo el fusil y su pañuelo, de modo que su juventud quedó al descubierto. Amira calculó que tendría su misma edad.

Apenas tres metros separaban a las dos personas. En medio del gentío y de un olor insoportable se estaba estableciendo una especie de complicidad extraña, rara y delicadamente solidaria. El joven guardia volvió a encañonar a la mujer. Pero solo fue un instante. Giró la cabeza con inquietud hacia la puerta de entrada. El cañón del arma miró al pavimento. Observó su falda. Por un instante, Amira imaginó que aquel individuo quería algo más, y un escalofrío le puso los pelos de punta.

Sin embargo, no fue así. Se mantuvo quieto delante de la mujer. Volvió a girar la cabeza con inquietud al interior del velódromo. Enseguida se dio cuenta de que la fetidez estaba siendo su gran aliada. El aroma del horror iba a ser su inverosímil cómplice. Allí nadie se acercaba. Amira percibió un extraño y mudo consentimiento por parte de aquel guardia, a pesar de que no dijo una palabra. Abrió el diminuto ventanuco. Era casi imposible que una persona adulta pasara por allí.

Pero ella sí pudo pasar.

Su escueto cuerpo rozó hasta lo inimaginable los límites de la madera de la diminuta ventana, tanto que algunas partes de su ropa llegaron a rasgarse. El joven gendarme miró la acción con el fusil apuntando el suelo y el pañuelo en la otra mano en la misma posición. Cuando desapareció, se tapó de nuevo la nariz y la boca. Mientras caminaba de vuelta al centro del velódromo, recordó el intenso parecido que la mujer tenía con su hermana pequeña.

Amira apresuró el paso por un pequeño patio que daba acceso al exterior. Lo recorrió con sigilo hasta llegar a una esquina sin vigilar. Notó el aire limpio y pensó que lo había conseguido.

La libertad provisional de una Francia ocupada la estaba esperando. Tenía aroma de porvenir y era fresco, pero también tenso. La imagen de su madre mientras andaba fue nítida. Varias lágrimas corretearon indecisas por una parte de su rostro. Las percibió muy frías a pesar del calor. Por primera vez desde que empezó el día sintió hambre y ganas de vivir. También sintió mucha rabia.

9

El día había trascurrido, como la gran mayoría de ellos durante el invierno, en plenos Pirineos. Con nubes jugando a ocultar el cielo, atrapadas a girones entre los árboles más altos, y mucho frío. Las horas de luz en enero eran muy escasas. Si hacía mal tiempo, a las seis de la tarde la oscuridad era casi total. Un par de horas más tarde solo quedaban dos mesas en el comedor de la fonda Cramora.

Juliano Escartín concluyó de limpiar el fondo de la cazuela. Colgó el perolo desde una de las barras, al final de las estanterías. La vasija goteó con lentitud. La pastilla de jabón, color marrón, seguía brillando escondida en una esquina del fregadero de mármol, tras un trapo de tela ajada. Juliano se secó las manos y se mesó la espesa barba poblada, que conservaba a raya de canas. Su altura y su incipiente tripa hacían de su figura una presencia que no pasaba desapercibida. El jersey que llevaba puesto era grueso y de color beis. El delantal lo ocultaba casi por completo y parecía mimetizarse con él.

Se acercó a la cocina y la avivó a través de una palada de carbón. Los trozos negros despidieron chispas con violencia, como pequeños rayos anaranjados. Apagó las chispas, que acabaron en su antebrazo de un manotazo indolente. Las brasas mantenían el entorno caliente, ligeramente superior a la temperatura del comedor.

El caldo de la marmita grande hervía con lentitud y constancia. En su interior, los huesos y recortes de carne de rebeco, junto con alguna verdura, lanzaban vapor al aire. También los aromas. El tomillo hervía de fragancias en una esquina del recipiente, rivalizando con el olor profundo de la carne. En uno de los costados de la estancia había varios racimos de la misma hierba, encerrados en un enorme tarro de cristal.

El hombre terminó de dar de cenar a tres oficiales nazis que estaban ubicados en la esquina del comedor. Al volver a la barra, varias personas se despidieron a la distancia del dueño. Juliano se quitó el delantal mientras los acompañaba hasta la puerta, que ya tenía cerrada con llave. El gozne sonó con suavidad al desbloquearse. Susurrando y ya casi en el exterior uno de los comensales le comentó:

—Dos cosas te tenía que decir. El sarrio estaba exquisito —afirmó con deje de voz etílica.

—No era sarrio, solo era una cabra —respondió Juliano—. No es lo mismo. Pero el mérito es de Angelines, cocina muy bien.

—A mí no me engañas. El sarrio es diferente. Has estado pegando tiros por ahí.

—Venga, no me líes, ¡ala, a casa! —dijo Juliano sonriendo—. Pegar tiros con estos cerca no está tan fácil —añadió susurrando mientras miraba hacia la única mesa que quedaba ocupada.

—No sé si creerte.

—Hazlo —replicó Juliano con sonrisa cínica—. De verdad te lo digo. El sarrio sabe distinto, es otra carne más...

La puerta entreabierta dejó pasar la brisa helada del exterior e hizo protestar a uno de los oficiales, interrumpiendo la conversación. No entendió sus palabras, pero sí su reclamo. Pasó a la calle para despedirlos y cerró la puerta tras de sí casi de inmediato. Luego, mientras se cruzaba de brazos, dijo:

—Venga, largaos.

—¿No quieres saber la segunda cosa que quería decirte? —preguntó el invitado—. El queso, impresionante. Está duro y cremoso a la vez. ¿De dónde lo sacas? Sabré guardar un secreto.

—No tienes pinta de guardar nada. Otro día te lo cuento.

—Eres un cabrón, Juliano, siempre me dices lo mismo.

Angelines Lacasa miraba la escena a través de los cristales de la puerta de entrada. Sintió frío. Su estampa menuda y el pelo recogido en un pequeño moño daba a su imagen un aspecto discreto. De aspirar a pasar desapercibida. De querer vivir sin ser vista. Se limpió las manos en el delantal raído de gris atemporal. Volvió al almacén y comenzó a ordenar los suministros que les acababa de traer Horacio. Varias botellas de oro de oliva esperaban su lugar en las estanterías de madera. Brillaron cuando la luz del exterior incidió sobre el carácter dorado de la grasa. A un lado, el único libro de gastronomía que había en las estanterías: *La cocina completa*, de María Mestayer de Echagüe. Una edición de 1933 que se conservaba cuidada. Lo agarró y descubrió que entre sus páginas asomaba una pequeña hoja, aparte, manuscrita. La desdobló. Estaba muy ajada. La leyó con curiosidad. «Gato en salsa», rezaba el título.

Coger dos gatos de kilo y medio cada uno, sin cola ni cabeza, y quitar bien los sebos. Colocar en una tacita seis ajos machacados con tres cucharadas de aceite, untar bien los gatos y meterlos en un lugar frío durante dos días. Trocear los gatos y pasarlos por harina. Freír hasta que estén dorados. En una cazuela, rehogar un kilo de cebolla con dos ajos y seis pimientos choriceros verdes. Todo muy picado. Añadir los trozos de gato y guisar con un par de litros de sidra seca hasta que esté tierno. Agregar una lata de guisantes y otra de alcachofas. Dejar hervir a un costado de la cocina.

Angelines bajó la vista.

En una esquina se almacenaba una pequeña caja de setas secas. Las estaba destapando cuando su marido entró.

—Juliano, ¿esta receta? —señaló, enseñándole el papel mientras dejaba el libro en el estante.

—Me la trajo Horacio hace ya unos meses —respondió su marido—. Es de un amigo suyo que es vasco, de Tolosa. El hambre agudiza la imaginación.

—Por cierto, con estas setas hay que hacer algo. Llevan ya un tiempo —indicó Angelines volviendo a taparlas con una hoja de periódico—. Podrías haberlas aprovechado y dárselas a estos —añadió con desdén.

—Ya sabes que me lo tienen prohibido. Fueron muy tajantes al respeto. Nada de setas. No sé qué se piensan..., ¿que los vamos a envenenar?

—Estas son inofensivas —insistió la mujer con hastío—. Vulgares cagarrias secas. Las metes en la salsa y después, con el pasapurés, ni se enteran. Son algo tóxicas, eso sí, pero solo si las comes crudas y frescas.

—Y cogidas por mí, que ya sabes que jamás me equivoco —afirmó Juliano—. Y no digas eso. Estas setas son muy ricas. Huelen a tierra y a hongos. También a frutos secos.

—No son nada nutritivas —rectificó Angelines con menosprecio—. Eso ahora importa bastante más que el sabor.

Juliano la miró con media sonrisa.

—Ya, pero los alemanes no lo saben y desconfían de todo y de todos —respondió Angelines.

—Aquí disimulamos. Ellos saben perfectamente que no los queremos por estos lares —dijo Juliano—. Hoy están en la frontera. Es increíble. ¡Que es territorio español, coño! Y mañana nos invaden como han hecho en otros países.

—Pues, entonces, no sé por qué vienen a comer aquí. Que se queden en el hotel de la misma estación o se vayan a otro lado —argumentó la mujer.

—Vienen aquí porque saben que se come muy bien —añadió Juliano con media sonrisa—. La buena cocina es internacional, por mucho que en su país coman otras cosas. Lo que damos aquí les gusta. Es tan simple como eso.

—¿Qué narices comen estos teutones? —preguntó Angelines con desprecio.

—No sé, se quejan a menudo del exceso de aceite. Del oro de oliva, les suelo matizar, y se ríen los muy... Creo que comen salchichas. Yo qué narices sé. Setas seguro que no —aseguró el hombre—. El otro día me lo recordó el oficial nuevo, ese delgado y estirado. A pesar de decirme que había comido muy bien. Me dijo que en Alemania comen carne de cerdo y algo de berza ácida. Esto último es una auténtica guarrería. Y claro, patatas. Sus famosas *kartoffeln*. Pero ya le he dicho que en este momento ese es un artículo de lujo que solo tenemos a veces. Depende —dijo mirando con complicidad a su mujer—. Lo que sí les gusta es el queso. Que, por cierto, solo quedan dos —explicó mientras levantaba un papel de periódico que los tapaba—. Tendré que conseguir más.

—Dietter —manifestó Angelines.

La mirada de su marido la interrogó con una sonrisa extraña.

—¿Qué?

—Nada, Dietter. Se llama Dietter y parece que es el que manda.

Puede que sea el sustituto de Otto. Lo digo porque hace ya varias semanas que Otto no aparece por aquí. Era una persona muy educada y le gustaba lo que le dábamos de comer. Este no parece tan educado. Todos le miran callados y atentos cuando habla. Es un tipo estirado. Y el uniforme que lleva brilla, especialmente su gorra. La está limpiando con un pañuelo cada cinco minutos.

—Vaya. Me sorprende que ya te hayas enterado de su nombre. No lleva mucho tiempo viniendo. ¿Cómo lo haces, querida esposa? —bromeó Juliano.

—Me acabo de enterar. Uno de ellos lo ha dicho en voz baja, pero yo lo he oído. Estoy atenta y sitúo la oreja para poder escuchar. La hago trabajar, es muy simple —respondió con flema la mujer—. Tú parece que no te enteras de nada —añadió Angelines con sequedad y acritud—. Oreja y oído deben trabajar juntos —insistió, tocándose la oreja por encima de su melena— para intentar subsistir en este momento de mierda que nos ha tocado vivir.

Juliano tardó en responder mientras el silencio solo se mantenía roto por la animada conversación de la mesa del comedor.

—Si por mi fuera, a estos cabrones les daría alguna amanita, que ya tengo controlado de dónde salen. De las de irse a la cama y no despertar —especuló el hombre con desprecio.

—Shhhh —chistó en voz muy baja la mujer—. Que te pueden oír.

Juliano miró el comedor por la rendija de la puerta del almacén para cerciorarse de que los oficiales seguían entretenidos.

—Angelines, tú siempre estás a la defensiva y con esta gente no se puede estar así —agregó en voz baja.

—Mira, Juliano, lo hemos hablado muchas veces —replicó—. Es muy simple: vivo para sobrevivir. No quiero ser una heroína y acabar mis días en un campo de esos que tienen los alemanes por toda Europa. No quiero que el trabajo me haga libre. El trabajo lo único que sabe hacer es esclavos. Quiero disfrutar de la vida sin meterme en follones. No es tan difícil de entender. No creo en patrias, banderas ni libertades. Menos aún en colectivos obreros ni revoluciones de mierda. Tampoco en políticos señoritos que mandan a la guerra a sus propios vecinos, mientras se mantienen en su sillón de casa bien calentitos. ¿Has visto a alguno de ellos en el frente o en las trincheras agarrando un fusil? No, ¿verdad? Creo en mí misma y en mis manos. Punto. Nací en Canfranc y me gusta la montaña, pero no mataría ni sufriría por la tierra. Menos aún, moriría por ella.

—Eso no es así —afirmó Juliano de forma contundente—. La vida te la debes ganar, nadie te la regala. Debes luchar por ella. Tener tu propia tierra es sinónimo de libertad. Ambas cosas son lo mismo. ¿Quién te dice a ti que mañana estos tipos no invaden España y se quedan tan tranquilos? Lo han hecho ya con más de media Europa. Han llegado a Francia, con extrema facilidad, pegando apenas un par de tiros. No sería nada extraño.

—No digas eso porque huele fatal. A héroe muerto. Yo te necesito a mi lado para llevar esto, eres mi marido. Si los nazis te detienen, me dejarás muy sola.

—Venga, si yo solo trabajo aquí, contigo —replicó el hombre.

—No, no me engañes Juliano. Manejas juguetes peligrosos que pueden estallar delante de tus narices. No sé lo que te traes entre manos con tu amigo Emeterio o con Horacio, pero tampoco quiero saberlo.

—Nada ilegal, y además eso suena egoísta —dijo el hombre.

—Realista, diría yo —añadió su mujer sin dejar de ordenar cajas del oscuro almacén—. Tu concepto de legalidad es chocante. Me lo sueles explicar a menudo.

Al mover una caja para dejarla más arrinconada, una escopeta quedó al descubierto luego de caérsele la gruesa tela marrón que la cubría. Era de doble cañón, del año 1932, y tenía la letra «a» marcada a punzón por el banco de pruebas de Eibar. La culata era de raíz de nogal.

—¿Por qué está esto aquí? ¿No tiene su sitio? —inquirió la mujer con mirada acusadora.

—Ayer la estuve limpiando y se me olvidó llevarla al armario —respondió indolente el hombre.

—¿No estará cargada? —preguntó la mujer.

—No, en eso quedamos —reconoció el hombre de forma tajante—. La munición está donde siempre, encima del armario de la sala.

—Creo recordar haberte oído decir que se te había acabado.

—Horacio me subió cartuchos la semana pasada.

—Tu amigo consigue muchas cosas y, por lo que veo, muchas son con mayúsculas —respondió Angelines.

—Tienes razón. No sé cómo lo hace —sonrió Juliano—. Para mí que si Horacio fuera confidente de estos imbéciles, haría tiempo que habrían ganado la guerra —ironizó mientras miraba la mesa de los oficiales que seguían de animada charla.

Todo cambió en décimas de segundo. La explosión sonó sorda y bastante alejada. El resplandor del fogonazo entró sin permiso a través de los cristales rectangulares que daban al exterior y rompió el silencio nocturno de Canfranc. La montaña dio el suficiente eco como para magnificar el ruido.

Los cristales de la fonda se mecieron con suavidad, pero estuvieron lejos de romperse. Por la ventana principal se vio el reflejo de las llamas provenientes de alguna parte cercana a la estación de Canfranc.

Los oficiales se levantaron al unísono mientras se ponían las gorras para salir, apresuradamente, de la estancia. En el movimiento, un vaso de vino cayó al suelo. Angelines y Juliano salieron después de ellos. Varias personas de uniforme corrían por la calle en dirección a lo que parecía un vehículo ardiendo. Se oyeron gritos entre algunos soldados.

El resplandor de las llamas iluminó la noche de Canfranc.

10

Canfranc Estación, enero de 2023.

La noche se acababa de echar. La música que comenzó a sonar desde el teléfono móvil Samsung era constante y tecnológica. Un tono de llamada melódico, pero muy insistente. En ese mismo instante, la magia creada se rompió y desapareció como quien lanza con fuerza un cubito de hielo a una hoguera.

—Paramos, paramos —dijo Silván Lanau en voz alta, quitándose el casco de realidad virtual que llevaba puesto. El sonido de su móvil cambió de melodía a una suficientemente alta como para despistar la atención de los participantes.

—Lo siento, lo siento —insistió el hombre quitándose el jersey—. Además, hace mucho calor —añadió tirándolo en el sofá.

Se escucharon protestas y gestos de fastidio. Todo muy amortiguado. Los paneles acústicos piramidales de color negro tapaban la totalidad de las paredes, creando una especie de cámara anecoica que apagaba y aislaba los sonidos, como si se tratara del estudio de grabación de una radio. Cuando hablabas, tenías la sensación de estar en uno de ellos. Casi cien metros cuadrados de un mundo construido para crear ilusiones.

—Estaba convencido de que lo había silenciado —repitió el hombre—, se me olvidó desconectarlo. *Sorry*. Volvemos en media hora. Un descanso nos vendrá bien. Está superinteresante —agregó arrastrando las palabras y con la mirada pensativa.

Al abrir la puerta se quedó detenido en el quicio escuchando a su interlocutor por teléfono.

—No sé cómo hay que repetir este asunto. Móviles a-pa-ga-dos —dijo Nadine Casbas dirigiéndose a su cuñado Silván. Este respondió alzando el brazo con desidia y esbozando media sonrisa. Se alejó por el largo pasillo de la casa a pasos muy lentos y absorto en su conversación. Ninguno de los allí presentes lo volvería a ver con vida.

El resto de las personas que estaban en la enorme habitación de la casona comenzaron a retirarse sus propios cascos. Bufaron. Todos se acercaron a la mesa auxiliar en el fondo del recinto. Las cuatro gafas HTC Vive Pro Full insertadas en los cascos especiales, adaptados a los soportes visuales, estaban calientes por el uso, y alguna tenía pequeñas gotas de sudor provenientes de la frente de sus usuarios. Las más de dos docenas de pequeños altavoces instalados en cada casco enmudecieron, dejando que la sorprendente percepción de estar en otro universo se volatilizara. Las salidas de los aromas por la parte delantera de estos todavía mantenían algún vestigio de los olores emitidos. Los depositaron con cuidado encima del mantel de la mesa.

—Ostras, hemos estado casi una hora —afirmó Sofía Casbas con cierto nerviosismo mientras se frotaba los párpados—. La explosión ha sido impresionante. El estruendo, el olor a quemado. Juro que olía a gasolina. Estoy alucinando.

Sus ojos se fueron habituando con lentitud a la tenue luz de la estancia. Sofía observó cómo su marido, Silván, salía del recinto hablando por teléfono. Se ahuecó su media melena deformada por las correas que sujetaban el casco de realidad virtual.

—Ha sido increíble —dijo Camino Ostolaza, dirigiéndose a su compañero de trabajo, Ismael Martínez, mientras se mesaba su pelo corto y salpicado de canas. Llevaba sus más de cincuenta años con altura y dignidad elegante. Se negaba a teñirse las, cada vez más frecuentes, canas. Afirmaba que le daban personalidad.

—Tienes toda la razón, ¡ha sido la leche! Pensé que estaba allí mismo —añadió Ismael, cruzando la habitación y dejándose caer en el único sofá azul que había en la sala—. El olor cuando algo explota es, yo qué sé, mezcla de plástico quemado, ceniza, carbón y gasolina. Y lo del velódromo ha sido estremecedor. ¡Vaya!, lo ha hecho ella solita

—remató con incredulidad. Camino mantuvo la mirada en Ismael con cierto descaro.

—Es que estabas allí —señaló Camino con cierto halo de suficiencia.

La hermana de Sofía, Nadine, mantenía los ojos abiertos sin dejar de mirar el entorno. Parecía querer saber dónde estaba realmente. Palpó el casco negro de realidad virtual como quien mira un objeto mágico. La varita de un hechicero todopoderoso. El talismán de un ingeniero. Un ídolo pagano con una fuerza descomunal.

El silencio se había adueñado del entorno y duró unos segundos.

—Hermanita, ¿estás bien? —preguntó Sofía al ver a Nadine con sensación de estar flotando.

Nadine afirmó con la cabeza. Sus ojos todavía se estaban acostumbrando a la realidad. Se palpó la frente para confirmar quién era de verdad.

—Abro para airear —advirtió Camino recobrándose de su ensimismamiento—, ¿os parece? —Ismael asintió con la cabeza—. Se ha acumulado mucho calor, yo estoy sudando; además, ventilaremos el espacio de los villanos rayos cósmicos —agregó la mujer sonriendo mientras se acercaba al ventanal—. Lo de los olores ha sido la hostia. En el ambiente todavía hay varios —aseguró.

La casona era grande y tenía tres alturas. Un salón con cocina abierta. Cuatro habitaciones en la parte media. La sala anecoica se encontraba en la planta superior. La presidía una terraza mediana. El cobertizo lateral hacía las veces de garaje para dos vehículos.

Camino subió la persiana y retiró el panel piramidal que la protegía. Un preámbulo de luz del atardecer se coló con la suavidad de los tonos anaranjados y rojizos. Cuando abrió la ventana de doble acristalamiento, se dio cuenta de lo aislada que había estado de la realidad. Una metáfora de lo que estaba sucediendo en el interior de su cabeza. Se filtraron el frío y el sonido casi a la vez. Una brisa helada que la hizo percatarse aún más, si cabe, de dónde se hallaba. La frondosa vegetación se mecía al ritmo del viento suave. Olía a humedad y recuerdos. El ruido era música constante, armoniosa, de agua corriendo ladera abajo. El rocío del cercano río Aragón, pasando a menos de treinta metros de la casona, reñía con el frío seco del ambiente. Camino salió a la enorme terraza dando pasos cortos y lentos al mismo tiempo que se cerraba los botones de la rebeca que llevaba puesta. Palpó de manera inconsciente el solitario pendiente que llevaba en la oreja izquierda. Las luces de la cercana estación de Canfranc, a apenas un kilómetro y medio, comenzaron a encenderse dispuestas a pasar una noche más iluminando las calles. El resplandor tenue del recién inaugurado Canfranc Estación, a Royal Hideaway Hotel sobresalía dando un tono especial al ambiente. Justo encima, el prominente pico de la Moleta todavía reflejaba los últimos rayos de sol sobre la nieve de sus riscos. La luz parecía jugar al escondite con la oscuridad de un valle muy cerrado. Se asemejaba a un gigante protector del entorno que abrazaba de manera pétrea todo el recinto de la estación. A pesar de la escasa luz, la nitidez del paisaje era abrumadora. Los picos de más de dos mil metros de altura, cubiertos por la nieve, rodeaban el pequeño edificio abandonado del antiguo carretón, diseñado para la construcción de la presa de Ip. Daban el toque humano a la cumbre.

Un árbol de laurel la trasladó a su entorno más cercano. Camino imaginó a su pareja, Telmo Beteta, trabajando como jefe de cocina en su pequeña oficina dentro de las nuevas dependencias del hotel. La imagen fue ambigua. Le imaginó enredado en su particular broma cómplice entre ellos: que los platos que creaba emanaban el fuego de San Telmo. Un meteoro ígneo con efecto de corona electroluminiscente, originada por tormentas eléctricas, provocado por la ionización del aire, en especial en ambientes marineros donde era considerado un buen augurio. En realidad, no era fuego, solo plasma, como si fuese un halo de buenaventura, le simplificó la doctora Camino a Telmo en alguna ocasión. Decía que, a veces, los platos que cocinaba generaban ese fenómeno.

Camino sonrió para sí misma. El aroma del plato que ayer le había preparado su compañero se le coló en la memoria. El buqué potente del laurel en el guiso de rape le retrotrajo a la primera vez que le conoció en su restaurante, antes de ir como máximo responsable culinario al hotel de la estación. Un olor que cada vez que lo percibía le recordaba su presencia, al principio embriagadora, pero desde hacía unos meses se estaba volviendo agrio y tal vez amargo. El dulzor del comienzo estaba disolviéndose, como tantas otras veces. Las caricias que tanto la embaucaron al principio parecía que habían desaparecido y no sabía el porqué. Aunque sí lo intuía. Los besos del cocinero parecía que olían a aquella hierba. El amor olía a laurel, pensó. A triunfo.

La mujer tardó un tiempo en situar en su cabeza el lugar donde se encontraban las imágenes que acababa de presenciar y que la habían dejado muy pensativa. Trató de digerirlas, pero no fue capaz. Respiró hondo, con los ojos cerrados, y volvió a ver a Amira huyendo despavorida de la realidad. La carne de gallina le recorrió con intensidad el cuerpo, haciendo que la sensación de frío fuera aún mayor. Cruzó los brazos y se apoyó en la barandilla.

Después se le unieron Sofía y Nadine. Sin mediar palabra, Sofía le pasó el brazo por encima del hombro. Las tres mujeres silueteaban su figura en mitad del sobrecogedor paisaje de montañas, riscos y árboles nevados.

—A veces pienso que eres una diosa capaz de hacer todo lo que quieras —le dijo Sofía a Camino mientras le aferraba el brazo. Nadine se mantuvo a cierta distancia.

La doctora Camino no respondió. Solo sonrió y besó escuetamente la mano que estaba apoyada en su hombro. Pensó que el cocinero era su hombre. Que el fuego de San Telmo, como a veces lo llamaba con cariño, era el definitivo. El cuarto estado de la materia, el plasma, relucía y le daba un toque misterioso a su relación y también a sus platos. No había más, intentó autoconvencerse.

Las luces del hotel iluminaban la noche de Canfranc.

11

Cuatro horas más tarde.

Nada más Silván Lanau llegó al aparcamiento, el paisaje le sobrecogió, a pesar de haberlo visto miles de veces. El GPS del vehículo marcaba con indiferencia el lugar. Cuando apagó el motor de su Ford Fiesta de color blanco y se apeó, notó un aire especial mezclado con el olor a tomillo de una mata cercana. Pareció que el aroma le hubiese informado de la dimensión exacta del escenario. Se recreó en él como quien entra en la basílica de San Pedro. Con la mirada absorta, imaginó que lo que iba a hacer era como pedir algo a un dios en una iglesia. Probablemente, un imposible.

El viento despeinaba de nieve fina y seca los casi dos mil novecientos metros de altitud del pico de la Collarada. El manto blanco temprano del otoño había tapado por completo bastante más que la suerte de farallón que componía la cima. El sonido de suave ventisca era constante. La luz del sol se ocultaba ayudada por abundantes nubes densas. Muy pronto anocheció por completo.

La gruta de las Güixas se encontraba justo en la base del macizo montañoso. A su lado, casi tocándolas, las luces tenues de la población oscense de Villanúa se mantenían encendidas. El valle del Aragón se cerraba en dirección a Canfranc a partir de ella.

Silván anduvo no más de trescientos metros para llegar a la entrada de la cueva. Escudriñó el interior desde la verja exterior con cierto recelo. Miró a izquierda y derecha. El entorno era ajeno a su ansiedad. Tenía los pelos alborotados y la respiración acelerada. Los hierros paralelos le impedían el paso, pero se aferró a ellos con ambas manos. A pesar de los guantes, notó un frío intenso. Los ojos intentaron acostumbrarse a la luz de dentro, pero no fue posible. Nada más encender la linterna, el interior clareó. El hombre volvió la cabeza hacia el sendero de tierra que le había llevado hasta allí con cierto nerviosismo. Era estrecho y estaba escoltado por matorrales, y apenas se silueteaba. Imaginó que al volver estaría aún más oscuro. Un pensamiento del mismo tono cromático le hizo pensar que tal vez no volviera. Intentó, sin conseguirlo, retirarlo de su mente.

Centró su visión en la verja de acceso al interior de la cavidad pétrea. Varias sombras jugaron a alargar su imaginación mientras recorría el interior desde la férrea frontera de metal. Estaba sintiendo miedo, controlado, pero miedo al fin.

Palpó la pequeña mochila que llevaba entre las manos en busca de algo similar a una ganzúa. Al empezar a manipularlo, el enorme candado golpeó el enrejado con tonos agudos. El tintineo nervioso se mantuvo durante casi un minuto. El tiempo que tardó en hacer sonar un clac sordo y esperanzador. Al extraerlo lo depositó con cuidado en el suelo, intentando con ingenuidad contrarrestar los sonidos anteriores. La puerta metálica chirrió al girar sobre los goznes. La temperatura del interior lo acogió de manera agradable. La sintió como un engaño zalamero que no quiso entender.

Volvió a fijarse en el sonido ronco del río Aragón sonando a poca distancia valle abajo. Constante y crecido de agua. La música dodecafónica prosiguió al abrir la verja por completo. Aferró con fuerza la luz de la linterna pensando que de ese modo el aparato pudiera dar más claridad.

Entornó el acceso a la galería nada más pasar. Comenzó a caminar con cierta urgencia cueva arriba. En algunos lugares se ayudó apoyando las manos por la fina barandilla, preparada para las visitas guiadas. Las abundantes estalactitas fueron escoltando la cueva por los caminos preparados para los turistas. Parecían columnas de arte natural esculpidas por algún artista anónimo. Era imposible que aquella belleza tuviera como responsable único a la madre naturaleza, pensó mientras aceleraba el paso hacia el final de la cueva.

Al llegar a la parte más alta de la sima, enfocó el detector de crecidas de agua situado a uno de los costados. La boya roja permanecía quieta. A pesar de que el río Aragón iba cargado, el murmullo del acuífero interior era bajo y la posibilidad de que en aquel momento saltase la alarma por exceso era prácticamente inexistente.

En la parte más estrecha pudo observar el cielo, a través de una oquedad en el techo de apenas un metro cuadrado. La luz que entraba era la que generaba la poca claridad exterior de la luna iluminando con dificultad el interior. Pero solo cuando las nubes se lo permitían.

Era el espacio ceremonial.

Se sentó en el suelo y cruzó las piernas. Se quitó los guantes y los guardó en la mochila. Desplegó una tela muy antigua en mitad del círculo que formaba la escasa luz que se colaba. El haz de la linterna, apoyado en una piedra, enfocó el techo mientras terminaba de abrirla.

El uróboro se desplegó y las arrugas dejaron paso a su proporcionado tamaño de tela lisa. Apenas medio metro cuadrado de tierra levemente húmeda quedó oculto tras ella. Encajaba a la perfección. Sobre el dibujo situó una vela pequeña. Justo en el lado derecho. La figura de la serpiente devorándose a sí misma aparentó iluminarse cuando, con ayuda de una cerilla, encendió el pabilo. El resplandor anaranjado del fuego sustituyó al de la linterna, que devolvió a la mochila. No podía haber más luz que la de la llama apoyada, de forma tenue, en el escaso resplandor que se colaba por la oquedad.

Miró alrededor suyo con inquietud. Enseguida notó que, cada segundo que pasaba, le era más difícil controlar el temor que le provocaba la situación. La oscuridad absoluta tras su espalda no ayudó a mantener la calma. La notó negra y amarga. La llama ardía ausente de movimiento. Apenas hacía parpadear una silueta amorfa dibujando contra la pared de la gruta su propia sombra.

Silván terminó de instalar el improvisado altar en mitad de la cueva. Una pequeña botella de cristal con agua del río Aragón que había recogido no hacía ni media hora. Notó que su temperatura era todavía muy fría. La destapó y la dispuso fuera, a un costado del lienzo.

Calculó el límite de la tenue luz que entraba desde el techo y midió con las manos unos sesenta centímetros al costado derecho. Marcó el lugar con el dedo. Palpó la tierra blanda. Con ayuda de una pequeña pala empezó a excavar. No debería estar muy lejos, recordó. Al principio fue fácil, pero a medida que bajaba, la tierra estaba mucho más compacta.

Respiró hondo intentando tranquilizarse. En el instante en el que pensó que tal vez las coordenadas no eran exactas, fue cuando se tropezó con el extremo de un trozo de tela. Con la punta de los dedos retiró parte de la tierra. Era el objeto.

—Después de tanto tiempo sigue aquí. ¡Era cierto! Permanece aquí —dijo casi en voz alta y bajó la cabeza en un gesto de triunfo—. Increíble, está aquí, era cierto —repitió con euforia.

Con cuidado terminó de desenterrarlo. Devolvió la pala a la mochila. Con la mano retiró los restos de tierra de la tela. Una zona estaba rota por el paso del tiempo, aunque había mantenido su función básica. Conservar su interior intacto. Comenzó a desenvolverlo.

Una pequeña representación de una figura humana, tallada en madera muy oscura y con exquisito detalle, apareció ante él. Tenía rastros de policromía en algunas zonas. Su interior había sufrido el paso del tiempo. Por el tono imaginó que era madera de wengué. Estaba algo ajada por su uso, pero a pesar de su tamaño —unos quince centímetros— se podía ver con nitidez el uniforme de las SS. La gorra mantenía en el frontis el siniestro *totenkopf*, el pictograma representando la calavera con las tibias cruzadas medio ocultas. El antebrazo izquierdo con la esvástica sobre un círculo. Las botas altas. En la parte superior de la espalda, dos eses mayúsculas con la grafía del régimen. Situada en el interior de la cartuchera derecha, la habitual Luger. Asomaba con definición la punta del cañón. En la suela de una de las botas, una fecha: 1942. La depositó sobre la tela del uróboro haciendo presión para que la estilizada estatuilla se conservara estable encima de la tierra. El *mamedkrafter*[1] se mantuvo de pie sin problema.

Silván enumeró los tres elementos. El fuego, el agua y el hombre. La vela, el agua del río Aragón y el hombre tallado. El sonido acompasado de la corriente acuífera de la propia gruta se colaba ofreciendo una pequeña melodía rítmica.

—Esta es la manera de hablar contigo, mi amor —murmuró el hombre entre dientes. Después repitió la frase en voz bastante más alta—. Solo he venido a hablar contigo. A que me expliques la verdad.

En décimas de segundo los sonidos cambiaron. El ruido que hubo detrás de él fue de pisadas. Silván se dio la vuelta y miró con extra-

1. Del sueco *man med krafter*: hombre con poderes.

ñeza a la persona recién llegada. Intercambiaron palabras cortantes y reproches mutuos durante varios minutos.

—No quiero seguir hablando contigo —dijo Silván—. ¡Déjame en paz! —replicó volviéndose hacia el pequeño espacio que había montado. Se agachó con cierta parsimonia.

La vela osciló. No fue capaz de anticiparle la acción, o en todo caso lo hizo tarde.

El golpe en la cabeza fue con una piedra, preciso y muy violento. Solo necesitó uno más para hacer desaparecer a Silván del mundo de los vivos. El cuerpo quedó tendido sobre parte del improvisado altar. El reguero de sangre pareció respetar el escenario y recorrió paralelo el límite de uno de los lados de la tela.

La persona se agachó y encendió una pequeña linterna. El momento se iluminó artificialmente con una densidad amarga y ácida.

La figura de madera se mantuvo erguida en mitad de la tela. El agresor la recogió con ambas manos, como si le estuviera ofreciendo sentimientos de respeto. La envolvió con el mismo paño con el que había estado enterrada. Miró la tela con el uróboro y lo dejó en su sitio. Nada más terminar de levantarse observó con tranquilidad el entorno. Apretó con fuerza el objeto, como quien da por finalizado un ritual, y apagó la llama de un fuerte soplido. Comenzó a andar deprisa y con seguridad pasillo abajo. Como si la cueva estuviera iluminada. Solo se detuvo una vez para cerciorarse de su acción. Atrás, el cadáver de Silván quedaba tenuemente iluminado desde la oquedad de la cueva.

La vela apenas humeaba.

12

Camino Ostolaza resopló al sacar del bolsillo de la gruesa cazadora las llaves de la furgoneta. Su aliento se hizo tan denso como una bocanada de humo. Cuando abrió la puerta, el interior estaba casi tan gélido como el exterior. Crujieron las bisagras. Apenas notó diferencia entre ambas temperaturas. Agarró la rasqueta de plástico trasparente, que se encontraba en la guantera, y durante cinco minutos se dedicó a retirar el agua congelada del parabrisas, los retrovisores y los faros. Los cristales de hielo, muy seco, caían en forma de polvo fino.

Antes de entrar apartó con uno de los guantes el hielo que tapaba el logo de la empresa. Las siglas LSC, de Laboratorio Subterráneo de Canfranc, se volvió nítida. Miró la inscripción con sensación de orgullo indisimulado. Al entrar limpió parte del cristal por dentro.

Miró a través de él intentando confirmar que la figura que se movía a su alrededor era su compañero de trabajo. Ismael levantó la mano. El vaho de su aliento al saludarle hacía parecer que estuviese fumando. Después se introdujo en el lado del copiloto.

—Lo de ayer fue increíble —afirmó Ismael nada más saludar—. Todavía estoy en trance —añadió con una sonrisa. Su aspecto pequeño, pero fornido, y su rostro rudo le daban un aire entrañable. Camino solo sonrió y afirmó con la cabeza. Era una mujer de pocas palabras que contrarrestaba con una inteligencia brillante.

En el interior, el motor arrancó a la primera. El sonido se hizo acompasado. Al salir del aparcamiento exterior que estaba frente a su casa miró a ambos lados y enfiló la carretera en dirección a Villanúa. Apenas recorrió doscientos metros cuando pasó por delante del puesto de la Guardia Civil de Canfranc. Observó un cuatro por cuatro verde y blanco aparcado a su lado. Dos agentes se disponían a subirse al vehículo. Camino e Ismael saludaron casi al unísono. Estos les respondieron con amabilidad al reconocer el familiar logotipo que lucía en las puertas. Menos de medio kilómetro más adelante llegó a la desviación, y doblando por completo la dirección enfiló la cercana bocana del túnel de Somport en dirección a Francia. Treinta metros delante de la entrada al gigantesco pasadizo se detuvo bajando la ventanilla derecha, mientras Ismael enseñaba el pase de autorización de los trabajadores del laboratorio al hombre que estaba encerrado en una cabina de control de acceso a la galería. Por el teléfono, un operario del túnel dio aviso que una furgoneta se disponía a llegar al LSC. Segundos más tarde colgó y dio vía libre al vehículo.

Los dos científicos se despidieron alzando de manera automática la mano. La furgoneta aceleró con suavidad y se introdujo en el pasadizo. Las luces naranjas del túnel le acompañaron rítmicamente. No se cruzó con nadie. El corredor hizo de barrera también para los pensamientos de Camino. Su compañero Telmo, y sus cada vez más frecuentes discusiones, la mantuvieron absorta el tiempo suficiente para recorrer los casi dos kilómetros y medio que separaban lo que ella denominaba, con medidas dosis de humor, la entrada secreta al LSC. Desde ese punto, la salida francesa quedaba a poco más de cinco kilómetros y medio.

En ese momento, la mujer se sentía poderosa y recordaba ese instante como si fuese una espía en un episodio del mítico James Bond. Aunque a ella le gustaba más el archivillano personaje de las novelas de Fantômas, dada la cercanía con el país galo. Su trabajo no dejaba de tener un halo particular que ella apreciaba mucho. «Misterio» y «suspense» eran dos palabras que utilizaba, habitualmente, para referirse a su profesión. Descubrir lo que nadie ha sido capaz de ver era lo que más estimaba de su trabajo como doctora *cum laude* en Física Teórica. Muy pocas tenían una distinción semejante. Sus estudios sobre modelos de masas de neutrinos y la posible detección de la materia oscura le valieron ese reconocimiento. Wimps y axiones eran conceptos que utilizaba con frecuencia, aunque ella sabía perfectamente que era parecido a hablar de lo que nadie ha visto jamás; sin embargo, se sabe que existen. Una genial contradicción. Un verdadero acto de fe religioso más cercano a la filosofía que a la realidad. Sabiendo, además, que tal vez, o casi con toda seguridad, moriría sin llegar a descubrirlos. Si bien no le gustaba esa idea, había terminado por aceptarla. Desde entonces daba la impresión de que disfrutaba más de su trabajo.

Una tarea tan ardua como sugerente. Subir un pequeño peldaño en pro de entender el universo. En sus charlas decía a los profanos que comparar el tiempo de la vida de un ser humano con el de la Tierra era como comparar una gota de agua con toda el agua contenida, en todos los océanos que llenan nuestro planeta. Y que ella estaba en aquel laboratorio para hacer que esa humilde y perdida gota formase parte del avance que necesitaba la humanidad para comprender el cosmos.

Disminuyó la velocidad poniendo el intermitente a la derecha y cerciorándose de que nadie venía por detrás, a pesar de saber que cada vez que alguien del LSC entraba en el túnel en dirección al laboratorio, el operario de la entrada daba el tiempo necesario de ventaja para que el vehículo llegase al punto, interrumpiendo el acceso al resto justo al comienzo. Una barrera roja y blanca bajada detenía el tráfico durante ese lapso, y varias luces de emergencia se encendían como prevención. Hasta que las cámaras de vigilancia interiores le confirmaban al operario que el vehículo había desaparecido en el lugar adecuado. Una operación obligatoria, dado el nivel de alto riesgo que suponía que alguno disminuyera la velocidad y desapareciese por una salida no señalizada, en mitad de un pasadizo muy largo, con una rigurosa prohibición repleta de radares de no superar los ochenta kilómetros por hora.

Al llegar a la pequeña explanada, un enorme portón se abrió despacio dando paso a la furgoneta. Aparcó delante. Otros cuatro más estaban dispuestos en batería.

El recinto tenía una puerta de acceso pequeña, pero su interior era muy diferente. La altura era considerable, de más de ocho metros en algunas partes, y desde el pasillo central se accedía a los laboratorios, despachos y estancias varias. El personal, ataviado con batas blancas, entraba y desaparecía saludando a la pareja que acababa de llegar. Cables, depósitos, aparatos imposibles, bombonas, ordenadores gigantescos y estanterías con productos extraños aparecieron detrás de una de las puertas de seguridad de una de las dependencias. Un mundo distinto, un universo de altísima tecnología capaz de ver lo que nadie es capaz de ver. Un juego de dioses.

Cuando Camino terminó su jornada laboral, Ismael ya se había ido. Esta vez volvió a su casa acompañada de dos ingenieras que también eran compañeras de trabajo. Lo hicieron en la misma furgoneta y en silencio. La salida desde el laboratorio era más sencilla que la entrada y a la vez bastante más histórica. Se realizaba por el túnel antiguo más pequeño, no por el grande, que era para turismos y vehículos pesados. La mítica galería estaba situada en paralelo al túnel moderno. Tan unido a Canfranc como la propia estación. Fue inaugurado en 1928, y ahora, retiradas las vías, se conservaba intacto desempeñando el papel de galería auxiliar y de seguridad del túnel abierto en 2003. Estrecho, de una sola dirección y con cierto aspecto lúgubre.

El desfiladero albergaba en su interior historias terribles. Tantas que Camino era incapaz de pasarlas por alto mientras duraba el recorrido de regreso a su casa. Aún faltaban unos minutos para llegar de vuelta a la parte más antigua y con más historia de Canfranc. La propia estación ferroviaria.

Era el momento clave para Camino. La ingeniera al volante hablaba con su acompañante. Pero Camino, en el asiento trasero, estaba ajena a la conversación. Se quitó el pendiente derecho y se lo cambió al izquierdo. Un gesto que repetía de manera automática cada cierto tiempo y que era parecido a reiniciar su mente. Siempre era el mismo. Saturno de oro, pequeño y muy bien tallado. Un regalo de su madre de hacía muchos años. No sabía estar sin él.

De nuevo, retrocedió en el tiempo. Como todos los días durante el trayecto de vuelta por el pasadizo volvió a ver a Amira escapando, corriendo por la bocana. Notó su jadeo muy real. Cerró los ojos en aquel habitáculo que se movía con cadencia oscilante en dirección a la luz del lado español del túnel. La oscuridad se desvaneció junto con su pensamiento nada más llegar a la puerta. La luz se hizo más fuerte cuando el portón, accionado por una de sus compañeras, se abrió por completo para dejar pasar la furgoneta. Traspasó la línea de entrada al histórico lugar y cumplió el protocolo de seguridad de esperar a que se volviera a cerrar por completo, en previsión de que algún turista despistado, o mal intencionado, se pudiera colar en el intervalo.

La luz del atardecer daba un tono melancólico al ambiente. Las luces ya estaban encendidas. La furgoneta paró al comienzo de la plaza de Europa. La bandera de España del puesto de la Guardia Civil de Canfranc, que se encontraba justo enfrente, no ondeaba. Se mantenía rígida y fría. Nada más aparcar la furgoneta en batería y apearse, miró a hurtadillas a la entrada del puesto. Después a una ventana en concreto de la fachada. Apenas unos segundos buscando algo.

El portal de su domicilio se abrió de manera automática cuando accedió a la puerta de su casa con un pequeño mando a distancia, como si fuera el de un coche. Al llegar al cuarto piso, las llaves sonaron con el tintineo de la entrada al hogar.

Telmo, su compañero, salió a su encuentro casi al instante. Camino se sorprendió al verle allí a esa hora. El jefe de cocina del Canfranc Estación, a Royal Hideaway Hotel abrazó a Camino con fuerza. Sintió el aroma que los unía. Aunque no hubiera ninguna hoja cerca apreció el perfume embriagador del laurel. Su hoja dura y su esencia característica.

—Tenía algo mejor que hacer que preparar comida —dijo el hombre mientras empezaba a hurgar por los botones de la camisa que Camino llevaba puesta—. El plasma del fuego de San Telmo te estaba esperando —añadió vacilándola—. Además, he abierto una botella de Torra Muga 2021 que está impresionante.

—Calma, calma, que llevo un día increíble. Necesito tirarme un rato en el sofá o por lo menos darme un respiro —respondió la mujer rechazándolo—. Aunque lo del vino te lo admito.

—¿Increíble?

—Increíblemente cansado —alegó poniendo los ojos en blanco—. Y tú, ¿qué haces aquí a estas horas? ¿Te han echado del curro? —sugirió irónica.

—Tengo que dejar que mi nuevo segundo de cocina vaya tomando el mando poco a poco. Si sucede algo, le he dicho que no dude en llamarme y me acerco en un salto. También le he amenazado que lo mato si me llama —sonrió—. No llamará, es un buen tipo. Además, tiene un nombre adecuado para el puesto. Segundo.

—¿De verdad? —preguntó Camino mientras esbozaba una sonrisa.

—Sí, te lo juro —rio Telmo.

La mujer se escabulló hacia una de las habitaciones aprovechando la cordialidad.

—Yo me voy a la ducha.

—Si quieres, nos duchamos juntos.

—Tal vez luego —respondió Camino de forma tajante desde el cuarto de baño.

Tardó diez minutos en salir, y al abrir la puerta, una pequeña nube de vapor inundó el pasillo. Pasó por un lado del sofá con una toalla como única vestimenta. El pelo todavía estaba húmedo. Se perdió en el dormitorio de al lado, pero no cerró la puerta. Se vistió deprisa. Había empezado a sentir indefensión. También bastante frío. Telmo la interrogó con aire huraño. Poco quedaba del tono amable que tenía cuando Camino llegó. Una pared dividía la conversación en un tono relativamente elevado para salvar el obstáculo.

—Desde ayer que no te veo —expresó el cocinero.

—Hoy ha sido un día ajetreado. He tenido que ir deprisa al laboratorio. Había saltado una alarma en uno de los experimentos, y aunque estaba controlada, me sentí intranquila hasta que no lo vi con mis propios ojos. He salido muy pronto de casa. Tú dormías a tu estilo, a prueba de bombas, trenes de mercancías pasando a un palmo de tu oreja y vuvuzelas varias.

Telmo sonrió con las comparaciones.

—Vaya, ver para creer. Eso es nuevo en tu mentalidad, ¿no?

Se escuchó una risa apagada desde el dormitorio contiguo como toda respuesta.

—Ayer por la noche estuviste en otra sesión de esas, ¿no?

El silencio se hizo patente rasgando con sus palabras un tema cercano al tabú. Camino se demoró en responder.

—Sí.

—¿Y quiénes estuvisteis?

—Los de siempre.

—¿A qué te refieres?

—Sí, joder. A Sofía, a Silván, a Nadine... Los de siempre.

—Ismael supongo que también —dijo Telmo con tono incisivo.

—Sí, claro —afirmó Camino.

—No me gusta nada ese individuo.

—No sé por qué dices eso cada vez que hablamos de Ismael —inquirió la mujer.

—Le conozco bien.

—Eso no es verdad. Estuvisteis juntos cuando erais críos. En el mismo colegio. Eso pasó hace mucho tiempo. No conoces a la persona que es ahora. Solo has coincidido con él en un par de ocasiones.

—Suficiente para saber que es un gilipollas y no me gusta que te relaciones con él.

—Es mi compañero de trabajo. Un científico igual que yo. Proveniente de los grupos de investigación de la Universidad de Zaragoza. Un auténtico coco. Una joya para lo que hacemos en LSC.

—Si solo fuera eso... —replicó el hombre.

—Yo te quiero a ti, no te montes películas —afirmó Camino en tono cansino mientras terminaba de ponerse un jersey grueso, que en aquel instante sintió que era una coraza más que una prenda de vestir. Apareció en el quicio de la puerta que separaba la sala de la habitación. Tenía los brazos cruzados y el ceño levemente fruncido—. Es mi compañero de trabajo y punto. Está en las sesiones porque es clave para llevarlas a cabo.

—Ya, experimentos —dijo el cocinero con retranca—. Esas sesiones...

—Forman parte de experimentos —afirmó Camino—. No te voy a contar nada más. No has querido saberlo a pesar de que te ofrecí participar en ellos...

—No me interesan.

—Tú mismo te respondes.

—Vives en un mundo que está más cercano al sueño que a la realidad. Yo no. Yo soy cocinero y doy de comer lo mejor que puedo, para que la gente siga sobreviviendo. Nada más.

Camino no respondió. Imaginó que su propia actitud tampoco ayudaba a que aquello cambiara. Por momentos dudó en echar un polvo rápido para endulzar el momento, pero no tuvo el valor de proponérselo. Pensó que él también había cambiado. «Cuando nos fuimos a vivir juntos, no era así», recordó. Las palabras «celos» y «dominación» aparecieron después. Antes jamás hubiera imaginado que su pareja fuese de aquella manera. Poco quedaba de la relación que la llevó a fijarse en él. Pero en su interior lo seguía queriendo, y pensaba que el cocinero era una persona muy especial y que era ella quien no estaba a su altura.

Camino se marchó a la habitación que hacía de despacho. De nuevo, la imagen de una persona atravesó su corazón como una espina clavada. Solo cuando estaba distraída en su trabajo conseguía olvidarlo.

Mientras esperaba a que el ordenador arrancase, pensó que fue una suerte que su pareja no quisiera participar en los experimentos.

Un movimiento rápido de su mano trasladó el pendiente de una oreja a la otra, y como casi siempre no fue consciente de haberlo hecho. El potente ordenador le alumbró el rostro, que reflejaba una mezcla de cansancio, resquemor y mucha nostalgia. El fondo de pantalla era la sigla del programa informático en el que estaba trabajando, CLE, que se iluminó sobre un potente fondo azul Klein. Las letras eran pequeñas y de color amarillo. Canfranc Laboratorio de las Emociones. El logo, muy estirado y sugerente, diseñado por su compañero Ismael, era una representación intuitiva, hecha con pocos trazos, del gran edificio de la estación cercana.

A pesar del cansancio, Camino se sumergió en los parámetros del programa, comenzando a pulir datos de su complejísima estructura. Intentaba aislarse del todo para hacerlo. El suave y melódico runrún del cauce del río Aragón, que pasaba a apenas veinte metros del balcón de su casa, la ayudaba. Eso duró un par de minutos. Después, los auriculares Bosé hicieron su labor de manera eficaz. Las canciones de Freya Ridings le sirvieron nuevamente para evadirse de la realidad y volcarse en su tarea. Le pareció que desde la cocina salía un aroma a laurel, pero se convenció de que solo era su imaginación.

La oscuridad del exterior era total. El frío, también.

13

La explanada de la estación de Canfranc amaneció con la tranquilidad que la noche anterior no había tenido. Varias unidades militares francesas terminaban de limpiar la zona y llevarse, en dirección a Oloron Sainte-Marie, el automóvil calcinado por la explosión. Las personas que circulaban por la zona miraban de refilón la ligera mancha negra dejada en el pavimento. Tres soldados alemanes inspeccionaban los alrededores.

Todo parecía estar volviendo a la calma menos el ruido, que era muy fuerte y salía por la bocana de túnel ferroviario de Canfranc. El tren, proveniente de Francia, apareció por la salida de Somport escoltado por soldados caminando a paso ligero. Las primeras luces del amanecer dieron al cuadro una fuerza y presencia notables. Sombras duras de primeras horas de la mañana. Sin quererlo, los hombres armados estaban dando aún más protagonismo a la llegada del convoy. Gracias al extremo frío, la imagen, rodeada de vapor, parecía onírica. El ruido era acompasado. La velocidad, muy lenta. La figura negra de la máquina era potente. Las barras de acoplamiento de las ruedas motrices subían y bajaban como si fuera un *ballet* armonioso, en el escenario de un teatro donde todos miraban atentos desde el patio de butacas. La máquina entera tenía dibujada una raya trasversal de color granate a lo largo de toda la pasarela lateral de inspección. El resto resaltaba tras la gran chimenea frontal. La atmósfera era una nube de vapor. Tras ella, el ténder casi no se divisaba, pero sí los vagones de pasajeros que traía detrás. Los chirridos fueron la música de fondo cuando los frenos de la máquina fueron accionados. El maquinista, asomado por el costado, vigilaba la llegada. El tren resopló y se detuvo por completo. Varios soldados y agentes franceses de aduanas esperaban a los pasajeros dentro del imponente recinto. Más de doscientos cuarenta y un metros de gigantesco edificio modernista en lo más recóndito del valle del Aragón. Cumbres nevadas de más de dos mil seiscientos metros de altura escoltaban el edificio con una cercanía sobrecogedora. El conjunto era una mezcla mágica de naturaleza y arte que no dejaba indiferente.

Se notaba más vigilancia después del incidente, pero el ambiente era tranquilo. Los pasajeros empezaron a descender al majestuoso edificio de la estación de Canfranc, primero en dirección a la aduana francesa, compartida a regañadientes con los alemanes, y después a la española. Gendarmes, guardias civiles y miembros de las SS mantenían una delicada balanza de relaciones. Se mezclaban miradas de costumbre con ojos abiertos de resquemor y también de sorpresa por el escenario. Un vaivén de rutina en un orden extrañamente admitido.

Tras la explosión de la noche anterior se habían dado órdenes de revisar a fondo, y preventivamente, la totalidad de la estación, los andenes, las vías y las agujas, e inspeccionar huecos por si hiciera falta balastro. La revisión de los pasajeros estaba siendo más exhaustiva.

Eme terminó de cerrarse el grueso jersey antes de revisar los espacios entre railes. Miró y engrasó las agujas de la parte sur de la estación y saludó a varios compañeros de trabajo. Se secó el sudor después de estar toda la mañana trabajando. Se sentó en una enorme piedra cerca de la entrada del pequeño túnel de salida hacia España, justo al lado de la última aguja y cercano a los puestos de control con ametralladoras instaladas en la parte superior. En el pueblo se rumoreaba que pronto comenzarían las obras de varios búnkeres defensivos en la zona.

El hombre desenvolvió una porción de queso y con ayuda de una pequeña navaja lo troceó. Lo acompañó con media rebanada de pan negro seco. Las horas habían pasado con cierto relajo, pero la posibilidad de tener problemas con Cyrille, el pastor, no se le iba de la cabeza. Esta vez, la imagen de su mujer se le hizo corpórea colándose en su mente. Como si ella fuera consciente de lo que estaba pasando por su imaginación y hubiera decidido ayudarle. La recordó besándola. Jugando con su melena morena. Susurrándole futuros rotos y proyectos que nunca se llevaron a cabo. Haciendo el amor con pasión en el lecho de su casa. En la misma cama que ahora utiliza, a veces, de refugio de personas sin rumbo. También Amira se cruzó entre los problemas y recuerdos del *mugalari*. Tenía un insultante aspecto tan vivo que parecía más joven de lo que decía. Por primera vez no la sintió como un problema. La vio con la nitidez que da la tensión de la situación.

Parte del queso se desintegró cuando lo apretó de nuevo con la navaja. En ese instante aparecieron por su mente Margot y Aligó. «¿Quiénes serían? ¿Qué vendrían a hacer a Francia? Tal vez a preparar un atentado con explosivos, sabotear líneas telefónicas o asesinar a alguien importante. Quién sabe si al mismísimo Führer. No sería la primera vez», pensó recordando el intento fallido de asesinato en una cervecería, preparado por Georg Elser hacía ya unos años.

Toda aquella marea de pensamientos agridulces se deshizo cuando levantó la vista. La silueta del oficial era lejana y creyó que no le había visto. Pero se equivocó. Sin saludar le ofreció un trozo de queso nada más llegar. Dietter lo rechazó con la mano.

—*Nein danke* —añadió con una sonrisa.

Emeterio se adelantó antes de que el alemán comenzara a hablar.

—¿Qué ha pasado esta noche? —preguntó.

—Están mirando. Un coche estalló. Parece que no ha sido intencionado. No era de los nuestros. Ya se sabe, uno francés —contestó con desprecio.

El hombre respondió con media sonrisa.

—¿Tiene novedades? —preguntó el oficial.

—Yo no he visto nada. Aquí todo el mundo está muy receloso. Su presencia aquí hace que la gente hable menos.

—Ya. Tenemos una filtración que supone el traslado de alguna persona en dirección a Francia para, a lo mejor, hacer un sabotaje importante. Al parecer, está previsto que pasen por esta zona. ¿Usted ha oído algo de este asunto? —preguntó el alemán.

—Confíe en mí, Dietter. Si yo sé algo, se lo digo. Se lo aseguro —dijo Eme con voz convincente.

—Eso quiero creer. Pero, por ahora, le estoy informando más yo a usted que usted a mí —sonrió el oficial.

—No piense eso. Lo que me ha contado es bastante vago.

La risa del alemán fue recatada. Hizo la pantomima de que le había pillado.

—En efecto. Solo le puedo decir que, en este momento, estamos en máxima alerta. Pero eso es falso. Estamos así siempre. Lo que sucede aquí es que no estamos en el frente pegando tiros. Estamos en un lugar idílico, eso sí, con una misión trascendental de inspección del tráfico de mercancías y personas, aunque sin la dureza de estar en primera línea de batalla. Ojo, sin olvidar la vital importancia que tiene nuestra misión en este sitio para evitar que ciertas cosas sucedan en el interior de nuestras fronteras. Y eso puede hacer pensar que podemos relajarnos. Descuide. No es así. Controlamos el paso de cada persona en dirección a la nueva Alemania, el territorio allende a estas montañas —añadió señalando la Francia ocupada a sus espaldas—. Algunos son candidatos para ejecutar acciones y sabotajes contra líneas férreas o lo que crean que puede ser vulnerable.

El *mugalari* se levantó con parsimonia. Se subió los pantalones y se ajustó el cinturón. El oficial hizo ademán de acompañarle, pero se mantuvo quieto mientras Eme comenzaba a alejarse, disculpándose en pro de continuar con su trabajo.

—Tengo mucha tarea —advirtió Eme.

—Estamos muy preocupados con los constantes atentados que se están produciendo en París, Lyon y alguna ciudad más —dijo con parquedad Dietter—. La mayoría de los franceses está con nosotros, aunque hay algunos que todavía se resisten a nuestra forma de pensar. No llega al dos por ciento de la población la que está atentando contra nosotros. La gran mayoría de ellos vienen de fuera. Esa gentuza no va a atravesar esta frontera. Se lo aseguro. Desde el atentado a nuestro oficial Karl Hotz, en Nantes, estamos muy en guardia. De un tiro en la cabeza y por la espalda. Pura cobardía. Claro que debemos tener cuidado, porque después ha habido alguno más —añadió y preguntó—: ¿qué tal le va a su amigo Horacio? Hace unos días que no coincido con él.

—Yo tampoco. Todas las semanas viene a traer mercancías. Supongo que lo hará en breve —respondió Eme con evasivas.

—Son buenos amigos, ¿no?

—Lo somos desde hace muchos años. Crecimos juntos.

—Ya me lo dijo, pero deje que yo le diga otra cosa: las bujías estaban limpias y, por otro lado, muy calientes.

—¿Perdón? No sé de qué está hablando.

—No las acababan de poner. No se podían ni tocar. Pillan mucha temperatura. ¿Por qué cree que se elaboran de material cerámico? Además, su amigo tenía las manos demasiado limpias. ¿Qué se trae usted con su amigo? ¿Está él metido en algún tejemaneje extraño?

—El motor llevaba un buen rato encendido —respondió Eme—. Podría ser por eso. Es un motor que en frío va muy mal. Hay que dejar que se caliente. No se preocupe. Ya ve que estoy colaborando. Solo que no ha surgido nada importante.

—Ya.

14

Dietter se ciñó los guantes de cuero sobre la zamarra cerrada. El brazalete con la cruz esvástica lucía impoluto en el antebrazo izquierdo. El vaho de su aliento tenía la textura de una densa humareda. Los cinco grados bajo cero corroboraban la sensación. Un pequeño termómetro en el quicio de la ventana de la estación de Canfranc lo confirmaba. Llevaba todo el día manteniendo la gélida impresión.

La escarcha cubría casi la totalidad de la motocicleta. Con un cepillo retiró la que pudo. Pulsó varias veces los cebadores de ambos carburadores para enriquecer la mezcla. La primera patada al pedal de arranque predijo que tardaría varias más en ponerla en marcha. Pero se equivocó. Solo necesitó una segunda oportunidad. El traqueteo ruidoso de la BMW R12 750 c. c., de 1941, inundó el silencio de la tarde. Dejó que el motor se calentara un poco. La estructura en forma de boxer hacía oscilar el aparato de izquierda a derecha. El movimiento casi desaparece cuando aceleró en parado.

Se puso las gafas de protección una vez montado. Aceleró mirando a izquierda y derecha. La bufanda que cubría su rostro no llegaba a disipar la sensación térmica que se acentuaba con la velocidad. Tardó en llegar a la cima del puerto de Somport. Varios camiones del Heer se mantenían acantonados en la frontera. Se detuvo unos minutos con los soldados alemanes que controlaban la muga, y después de cotejar con ellos varios datos sobre un mapa comenzó el descenso por el valle de Aspe. El hielo, en varias zonas oscuras, le hizo circular por la estrecha carretera de bajada con extrema cautela. Los frenos se sobrecalentaron a pesar del frío del atardecer.

La vegetación era tan cerrada que, a pesar del cielo despejado, la luz apenas atravesaba los árboles. Copos de nieve, detenidos sobre las ramas, caían constantemente en la carretera.

Tras varias curvas cerradas llegó a un pequeño claro donde orilló la moto y la detuvo. Dio unas palmadas avisando de su llegada. La borda expulsaba una muy pequeña columna de humo saliendo de la chimenea. El oficial alemán se acercó hasta la puerta sorteando varios charcos helados.

Cyrille se encontraba terminando de cuajar los quesos en una enorme marmita, cuando torció la vista hacia la entrada observando cómo se abría la puerta. Dietter notó el bofetón del fuerte olor a leche fermentada que le retrotrajo a su infancia. Su niñez olía muy parecida, pensó.

—Mi abuela hacía queso en una granja en Baviera. No olvido ese olor tan particular a leche —dijo Dietter a modo de saludo desde el quicio de la puerta.

—Yo ya no huelo el olor, llevo haciéndolo toda la vida, solo lo intuyo —respondió el pastor—. Es la parte positiva de este sentido. Te acostumbras a los olores y no los percibes.

—Los olores son los marcadores del paso del tiempo —filosofó Dietter—. Con ellos vuelves al lugar y el momento en el que se produjeron. Son la llave de los recuerdos. Tanto si son buenos o malos, permanecerán en ti.

El pastor dejó un trapo sobre una esquina de la mesa y se acercó al oficial. Su barba era blanca y su precario abrigo tenía alguna mancha de leche en los costados.

—¿Quién es usted? ¿Qué quiere? ¿Queso? No me queda nada. Sus amigos se lo suelen llevar y pagan muy poco —explicó en un tono cordial—. Parece que les gusta —sonrió.

—Mi nombre es Dietter y me importa una mierda el queso que hace —añadió sin alzar la voz y con una sonrisa cínica.

A pesar del tono de falsa amabilidad, la frase sonó muy cortante, tanto como si la hubiera rasgado delante de sus ojos. Nada más terminarla, sus miradas se cruzaron. El oficial agarró uno de los dos taburetes que había en la borda y se sentó desenfundando de su cartuchera la Luger reglamentaria. Depositó la pistola sobre la mesa y le dio una palmadita en la culata para afianzar su presencia. El pastor se sentó a cierta distancia y a pesar del gesto tomó la iniciativa de la conversación.

—Entonces, ¿qué es lo que quiere? Es usted nuevo.

—Yo aquí no llevo mucho. Tiene razón. Pero vamos a hablar de usted. ¿Cuánto tiempo lleva aquí haciendo queso?

—Soy muy mayor, prácticamente ni me acuerdo. A veces imagino que siempre lo he estado haciendo.

—Habla alemán —cargó de sopetón.

Cyrille tardó en responder.

—*Seit wann sprechen Sie Deutsch?* —insistió el oficial.

—*Mein pater war Deutscher und meine Mutter Französin* —expresó el pastor.

—Vaya, de padre alemán. Eso no me lo habían comentado. Voy a tener que dar un tirón de orejas a mis informantes. Entonces, usted es de los nuestros.

—Yo nací aquí, en el valle de Aspe. Soy francés. Mi madre me enseñó a querer a Francia.

—¿Lo hizo su padre con Alemania?

—Claro. Aunque el idioma que más uso es el francés —añadió bajando la cabeza.

—Mantiene, por lo que veo, un alemán muy fluido —afirmó Dietter—. Eso nos viene fantástico. Vamos, vamos, señor Cyrille, nada de todo esto es una sorpresa.

—Yo no le he dicho mi nombre —interrumpió el pastor.

—Creo que no me está entendiendo o no me estoy explicando bien. Soy una persona bien informada y en la guerra la información es más valiosa que las propias balas. Usted colabora con nosotros desde hace un tiempo y yo soy nuevo al mando. No es necesario que haga más teatro. Sabía su nombre y también el idioma que habla. Además, estoy al tanto de alguna cosa más. Solo estaba intentando crear una conversación amable —dijo Dietter.

El pastor se mantuvo en silencio mientras el oficial sacaba de su zamarra un pañuelo y comenzaba a limpiar con detenimiento la Luger.

—Me gusta tenerla reluciente —afirmó mientras la devolvía a su cartuchera. En cambio, mantuvo el pañuelo entre las manos.

—¿Dónde está Otto? —preguntó el pastor.

—Lo han trasladado a Berlín. Yo le he sustituido —agregó con rapidez el oficial—. Imagínese que ahora Otto soy yo. Antes de marchar me puso al corriente de todo lo que pasa en la zona. Así que le pregunto si hay alguna novedad. Y no me diga simplemente que pasa gente. Para eso no le necesitamos. Sabemos desde hace mucho que alguien tiene organizado un paso de personas y tal vez de algo más. Necesitamos un nombre. No lo niegue porque lo conocemos desde hace tiempo. En realidad, estamos viendo que es usted muy reticente a colaborar con nosotros.

El pastor negó con la cabeza.

—A Otto sí le gustaba el queso. Venía expresamente a por él.

—Ya le he dicho que su queso no me interesa.

—Hago lo que puedo.

—¿Quién ha pasado? —inquirió Dietter.

—En los últimos días, nadie. Los veo pasar a veces, pero no sé quiénes son ni a los que lo hacen ni a quién llevan. Pasan lejos y los veo a través del ventanuco.

—¿Cada cuánto lo hacen?

—No sé. Tampoco cómo lo hacen. Pasan de vez en cuando. Por lo general, mujeres y niños. Almas sin importancia.

—Tienen algún patrón de actividad. ¿Días concretos o alguna metodología que se repita?

—Yo no he sido capaz de averiguar eso.

—¿Quién los recoge? Tal vez algún español.

—Esto es Francia. Yo de lo que pasa en España no tengo ni idea —dijo el pastor—. Veo pasar gente —indicó mientras se levantaba y echaba un tronco en la chimenea, que chisporroteó creando el nivel sonoro que Cyrille necesitaba.

—Debería aprovechar su habilidad para los idiomas. Tres lenguas no es baladí.

No hubo respuesta.

—Tantas cosas debería haber aprovechado en mi vida —respondió el anciano con desidia.

—Estaremos en contacto —afirmó el oficial mientras se levantaba.

—Yo no me muevo de aquí. Estoy para lo que necesiten. Mis vacas no tienen días libres. Tampoco reivindicaciones laborales. No son bolcheviques. Esté tranquilo —remató con sorna.

Cuando Dietter abandonó la borda, la oscuridad era total. La moto arrancó a la primera. El faro iluminó el entorno frío y en blanco y negro de los alrededores del camino de vuelta en dirección a Somport para bajar después a Canfranc. Llevó a cabo el ritual de cerrarse la zamarra y ponerse los guantes con el resplandor tenue del faro de la moto. Siempre precavido, oteó a su alrededor, pero la oscuridad apenas dejaba ver nada más lejos de la línea de bosque cercano. A pesar de ello entornó los ojos por si podía distinguir más allá del resplandor tenue de la luna. Supuso que no había nadie en los alrededores.

Pero Dietter se confundió.

Emeterio se mantuvo muy quieto, en cuclillas y detrás de la frondosidad. Un grueso árbol inundado de verdín ocultaba su presencia. Los pequeños prismáticos Stella, que llevaba en el zurrón, trabajaron para él por primera vez. A pesar de que no tenían el suficiente alcance para distinguir quién era la persona que iba a montarse en la moto. Pero tuvo una pizca de suerte. Dietter pasó delante del faro antes de subirse al vehículo. Pareció mirar la rueda delantera. Fue un instante, un segundo en el que las dudas se disiparon. El rostro del oficial alemán era inconfundible.

Circulando despacio en su motocicleta tardó en salir del campo visual de Eme. Esperó preventivamente varios minutos más por si al oficial se le hubiera olvidado algo y decidía volver. No supo qué hacer. Por momentos pensó que todas las sospechas eran ciertas. Su mundo se detuvo como un perro de caza al olisquear una presa. Imaginó en volver por donde había venido. Su lado más pragmático lo detuvo. Había una misión que no podía dejar a medias. Palpó su cuchillo de caza en la parte baja del pantalón. Pasó el dedo índice por el final del mango y notó el comienzo de la hoja muy afilada. Dio la impresión de que aquel detalle le daba una falsa sensación de seguridad. Retuvo la imagen del oficial en su mente como si fuera una fotografía. Tragó la saliva que la visión le había quitado.

Durante un tiempo que se le hizo largo repasó su vida vaticinando que, de seguir así, pronto iría a reunirse con sus seres queridos. Que estaba tentando a la suerte con tal intensidad que en breve se vería en la casilla de salida de una nueva vida. Que la suya se acabaría allí, entre aquellas montañas. Que se reuniría con amigos que desaparecieron antes que él. Con sus padres, con... Su memoria se volvió blanca de recuerdos. Su mente atenazada se negaba a admitir nada.

Trascurridos unos minutos más, el frío le obligó a tomar una decisión. Tenía demasiados interrogantes. Palpó el verdín del árbol tras el que se parapetaba. Era igual de resbaladizo que sus propios pensamientos. Intuyó que, si el día había sido como imaginaba, todo estaría preparado, a pesar de la presencia del oficial.

Emeterio se levantó dirigiendo sus pasos hacia la borda de Cyrille. Solo cuando se acercó a la puerta, escuchó muy a lo lejos lo que le pareció el llanto de un niño.

15

Los golpes sobre la puerta de la borda sonaron tenues. La noche se había cerrado de oscuridad.

—Hola, Cyrille —dijo Emeterio entrando en la borda. Estaba en la misma puerta haciendo ademán de salir.

—Está llorando —respondió el pastor—. Se oye desde aquí —indicó, agarrando una pequeña barra de hierro con la que hacer palanca. Negra y con aspecto ajado, la sostuvo con fuerza. Como quien empuña un arma. Con la otra mano mantenía la puerta de la borda abierta—. Increíble que no la haya oído. Estoy seguro de que sí oyó. Casi me da algo. No sabía cómo generar ruido para disimularlo.

—¿Quién? —preguntó Eme.

—¿Quién va a ser?, un nazi. No le había visto en mi vida. Se ha ido hace unos minutos, joder. Venga, vamos —dijo Cyrille agarrando a Eme por el brazo.

Ambos salieron de la borda mirando con recelo el exterior. La oscuridad de comienzos de la noche era total. Ni siquiera el reflejo de la luna dejaba un quicio para ver el entorno. Anduvieron cuarenta metros en dirección a la espesura. Después otros cuarenta más entre los árboles. Al llegar al punto, el anciano se agachó y limpió la tapa cubierta de hojas utilizando la herramienta que llevaba entre las manos. La tapa de madera se levantó con relativa facilidad. Eme fue a ayudarle, pero no hizo falta. Cuatro ojos observaron desde dentro cómo lo hacía. El bebé no lloraba. Acurrucado en brazos de su madre, tampoco parpadeaba.

Eme imaginó que la niña estaba comprendiendo la situación. Aunque sabía que eso no era más que una ilusión y que el llanto podría volver en cualquier momento. Pensando en la caminata que tenían por delante, le gustó el aspecto de la mujer, de complexión fuerte y aspecto duro. Llevaba el pelo recogido en un pequeño moño y vestía pantalones oscuros. El rostro, lejos de trasmitir miedo, daba la impresión de seguridad. Dos precarios escalones, junto con los dos brazos de Emeterio, sirvieron para que ambas pudieran salir del habitáculo. Nada más hacerlo, el pastor cerró la trampilla. Luego volvió a depositar algunas hojas más por encima de modo de dejar todo sin atisbo alguno de su paso.

—¿Hablas español? —preguntó Eme en voz baja.

—Sí —respondió la mujer mientras terminaba de tapar a la niña con una especie de manta pequeña.

—Tenemos dos horas y media de camino hasta Canfranc, ¿podrás aguantar?

—Mi hija me da las fuerzas que a veces no tengo —arguyó, titubeando en una mezcla de idiomas.

Las palabras le trasmitieron una fragilidad que al principio no había percibido.

—Sígueme de cerca. Si ves que te cansas, hacemos un alto. Conozco el paso hasta Canfranc como si fuera mi casa. Sé dónde están los lugares más peligrosos y otros, pocos, donde podemos estar un poquito más tranquilos. De hecho, tengo dos escondrijos en la mitad del recorrido. Está muy tapado de nubes y puede que se ponga a llover, y con el frío que hace casi seguro que será nieve. Iremos lo más rápido que podamos. Si por alguna razón me paro y hago la señal de silencio con los dedos, sin movernos medio centímetro nos agachamos inmediatamente y nos tumbamos hasta que vuelva a dar la orden de seguir. Cuando digo agacharse, es tumbarse por completo. Intentar mimetizarse. Sea donde sea, al lado de una roca, sobre la tierra o la nieve. Allí donde nos encontremos nos agachamos para intentar despistar a quien nos pueda estar observando. ¿Entendido?

La mujer afirmó con la cabeza.

—Cuanto menos tiempo estemos deambulando por la zona, mejor. ¿La niña ha comido?

—Sí, ya le he dado de mamar. Pero no descarto que por el frío vuelva a llorar. De hambre va bien. Creo que lo peor es la temperatura. Esto hace que orine más y que llore al sentirse mojada. Si veo que hay algún problema, paro un momento y la cambio.

—Bien. Pero eso no podemos hacerlo donde nos dé la gana. Ya te diré yo en qué lugar exactamente.

—Tengo leche en una botella —intervino el pastor—. Te la caliento y por lo menos un rato la llevarás templada. También os daré un trozo de queso para vosotros dos —añadió—. Lo tengo ya envuelto.

—De acuerdo —dijo Eme—. Todo eso lo llevaré yo. Si ves que no puedes con la cría, me la pasas.

—No sé si es buena idea. Los extraños no le gustan nada —replicó la mujer—. Llora casi de inmediato si la cambias de manos. Yo aguanto bien con la niña. No te preocupes.

—¿Qué edad tiene? —preguntó el pastor.

—Cinco meses, en unos días tendrá seis.

—¿Cómo se llama?

—Liberté.

—Genial —interrumpió Emeterio socarrón.

Desconcertada, mantuvo su atención en el hombre al oír el comentario.

—Bueno, pues no la llames muy alto por ese nombre hasta que estemos fuera de aquí. Y en España también la llamaría de otra manera, hasta que algún día se pueda hacer —añadió Eme en el mismo tono.

Cyrille golpeó cariñosamente el hombro de Eme.

—No le hagas caso. Ya ves que mantiene intacto su sentido del humor.

—No conoció a su padre —terció con gran seriedad la mujer—. Lo detuvieron hace casi un año y lo mandaron a un campo de trabajo cerca de Varsovia. Eso fue lo que me dijeron. Desde entonces no tengo noticias de él. Trabajó para la resistencia. Ojalá esté vivo. Era una persona maravillosa —explicó mientras se le quebraba la voz—. Yo he tenido que salir casi con lo puesto de mi casa de Oloron Sainte-Marie. Venían a por mí solo por ser su esposa. Los muy hijos de puta. Lo siento. He estado unos días en Urdos. En la casa. Me han tratado muy bien. Entre tres llevaban toda la organización, pero en la casa solo había una mujer. He estado por lo menos dos días. Eso me ha parecido.

—No te preocupes. Lo vamos a lograr, lo he hecho muchas veces. Estos montes son mi vida, los conozco al detalle —dijo Eme, agarrando las manos frías de la mujer. El beso sobre su mano izquierda le pilló de improviso, pero sintió empatía. Notó el olor del miedo entre sus dedos.

El escueto grupo partió a los pocos minutos. Cyrille los observó desde la entrada de la borda. En apenas unos segundos habían desaparecido por completo entre los árboles cercanos.

El ritmo que imprimía Emeterio era duro. Al oírla resoplar paró y se dio la vuelta. La primera mitad del recorrido era por lugares empinados, amplias arboledas de nieve y barro congelado. Eme evitaba con habilidad las zonas de hielo. La parte final, aún en territorio francés, era la más difícil. Lo peor: estaba exenta de árboles. Solo riscos y piedras. Así se lo hizo saber en un alto en el camino.

—No estamos lejos de España. Queda poco para la frontera, luego ya casi todo es cuesta abajo, aunque no podemos pensar que ya lo hemos hecho. Ojo con tropezarte. Ven cerca de mí. La niña...

—Sigue dormida... Ni la mires —respondió con media sonrisa y una mezcla de cansancio que por un momento hizo dudar a Eme.

—Estamos a poco de uno de los sitios donde podemos parar —afirmó el hombre—. Nos detendremos diez minutos. Ni uno más porque el frío es tremendo y nos congelaríamos. Te aseguro que estamos muy cerca. Mordisqueó con nerviosismo el trocito enano de bacalao seco. Percibió con bondad el olor crujiente de la sal.

—Lo utilizo para relajarme. Como si fuera tabaco. Tengo prohibidas las luces. La brasa de un cigarro se ve a mucha distancia —sonrió—. ¿Quieres?

—No, gracias. Me daría sed —admitió la mujer.

El sudor le resbalaba por la frente.

16

El *mugalari* notó cierta extrañeza en las inmediaciones de la llegada a la cima de uno de los salientes en la montaña. Sintió muy fría su acelerada respiración. Dudó entre dos direcciones. Optó por la que era un poco más larga a resultas de ser más segura. La cautela era máxima. El pasajero que llevaba en la comitiva era muy importante. Una vida recién estrenada en mitad de un mar de desatinos. Poco podía imaginar Eme que aquella opción iba a ser un gravísimo error.

Nada más comenzar a andar sintió que tal vez se estaba equivocando. Que todo en ese instante se estaba torciendo. Intentó retirar el pensamiento de la cabeza cogiendo de la mano a la mujer mientras le indicaba la dirección.

—No te alejes de mí —dijo Emeterio.

Un momento después se detuvo. Entornó los ojos intentando divisar lo que el oscuro y bello paisaje le ofrecía. Nadie por ningún lado. Hizo el gesto de continuar la caminata. No había sendero. Eme se movía a veces guiado por su sentido de la orientación. Tenía referencias de piedras, zonas heladas que reflejaban la escasa luz y daban claridad a sus pasos.

La mujer le agradeció la llegada a la zona de descanso apretando su mano. Los dos se agacharon y se parapetaron sobre una zona de musgo que con la luz de la luna parecía de color azul. La noche se estaba abriendo de nubes. El cambio mejoraba una cosa, pero empeoraba otra. Más luz significaba más reflejos en la nieve y el hielo, y por el contrario, más frío.

Eme mantuvo las manos junto a las de la joven madre. Las envolvió en pañuelos, e intentando que entrara en calor, abrazó su cuerpo con la niña en medio. Apenas se movió. Pensó que la suerte se encontraba de su lado. Que la niña los estaba protegiendo. Que era un absurdo amuleto que le traería la protección de los dioses en los que él jamás había creído. También sabía que en los momentos difíciles es cuando se pide su protección. Pero era consciente de que aquello no era más que un pensamiento egoísta y encañonado por la desesperación.

El frío arreciaba a pesar de que el lugar estaba resguardado del viento. El escondrijo lo componía un saliente de roca oculto y separado de los pocos árboles que quedaban a esa altitud. Una pequeña oquedad a un lado de un sendero solo presente en la mente del *mugalari*.

La frontera española se encontraba a poca distancia, pero ese tramo no tenía vegetación. Una zona muy peligrosa con una alta posibilidad de ser atisbados por una patrulla francesa o alemana. El filo de la navaja por el que tenían que discurrir durante escasos minutos.

Los momentos de descanso trascurrieron sin mediar palabras. La mujer con el bebé acurrucado entre sus brazos. Eme imaginó, medio dormido, que ya había llegado a la casa de Canfranc y que se calentaba junto a los rescoldos cariñosos de la cocina económica. Que pasaba sus palmas casi tocando la chapa negra de carbón y edad. Que frotaba una contra otra con la sensación placentera de la misión cumplida. Que Horacio llegaría en unas horas y se llevaría a esa criatura y a su madre lejos del horror. Que, como cada semana, su granito de arena quedaría depositado sobre la a veces estéril playa de las buenas intenciones. Agradeció el pensamiento, que entre la respiración de las mujeres estuvo a punto de dejarlo dormido.

La mirada lejana de Amira esperando en su casa le hizo darse cuenta de que aquello estaba muy lejos de la situación real. En mitad de la montaña, con un frío brutal y dos personas a su cargo por la mísera recompensa de su propia motivación. Luchar contra el enemigo. También contra sí mismo.

Se dio cuenta de que no podrían pasar mucho tiempo allí. Sintió una leve tiritona de su acompañante. La temperatura no le iba a permitir estar allí mucho más. Si se dormían, morirían los tres. Una noche bajo cero era la muerte automática. Una regata cercana mantenía un fino hilo de agua a pocos metros de ellos. Emeterio pensó que el agua huele a vida. La muerte, a humedad. Intentó retirar de su mente el pensamiento.

Fue a despertar a la mujer. Solo fue un susurro y ella abrió los ojos con dificultad.

—Debemos ponernos en movimiento de nuevo —dijo Eme—. No podemos estar más tiempo aquí.

Ella admitió mirando los ojitos cerrados de su hija.

—Gracias por lo que estás haciendo por nosotras —señaló—. El hombre sonrió.

Miró el reloj que sacó del bolsillo interno de su gruesa zamarra. Dio un par de vueltas a la cuerda de manera instintiva. La esfera, junto a una pequeña fotografía de su mujer en el anverso de la tapa, marcaba las doce de la noche. Se quedó mirando la imagen unos segundos más. Después devolvió el artilugio a su sitio. La leontina se notaba ajada por el paso del tiempo. Cuando tocó el retrato de su esposa muerta, le pareció tenerla allí al lado. Unos años de vida en común que marcaron la existencia del *mugalari*. Volvió a tocar la leontina como pidiéndole a Rosario que le ayudara a proseguir con la misión.

El mal fario que percibió al principio volvió a dejarse sentir. La intuición de Eme detuvo a los tres sin llegar a incorporarse. Cogió los prismáticos, y poniendo el dedo índice sobre sus labios miró fijamente a la mujer. Avanzó arrastrándose un metro para lograr tener mejor visibilidad. Enfocó a los lugares que él sabía. No vio nada. Volvió a hacerlo, pero alguna bruma nocturna le dificultó la visión. Esperó unos instantes hasta comprobar que el entorno estaba limpio de miradas ajenas. Volvió hacia donde estaba la mujer.

—Está todo tranquilo —afirmó Eme y continuó—. En casa estarás a salvo. Coge fuerzas. En una hora y media estaremos allí. Ahora, larguémonos.

La mujer asintió con la cabeza.

—Vámonos. Esto está limpio.

Todo se detuvo en la montaña fronteriza de las inmediaciones de Somport. El disparo se escuchó en la lejanía. Eme primero vio el fogonazo y luego escuchó el ruido. Apenas centésimas de segundo antes hizo un eco tremendo que se disipó entre las piedras.

La mujer se desplomó casi al instante.

La confusión y el terror se apoderaron de la situación. Al desplomarse, soltó al bebé de entre sus brazos, que cayó sobre su mismo regazo. El llanto se hizo palpable. El corazón de Eme se aceleró. Se oyeron voces lejanas en francés y en alemán conminando a detenerse.

Eme imaginó que era un sueño, pero la realidad le abofeteó con dureza. La sangre inundó su ropa. El solitario disparo había hecho todo el mal del que era capaz. Como si el mismísimo diablo lo hubiera dirigido. Eme se acercó arrastrándose a la mujer. La escasa distancia que recorrió fue para comprobar la increíble certeza del proyectil. En mitad del pecho y a escasos centímetros de la cabeza del bebé. Solo había quedado el retrato habitual de un cadáver: boca entreabierta y ojos de mirada perdida. El charco de sangre manchaba la cara de la criatura.

Las voces rompieron la percepción de la letal evidencia.

—*¡¡Stoppen!! ¡¡¡Stoppen!!!* —Se oyó en la lejanía.

Eme agarró al bebé, que no dejaba de llorar. Tuvo tiempo de cerrar los ojos del cadáver. Con un movimiento rápido de los dedos índice y pulgar apagó el semblante muerto de su acompañante. El rostro pareció quedar dormido con serenidad. Solo el color rojo de la sangre inundando su ropa contaba lo contrario.

Maldijo entre dientes la situación mientras comenzaba una alocada carrera hacia el lado español. Todas las medidas de seguridad se habían hecho trizas. Solo quedaban las piernas, la oscuridad de la noche y un descenso por el valle.

Se oyeron de nuevo las voces ordenando que se detuvieran. Como pudo, Eme tapó con su mano la boca del bebé. Después la retiró imaginando que sus lloros ya no importaban nada. Haciendo caso omiso de los gritos siguió corriendo, medio agachado, por uno de los riscos más empinados de la zona. El hielo le hizo tropezar, pero su determinación seguía en pie. Su objetivo era salir de allí como pudiera.

Sonó un segundo y solitario disparo que acompañó a las voces. Impactó delante de Eme creando un pequeño arañazo en una roca. La zona de salida le llevó por las localizaciones más difíciles para escapar de allí. Tras más de dos minutos correteando, sintió con alivio cómo las exclamaciones sonaban cada vez más distantes. Unos peñascos más tarde desaparecieron por completo.

Eme pasó la frontera a España, pero no notó ningún alivio. Solo pudo calmarse cuando por fin alcanzó la zona de bosque, bajando en dirección a Canfranc. Se detuvo en uno de los recodos de densa arboleda e intentó recuperar el resuello. El bebé estaba despierto y no lloraba. Pensó que el traqueteo de la huida había mecido sus pensamientos. Agarró la pequeña botella de leche, que había sobrevivido al incidente, y le dio de beber. Notó que todavía conservaba cierto calor. El bebé pudo succionar a medias y tosió varias veces debido al caudal del líquido. Luego, pareció que se quedaba un poco adormecido. «La necesidad es la madre del aprendizaje», pensó el hombre.

Al llegar a un centenar de metros de su casa con la criatura en los brazos, observó la estación y se apercibió de más movimientos que de costumbre. ¿Es posible que le estuvieran esperando? En el caso de que supieran algo, habrían tenido tiempo de llegar desde el lugar que se produjo el tiroteo hasta allí, bastante más rápido que a pie, campo a través.

El poblado de Arañones se mantenía callado. El tiempo que estuvo esperando parapetado tras la arboleda le convenció de que tal vez no fuera así. Mientras lo hacía, esperó la oportunidad exacta de entrar en su casa. Eme tragó saliva y pensó que, si el bebé no se había despertado, era responsabilidad exclusiva de la caprichosa suerte.

Después de varios minutos atravesó la calle convertido en una sombra fugaz. El sonido de la puerta abriéndose hizo que Amira fuera a esconderse preventivamente en la parte superior de la casa. Pasados unos instantes escuchó el llanto de lo que le pareció un niño y salió de su escondrijo. Bajó la escalera y observó a Eme sentado en un taburete con el bebé cercano al calor de la cocina.

El hombre tiritaba, y no era de frío.

17

La cocina económica de la casa atraía tanto por el calor como por el hambre.

Amira se acercó por detrás sin dejar de mirar la escena. Eme torció la cabeza al oírla. Sus ojos se abrieron con sorpresa al ver al bebé sobre una esquina templadita de la encimera de la económica. Una manta doblada varias veces le hacía de improvisado colchón.

—*Qu'est-ce que* c'est?

—Una niña —respondió lacónico.

El *mugalari* relató el incidente resumiéndolo con frases cortas. Después reflexionó de la misma manera sin que Amira se lo pidiera. No dejaba de dar vueltas en torno al bebé.

—Su madre está muerta —relató Emeterio en un estado de nerviosismo evidente mientras señalaba vagamente al bebé—. Joder, ¡no pude hacer nada! Un solo disparo. Certero. O tal vez no y solo fue una maldita casualidad. Creo que apuntaron desde más de cien metros. Fue casualidad..., o un tirador excepcional. No me creo esto último. Era de noche, la visibilidad era casi nula. Fue de chiripa. Nos vieron y dispararon antes de darnos el alto. No pude hacer otra cosa —repitió con la voz ya quebrada—. Quizá no querían matarla y solo fue eso, puta mala fortuna. Estaba muerta... —repitió con la mirada en el terrazo—. Las patrullas nunca pasan por esa zona. En mi vida los había visto por allí. Son terrenos muy escarpados y con mucho hielo. No sé ni cómo pude escapar. Solo dos disparos. Uno hizo diana perfecta.

El hombre repetía las mismas frases como una letanía en la que él era el único culpable. Amira se acercó a la niña. Dormía. Parecía que agradecía el calor de la cocina.

—Hay que cambiarla. Está empapada. ¿Tienes algo que pueda servir?

Eme no respondió. Amira no insistió.

—Voy a calentar agua —dijo la mujer con decisión.

El agua del cazo hirvió. El vapor se disipó generando la humedad que el carbón estaba restando. Cuando se templó, la niña abrió los ojos. Amira y el bebé se miraron. Parecían en trance.

—No sé qué ha sucedido. Tal vez me hayan delatado —aventuró Eme hablando en voz baja y para sí mismo—. Esto es una locura. Ha sido el cabrón del pastor, ¡joder!, no me lo puedo creer —farfulló entre dientes—. Puede que Horacio tenga razón. Me han tenido que ver desde la borda. Me estarían esperando... Y Cyrille estaría vigilado. No hacía ni media hora que habíamos salido de su casa. Estábamos muy cerca de la frontera.

Nada más terminar el relato se dio cuenta de la cantidad de información que estaba descargando. Fruto de su propio nerviosismo imaginó que alguien podría estar escuchándole. Eme respiró e intentó calmarse. Mirando a la joven, y con el corazón todavía acelerado, pensó que la situación no solo se le había ido de control, sino que por momentos estaba empeorando.

—Si piensas que te delataron, ¿por qué crees que esperaron a intentar detenerte en una zona tan complicada y casi en territorio español? —preguntó Amira—. Habrían aparecido nada más te fuiste de la borda. No creo que tenga sentido lo que estás contando. Y no quiero decir con esto que el pastor sea o no de los vuestros —razonó—. No tengo datos para generar ninguna hipótesis. Yo creo que ha sido casualidad. La guerra se les está complicando, según algunos periódicos. Probablemente, estos alemanes estén más nerviosos de lo que aparentan. Es así en el frente ruso. La operación Barbarroja no les salió como tenían previsto. Les están terminando por afeitar la barba. Toda la vanguardia oriental está anquilosada y bloqueada. Y están perdiendo la batalla de Leningrado. Por otro lado, siguen obsesionados con que los norteamericanos entren en Europa. No sé, para mí que ya tendrían que haberlo hecho. Aquí, en España, están bastante nerviosos también con lo de Paciano Laurel en Filipinas. Puede que llegue al poder. Les llueven críticas muy fuertes desde entonces de un montón de países. Quizá teman que, cansados de la supuesta neutralidad de Franco, algún país decida invadir España.

El razonamiento no convenció a Eme, pero fue suficiente para dejarlo pensativo, receloso y encallado al ver la cantidad de datos que manejaba su joven invitada. Tardó unos segundos en volver a hablar. De nuevo le dio la impresión de que sabía más de lo que aparentaba.

—¿Tú cómo sabes tanto? ¿Por qué estás tan bien informada?

—Leo todo lo que puedo. Periódicos, alguna revista y también escucho la radio. Fue el legado que me dejó mi madre —explicó bajando la cabeza.

Eme sintió una especial empatía por la joven. Hablaba con una madurez impropia de su edad.

—La niña necesita ropa limpia y seca —dijo, centrándose en la realidad más cercana—. ¿Tienes prendas de niño o algo con lo que poder hacer un apaño?

—No. No tengo ropa de niño ni nada que se le parezca. Hubo mucha en su momento, pero el chaval se hizo mayor. Y como pasa a menudo, se la dimos a conocidos con las mismas necesidades. Lo más aproximado a lo que me pides son esas tijeras —indicó Eme señalando un cajón—. Tengo ropa de mi mujer. Busca en el armario de mi habitación —indicó agachando la cabeza—. Corta lo que necesites para abrigarla.

—¿Tu mujer?

El silencio se hizo muy denso. Pareció que la información había salido sin permiso de sus labios. Fue la ausencia de palabras la que demandó más datos.

—Ya no está con nosotros —respondió escueto sin levantar la cabeza y con las manos sujetando su frente sudorosa—. Se llamaba Rosario. Le habría gustado saber que su ropa sirvió para algo.

La siguiente frase se quedó cortada en mitad de la conversación sin que Amira supiera qué responder.

—Murió hace muy poco tiempo —añadió Eme de manera lacónica—. Tenía un aspecto parecido al tuyo.

Amira subió a la habitación del primer piso. El armario era grande. Al abrirlo vio que una sábana blanca cubría los vestidos. La quitó y en ese acto sintió que estaba retirando una mortaja. Escogió con la mirada la prenda que consideró más apropiada. Tuvo la sensación de estar frente a una herencia casual de un ser querido. Se quedó detenida durante unos instantes.

El vestuario parecía querer contar una historia que aún le era ajena. Pasó la mano por los vestidos, en lo que estimó más una caricia. Las perchas sonaron sobre la barra de hierro. El metal contra el metal de las que estaban vacías tintineó con suavidad.

Calculó que habría unos nueve vestidos. Todos de falda. Colores grises y oscuros. Y gruesos, para soportar el frío. Dos pantalones reposaban en el fondo. Había ropa humilde, pero bien conservada. Por el tamaño se imaginó qué estatura tendría Rosario. Su imaginación fue mucho más lejos. Fantaseó con su rostro. Fabuló cuánto habría significado su presencia para Eme. Cuánto la debería haber querido. Dónde se habrían conocido. Si llegaron a estar enamorados o si se casaron por obligación. O quizá por necesidad. Cómo y por qué murió. En qué lugar estaría enterrada. Quién sería aquella mujer de los vestidos olvidados. Posiblemente, aquel ajuar era consciente de haber perdido a su dueña y esperaba indolente una segunda oportunidad en alguien que llegaría por sorpresa. Trajes que la muerte ya ha visitado, pero no ha sido capaz de llevárselos consigo. Modelos de tela con forma humana que desafían las leyes del tiempo. Patrones únicos marcados por las tijeras del tiempo. Cuánto puede contar la ropa que elegimos de nuestra forma de ser. Maniquís ausentes de nuestra personalidad, pensó Amira.

Su lado más pragmático la puso en su sitio. Eso sucede solo en tiempos de paz. Durante los combates son solo vestidos de supervivencia. Vestidos para pasar desapercibida, para no ser vista, para engañar al enemigo, para mimetizarse, para estar caliente y escapar del lado más oscuro de la condición humana, la guerra. La de siempre. La misma con distintas armas y el mismo odio. Los vestidos de la vergüenza de una humanidad que nunca en su dilatada vida ha sido capaz de vivir respetándose. Una tras otra, las personas expuestas y manipuladas como borregos a los delirios de grandeza del iluminado de turno que nos vuelve a engañar con mentiras y falsas promesas. La historia de la humanidad ha sido y será la historia de la guerra.

Amira pensó que, tal vez, se estaba contradiciendo. Y que tarde o temprano debía contarle a Eme la verdadera razón de su presencia en ese lugar.

Palpó con cuidado cada vestido buscando algo muy puntual. La suavidad. El tacto era la clave para que la niña se sintiera a gusto y protestara lo menos posible. Juzgó varias texturas sobre su mejilla. Testó alguno más con sus propios labios. El aroma penetró en su interior como siempre lo hace el olfato: sin permiso. El olor nítido de aquellos tejidos la devolvió de un plumazo a la figura de su madre abandonada. Escondida a su suerte en un lugar recóndito de un París fétido. Su recuerdo y su forma de despedirse de ella le pesaba como si aquello hubiera sucedido ayer mismo.

Le pareció que estaba profanando una tumba cuando se decidió a escoger un vestido para cortar. Algún llanto aislado le imprimió la prisa, que había pasado por alto. Extendió encima de la cama el que consideró más conveniente, uno gris oscuro de tela de algodón suave. Parecía que lo habían usado poco. Muy poco. Incluso, tal vez estuviera por estrenar. Lo sopesó pensado en su trasformación. Prefirió bajarlo antes de meterle la tijera.

Cuando fue a cerrar el armario, un detalle le llamó la atención. Un vestido negro, largo y muy elegante. Ajustado de cintura y con varios pliegues decorativos sobre los hombros. En la percha, colgando, una bolsa de tela. En su interior, un velo blanco largo. Lo olfateó y le dio la impresión de que el aroma zalamero de un membrillo inundaba la tela. Bajando la escalera imaginó que aquel vestido podía contar muchas cosas.

Emeterio le hizo un gesto para que se acercara. Amira sopesó el vestido delante de su cuerpo.

—Teníamos una estatura parecida —añadió la joven nada más llegar a su vera. Iba a sonreír, pero se contuvo.

Eme se quedó mirándola y una gran oleada de recuerdos se abrieron frente a sus ojos. Nunca otra mujer se había puesto un atuendo de su difunta esposa. Percibió la imagen de una Amira más adulta de lo que sintió cuando la joven llegó a su casa. En un increíble ejercicio de memoria recordó la primera vez, y por desgracia la última, que su mujer había llevado aquel vestido. Fue el día exacto en el que se acabó la maldita guerra civil española. Lo paseó con alegría, porque el conflicto había acabado, y a la vez con tristeza por cómo había acabado. Parecía que los combates habían terminado de una vez por todas. Una primavera de ingenuas promesas que desconocía que la tregua daría paso, apenas unos meses más tarde, en septiembre, a una guerra mayor. Un mes de abril cargado de sentimientos agridulces que se alargaron por los alrededores de la estación de Canfranc con calores que presagiaban tórridos veranos de nuevos conflictos.

Cuando Amira cortó el vestido, la tijera crujió rasgando el tejido con suavidad. Eme especuló con que estaba cortando bastante más que la tela.

—Amira, acércate, te voy a contar lo que he decidido hacer. —Al cruce de miradas entre Eme y la niña se unió la de Amira.

18

—Acercaos, voy a contaros lo que vamos a hacer —dijo Horacio con una voz que mezclaba susurro, nerviosismo y complicidad.

La trasera de la cocina de la fonda Cramora era un lugar discreto para reunirse. Se podía acceder a ella desde la arboleda cercana. El espacio tenía una puerta que apenas se divisaba. Muchas veces se utilizaba para poder acceder con mercaderías sin tener que pasar por la mitad del comedor. Un detalle que el propio Juliano había pensado en un intento de mejorar la calidad del servicio.

La nieve caía con delicadeza por las ventanas del comedor. Como no hacía viento, la sensación térmica era soportable. Los tres hombres hablaban en voz baja.

Cuando entre ellos no utilizaban el diminutivo, era porque las cosas estaban muy serias.

—Emeterio, tenemos que ir a la casa de Urdos —dijo Horacio—. Tengo un salvoconducto para circular con la camioneta. No podemos seguir así. El pastor puede que sea un confidente de los alemanes y los disparos de ayer sean consecuencia directa de que estos malnacidos ya lo sabían. Deben saber eso en Urdos.

Juliano y Emeterio le escuchaban sentados en sendas cajas de madera.

—O por lo menos debemos trasladarles nuestras dudas. A través de Cyrille está claro que no podemos filtrar esa información —ironizó Horacio—. Eso ya se habló en su momento. Lo que ocurre es que nunca habíamos estado en esta situación. Cuando se desconfía de alguien, hay que saltar un eslabón de la cadena. El pastor no debe conocer ningún otro mensaje, al menos hasta que aclaremos este asunto. Margot y Aligó no deben pasar la frontera, no hasta tenerlo todo más controlado. Por otra parte, tampoco podemos esperar mucho. La acción debe llevarse a cabo sin mucha más demora. Tal vez nos la juguemos.

—No, joder. Cyrille es de los nuestros —afirmó el *mugalari*.

—Emeterio, ¿todavía no te das cuenta de que has salido vivo de milagro de esas montañas que conoces tan bien? —intervino Horacio.

—Gracias a que las conozco tan bien he podido salir de allí —matizó con aspereza Eme.

—Lo sé, lo sé, no lo pongo en duda, joder. No te estoy criticando y tampoco te lo estoy echando en cara. Soy tu amigo y tu compañero desde niño —afirmó Horacio—. Vamos, estoy tan preocupado como tú. Solo pretendo abrirte los ojos. Llevamos dos años con esto. Nos costó montarlo, pero ha merecido la pena. Hemos pasado a mucha gente con este sistema. Ha habido algún incidente aislado, pero nada grave. Así fue hasta ayer. Te hubieran podido detener o, algo peor, torturarte primero y después matarte. Es lo que están haciendo. Su *modus operandi* funciona así. Y lo que se cuenta de cómo lo hacen pone los pelos de punta. Confiesas cualquier cosa para que paren —añadió con dramatismo—. Cantas nombres, direcciones, horarios y todo lo que sepas. Después, a no ser que les intereses por alguna razón, es seguro que te matan. Es decir, poco importa si les cuentas la verdad o no.

Juliano seguía manteniéndose en silencio.

—Yo lo dije en su momento. Nosotros pasamos la frontera a gente que viene huyendo del otro lado de la muga. Ampliar este cometido me pareció muy arriesgado. Sigo sin estar de acuerdo. No sé quiénes son Margot y Aligó, ni lo que quieren ni qué demonios vienen a hacer a Francia. Controlo lo que tengo entre las manos. Solo eso. Esto me parece demasiado grande. Yo solo sé andar por las montañas, y si salvo vidas, me siento mejor. No es para nada lo que hablamos en su momento. Cuando yo me metí en este asunto, dije que me encargaría de pasar gente por el monte. Gente hostigada que viene huyendo del horror. Nunca he disparado un arma. Ni siquiera para cazar. Ando por estos riscos igual que lo hacen los sarrios. Es mi única habilidad. Gracias a la cual puedo hacer lo que hago.

Horacio y Juliano le miraron con preocupación.

—Eso lo decidimos entre los tres —afirmó Horacio, tocándose la calva con una mano.

—¿Qué querías que hiciese? Sois mis amigos. Yo solo me uní a vuestra decisión, no me quedaba más remedio, no os iba a dejar colgados —dijo Eme—. Nunca pensé que esto fuera a ir tan lejos. ¿Tú sabes a qué vienen esos dos al otro lado de la frontera?

Horacio negó con la cabeza, aunque con poca convicción.

—Lo sabe la organización. Yo no. Nosotros ayudamos en lo que podemos. Somos la sección del paso de fronteras —dijo Horacio en voz muy baja.

—Yo solo paso personas. No quiero saber nada de matar a nadie —concretó Eme—. Esto ha crecido como una bola de nieve respecto a lo que hablamos en un principio. Se ha complicado mucho... Yo solo sé hacer lo que hago, y pensaba que lo hacía bien. —La pausa alargada le dio más importancia a sus palabras. Tras ella, añadió—: Por lo menos sé hacerlo premeditadamente. Quizá improvisar no se me da tan bien.

—Vamos a calmarnos un poquito —intervino Juliano—. Eme, tú has hecho lo que debías. Has salvado la vida de una niña, ¡joder! Aunque muy poca gente lo sepa, eres un puto héroe, no lo olvides.

—Pero he perdido la vida de su madre y eso me está pesando.

—Te recuerdo que tú no la has matado. Tú no has disparado —apoyó Juliano.

—Iremos Juliano y yo a Urdos y veremos qué se puede hacer —propuso Horacio—. Tú, Eme, estate aquí tranquilo hasta que tengamos más noticias. Estás en la estación, en tu trabajo. Haz como si no pasase nada. Sigue haciendo un frío de cojones. Los alemanes saldrán poco.

—No estoy nada tranquilo. ¿Qué hago con las dos mujeres que tengo en la casa? Amira y Liberté son ahora mismo dos problemas muy gordos. Sobre todo la segunda.

—Yo creo que tenéis que aguantar en la casa —respondió Horacio—. En cuanto pueda, la saco para Jaca.

—Los llantos agudos de los niños se escuchan desde muy lejos.

El oído del ser humano evolucionó y está diseñado para oírlos. El alemán que apareció el otro día puede volver a aparecer —dijo Eme.

—El tal Dietter puede aparecer también por aquí —terció Juliano—. Pero bien saben que no pueden andar a sus anchas. Que lo que hacen está más allá de sus atribuciones fuera de la estación. Están ahí, en la cuerda floja. Franco no quiere líos. Dejan hacer. Sabemos que tienen órdenes de no enfadar a nadie, incluso si se extralimitan un poco en sus funciones.

—Yo estoy en la puta estación, trabajo allí. Demasiado cerca de sus dependencias. Si me agarran, para cuando me dé cuenta, estoy en Francia en manos de los alemanes —aseveró Eme.

—Resumiendo —empezó a exponer Horacio—: Juliano y yo vamos a Urdos a por información. Cloe es una persona muy importante. Debe saberlo cuanto antes. Una francesa brava. También ella se juega el pellejo. No se mueve de la casa de Urdos. Está comprometida con la causa y es muy seria. Y, además, tiene un aspecto que contradice su fuerza. La disculpa será buscar mercaderías por la zona. Iremos con quesos y esas cosas. Llevamos salvoconductos muy bien elaborados.

—¿Los sigue haciendo tu mujer? —preguntó Juliano.

—Sí —precisó Horacio—. Los hace con detalle. El papel rosa que conseguimos es la clave para los de Francia. Los españoles no llevan foto, pero sí un montón de sellos. Es muy manitas. Los de Margot y Aligó ya los tiene preparados. No se nota nada. Están perfectos.

—¿Para cuándo podrá conseguir el de Amira? —preguntó Eme—. Ahora es la llave para poder salir con el bebé. Ya hemos decidido que no puede ir en el compartimento oculto de la camioneta. Y como sigue habiendo controles de la Guardia Civil por muchos sitios, necesitamos papeles.

—Lo está haciendo, no te puedo decir nada más —respondió Horacio—. Obtener una foto parecida a ella, para hacerle también un carnet de identidad, no está siendo fácil. Un salvoconducto no sirve si no va acompañado del primero. Para el próximo viaje tal vez pueda subirlo. Eso será una semana.

—Una semana.

—Sí, hacemos lo que podemos. Hay que aguantar.

La improvisada reunión estaba tocando a su fin.

—Yo tengo una foto de carnet de Rosario —intervino Eme—. Si la retoca, podría servirle a Amira.

Sus compañeros le miraron en silencio. El sonido de la puerta abriéndose les hizo volver la cabeza al unísono. Angelines saludó con sequedad. Los tres respondieron en voz baja. La mujer desapareció con una botella de Anís del Mono en la mano.

—Dame la foto y veremos qué podemos hacer —dijo Horacio en voz muy baja.

—Una última cosa, ¿qué ha pasado con la explosión del otro día? —preguntó Horacio, mirando fijamente a Juliano. Eme se unió a la sensación inquisidora.

—Ha sido una explosión fortuita. No ha pasado nada —relató Juliano—. Se llevaron un buen susto los hijos de puta. Un coche que ha debido de tener algún problema. Se calcinó por completo. Ese no trasportará más nazis —afirmó mientras esbozaba media sonrisa.

Las miradas seguían clavadas en el cocinero de la fonda.

—¿Qué pasa? ¿Por qué me miráis así? Yo no lo he hecho. Qué os pensáis.

—Juliano, a ti te gusta ir a tu puto aire. Te conocemos muy bien. Tienes conocimientos de explosivos. Si te da el enfado, puedes hacer cosas que no son lógicas. Arrebatos, por decirlo de algún modo —afirmó Horacio.

—Eso fue hace mucho tiempo. Ni me acuerdo. De cuando hice la mili y andábamos con las granadas. Joder, yo no he hecho nada —insistió Juliano—. ¿No me creéis?

Horacio y Eme parecieron seguir interrogándole.

—El coche ese habrá explotado porque tendría una fuga de gasolina, o qué sé yo. ¡Creedme!

—No sé si retrasar el asunto que llevamos entre manos —manifestó Horacio—. Detalles como estos lo único que hacen es poner más en guardia a todos. No nos beneficia tensar la cuerda. Ellos están aquí a su rollo y nosotros, al nuestro. No puedes andar a tu aire haciendo acciones extrañas. Y eso incluye no sabotearles nada. Por lo menos aquí —añadió con seriedad.

—De verdad —insistió Juliano con retintín y sin dejar de sonreír—. Pensad lo que queráis, pero yo no me he movido de aquí. —La media sonrisa continuaba dibujada en su cara.

Dos segundos más tarde, las palabras se volvieron ásperas.

—Y si lo hubiera hecho, ¿qué? —Juliano cambió su tono en un instante—. Tú también estás metido en el tinglado ese que mantienes oculto de Margot y Aligó y no sueltas prenda. Cada uno hace lo que puede.

—Eso no es así —dijo Horacio y agregó—: No solo estamos nosotros. Además, estás poniendo en riesgo las acciones que lleva a cabo LeLé, y eso no está bien.

—LeLé hace lo suyo y lo hace muy bien. Controla el paso de gente por la estación. Nosotros, a lo nuestro, en paralelo y sin molestarnos —respondió Juliano—. No os preocupéis. No he notado ningún movimiento extraño en los nazis. Al día siguiente tal vez un poco, pero nada más. Estuvieron mirándolo todo, revisando los pasajeros que llegaban y esas cosas —argumentó Juliano, manteniendo una sonrisa que hacía dudar de la veracidad de sus palabras.

Horacio lo miró con cierta condescendencia. Después, dijo:

—Vamos a estar muy atentos. Os lo ruego. No quiero nada que nos desvíe la atención de los objetivos por los que estamos aquí.

19

Acababa de amanecer sobre la base de la Collarada. La cima nevada hacía rato que era castigada por una luz solar implacable. A pesar de ello, el frío continuaba en el ambiente sin dejar subir la temperatura. Marcaba un grado sobre cero. La noche había sido aún más fría y había dejado varios charcos helados. Dos patrullas del cercano puesto de la Guardia Civil de Canfranc se encontraban en la entrada de la gruta de las Güixas. Las luces azules giraban con distraída cadencia. A su lado, un coche fúnebre mantenía el portón trasero abierto ofreciendo la tétrica sensación de tener hambre. No tardaron en llegar una patrulla más y un coche sin identificar. La zona se protegía acordonada perimetralmente para evitar la llegada de curiosos.

El juez de guardia de Jaca bajó del segundo vehículo ayudado por un agente y su propio bastón. Al entrar en la cueva, la temperatura cambió. Avanzó con lentitud con uno de los agentes por la izquierda, mientras el bastón aseguraba sus pasos por la derecha. En el lugar, varios agentes peinaban el sitio con extremo cuidado en busca de pistas. El cuerpo de Silván se custodiaba oculto por una manta preparada para tal efecto.

El forense saludó al juez Pueyo.

—¿Qué tenemos? —preguntó el magistrado.

—No sabemos quién es. Calculo que lleva muerto por lo menos doce horas. Ahora están con las huellas e inspeccionando la cueva. Ya hemos fotografiado todo. Si nos das permiso, lo van a levantar ya. Luego haré la autopsia y enviaré el resultado cuanto antes, pero mucha sorpresa me tengo que llevar para que este no haya fallecido por otra causa que no sea el evidente traumatismo que acarrea en la cabeza. Aunque eso, como bien puedes imaginar, nunca se sabe. En su interior puede tener detalles que nos ayuden. Veremos —concluyó alejándose el forense.

El juez miró el rostro de la víctima levantando el cobertor. Se apoyó en su bastón para levantarse. Una acción que había hecho en su vida profesional bastantes más veces de las que hubiera querido. El costado izquierdo de la cara de Silván no daba la impresión de haber sufrido el ataque. Conservaba el rostro con cierta normalidad letal: ojos de párpados subidos, mirada perdida y boca entreabierta. Lívido. Tenía la temperatura ya adecuada a la del entorno de la cueva.

No sintió nada en especial. La muerte lo acompañó tantas veces en su dilatada vida profesional que había pasado a ser su amiga. Una vez terminada la inspección se retiró al exterior acompañado por un agente.

—Voy fuera. Estos lugares me producen claustrofobia, y eso que este es bastante amplio —dijo el juez saliendo de la gruta. Estaba deseando terminar.

Todo pareció hacerse menos tétrico para el juez. La luz del sol le dio aire. Bajó los cuatro escalones de piedra hasta llegar al sendero. Allí se detuvo.

—¿Quién lo ha encontrado? —preguntó.

—La persona que lleva el centro de visitantes. Una tal Ana. Ha encontrado la entrada forzada. Está muy nerviosa. Apenas hemos podido hablar con ella. Nos espera en el centro de interpretación de abajo. Estaremos con ella en unos minutos —respondió el agente de la Guardia Civil, Lorenzo Cartón.

—¿Quién está al mando? —preguntó el juez

—Chasis. Me acaba de telefonear que está en camino.

—Andará esquiando o haciendo travesía —rio Pueyo.

El agente le respondió mientas le sonreía con discreción:

—Desde que vive en Torla anda más por aquella zona.

—¿Se ha cambiado de valle? ¿Y eso? Pero siempre ha vivido en Canfranc, ¿no? —preguntó Pueyo y añadió—: Eso aquí se considera una auténtica traición —ironizó el juez, bromeando en voz muy baja—. Pienso que es precisamente la verdadera razón por la que no se llega a unir la estación de esquí de Formigal con la de Astún. No las ridículas y politizadas demandas de los ecologistas —dijo entre risas.

—Sí, sí, mantiene la casa de su madre en Canfranc Pueblo. Lo que ocurre es que se ha echado novia por la zona de Ordesa —confesó con rapidez el agente—. Una gallega que se ha enamorado del valle de Tena. Lleva casi seis meses con ella. Yo no la conozco. Debe de ser muy joven —cotilleó—. Esta tierra engancha.

—Tienes razón, engancha. Pero vamos al grano, la prensa rosa me interesa —sonrió el juez colocándose los guantes—. ¿Cómo de joven?

El agente se encogió de hombros.

—Me han dicho que bastantes años menos. Cuando le pregunto, se hace el loco y cambia la conversación —zanjó Cartón con educación—. Parece que no le gusta hablar de eso.

—Eso me encanta. Rivalidad pueblerina de valles. Él, del valle del Aragón, y la novia es una gallega en el valle de Tena. A ver cuánto le dura esta. La última parece ser que no mucho, y no era mala pieza. No sé por qué lo dejaron. ¡Este hombre es una caja de sorpresas! Entre sus mujeres y su atípica afición es una persona muy especial —rio con discreción—. Pero te diré una cosa. Yo me fío de él. Sabe hacer las cosas y tiene mucha experiencia. Mira, ahí está —añadió Pueyo.

—Estoy de acuerdo. A mí me gusta trabajar con él —afirmó Cartón.

Andando a paso ligero, Alberto Bastidor apareció por el fondo del sendero como salido de la nada. En su cara, la marca de las gafas de sol dejó paso a un rostro moreno y ajado por el clima seco, con una barba poblada levemente canosa y recortada con habilidad. El más de medio centenar de años daba a su mirada serenidad y un atractivo que no pasaba desapercibido. El uniforme de montaña de la Guardia Civil se mantenía impoluto sobre su metro noventa y cinco. El haz de lictores bordado sobre el pecho daba a su figura autoridad y, sobre todo, presencia.

—Perdonad el retraso —dijo sin más preámbulos—. Buenos días, juez Pueyo, agente Cartón.

Cartón se retiró durante unos minutos y explicó con detalle lo que habían encontrado. Ambos entraron de nuevo en la gruta y fueron hasta donde se hallaba el cadáver.

Chasis inspeccionó de cerca el cuerpo. Observó el pequeño hueco que había en el suelo, a un costado de la tela. Miró las manos y las uñas del cadáver, que estaban manchadas de tierra. Giró la cabeza y ojeó el entorno. Paredes mudas ancladas en un tiempo pétreo. En cuclillas, se detuvo en el suelo ante los objetos encontrados. Con la punta de un bolígrafo Bic echó un vistazo al interior de la mochila abierta; con la otra mano lo iluminó con la linterna del móvil. La palabra «ritual» fue lo primero que le vino a la imaginación. Habló con el forense y después con los demás agentes.

—¿Dónde está la tal Ana?

—En el centro de interpretación —respondió Cartón.

—Voy para allá. Que no se nos escape nada —advirtió Chasis mientras se marchaba—. Revisad paredes, techos y suelos, fotografiad todo —insistió en voz más alta—. Echad un vistazo a la reja de la entrada y a la cadena que la sujeta. Alguien más aparte de él puede haber dejado sus huellas allí. Si es que están las de la persona que estamos buscando. Veremos.

Chasis se despidió del juez y bajó en dirección al centro de interpretación sin dejar de mirar el estrecho sendero. Se paró en dos ocasiones para observar algún resto, pero enseguida se percató de que aquello llevaba bastante más tiempo. Al llegar a la puerta, un compañero de la Guardia Civil le indicó dónde estaba la joven. Un pequeño despacho con calefacción. Varios pósters de publicidad de las cuevas y diversos paisajes de la zona decoraban las paredes.

—Buenos días, Ana, soy Alberto Bastidor, sargento de la Guardia Civil de Canfranc —dijo ofreciéndole la mano. La mujer se la dio casi sin levantar la cara. Arrugó el pañuelo sobre su rostro. La viva imagen de una persona delgada y frágil contrastaba con la corpulencia del policía.

—¿Está usted bien? Podemos hablar ahora, ¿o quiere que lo dejemos para más adelante? Puedo volver en media hora, si le parece. No mucho más. Los primeros momentos suelen ser cruciales.

—No, no, estoy bien. Prefiero afrontar esto cuanto antes.

Chasis agarró una silla y se sentó a su lado manteniendo la distancia, pero ofreciéndole a la vez cierta cercanía.

—Cuénteme cómo ha sido. Intente recordar el mayor número de detalles.

20

Al bajar a Jaca, el BMW color azul marino marcó una temperatura más liviana. Apenas cinco grados, más del doble que en Canfranc. Camino Ostolaza cambió de dirección y enfiló la autovía en dirección a Sabiñánigo. El enlace, recién estrenado, hizo que la población quedase a mano derecha. Las rectas para acercarse a la cabecera del valle de Tena se le pasaron casi sin darse cuenta. El vehículo circulaba de manera automática, del mismo modo en el que estaba funcionando la mente de Camino.

La desviación hacia la población de Biescas la cogió más tarde y atravesó la zona moderna hasta llegar al puente que cruzaba el río Gállego. La parte antigua hablaba de edificios de piedra muy cuidados. Calles estrechas ceñidas de comercio y vida, rodeadas de montañas de cimas blancas sobre tejados de pizarra inclinados. El mural con el corazón verde del artista Sergio Beltrán presidía el centro de la población de Biescas recordando lo que era: el corazón de los Pirineos.

Dejó el coche en una de las callejuelas, justo a medio centenar de metros del portal al que se dirigía. La casa era un segundo y último piso. Abrió con sus llaves. El olor fue lo primero que cruzó el cerebro de la científica. Una mezcla de hogar y leña. Dulce y salado levitando en el aire. Parecido a cuando hueles tus recuerdos de infancia. Un perfume de caricias.

Su madre se encontraba en la cocina. Tuvo que alzar la voz para que la escuchara.

—Buenos días, mamá —saludó Camino.

—No te he oído entrar —respondió María.

—Nunca me oyes cuando entro —añadió socarronamente Camino, mientras abrazaba a la anciana y le depositaba un fuerte beso en la mejilla. Llevaba sus setenta y nueve años con dignidad física y mental.

—Me funciona lo de dentro de la cabeza. Lo que está fuera de ella empieza a chochear —argumentó en el mismo tono.

Camino se acercó a la económica y olió el guiso. Patatas con trozos despistados de cordero, compartiendo cebolla y pimientos de colores, flotaban bailando, hirviendo a ritmo lento, pero acompasado. El toque de orégano y canela era sutil. El del laurel estaba también presente, tanto que atravesó su mente con recuerdos muy vivos. Este último sintió que lo hacía sin permiso.

—En esta casa hace frío —dijo Camino, frotándose las manos—. ¿Para qué tienes la calefacción?

—Yo me acerco al fuego —contestó su madre—. Me vas a tener que subir algún tronco de la leñera, porque no me quedan muchos —indicó mientras azuzaba los rescoldos apartando la cazuela.

—Lo haré, lo haré.

—¿Cómo vas en el trabajo?

—Bien.

—No me estoy refiriendo al Laboratorio Secreto de Canfranc —comentó su madre.

—Mamá, haces tantas veces el chiste que al final me lo termino creyendo, y hace unos días casi lo suelto en una conferencia. Laboratorio Subterráneo de Canfranc, no Secreto —apuntó.

—El humor es lo único que queda a mi edad. Hay que reírse de todo —respondió María, evasiva.

La madre se acercó y se sentó a su lado.

—El tiempo es distinto en el proyecto —afirmó Camino—. Es lo que más nos está costando. Los minutos, las horas y los días no duran lo que deberían. También la cuestión cronológica está dando guerra. Te lo he explicado muchas veces. El tiempo parece que se está ralentizando. Por el contrario, a veces estamos seguros de que se acelera. Avanza paralelo a nosotros, pero no al mismo ritmo. Vemos cosas, pero no sabemos si son cronológicas. En realidad, creo, creo

—repitió mirando al suelo— que no lo estamos dominando. De hecho, la relación espacio-tiempo nos trae de cabeza. A veces vemos cosas repetidas o que pasan antes de que realmente sucedan en el proceso cronológico. Ayer, justamente, me pareció que este asunto se me estaba yendo de las manos. Las personas que creamos para el programa están controladas, pero parece que nuevos conceptos están creciendo en algún lado que no tenemos registrado. Nos pasa lo mismo con algunos de los paisajes y por supuesto con los olores. Trabajamos muy duro en el programa. Ismael, sobre todo. Yo le ayudo, sin embargo, no soy arquitecta de *software* como él. A veces intuyo lo que mi compañero va a hacer y otras dejo que él decida.

María la miró con detenimiento. Dio la impresión de que su sordera estaba asimilando sonidos nuevos.

—Tú eres la más lista. De los que yo conozco, desde luego que lo eres. El control lo tenéis que seguir teniendo vosotros, ¿no?

—Sí, sí, pero las cosas no son tan sencillas. A partir de una inteligencia artificial estamos creando una realidad desde el presente, y eso juega exclusivamente con el pasado. Con lo único que de verdad existe, lo que ya ocurrió. Aunque tampoco es del todo así. El pasado podría tener incluido el futuro. Barajamos incluso que todo se pueda deber a una nueva teoría denominada «reflejos temporales». Igual no tiene sentido. O a lo mejor sí.

—Lo estás consiguiendo —dijo María en un tono orgulloso.

La doctora respondió con una sonrisa forzada.

—Silván está muerto. —Sus palabras sonaron con frialdad.

María abrió los ojos como platos.

—¿Me has oído, madre?

La mujer afirmó con la cabeza.

—¿Qué ha sucedido? Te dije que esto podía llegar a ser muy peligroso. ¿Tiene algo que ver con lo que estáis haciendo?

—Creo que no. No lo sé. Puede que haya visto algo en el juego que le hizo ir a la cueva a no sé qué. No tengo ni idea de lo que hacía en aquel lugar. Acabo de hablar con la Guardia Civil. Están llamando a los amigos de él. Me han pedido que vaya a declarar.

—¿Dónde lo han encontrado? ¿En qué cueva?

—En la cueva de las Güixas, en Villanúa. —Camino relató con algún detalle más lo que sabía hasta el momento.

El silencio solo se vio interrumpido por el crepitar de los troncos ardiendo en la cocina.

—Me han pedido que vaya a declarar en calidad de amiga de la víctima.

—¿Qué les vas a contar? —preguntó María.

—Lo obvio. Que era mi amigo —añadió mientras se alejaba.

La anciana contempló cómo su hija se sentaba en la silla de madera. Y con el rabillo del ojo observó el gesto que hizo después. Pensó en decirle lo que muchas veces había pensado, pero jamás se había atrevido: que echar aquel regalo a la basura la ayudaría a olvidar lo que este representaba. O por lo menos que se lo llevara a su casa, que no quería volver a verlo, porque también le recordaba al padre de Camino. «Un piernas» que huyó de su vera en el mismo instante en el que se enteró de que María estaba embarazada de ella. A lo mejor esa dificultad para relacionarse con los hombres se la había trasmitido desde el primer día que estuvo en su vientre. A veces pensaba que todo era herencia de aquel hombre que se dio a la fuga. Jamás hablaron de ello.

Camino le sonrió. La anciana no le contestó.

Ella seguía pensando que su hija era la más lista del mundo, pero solo para algunas cosas. Sus complicadas relaciones con los hombres no entraban en ese listado. Y a pesar de que ahora tenía pareja, el vacío que había dejado estaba todavía en el haber de su corazón. Aquel hombre la había capturado con buenas dosis de simpatía, la dureza de su aspecto —con rasgos muy varoniles— y también por su atípica afición, la de escribir poesía. Para una persona de ciencias como ella, las letras bien situadas sobre un papel en forma de poesía, o simplemente de prosa poética, le llegaban profundamente. Y la historia con él venía de muy largo.

Camino, distraída, cogió la figura metálica de un haz de lictores en una pequeña peana, que Alberto Bastidor le había regalado hacía ya unos años y que se mantenía impoluta. Cada vez que llegaba a la casa de su madre, manoseaba el juego de manera involuntaria, como quien acaricia un perro cariñoso cuando te recibe. Pasó los dedos por el filo romo del hacha. Absorta en sus pensamientos, la giró con lentitud. La imagen de Telmo, su actual pareja, se le cruzó con descaro por la cabeza. No supo qué pensar.

Bajo la pequeña peana que sostenía el mítico emblema, una inscripción contaba algo distinto de lo que la figura representaba y dejaba las cosas muy claras. Valores del cuerpo de la Guardia Civil como el compañerismo, la lealtad y el sacrificio daban paso a una historia de amor. Una vez más, volvió a leer las palabras.

> Camino, tus ojos son como mi corazón, late al ritmo de tus párpados.
>
> Chasis. Octubre de 2006.

21

Cueva de las Güixas, Villanúa, comienzo del otoño de 1986.

El verano llegaba a su fin. El frío y las cimas más altas, tocadas de un blanco temprano, rodeaban el rostro del muchacho.

Chasis, sobre el agujero superior que daba a una de las galerías, se cerró el plumífero y se frotó las manos mirando la hora con cierto nerviosismo. Se palpó el rostro y sintió que sus mejillas estaban limpias de pelos. Un solitario grano había cedido dejando una marca muy leve. Era la segunda vez en su vida que se afeitaba. En cuanto la barba saliese con dignidad, se la dejaría crecer, pensó el adolescente.

La gruta mantenía la oscuridad, a pesar de que el astro, a través de sus rayos, le diera las luces y sombras necesarias para hacer del interior un lugar enigmático y mágico. El joven, cautivado, miraba la oquedad.

Se sentó en el borde de la cavidad. Esperó, ansioso, mirando a cada rato alrededor suyo. Nadie apareció. Volvió a mirar la hora. El recuerdo de su madre muerta volvió a ser muy poderoso, como si se le hubiera cruzado físicamente. Recordó la ingente cantidad de cosas que ya no le podría preguntar. Pero en absoluto sintió miedo. El techo de la cueva le daba seguridad. Era su segunda casa.

Jugó a tirar piedras a una lata roñosa. Deambulando, pasó la mano por las hebras de romero de una mata cercana. Arrancó un trocito. Se lo restregó entre los dedos sacando su esencia más profunda. Lo olfateó mientras sentía las notas profundas, a veces agresivas, viriles y deportivas. Recordó un dicho que su madre siempre decía: «Si pasas delante de un romero y no coges de él, ni has tenido amores ni piensas tener».

Sonrió para sí mismo.

Se paró y se sentó varias veces olisqueando la hierba. Por momentos pensó que ella no aparecería. Siempre que quedaban, a él le asaltaba la misma incertidumbre. Pero sí apareció, la divisó en la lejanía, sabía que era ella.

Camino andaba deprisa sendero arriba desde Villanúa. Llevaba una chupa de cuero negro con hombreras y unos pantalones vaqueros muy ceñidos. Unas deportivas blancas. El pelo largo y suelto. Tenía en el rostro dieciséis años, recién cumplidos, de juventud.

El joven tiró al suelo el chicle con xilitol que estaba mascando y le hizo señas desde lo alto. Ella respondió alzando el brazo. Cuando llegó a la base del sendero, el muchacho bajó unos metros para ayudarla a subir. Para hacerlo le sujetó la mano y la mantuvo de esa manera cuando se acercaron al agujero y se sentaron alrededor.

—Creía que no llegabas —dijo con naturalidad.

—Llegar desde Biescas hasta aquí no es asunto frívolo, a pesar de los escasos kilómetros en línea recta que separan los dos valles. Además, mi madre es una pesada. ¿Te puedes creer que le parece poco lo que estudio? —sonrió con suficiencia.

Chasis rio y besó su cuello. Pasaron unos instantes sin decir nada. El bocadillo de mermelada de cambrón con trocitos de chorizo estaba envuelto en papel de aluminio. Arrugó el envoltorio y lo metió en el bolso. El aroma dulce y graso le invadió la boca.

—No le he dicho que venía a buscarte —explicó Camino—, por eso solo me ha hecho un bocata. Un día de estos se lo tengo que decir —añadió la joven ofreciéndole un mordisco. El pan crujiente deslizó pequeñas miguitas que cayeron por su zamarra.

—Yo, lo primero que voy a hacer al cumplir los dieciocho años es sacarme el carnet de conducir. Pero bueno, ya estás aquí. Te presento lo que de ahora en adelante será nuestro refugio —dijo Chasis con espontaneidad, no exenta de admiración, mirando el interior de la cueva.

—Buaaa, qué sitio más flipante.

Durante más de un cuarto de hora, Chasis le enseñó la zona. Después se sentaron sobre la roca cercana a la oquedad.

—Tengo que contarte una cosa —reveló Camino.

—Tú dirás.

—He decidido lo que voy a estudiar.

—Siempre has dicho que querías estudiar Física. Entender el universo y eso.

La mujer afirmó con la cabeza.

—Sí, pero ya está, ya tengo universidad. Con mis notas me han aceptado con antelación. Tengo el puesto asegurado. Me voy a Madrid. Me dejarán desarrollar prácticas en el Departamento de Física Teórica de la Complutense. Me han dicho que esto no lo hacen con cualquiera. No sé.

Lo dijo en un tono tan cariñoso que sonó humilde.

—Te lo mereces. Esa media de notas es increíble. Yo no conozco a nadie que se te parezca.

—No me gusta ausentarme de esta tierra —apuntó mientras le agarraba la mano. Tampoco de ti.

—Pasa rápido el tiempo. A toda hostia. La cuestión es si estás segura. ¿Lo estás?

—Sí. Muy segura. Es mi vida. Lamento dejar estos montes que son como mi casa, aunque sé que volveré. Hay un proyecto de hacer algo por aquí relacionado con la física. Un laboratorio en la mitad del túnel ferroviario de Canfranc. No sé, incluso creo que ya están haciendo algo. Me lo ha dicho mi madre. Tal vez algún día pueda venir a trabajar aquí.

—La cosa no ha cambiado. Cerraron las cuevas hace dos años y no creo que tengan pensado abrirlas. Yo casi prefiero verlas así, vacías, que invadidas por hordas de turistas pululando por doquier —razonó el joven.

—Eso no es así —replicó Camino—. En nuestra tierra hay mucho necio que no es capaz de ver el potencial turístico de la zona. El de invierno, por supuesto. Mira cómo ha crecido desde que inauguraron, hace diez años, la estación de esquí de Astún. También hay que tener en cuenta el turismo de verano.

—Sí, tienes razón, pero de esta manera siguen siendo nuestro lugar y de nadie más. Dicen que algún día les pondrán luz y volverán a abrirlas. Vete tú a saber. Mientras siga así será nuestro refugio —agregó, besando en la mejilla a Camino.

—¿Y tú qué vas a hacer?

El adolescente tardó en responder.

—No lo sé seguro. Desde lo de mi madre, creo que estoy pensando en bombero o policía.

—Planta tienes para ello —interrumpió Camino tocándole los bíceps—. Como no dejes de crecer vas a llegar a los dos metros —bromeó la mujer. Chasis sonrió.

—Me gustaría alguna cosa en la que pueda ayudar a los demás —prosiguió el joven—. Prevenir catástrofes. Guarda forestal. Algo al aire libre..., no soporto estar entre paredes. Eso lo tengo claro. Pero la verdad es que ni idea. Mi madre me decía que fuera abogado. Estaba emperrada. Me decía que eso hubiera querido mi padre. Me hacía chantaje emocional —sonrió Chasis—. Yo no recuerdo habérselo oído nunca.

Camino torció la cara y lo besó de sopetón. Le pasó la lengua con delicadeza. Se coló con descaro el aroma del chicle de menta que acababa de mascar con el toque preciso de azúcar de abedul, que le proporcionó el frescor necesario para mantener el beso. Jugando con la lengua, ella notó que el cuerpo se le erizaba y el cuello se le tensaba, pero no cedió. Le agarró con los dos brazos y mantuvo un asfixiante beso con pequeños resquicios para el aire vitalizador. Terminó dándole piquitos, manteniendo sus ojos verdes muy cerca del rostro de Chasis. El xilitol lo hacía aún más refrescante.

—Vamos a oficiar un ritual —dijo Camino mientras le seguía besando en los labios.

—¿Ehhh?

—Nos vamos a prometer amor eterno —propuso la adolescente con una gran sonrisa—. Pase lo que pase seguiremos queriéndonos. Y a pesar de que la vida nos maltrate, nos separe o nos torture (ojalá que no) —añadió teatralizando—, estaremos unidos para siempre. Y quizá algún día nos casaremos y tendremos hijos. Envejeceremos juntos —aseguró la joven abriendo la mirada y haciendo una mueca divertida.

—No tan rápido. Suena aburrido, ¿no?

Los dos rieron abiertamente.

—¿Cómo vamos a hacer ese ritual? —preguntó Chasis, divertido—. Las palabras «ritual» y «liturgia» me gustan. ¿Haremos como una misa? —indagó el chaval.

—Va a ser un pacto de sangre.

—¿Qué dices? ¿Estás tonta?

—Que sí, que sí. Un pacto de sangre en el que nadie se cruzará. Tú y yo unidos para siempre.

—No me vuelvas majara. Espero que solo sea con una gota.

—Tenemos cinco litros cada uno —rio Camino—. Tú, con este corpachón, tal vez tengas más. Espera, haremos una versión del ritual hawaiano del amor.

—Es ideal porque aquí disfrutamos de un tiempo igual que el de Hawái —ironizó el joven, echando al aire una bocanada de aliento visible—. Te estás inventando todo. Ya estás creando tus mundos.

Ambos volvieron a reír en un estado de excitación, diversión e ingenuidad natural y ausente de malicia. Con la misma fuerza de atracción que la gravitatoria que generan los planetas.

—Es como si nos casásemos —aseguró Camino mientras sacaba de su bolso una navaja pequeñita. La abrió metiendo la uña del dedo gordo sobre la hoja.

—A ver, a ver, ¿qué coño estás haciendo? —preguntó Chasis frunciendo el ceño—. Esto no me gusta.

—Déjame hacer. ¿Confías en mí?

—Ciegamente.

Del fondo del bolso sacó un *walkman* Sony.

—Ostras, es el nuevo, el que incorpora radio. ¿Qué hay en ese casete?

—Música.

—Eso me lo imagino. No creo que fueran las palabras de un capellán para casarnos.

Camino soltó una carcajada.

—Mejor las de un alcalde o un concejal —añadió sin parar de reír.

—¿Qué música?

—Nuestra canción —respondió la chica, apretando el botón de reproducción. Chasis miró divertido el rostro de su novia.

—¿Tiene pilas?

—He traído de nuevas. Colócalas.

Chasis se puso los pequeños auriculares y aquella melodía le trasladó al momento mágico ocurrido hacía casi tres meses. El primer beso que le dio a Camino. La melodía de George Benson sonó en los oídos de Chasis en mitad del valle del Aragón. «Nothing's Gonna Change My Love for You» pareció reverberar en la entrada de la gruta.

—Todo esto lo traías preparado —dijo el adolescente, besándola en los labios.

—Quiero añadir algo. Una ramita de romero —explicó Camino—. Lo acabo de improvisar —reconoció—. Acepto el olor del romero como símbolo de nuestra unión. Será nuestro aroma. También se llama hierba de las coronas. Se enlazaba en ellas con el laurel y el mirto. Simboliza el triunfo. No es habitual por estas zonas, pero, mírala, ahí está.

—Triunfo ¿del amor? —vaticinó el joven.

—Buena idea. Vendría muy bien que lo fuera.

Ambos rieron. La adolescente rebuscó más cosas en el interior de su bolso.

—Ahora entiendo las capacidades de los bolsos de ciertas mujeres. Eres una auténtica MacGyver —especificó Chasis al ver disponer el aparato sobre una tela.

Escucharon de manera precaria las notas de la canción compartiendo los cascos por su parte exterior. Después se volvieron a besar.

Dos pequeñísimas heridas en las palmas de las manos provocaron apenas un par de gotas muy rojas. Las juntaron y luego se limpiaron con un pañuelo. Después arrugaron el papel y metieron dentro un trocito de romero. Camino hizo un pequeño agujero y enterró la bolita de papel. Entre los dos apretaron con las botas el improvisado túmulo.

—Nada cambiará mi amor por ti —dijo Camino, mirándolo a los ojos y parafraseando el título de la canción.

—¿Ni siquiera el tiempo? —preguntó el chaval.

—Ni siquiera.

22

Chasis se mesó el cabello en la comisaría de la Guardia Civil de Canfranc. Cerró el ordenador mientras archivaba el informe que acababa de redactar. Guardó en el bolsillo varias anotaciones para su próxima poesía.

Encendió un cigarrillo mientras abría la ventana de su despacho. El humo huyó de sus pensamientos. Nada más cerrarla, el recuerdo del interrogatorio a la mujer que encontró el cadáver de Silván se apoderó de él.

—Señorita Ana Carrizo, ¿verdad? —preguntó el policía.

La joven afirmó con la cabeza.

—¿Cuánto tiempo lleva trabajando en la gruta de las Güixas? —preguntó Chasis.

—Ha hecho cuatro años hace poco —explicó con voz temblorosa.

—Detálleme cómo fue su llegada a las cuevas. Esté tranquila. No tenemos prisa —dijo el guardia civil—. ¿Quiere agua?

La mujer negó con la cabeza y tragó saliva. Con el pañuelo se secó dos incipientes lágrimas. Después de escuchar a Chasis habló con tranquilidad y de corrido.

—Llegué a Subterránea a la hora habitual, a las diez de la mañana. Subterránea es el nombre del centro de interpretación, ¿lo sabe?

—Lo sé, lo sé. Soy de aquí. Cuando yo era un adolescente, esto no existía —respondió el policía con una sonrisa y su habitual voz profunda y ralentizada—. Durante bastantes años, las cuevas estuvieron cerradas y, para nosotros, terminó siendo un sitio de juegos. Nos colábamos dentro con cierto descaro —relató el guardia civil—. Era nuestra guarida secreta. Me gané más de una bronca de mi madre cuando se enteró de que la frecuentábamos. Nos encantaba hacerlo. Nos atraía. Yo tendría doce años más o menos. Así que conozco muy bien la zona. Yo nací en Canfranc Pueblo. Bajábamos desde mi casa los días que no había colegio. Bordeábamos todo el cauce del río Aragón saltando entre piedras como si fuéramos cabras.

La información amena y distendida del policía hizo que Ana se sintiera más cómoda en su propio relato, allanando sus palabras.

—Ahora —prosiguió la mujer—, en invierno, la primera visita guiada se suele hacer a las doce de la mañana. Nunca antes de esa hora. Mis compañeros llegan más tarde. Hasta que el sol no se levanta un poco hace mucho frío. Encendí la calefacción de la oficina y el ordenador. Vi las reservas que habían entrado. Ordené unos prospectos nuevos de la gruta. En fin, mi trabajo. Ya sabe.

—¿A qué hora exacta entró?

—Serían las once menos cuarto —respondió la mujer.

—Desde donde está la oficina hasta la entrada hay una distancia de casi doscientos metros, o tal vez menos. ¿Suele subir a la cueva todos los días?

—A veces, si ha llovido, suelo subir para ver cómo se encuentra. Si la baliza de inundación está en su sitio. No sé, siempre hay cosas que hacer. Muchas veces solo para saludarla —añadió la mujer con algo de vergüenza.

—El día anterior no llovió.

—Sí, lo sé, lo sé, pero yo subí. No me pregunte por qué lo hice. Esa sima me ha enamorado desde que empecé a trabajar en ella. Tiene algo que atrae. A lo mejor fue la propia gruta la que me llamó. Yo soy aragonesa, de Sarrión. El valle del Aragón me atrapó hace ya varios años. Siento que yo pertenezco a esta porción de mundo. A la base de la Collarada. Que nací en el lugar equivocado. Soy transtierra. Ahora vivo en un apartamento de Villanúa. Me autopercibo de aquí. Mimo este sitio como si fuera mío. A veces hablo con ella. Saludo a los espíritus que habitan en ella... No solo a los murciélagos, me refiero a otros habitantes que moran en ella. Dentro habrá habido muchos testigos de lo que ha sucedido.

Chasis la miró sin interrumpir. El discurso de la mujer había pasado en escasos minutos de débil y tembloroso a duro y conciso. Lo hacía con seguridad.

—La siento respirar —continuó Ana—. Le aseguro que cuando se inunda, su aliento es estremecedor. Solo han coincidido dos inundaciones desde que vivo aquí y le aseguro que es impresionante. Me quedé muy asustada cuando vi el candado forzado. Casi más que cuando encontré el cadáver. Ya debía ir con el corazón acelerado. Primero pensé que sería una gamberrada con muy poco humor. No sé. Es cierto que entré en ella nerviosa, pero al mismo tiempo confiada porque ella es mi segunda casa. Nunca pensé en lo que de verdad me esperaba. Lo primero que imaginé es que pudieran haber pintadas o que hubieran dejado basura. Yo qué sé. Quizá un botellón.

—¿Testigos? Eso nos sería útil.

Aunque las palabras pudieran parecer irónicas, no sonaron así. Ella notó empatía al oírlas.

—Seguro que sí. Nada de lo que sucede en su interior pasa desapercibido para ellos.

—Bien. ¿Observó algo anómalo? Tal vez algún detalle que en principio no le diera importancia. ¿Qué hizo exactamente al llegar? ¿Tocó alguno de los objetos? ¿Los cambió de posición? ¿Miró en el interior de la mochila?

—No, no, yo no toqué nada. Recorrí la cueva despacio con una pequeña linterna. La llevo para ver recodos oscuros. Hay iluminación, pero no estaba conectada. Solo lo hago cuando vienen las visitas. Gasta un montón. Tiene varios desniveles y terminas subiendo poco a poco. Enfocaba algunos recovecos. Buscaba no sé qué, estaba más sorprendida que asustada. Yo creo que lo que de verdad me pasaba era que estaba enfadada. Como si unos ladrones hubiesen entrado en mi piso.

—¿No sintió miedo?

—No. La cueva me da seguridad. Cuando estoy dentro, tengo la sensación de protección. Nunca siento miedo allí. Pero sí lo tuve cuando hallé el cadáver. Desde lejos no supe reconocer que era una persona muerta. Pensé que los que forzaron la cerradura habían dejado algo. Al acercarme me convencí de que era un tipo dormido.

—Usted estaba sola. Eso es muy inconsciente por su parte —argumentó el policía.

—Sé defenderme sola. Practico judo desde pequeña.

—El judo sirve de poco delante de un arma de fuego —interrumpió el sargento—. Lo que hizo tenía un riesgo alto. Cuando se percata de que la entrada a su casa ha sido forzada, debe llamar a la policía sin entrar. Jamás meterse y menos aún, sola. Este caso era lo mismo. El intruso puede estar todavía en el interior y atacarla. Lo que es solo un robo puede convertirse en una agresión e incluso en un asesinato. Se sienten acorralados y atacan para salir. Lo he visto mil veces. Bueno, ya está hecho. Ha tenido usted suerte. Ojalá no vuelva a encontrarse nada parecido en su vida, pero si lo hace, lo primero es llamarnos a nosotros.

—Lo hice así —dijo Ana bajando la cabeza—. Tiene mucha razón. A veces, las cosas se hacen sin pensar —admitió en voz baja—. Mi madre me lo decía siempre. Soy muy impulsiva. Por eso me obligó a aprender defensa personal.

El pañuelo volvió a tapar la cara de Ana. Chasis fue a agarrarle la mano, sin embargo, enseguida supo que no debía hacerlo. Pensó en mantener la distancia, lo cual había aprendido en su dilatada vida profesional. Bien sabía él que muchas veces se pasaba eso por alto. Era un policía que se implicaba con intensidad.

—Le juro que iluminé el cuerpo porque pensé que era un vagabundo durmiendo. Fue lo primero que imaginé. Me subió una especie de enfado que hasta me hizo murmurar un «A ver tú, cabrón, una mierda vas a dormir en mi cueva» —expresó Ana con una sonrisa.

Chasis respondió con otra sonrisa empática.

—Estuve a punto de decirle que se largara de allí cagando leches. Casi toco el cadáver. Fue cuando iluminé el charco oscuro. Ni siquiera vi su rostro. Estaba tapado por la sangre y parte de su abrigo. Fueron décimas de segundo. Salí a toda pastilla. Entonces sí que sentí pánico. Yo nunca había visto un cadáver. Me temblaba todo el cuerpo y parecía que las sombras se movían al iluminar el bulto, las velas, el agua... Corrí despavorida. Me cogió tan de sopetón que casi se me cae la linterna. A pesar de que me conozco el lugar al dedillo, tropecé un par de veces. Al salir a cielo abierto no fui capaz de llamar desde el móvil. Llegué corriendo a la oficina y entonces llamé a emergencias.

Jadeaba tanto que la persona que me atendió me preguntó si yo era la herida.

—Tiene usted bastantes brechas y rasponazos en las manos y las rodillas, también tiene un jirón en el pantalón —observó Chasis con seriedad.

—Resbalé varias veces, ya se lo he comentado.

—Debería hacérselas mirar. Está volviendo a sangrar por varios dedos y también por el agujero del pantalón —intervino Chasis, señalándole la rodilla y sacando un pañuelo de papel del bolsillo.

La joven se lo puso sobre una de sus heridas.

—¿No vio nada extraño antes de entrar? O tal vez al salir. Algo o alguien desconocido con quien se pudiera cruzar. Intente recordar. Podría ser clave.

—No me crucé con nadie a la subida —respondió Ana—. Pero a la vuelta no sabría decirle. Seguro que no porque hice el trayecto corriendo. Si hubiera visto a alguien, lo habría parado para pedirle ayuda.

—¿Antes de entrar, quizá?

Fue entonces cuando su semblante cambió.

La mujer se lo quedó mirando ajena a sus palabras. Su mente parecía estar trabajando a toda velocidad. El policía no parpadeó. Sin mediar palabra esperó a que la mujer saliera de esa suerte de trance. Tardó unos segundos más. Mantuvo los ojos cerrados. Metió la mano en la zamarra y extrajo algo pequeño. Comenzó a hablar con la sensación de estar soñando. Sus palabras eran muy concisas.

—No soporto que la gente deje suciedad por el camino que lleva a la gruta. Ni por mi sendero ni por ningún otro lado de nuestros montes. Me produce un coraje increíble. Hay mucho guarro suelto. Me supera. Tengo la manía de recoger todo lo que encuentro. Papeles, latas, botellas. Hasta colillas. Recogí esto antes de entrar en la cueva, al lado izquierdo del camino.

Chasis, en silencio, no perdía un ápice de los movimientos de su interrogada. Del bolsillo de su zamarra sacó un objeto.

—Creo que es una piedra pintarrajeada. Fue instintivo recogerla. Nunca recuerdo cómo lo hago, porque es un gesto mecánico: me agacho, meto el objeto en cuestión en el bolsillo, en caso de que no esté sucio, o lo mantengo en la mano. Los lunes de verano, después del fin de semana, siempre llevo una bolsa. Pero esta vez sí que recuerdo todo. Recogí la piedra instantes antes de ver la verja de la gruta forzada. Apenas dos segundos antes. Pensé que era algo que no debía estar allí. Como siempre, maldije la poca educación de la gente.

—Déjelo, por favor, en la mesa. No lo toque más. Podría tener información crucial.

Una runa pintada en blanco sobre negro, parecía una piedra del río del tamaño de un cuarto de nuez, quedó encima de la mesa con más interrogantes que respuestas. Estaba sucia de barro.

El escaso calor del cigarrillo acercándose a sus labios hizo volver a Chasis de sus pensamientos. El humo no disipó sus dudas.

23

La camioneta traqueteaba cuesta arriba en dirección a la frontera de Somport. La nieve cubría los costados de la estrecha carretera. Poco a poco, serpenteando entre árboles, iba ganando altura. La mañana estaba encapotada. Todo era blanco y gris. A un lado dejaron el hotel Candanchú para seguir subiendo hasta la cima del puerto de montaña. El frío acompañaba como un incómodo pasajero más.

Horacio conducía con unos guantes de lana sin puntas. Juliano, a su lado, miraba en silencio el paisaje.

El punto más alto del puerto de Somport, por donde se podía circular con un vehículo, estaba a casi mil seiscientos cuarenta metros de altitud. Soplaba viento y desde la cima se llegaba a observar el impresionante valle de Aspe. En esa zona, al paisaje se le unía el color azul del cielo.

La frontera les hizo estar más atentos. A ambos se les aceleró el corazón cuando llegaron a esta. Enseñaron los pasaportes y el salvoconducto de uno y otro. Los gendarmes franceses miraron con cierta indolencia. La conocían y sabían que al mes pasaba unas cuantas veces. Después, varios soldados alemanes revisaron finalmente los papeles. También pidieron la documentación del vehículo. Todo les pareció correcto.

La bajada fue muy despacio. Varios cruces con camionetas de la Wehrmacht los obligaron a parar en un costado de la carretera para dejarles paso.

—No sé si es buena idea ir hasta Urdos —comentó Juliano—. No me gusta hacer turismo por Alemania —añadió socarrón.

—Estamos en Francia.

—Eso fue al principio. Ahora, ya ves, el control total lo lleva la Gestapo. Antes, por lo menos, los gendarmes estaban de títeres. Ahora ni siquiera eso. Tienen tropas por toda Francia. Esto ha ido a peor.

—Lo sé. No tenemos alternativa. Debemos cotejar las sospechas sobre el pastor. Tal vez Cloe nos dé algo de luz en este asunto. Es una persona muy pragmática.

—Tengo la impresión de que no va a ser así. Yo no conozco a la tal Cloe. Sabía quién era la anterior, aunque nunca llegué a conocerla en persona —respondió Juliano.

—Esta es su sobrina. Yo sí la conozco. Vivía en Oloron Sainte-Marie. Más de una vez estuve con ella. Ahora es ella la que está viviendo en la casa de Urdos, desde que su tía se marchó al otro mundo. Es una chavala.

—¿Y podemos fiarnos? —insistió Juliano.

Horacio lo miró con cierto recelo.

—Joder, ¿por qué preguntas eso? Creo que sí. Ya lleva más de seis meses con nosotros, y el paso de fronteras desde allí lo ha hecho con exactitud y sin bromas. Es frugal en palabras, pero muy eficaz. Trabaja la pequeña huerta que tiene delante de la casa con gallinas y alguna cabra. El verano pasado me dio unos tomates fantásticos. Dulces y con sabor.

Tras pasar una curva muy cerrada, todas las palabras se cortaron de forma abrupta.

—¡¡Joder, joder, me cago en la puta!! —gritó Horacio con rabia y en voz muy baja.

—¡Hostia, hostia! ¿Qué sucede? —exclamó Juliano.

—Tú, chitón. Tranquilo. Déjame hablar a mí —ordenó Horacio casi sin mover los labios.

—Te lo dije, están por todas partes —dijo Juliano.

Faltaban un par de kilómetros para llegar a Urdos, pero la carretera no estaba libre. Un control de la Gestapo impedía el paso. Una veintena de soldados ocupaba cuatro camiones militares cruzados en mitad de la calzada. Con los fusiles apuntando al suelo y preparados para abrir fuego.

Una ametralladora montada sobre un trípode y parapetada detrás de uno de los vehículos, con dos hombres a los lados, asomaba con descaro dando más presencia a toda la escena.

El militar que parecía estar al mando les hizo la señal internacional de parar mientras se acercaba. Antes de preguntar nada, se presentó.

—*Scharführer,* Rainer, sargento primero Rainer —aclaró mientras hacía el saludo militar.

—*Guten morgen* —dijo Juliano desde el fondo antes de que Horacio pudiera responder. Sonrió con delicadeza mirando de reojo a su compañero.

El frío y una nueva pregunta traspasaron el umbral de la camioneta. Primero en alemán y después en francés.

Horacio volvió a enseñarles los papeles y salvoconductos.

Desaparecieron con ellos en el interior del vehículo militar. Tardó varios minutos en volver. Cuando lo hizo, se quedó mirando fijamente mientras les ofrecía de vuelta los documentos. Horacio los guardó en una bolsa de tela.

—¿Adónde se dirigen? —preguntó el sargento—. Tienen el salvoconducto hasta Oloron.

—Sí, pero solo vamos hasta Urdos.

—¿Qué se les ha perdido por aquí? —interpeló el alemán.

—Venimos a recoger mercaderías para la fonda de la estación de Canfranc. Lo hago con frecuencia.

—No me lo creo —espetó el sargento con el rostro fruncido—. ¿Qué es lo que vienen a hacer aquí?

—Es lo que le acabo de decir. Suelo venir a menudo. Es la verdad —insistió Horacio con bastante asombro y un poco de nerviosismo.

—¿Ustedes trabajan en Canfranc?

—Yo sí —intervino Juliano con acritud.

—Yo trasiego con productos desde Jaca, Canfranc, Villanúa... También por este valle, a veces —explicó Horacio.

—¿Solo mercaderías? —inquirió el nazi.

—Sí, claro —alegó Horacio con cara de sorpresa—. Le estoy diciendo la verdad.

—No sé si creerle —dijo el militar, apartando el fusil a su lado izquierdo.

—Bajen del vehículo, por favor.

Horacio y Juliano obedecieron sin responder.

El sargento empezó a rodear el vehículo por todos los lados. Otro soldado se unió a la revisión. Levantaron la lona de la parte trasera. Hablaron entre ellos en alemán señalando algunas zonas. No vieron el compartimento oculto de trasporte de personas, pues parecía un saliente de la propia camioneta. Sin embargo, el sargento se introdujo en la parte trasera dando un pequeño salto. Su compañero le sujetó la lona. Dos cajas de cartón con varias botellas de aceite en una esquina le llamaron la atención. Sacó una y bromeó con su compañero poniéndola al trasluz.

—Parecen de oro —señaló el alemán.

Ambos se rieron. Juliano y Horacio sonrieron dubitativos.

—Vaya mierda. ¿No lleva vino, coñac o algún licor? No pretenderá que me beba esta basura que no sirve para nada.

Horacio, negando, le rio la gracia.

Rainer se detuvo en el suelo de madera de la camioneta y se agachó. Hurgó con el dedo una mancha negra.

—Parece sangre seca —añadió con curiosidad—. Esto no me gusta. ¿Qué significa?

—A veces cazo sarrios. Y los llevo en la parte trasera. Es de eso —aclaró Horacio con rapidez.

—Ya.

—Somos amigos del oficial Dietter —soltó de improviso Juliano. Horacio lo atravesó con la mirada—. Le conocemos.

—¿Qué Dietter? —preguntó el sargento mientras dejaba de hurgar en el interior y salía de la parte trasera de la camioneta.

—Es el capitán de las tropas que tienen ustedes acantonadas en la estación de Canfranc.

—Allí solo hay un destacamento muy concreto —afirmó el sargento—. Los de Baviera.

—Eso es —dijo Juliano.

El sargento primero no respondió. Se alejó con media sonrisa y llamó a uno de sus subordinados. Horacio intentó matar con la vista a su compañero Juliano. Este no se movía.

De la camioneta salió un soldado con un aparatoso teléfono de campaña. Se agachó en el suelo y lo abrió para conectar cables y baterías. Tras casi cinco minutos eternos dio la impresión de que había conseguido la conexión. Le pasó el auricular a su jefe. A lo lejos se escuchó al sargento en alemán fluido. Terminó la conversación riéndose abiertamente. Volvió despacio mientras se ponía el guante que se había quitado para hablar por teléfono.

—Vaya, es verdad que ustedes conocen a Dietter. Bien, bien —añadió el sargento alargando las palabras—. Es bueno tener amigos en todos los lugares, incluidos los más peligrosos.

Juliano miró a Horacio, pero este no hizo ademán de devolverle la mirada.

—De todas maneras, no pueden pasar. Estamos en una operación militar cerca de aquí. Hasta que no terminemos, tienen que esperar o bien darse la vuelta.

—¿Sucede algo?

—Nada que a usted le interese —cortó el militar al mando con media sonrisa—. En cuanto acabemos, pueden ustedes proseguir. Si esperan, háganlo en esa...

Un soldado gritó el nombre de su superior acercándose casi corriendo. Le habló muy cerca de la oreja. Apenas un bisbiseo.

—Mi sargento, ya lo hemos encontrado. Parece ser que lleva muerto varias semanas. Puede ser que desde el mismo día que desapareció. El cadáver está medio cubierto por la nieve. Y debido al frío se ha conservado bien, aunque está irreconocible. A primera vista tiene un solo disparo en la nuca con salida a la altura de un pómulo. Está vestido con el uniforme reglamentario de *Hauptsturmführer*. Tiene la documentación en su bolsillo. Es él, Otto Scholl.

El sargento comenzó a dar órdenes en voz alta. Juliano y Horacio miraron expectantes en la distancia.

Desde donde se encontraban, casi se podían ver las primeras casas de Urdos a lo lejos.

24

¿Alguna vez te has preguntado qué hay dentro de una cueva? Magia, historia, vida. Aquí, donde estás, se pueden escuchar ecos del pasado. Antepasados prehistóricos que habitaron estas mismas paredes que contemplas. Ahora mismo tan solo podrás oír el aletear de sus innumerables guardianes. Nada menos que alrededor de dos mil murciélagos. Si miras más allá, podrás ver un río, una cascada, musgos, helechos. Este es un lugar mágico. En diversas épocas de la historia, esta cueva acogió a sus habitantes, pero como en toda buena historia siempre hay mitos y leyendas. Se cuenta que aquí se reunían brujas de todos los valles para celebrar fiestas y aquelarres. Esas brujas venían en noche de luna llena, y cuando por un agujero se hacía paso el reflejo de la luna y se encontraba con las entrañas de esta tierra, dicen que las brujas se quitaban la ropa y se daban baños de luna llena para permanecer jóvenes y bellas. Guirandana de Lay fue la bruja más famosa de Villanúa...

Un ruido hizo que Chasis parase el vídeo de publicidad que desde la página web Turismo Villanúa hablaba de la cueva de las Güixas. Se quedó pensativo delante del ordenador portátil. Sus recuerdos volvieron en cascada. Después, lo cerró. Miró la puerta de la entrada. Anxela entró haciendo tintinear las llaves.

—Buenas tardes —dijo la mujer en voz alta. Luego depositó un beso en los labios de Alberto nada más quitarse la bufanda.

—¿Qué tal ha ido la comida en el Vidocq?

—Una pasada —respondió la mujer—. Un menú larguísimo y muy rico, y, lo más importante, una cocina superdivertida. Son claves la diversión, el sabor y la puesta en escena. Flipante. Incluso un tradicional como tú la entendería y la disfrutaría. El plato de carrillera con mole poblano y calabaza asada es el mejor que he comido en mi vida. Bueno, y no te digo el buñuelo de chilindrón de pollo —matizó—. Aromas y sabores jugando a embaucarte.

—Te sabes la definición —sonrió el policía.

—Cierto. Es que me ha impresionado. Era una combinación de sabores y texturas que quitaba el hipo. Eso de guardar algo de dinero para hacer una comida al mes es un invento. A esta se han apuntado todas las monitoras que curramos en la estación. Éramos seis y después copichuela en Sallent de Gállego.

Chasis la observaba con cierta distracción.

—Mañana tienes libre, ¿recuerdas? Habíamos quedado para subir a lo alto del Tozal de Mallo. Sigue en pie la excursión, ¿verdad?

El rostro indeciso de su compañero, sentado en una escueta banqueta de la cocina, le hizo acercarse.

—Verás, ha habido un pequeño, digamos, incidente y yo no podré acompañarte.

—¿Incidente?

Alberto relató con cautela, y sin dar detalles, el asunto del cadáver encontrado.

—Eso no es habitual por aquí —afirmó la joven.

—Las muertes violentas injustificadas suceden en todos los lugares del mundo sin excepción y son casi exclusivas de la raza humana —razonó el policía con la mirada fija en la manzanita medio mordida de la cubierta del portátil que tenía sobre sus rodillas.

—Subiré sola. No importa.

—Las predicciones apuntan a que hará frío, pero no nevará. Estará despejado y muy seco. La subida al Tozal es maravillosa y bastante fácil. No apta para alguien con vértigo —sonrió el policía sin dejar de mirarla—. Las vistas desde arriba quitan el hipo, a pesar de no ser un pico muy alto. Hay que tener cuidado con las posibles placas de hielo.

—Iré equipada. Creo que es de las únicas de Ordesa que me queda por hacer.

—No, no es verdad. Te presentaré a un buen amigo que conoce sitios recónditos que solo él sabe. Es el jefe de la Reserva de la Biosfera de Ordesa y Viñamala, ese sí que conoce bien todo el valle.

El teléfono móvil sonó interrumpiendo la conversación. Era de su subordinado.

—¿Sargento Bastidor?

—Al habla.

—A ver, confirmado el nombre y la identidad del tipo. Silván Lanau. De cuarenta y cinco años. Fue empleado de las estaciones de esquí de Candanchú y Astún. Primero de monitor de esquí. Luego estuvo de operario de remontes. Ahora estaba trabajando de guía de montaña para una empresa del valle. Hablando con gente del entorno he conseguido una pequeña lista de amigos de este individuo. Si quiere, mañana la repasamos.

—Bien. O sea que trabajaba de manero.

—¿Cómo?

—Sí, manero. Es que tú eres joven —respondió Chasis a su compañero—. ¿Operario de remontes? —prosiguió con desprecio, una mueca y algo de humor—. Maneros de toda la vida. Los que dan la mano. Bueno, los que antiguamente lo hacían, cuando los telesillas no eran desembragables y había que hacer malabarismos y estar muy atento para bajar a la misma velocidad a la que iba el arrastre —matizó con una risa contenida—. Y si eras muy cagado, cuando te acercabas a la salida, a veces también al montarte le gritabas desesperado «¡mano!, ¡mano!». No ralentizaban como las actuales y más de uno acababa en el suelo. Estos eran ángeles de la guarda, han evitado miles de caídas y roturas, por eso siempre los llamé así, con cariño, maneros —repitió con humor.

—Eso no lo había oído nunca.

—Eres demasiado joven. ¿Autopsia? ¿La tenemos?

—Sí, sí, ya tengo los datos de la autopsia. Nada reseñable. Fuerte traumatismo craneoencefálico como único causante de su muerte.

Sin drogas en la sangre. Mañana miras el resto, pero no hay nada más. Para mí que el asunto puede tener relación con algún ritual, o una ceremonia, oficiado de manera clandestina en la propia gruta. No sé, ¿qué te parece? La cerradura de la valla de acceso a la cueva estaba forzada. Están estudiando la tela con el uróboro y la vela. Me han pasado unas buenas fotos de la primera que parecía estar haciendo de base. Han pillado huellas de la entrada a la gruta, pero de la tal Ana, que es la encargada con la que estuviste hablando. En el laboratorio me han dicho que de la vela tal vez podamos conseguir ADN si el hombre que la manipuló, o la persona que la apagó, sopló muy fuerte y con saliva.

—Ufff. Eso es descabellado. Era solo una vela pequeña, no un incendio, joder. Y esa posible cantidad de saliva que pudiera haber sería demasiado pequeña. Además, pudo haberla apagado él mismo. Quizá ya había terminado y se estaba marchando cuando le atacaron. Todo es muy rocambolesco. Y es pronto para hacer conjeturas. ¿Alguna cosa extraña encontrada en la cueva o en las inmediaciones? ¿Alguna otra runa?

—Peinamos todos los alrededores de la entrada, pero no había nada reseñable. No había objetos. Todo estaba extremadamente limpio.

—¿Tenemos su teléfono móvil?

—No. En caso de tenerlo, no lo llevaba encima. El registro de la sima tampoco ha dado resultado positivo. No hemos encontrado nada.

—Recuerda que es un patrón que ya llevamos un tiempo observando. Si quieres hacer algo sin que nadie se entere, no lleves el móvil contigo —afirmó el jefe—. Es posible que no tuviera el teléfono, aunque me parece sorprendente. Conozco a varios que nunca lo llevan encima. Ya aparecerá.

—Estoy barriendo compañías de teléfono con su nombre. En unos minutos lo tendré.

—Bien. ¿El coche?

—Un Ford Fiesta de color blanco puesto a su nombre. Casi nuevo, aunque de segunda mano. Lo dejó estacionado en un aparcamiento cercano. Cerrado y sin signos de nada extraño. Se lo han llevado para analizarlo a fondo. Tenía dos pañuelos de papel en un costado de la puerta. Los van a mirar. Era el único detalle. Me temo que serán del propio Silván, porque estaban en el pequeño hueco lateral de la puerta del conductor. A lo mejor, si hubieran estado en la puerta del copiloto, podríamos haber podido identificar a un posible segundo individuo. Pudo haber llegado al sitio acompañado del que terminó siendo su atacante. No hay nada que levante sospechas. Estoy esperando los resultados de ADN del interior del coche.

—¿El arma?

—Lo que ya sabes. Una piedra contundente, del mismo lugar, manchada de sangre. También la están analizando. Si usó guantes, no tendremos nada.

—Es chocante que, si tienes pensado matar a alguien, improvises el arma, porque da esa impresión. Eso significa que fue un arrebato, algo que quizá pudo haber surgido en el momento.

—Eso es verdad. A lo mejor formaba parte del ritual. Que la propia gruta matara a la persona por la razón que sea.

—¿De su vida qué sabemos? Pareja, mujer, compañera, familia...

—Estoy en ello. Por ahora es lo que tengo. Mañana tendré más datos —respondió Cartón.

—Eso urge un montón. No me gustaría que la familia se enterara por la prensa. ¿Sabemos algo de la mochila? ¿Y de la botella?

—Hay huellas, pero son de él. Están analizando el agua por si pudiera ser de otro sitio. La botella de cristal es de las de leche. Se venden en miles de tiendas. Del interior de la mochila, lo que ya sabes. Cerillas, una ganzúa, guantes finos, una linterna muy común y una pala con restos de tierra de la cueva, con la que suponemos que hizo el pequeño agujero que estaba a un lado del cuerpo. Se vende, sin ir más lejos, en Barrabes, aquí cerca en Jaca. Una pala nada conveniente para eso porque es plegable, muy cómoda para llevar en la mochila y desenterrar a alguien de un alud. Sin embargo, parece que le sirvió, porque con ella hurgó en la tierra. O tal vez estuviese preparando un hueco para enterrar algo que por ahora desconocemos. La tierra que tenía en las uñas de las manos es la de allí, eso está confirmado.

—Perfecto, nos vemos mañana y seguimos. —Alberto cortó la comunicación.

Anxela se acercó al oírle terminar la conversación, agarró otra banqueta y se situó detrás de él. Lo rodeó por la espalda y apoyó su cabeza sobre el hombro. Metió sus dedos por los pliegues de la camisa del policía. Le besuqueó el cuello. Después, su lengua recorrió desde el límite del cuello hacia su barba. La piel se le erizó.

—Pasarte la lengua es como cuando las quitanieves peinan la nieve recién caída y la dejan plana y con rayitas —susurró la mujer.

—Has estado todo el día dando clases de *snow*, ¿no estás cansada? —preguntó el policía.

—Deslizarte por la nieve cansa bastante menos que pensar —le musitó en la oreja mientras mordisqueaba su lóbulo—. Eso es lo peor. Estoy pletórica. Hoy, Formigal tenía una nieve-polvo increíble. Dura y con una fina capa de nieve que ha caído esta noche. Y he tenido suerte. Tres alumnos muy aventajados. He disfrutado mogollón. Y después la comida. Ha sido un día épico. Me voy a la ducha pitando. Después no pienso vestirme —aclaró—. Quiero rematar la jornada. Te espero en la cama. Quiero que me folles hasta que no puedas más —remató Anxela en un tono de voz muy seductor—. Me he expresado con claridad, ¿verdad?

—Vas más directa que una bala. Y a la misma velocidad —bromeó el guardia civil.

—Tienes razón, no me ha bastado con la nieve en polvo —señaló con ironía mientras se levantaba—. No tardo nada —añadió mientras se iba.

Chasis se quedó mirando su físico musculoso y meditando en lo fuerte y dura que era aquella mujer, que le había absorbido los sesos desde hacía medio año. No quiso imaginarse que con ella le pasaría como con el resto, que al cabo de un año se cansaría. Pero eso también dependía de que, de una vez por todas, se olvidara de su primera novia.

El policía cerró los ojos escuchando los sonidos de la mujer en la ducha. Se recreó, sintiendo a lo lejos el agua que caía, y olfateó el perfume a jabón Moussel inundando el apartamento. Un olor tan sensual y zalamero como el propio cuerpo de su nueva novia.

Aquello le retrotrajo a pensamientos amargos. Los de la cueva de las Güixas y su torrente caprichoso que, a veces, y en situaciones concretas, inundaba por completo la estancia. La imagen del cadáver de Silván se le materializó, haciendo que la magia del momento tuviera un escollo en forma de piedra en el camino que hizo saltar el clímax tan erótico que se estaba formado. Pero fue capaz de esquivarla.

Durante más de media hora jugueteó con Anxela en la cama hasta dejarla cansada. Besó todos los labios que encontró. Le recorrió cada rincón del cuerpo con las manos. Pinchó su coño con la barba y le metió la lengua mientras le acariciaba el clítoris. Se corrió dos veces en su interior y logró acompasar su segundo orgasmo con el de la mujer.

Después, hubo un silencio de noche recién echada. Blanco como las sábanas de nieve nada virgen.

Por unos minutos, el agua había dejado de correr. El aroma a gel se estaba disipando. Solo se mantenía el murmullo del viento en las ventanas. La población conservaba una calma oscura de invierno. A través de los cristales se podía apreciar una vista de postal. La iglesia románica de San Salvador de Torla se silueteaba sobre las primeras cimas nevadas del comienzo del parque nacional de Ordesa.

Pero unos instantes antes de quedarse dormido, la misma piedra volvió a la mente del sargento Bastidor. Esta vez en forma de pequeña runa. Su pensamiento se mantuvo rodeado de paredes pétreas de una gruta que él conocía bien. El refugio de las historias más importantes de su vida se mezcló con las de Camino, y a pesar de estar abrazado a Anxela tuvo la sensación de estrechar entre sus brazos a la primera.

25

El frío tiene el mismo color que la muerte. El blanco. El negro de la noche dormida lo contrastaba. El amanecer apenas dejaba entrever las primeras luces del alba a temperaturas bajo cero.

Cartón había localizado a la mujer del muerto, Sofía Casbas. A primerísima hora de la mañana se trasladaron a donde ella se encontraba, en la casa de su hermana, Nadine Casbas, ubicada en el centro de Castiello de Jaca. Al lado de la iglesia de San Miguel.

Sofía rompió a llorar desesperadamente. Se apoyó en su hermana. El sargento Alberto Bastidor utilizó toda su habilidad para que la situación fuera lo más cómoda, dentro de la extrema gravedad de las noticias que llevaba en su boca. Cartón tenía abierta una pequeña carpeta en la mano izquierda. El boli estaba en la derecha.

—Sofía, ¿quiere que lo dejemos para un poco más tarde? Es necesario que le hagamos un par de preguntas, pero podemos esperar unos minutos —afirmó el policía con una voz grave y empática—. Debemos atrapar cuanto antes al individuo que ha hecho esto. El tiempo juega en nuestra contra. Por eso estamos aquí tan temprano.

Nadine medió.

—Déjenos unos instantes y enseguida estaremos con usted —dijo su hermana Nadine volviendo a la habitación contigua.

Los policías se miraron en silencio en varias ocasiones durante la espera. Cuando las dos mujeres regresaron, la conversación fue bastante fluida, a pesar de las circunstancias.

—¿Cuándo fue la última vez que vio a su marido con vida? —preguntó Chasis.

—Anteayer a la tarde. Estábamos en nuestra casa. Alguien le llamó por teléfono y al cabo de un rato salió sin dar explicaciones —respondió Sofía.

—Le dijo quién era la persona que había llamado.

—No. Para algunas cosas mi marido era muy reservado —dijo con un tono que sonó a despecho.

—¿Hacia qué hora se fue de la casa?

—Estaba anocheciendo. Tal vez seis y media. Pero no se lo podría asegurar.

—Se fue solo, ¿verdad?

—Sí, se marchó en su coche.

—Un Ford Fiesta matriculado a su nombre, ¿es así? —ratificó el policía.

La mujer cogió de la mano a su hermana afirmando con la cabeza.

—¿Tuvo alguna discusión con él antes de marcharse? Podría decirme algún detalle que le haga pensar por qué actuó de esa manera, o incluso sobre quién fue la persona que lo llamó.

Sofía tardó en responder.

—No. Me comentó que se iba a dar una vuelta. Era algo que hacía con relativa frecuencia cuando estaba nervioso o quería evadirse. Se molestaba si lo intentabas localizar. Yo creo que dejaba adrede el móvil en casa.

—¿Podría tener una amante? —preguntó el policía—. Lo digo por esas ausencias a las que se refiere por motivos tan inconsistentes.

La frase sonó natural y la respuesta también se desarrolló en un tono similar.

—Pienso que no. Silván era a veces solitario. Le gustaba crear su propio mundo en las montañas. Desde que encontró los juegos virtuales estaba haciendo lo mismo, pero en una dimensión distinta.

El teléfono de Silván se mantenía en la mitad de la mesa de la salita. Mudo de batería.

—Nos vamos a llevar el móvil de su marido —dijo el policía señalándolo—. Intentaremos desbloquearlo, porque nos ha dicho que no sabe el código de acceso, ¿no es así?

—No, yo no sé la clave de su teléfono.

—¿Conocía qué zonas frecuentaba cuando se evadía? —preguntó Chasis.

—Era guía de montaña. Podía estar por cualquier lado —afirmó Nadine.

Sofía sonrió e intervino.

—Le gustaba mucho un lugar en concreto. Para él había una zona muy especial del valle del Aragón. El valle que sube por el barranco de Ip. Una zona de fuerte subida encajonada por dos accesos, la Solana y la Besera, que dan a uno de los valles más bonitos de la zona. A la sombra del pico de la Collarada por el lado derecho y de la pala de Ip por el otro.

—Lo conozco —dijo el policía—. Está justo enfrente de nuestro puesto de la Guardia Civil. El lado más habitual para acceder es desde Canfranc Pueblo, aunque también se puede ir desde la estación.

—Parecerá una contradicción, pero lo que más le gustaba de la zona era que el ibón de Ip estuviera represado. Y que en su época se hubiera construido un carretón casi vertical desde la base del valle, para que los trabajadores y el material pudieran ser llevados hasta la cumbre. Decía que la acción del hombre allí le parecía una comunión perfecta entre naturaleza e inteligencia humana. Y no, no se rasgaba las vestiduras porque el ibón se hubiese modificado. Él veía belleza donde algunos estúpidos no lo hacían.

Los policías se quedaron mirando la vehemencia con la que hablaba la mujer, defendiendo la imagen de la tierra de Silván.

—Ha muerto en la falda de la misma montaña a la que tanto amó. La Collarada era su vida —susurró Nadine quebrándosele la voz. Sofía sonrió ante la afirmación.

—Su marido trabajó en el valle. Fue empleado de telesillas. ¿Qué amistades conservaba? —preguntó Chasis.

—Algunas; sin embargo, no las frecuentaba, que yo sepa.

—Cuando se fue, ¿había más personas en la casa?

La mujer tardó en responder. Mantuvo el *impasse* durante unos segundos.

—Sí. Unos amigos.

Chasis no habló esperando que aclarase sus palabras.

—Desde hace un par de años, Silván mantenía una nueva afición que era el mundo de la informática. En concreto, los juegos de realidad virtual. Antes de ello apenas sabía usar el móvil —afirmó Sofía—. No dejó de trabajar en lo que más le gustaba, pero sí que cedió una buena parte de su tiempo a ello. Eso le cambió un poco el carácter. Fíjese que canje: de ser un enamorado de la naturaleza, las montañas y el aire libre a estar horas delante de un ordenador. Se compró uno muy bueno.

Cartón anotó los datos sin levantar la cabeza. Chasis insistió en la pregunta anterior.

—Bueno, amigos con los que nos solemos reunir para charlar y esas cosas. En casa estaba también su amigo Ismael Martínez. Nuestro amigo —rectificó.

—Supongo que tendrá su número de teléfono.

Sofía dio los datos al policía rebuscando en su teléfono móvil. Cartón los apuntó en el móvil del trabajo.

—¿Nadie más?

—No.

—¿En qué trabaja Ismael?

—Trabaja en Canfranc Estación. Es uno de los científicos del laboratorio. En concreto es ingeniero programador informático o algo así. Yo no entiendo de esas cosas.

—¿Del LSC? Eso lo tenemos cerquita —dijo Chasis en falso tono distendido. La información le revolvió por dentro. Impasibles, ni su rostro ni su cuerpo lo delataron.

Sofía afirmó con la cabeza.

—Se habían hecho muy amigos a partir de su nueva afición. Silván era una persona con una curiosidad innata. Lo llevaba en la sangre. No quiso estudiar y se dedicó al valle, pero la sensación de querer saber cómo funciona el mundo era fuerte. Ismael y Silván, siendo este monitor, se conocieron cuando hicieron juntos una travesía con raquetas por la trasera de Candanchú. Ya ve lo caprichoso que es el azar. Ismael formaba parte de un grupo que querían experimentar con raquetas. Desde entonces fueron muy amigos.

—¿Tenía enemigos? ¿Deudas de algún tipo? Nos ha dicho que usted es propietaria de una tienda de ropa en Jaca. ¿Algún incidente con algún proveedor o cliente? No sé. Algo que recuerde extraño en los últimos días o meses.

—Bufff. Yo creo que no. Mi marido era una persona que no se metía con nadie. Intentaba hacer el bien allá donde fuera —explicó rompiendo a llorar. Necesitó unos minutos de pausa para recuperarse—. En cuanto a mi negocio, es pequeñito, y lo cierto es que al respecto no tengo nada reseñable. El local es nuestro y, claro está, no tenemos casero. Esta casa nos la dejaron de herencia mis padres. También unas cuantas más. Mi marido era un manitas. Montó la tienda, ya sabe, los mostradores, las sujeciones para la ropa...

La siguiente pregunta descolocó aparentemente a las dos hermanas.

—¿Su marido tenía entre sus aficiones el mundo del ocultismo?

—No entiendo la pregunta —fue lo primero que respondió Sofía, pero ella misma rectificó—. Se refiere a magia, adivinación...

Chasis afirmó con la cabeza.

—No, que yo sepa.

—Seré más preciso: ¿su marido tenía runas adivinatorias? —interrogó Cartón.

La mujer abrió los ojos con moderación.

—No sé lo que es eso. En el garaje de casa tenía muchas cosas, guardaba objetos de todo tipo. Pero ¿a qué viene esa pregunta?

—Por ahora no puedo darle más datos —afirmó rápidamente el policía—. No descarto tener que hablar de nuevo con usted —agregó—. Espero darle noticias que alivien su dolor. Pronto.

—Tendrá que venir a reconocer el cadáver. Le recomiendo —añadió dirigiéndose a su hermana Nadine— que venga acompañada. Le será de mucha ayuda.

La hermana asintió con la cabeza mientras abrazaba a Sofía.

26

Chasis miró por la ventana de su despacho. Hacía mucho frío y había nieve amontonada por las esquinas. El pequeño pretil del puesto de la Guardia Civil de Canfranc Estación conservaba algún pedazo escondido de hielo. Jugueteó con el símbolo de la Guardia Civil en hierro pintado —formado por un haz de lictores, una espada y la corona real— que tenía sobre la mesa del despacho. Mantenía allí ese objeto desde que empezó a trabajar en el cuerpo. Miró por debajo de la peana que lo sostenía, pero no había inscripción alguna.

La plaza de Europa estaba nada más llegar a Canfranc estación. El puesto de la Guardia Civil se encontraba en la mitad, justo al otro lado de la carretera, a medio centenar de metros de las centrales hidroeléctricas de Canal Roya e Ip. Un punto, a veces, salvaje cuando la confluencia de las torrenteras provenientes de los barrancos de Saman y Borreguil vienen cargadas de agua violenta.

—¿Qué narices significa la tela con el uróboro? —preguntó Chasis.

—Bueno, un uróboro está representado por una serpiente —respondió Cartón—. A veces, por un dragón alado. En ocasiones también por un pez alargado. Son casi siempre figuras monstruosas e inquietantes. En todos los casos, el animal está engullendo su propia cola formando un círculo que no tiene fin. El significado es en esencia el ciclo eterno de la existencia humana. De los procesos de la vida. Por mucho que se intervenga, el ciclo vuelve a empezar. Es tan antiguo como la cultura egipcia.

Chasis había dejado de mirar los informes y tenía la vista dirigida a los ojos de su compañero.

—Intenta averiguar si se vende por internet o si hay alguna tienda por los alrededores de cosas esotéricas y esas cuestiones —ordenó Chasis.

—Ya lo he mirado por internet y no he encontrado ese dibujo en concreto. Hay muchos relacionados con uróboros. Son muy populares los lienzos, las telas, los cuadros, las banderas y demás, pero no con ese dibujo. Este asunto está muy arraigado en la mitología nórdica. No sé si tiene importancia aquí o si por el contario es la clave. Ni idea.

—Es lo único que tenemos por ahora —dijo el sargento.

—Hay una tienda en Jaca. En cuanto pueda, bajaré a echar un vistazo. Es la más cercana. En caso de no encontrar nada, iré a Huesca —respondió su subordinado.

El teléfono interrumpió la conversación. Chasis contestó al primer tono. La llamada duró unos minutos. Al colgar se quedó pensativo y volvió a mirar por la ventana.

—¿Qué sucede? —preguntó Cartón.

—Hay novedades. La Científica me acaban de pasar una foto.

Chasis abrió el teléfono móvil y escudriñó con el zum la imagen que le acababan de enviar. Le hizo una seña a su compañero para que se acercase. Cuatro ojos miraron de cerca la imagen. El sargento señaló el centro de esta y la amplió con dos dedos.

—En su momento no nos fijamos en esto —afirmó Cartón—. Es solo una arruga, una mancha, no sé qué es.

—Piensan que puede ser la huella o la marca que ha dejado algún objeto encima de la tela. Podría ser una lámpara para iluminar la escena. Una cruz, una reliquia o yo qué sé —afirmó el sargento.

—Está en el centro de la tela. El uróboro lo está rodeando por todos los lados. Eso quiere decir que era algo importante. La vela estaba en un costado. La botella de agua, no, porque tiene una base bastante más ancha. Alguna de las cosas que tenía en la mochila pudo hacer esa marca.

—No lo creo —respondió Chasis.

—Parece ser que sí había algo más. Un objeto aparte de los que hallamos.

—En la mochila que encontramos estaban las cerillas, una ganzúa —que presumiblemente utilizó para abrir la verja de acceso a la cueva—, una linterna y unos guantes limpios, por lo que se deduce que no hurgó con ellos en la tierra. Probablemente, dentro también traía la botella de agua. Y, claro está, la pala para hacer ese extraño agujero a un costado de la tela —teorizó Cartón.

—Puede ser que esa obra que ha dejado la huella fuese de la pala, o que él mismo se haya apoyado en ese punto con la mano o los dedos para agacharse. La huella sobre la tela puede ser mil cosas. Yo no vi esto allí. Me detuve más en la figura del uróboro. Los compañeros han asegurado que todo se fotografió antes de tocarlo, y les creo.

—Por supuesto.

—Si tenía una pala, es que había algo enterrado. Eso es una premisa segura, ¿no? —preguntó Cartón.

—No del todo. Un agujero en el suelo puede significar simplemente algún elemento de un presunto ritual, como horadar la tierra, o yo qué sé. Una gruta dentro de una gruta. En realidad, es la propia imagen que se come a sí misma. Podría ser una metáfora de la serpiente que se autodevora. Analizado con frialdad, no tenemos ningún dato que diga que en el interior de ese hoyo hubiera algo. En caso de existir tendría unos treinta centímetros de altura. Sería alargado, casi rectangular. De dimensiones parecidas al agujero que dejó.

—Como si fuera una pequeña tumba —dijo Cartón—. A lo mejor era al revés. Silván excavó un agujero para enterrar algo allí, para preparar el reposo de algún objeto muy apreciado.

—Puede ser, pero pienso que allí había algo enterrado y que el agresor podría habérselo llevado. Esto que digo es solo intuición, las marcas en la tela podrían ser ciertas —especuló Chasis.

—Podría estar enterrada la tela del uróboro —rebatió Cartón.

—No tenía aspecto de haberlo estado. Estaba muy limpia. La vela también. Pasa lo mismo con la botella. Nada de eso se encontraba enterrado, o lo limpió muy bien... No creo que la cosa vaya por ahí.

—¿De qué tiene forma esto? —inquirió Chasis, volviendo a mirar la foto en el móvil. Lo giró para darle otra perspectiva—. Parecen las huellas de un corzo pequeño —aventuró.

—¿Una figura pequeña de un corzo? ¿Y las patas traseras? —preguntó Cartón.

—Yo qué sé. Estaría rampante. Similar al caballo del logotipo de los Ferrari.

Cartón sopesó la comparación.

—Sin peana no se sostendría. La marca en la tela sería distinta —argumentó el agente.

El sargento esbozó media sonrisa sin dejar de mover el teléfono. La fotografía giraba en cada movimiento.

—Espera, espera —dijo Cartón—. Esto puede ser las huellas de una estatuilla con forma humana. Esto de aquí abajo podría ser la parte un poco más profunda de los talones o de unas botas. Si hubiera estado sobre la tierra un poco blanda, el detalle sería fantástico.

—No elucubres. Está donde está. Por desgracia, la tela difumina la definición y lo pone más difícil.

Chasis cambió de posición el móvil. La imagen volvió a rotar.

—Podría ser tantas cosas. La estampa de un dios, de un demonio, de un hombre o de una mujer, de una bruja. Recuerda dónde se encontró —indicó el sargento.

—Ya.

—El agua no contenía ninguna sustancia rara. No estaba tratada. Podría haberla cogido del río Aragón. La mantienen en frío por si hubiera que analizarla de nuevo. La botella de cristal tampoco nos da pistas. Podría haber sido comprada en cualquier establecimiento —aseguró Chasis.

—Fuego y agua. Dos elementos que desde la antigüedad tienen gran simbolismo.

—Sin olvidar la tierra y el aire. Son cuatro en total.

—Si las huellas que había en la tela corresponden a una figura humana, tendríamos los cinco elementos —dijo Cartón.

—Un ritual. Cuando se habla de esos elementos, se diferencia entre dos grupos. Por un lado, el aire y la tierra siempre presentes, y por otro, el agua y el fuego, elementos que debes agregar al ritual de manera artificial. En este caso, la vela y la botella.

—No me gusta imaginar que tenemos que enfrentarnos a un asesinato en forma de ritual. Este tipo de gente me da especial desconfianza —dijo Cartón—. Las personas que pertenecen a sectas son imprevisibles.

—Casi todos los asesinos lo son. Personas aparentemente normales que pueden terminar haciendo cosas inimaginables.

—¿Qué luna teníamos aquel día?

El agente miró el calendario.

—A ver..., era luna creciente. Pero estos días ha estado muy cubierto de nubes —afirmó el sargento.

—Los rituales nocturnos son, por lo general, con la luna llena por una razón poco mística: hay más luz para llevarlos a cabo —dijo Cartón.

—Debemos ir aclarando hipótesis de trabajo. Entre el mar de interrogantes tenemos: Silván estaba solo y el atacante, o los atacantes, le sorprendieron en la ejecución del supuesto ritual. Otra hipótesis: Silván fue acompañado por la persona que le asesinó, tuvieron una discusión en mitad del ritual y se agredieron mutuamente. Una más: alguien llevó el cadáver hasta allí. No, esta última es poco plausible. La mancha de sangre habría goteado y no había rastro a lo largo de la gruta.

—Lo único claro, por ahora, es que allí estuvieron el muerto y Ana. Ya sabes, a veces lo más sencillo es... —añadió Cartón—. La navaja de Ockham y esas cosas.

Se produjo un cruce de miradas entre los dos policías. Chasis sonrió.

—¿Qué estás pensando? —preguntó Cartón.

El jefe tardó en responder.

—Durante el interrogatorio, Ana hizo una defensa de la cueva como si fuera suya —argumentó Chasis—. Tiene conocimientos de defensa personal. Puede ser que...

—Ya lo he mirado. Ana no tiene antecedentes. No creo que vaya por ahí el asunto.

—Bueno. Supongamos que Silván era un pirado que se introduce en la gruta para hacer un ritual determinado. Ana lo ve en lo que ella considera su propio terreno, tienen un rifirrafe y aquello se le va de las manos. Las heridas en los dedos y las rodillas eran abundantes. También en los antebrazos. Muchas veces, las cosas son más sencillas de lo que imaginamos.

—Ana justifica sus magulladuras diciendo que se cayó varias veces en su precipitada carrera hacia la salida —admitió Cartón.

—Dijo que estaba muy asustada. ¿Habrá sido una pelea? ¿Un ajuste de cuentas? Pudiera ser que fuera Ana la que estaba haciendo el ritual y llegara alguien y todo lo que nos ha contado fuese una patraña.

—Ese fue su relato. Me haces dudar de todo —dijo con displicencia Cartón. Chasis sonrió de medio lado—. Pero ahí no encaja la cerradura forzada.

—Eso sí. Volvamos a empezar —dijo el sargento—. Planteo otra posibilidad: imaginemos que alguien podría haber deslizado el cadáver desde la oquedad. O el atacante se deslizó por la oquedad.

—Aunque parece una hipótesis descabellada, habrá que analizarla. ¿Lo hizo con cuerdas? La puerta estaba abierta. Forzada, pero abierta —teorizó su subordinado.

—Lo arrojó. La gravedad se encargó del resto. Tal vez le estaba esperando, escondido en algún vano de la gruta, a que él montara esa especie de altar.

—Puede ser, pero no lo creo. Se ha revisado a fondo el interior y no hay nada que avale tu teoría. En caso de que estuviera en la oquedad, debería haber manchas en la entrada o en los alrededores —dijo Cartón.

—Este extremo no creo que se haya mirado todavía. Aunque por la forma y la posición del cadáver parece no haber sido así, no descarto ninguna hipótesis. Pilla el coche y vamos para allí.

Cuando Alberto montó en el vehículo, tuvo la impresión de que, una vez más, se dirigía a una parte de su infancia. También a un gran trozo de su madurez.

27

La entrada a la cueva de las Güixas por el momento estaba cerrada. Los Pirineos despertaban de una noche estrellada.

El acceso se hallaba cortado con cintas de plástico rojas y blancas que evitaban la presencia de curiosos. Chasis y Cartón, con las chupas cerradas hasta arriba y guantes, pasaron por debajo de ellas y se acercaron por el camino exterior paralelo a la cavidad. Desde el centro de interpretación de las grutas hasta el lugar de la oquedad no tardaron ni cinco minutos. En varias ocasiones tuvieron que subir agarrándose con las manos a varios salientes rocosos para acceder al hueco del techo. El día estaba soleado y al mismo tiempo muy frío. La escarcha de primera hora de la mañana cubría todas las plantas dando al entorno un brillo blanquecino y verdoso cada vez que la luz solar incidía.

Aquella abertura removió los recuerdos del sargento y le retrotrajo a su infancia. Historias de adolescentes se juntaron en la memoria del policía. El tiempo le enseñó de nuevo la prematura muerte de su madre. La misma que se enfadaba cada vez que se enteraba que había estado de nuevo en las cuevas. Una mujer dura y cariñosa a la que se encontraba muy unido desde que su padre falleció unos años antes. Él murió de un ataque al corazón. Siempre le recordaba con el diminutivo con el que su madre le llamaba, Juanmi. Jamás le llamó Juan Miguel. Ella murió en un incendio fortuito mientras dormía en su propia casa de Canfranc Pueblo. El incendio no fue muy voraz. Humos grises discretos y gases letales fueron más que suficiente para que volara de este mundo. Fue a plena tarde. Chasis estaba con sus amigos en las grutas y por eso se salvó. De algún modo, la cueva lo protegió. El sitio iba emparejado a su nostalgia y a tantas otras cosas. En apenas tres años quedó huérfano de ambos padres.

Chasis tragó saliva por la evocación anclada durante décadas en su percepción. Enquistada en su bondad y en el enfado que a esa edad no supo asimilar. Un joven que iba a misa todos los domingos hasta entonces. Un enfado con el Dios al que su madre adoraba: «No tenías derecho a hacer eso», le espetó en un rezo que para él fue el final de su relación con Él. Acaso seguía buscando a su madre en todas y cada una de las mujeres con las que se relacionaba. La señora Berta, como la solía llamar cariñosamente, fue una persona muy dura que supo reponerse a mil adversidades.

Habían pasado casi cuarenta años desde que sucedió aquello y estaba convencido de que su temperamento cambió por completo a partir de aquel trance. Recordó la poesía que le dedicó nada más fallecer. La mantenía en un sobre cerrado en un cajón de la chimenea de la casa de su madre. A eso se le unió el recuerdo de Camino en el mismo lugar en el que se encontraba.

—¿En qué estás pensando? —interrumpió Cartón al verle con la mirada perdida.

—En nada, en nada —dijo Chasis distraídamente—. Estas putas cavernas significan parte de mi infancia —añadió entre dientes—. Hacía muchos años que no las visitaba y desde este asunto es la segunda vez que vengo.

—¿Son buenos recuerdos? —preguntó su compañero.

—Sí. Casi todos —respondió el sargento sin mirarle—. Supongo que sí. Qué importa eso ahora.

—A mí, la infancia se me ha trasladado a mis propios hijos —explicó Cartón—. No pienso más que en ellos. Tienen dos y cuatro años y me han absorbido el seso. Todo lo organizo pensando en ellos. No me hubiera podido imaginar hace unos años así —remató mirando el entorno.

—Dicen que en la mayoría de los casos es como lo cuentas. Yo no he tenido esa suerte. Ninguna de las mujeres que he conocido han querido tener hijos.

—Nunca es tarde —arguyó Cartón—. Chasis se mantuvo en silencio.

En cinco minutos estaban sobre la oquedad. El círculo de acceso desde la parte superior era estrecho, pero podía caber una persona.

—Hasta aquí ni rastro de supuestas manchas de sangre —dijo Cartón agachándose. Pasó la mano por los bordes y repitió la misma frase refiriéndose a los alrededores del agujero—. Bajar por aquí no es imposible, pero es bastante complicado. Es más fácil forzar un candado grande y no especialmente bueno.

—Puede ser que entraran por aquí, al menos uno de ellos. No. La puerta estaba forzada. Esto no tiene nada que ver. Todo sucedió en el interior de la cueva —expresó Chasis—. Entró por la puerta de abajo, solo o acompañado —añadió mirando alrededor—. Sin descartar nada, por ahora vamos a manejar esa hipótesis.

—Estoy de acuerdo —respondió Cartón—. La cueva ya está limpia y mañana mismo van a abrirla. Hemos fotografiado hasta el último rincón de la gruta. También se ha grabado un vídeo del hipotético recorrido que pudo hacer esta persona hasta el lugar donde lo encontraron. No creo que se nos haya pasado nada. Al final del día estará como antes. Ayer me dijo Ana que había dos grupos de visita aguardando. El caso les ha dado más publicidad, y espera nuestra autorización para abrirla. Yo pienso que no hay ninguna razón para mantener el espacio perimetrado y cerrado.

—Creo que no —apostilló Chasis bajando la cabeza.

Descendieron por el exterior y ya en el sendero se detuvieron en el sitio en el que Ana había ejercido de basurera solidaria con el monte.

—Está a unos quince metros de la entrada —expuso Cartón mirando hacia atrás—. Desde aquí se puede ver el acceso. Eso coincide con lo que Ana nos contó. Es donde acaba de torcer y por primera vez se ve el acceso.

Los dos policías deambularon con calma por el camino. Todo se encontraba limpio. Un sendero de montaña que, aparte de llevar a la cueva, conectaba con Canfranc Pueblo y más adelante con Canfranc Estación. Pocos kilómetros separaban los tres enclaves.

—¿Qué relación podemos establecer entre el asesinato y la runa encontrada?

Chasis no respondió. Seguía andando erráticamente por los alrededores. Apartó varios matorrales bajos en busca de quién sabe qué. Cartón estaba acostumbrado a que su jefe tardase en responder. La mente de él estaba recordando los datos de los investigadores después de analizar la runa.

—No hemos encontrado nada reseñable —argumentó Cartón—. Contiene una huella dactilar parcial. Es de la persona que trabaja en la gruta. La que la recogió. El resto tiene briznas de tierra de allí mismo. En concreto de un polen de plantas de la zona. Es una runa de obsidiana pulida, una superficie ideal para dejar huellas, pero no las hay, descartando la de Ana. Se venden en internet y en tiendas de esoterismo. No había nada más. Nada escrito sobre el objeto en cuestión. Era una runa con el símbolo de una flecha que podríamos compararla con una flecha que indica el camino. En realidad, sería como hablar de una «t».

Su jefe no dejaba de mirar el suelo con fijeza.

—No llevaba nada pegado. Las personas que tocaron la runa antes que Ana no dejaron huellas genéticas. Tal vez usaron guantes. O simplemente, por la razón que sea, no se produjo una trasferencia de impresión ni ADN.

—Podría haber más runas tiradas —dijo Chasis, deambulando por el sendero.

El río Aragón pasaba a escasos metros. Venía cargado de agua y el nivel sonoro era importante.

—Tal vez tirase al río alguna runa más —especuló Cartón, dirigiéndose adonde el terreno caía de manera abrupta—. Veinte metros más abajo, el río Aragón. Delante, una pequeña presa del mismo nombre.

Asomándose al acantilado husmeó con curiosidad varios de los recodos del cauce. Cartón le siguió.

—¿Qué significa esa runa? Me dijiste que tú habías jugado con ellas —preguntó Chasis.

—De joven era muy aficionado a lo que generara misterio, y es el caso de las runas. A esas edades usas la tabla güija y esas cosas. Luego te olvidas. Es un alfabeto o abecedario muy antiguo, *futhark*, de origen nórdico. Hay varios, aunque el más usado es el moderno. El *futhark* escandinavo, el de los vikingos. Siempre se ha dicho que posee propiedades adivinatorias. Cada una de las runas significa una letra, sin embargo, no es así del todo, también refiere a un concepto o una simbología. La que hemos descubierto tiene forma de flecha. Asimismo, habla de la guerra y los valores del guerrero referidos a la protección. Indica algo y a la vez hiere. En este caso hablaríamos de un arma, la flecha, que protege. El guerrero que cuida las cuevas es la simbología que podría tener la que ha encontrado Ana.

—Yo nunca he creído en esas cosas —dijo Chasis.

—Todavía mantengo la bolsa de cuero pequeña —reconoció Cartón—. Las mías eran más pequeñas que las que hemos encontrado, pero muy bonitas. Bueno, reconozco que, a veces, juego con ellas. Si alguien viene a casa y las ve, le suele llamar la atención. El otro día mi hijo las cogió y se interesó. Con cuatro años que tiene no le conté nada especial. Piedras con un alfabeto muy antiguo.

—Prosigue, prosigue, te escucho.

—La «t» podría ser la inicial de la palabra «torre», por ejemplo. Como el símbolo se parece a una flecha, tendríamos que saber si estaba dirigida y colocada señalando algún sitio en concreto. Recuerda que eso se lo preguntamos a la tal Ana y no nos supo responder en qué posición estaba la runa en cuestión.

—Aquí hay una torre —dijo Chasis.

—Tienes razón. Pasamos por ella para ir al puesto de Canfranc. Pedazo de torre. Todos los días —sonrió Cartón—. Y sabes en qué punto kilométrico de la carretera se encuentra situada, ¿verdad?

Chasis afirmó con la cabeza. Sabía de sobra la respuesta.

—En el kilómetro 666 de la N-330. Justo el tramo entre la Torre de los Fusileros y la entrada, a través de un pequeño túnel de carretera, a la estación de Canfranc.

Ambos policías se miraron y esbozaron una sonrisa que duró poco.

—No me gusta el demonio ni lo que significa.

—Cualquiera diría que es un policía el que está hablando —ironizó el jefe.

—Bueno, digamos que me da respeto. Pero si tengo que encañonarlo, lo hago. Sabes que no me arredro ante nadie —aseguró Cartón.

—Tranquilo. Solo era una broma. Tengo la sensación de que nada es casualidad —razonó el sargento en tono tan bajo que su subordinado no le oyó. Luego, preguntó—: Y, por cierto, ¿qué te pareció Sofía, la mujer de Silván? ¿Le mantendría oculta esta extraña afición a su compañera?

—Ni idea —respondió Cartón—. Me dio la impresión de que las hermanas ocultaban algo, pero no te podría decir qué.

—Puede ser. Todavía no he digerido la conversación. ¿Te parece que se llevaban bien entre ellas? —preguntó Chasis.

—Supongo. Son parecidas en el físico. Nadine la observaba con, no sé, mirada extraña, ¿no te ha parecido? —apuntó Cartón.

—No sé. No me he fijado.

Todo cambió en un instante.

—Jefe, ¡mira allí!

Chasis se aproximó asomándose hacia donde le señalaba Cartón.

—Hay un tipo que acaba de saltarse por la jeta el perímetro de seguridad de acceso —advirtió Cartón, señalando un costado del sendero—. Está mirando el suelo. Va tan pichi, joder. ¿Quién es? ¿Es de los nuestros?

—Ni idea. Yo creo que no.

El hombre vestía un pantalón gris oscuro y una zamarra abierta de color azul marino. El gorro ceñido difuminaba sus rasgos. Andaba con descaro hasta que levantó la cabeza y se percató de la presencia de los policías. En ese momento dio media vuelta disimuladamente y comenzó a alejarse a paso rápido. Al llegar a la barrera, la levantó y aceleró un poco más.

—¡Páralo! —gritó Chasis a su compañero.

Cartón gritó con todas sus fuerzas solicitando que se detuviera. El hombre miró para atrás de soslayo y fue entonces cuando empezó a correr.

—¡Hostia, que se nos larga! ¿Quién coño es ese tipo? —dijo mientras comenzaba a correr—. ¡Hay que pararlo! —exclamó.

Cartón siguió su carrera tras el desconocido, pero su compañero se paró y gritó con fuerza conminando a que se detuviera.

—Intenta alcanzarlo, yo voy a pedir refuerzos —exclamó Chasis—. Mientras corría más lento, sacó el móvil y contactó con un retén de paisano camuflado en un vehículo en mitad de Villanúa.

Cartón solo pudo ver cómo el desconocido se montaba en un coche y salía a toda velocidad del recinto. No fue capaz de ver la matrícula, pero sí el modelo.

—¡Perseguimos a una persona en un coche pequeño! ¡Es un Seat Ibiza negro! —les gritó Chasis a sus compañeros observando la escena a cierta distancia—. ¡Va hacia vosotros! ¡¡Cortadle el paso ya!! ¡¡¡No le dejéis pasar!!! ¡¡¡¡Detenedlo!!!! —gritó—. ¡Si da la vuelta, nosotros le podremos cortar el paso! ¡¡Ya estamos bajando!!

Cartón arrancó y su jefe se subió al coche casi sin detenerse. Las ruedas giraron en falso sobre la gravilla, levantando una pequeña polvareda. Unos instantes más tarde aceleró a toda velocidad para perseguir al vehículo desconocido.

El coche camuflado de la Guardia Civil buscó el lugar más estrecho de la carretera general, que atravesaba la población de Villanúa, y se cruzó en la mitad derrapando bruscamente con el tren trasero mientras disponían en el techo la luz azul reglamentaria. El parpadeo comenzó nada más instalarla. Se encontró de bruces con el Ibiza, que venía a gran velocidad. Tuvo que parar de un frenazo al ver la carretera cortada. Las luces blancas de la marcha atrás se iluminaron en un intento de volver sobre sus pasos, pero la llegada de ambos policías bloqueó su movimiento y le cortó la retirada. Chasis fue el primero en salir del coche. Sacó la Ramon de la cartuchera y encañonó al desconocido parapetado tras la puerta de su propio vehículo. Al oír el alboroto, algunos curiosos se asomaron a las ventanas de las casas cercanas.

El pico de la Collarada, completamente nevado, miró con curiosidad la calma interrumpida en su propia falda.

28

Ismael miraba pensativo desde la ventana de su piso en Canfranc Pueblo. Apuraba entre sus labios el segundo cigarrillo de la mañana.

El piso era chico y estaba situado nada más entrar en la población. Desde la ventana se podía ver con claridad el pequeño cementerio y a su lado el puente de los Peregrinos sobre el cauce del río Aragón. En la base del puente, un cartel indicativo de tránsito del Camino de Santiago como parte del trazado francés con varias explicaciones indicando su recorrido. Justo en el acceso al camposanto había un álamo negro y un cartel describiendo la maldición de Canfranc.

Relata la leyenda que, en el siglo XII, una peregrina judía pidió cobijo en el pueblo una noche de viento y granizo, pero nadie accedió a atenderla, ni siquiera el sacerdote, a pesar de haberlo visto entrar al templo. Aporreó la puerta de la entrada de la iglesia de Nuestra Señora de la Asunción sin obtener respuesta. Al denegárselo, lanzó un maleficio: «Tres veces el pueblo arderá y por último el agua lo arrasará», gritó a los cuatro vientos la mujer. Así pues, en 1617 hubo un primer incendio. En 1944, un segundo. Y de las dos últimas premoniciones, por ahora, no se tenía conocimiento. La casa de Ismael —habitada entonces por sus abuelos— ardió en plena posguerra junto con la casi totalidad de las casas de Canfranc Pueblo. Se reconstruyó sobre la base de piedra que quedó inalterada.

Las ramas altas del mítico chopo se mecían con una suave brisa al ritmo de los pensamientos del arquitecto de *software*.

El sonido del timbre interrumpió el momento. Ismael le abrió la puerta a Camino. No hubo besos de cortesía. Ella venía con el rostro muy serio. En el salón, la chimenea estaba apagada, solo se mantenía el olor a leña quemada. A brasa muerta.

—¿Café?

La mujer negó con la cabeza dejándose caer en el sofá de la casa.

—¿Has hecho modificaciones en el programa?

—Nada reseñable. Sigo apurando los parámetros que están desde el principio. Puliendo datos y encriptando algunos. El tema de los olores, los perfumes y las esencias sigue siendo clave. Ayuda a evocar y a meter en situación. Hace que la percepción sea más redonda. Todo ello está resultando bastante más importante de lo que vaticinamos cuando empezamos esta movida. De hecho, es el hilo conductor. O solo es una barandilla que ayuda a caminar por el programa sin estorbar la acción y que, además, le da profundidad al conjunto. Fíjate qué importante. Al principio dudamos, pero no, era la dirección correcta. El perfume indeleble que inunda los recuerdos.

—Tú no has metido a ningún personaje más en la trama —dijo la doctora—. Y no me respondas...

Ismael la interrumpió con extrema seriedad.

—Te lo he contado muchas veces. El programa está en el ordenador, el cual, aunque no sea cuántico, es uno de los más poderosos que conocemos, y sabes bien que eso es así. Conoces al dedillo lo que ha costado crearlo. Es capaz de interactuar entre una cantidad de datos inimaginable y con una rapidez endiablada.

Camino escuchaba mientras le miraba a los ojos. Se cambió el pendiente de oreja sin darse cuenta. Sonó su teléfono móvil y cortó la llamada sin mirar la pantalla.

—Las bases son las mismas, y te las repito por si acaso ves algo que no cuadra. Los actores principales son el *mugalari*, Emeterio Gascón, y el oficial Dietter Meyer como cabeza visible de un mando de las Schutzstaffel, las SS. Tenemos un equilibrio de fuerzas que en principio puede parecer desproporcionado, pero que, en realidad, no lo es. Son solo dos. Una contra la otra. La mente y la imaginación contra la astucia y el poder de la otra. Uno juega en casa y exprime esa baza. El otro tiene todo el dominio armamentístico y logístico del que se podía disponer en aquel momento histórico. Eso lo consensuamos entre los dos, ¿recuerdas?

Camino afirmó con la cabeza.

—Era lógico. Dos polos opuestos que nos darían juego. Crear un metaverso de esta manera era una cuestión lógica. El negro contra el blanco, el yin y el yang. El equilibrio de la naturaleza. Los polos que justifican la existencia del opuesto. A pesar de lo que pueda parecer, es muy exacto.

La doctora asintió sin responder.

—Lo hemos hablado muchas veces, Camino. Un ordenador es muy parecido a la mente de un ser humano. A lo largo de tu vida descargas datos en tu sesera. Según van pasando los años introduces en ella las experiencias, las vivencias, la información aprendida en la teoría o en la práctica. Todo se va acumulando y con ello se desarrolla tu disco duro —añadió Ismael señalando su cabeza.

Camino observaba a su compañero en silencio.

—No seríamos capaces de hacer nada sin esos datos. Si viviésemos en una burbuja, desarrollaríamos poco nuestra inteligencia. Por eso el cerebro tiene tal cantidad de datos al final de la vida, que es cuando mejor puedes combinar los cálculos para conseguir lo que quieras. Lo que pasa es que en ese momento influyen otros parámetros biológicos que terminan deteriorándolo. En una computadora sucede lo mismo. Un ordenador también envejece, muere y hasta podría suicidarse.

—Pero esos parámetros son puras hipótesis —rebatió Camino.

—En la teoría, sí. Es cuestión de meterle datos precisos. Solo eso. La imaginación y el cruce de datos harán que puedan crear ese metaverso del que tanto hablamos.

—Estás hablando de la imaginación de un ordenador.

—En efecto. Hace ya un tiempo que una IA puede hacer cosas que no controlamos. Va por delante de nosotros.

Camino se incorporó al borde del sillón. Parecía estar fuera de las cavilaciones de su compañero de trabajo. Las conocía de sobra.

—Entonces, el resto de los personajes...

Ismael la cortó con entusiasmo.

—Los ha creado el programa ayudado, como te he dicho, por la increíble cantidad de datos que hemos introducido para concebir el entorno. La clave es el concepto espacio-tiempo que lo rodea. Canfranc, en aquel pleno invierno de 1943, es en sí mismo el quid. Hasta ahí, todo cuadra.

—Es decir, Amira, Otto, Horacio, Cyrille, Rosario, Juliano, Angelines, Julia, Liberté y Cloe no están metidos por ti. Ni siquiera nombrados.

—Correcto —afirmó el ingeniero—. Sin olvidar a Margot y a Aligó. Ellos son dos personajes a los que el programa les ha dado una gran importancia. Casi todo gira en torno a ellos, quiénes son y cuál es su misión. Pero los ha forjado el aparato, incluso a los «extras» a quienes el programa no pone nombre porque carecen de interés para la historia que está creando. Me imagino que todavía será capaz de originar alguno más. Lo cual ya sabíamos desde que nos metimos en esto. ¿Qué problema hay? Y mira de lo que me acabo de dar cuenta hoy mismo.

—¿Qué cosa? —preguntó Camino levantando la mirada.

—Ojo, que esto es muy importante. Creo que el ordenador está contrarrestando el lado que la propia máquina interpreta como el más débil, introduciendo más actores. Eso lo he visto esta mañana. Es solo una hipótesis. El entorno de Eme es más frágil, sin embargo, tiene más protagonistas. En el lado de los nazis hay muchos menos, porque los pocos que hay son muy poderosos. Actúa con sibilina dulzura manipulando la información. Parece que estuviera buscando un genial equilibrio. Recuerda el nombre del programa: CLE - Canfranc Laboratorio de las Emociones. A veces pienso que está jugando con nosotros. Yo en ningún momento he ordenado que nivele la acción. Eso es un parámetro suyo. A lo mejor ha copiado el equilibrio de la naturaleza.

—No, no creíamos que fuera a dar semejante juego —replicó Camino, pensativa.

—Eso es verdad. No calculé la dimensión del programa. Pero sí los cauces por los que iba a discurrir. No pensé que fuera a evolucionar de esa manera. Podemos modificar la trama, pero nada más, el desenlace es suyo. Será así al haber crecido tanto. Tal vez haya perdido el control sobre él. A veces tengo la impresión de que lo único que hago es alimentarlo. Como a un hijo adolescente al que le das su paga, le dejas dormir en casa... Pero lo que hace fuera de ella, ni idea.

—¿Cómo? —preguntó Camino.

—Ojo, que he dicho modificarlo, no dirigirlo. Metiendo más información. El asunto es muy claro. Todo depende de nosotros. Podemos modificar la trama base, pero no la dirección que vaya a tomar. Cuanta más información tenga en su interior un cerebro, más cosas será capaz de hacer. Aquí pasa algo parecido.

—No sé si eso posible —rectificó la doctora.

—Sí, sí lo es. La verdadera magia de este programa son los detalles que puedas darle del entorno y de la época, hasta la fecha en la que se producen. Y eso lo he trabajado de modo minucioso. El ordenador, al principio, es tonto, pero supeditado a lo que puedas incidir sobre él puede llegar a ser muy listo. He descrito las piedras y otro tanto hice con la nieve. Cada copo posee datos en forma de ceros y unos. El interior de la estación tiene los clavos contados, la información de los que lo hicieron. El global de los hechos ocurridos hasta entonces alrededor de Canfranc. Las inclemencias meteorológicas de toda la zona de los Pirineos hasta aquel momento. Pensamientos, ideas, previsiones. En origen, el programa tiene todo con letras mayúsculas más dos escuetos personajes, Dietter y Emeterio, el resto es suyo. Nosotros somos espectadores del juego que él mismo crea. Podemos darle más datos, aunque también es verdad que puede que sea tarde. No olvides que esto no es más que un juego. El programa va a su aire. Una pequeña IA que está generando conclusiones mientras crece. Extremadamente potente y capaz de crear historias. Como si fuera un ritual misterioso. Una invocación al más allá para que nos cuente una parte del pasado. Tal vez el aparato haya conseguido introducirse en un universo nuevo, distinto del nuestro, pero verdadero. La teoría del físico del siglo pasado, Hugh Everett III, en su estado más puro. Parecido a haber descubierto una puerta de acceso a otro cosmos. En realidad, es como una especie de efecto mariposa de la teoría del caos. Una suerte de cuento de ciencia ficción al estilo de «El ruido del trueno». Jugamos en parámetros similares.

—¿Verdadero? —interrumpió la mujer.

—No sé dónde se encuentra la verdad. La inteligencia artificial tiene la capacidad de crear su mundo. Un metaverso partiendo de dos. Aunque a lo mejor el programa tampoco lo sepa. Posee la sabiduría suficiente para crear vida. Estoy hablando de sentimientos. El propio programa se está posicionando, igual que una mente humana.

No tienes más que ver la última sesión. Alucinante. Se retroalimenta y crece generando un increíble fractal. Similar a las ramas de un gigantesco árbol. Está haciéndolo constantemente. Lanza al viento nuevas semillas sabiendo que muchas, en las debidas condiciones, volverán a crear y originar otras. Una línea sin fin. Será así si seguimos alimentando el tronco. Recuerda que el concepto primigenio de toda esta historia fue basarse en la banda de Moebius y generar un cosmos partiendo de dos. El pasado y el presente crearán uno solo cuando se puedan unir. Y lo estamos consiguiendo.

—Eres el mejor programador que he visto en mi vida —aduló la doctora—. Ceruno es un buen mote —sonrió Camino—. Te lo has ganado.

—Y advierte un detalle —insistió Ismael—. El asunto de los olores es una cosa parecida. Ya sabes que lo planteamos desde el principio. De común acuerdo y de una manera concreta.

La doctora asintió con la cabeza.

—Yo introduje en los cascos los sistemas para emanar aromas y fragancias, muchos, pero unos muy concretos —dijo el hombre—. Moléculas aromáticas con una composición química exacta para poder oler mientras estamos dentro de la IA. Es decir, cualquier cosa que genere olor. Carnes, pescados y, claro está, plantas. Esencias de cilantro, de mejorana, de rosas, de orégano, de romero —el que tanto te gusta—, de pino, etc. Sin olvidarnos de entornos como madera quemada, gasolina, cuero o humedad. Y están bien hechos porque duran segundos y después desaparecen para dejar paso a otros. Hay más de dos mil fragancias en el ordenador. Hay frutas que no sabía ni que existían. El olor del durian ya me enteré enseguida —ironizó.

—Lo recuerdo —matizó la doctora.

—Y el cacharro puede combinarlas. Imagínate las posibilidades. Hasta ahí todo es concreto. Pero lo que yo no hice en ningún momento fue diseñar el olor de la nostalgia, ni el perfume del sufrimiento, ni el de la impunidad, ni el del miedo. Tampoco sé lo que es un aroma tierno. Menos aún el de la envidia. Desconozco qué fragancia tiene el hambre. Ni idea de lo que es el aroma del desprecio. Y tantos otros. Eso lo ha hecho el propio programa. Su imaginación.

—Es increíble —musitó Camino—. Aunque llamar «cacharro» a semejante ordenador creo que es una falta de respeto.

Ambos rieron.

—Por cierto, ¿te has fijado en el detalle del nombre de la fonda? —puntualizó Ismael—. El programa ha hecho un juego de palabras generando el nombre de Cramora.

—Sí, me di cuenta. Está claro que el CLE está divirtiéndose con nosotros. Sabe cómo se llamaba la fonda de entonces, Marraco, pero juega a cambiarle el nombre con las mismas letras. Como para que nos demos cuenta de que es superior a nosotros. ¿Y lo del *mugalari*?

—También lo ha sacado el programa. Le ha puesto ese nombre. Esa palabra no está en el diccionario de la RAE. Viene del euskera, lo miré nada más la escuché. Yo lo definí como «persona que ayuda a pasar las fronteras en entornos de clandestinidad». Nada más.

—Lo mismo pasa con el detalle de nombrar Dresde como ciudad segura durante la Segunda Guerra Mundial —argumentó la doctora—. Vaya cinismo.

—Sí, ya me fijé. El aparato tiene la información de lo que pasó allí. ¡Qué cabrón! Pero también hay que decir que en su lógica está formando un universo. Todo es muy complejo.

La doctora y el arquitecto de *software* se habían puesto a hablar del programa, antes de charlar sobre su amigo encontrado muerto en la cueva. La doctora se dio cuenta de ello.

—Silván —fue la única palabra que dijo.

El teléfono vibró en silencio y la doctora volvió a cortar la llamada sin mirar el aparato.

—La Guardia Civil está interrogando a todo el entorno de nuestro amigo —indicó Ismael—. Su muerte no está relacionada con nosotros. Él asistió a las sesiones. Yo lo metí en el grupo porque estaba muy interesado en algo de este juego, pero nunca nos dijo qué era. Decía que lo hacía por curiosidad. Éramos buenos amigos. Me enseñó muchísimo de la montaña y de la nieve. Era excelente como profesor. No sabía estar fuera de este entorno.

—¿Podría estar relacionado con la anécdota de hace un par de semanas en la que Silván se metió en el CLE y lo puso en marcha? Él lo negó, pero sabemos que intentó verlo, con alguna intención, en un orden cronológico distinto —dijo la doctora.

—Si no estoy yo, es muy difícil hacerlo —argumentó Ismael—. El único que tiene acceso a códigos encriptados soy yo. Pero es verdad que no son necesarios para algunas cosas. No sé muy bien qué llegó a ver.

—Cuando se lo preguntaste, lo negó. Podría ser una confusión —deslizó Camino.

—Sé que lo usó.

La doctora le miró con fijeza.

—No ha trascendido nada de lo que pasó en la cueva ni cómo apareció el cadáver en el interior ni por qué estaba allí. Sin tener datos, no puedo hacer cábalas. Mis unos y mis ceros están huérfanos del suceso —sonrió Ismael forzadamente—. Alguien le llamó y se fue. Era típico de él largarse sin dar excesivas explicaciones. Sofía sabía bien eso. Desde aquel suceso lo hacía de manera habitual. Le estaba costando superarlo, a pesar de que entre todos lo ayudábamos.

La palabra «suceso» les dio un espacio para mantenerse callados.

—Sí, desde entonces Silván no fue el mismo. Tampoco Sofía. Un suceso así es... insuperable, por mucho tiempo que vivas.

—Eso no debería darse jamás. Jamás. Es contra natura.

El silencio se mantuvo unos instantes. La palabra «suceso» había invadido el entorno.

—Aquella fue la última vez que le vimos con vida. No puedo contar más —se disculpó Ismael.

—Poca cosa voy a poder añadir yo —aseguró la doctora—. Sí es verdad que desde el comienzo de las sesiones teníamos más relación, pero hasta entonces, no. Tú sí tenías más vínculo.

—Él fue quien me metió en la montaña. Primero con raquetas y después en el esquí. Se lo debo a Silván —afirmó Ismael.

El móvil de la doctora volvió a sonar. Esta vez se interesó por la desmedida frecuencia de llamadas entrantes. Todas provenientes del mismo número de teléfono. La conexión duró un minuto y medio. Cuando colgó, Camino tuvo la impresión de que el cóctel de su vida sentimental se volvía a agitar.

29

Biescas, finales del invierno de 1996.

—No, el correo... no era para ti. Era... para otro —dijo Camino.

—Joder. ¡Hostia!

—En Madrid conocí a una persona. No te lo he querido decir por teléfono —explicó Camino—. Por eso he cogido el tren para contártelo.

—Después de haberla pifiado con las direcciones del *e-mail* —refutó Chasis con palabras cortantes—. Eso se llama pillada, ¿no crees? ¿Cuándo ibas a decírmelo? Si es que de verdad tenías pensado hacerlo, no ahora que no tienes más remedio que contármelo. ¿Quién cojones es? —lanzó Chasis acercándose.

—Qué importa eso. Uno de la universidad. He estado viéndolo esporádicamente.

—¿Estás saliendo con él?

—A veces —respondió Camino bajando la cabeza.

—¿Y qué pasa con lo nuestro? Me dijiste que me esperarías al volver. Los veintiséis años recién cumplidos no te han sentado nada bien. Yo te he esperado aquí y para mí no ha sido fácil. Estaba encantado cada vez que venías. No noté nada extraño todas las veces que aterrizabas por aquí ni cuando yo te visitaba en Madrid. Parece ser que en cuanto desaparezco de la escena, también lo hago de tu corazón. ¿Qué queda de entonces?

—Éramos unos críos y han pasado diez años. Se dicen muchas cosas... Tal vez pertenecemos a mundos distintos.

—Ya.

—Pero hay una cosa clara. Yo te sigo queriendo y por eso estoy aquí. Aspiro a que sigamos juntos. Créeme.

—¡No me jodas! ¿Madurar te parece estar pegándomela? Y encima lo he descubierto por pura casualidad. Si no te llegas a equivocar en el envío de un puto *e-mail*, yo-no-me-entero —vocalizó Chasis—. ¿Hasta cuándo tenías pensado alargar esto? ¿A eso le llamas madurez? —repitió desde su imponente metro noventa y cinco.

Camino bajó la cabeza sin responder.

—¿Cuánto tiempo llevas con él?

Camino mantuvo un silencio muy incómodo. El coche detenido en la mitad de la zona antigua de Biescas se estaba trasformando en una jaula.

—¿Estás sorda?

—Estos últimos meses, pero no estoy enamorada de él. Te lo iba a decir. Estoy muy arrepentida.

—Vamos a ver. El escenario es cojonudo. Te cepillas a un tío en Madrid y despubés el tonto de Alberto te está esperando aquí, recibiéndote con cara de gilipollas.

Lo dijo sin alzar la voz y utilizando su verdadero nombre, no su apodo. Por todo ello la frase sonó aún más hiriente.

—Tengo mucho trabajo. El currelo del doctorado es muy fuerte.

—Claro, claro, es un trabajo arduo mantener dos bocetos de familia. Uno aquí, en Canfranc, y otro en Madrid. Un sinvivir —ironizó Chasis.

—Hay otra cosa.

—Dispara. No me imagino qué puede ser peor. Por lo menos en este instante. De verdad que no lo sé.

—Quedé embarazada, pero...

Chasis la paró en seco dando un manotazo en el volante.

—¡Vaya, lo has conseguido! Claro que era peor. Eres una puta artista —le soltó Chasis sin dejarle terminar la frase.

El golpe sonó apagado. Lacónico. Luego, el silencio fue largo y tirante.

—¿De quién es el niño?

—No me has dejado acabar. No lo sé. Ya no importa. Lo solucioné la semana pasada —dijo con frialdad—. No se me ocurrió mejor remedio. No ha sido nada fácil. Estoy rota.

—Joder. Esto es fantástico —replicó Chasis con voz profunda—. Con cada frase que añades, la gravedad del asunto aumenta como si fuera una ola rompiendo. ¡Me cago en mi sombra!

Camino rompió a llorar abiertamente. Ocultó su rostro con las manos.

—¡¿Quieres que te diga algo?! Podías haberme evitado todo esto. No sé por qué me lo cuentas ahora. No hay solución posible. Ya está resuelto. A tu manera, pero finiquitado. Deberías habértelo guardado para ti. Abstenerte de contarme una historia tan cruda y tan... no sé, triste. Tú decides sin contar con nadie más. ¿Has pensado en mí? Para algunas cosas eres más fría que el puto universo ese que investigas. Un niño que podía haber sido mío. Te lo juro... Deberías haberme dicho un simple adiós, me he enamorado de otro. Y ya está. Me hubiera sentado mejor y para ti hubiera sido también más sencillo.

—No podía permitírmelo. El doctorado me absorbe. Además, eso no es así. Yo no estoy enamorada de él. Si lo deseas, tendremos un niño más adelante, te lo prometo que será así. Pero ahora, no. Por favor, perdóname.

—Eso ya lo has dicho. No me cuentes milongas. Por mi parte te puedo decir que no sé si serás buena física, pero sí eres una buena actriz. O tal vez yo sea un idiota. No he notado nada en este tiempo. He creído que estabas a mi lado, contenta, que teníamos planes. Me sorprende descubrir que eres una bruja con un doble rasero increíble. A lo mejor soy yo el problema y que para algunas cuestiones soy muy inocente.

Camino agarró de la mano a Chasis en un movimiento rápido. Él no la soltó. Ni siquiera la miró.

—He roto con él. Necesito estar contigo. En Madrid generé un mundo porque tú no estabas. Solo por eso. Después me he dado cuenta de que sin ti ese mundo era irreal.

—Generar mundos, eso te encanta. Pero me parece que no te estoy entendiendo. ¿Has roto con él? —preguntó Alberto—. No comprendo una mierda. Entonces, ¿qué es lo que quieres?

—Que me aceptes de nuevo. He dejado todo empantanado en Madrid por intentar solucionarlo. No me ha sido nada fácil. Te necesito. Esto solo ha sido un error inaceptable. Por Dios, no me rechaces. Llevamos juntos más de diez años.

—No tan juntos como parecía. Mírame a los ojos —dijo el hombre—. ¿Tú crees que podría hacerlo? Esto es surrealista. La confianza se ha roto. No queda nada. Tú, mañana te vuelves a Madrid... ¿Y yo qué? Otra vez solo. ¿Qué voy a pensar? Yo también tengo mis propios problemas y no por ello me enrollo con la primera que pasa. Te puedo asegurar que no me faltan pretendientas. Yo estoy aquí construyendo mi vida. Pensaba que estabas a mi lado. He conseguido ser guardia civil y quizá pueda ascender. Me gusta mi trabajo. Con toda seguridad está muy alejado del tuyo, pero a mí me absorbe y me gusta. Ya sé que no tiene tanta elegancia como investigar qué coño esconde el puto cosmos. También sé que tu trabajo goza de más prestigio. El mío es solo ordenar lo que pasa en este pequeño planeta con sus miserias, sus penas y sus alegrías. Mundano, ¿verdad? A mí me vale. Esta pequeña porción me es suficiente para vivir y ser feliz en compañía de mis amigos y familiares. Creía que estabas en esa lista, pero parece ser que no es así.

—Chasis, no me rompas el corazón —respondió Camino sin soltarle la mano y mirándole desafiante al centro de sus ojos.

—Tú ya me lo has roto —afirmó Alberto Bastidor evitando su mirada.

30

La circulación en la N-330, interrumpida durante unos minutos, se había reestablecido. El Ibiza de la persona fugada estaba siendo registrado por varios agentes de la Guardia Civil. Unos metros más atrás, la furgoneta de atestados se mantenía estacionada en un arcén cercano. Los curiosos se habían disuelto por completo. Algún rezagado miraba los vehículos policiales con curiosidad desganada.

Alberto Bastidor sostenía la cartera del individuo y revisaba su interior en busca de no sabía muy bien qué. Sobre la mesita central, el carnet de identidad era lo más evidente.

—José García Méndez —refrendó Chasis en voz baja, mirando con cierta distancia el DNI del hombre que acaban de parar en mitad de Villanúa.

En la fotografía parecía bastante más joven de lo que su rostro contaba. Cenceño, moreno, de estatura media y con barba de más de tres días. No estaba esposado. Se le notaba nervioso.

—¿Por qué no se ha detenido cuando se lo hemos pedido? —le preguntó Cartón con extrema seriedad.

El hombre tardó en responder, por lo que Chasis intervino en el mismo tono.

—Vamos a aclarar este asunto, señor José. A no ser que mis compañeros que están registrando su coche me den alguna desagradable sorpresa, o el asombro me lo dé usted ahora con sus declaraciones, no vamos a detenerlo. Solo quiero saber por qué huía de nosotros. Me acaban de comunicar que usted trabaja en una empresa de automoción de segunda mano en Jaca. ¿Qué hacía aquí, a media mañana de un día laborable, metiéndose por donde no debe?

—No los había visto —fueron sus primeras palabras.

—Con total descaro se salta el clarísimo cordón de seguridad con el anagrama de «Guardia Civil-No Pasar». No me dirá también que no lo vio —intercedió Cartón—. Le estábamos observando cuando usted lo levantó. ¿Qué quería encontrar dentro? ¿Alguna atracción de feria? ¿Tal vez tenía visitas guiadas a las cuevas por su cuenta?

Un agente interrumpió en la puerta de la furgoneta para comunicarles en privado que el coche estaba despejado. Cartón salió unos instantes.

—Está bastante limpio y no hemos observado nada raro. Una zamarra. Un paraguas. Tiene dos años y todo está en regla.

Cartón volvió a entrar en la furgoneta y se lo comentó a su jefe al oído.

—Me acaban de decir que su coche no tiene ningún problema. Si me cuenta que hacía por aquí, le dejo marchar con una amonestación verbal. Que conste que podría denunciarle por huir de la autoridad y no respetar el alto. Lo haría sin problema alguno y le supondría una buena multa. Pero, por favor, cuénteme lo que estaba haciendo.

Tardó en volver a hablar.

—¿Es usted aficionado a la espeleología? —preguntó con retranca Chasis.

—Sí, sí, claro, y al descenso de cañones con cuerdas y *rappels* y esas cosas —respondió José con naturalidad.

A la espera de más explicaciones, el silencio se hizo patente. Al ver que la escueta explicación no avanzaba, Cartón intervino.

—¿Qué tiene que ver usted con este lugar?

—Protejo las grutas de los Pirineos.

—Protege-las-grutas-de-los-Pirineos. Bien. Eso es muy grande. Las de Huesca, las de Cataluña, las que están en el lado francés. Debe de tener usted mucho trabajo —ironizó Chasis.

—No estoy solo, pero sí, protegemos las cuevas de los Pirineos. Las Güixas de aquí, las grutas de Bétharram, de Médous y de Gargas, la cueva del Oso en Tella, las grutas de la Verna, las...

—Pare, pare, pare. No me las enumere todas. Ya le estamos pillando el concepto —cortó el sargento en el mismo tono—. Entonces se dirigía a inspeccionar esta cueva en concreto, por si acaso... ¿qué?

—Sabemos que ha pasado algo en el interior.

—Prosiga. Lo que ha sucedido dentro es, por ahora, de interés exclusivo de las autoridades, no suyo —afirmó Cartón.

—Ha dicho que protege las cuevas, pero que no lo hace solo. ¿Quiénes son el resto de los tipos que llevan a cabo este curioso trabajo? ¿Cuántos son? ¿Cómo las protegen? ¿De qué y de quién? ¿De los turistas, tal vez? ¿Forman parte de una organización? ¿Es clandestina o se publicitan en redes para financiarse? ¿Qué coño hacen en las putas cuevas? —intervino Chasis en un tono de voz alto—. Me está haciendo perder la paciencia. Le ruego que empiece hablar. Ya.

El tono cambió

—Somos CDOS.

—¿Qué cojones es CDOS?

—Los Curadores de la Cuevas —respondió José.

—Desarrolle, porque me está poniendo nervioso y a lo mejor nos retractamos de todo lo que le hemos prometido antes y nos lo llevamos detenido al cuartel de Jaca. ¿Quiénes están metidos en ese tinglado? ¿Es una sociedad secreta? Esto es muy peliculero. Venga, que se me está acabando la puta paciencia. ¡Hostia! —exclamó Chasis.

—¿Cobran por ello? ¡Venga, coño! Cuénteme cosas. ¿Quizá su denominada CDOS está registrada con NIF y pagan sus impuestos a Hacienda? —inquirió Cartón con enfado.

—Por ahora somos varias las personas que se desviven por mantener las cuevas conocidas y también descubrir nuevas.

—¿Desde cuándo están en esto?

—Hace unos cinco años. Justo antes de la pandemia de 2020.

—¿Por qué? ¿Por qué las cuevas?

—Por su propia importancia. Somos los guardianes de las grutas. Las oquedades que sirvieron para que nuestros ancestros, los padres de nuestros padres, se protegieran de las inclemencias meteorológicas. Del frío, de la nieve y también del calor. Para mantener a raya las alimañas. Son el origen de nuestra evolución. Las casas que nos regaló la madre tierra para poder evolucionar. Sin ellas seríamos todavía como animales expuestos a los caprichos del granizo y las ventiscas. No deben ser profanadas. Serán, y fueron, el refugio de la humanidad cuando algún descerebrado se atreva a apretar el botón del fin del mundo. Está tardando, pero ocurrirá, se lo aseguro. La historia de la humanidad siempre tiene un loco a mano, capaz de generar la mayor guerra que los actuales tiempos permitan. Los de ahora son como nunca de destructivos. Jamás se habían dispuesto semejantes artefactos en manos humanas. A la sencilla distancia de un puto interruptor. Entonces no habrá tiempo para las risas ni las bobadas. Ni para las gilipolleces y tonterías sin importancia que nos agobian. Ni móviles infernales ni vestidos de moda ni comida rara. Todo pasará a ser más sencillo. Comer y vestir para subsistir. Eso si queda alguien para hacerlo. Los edificios se derrumbarán como mantequilla fundida. Solo los que conocemos las grutas podremos sobrevivir. Salvaremos a la humanidad desde las cuevas y el ciclo volverá a empezar. Volverá a repetirse. Nos jugamos seguir existiendo, ¿me entienden? El fin de nuestra civilización, tal como la conocemos, está cerca si no ponemos los medios para evitarlo.

Los dos policías se miraron. No hubo sensación condescendiente.

—Me parece muy bien, los llamaremos cuando eso ocurra —respondió Chasis.

—No habrá teléfonos.

—Bien, bien, déjelo, hemos entendido. Hábleme en términos de conducta. ¿Que venía a hacer a aquí? —preguntó Cartón.

—Venía a ver cómo estaba.

—Igual que hace unos días —replicó Chasis—. Veo que se está haciendo el remolón. Ya nos ha contado su particular pedrada, pero, por favor, conteste a la pregunta.

Tardó en responder bajando la cabeza.

—Venía a dejar una runa.

—¿Una runa? —preguntó el policía.

José sacó una runa del bolsillo interno de la zamarra. El cacheo realizado al principio en busca de posibles armas la había pasado por alto. La piedra era parecida a la que encontró Ana. El símbolo era el mismo: la letra «t».

—¿Qué significa esto? —demandó Chasis mientras se la pasaba a su compañero.

—Si pasa algo malo en las cuevas, debemos depositar una runa —afirmó José—. La que representa la dirección que hay que tomar. La simbología de la acción que protege. Enterrarla en algún lado de la gruta para que se mantenga alejada del mal y lo que hay en su interior se conserve intacto. La casa de nuestros padres debe mantenerse así a través de los siglos. En esta ya lo he tenido que hacer con anterioridad. A veces, si no tienes cuidado, la cueva, en vez de proteger, puede matar.

31

—¿Seguro que no quieres que me quede? —insistió Nadine.

—Te lo agradezco. Estoy bien. Ya he pasado unos días en tu casa. Ahora quiero estar sola en la mía. Te juro que te llamaré si te necesito —respondió Sofía—. Tengo que pensar cuándo podremos subir a la montaña. Quiero que Silván descanse cuanto antes. Solo entonces estaré tranquila.

El abrazo de despedida fue mecánico. Desde el vestíbulo escuchó cómo su hermana se alejaba acelerando en su coche.

La urna con las cenizas de Silván era de color azul claro. Los distintos tonos hacían aguas en mezclas discretas. Mantuvo la urna entre sus manos unos instantes y la dejó sobre el aparador de la entrada. Pensó que tendría que subir con ella al ibón de Ip. Se lo prometieron mutuamente hace muchos años con el típico *simepasaalgo*. «Si me pasa algo, quiero descansar a la sombra de la Collarada, a un costado del ibón de Ip», le dijo Silván una noche. Ella, por su parte, le contó que quería reposar en alguna esquina que él eligiera del cauce del Aragón. También le dijo que, si él se moría primero, le gustaría irse a su lado a la mayor brevedad posible. No concebía la vida sin su marido. Qué poco importaba todo sin él. Nunca volvieron a mencionar el tema.

En la vida previó que su marido, al ser más joven que ella, muriese antes. Ahora, eso había cambiado, así que esa información se la tendría que trasladar a su hermana si quería que se llevara a cabo.

La casona le pareció más grande desde su soledad. Subió la escalera como si el lugar la estuviera llamando. Al llegar sintió cómo crujían los peldaños. Tenía grabada la imagen de su marido saliendo de casa después de aquella llamada por teléfono. Horas más tarde, estaba en el tanatorio. Llamas, lágrimas y polvo. Cenizas anodinas y mudas de su cuerpo.

La habitación que ocupaba con su marido estaba situada en el segundo piso de la casona. Tenía una cama de matrimonio orientada a una enorme cristalera, que dejaba a la vista la arboleda cercana escoltando el cauce del Aragón. Tragó saliva cuando imaginó que le esperaban muchas noches en solitario. Se sentó en el borde de la cama deshecha. No había querido hacerla porque prefirió pensar que nada había pasado y que hoy, de nuevo, volvería a dormir en compañía de Silván. La frialdad de las sábanas arrugadas le contaron lo contrario.

Sofía se acercó al armario situado a la derecha. Muy grande y de madera tallada. Pasó los dedos por cada una de las molduras. Después abrió las dos puertas. A pesar de haber trabajado con ropa toda su vida, aquella vez fue como si abriese el acceso a otra dimensión. La parte derecha, invadida de jerséis, pantalones y zamarras, le escupió recuerdos a borbotones. La izquierda hizo lo mismo con un par de trajes que él usaba cuando no quedaba más remedio. Siempre a regañadientes. No recordó la última vez que le había visto vestido así. Menos aún con alguna de las corbatas que colgaban en hilera. Media docena de uso esporádico. Su verdadera personalidad estaba en su ropa montañera. Zamarras y plumíferos. Bufandas, verdugos y cazadoras de abrigo. Botas de monte, gorros y guantes. Un parapeto para el habitual frío de su paisaje.

Tocó las prendas como quien mima la piel de alguien. Las repasó una a una con la solera que da su tacto mil veces acariciado. Apuraba la ropa porque decía que era su compañera fiel de trabajo en la montaña. Le costaba deshacerse de sus prendas. Zamarras, ajadas por el tiempo, que mantenían parches de tela recordando su antiguo trabajo en las estaciones de Astún y Candanchú. El logo de la mariquita de esta última conservaba el color rojo intenso.

Sofía miraba el interior del armario teniendo la impresión de que estaba en la barrera de otra dimensión. Las prendas huecas seguían estando ceñidas a la figura de su marido, tanto que le pareció que lo estaba viendo. La ropa interior, que le quitaba cada vez que se acostaba con él, estaba en los cajones inferiores. Las camisetas amplias que se ponía después de hacer el amor, dejando que la estrechara y se durmiera entre sus brazos, manteniendo su olor muy cerca. Las que desde ayer se quedarán allí, oscilando sobre una percha, colgando inertes sin más vida que retazos de tela cosida. Ocupando un lugar en su memoria. Cinturones enrollados a una cintura vacía, gorros de colores vivos y de presencia muerta, guantes gruesos para manos frías, camisetas amontonadas envolviendo una musculatura inerte.

Observó de reojo el armario con un cajón bajo que se tenía prohibido abrir y en el que había ropa de niño. Pero a veces flaqueaba y terminaba haciéndolo. Hoy no tuvo fuerzas para ver su interior. Solo miró el tirador. Lo agarró, pero no fue capaz de tirar de él. El cajón prohibido enmudeció con sus secretos.

Cambió la dirección de su mirada hacia el resto de la ropa. Se acercó una camisa a la nariz. Aspiró con tristeza el olor a ropa limpia, a jabón dulce. Recordó que la ropa recién lavada se encontraba en el tendedero. Con pena sospechó que la casualidad había jugado con ella, porque le pareció que no había nada de ropa sucia. Quiso comprobarlo y bajó a la cocina. El cesto de la ropa sucia confirmó sus sospechas. Ninguna prenda le devolvería el olor de su marido.

Todo cambió en un instante, catapultado por un recuerdo olvidado.

Subió con prisa hasta la buhardilla. La cámara anecoica absorbió los sonidos cuando la abrió. Buscó en el enorme sofá del fondo de la sala. El jersey que Silván se quitó en el último momento antes de salir de casa estaba tirado al lado del casco negro de realidad virtual. Lo aferró con fuerza y lo olfateó, lo abrazó deleitándose con cada bocanada de olor de su marido que todavía contenía. Aquel aroma la tranquilizaba, la acariciaba.

Una lágrima cayó por su mejilla. Solitaria y en ausencia de llanto. La tristeza la sumió en la desesperanza.

32

—¿Qué te ha parecido la tal Sofía? —preguntó Chasis.

Cartón se encogió de hombros. El coche camuflado de la Guardia Civil acababa de dejar el cruce de Biescas y se movía a velocidad constante en dirección a Jaca. Los paisajes nevados se conservaban gracias al frío.

—No sé. Una persona a la que comunican que su marido ha muerto. Lo hemos hecho algunas veces. Nada más. Me pareció bastante entera y sospecho que enamorada del tal Silván. ¿Piensas lo mismo? —preguntó el agente.

—Ni idea. Tengo la sensación de que tal vez no contó todo lo que debería. Parecía haber estado enamorada del muerto —respondió el sargento.

—¿Por qué dices eso? ¿Crees que nos ocultó algo?

—El detalle de que su marido salía a pasear con frecuencia me suena extraño —argumentó Chasis.

—Bueno, a lo mejor. ¿Tú crees que esta mujer sabe más de lo que cuenta? ¿Sospechas que pueda haber juego sucio? ¿O incluso que esté involucrada en la muerte de su marido? —replicó Cartón.

—No, no. Espera. Simplemente estoy diciendo que no nos ha contado todo —argumentó el jefe—. Hay personas que admiten tener un amante en la pareja. Una relación abierta. A otras les parece un desatino contarlo o asumirlo. Aunque los cuernos estén delante de sus narices y sean grandes como una estatua. Se mienten a sí mismas generando un mundo paralelo, que en realidad es imaginario. Un auténtico universo virtual en el que se permite que el otro haga lo que le dé la gana. Falsas reuniones, quedadas fantasma con amigos o aficiones absurdas. Resguardando en su cerebro la verdad que les gustaría que estuviera pasando. De esa guisa se tiran un montonazo de tiempo hasta que alguien tiene el valor de decirle lo que el resto ve diáfano. En ocasiones llaman a un detective privado y esas cosas, o directamente ellas hacen el seguimiento y descubren lo que no han querido ver durante años. Su pareja pasando noches en casa de otra persona. Pero eso no modifica una verdad inmutable.

—Vivir en un mundo paralelo te evita disgustos —argumentó Cartón—. Puede que no sea tan malo.

—Ya sé que muchos lo hacen. Enterrar el cerebro y dejar el cuerpo al descubierto. Poco avanzas en esa postura. La realidad al final te arrolla y el daño es mayor —explicó Chasis.

—¿Crees que en este caso concreto podría ser así? ¿Eso es lo que tienes en mente?

—Necesito más datos para hacerme una idea de lo que pasa por la mollera de esa tipa —dijo Chasis—. De ser así, esta teoría que nos está contando tal vez deberíamos tenerla en cuenta para las posibles próximas entrevistas a su círculo.

Cartón sacó la libreta. Rebuscó los datos de la conversación.

—No me acordaba del nombre de la hermana. Nadine. Por cierto, son muy parecidas físicamente. Solo que Sofía viste bastante mejor —sonrió Cartón.

—Es verdad, sobre todo tienen las mismas facciones —confirmó Chasis—. En estos casos, si Nadine hubiera sabido algo, ¿no nos lo habría dicho?, tal vez con la típica frase «seguro que le ha matado la pelandrusca con la que andaba».

—No vayas tan rápido. Si sabe algo, quizá. Depende del trato que tenga con su hermana. Soltar algo así es muy fuerte. Podría ser la propia hermana la que le ponía los hipotéticos cuernos de los que hablamos.

—No creo. Parecía que se llevaban bien, ¿no?

—Es pronto para afirmarlo —matizó Chasis—. Veremos qué forma va tomando esto. En ocasiones como estas todos somos muy solidarios. Habrá que ver cómo era exactamente la relación en el día a día.

—Crees que puede tener algo que ver con lo que nos ha contado el loco de las runas —preguntó Cartón.

—Joder, no sé. Es un colgado que parece inofensivo, pero se salta nuestro perímetro de seguridad de acceso y pertenece a una sociedad secreta de cuidadores de las cuevas. CDOS, según dijo. No descarto nada. La runa que nos dio era del mismo material que la que encontramos en la entrada de las grutas. Por ahora le hemos dejado marchar. No descarto tener que hablar de nuevo con él.

El coche llegó a Jaca pasadas las once de la mañana. Dejaron a su derecha la ciudadela. La tienda Esoterismo estaba cerca de la catedral y en mitad de la zona animada de restaurantes. Atravesaron la plaza de la catedral y enfilaron la calle del Obispo. Al llegar al establecimiento se detuvieron unos instantes en el escaparate. Tras el cristal se hacinaban libros de esoterismo, candelabros y oráculos, hadas y duendes, colonias e inciensos, magos y dragones. En el interior no había ningún cliente. El olor invadió la pequeña tienda.

—Huele a pachulí —dijo Chasis en voz baja nada más entrar.

La dueña de la tienda, Layla, se lo aclaró mientras salía al mostrador por la puerta trasera. Le gustaba rajar.

—Ayer estuve quemando pachulí y es posible que todavía esté en el ambiente. Algunos olores son remolones desapareciendo. Lo que está ardiendo ahora en el incensario es resina de benjuí. Combina muy bien con la de goma damar. Da un olor fresco y dulce. Mi preferida es la de copal. Cada semana lo cambio. Una casa sin perfumar no está protegida. Los olores son, además, los guardianes del sabor. Como una especie de guardaespaldas. A veces se usan en la cocina, sobre todo el pachulí. Recuerdo algún plato con ese aroma en un restaurante de Vitoria. Se dejaba caer media gota de aceite esencial en el borde y el comensal comía con ese perfume.

Tras el saludo y las presentaciones, Chasis habló claro mientras Cartón, desde una *tablet*, le enseñaba la imagen de la tela con el uróboro encontrado junto al cadáver de Silván. Layla, la dueña de la tienda, se sorprendió al verla con media sonrisa.

—¿Qué quieren saber de la tela? —preguntó y añadió—: Es preciosa, ¿puedo? —Señaló la mujer haciendo ademán de sujetar la *tablet*.

El agente afirmó con la cabeza. Con los dedos sobre la pantalla amplió el dibujo.

—Preciosa —repitió Layla observándola con detenimiento—. Una pequeña joyita.

—¿La vende usted? ¿Está entre sus artículos? —preguntó Chasis.

—Tengo telas con uróboros, sí, de varios colores y con dibujos muy bonitos. Pero no esa en concreto. Las mías son industriales. Calidad china, ya sabe. Esto es algo distinto y bastante más caro. La venden por encargo.

—¿Quién?

—Un pintor de Huesca. Esa tela en concreto no es una cualquiera, es un batik. Vale mucho dinero. Más de quinientos euros.

—¿Batik? —preguntó Cartón.

—Sí, una tela hecha con esa técnica. Tapan con cera las partes del dibujo que no quieren tintar y después tiñen el resto de un color exacto. Así se avanza cambiando de tonalidades hasta completarlo. Es un proceso lento y muy artesano. Ya ve el resultado. Es espectacular. Son trabajos típicos de la India, de Malasia y sobre todo de Indonesia.

—¿Es posible que no fuese del pintor de Huesca? —preguntó Chasis.

La mujer se acercó de nuevo a la pantalla.

—Esta manera de trabajar es de él. Mire este trazo. Inconfundible.

—¿Sabe usted la dirección y el teléfono de ese pintor? —inquirió Cartón.

—Claro. Pero no tiene móvil. Es un problema contactar con él.

—¿Fijo?

—Tampoco. Solo les puedo decir dónde vive —dijo la mujer.

—¿Ningún tipo de teléfono? —preguntó Cartón, sorprendido.

—Hasta lo que yo sé, no. Y conociéndolo, me lo creo.

La dueña de la tienda escribió la dirección en un *post-it*.

—Él se llama Güido Spozio. Un italiano afincado aquí. Todo un personaje —añadió sonriendo—. Además, es un puñetero artista del Renacimiento. Hace de todo y muy bien. Talla madera, trabaja la cerámica, pinta, esculpe... Hace unas piezas de *rakú* que son increíbles, brillantes y rotas. Y objetos como esa tela con el uróboro; aunque en esos asuntos me parece que no cree nada. A mí me suele llamar cariñosamente la bruja de Jaca. Tiene mucho sentido del humor. Hace varios años que no le veo. Es de los que confunde adrede esoterismo con «exoterismo» solo para hacerme rabiar. Ya ve en lo que se parecen. La televisión de Aragón intentó hacerle un reportaje hace años y les mandó a freír puñetas, según me contó él mismo. Es relativamente conocido, pero solo en círculos muy concretos. Por lo menos en los nuestros sí lo es. Tiene aspecto de ermitaño moderno. Es delgado y tiene barba blanca. Lleva una especie de delantal grande que le hace las veces de mono de trabajo, gafas redondas tipo John Lennon y su eterna gorra americana azul, que a veces se pone al revés, como si fuera un rapero.

Cartón leyó los datos de la dirección y después lo guardó en la libreta.

—¿Para qué se utilizan estas telas? —preguntó Chasis.

El silencio se apropió del olor a la resina. Layla tardó en responder.

—Han encontrado esa tela en la gruta de las Güixas, ¿verdad?

—A eso no le podemos responder —cortó el agente Cartón—. ¿Qué le hace pensar eso?

—Eso se rumorea. Que han encontrado un cadáver en las cuevas de Villanúa —añadió la mujer, enigmática—. Ustedes son guardias civiles investigando eso, no están aquí haciendo turismo, ¿verdad? Estaba haciendo un ritual, ¿no? Lo ha filtrado la prensa... ¿Es cierto?

—Olvídelo, no me ha respondido a la pregunta —advirtió el policía cortando su curiosidad—. Recuerde que no puede contar a nadie lo que estamos hablando.

—Se utilizan para invocaciones. Rituales y esas cosas. Es una tela muy abierta a interpretaciones. La figura representa la vida en sí misma. El ciclo que nunca se detiene. En realidad, es contradictoria. De nuevo vuelve a empezar, pero, sobre todo, y lo más importante, no puedes hacer nada para detenerlo. También representa los fenómenos naturales, la salida y el ocaso del sol, las mareas, es decir los períodos que se repiten.

—¿Esos rituales se ejecutan de alguna manera estándar? ¿Representan algo en concreto? —preguntó Cartón.

—No, no. Digamos que son poderosos instrumentos. Igual que, por ejemplo, un lápiz. Cada uno puede llegar a dibujar lo que una mano hábil necesite. Es difícil saber en concreto lo que se hace sobre una de esas telas. Desde mal de amores hasta invocaciones al diablo o atracción sobre seres ya fallecidos. Esto, por fortuna, no es ciencia.

La nueva inquisición que nos oprime negando lo que ellos, los científicos, no son capaces de demostrar. Nosotros logramos cosas donde la maldita ciencia no llega, aunque no siempre.

Los policías se miraron.

—¿Qué objetos se suelen poner encima de la tela?

—Ya le he dicho, depende. El fuego y el agua. Estos dos casi seguro. Después, tal vez inciensos ardiendo. Representaciones de algo o de alguien. Si es para invocar muertos, alguna prenda del fallecido o algo que estuviera muy unido a él. Para ello funcionan bien los anillos, los pendientes o el reloj que llevaba la persona muerta. Algo de uso habitual y que estuviera en contacto, o sujeto, con su piel. Que tuviera su sudor como simbología material y a la vez espiritual. Pero, como ya he dicho, todo es muy abierto. Tenía una amiga que hacía rituales poniendo comida. Interpretaba que el alimento es lo más íntimo en la vida de alguien. Es la clave de nuestra existencia. El origen y el mantenimiento de la presencia humana. Incluso más que el sexo —sonrió la mujer—. Elegía los alimentos que más le gustaban a la persona con la que querían contactar y los hacía presidir el ritual sobre la tela. Disponía su guiso preferido. A veces fruta y unas galletas.

—Una última pregunta —intervino Cartón—: ¿usted vende runas?

—Claro, junto con las cartas del tarot son mi producto estrella, lo que más vendo. Tengo ocho modelos de todos los tamaños y precios. Miren, están en esa vitrina. Son preciosas —agregó mientras se acercaba—. Y vuelven a estar de moda. Raro es el día que no vendo alguna bolsita. A veces acompañada de telas como las que acaban de enseñarme. Bueno, la que tienen ustedes es única y muy concreta.

Los policías reconocieron un modelo de runa en concreto, pero no hicieron comentarios.

33

La cocina de Canfranc Estación, a Royal Hideaway Hotel hervía de actividad. Telmo Beteta observó cómo uno de los cocineros terminaba de colar la salsa de carne. Los vapores inundaron la zona caliente de la estancia con el aroma de algunas especias. Él mismo agarró un pequeño recipiente con la cantidad precisa de salsa para las cuatro versiones libres de liebre a la royal que tenía por emplatar. Añadió unas hojas de tomatera para dar un toque original y fresco a la salsa. Apenas dejó que arrancase un hervor y luego las retiró. Probó con una cucharilla el resultado, cerciorándose de que habían dado el toque fresco que buscaba. Depositó varias cucharadas sobre la lámina de *foie* que coronaba la carne dando brillo y melosidad al conjunto. Ralló por encima unas láminas un poco gruesas de truga negra de Sarrión. El aroma le sedujo. Para otra mesa salieron las fritadas aragonesas con huevo y longaniza.

El camarero se llevó el plato nada más terminar.

—¡Arrea! No te entretengas, que esto frío no puede llegar al cliente —advirtió Telmo mientras se alejaba. Se sintió orgulloso de la manera en que había terminado de pulir un plato que, desde que lo diseñó, le dio bastantes problemas para conseguir que fuese armónico. Pensó que ese plato llevaba su fuego, su halo.

El jefe de cocina miró la hora. El *maître* se adelantó a la pregunta y le confirmó:

—Es la última mesa. Ya está todo. Solo quedan los postres: dos flanes de la abuela Angelines y dos Cookie Monster de chocolate.

Telmo se dirigió a la sección del dulce, que compartía con la de entrantes y platos fríos. Estaba separada por una mampara trasparente. Empanadillas de melaza y cacao esperaban ya dispuestas, encima de un pequeño lito de color marfil sobre una cerámica negra. Los flanes y las Cookie Monster aguardaban justo detrás. En ese momento recreó el olor y la imagen de su abuela al hacerlos.

Desde allí, a través de la ventana se podían observar los dos vagones de tren con el logo del hotel pintado en los costados, que habían traído hacía unos días para dar de comer en su interior. Canfranc Express lucía un color verde oscuro de la época. «Un viaje gastronómico», rezaba.

El despacho de Telmo era amplio y presidía una reproducción, enmarcada con solemnidad, del menú servido en la inauguración de la estación de Canfranc el 18 de julio de 1928. Un menú largo y complicado para la época.

Caldo de ave. Huevos revueltos con trufas. Salmón del Bidasoa frío con salsa tártara. Silla de ternera castellana. Guisantes con mantequilla. Patatas nuevas al horno. Capones de Aranjuez y jamón con huevo hilado. Ensalada. Quesos. Melocotón en almíbar. Helado Victoria. Pastelería variada. Piña refrescada y café.

Justo enfrente, otro cartel antiguo, enmarcado de la misma manera, con un menú de la Exposición Hispano-Francesa de 1908 celebrada en Zaragoza. Lo componían judías con chorizo y orejas de cerdo, pollos al chilindrón, abadejo en ajo arriero, magras de Illueca, melocotón en vino con azúcar y canela, tortas de Cariñena y almendras turradas.

Telmo miró su teléfono móvil dejándose caer sobre la silla. Apuró una copa de Muga Prado Enea Gran Reserva 2005. El color teja resbaló por su garganta. Se lo había guardado el sumiller como siempre hacía cuando se abría una botella importante. Tenía varios mensajes de proveedores anunciando novedades: trufa negra a buen precio junto con caza fresca y también congelada, harina de bambú por si quisiera probar mezclas, añadas míticas esperando en bodegas centenarias. Borró varios mensajes casi sin mirarlos. El último lo leyó varias veces. La imagen de su compañera Camino en el WhatsApp tenía un fondo muy concreto. Rodeada de altísima tecnología en una visita que hizo hace años en Ginebra al Gran Colisionador de Hadrones (LHC, por sus siglas en inglés). La foto era un guiño a su parecido con el acrónimo de su lugar de trabajo. LSC. Tenía puesto un casco azul y sonreía.

«No sé a qué hora volveré. Estaré en casa de Sofía.» No había saludos. Tampoco emoticonos. Solo información escueta y hasta quién sabe si tal vez falsa. Las caras de Silván e Ismael se le volvieron a cruzar mientras las luces de una parte de la cocina se apagaban. El cocinero del retén de la noche para el servicio de habitaciones saludó al recién llegado. Telmo alzó la mano. Varias hojas secas de laurel se cruzaron en su horizonte olfativo. Agarró el tarro medio abierto en una esquina de su mesa. La imagen de Camino le volvió a la mente de manera tácita. Un aroma que lo devolvía a sus primeros instantes de relación con la doctora. El olor del laurel traspasaba los tiempos perdidos. El terpeno actuó de manera embriagadora recordando los toques de clavo, vainilla y nuez moscada que contenía la planta. Olfateó y cerró los ojos. Su laureada compañera olía a eso, a laurel. Era la hierba de Apolo, la del triunfo, la de la gloria. Él la sentía así, aunque no estuvieran pasando por sus mejores momentos juntos. Se metió una hoja de laurel en el bolsillo del abrigo. Sabía que la insólita y recia textura soportaría cualquier avatar.

Se ciñó el delantal mientras inspeccionaba las cámaras frigoríficas y el parte de habitaciones ocupadas. Telmo se despidió de todos. Al salir a la explanada sintió los tres grados bajo cero que marcaba el termómetro de la estación. Evitó las zonas de hielo que se escondían en las esquinas más oscuras. Se cerró la zamarra, y atravesando el puente sobre el Aragón encaminó sus pasos hacia su casa en la cercana plaza de Europa. Apenas cinco minutos distaban del domicilio que compartía con Camino, su compañera. Imaginó la conversación que tendría con la mujer de Silván.

—¿De verdad no quieres comer nada? —preguntó Sofía, solícita—. Tengo longanizas de la carnicería de aquí. Te las paso por la plancha. Están riquísimas.

Tenía la voz entrecortada. La caja de Orfidal estaba encima del aparador del salón de la casona. La chimenea brillaba con brasas soltando un calor reconfortante. Camino se acercó y recondujo a su amiga hacia el sofá mientras la abrazaba por detrás.

—Sí, lo sé, es un carnicero fantástico. Solo quiero que te sientes aquí y estés conmigo —respondió Camino—. Yo ya he cenado, ¿y tú?

—No me entra nada —alegó su amiga.

—¿Te has tomado alguna pastilla?

—No.

—Cuando te vayas a la cama, tómate un par. Creo que las vas a necesitar. —Sofía bajó la cabeza—. ¿Quieres que me quede a dormir contigo?

El silencio duró muy poco y Sofía no contestó a su pregunta. Las palabras salieron sin tonalidad, como si hablase una máquina ajena a cualquier sentimiento.

—Silván era, aparte de mi marido, mi amigo. Quién habrá sido el hijoputa que lo ha matado.

—Vas a tener que atravesar el duelo —apuntó Camino—. No hay otra. La Guardia Civil lo pillará y entonces tú descansarás mejor. Por ahora, la única medicina es el tiempo y alguna pastilla, de vez en cuando, para hacer que trascurra más rápido. No es la primera vez que debes salvar un duelo terrible.

La última frase hizo que el silencio se volviera muy espeso. La palabra «duelo» se mantuvo en la mente de las dos mujeres, pero ninguna fue capaz de pronunciarlo.

—Lo que pasó hace años fue aún peor. Convivo con ello sin llegar a superarlo. Con qué mala suerte me obsequia la vida —exclamó Sofía.

Las manos de las dos mujeres se unieron.

—¿Tiene algo que ver con lo que estamos haciendo en el desván? —preguntó Sofía, señalando con el dedo la parte superior de la casona.

—¿Por qué preguntas eso?

—No sé.

—Tú debes centrarte en seguir trabajando en tu tienda de ropa. Te ayudará a salir del trance. Nosotros estamos pensando qué vamos a hacer. Tengo que hablar con Ismael —dijo Camino.

Ismael, pensó Telmo con obsesión. Quién era de verdad aquel individuo con el que su compañera, la doctora Camino, pasaba tanto tiempo. Sostuvo la hipótesis de que tal vez estuviera entre sus brazos.

34

Acababan de pasar por la fuente de la Manzanera. El día estaba despejado y la sensación térmica, a pesar del frío, era agradable.

—No sé cómo será el autor de las telas, pero la tal Layla también es un personaje —dijo Chasis, conduciendo por los túneles del puerto de montaña de Monrepós en dirección a Huesca.

—¿Cuál es la diferencia entre esoterismo y exoterismo? —preguntó Cartón desde el puesto del copiloto.

—Ni puta idea. Parece que ella lo tenía muy claro. Luego lo miraré en Google.

—Lo que ha dicho de la comida en los rituales es curioso. Aunque poner una cazuela de callos como invocación a un muerto me parece poco místico —afirmó Cartón.

Chasis soltó una carcajada.

—El asunto de las runas no nos aclara nada. Vende las piedras en cuestión como rosquillas. Imposible saber a quién ha vendido cada una. En el caso de que las runas tengan algo que ver, que podría no ser así.

—¿Te has fijado en el detalle de que no tiene teléfono, ni móvil ni fijo? —ironizó Cartón—. Es una pauta muy moderna y, digamos, revolucionaria. Pasar del resto de la gente. No sabes dónde estoy ni por dónde me muevo. No te creas que no es goloso volver a los años anteriores a los noventa, que fue la época en la que empezaron. Retirarlos de la circulación sería impensable. Para algunos sería quitarles el aire que respiran —dramatizó el agente con media sonrisa.

—Ahora se llevan también por seguridad. A eso le sumas las cámaras de vigilancia y el control es absoluto.

—Sí, sí, claro, pero el maldito aparato nos ha cambiado mucho la vida.

—A mejor —afirmó Chasis.

—Eso no lo tengo tan claro —respondió Cartón.

—Investigando, iríamos más lento —dijo el sargento.

—Pero lo haríamos. Yo tengo un amigo fontanero que dice que el teléfono móvil se ha convertido en un instrumento de tortura para él. Le localizan a todas horas —comentó Cartón.

Ambos rieron abiertamente.

—Interesante el asunto de la tela —dijo el sargento volviendo al trabajo—. Los elementos que puede llegar a albergar. Una figura. Lo ha dicho muy claro. Es el elemento de este puzle que por ahora nos falta. Este Silván estaba adorando a algo, o qué sé yo, y tal vez tenía sobre la tela una estatuilla que bien podría ser de alguien, o tener rasgos antropomórficos.

—Sin olvidar que una conocida suya hace rituales con la comida, y que la quedada con una persona sin teléfono no tiene hora, nos da tiempo a comer —propuso Cartón—. Me zamparía las piedras.

—Menú tradicional. A mí las nuevas propuestas me cansan. La cocina como la de antes —argumentó el jefe.

—Bien —respondió Cartón—, lo que quieras. Veo que te mantienes inalterable. Ya sabes que yo pienso lo contrario. Hay que dejar que el cocinero exprese sus novedades. Te pierdes cosas muy interesantes si no lo haces. Todo cambia y casi siempre es a mejor.

—Para ti, todas. Jugar con las sensaciones de supervivencia básicas, como es la pitanza, es hacer el canelo. Y eso de que es a mejor, no sé qué decirte —alegó mirándolo de reojo.

—Sin que nos demos cuenta, todo va transformándose. Poco a poco. Lo lleva haciendo desde que el hombre es hombre. El tiempo, sumado a las circunstancias que este genera, hacen que, te guste o no, la comida y el resto de los parámetros sigan evolucionando —afirmó Cartón—. Las necesidades cambian y en consecuencia también lo hace la gastronomía.

—En cualquier caso, con el presupuesto que nos dan poco podremos hacer. No alcanza ni para cocina tradicional ni para moderna —dijo el jefe sonriendo.

El ambiente en la capital de la provincia era animado. Dejaron el coche aparcado en una esquina. De camino mantuvieron la conversación en un tono bajo. En un restaurante de menú dieron cuenta de migas de pastor con trocitos de tomate aparte. De segundo, chiretas calientes con verduras a la plancha. Agua con gas y, para terminar, flan.

—Mi madre hacía las mejores migas —apuntó Chasis sin inmutarse—. Estas estaban buenas, aunque sin más. Las chiretas, geniales. Para lo que hemos pagado, todo estaba fenomenal

Chasis le preguntó al camarero si llevaban romero. Este negó con la cabeza. El eterno aroma de la planta se había vuelto a colar con descaro en la mente del sargento.

—A mí no me ha parecido —opinó Cartón.

—No sé, yo he creído notarlo. Ya sé que esta preparación no lleva romero, sin embargo...

—Mantel individual de papel. Todas las mesas ocupadas. Este sitio definitivamente funciona. El hecho de tener una carta limitada es una buena decisión —afirmó Cartón—. ¿En casa cocinas tú? —le preguntó apurando el café, que no estaba incluido en el menú.

—A veces. No es mi fuerte. Además, Anxela lo hace fenomenal. Eso sí, tradición a tope. Se curra un pulpo a la gallega fenomenal.

—Mira, eso es innovación. Apenas unos pocos siglos atrás no se hubiera podido hacer. Teníamos pulpo y aceite, pero hubiera faltado el pimentón.

—Me has pillado, Cartón. Al final vas a tener razón —admitió su jefe sonriendo—. Es imposible sin pimentón —añadió mientras se levantaba.

La carretera que llevaba desde Huesca a Panzano era una nacional que no permitía ir a mucha velocidad. A cambio, el paisaje de la sierra de Guara se mostraba en toda su plenitud. Durante unos instantes se mantuvieron admirando los cañones y las altas y majestuosas paredes.

Al llegar a la casa de Güido, ambos se sorprendieron. Una villa con solera. Y de piedra antigua, aunque todo el muro que la rodeaba estaba lleno de frescos del propio artista. En tonos muy vivos.

—Tiene un aire a Miró —dijo Cartón—. Esto es evolución. En este caso de la pintura —bromeó—. Es evidente que estamos en su casa.

—En efecto, aquí vive todo un personaje —respondió Chasis.

De la balconada del primer piso colgaban estructuras móviles de metal que se mecían por el viento. En la barandilla, figuras de elfos, enanos, animales imposibles y seres mitológicos se apiñaban sin orden aparente. Los cuadros colgaban de las columnas de madera. También había figuras de cerámica y cuencos del mismo material policromados. Todo era abigarrado.

—Un lugar muy especial —afirmó Cartón mientras apretaba el timbre.

La puerta estaba abierta, así que decidieron empujarla.

—Espera —intervino Chasis—. Cerciórate de que no hay ningún perro.

Cartón echó mano instintivamente de su Ramon quitándole a la cartuchera su cinta de seguridad. No vio nada que le pareciera estar relacionado con un animal viviendo en el jardín.

—¡Señor Güido! —gritó el agente.

—Me extraña que no conteste. La de la tienda nos contó que casi siempre está aquí.

Avanzaron por el jardín y el aspecto seguía siendo parecido. El paraje mantenía el mismo tono. Había figuras parecidas a tótems en cada rincón. Sobre estacas gruesas, toros de hierro coloreados de azul marino. Los manzanos estaban pintados como si fueran una escultura más.

Cartón volvió a gritar el nombre del artista. Nadie respondió. Los sonidos de los móviles mecidos por el viento hicieron que los agentes se pusiesen en guardia.

—Parece que no está, y según nos dijeron vive solo. Vamos a rodearla.

Ambos guardias civiles, cada uno por un lado, rodearon el amplio y atípico jardín que circundaba la villa. Al fondo observaron un cobertizo que pasaron de largo. Cuando terminaron de dar la vuelta a la casa, se detuvieron en la entrada. La puerta era de madera maciza y decorada con efigies parecidas a centauros. En una esquina, un clarísimo crucifijo, pero de un animal parecido a un león.

—Es evidente que no está —dijo Chasis—. ¿Qué tal si vuelves a pegar un par de gritos? —El nombre del artista volvió a resonar en el entorno.

—¿Qué hacemos?

—Si me subo a ese banco, quizá se puede ver el interior de la sala —especuló Chasis.

—Bufff, justito. Inténtalo. Tú eres alto.

El sargento se encaramó al banco y de puntillas pudo divisar el interior. Vio más de lo mismo. Solo un gato se le cruzó por su campo visual.

—Vamos a ver si la puerta de la casa está abierta —afirmó el sargento, bajándose de su improvisada atalaya—. Tengo un mal presentimiento —añadió con gesto de preocupación.

Chasis palpó la cartuchera de su Ramon para asegurarse de que todavía estaba en su sitio. Al llegar a la puerta, esta cedió sin oposición. Chirriaron los goznes. El gato salió corriendo hacia el piso de arriba. El calor y el olor se hicieron notar con fuerza. El primero era intenso. El segundo era aún peor.

—Está la calefacción zumbando. Este olor me resulta familiar. Busca por la zona del fondo que parece que es la cocina. Está la luz encendida. —Cartón se adelantó con cautela.

—Aquí no hay nadie —advirtió Cartón—. Pero sí restos secos de comida que llevan varios días —aclaró en voz alta—. Hay una botella de leche que huele fatal. Parece que nuestro amigo se ha largado precipitadamente... O es así de guarro.

El sargento atravesó la trasera del gran sofá que presidia el salón cuando en el suelo de madera vio una gorra americana azul. Dos metros más adelante, el cadáver de Güido estaba medio oculto por la esquina de un arcón de madera. A primera vista no había signos de violencia. El charco de sangre no era muy grande y se extendía a un lado. Se le veía boca abajo y con una piedra pequeña, también manchada de sangre, decorada.

—Cartón, ven aquí —gritó Chasis—. Y cuidado dónde pisas.

El sargento se agachó sin dejar de mirar el cuerpo de Güido. Sacó un bolígrafo por si hubiera algo debajo. No fue necesario. El pulso de la carótida estaba sin vida.

—¡Hostia! Perfecto. La persona que nos hubiera podido contar algo está presente, pero en otro universo —ironizó Cartón—. ¿Es Güido?

—Creo que sí. Es como nos lo describieron —dijo mientras se agachaba a la vez que miraba hacia todos los ángulos.

Durante unos minutos más observaron la escena tratando de detenerse en los detalles.

—¿Has visto algo más? —preguntó Chasis mientras se levantaba.

—Ya ves, esto va a ser similar a registrar una chamarilería. Voy al segundo piso.

—Primero llama a los de la Científica y que se pongan a peinar esto. Vamos a echar un vistazo al cobertizo.

El lugar estaba medio oculto. Asomaba una chimenea. No era tan pequeño como habían imaginado los policías. Dos puertas separaban la estancia. En ellas, había dos palabras escritas con tiza: «rakú» y «batik».

En una de las puertas había un gran horno de cerámica, un torno manual y diversos utensilios para modelar. En las estanterías, apiladas sin orden, piezas de aspecto vitrificado elaboradas con dicha técnica. Cuencos, vasijas y tazas brillaban con mágicos colores. La superficie, rota por la acción de los cambios bruscos de temperatura, necesarios para elaborarla, incrementaba su belleza.

La otra estaba repleta de telas. Cera en grandes barreños. Pilas llenas de agua. Pigmentos muy vivos en tarros de cristal. Había cuerdas para tender que atravesaban el espacio de lado a lado. Encima de la mesa de trabajo, una tela dibujada reposando después del primer baño. Chasis la señaló sin decir palabra. Cartón asintió.

La figura de un uróboro sin acabar reposaba sobre un fondo rojo. Todavía tenía restos de cera junto a un lápiz.

35

Ismael se despertó en su casa de Canfranc Pueblo. A escasos cinco kilómetros de Canfranc Estación. La calle principal, y casi única, se encontraba desierta. El frío era considerable. Cargó la mochila con todo lo necesario para la subida. Un pequeño piolet, crampones para las zonas de hielo. Comida para almorzar a media mañana. Salchichón, chorizo y queso de marrano. Manzana untada en zumo de limón, ya cortada, en un táper. Bolsa para los desperdicios. Varias botellas de agua. Sus compañeros traerían el pan. El reloj marcaba las siete. En una hora deberían estar subiendo hasta el ibón de Ip.

Desayunó café con leche y tostadas con mermelada de cambrón. Un regalo de Camino elaborado por la madre de ella. El espino amarillo eran bayas salvajes que solía recoger a la vera del río Gállego en su Biescas natal. Embotaba solo para las amistades. Era ácida y dulce, de un color amarillo apagado, pero a la vez atractivo.

El olor de la confitura le trasladó a los últimos acontecimientos. Se mantuvo un rato sin saber qué pensar. El programa le había absorbido por completo. El actual escenario del CLE había traspasado todas las fronteras de la imaginación y se estaba volviendo en contra de las personas que lo manejaban, haciendo mutar la realidad. Un buen programador podía manipular aquello con habilidad y profesionalidad. Pero eran las emociones las que estaban creando personajes nuevos. Y eso era lo que justamente había dejado de controlar: las emociones del programa informático, una nueva dimensión para él. Capaz de hacer cosas increíbles. Jamás hubiera pensado que tuviera semejante alcance. Él solo bosquejó a Eme y a Dietter. Pensó que quizá los había diseñado con un exceso de datos. Sin embargo, eso nunca es así. Siempre son pocos...

El sonido del teléfono interrumpió sus pensamientos de manera abrupta.

—Estamos bajando. En cinco minutos estaremos en el aparcamiento. El de unos metros antes de llegar al pueblo —dijo Camino sin saludar—. ¿Estás listo?

—*Ok*. Yo tardaré lo mismo en llegar.

En la calle vacía, las pisadas de Ismael rebotaron entre los muros de Canfranc Pueblo. Al llegar, el vehículo de Camino ya estaba aparcado y con el portón abierto para terminar de sacar las mochilas. Los saludos entre las cuatro personas rebotaron entre el frío, los abrazos y la claridad del amanecer que asomaba por lo alto de las montañas.

Nadine, Sofía y Camino iban ataviadas con botas de montaña y ropa de abrigo acorde. Parecían querer enfrentarse a los picos. Sofía, al observarse a sí misma, recordó una frase que a veces repetía Silván: había que luchar contra los montes a pesar de estar enamorado de ellos.

—Tenemos todo, ¿verdad? —preguntó Ismael.

Todas asintieron.

—Iremos a pie hasta el cruce que da acceso a la subida. Accederemos al valle de Ip por el lado izquierdo, por la Solana. El lado derecho, la Besera, lo dejaremos, para la vuelta. Es mejor hacerlo así.

—Vamos bien de tiempo —aseveró Camino—. El terreno está delicado. Hay bastantes zonas de hielo y nieve muy prensada, así que hay que tener mucho cuidado —advirtió—. Estaremos allí antes del mediodía.

Las cenizas de Silván se encontraban en la mochila de Sofía. Ella no llevaba nada más. Ismael abrazó a Sofía. Después dejó que sus acompañantes leyeran el texto escrito en la tapa de la urna.

—Muy bonita la frase —señaló Camino con voz entrecortada.

—Eran las últimas voluntades de mi marido —explicó la mujer mientras se le quebraban las palabras—. Pidió que jamás le hiciéramos un funeral en una iglesia; para él estas montañas eran las verdaderas catedrales. La nieve, el sol y el viento que soplaba sobre ellas eran su religión. Quería reposar aquí.

—Lo sé, lo sé —dijo Ismael volviendo a abrazarla.

Nadine y Camino observaron la escena con proximidad.

—Ya, lo siento. Nos va a costar —se disculpó Sofía—. Por lo menos a mí, que no estoy acostumbrada a subir por estos caminos. Vosotros sois bastante más montañeros que yo —repuso sonriendo.

—Tal vez, si hubiera sido en una playa del Mediterráneo, lo habrías tenido más fácil —agregó con humor Ismael intentando rebajar el tono.

Los cuatro lo agradecieron con risas solidarias.

—No te preocupes. Si te cansas, paramos. Conocemos bien la zona. Nos turnamos para llevar tu mochila —comentó Nadine.

—No pesa. Es pequeña, del tamaño de un tarro de ColaCao —añadió Camino intentando contribuir a distender el momento.

—Llevamos un termo de café —indicó Nadine—. También varias chocolatinas. No nos va a faltar de nada.

La comitiva comenzó a subir en dirección al valle de Ip. La desviación para la Solana estaba al empezar. Pasaba por debajo de las vías de la línea ferroviaria Zaragoza-Canfranc. El bosque era cerrado en la primera parte de la subida. El sendero era estrecho y zigzagueante en muchas fases, en otras se hacía bastante más ancho. Los bastones de senderismo ayudaban a moverse en las zonas más abruptas.

Hacia la mitad del recorrido hicieron una parada para descansar tras más de hora y media de subida. Las chocolatinas volaron en boca de todos. Sofía se había trasformado. Llevaba la sonrisa en el rostro, aunque se notaba que era forzada. Sus ojos tenían la mirada perdida. Parecía estar lejos del lugar en donde se encontraban.

—¿Estás bien? —preguntó su hermana.

La respuesta afirmativa fue tan lacónica como extraviada.

—¿Cansada? —insistió Nadine.

—No, estoy bien. Solo que no quiero deshacerme de las cenizas de Silván —agregó Sofía mirando a las copas de los árboles—. Es la última vez que lo voy a tener entre mis brazos —añadió—. La ausencia de entonación fue lo que hizo volver la vista a sus acompañantes.

Nadie se atrevió a replicar sus palabras.

—Es lo que Silván quería —expuso Nadine—. Pero si tú quieres, nos vamos de vuelta. Lo que decidas estará bien.

El silencio se apoderó de los amigos durante unos segundos. Fue la propia Sofía la que lo rompió.

—No sé por qué digo esto —añadió mirando la mochila que había depositado encima de una roca para mantenerla vertical—. Venga —dijo levantándose con decisión—, que si no se va a hacer eterno.

Saliendo del bosque fue cuando pudieron observar el paisaje en su totalidad. Los picos de la Collarada junto con la pala de Ip se alzaban casi verticales a derecha e izquierda con majestuosidad, dejando un barranco donde sobrevolaban varios buitres. Algunas rapaces surcaban otro tramo del sendero que ya discurría sobre la piedra. Los trozos de roca triturada por el agua componían parte de la salvaje y hermosa visión. Sofía se sintió pequeña al observar el entorno. El tamaño del paisaje imponía. La estaba abrumando más que la carga que llevaba a la espalda.

Hicieron un nuevo alto, esta vez con la base del ibón asomando a lo lejos.

—Se ve la represa de Ip —comentó Ismael señalando el fondo del valle—. Nos queda media hora. Ya habéis visto que este tramo final no tiene tanta pendiente.

Todos menos Sofía asintieron. Solo se secó el sudor de la frente con un pañuelo. Esta vez no quiso quitarse la mochila.

—Estamos a casi mil setecientos metros de altitud y prácticamente todo lo que queda lo haremos sobre nieve muy prensada. Todavía quedan cuatrocientos metros de desnivel. Mucho ojo a los resbalones —advirtió Camino—. Antes hemos podido evitarlos, pero ya no. A ponerse los hierros.

Se pasaron las botellas de agua. Los crampones sonaron al situarlos bajo las suelas de las botas. El caminar sobre ellos daba una seguridad extraña y un caminar más lento.

Al llegar al ibón, el altímetro de Camino marcaba un poco más de dos mil cien metros. Las puntas de casi tres mil metros de los picos de la Collarada e Ip lo abrazaban rodeando el ibón con naturalidad pétrea.

—No está azul —afirmó Sofía con ingenuidad.

—Eso solo es en verano. Ahora la superficie está congelada y sobre ella solo hay nieve y más nieve —aclaró Ismael—. ¿Qué esperabas?

Sofía insistió con la mirada perdida.

—No está azul —repitió—. La muerte tiene color blanco.

—No te preocupes, si quieres, volvemos a subir en verano. Verás qué aspecto tiene. Estará como te gusta, lleno de vegetación y habrá un montón de edelweiss.

El ritual se desarrolló en una esquina del ibón. Justo al lado de una regata que, a pesar del frío, fluía por debajo de la superficie helada. El polvo gris de la urna se aventó desde las manos de la propia Sofía. Su rostro seguía inexpresivo. A pesar de ello tuvo unas palabras para su esposo segundos antes de que se las llevara el viento. Nadine la agarró del brazo.

—Silván, esta es tu tierra. A ella vuelves como era tu deseo. Ojalá encuentres la paz. Pronto te acompañaré.

Sus palabras fueron muy escuetas y en voz tan baja que no se oyeron más que las primeras. Nadine sintió las últimas palabras de manera especial. Parte de las cenizas se depositaron sobre una zona de hielo y otra parte en la regata. Algunas volaron acompañando una brisa que apareció casi de repente.

Minutos de recuerdos volaron como quien avienta una alfombra. A golpes. De infancia, de amores, de errores, de risas y de equivocaciones. De personas que ocuparon fugaces momentos inolvidables y que no volvieron a aparecer, porque la brisa de la vida sopló sobre ellos.

Y aquel fue el viento que removió los recuerdos de Sofía. Esquiando cuando conoció a Silván siendo monitor de esquí en las pistas de Astún. La pequeña estación plagada de evocaciones. Él, de profesor particular de clases de esquí. Y también cuando por primera vez se acostó con él en un apartamento que tenía alquilado en la base del icónico edificio de la estación, con forma de proa de barco futurista. No había conocido a otro hombre. Fue el primer novio y después el único marido. Al morir los padres de Sofía, ambos se marcharon a vivir a la casona. La herencia había sido jugosa. Casi al mismo tiempo inauguró su tienda de ropa. De nuevo, la ropa. Las pieles que el tiempo se encarga de desgastar y nosotros de tirar injustamente a la basura sin saber que forman parte de nuestra vida. Trajes y vestidos apiñados en un cruel armario de recuerdos.

«La ropa es lo peor cuando alguien muere —volvió a pensar Sofía sujetando la urna vacía—. Lo peor. Se obstina en seguir en el armario. Esperando con inocencia que su propietario la vuelva a sacar a pasear. Tienes que desalojarla con premura, si no acabará devorándote llena de instantes perdidos entre los ojales de camisas, los agujeros de un cinturón ancho, o los cordones de zapatos gastados.»

—Deberíamos empezar a bajar —dijo Ismael—. No me gusta nada la niebla que está apareciendo por uno de los costados de la Collarada —añadió señalando el pico—. Recordad la máxima de un buen montañero: la subida es cansada; la bajada, peligrosa.

La visión del paisaje de retorno era aún más sobrecogedora que la de la ascensión. El fondo del valle enseñaba el gigantesco hueco por el que deberían caminar de vuelta a Canfranc Pueblo. Árboles, nieve, pequeñas cascadas y altísimas paredes. Pájaros jugando con las corrientes de aire sobre los riscos.

—Los circos de montaña sí que son el espectáculo más grande del mundo —ironizó Camino antes de comenzar a bajar por la Besera. Se podía observar la Solana con claridad. Ismael se acercó a su compañera de trabajo. Le habló en un bisbiseo.

—Vamos un poco rapidito y sin entretenernos —comentó Ismael—. La niebla está espesándose. No me gusta nada. Está bajando muy deprisa, igual que la temperatura. No pierdas de vista a Sofía. Es mejor que ella vaya en el medio. No sé si ha sido buena idea subir hoy.

El peligro oculto de la bruma jugaba con la comitiva. Oleadas opacas hacían ralentizar la marcha.

La fila se reorganizó dejando a la que más experiencia tenía al final. Ismael, Nadine, Sofía y Camino serpentearon a buen ritmo por un sendero de nieve muy prieta. La niebla terminó de jugar y bajó con intensidad de manera tan imprevista que, en apenas dos minutos, pasó de divisarlo todo a no ver a más de diez metros de distancia. Ismael detuvo a sus compañeras. Sofía no hablaba. Llevaba la urna entre las manos porque no había querido meterla en la mochila. Los bastones de caminar plegados viajaban dentro de esta.

—Tienes que sacar los bastones —ordenó Ismael.

—Déjame. No voy a soltar la urna —respondió Sofía sin mirarlo—. Parecía que el recipiente la estaba llamando.

—No se ve nada. Tenemos que andar con mucho ojo. Hay un montón de nieve y placas de hielo. Está bastante peor de lo que imaginé —intervino Camino—. No debemos perder tiempo. Por favor, saca los bastones. Nosotros te llevaremos la urna —le propuso. Nadine asintió.

La niebla se cerró aún más dejando la visibilidad al mínimo. Sofía aparentó que iba a obedecer e hizo ademán de quitarse la mochila para sacar los bastones. Pero no fue así. El perfume de la niebla y el de la desesperación se introdujeron aún más en su cabeza.

Fue una señal interior.

Con paso decidido y apretando contra sí la urna comenzó a correr por encima de la nieve prieta, dirigiéndose a un lado del barranco. Resbaló cuando la pendiente ya no tenía vuelta atrás. Antes de volar se deslizó sobre varias placas de hielo.

La quebrada la escupió con rapidez.

Ismael chilló. Nadine miró la escena como una mera espectadora. Camino no supo reaccionar. Solo dijo «no» en voz baja.

—No —repitió viendo cómo la urna se precipitaba.

Un juguetón espacio de claridad entre la niebla pareció querer enseñarles los últimos instantes de la vida de Sofía. No llegaron a dos segundos los que ella tardó en desaparecer por el borde del gigantesco barranco. No se escuchó el estampido de su cuerpo contra el fondo de la hondonada. Era tan profunda que ni siquiera desde donde estaba el sendero se podía divisar el fondo. La niebla lo inundó todo de nuevo.

—¡¡¡Ehhhhhh!!! —gritó Ismael.

Camino, con gesto de terror, se abrazó a Nadine, que permaneció hierática. Los bastones se le cayeron de las manos.

Niebla.

36

A primerísima hora de la mañana, con el alba, comenzaron a volar.

Chasis, con los cascos puestos, viajaba en el asiento trasero del helicóptero de la Guardia Civil del grupo de rescate GREIM. Cartón, a su lado. Una médica y otro agente completaban la tripulación. Los pilotos eran unos virgueros.

—No sé si vamos a poder localizar el cuerpo —dijo en voz alta desde los mandos de la aeronave—. Depende de donde esté ubicado, tendremos que hacer la operación en tierra.

—Por lo que nos dijeron ha de estar más o menos a esta altura —dijo Cartón señalando el fondo del barranco, justo cuando empieza a dibujar una amplia curva hacia la izquierda.

—Nos han informado que la desaparecida vestía zamarra amarilla. El color que mejor se distingue en la distancia —razonó Chasis—. Pero desde donde cayó estamos buscando un cadáver. Eso es seguro.

El helicóptero empezó a bajar con extremo cuidado. La visión era impresionante. El valle a vista de pájaro de metal. Ruidoso y majestuoso. Elegante y duro. La traicionera niebla del día anterior había desaparecido casi por completo. Apenas quedaban unos retazos, a lo Kubrick, enganchados a las copas más altas de los árboles. Nada que impidiera la navegación. El sol tardaría en iluminar, en caso de que a esas alturas de la temporada fuese capaz de hacerlo, el fondo del barranco.

Las turbulencias del rotor hacían que las hojas perennes de algunos árboles salieran despedidas, creando una sensación de peligro. Al ver la cercanía, Cartón se dirigió a uno de los pilotos. La aeronave se movía dando pequeños bandazos, pero de manera controlada.

—Si no lo ves claro, lo hacemos en tierra. Parecemos una desbrozadora.

—Tranquilo —rio el piloto—, son solo hojas sueltas. Yo creo que cabemos. Ahí delante hay un claro —le informó.

—¡Ahí está, ahí está! —gritó Cartón.

El cuerpo sin vida de Sofía yacía sobre una roca. El agua de la regata le mojaba parte de las piernas. La caída vertical de más de ochenta metros era incompatible con la vida.

—Estamos de suerte —añadió uno de los pilotos—. En este claro tenemos margen para aterrizar, aunque justito. Los árboles en el fondo de un valle son siempre muy altos porque buscan la escasa luz que las paredes dejan pasar, y estas lo son mucho, y el fondo del valle es la zona más hidratada. —Sonrió mientras manejaba el aparato con una soltura que emanaba confianza.

Chasis asintió por la explicación, que ya conocía.

—Podemos aterrizar sin problemas. Pensaba que quizá tendríamos que hacer un apoyo lateral. Ya sabe, posar solo una pala y mantener la otra en el aire con la fuerza del rotor. Aunque hay espacio suficiente, justo, pero cabremos —vaticinó el piloto aproximándose al sitio.

La aeronave se posó con dulzura. El viento que generaban las aspas revolvía el espacio alterando la paz que allí reinaba. Chasis dejó los cascos que llevaba puestos.

—Máximo, cinco minutos —advirtió—. Hay que volver a la base a por gasofa.

El sargento levantó el dedo pulgar.

Los dos guardias civiles y la médica descendieron y se acercaron al cadáver. El espectáculo era dantesco. La violencia de la caída era sobrecogedora. El cadáver estaba irreconocible.

—No hay nada que hacer —dijo la médica refrendando lo evidente—. El milagro no se ha producido.

Por las marcas de sangre se apreciaba que el cuerpo había impactado en una gran roca cercana y había resbalado hasta donde se encontraba. Las manchas de sangre indicaban el recorrido. Fotografiaron todo el entorno. La mochila desgarrada estaba a pocos metros del lugar del impacto. Un crampón estaba sujeto a la suela de la bota derecha. El otro había desaparecido.

—¿Para qué querías venir aquí exactamente? —preguntó Cartón.

—No sé. Después de lo que hablamos ayer con nuestros compañeros de lo que le habían contado las personas que iban con Sofía, y que fueron las que dieron la voz de alarma, quería verlo con mis ojos. Era la mujer de Silván. Creo que debíamos estar aquí.

—Lo sé, lo sé. Bueno, la autopsia ya nos dirá algo.

—Una autopsia es incapaz de saber si una persona ha caído o la han empujado. La primera es un accidente. La segunda, un asesinato.

—La mayoría de las veces ocurre así y son los casos más difíciles de resolver. Sobre todo si no hay forcejeo. Ella se cayó, podría afirmar con desfachatez el cabrón que la empujó —analizó el sargento.

—Cuando informas a alguien de la muerte de su pareja, puede pasar cualquier cosa... Este no es el primer caso que vemos.

—No sé. ¿Crees que pudo haber juego sucio? —preguntó Cartón.

—Por ahora, ni idea. En términos generales, el duelo se va superando con el tiempo. En otras, sucede esto —argumentó Chasis—. Son los peores días. Aunque hay veces que el bajón viene después, cuando tu vida cotidiana vuelve a la normalidad y los amigos que han venido a consolarte se han marchado. La vorágine de un funeral te mantiene distraído. Después no se vislumbra la salida. Todo se enquista. Además, un asesinato provoca dos cosas dispares. Una, el emperramiento en querer saber quién fue el malnacido que se deshizo de un ser querido y, dos, la obcecación de decir para qué quiero estar en este jodido mundo sin él o ella. Me largo y ya está.

—Claro. Tal vez no nos dimos cuenta de la fragilidad de esta mujer cuando hablamos con ella —especuló Cartón.

—Eso ya no tiene arreglo. Hicimos lo que manda el protocolo. Que en todo momento estuviera acompañada. Después, si eso se cumple o no, no lo podemos controlar. Somos polis, no niñeras —matizó Chasis.

—¿Ves algo raro?

—Sí, pero creo que sé lo que es. Mira ahí —dijo el sargento, señalando el pecho de la víctima.

Había trocitos de cerámica de color azul incrustados en las manos de la víctima. Algunos estaban clavados en la zamarra, otros directamente en los jirones de una de las mangas. También se podían ver otros trozos pequeños esparcidos por los alrededores. Uno de ellos se mantenía unido a una placa alargada. Chasis la movió un poco para poder leerla: «Silván Lanau, tu memoria será agua que nunca dejará de correr».

Se mantuvo en silencio varios segundos.

—Lo que les contaron a nuestros compañeros ayer por la noche fue que la mujer corrió hacia el barranco en mitad de una maldita niebla, tipo puré de guisantes, agarrada a la urna. Podrían ser trozos de lo que queda de ese objeto —dijo Cartón—. El más grande tendrá dos centímetros.

—En efecto. Fotografíalos también —añadió Chasis en voz alta.

El vendaval que salía de los rotores del helicóptero obligaba a no prolongar la estancia por más tiempo. El combustible era el necesario para volver a la base. Uno de los pilotos les hizo señas de que regresaran desde la ventanilla de la aeronave. Después comunicó por radio a sus compañeros de la unidad de rescate que regresarían a por el cadáver en apenas media hora.

Mientras se alejaban del lugar, los policías comentaron entre ellos que por la tarde habían quedado para hablar con los integrantes del grupo que acompañaba a Sofía.

Al salir de la profundidad del valle, las ramas de los árboles se fueron quedando quietas.

37

Silván es un personaje de la mitología aragonesa. La leyenda lo describe como un gigante que vivía oculto en una cueva de las montañas de los Pirineos a la que nadie, salvo él, tenía acceso. De aspecto monstruoso, vestía con pieles y llevaba el cabello muy largo. Atemorizaba a los habitantes de las cercanas poblaciones de Tella. Cuentan que se fijó en una joven pastora llamada Marieta y la raptó para engullirla. Allí, gracias a los cuidados de la mujer, Silván se enamoró de Marieta. Pero ella se escapó, y al volver al pueblo, los sabios del lugar la ayudaron a tenderle una trampa. Dejaron un cuenco de leche con hierbas ponzoñosas. Cuando el gigante, muy enfadado, llegó, se tomó el cuenco. Casi al instante su cuerpo cayó entre espasmos. Regresó como pudo a su gruta y desapareció para siempre. No se sabe si murió, sin embargo, cuentan que muchas noches se escuchan los lamentos de Silván pidiendo a la joven que regrese con él.

La leche, el alimento por antonomasia, convertida en veneno, caviló el policía interrumpiendo la lectura. Tal vez su hierba ponzoñosa particular, la que había envenenado sus recuerdos, era el romero, pensó. Chasis dejó el texto fotocopiado encima de la mesa de su despacho. Por el telefonillo le informaron que la persona que estaba esperando había llegado. Tuvo tiempo de leer algún dato complementario que le daba una vuelta a la anterior información. También tuvo unos instantes para reflexionar sobre la importancia clave de la leche como alimento.

> Silván no es más que una adaptación de Silvano, el dios de la mitología romana, protector de bosques y campos. Se le representaba con un ciprés en la mano. La leyenda lo enlaza con los silvanos —los hombres salvajes de la montaña—, entre los que también se puede incluir al Basajaun, al Yeti y a otros. De demostrada bondad, no dudaba en proteger el entorno y a todos sus habitantes. Algunos antropólogos lo entroncan con la teoría de que coexistieran con el final del hombre de Neandertal.

Ismael entró en su despacho acompañado por un agente de la Guardia Civil. Llevaba una cazadora cerrada. Nada más entrar se quitó los guantes y el gorro dejando al aire una calva brillante.

—Hubiera ido adonde usted me hubiese dicho —aseguró Chasis con amabilidad, invitándole a sentarse.

—Estoy bien. Vivo al lado. No se preocupe —dijo Ismael. Cartón se unió a ellos.

—Usted es Ismael Martínez y trabaja en el LSC, ¿correcto? —preguntó Chasis.

—Sí, trabajo en la batcueva, como la llamamos nosotros —respondió con media sonrisa—. Buscamos la materia oscura, es lógico —admitió riendo su propia broma—. Una sima muy especial que no deja de ser una cueva moderna. Infraestructuras Científicas y Técnicas Singulares (ICTS), para ser exactos, y es verdad que lo es. Trabajamos con la Universidad de Zaragoza. El grupo de Física Nuclear y Astropartículas lo puso en marcha. Ahora está también el Ministerio de Ciencia, la dipu de Aragón y esos rollos. Parte de nuestros compañeros están aquí al lado, en la superficie, en las instalaciones de la sede y de la casa Los Abetos —añadió.

—Lo sé, lo sé. Y bien, ¿cuál es su trabajo?

—Algunos me llaman programador, pero es algo más complejo. Soy matemático e ingeniero informático. Doctor en arquitectura de *software*, para ser más concreto. Antes fui profesor de matemáticas en la Universidad de Zaragoza. De modelos euclídeos de geometría hiperbólica plana. Bueno, es más sencillo de lo que parece el enunciado —volvió a sonreír—. Luego me centré en el *software*. Diseñé los experimentos enfocados en la base de nuestro trabajo, los esquivos neutrinos. Esto es solo un resumen, hago más cosas, como ayudar en los experimentos de fenómenos geodinámicos.

—Veo que está cómodo aquí.

—Las grandes ciudades no son lo mío. La tierra, al final, siempre llama, y me vine a vivir de nuevo a Canfranc Pueblo. El LSC era una oportunidad que no debía dejar pasar —añadió mientras se mesaba el cabello. Las gafas de pasta y su altura por debajo de la media hacían que su figura fuera breve—. Lo que hacemos allí es pura magia —apuntilló.

—¿De qué se conocían usted y Silván?

—La primera vez que coincidí con él fue un día de raquetas de nieve, aquí, en el monte Tobazo, en la estación de Candanchú. Había vuelto de Madrid y me estaba instalando. Él era monitor de montaña. Fueron dos jornadas inolvidables pateando los montes y la nieve virgen. En una de ellas vivaqueamos en una ladera del Anayet. Nos hicimos amigos. Conectamos casi al instante. Silván era socarrón. Y a mí la ironía me gusta mucho. Es una forma de humor muy inteligente.

—¿Qué relación tenían en la actualidad? ¿Quedaban para cenar con más amigos?

Ismael se resituó en la silla. Por primera vez se le notó incómodo. Chasis lo notó y le dijo:

—Estamos intentando crear un perfil de las personas que conocían a Silván, teorizando sobre qué fue lo que ocurrió en el interior de la cueva y, también, desde hace muy poco estamos detrás del supuesto suicido de su mujer cuando estaba de regreso de verter sus cenizas.

—¿Supuesto? —preguntó Ismael.

—Somos policías, no descartamos nada —intervino Cartón.

El ambiente dejó de ser amable.

—El falso suicidio es el crimen más difícil de demostrar. Un leve empujón es la diferencia entre un suicidio y un asesinato. Si no hay pelea, no deja rastro alguno —aclaró Cartón—. Pero, por Dios, no estamos diciendo que haya sido así. De verdad, puede estar tranquilo —añadió con media sonrisa que pareció cínica.

Ismael sintió que los dos policías habían marcado el terreno con exactitud.

—Silván era un buen amigo. No sé qué le ha ocurrido. Quedábamos para cenar a veces en su casa con Sofía. Qué horror lo de su mujer. Hay quienes no saben superar la muerte de un ser querido. Sofía se abalanzó al vacío. Se lo prometo. Ninguno tuvo tiempo de reaccionar. Fue en silencio durante toda la bajada. Supongo que estaría mascullando su acción posterior. Quizá pudimos haberlo previsto, porque ella dependía un montón de su marido. Sofía era muy vulnerable, melancólica y cariñosa. Guapísima, y muy débil. Se dejaba llevar por la mayoría sin poner impedimentos. La fragilidad de su cuerpo estaba acorde con su manera de ser. Todavía tenía en su cerebro lo de su hija..., y ahora esto. Estaba muy colgada de Silván. Tal vez lo tenía todo previsto desde que salimos de casa. Quién sabe. Posiblemente se sintió sola. Nadie quería hacerle daño a ella, si es eso lo que están sugiriendo.

—No lo estamos sugiriendo, se lo recuerdo. Pero ¿su hija? ¿Qué sucedió con la niña? —indagó Cartón.

—Era pequeña. Se llamaba Zilia. Sofía no lo superó y lo entiendo. La situación de perder a un niño de tres años es... Por mucho tiempo que pase no eres capaz de dar la vuelta a semejante panorama —dijo Ismael bajando la cabeza—. Por mucho tiempo que pase —repitió arrastrando las palabras—. Llevas la losa a la espalda, y a base de dejar pasar los días y los años terminas aceptándola, aprendiendo a vivir con ella, pero nunca superándola. En una ocasión, Sofía me dijo que había conseguido anestesiar una parte de las emociones para que no le doliesen.

—¿Qué le pasó a Zilia?

—Ellos, a pesar de que apenas hablaban del asunto, lo referían como «el suceso». Un derrame cerebral irreversible. Pasó hace ya años. Ella, siempre que podía, hablaba de la cuestión de manera inconsciente. Silván, desde entonces, también cambió mucho. Imagínese, era la única hija que tenían. Se volvió muy reservado. Dejó de andar tanto por la montaña. Lo seguía haciendo, aunque bastante menos y por lo general iba solo.

El silencio duró unos segundos. Cartón anotó los datos. Chasis redirigió la conversación al principio.

—No estamos insinuando nada. Esto no es un interrogatorio. Solo queremos corroborar hechos a través del estudio de ambos cadáveres, el análisis del terreno, las circunstancias y los testimonios de los testigos. Es nuestro trabajo —aclaró el sargento—. Dilucidar si una persona se cae o la empujan sigue siendo un modelo de asesinato muy difícil de demostrar. Pero vamos a centrarnos en Silván.

La palabra «crimen» sonó en los oídos de todos los presentes tensando un poco más el ambiente. Chasis intentó rebajarlo.

—Ismael, no estamos dudando de su versión. Nada tenemos entre manos que nos haga dudar. Solo intentamos arrojar luz en ambos casos.

Ismael se mantuvo callado mientras afirmaba con la cabeza.

—La última vez que vieron a Silván fue en la casa de él, ¿verdad? Aquí al lado, a la salida de Canfranc Estación, la tarde-noche del miércoles —intervino Cartón.

—Sí.

—¿Estaban cenando, tal vez?

—Sí, más o menos.

—Usted me ha comentado que vio salir de la casona a Silván hacia las siete de la tarde del miércoles, casi de noche cerrada, y que ya no volvió a verle. Tal vez habían comido o merendado. En Francia, seguramente; en España es una hora demasiado temprana, ¿no le parece? —inquirió Cartón—. Entonces, quedaron para merendar usted, Silván, Nadine y Sofía, ¿es correcto? De ser así, ¿qué merendaron?

—No comimos nada —dijo Ismael—. Habíamos quedado para hacer una sesión de CLE.

—Ni puta idea qué es CLE —cortó Chasis.

—Es una sigla.

—Supongo que lo será. No creo que en el español exista una palabra que signifique algo con esas tres letras. Que yo sepa.

—En el idioma del país vecino, sí. Es llave. —Chasis afirmó con la cabeza—. Con tilde —puntualizó.

—¿Es una coincidencia? —Cartón miró a Ismael—. Tal vez sea la llave de algo. Acláreme qué es CLE.

—CLE es un programa informático —comentó escuetamente—. Canfranc Laboratorio de las Emociones.

—Explíqueme algo más, se lo ruego —especificó Chasis—. Suena interesante.

—Jugamos a un juego de realidad virtual.

—Ya. Ustedes estaban reunidos no para comer ni cenar y menos para merendar. Solo para jugar a un juego ¿de marcianos? ¿Al de raquetas de pimpón? Aclárenos esto, por favor —atacó el policía.

—Tenemos cascos, modificados por mí, para sumergirnos en la realidad virtual. Alteré los ángulos de visión y la calidad de la imagen. Cada casco tiene un montón de altavoces que recrean los sonidos de manera muy realista. La sensación de estar en el interior del juego es asombrosa. La nitidez es 32K. También incluyen dispositivos de olores muy complejos. El resultado es alucinante. Me costó mucho diseñarlos.

Los dos guardias civiles le escucharon con atención. Ismael hablaba con calma y sin pausa.

—¿En qué consiste ese juego? —preguntó Cartón.

—Es una realidad virtual sobre Canfranc Estación en un momento muy concreto. En el año 1943. En el invierno saliente.

—¿Saliente? —intervino Chasis.

—Sí, el invierno incluido en el Año Nuevo: enero, febrero y marzo. El grueso del invierno. Los pocos días de invierno del año anterior, 1942, se consideran invierno entrante. Ya sabe, es la única estación que cambia de año.

Chasis y Cartón se miraron.

—¿Ese programa es obra suya? —inquirió el sargento.

—Bueno, me ayuda más gente.

—¿Quiénes?

—Camino. Sí, había olvidado decir su nombre. También estaba ese día. Trabajamos codo con codo. Han quedado para hablar con ella, ¿verdad?

El nombre cruzó los oídos del sargento como si le hubieran pinchado con una ajuga fina. Pero no se inmutó.

—Cuéntenos algo más de ese juego. Parece muy interesante —apuntó Cartón sin levantar la vista de su bloc de notas ni responder a la pregunta de Ismael.

—Creamos personajes y los ponemos en situaciones concretas. Vemos cómo era la vida entonces, su evolución.

El silencio hizo suponer a los policías que Ismael fuese reacio a contar más del asunto.

—Bien. Volvamos a Silván —cortó Chasis—. ¿Cree usted que desde lo de la hija actuaba de diferente manera? ¿Pudo haber cambiado de amistades o frecuentar círculos distintos al suyo? ¿Le habló de eso en algún momento?

—Sofía nos contó que, a veces, se iba de casa sin rumbo. Que se ausentaba y luego le contaba que había ido a buscar a su hija por el monte. Nos lo contó alarmada, pensando que quizá hubiera perdido el juicio. Eso fue hace un tiempo. Después dijo que aquello no había vuelto a suceder. Seguía ausentándose, pero ya no hablaba de cosas extrañas. Parecía que lo había superado.

Cartón seguía apuntando detalles.

—Mi hipótesis es que se trataba de una metáfora. Iba a los montes a encontrarse espiritualmente con su hija, no a buscarla físicamente —aclaró Ismael.

—Puede ser que Silván tuviera amistad con grupos de esoterismo. Se me ocurre que después de lo que usted ha contado, eso podría haberle ayudado a sobrellevar la situación. Hay muchas asociaciones que estudian temas de esas características. Son pequeñas, pero hay. Echan una mano a personas que han pasado por situaciones límite. Y la pérdida de un hijo lo es —expuso Chasis.

Los policías le miraron con fijeza. Ismael negó con la cabeza.

—Eso no lo sé.

—Ese programa al que juegan ¿tiene algún objetivo que no nos haya dicho? — intervino Cartón.

—Solo diversión.

—Ya.

—Vamos a cambiar de tercio. ¿Conoce a un artista que se llama Güido? Trabaja el rakú y el batik. Es muy pintoresco. Vive cerca —habló Chasis.

Ismael volvió a negarlo.

38

Finales del otoño de 2006.

Jaca se dirigía a un invierno plagado de frío. La imponente cima de Peña Oroel estaba cubierta de nieve.

El restaurante Campanillas se encontraba, como siempre, abarrotado de gente. El letrero que había en uno de los costados de la entrada era de lo más explícito: Patata y caña, lo mejor de España.

Chasis abrió la puerta y dejó pasar a su acompañante. Saludaron al dueño que se acercó solícito.

—La mesa del fondo está libre, sargento, enseguida le atendemos.

Se ubicaron en una de las pocas mesas que estaban sin ocupar. Una camarera le indicó el lugar. Las mesas estaban cubiertas con manteles de papel. El menú del día ofrecía variadas opciones. Ensalada mixta y tosta de pimientos morrones asados fueron los primeros. Codornices rellenas y pollo a la cazadora, los segundos. En los postres, copiosos de cantidad y de palabras, coincidieron.

—No sabía que te habías casado —comentó Chasis con rictus de sorpresa fingida.

—Todo ha sido muy rápido —respondió Camino—. Ya tenía ganas de sentar la cabeza. Tengo treinta y seis tacos y estoy a gusto con él.

—¿Solo a gusto? —preguntó el sargento—. Yo a gusto estoy con muchas cosas. Lo otro es distinto.

—No me hagas preguntas que no sabré responder, Alberto, *please* —remató ella con media sonrisa—. Digamos que sí. Se pasa la semana fuera, viajando. La distancia une, la cercanía repele, ya sabes. Hoy es martes, hasta el próximo finde no le volveré a ver.

—¿Y tú? Cuéntame algo de tu vida. ¿Por qué me has llamado?

—Bueno, lo he hecho porque me han informado que estás en el LSC trabajando y toda esa zona es mi territorio —añadió con ironía—. También sé que has dejado la casa de tu madre, en Biescas, y te has venido para la estación. Soy policía, qué quieres —sonrió Chasis—. Pero que conste que esa información me ha venido no por mi profesión, sino más bien porque esto es un pueblo y nos conocemos todos. Es verdad que la última, la de tu boda, no me había llegado.

—Es que ha pasado a toda pastilla. De lo otro, te han informado bien. Mi madre es muy especial y está fenomenal en su casa. Todavía es joven. Pero yo no voy a ir y venir todos los días. Nos hemos alquilado un piso muy cerca del trabajo, en Canfranc Estación, en la subida hacia la piscina. Pequeño y acogedor —respondió la mujer.

—Al final te doctoraste.

—Sí, *cum laude*. Fue una locura. Ha sido muy duro, pero estoy contenta —dijo Camino—. Mi vida es la física. Rebuscar en el universo. Lo que estamos haciendo en el LSC es increíble. Tengo fantásticos compañeros de curro. Al final estoy trabajando en una gruta —afirmó con ingenuidad—. Ya ves qué contradictorio es el mundo. Para estudiar el cosmos debes meterte en un gigantesco agujero bajo tierra. Ochocientos metros de montaña tenemos sobre nuestras cabezas. Es como mejor se hace. Las cuevas nos sirvieron para subsistir y ahora para llegar a donde nadie lo ha hecho nunca. Todavía.

La palabra «cueva» cruzó el espacio sonoro abarrotado de ruido con claridad diáfana. Algo suspendido en el particular cosmos de la pareja.

Las fresas seguían soltando sensaciones en el interior de ambos. Los casi imperceptibles puntitos de la vainilla crujían entre los dientes como si fuesen estrellas distanciadas en el infinito blanco del helado. Los diminutos aquenios de la fresa parecían planetas gigantes al lado de ellos.

Chasis tocó tímidamente la punta de un dedo de la doctora. Ella no retiró la mano, solo le dedicó una mirada. Después, de forma sutil le dio la vuelta a la mano para dejarle la palma al descubierto.

—¿Qué quieres?

El silenció brotó espontáneo y duró los segundos que tardó en dejar de mirarla. No hubo respuesta a la pregunta.

—La herida no te dejó marca —insinuó el hombre.

—Era muy pequeña. Quizá deberíamos haberla hecho más grande —afirmó Camino mientras apuraba su helado de vainilla con trocitos de fresas. La acidez contrarrestaba el dulzor.

Ahora fue ella la que le dio la vuelta a la suya. La gran mano del sargento quedó boca arriba sobre el mantel.

—Por lo que observo, a ti tampoco te dejó marca —indicó la mujer sin dejar de mirársela—. Las manos dicen mucho de las personas. Por su forma, por los dedos. También por las rayas de la palma. Si quieres, te las puedo leer.

—¿Sabes hacerlo? —Se sorprendió Chasis—. Una científica como tú haciendo quiromancia. Eres una caja de sorpresas. Aunque para ver una parte de mi pasado no es necesario observar raya alguna. Lo conoces de sobra. Con mirar a los ojos debería ser suficiente.

—Tal vez de tu futuro.

Chasis se quedó pensativo.

—La ciencia es muy demócrata. Si logras demostrar lo que haces, te lo admitimos enseguida. Y para conseguirlo, primero tienes que intentar teorizar, generar una hipótesis sólida, y después demostrarla. No jugamos con ideas estúpidas. El ideario de un individuo de sentirse como le dé la gana es respetable al máximo, pero no es ciencia. Fíjate qué sencillo —añadió la doctora, relamiendo los sabores pegados a la cucharilla de los últimos coletazos del helado—. La ciencia es capaz de todo —remató—, aunque con eso no quiero decir que la lectura de manos lo sea. Es solo un pasatiempo.

—¿Sois capaces de crear el amor de larga duración entre dos personas? —preguntó con ironía el policía.

—Me pillas. Creo que nadie sabe cómo hacerlo. Tú crees que, si lo supiera, no lo hubiera intentado contigo.

Ambos sonrieron.

—Uno solo y uno tímido —pidió el sargento a la camarera cuando se llevaron los platos vacíos del postre.

—El café sin azúcar es un bofetón de adrenalina —afirmó Chasis apurando su taza—. Soy adicto a ella.

—Tiene una explicación científica fácilmente demostrable a través de uno de sus compuestos, y echarle azúcar o no solo varía el sabor —sonrió Camino mientras tomaba un sorbo de su café.

—Hace ya años que abrieron nuestras cuevas —dijo el hombre con melancolía—. Como temíamos, aparte de la iluminación, están llenas de turistas. Parece que ya no nos pertenecieran.

—Me acuerdo de la oquedad, la tengo grabada —recordó Camino con cierta añoranza—. La claraboya de los baños de luna —agregó—. Pero quiero que me cuentes más cosas de ti. Yo ya te he contado muchas de mí. ¿Estás con alguien ahora? ¿Sigues escribiendo poesía?

Chasis sonrió de medio lado.

—Tuve alguna compañera, novia con derecho a roce y eso. Nada serio. Ahora estoy solo. He estado con una camarera varios años. Luego se acabó, se deshizo, y no me preguntes el porqué. A veces la relación se funde, como pasa con los hielos de un cubata. Porque están abocados a eso, a derretirse. Sigo con la poesía. Eso me relaja y me hace evadirme de las preocupaciones del currelo.

—No te parece que está oliendo a romero por algún lado —interrumpió Camino.

—Nada de lo que hemos comido llevaba romero —afirmó Chasis—. Tal vez esté en el ambiente...

—O en nuestro particular universo. Yo lo siento. Siento las notas de romero. Chasis, tu hueles así. Es de la familia de la menta, tiene aroma a pino, flores, madera, eucalipto y alcanfor. También abarca el picante —insistió la mujer.

Chasis sonrió mientras le cogía de nuevo una mano. Se la besó con una mezcla de nostalgia y respeto. Sin percatarse demasiado, su mente admitió estar oliendo a romero.

Al salir a la calle, el frío arreció con un cielo azul.

El coche particular de Chasis cruzó la carretera desde Jaca hasta Canfranc Pueblo. Se detuvo en la calle principal. Justo debajo de la antigua casa de su madre. Entre ambos no hubo palabras. Solo miradas.

El sargento fue a hablar, pero ella le tapó la boca con su dedo índice. La mujer asintió con la cabeza.

La casa mantenía el aspecto rural tan acogedor de la madera. El sargento reavivó los rescoldos de la chimenea del salón con pequeños trozos de madera muy seca. Trascurrida media hora, las llamas controladas aportaban calor y color naranja al ambiente. Los tonos más íntimos.

El policía arrastró una gran alfombra de pelo largo desde el centro de la estancia hasta la chimenea. Allí ocurrió la primera vez, durante una tarde gris, recordó Camino envuelta en un torbellino de sensaciones. Delante de la misma chimenea. Quién sabe si el mismo fuego era el que crepitaba sobre la leña en ese momento. Ella siempre había defendido la extraña teoría de que las llamas eran las mismas en algunos lugares. Solo que brotan de nuevo. En aquel entonces, apenas eran unos adolescentes.

La emoción de estar jugando con el tiempo y el espacio la envolvió de nuevo. Al observarlo, la invadió una sensación extraña. De pronto todo fue muy despacio. No supo la edad que tenía de verdad ni en qué trabajaba ni si estaba casada, ni si aquello que iba a hacer le iba a pasar factura. Solo supo que el instante, en algún universo, estaba existiendo. Algo le susurró que no debía huir sino afrontar ese momento como una fase más de su compleja relación con aquel hombretón tan humano e imprevisible. Tierno y duro al mismo tiempo. Tan parecido a ella por dentro que era incapaz de caber en sí mismo.

Se besaron con la misma pasión de cuando eran adolescentes. El fuego, Chasis y Camino.

Los *gin-tonics* con bolitas de enebro y pimienta molida cayeron igual que la ropa de ambos. A la sombra de las llamas. El aroma de la ginebra —amaderado, resinoso y picante, recordando los miles de pinos que rodean el lugar— se apoderó del momento. Era el olor del valle del Aragón.

El aroma del romero se coló entre ambos. No hubo muchas palabras, solo jadeos. A lo mejor hubo un nuevo pacto momentáneo, esta vez sin sangre, de abrazos y besos apasionados. De fundirse uno dentro del otro.

Cuando Camino llegó a su casa, ya era de madrugada. Parecía como si un agujero negro la hubiera absorbido de sus sentimientos, fagocitando sus recuerdos alrededor de ella. No sabía qué pensar. Solo sabía que al día siguiente tendría que ir a trabajar como si nada hubiera sucedido. También sabía que el fin de semana volvería su marido.

Al hurgar en el bolso se sorprendió al encontrar un bulto del tamaño de una manzana pequeña. El papel que hacía de envoltorio era gris y sin indicaciones. La curiosidad le hizo bocetar una sonrisa. Al desenvolverlo, su boca acentuó el gesto. Una pequeña escultura de un haz de lictores sobre una peana. Cuando le dio la vuelta, las palabras la voltearon por dentro como tantas veces antes lo había hecho su antiguo novio.

> Camino, tus ojos son como mi corazón, late al ritmo de tus párpados. Chasis. Octubre de 2006.

Asumió que tendría que sacar el obsequio de la casa antes de que llegara su marido. Imaginó que sería una buena idea dejarlo en la de su madre, en Biescas.

Leyó la frase más de una docena de veces antes de dejar la escultura sobre la mesilla de noche. Se recreó en las letras tan sencillas y emotivas que le había dedicado. Se convenció de que los lictores estaban oliendo a romero.

Tal vez tuviera razón y ambos, en la distancia, hubieran conseguido un ritmo acompasado, pensó acostada entre las sábanas. El pensamiento dulce la hizo caer profundamente dormida.

39

—¡Hostia, qué rato más cabrón he pasado! —dijo Horacio reanudando la marcha.

La camioneta había empezado a andar en dirección a Urdos. Quedaban unos kilómetros para llegar a la casa. Juliano estaba en silencio.

—¡Cómo se te ocurre decirle al alemán que conocemos a Dietter! Tú no estás bien de la cabeza. ¡Eres un puto inconsciente! Esta gente te mata por muy poquito. O te detiene, que viene a ser parecido —exclamó Horacio.

—Cálmate y no exageres. Has visto que lo he solucionado de una manera sencilla. No ha salido mal. Ha dejado de hurgar en la puta camioneta. ¿No era eso lo que queríamos? Joder. ¡Pues ya está! —gritó Juliano.

—No, eso no es así. Has estado jugando con un puto oficial de las SS. Joder, que esto no funciona así. Eres un jodido inconsciente —escupió Horacio.

—Deja de ladrar, que si llega a pillar el compartimento oculto, entonces no nos salva ni Dietter. Además, estaban entretenidos con otras cosas. Lo que le ha dicho el soldado ha debido de ser bastante importante. Yo no he oído nada, pero después han recogido todo y se han marchado.

—Lo ha dicho en alemán y en voz muy baja.

—Tranquilízate. Ya se ha acabado este asunto.

—No, no me tranquilizo. En cuanto hablemos con Cloe, nos volvemos a toda hostia a Canfranc. Tengo la sensación de que estamos vigilados. Lo que traigo entre manos es muy gordo —afirmó Horacio.

—Yo no sé lo que es —replicó Juliano.

—Esto en concreto, lo de Margot y Aligó, no puedo contártelo. Solo que hemos decidido ir más allá de simplemente pasar gente. No podemos permitir que estos sigan haciendo de las suyas —añadió Horacio con desprecio.

El silencio se volvió protagonista hasta llegar a las inmediaciones de la casa. Horacio y Juliano atravesaron la pequeña huerta y entraron por la parte trasera. La puerta se abrió después de dar tres golpes juntos y uno separado.

Se saludaron con frialdad.

—¿Qué sucede? ¿Por qué estáis aquí? —preguntó Cloe con preocupación mientras se recogía el pelo largo y moreno en una coleta. Su mirada de ojos marrones y su ropa oscura le daban el aspecto de una mujer curtida de mediana edad.

En una alacena había dos coliflores y una berza muy verde recién recogidas; sus dedos aún tenían restos de tierra por haber estado en la huerta. Se terminó de limpiar las manos sobre un barreño de agua templada. Las brasas de la cocina daban cierto calor al lugar.

—Los alemanes han estado buscando algo por esta zona hasta hace unos minutos —continuó Cloe—. Creía que eran ellos, joder. Llevan toda la mañana. Ya se han ido. Estaba preocupada. ¿Sabéis algo de ese movimiento de tropas tan raro?

—No, no, ni idea. A nosotros nos han tenido parados casi media hora. Hasta que, de repente, han recogido todo y se han largado —afirmó Juliano.

—Tenemos bastantes novedades que contarte —manifestó Horacio con extrema seriedad.

Al terminar de relatarlo, Cloe rompió a llorar. Horacio le apretó la mano.

—La madre de Liberté. ¡No puede ser! —afirmó entre sollozos—. La tuve varios días, era una mujer fantástica. Qué horror. Aquí se forman microuniversos en los pocos días que conviven conmigo. Son momentos muy intensos. Llegan con cara de terror. Hicimos buena amistad. Dios la tenga en su gloria. ¡Malditos!

Horacio trató de calmarla.

—¿Y qué vais a hacer con el bebé? ¿Quién lo está cuidando?

Juliano lo resumió tan rápido que la mujer volvió a preguntar.

—¿Cómo? ¿Quién es Amira? Por aquí no ha pasado nadie con ese nombre —añadió alarmada.

Tras oír la explicación, Cloe se quedó pensativa.

—¿Y qué más sabéis de ella?

—En realidad sabemos muy poquito —afirmó Horacio—. Eme nos contó que viene huyendo desde París. Fue casualidad que acabara en su piso. Eme se expuso para librarla de los soldados. Pero no te preocupes, está controlada —insistió.

—Eso es lo que cuenta —dijo Cloe con seriedad.

Los dos hombres enmudecieron con el comentario.

—Es una niña preciosa y tranquila. Los días que estuvo aquí apenas lloró. ¡Dios mío! —exclamó Cloe con un hilo de voz.

—En cuanto podamos, las bajamos a las dos a Jaca, no te preocupes. Allí tenemos algo para protegerlas. Una familia que puede servirnos. Hablaré con ellos. Pero de lo que queríamos hablarte es de Cyrille.

—¿Qué sucede?

Después de exponerle la situación, Cloe tardó en responder.

—Yo no tengo ningún dato que me haga pensar eso. Es evidente que si lo hubiera tenido, habríais sido vosotros los primeros en saberlo. Cuando empezó esto, hace más de dos años, el pastor era amigo de mi tía. Era de Urdos. Luego se fue a la borda. Eso pasó hace muchos años, bastante antes de empezar la guerra. Decía que las vacas le hacían mejor compañía que los humanos. Nunca hemos dudado de él. Nos pareció que estaba limpio y que podía ser un fantástico comodín, apartado y al mismo tiempo cerca de la carretera, y de la frontera. Un anciano pastor que hace quesos y no se mete con nadie. Todo correcto. A medio camino para llegar al otro lado. Pero ahora que me estás diciendo esto, no sé. Aquí no sabemos de ese extremo. Es más, la próxima semana llegarán dos personas que vienen huyendo y haremos lo mismo... Claro está, si no hay una contraorden —matizó Cloe en voz muy baja—. Esto hay que decidirlo con rapidez. La última vez que estuve con Cyrille me pasó un mensaje importante. No, perdón, le hicimos una prueba con las cartas.

—¿Qué cartas? —preguntó Horacio.

—Las cartas del tarot.

Los dos hombres se miraron incrédulos.

—Mi tía era una experta. Las cartas saben más cosas de las que aparentan. Yo creo en mis manos y en mi trabajo, pero el tarot me ayuda mucho. Son como una ventana al pasado y al mismo tiempo al futuro. Muy antiguas y eficaces. Me lo enseñó mi tía. Los naipes no se equivocan.

Durante unos segundos nadie habló.

—A pesar de ello, si vuestras sospechas son ciertas, actuaremos en consecuencia —proclamó Cloe con extrema frialdad—. Aunque no creo que sea necesario.

Horacio y Juliano no supieron responder.

—Menos mal que mi tía murió antes de esto. No se hubiera podido imaginar que el pastor fuera... un traidor. La última frase que me dijo, casi con un hilo de voz, fue para expresar que sentía un montón dejar este mundo sin ver a los alemanes retirarse de Francia. Me hizo prometerle que no cejaría en mi empeño. Si además llega a enterarse de que..., tal vez... Las cartas podrían estar equivocándose...

—Vamos a ver, un poco de calma. Traidor, no lo sabemos, son solo hipótesis. No le juzguemos y sentenciemos sin objetividad —argumentó Horacio—. Puede que lo sea. Por eso estamos aquí. Para intentar aclararlo. ¿Quién está subiendo a la borda? ¿Quién llevó a la niña y a su madre?

—Yo misma —respondió Cloe—. Lo estoy haciendo yo. Lo hago como me lo contó mi tía y me lo aclaró varias veces más. Tomaba de referencia las pautas de Eme para hacerlo. Siempre de noche y paralelo a las sendas, pero sin ir por ellas.

—Quedamos en que habría una persona específica para esto y en que tú te tienes que mantener en la casa, por si acaso.

—¿Por si acaso qué?

—Lo que sea. Tenemos rangos, Cloe. Tenemos comportamientos estancos. Si pillan a uno, no logran agarrar al enlace.

—Si no te torturan —cortó Cloe.

—Ya. Lo hemos hablado bien. Tú estás en la organización como...

—Elemento bisagra —interrumpió de nuevo—. Sirvo para cualquier asunto. Rotos y descosidos. Eso de lo que hablas ocurre solo en un mundo idílico. Aquí vale todo, y en el hipotético caso de que Cyrille me la este, nos la esté, jugando, lo hago desaparecer y un hijo de puta menos. Yo no me arredro ante nadie. En esta casa tengo armas y munición, y si tengo que poner orden sobre algún renegado, lo hago.

—No lo descarto, pero te pido calma —contestó Horacio.

—Vosotros estáis en España. Aquí, en Francia, las cosas son distintas, y ese pastor está aquí. Ya me encargaré yo de solucionar esto —añadió Cloe.

—Estás muy nerviosa —afirmó Horacio.

—Es el juego de la muerte —replicó Cloe, cortante—. Un día paso a alguien y al llegar a la borda me están esperando los alemanes, o nada más salir de allí me disparan. Pues sabes lo que te digo, que antes me lo cargo y ya nos buscaremos otro enlace.

—Sí, bueno, eso será cuando creamos que debe ser así. Yo también opino lo mismo. Debemos ser cautos. Nos valemos de ayuda, como Juliano y más gente, pero tu posible detención nos haría mucho daño —argumentó Horacio.

Juliano se mantuvo en silencio.

—Cuantos menos seamos para hacer algo concreto, menos posibilidades tendremos de que nos traicionen. Por eso habéis venido, ¿no? Sospechas de que uno de los nuestros pueda ser agente doble. Fenomenal. Ya sé que él es una pieza clave para poder seguir actuando, pero nadie es imprescindible —descargó Cloe—. De nada nos sirve si está con los nazis. ¿Quieres puentearlo?

—No lo sé. No lo sé. Caminar desde Urdos hasta Canfranc es mucha distancia. Eso ya lo hablamos en su momento. Para eso precisamente está el pastor. Porque está a medio camino y nos da un buen margen de seguridad.

—Tal vez habría que buscar otro sistema —replicó Horacio arrastrando las palabras.

—Eme hace un trabajo eficaz. Es muy bueno en lo suyo —intervino Juliano.

—No tanto si deja que una desconocida se meta en su casa —dijo Cloe—. Eso es una gran cagada que esperemos que salga bien. Ahora ya no podemos hacer nada. Pura ruleta rusa —agregó.

La frase rasgó el ambiente. Juliano y Horacio se miraron con sorpresa.

—¿Por qué dices eso? —intervino Horacio—. Eme es mi amigo desde la infancia, no puedes dudar de él. Yo no lo hago.

—¿Cómo sabemos que es cierto lo que cuenta Eme? —preguntó con desparpajo la mujer—. Espera, vamos a verlo de otra manera. Dejemos a Eme en paz. ¿Y qué me cuentas de la tal Amira? No la conocéis de nada. ¿Quién es de verdad esa tipa? Y si todo es mentira y es una enviada de los nazis y lo único que hace es su trabajo. Me cago en todo. ¡Encima me has dicho que es rubia! Está metida en mitad de este tinglado —dijo en voz baja—. ¡Hostia puta, que está metida en la casa de Canfranc! —gritó—. Ideal para que, si quiere, nos reviente el invento.

Ninguno de los dos hombres supo qué responder a las hipótesis de Cloe.

El trayecto de vuelta a la frontera se hizo en silencio y con un único acompañante: el frío. Los cúmulos de nieve en el borde del camino hacían rebotar el sonido del motor del vehículo.

—Cloe es una persona extraña —afirmó Juliano.

—Hoy la he visto muy nerviosa. No sé si eso es bueno para estar en un trabajo como este, pero era evidente que teníamos que contárselo.

—¿Cloe es de fiar? —preguntó Juliano con media sonrisa. Ninguno de los dos se atrevió a responder.

Horacio tardó en hacerlo:

—Su tía sí lo era.

—Yo pregunto por ella, no por su tía —aclaró Juliano—. Además, eso de las cartas, no sé. Me parecen cosas sin sentido. Ella sí que está como un naipe —añadió socarrón—. Delgada y seca.

—Tal vez tengas razón. Yo no lo tengo tan claro. Las fuerzas del más allá pueden ser más poderosas de lo que pensamos. Pero una cosa es cierta. Los alemanes están muy interesados en todo, incluidos los asuntos relacionados con el ocultismo. No descartan nada para conseguir sus objetivos. Han estructurado una sección de sus investigaciones para hallar cuestiones muy complejas. Lo denominan Ahnenerbe.

—Ni idea de lo que hablas —respondió el dueño de la fonda.

—Una fundación o asociación que busca instaurar una especie de religión propia de las SS, investigando en los orígenes de la raza aria y experimentando con todos los recursos que tienen disponibles —explicó Horacio—. Buscan las fuerzas ocultas del universo. El poder a través de ellas. Lo de siempre. Y decir eso de los nazis es como para no pasarlo por alto. Llevan ya con este asunto unos cuantos años. La incluyeron como un departamento de las SS a principios de esta década.

—Joder. No sigas.

Al circular a la altura de la borda del pastor, ambos se quedaron mirando. Parecía que protegía la entrada a la densa arboleda cercana. Una esencia picante de traición pareció perfumar la curva.

40

Juliano terminó de limpiar las marmitas. El comedor de la fonda Cramora estaba cerrando. Se dispuso a preparar el guiso y dejarlo listo para el día siguiente. Angelines, su mujer, apareció con varios trapos.

—¿Necesitas algo más de carbón? —preguntó la mujer.

—Sí, voy a cocinar ahora. —Angelines abrió la puertecilla lateral de la económica y vertió una palada negra. Chisporroteó por los restos de humedad que conservaba.

Al verla acercarse, paró y se secó las manos. La pastilla de jabón Lagarto se quedó al costado de la pila dejando un SOS arrugado sobre ella. El olor invadía el barreño de agua jabonosa caliente.

—Yo me voy a la cama. Estoy cansada. Ya se han ido los últimos —agregó la mujer con desgana—. Se han marchado bien servidos luego de beberse casi toda la botella de anís —puntualizó—. No quedan más botellas.

—O sea que nos hemos quedado sin el sol.

—¿Eh?

—Sí, mujer. No podremos hacer sol y sombra.

Angelines sonrió. Conocía el humor de su marido.

—Le he dicho a Horacio que me traiga las botellas que pueda desde hace un mes, pero me ha dicho que por ahora nada. Solo hay algunas de Fundador. Ese no le suele faltar. Tiene un amigo andaluz que se lo consigue, no sé muy bien cómo. Los contactos de Horacio son buenos. La gente aprecia un montón este coñac. Es lo más demócrata que conozco —ironizó Juliano—. Gusta a franceses, a alemanes y a españoles. Por fin algo que los pone de acuerdo. Definitivamente, el alcohol une —argumentó.

—En una época así se aprecia todo lo que te haga evadirte de la realidad —dijo la mujer mientras se acercaba para darle un beso. Pasó un trapo sobre una de las mesas, y dirigiéndose hacia el piso superior se quitó el delantal y lo dejó apoyado en un costado de la mesa de la cocina.

—¿Cuántas habitaciones hay ocupadas?

—Solo la mitad, cuatro. Y todas ellas por oficiales alemanes —añadió la mujer en voz muy baja—. Son nuevos. Nunca los había visto. Muy educados y bien trajeados. O sea que ojo con lo que se habla.

Juliano le sonrió mientras se secaba las manos.

—¿Qué vas a preparar para mañana?

—Los últimos boniatos que me trajo Horacio —respondió Juliano.

—No te olvides de echar algo de sustancia —comentó la mujer empezando a subir la escalera.

El hombre puso una cazuela de aluminio sobre el fuego y, depositando unos trozos de grasa de cerdo en su interior, cocinó varias rodajas gruesas de chorizo. Le echó un poco de romero seco recogido por él mismo en la base más seca de la Collarada. Agregó los boniatos troceados y dejó que todo hirviera cubierto de agua. Probó el punto de sal del cocido. Después añadió un sofrito hecho con aceite de oliva, ajos, pan negro duro y pimentón. El color dorado del aceite inundó el centro. Una hoja de laurel dio el aroma tan característico. Varios hervores más tarde, lo apartó de los aros concéntricos de la mitad de la chapa y lo dejó en una esquina templada. Media hora después, lo retiró definitivamente y lo depositó encima de un triángulo de madera hecho con troncos y mucha paciencia. Abrió un ventanuco superior para que toda la estancia se ventilara. Lo sujetó con una cuerda oscura para que la corriente de aire que había provocado no lo cerrara.

El frío y el sonido aparecieron de repente. Varios golpes en la puerta trasera interrumpieron su quehacer. Eme se asomó por la puerta con el gesto muy serio. Ambos se dirigieron a la cocina.

—¿Qué sucede? —preguntó Juliano en voz extremadamente baja.

—La niña no para de llorar. Está con fiebre. ¿Tienes algo para bajársela? Hay que conseguir que deje de llorar.

—¿Dónde está?

—En el baño, que es el lugar más alejado de la calle. Pero se oye un montón. Amira está encargándose de ella. Por ahora le está poniendo paños de agua fría en la frente y parece que se ha calmado algo, pero eso es solo a ratos. No sé qué hacer —dijo Eme con preocupación—. Últimamente ha habido mucha neumonía, ¿será eso?

—Yo qué sé. Soy cocinero, no médico. Joder, yo no tengo nada. La última vez que subieron medicamentos lo hiciste tú desde Urdos.

—Es cierto, pero se los di a Horacio. Se los había pedido una familia de Jaca. Me consiguieron media docena de cajitas pequeñas. Nunca pienso en la enfermedad. En casa solo tengo alcohol de romero. Sirve para dar friegas para dolores musculares y reducir inflamaciones.

—¿Cajitas de qué exactamente?

—Dagenan. Creo recordar que es para la neumonía. No lo sé seguro. Pero ¿se le puede dar a un bebé de cinco meses? —preguntó Eme.

—Ni puta idea. En cualquier caso, habría que pedírselo a Horacio y tardaría varios días. No podemos contar con eso.

La imagen de Angelines bajando por la escalera y acercándose hizo volver la vista a ambos.

—¿Qué sucede? —inquirió en un tono de voz muy bajo.

Eme se mantuvo en silencio sin atreverse a contarlo. Después, Juliano habló de corrido explicando cosas que la mujer desconocía por completo. Lo hizo con su particular lenguaje templado.

—¡Joder! Estáis metidos hasta el corvejón. Yo no quiero saber nada de vuestras andanzas. Acabaréis en manos de los nazis y nos vais a arrastrar a todos. Joder, que yo no quiero ser una heroína, coño, cómo quieres que te lo explique, solo quiero que esta puta guerra acabe y estos se vayan —dijo Angelines mientras se alejaba—. Juliano, te recuerdo que eres mi marido y tu obligación es protegerme. No quiero verme involucrada en este asunto. Joder —añadió acercándose y enfatizando sus palabras—: vosotros ya estáis muertos. Yo solo quiero sobrevivir. Estáis jugando con el peligro como si fuera una muñeca. Yo tengo miedo de que me detengan, porque ya se sabe lo que hay. Primero, torturas y violaciones. Después, un campo de esos o la muerte. No es tan difícil de entender. El miedo es el arma más legal y humana para la supervivencia. Nadie te puede echar en cara que lo tengas.

Los hombres se quedaron mirando la escueta figura de la mujer mientras se alejaba para subir la escalera.

Solo tardó cinco minutos en volver. En sus manos tenía varios medicamentos metidos en una bolsa de tela: extracto de raíz de quinina en un frasco muy pequeño de color negro; dos sobres de papel de estraza; uno con gordolobo seco y otro con manzanilla dulce; envueltas en papel de periódico, dos raíces pequeñas de regaliz y una cajita con aspirinas.

—Esto es todo lo que tengo —informó Angelines—. El regaliz hace bajar la fiebre. Se le podría dar un poco en infusión. Pero muy poco. Si todavía sigue caliente, paños húmedos con agua fría en la frente. No la dejéis desnuda y tampoco la tapéis mucho, si no los paños no le van a hacer nada. Tal vez le iría bien la aspirina en dosis muy pequeñas. Intentad mantenerla hidratada. Los críos pequeñitos se deshidratan con la mirada. En cuanto veáis que se recupera, leche. Después solo cabe esperar. No lo sé... Si nada funciona, bajad a Jaca a por un médico o id a la estación. Allí hay un puesto de medicina. No sé si es una buena opción, pero será mejor que dejarla a su suerte. Podríais llevarla de vuelta a Urdos.

—Las últimas opciones son complicadas —intervino Eme—. Bajarla a Jaca sería una opción. No puedo dejarla morir. Su madre no me lo perdonaría. Me juré a mí mismo que ella debía sobrevivir. Si tengo que jugarme la vida por salvarla, lo haré.

—Arriesgado —respondió Juliano—. Además, no depende de nosotros. No sabemos quién es esa niña. No le des más importancia de la que tiene. Haremos todo lo que esté en nuestras manos. Mueren muchísimos niños al día, por enfermedad o accidente.

—Sé quién era su madre —interrumpió Eme enfatizando las palabras—. Ella la trajo hasta aquí, pero no pudo disfrutar de su compañía. Debemos hacer lo indecible para que el bebé sobreviva. Se lo debemos.

—Lo estamos haciendo. Date cuenta de que no le debemos nada a nadie —afirmó Juliano—. Hacemos lo que podemos jugándonos el pellejo delante de esos —añadió señalando la estación—. Una pequeña organización altruista de apoyo a los que vienen huyendo. Cuando de una vez por todas esto termine, nadie se acordará de nosotros. Seremos una mierda de número que intentó hacer lo que mucha gente no tuvo las pelotas suficientes por el puto miedo. El mecanismo de amparo de los cobardes. ¿Para qué quieres vivir sometido? Es mejor estar muerto que vegetar una vida sumisos a los delirios de alguien. Te diré una cosa. Creo en lo que hago y sé a la perfección que tú, Eme, también crees en ello.

—Solo creo en las personas —cortó el *mugalari*—. No en las organizaciones. Las opiniones juntas de muchos acaban embruteciéndose. Siempre es así. Los individuos tienen bondad. Las masas nunca la tienen.

—Solo no se pueden llevar a cabo cierto tipo de cosas. Esta, por ejemplo —explicó Juliano mirando sin parpadear los ojos de su amigo.

Angelines lo observaba en la distancia mientras se marchaba.

Cuando Eme volvió a su casa, llevaba dos aspirinas en el interior de su bolsillo y un trozo de raíz de regaliz. Según se acercaba, advirtió que las luces de la cercana estación se mantenían casi todas apagadas. En mitad de la oscuridad se encontró cómodo. Al llegar a la puerta sacó la llave y se mantuvo quieto sin hacer ruido. Quiso dejar que el oído fuese capaz de escuchar el llanto de la niña, pero no lo hizo. Eso le dio confianza y al mismo tiempo temor.

Palpó en el ambiente un olor extraño. Temió que fuera el de la muerte.

Abrió con cuidado. La llave se deslizó en silencio, solidaria con la acción del hombre. Subió hasta el baño. Apoyada en la pared y sobre una manta doblada, Amira tutelaba un duermevela con la niña en brazos. Los jirones de un vestido se habían convertido en la improvisada indumentaria del bebé. El hombre los reconoció nada más verlo.

Quizá, Amira olió su presencia y por ello se despertó con un pequeño respingo. La criatura no se inmutó y siguió durmiendo. La dejó con cuidado de no despertarla.

—¿Cómo está? He traído aspirinas.

—Se quedó dormida apenas te fuiste. Yo no la tocaría. Le di agua y bebió un poco. Por ahora, la fiebre se le ha pasado. A lo mejor no es nada importante. Los niños son así, en unas horas pasan de un estadio a otro. ¿Qué hora es? Hace mucho frío.

—La una y cinco de la madrugada —respondió el *mugalari*.

Amira se abrazó a Eme con naturalidad. Él notó todo lo cerca que se puede estar de un cuerpo. Se sintió cómodo entre sus brazos. En mitad de la noche, el calor que emanaba su improvisada compañera de casa lo refrendó muy cercano. Su difunta mujer se le atravesó en sus pensamientos; desde entonces no había vuelto a dar un abrazo a nadie. Eme la correspondió frotándole la espalda.

—Vamos a la cocina, todavía quedarán ascuas. Mantendremos a la niña aquí —dijo Eme sin dejar de mirarla—. Queda enfrente de la habitación.

En la cocina, Eme echó una palada de carbón a los rescoldos casi apagados de la económica. Acercó al lugar un par de sillas. Las brasas no tardaron en volver a coger fuerza, mientras tanto, ambos mantenían las manos cerca de la chapa. De manera instintiva, Eme agarró la mano izquierda de Amira, que por momentos pensó que era la de Rosario. Al sentirla fría se percató de quién era con exactitud. Ella le miró con una sonrisa sin llegar a entender qué se le cruzaba por la cabeza a aquel hombre.

Eme comprendió que le doblaba la edad. Él tenía cuarenta y tantos y ella, un poco más de la mitad. A pesar de eso, la percibió muy cercana. Frotó las palmas de la joven contra las suyas. Los veinte dedos se entrecruzaron con una sensación divertida. Luego fue ella la que utilizó el juego para acercarse aún más. Sus labios se juntaron con la delicadeza de un beso suave. Fue como catar por primera vez un vino. Apenas un sorbo. Después, el trago más largo.

Amira le mordisqueó el labio superior, luego sujetó a Eme por la nuca y lo estrechó entre sus brazos. Acarició la lengua de aquel hombre con la suya como quien degusta un caramelo, mareándolo por la superficie sin llegar a romperlo. Deslizándolo una y otra vez para que el sabor dulce lo inunde todo, para que el momento no acabe nunca. Con los ojos cerrados, él le acarició la melena mientras le palpaba la cabeza. Ella se dispuso a horcajadas sobre las piernas de él y entonces el abrazo creció en intensidad. De espaldas a la cocina con las brasas encendidas, notó su cuerpo delgado y sus pechos detenidos a la altura del suyo. Amira le lamió su cuello de barba sin recortar. Volvió a besarlo dejando que el bigote le pinchara cariñosamente los labios.

Sintió estar viviendo un placentero sueño en un universo que quizá no existiese más que en su imaginación. Deseó que aquello no terminara nunca.

41

La casa de Jaca era pequeña. Un piso de cincuenta metros cuadrados con dos ventanas a la calle.

Horacio corrió las cortinas del pequeño salón y miró el cielo de primera hora de la mañana. Estaba encapotado, pero en ausencia de lluvia. La luz melancólica se coló por sus poros. Encendió un cigarrillo y dejó que el humo se mezclara con las nubes. Se retiró y dejó el pitillo sobre el cenicero. Abrió el cajón de la cómoda principal. Dejó todos los objetos de su interior encima de la mesa. Una grapadora, dos tijeras pequeñas, dos papeles de estraza y tres libros con hojas color tabaco saturadas de restos de humo y aliento. *La isla del tesoro, Moby Dick* y un libro de cocina. Un monográfico dedicado a la preparación del bacalao, editado por la Pysbe. A la tapa del último le faltaba un trozo.

Dio la vuelta al cajón y con ayuda de la base de una cuchara abrió un doble compartimento a través de un fulcro. Cedió sin hacer ruido. El delgado escondrijo solo permitía hojas, y no muchas. Extrajo una plantilla para falsificar documentos. Dos cédulas personales con sendas fotografías. A nombre de Leonor González y Leopoldo Martín. Una pequeña obra de arte elaborada por su mujer. Una copia perfecta. Tenía incluso el desgastado típico del uso que debería llevar desde la fecha de ejecución, en 1939. Para ajarlo utilizaba una ingeniosa técnica usando los posos de la achicoria impregnados en muy poca agua. Una pequeña esponja y mucha habilidad obraban el milagro. Una falsificación sobresaliente. Los salvoconductos sin foto estaban doblados por la mitad. Metió los cuatro documentos en un sobre marrón.

Miró la hora en el reloj de pared que presidía la estancia y se fue al cuarto desde donde hacía un rato se escuchaba el traqueteo discontinuo de una máquina de coser.

—Me tengo que ir —le dijo a su esposa Carolina, mientras le enseñaba el pequeño sobre desde el interior del abrigo. En la mano llevaba un ejemplar del *Heraldo de Aragón* de hacía tres días.

La mujer se levantó, dejando el cosido de una falda a medio terminar. No le dijo nada. Solo le dio un beso en la mejilla.

—Acabo de volver a ver los documentos y están perfectos. Has hecho un gran trabajo —añadió Horacio mirándola a los ojos—. Se los voy a entregar en el lugar acordado dentro de media hora. Toda la suerte está echada. En una semana, si todo va bien, estarán allí. Después, veremos si termina como lo hemos previsto. Yo no conozco a Margot ni a Aligó, aunque espero que lo hagan fenomenal —agregó antes de marcharse.

Anduvo por las calles de Jaca hasta llegar a las inmediaciones de la ciudadela. Se sentó en un banco. Sacó un cigarrillo para calmar sus nervios, pero no lo encendió. Lo devolvió a su pitillera de latón de color verde oscuro y apertura automática. De los diez cigarrillos que cabían solo quedaban tres. Cerró la tapa. Mientras la metía en el bolsillo interior, miró de reojo la nueva cartilla de racionamiento individual. No hacía ni un mes que había sido sustituida por la antigua familiar. Con su nombre bien claro en el interior recordó que le faltaban pocos cupones para intercambiarlos por un artículo de primera necesidad, como era el tabaco. Respiró dos veces y se levantó.

Las piedras cercanas a un muro eran el objetivo. Con total naturalidad se acercó a una de las esquinas y, con la aparente disculpa de encender el cigarro con ayuda del socaire que le proporcionaba una pequeña pared cercana a un edificio, lo dejó a la altura de la mano. El aspecto del sobre se mimetizaba de manera natural con el lugar. Guarecido de ser avistado. Después se alejó leyendo el periódico mientras apuraba el cigarro. Esperó a unos cien metros cerca de un edificio. Apoyado en la pared vio pasar los minutos mirando el reloj de bolsillo. Pensó que se estaban retrasando y su corazón latió más deprisa solo con el pensamiento. Bajó el ala del sombrero para ocultar la dirección de su mirada. El cielo amenazaba una lluvia que no terminaba de aparecer.

El tiempo se ralentizó. Los segundos se hicieron eternos, la posibilidad de lluvia no dejaba de estar presente, y aquel sobre no estaba preparado para aguantarla.

Un tipo parado mucho rato en una esquina de una ciudad, en un día de labor, era cuando menos sospechoso. Pero ya había pensado en ello y por eso debía apurar al máximo el momento del intercambio. No podía dejar la carta y marcharse. Debía esperar a que los interesados recogieran el sobre sin percance. Por eso el cruce debía ser preciso y la clave era la puntualidad. Pero no se estaba produciendo. Hacía ya diez minutos que deberían haberlo recogido.

La sorpresa fue mayúscula cuando observó que un par de niños jugueteaban por detrás de una de las casas colindantes, muy cerca de donde había dejado el sobre. «¿Por qué coño esos críos no están en la escuela? Habrán hecho novillos», pensó Horacio.

Los chavales correteaban sin rumbo por las inmediaciones. Daban patadas a una pequeña pelota de trapo. Reían ajenos a todo. Cada vez estaban más cerca. Especuló con ir corriendo y rescatar los documentos. Se mantuvo quieto como un perro olisqueando su presa. Imaginó que, tal vez, la pieza fuera él mismo. Que algo había fallado o que alguien había sido detenido en un país donde nada estaba garantizado. Solo la impunidad.

Un nuevo problema apareció por el lado derecho. Los muros de la ciudadela de Jaca sirvieron de telón de fondo para la aparición de una pareja de la Guardia Civil. Caminaban con el fusil al hombro. Los capotes eran largos y estilizaban sus figuras. Andaban despacio y hablando entre ellos.

Horacio notó que se le aceleraban los latidos. Comenzó a moverse de la escena con lentitud. Apuró el cigarrillo hasta el final. Las páginas del periódico le servían de parapeto, pero seguía siendo vulnerable. No supo qué hacer.

«Joder. No puedo esperar más. Me tengo que marchar de aquí. Si pierdo los documentos, haremos nuevos con distintos nombres y organizaremos una quedada en otra parte. Creo que este tampoco era el mejor sitio para quedar. ¿Qué le habrá pasado a la pareja?», se preguntó.

Se podían oír las risas distraídas y ajenas de los dos niños. Vestían pantalones cortos con medias altas, a pesar del tiempo fresco. Cuando los chavales vieron acercarse a los dos miembros de La Benemérita, detuvieron sus juegos.

Horacio observó en la distancia cómo gesticulaban unos y otros mientras entablaban conversación. Los cuatro estaban a menos de un metro de los documentos. A esa distancia cualquiera podía ver que allí había algo. No podía saber de qué hablaban, pero la conversación no duró mucho. Hubo gestos de los guardias civiles que señalaban la escuela del fondo de la calle. Se llevaron a los niños en esa dirección. Se oía lo que parecía una reprimenda por parte de los guardias. Pasados unos instantes, apenas eran visibles en la lejanía.

El chófer observó todo con cierto alivio. La ciudadela volvió al silencio, solo roto por la escasa circulación de la carretera colindante que trasladaba a Canfranc. La espera se alargó muchísimo, llegó a la media hora, por lo que era evidente que la pareja había tenido algún problema.

Todo cambió en cuestión de segundos. Un hombre y una mujer salieron de la zona antigua de Jaca andando despacio.

Zamarra larga y negra, él, con un periódico español bajo el brazo. Las gafas que llevaban puestas eran de varilla. El sombrero, de fieltro marrón. Ella, un gabán y un bolso de tela escocesa. Un pañuelo gris como tocado y un paraguas. Ambos se acercaron con lentitud a la zona. Paseaba la mujer del brazo de su pareja, sin levantar sospechas.

Por momentos, el chófer imaginó que estaba en un teatro y que los actores acababan de salir a escena. Deseó que ninguno se olvidase el libreto.

El movimiento que hizo el hombre para recogerlo fue tan natural que ni siquiera necesitó pararse a atarse los cordones de los zapatos, como habían previsto. El sobre pasó al bolsillo interior de su abrigo en un suspiro. El mismo que dio Horacio en la distancia cuando se lo vio hacer.

Margot y Aligó se perdieron por la ciudad de Jaca en dirección a la estación de tren. Por su parte, Horacio se alejó del lugar pensando que la primera parte de la obra de teatro estaba hecha. Y que, a pesar de no tener claro el asunto del pastor, habían decidido seguir adelante. Un riesgo más que había que asumir. Se convenció de que solo quedaba el desenlace y los merecidos aplausos. Para ello tendría que esperar que todo fuera como un reloj. Cerró el periódico y se dirigió de vuelta a casa, imaginando que todo estaba saliendo como lo había augurado. Recordó la fecha prevista y se dio cuenta de que era capicúa: 3 de abril del 43. «Ojalá nos dé suerte», pensó.

42

El tren procedente de Zaragoza paró en la estación de Jaca a la hora prevista. El pasaje se arremolinó en torno a una de las puertas de acceso a uno de los vagones.

—No suele ser muy habitual semejante puntualidad —dijo Margot.

—Mejor así —respondió Aligó—. Habrá sido por casualidad.

«Al entrar en un vagón tienes la sensación de que todo el mundo te está mirando —recordó Aligó que lo había hablado con la que los preparó—. Pero no os preocupéis. Es normal, les explicaron. Compartiréis un espacio reducido en su compañía y os analizarán. Más aún las personas que estarán cerca de vosotros. Durante el trayecto se imaginarán lo que sois, con quién más vais, en que trabajáis y por qué os dirigís allí. Teorizarán si tal vez sois fugitivos o una simple y anónima pareja que lucha por subsistir a una posguerra, huyendo en dirección a una nueva conflagración bastante mayor y de peores resultados. O alguna otra peregrina razón por la que viajáis.

»Haced lo mismo. Contrarrestad su imaginación y curiosidad. Cread una historia en vuestra mente de las que tengáis a vuestro alrededor. Dejad que la fantasía sobrevuele sus anónimas vidas. Os ayudará a evadiros de la situación. Respirad con calma. Nadie sabe a qué vais. Tampoco escucharán los latidos de vuestro corazón acelerado, aunque habrá veces en que sentiréis que sí lo están haciendo.

»Estad tranquilos porque es lo único que no podemos controlar. Quién os acompañará en el vagón hasta Francia. Pero no importa. Serán simplemente comparsas. Gente a la que no deberéis prestarle atención.»

Tanto Margot como Aligó sabían que con toda seguridad aquello no iba a ser así. El paso por Francia estará vigilado y habrá que ver si no hay nadie que viaja en el tren sin destino alguno. Solo con la misión de detectar en la cercanía del interior de un vagón gente indeseable, saboteadores y enemigos del régimen.

Y ellos lo eran.

Llevaban un bonito regalo para un individuo muy concreto, jugándose el bigote. Sus vidas, y quizá las de otros, estarían en serio riesgo. Pero alguien debía hacerlo, se dijeron más de mil veces en un intento de convencerse de que la muerte de uno abriría el camino hacia la paz. Sería una muerte amable. No sentirán nada. Solo un instante.

Una contradicción terrible. Lo asumieron con un estoicismo admirable. Se lo contaron solo una vez, pero ellos lo pensaban cada minuto. Les habían avisado de que, si los pillaban, nadie sería capaz de ayudarlos, estarían solos. Se enfrentaban no solo al final. También a torturas salvajes, a la violación, a la angustia de que su familia pudiera pagar las consecuencias. Todos los riesgos estaban asumidos.

Se conocieron no hacía ni medio año. Y durante los seis meses de preparativos terminaron haciéndose amigos. La cercanía propició el amor. El sentimiento se mezcló con camaradería y el convencimiento profundo de que lo que iban a hacer era lo correcto. Muchas veces imaginaron juntos que sus respectivas muertes darían vida a muchas personas. Aquello parecía que los había unido aún más. Sabían que, si las cosas se torcían, estarían solos a merced de un enemigo cruel e implacable. Sin ayuda de ningún tipo. Cada vez que se miraban a los ojos o hacían el amor quedaba un poso de tristeza por la posibilidad de fracasar. Él le dijo que mientras estuvieran allí no podían ni por asomo imaginar en la posibilidad de tener hijos. Tal vez cuando acabara la guerra. Tal vez si seguían juntos. Tal vez si la parca no los había separado. Tal vez... tantas cosas.

El tren tardó en salir. La máquina tractora inundó de vapor la estación de Jaca cuando emprendió el rumbo a Canfranc. Al mismo tiempo, la propia nube disipó todas las dudas de la mente de la pareja. El viaje comenzaba.

El ruido se fue haciendo monótono. Apreciaron el paisaje de manera anodina. Atravesaron varios túneles hasta llegar a la explanada del pico de la Collarada. La población de Villanúa estaba justo en su base. A partir de ese punto, el valle del Aragón se cerraba abruptamente y seguía subiendo. La llegada a Canfranc aceleró el pulso de la pareja. Debían cambiar de tren en dirección a Urdos, para más tarde arribar a Oloron. La estación les impresionó por el tamaño y por su longitud. Solo la habían visto en una foto de un periódico. Pero no les dio tiempo para deleitarse, porque otro tren esperaba en el lado francés del edificio.

Los agentes revisaban los papeles de todos los pasajeros. Guardias civiles, gendarmes y soldados alemanes, lo hacían por este orden. El último visto bueno era para los de las SS. Dietter miró la fila con atención. Se fijó en la pareja sin pensarlo demasiado. Fue hacia ellos a paso lento, los sacó de la fila y los llevó a un despacho contiguo. Un soldado de la Gestapo se llevó a la mujer a la habitación adyacente.

El corazón de Margot y Aligó se aceleró casi al unísono cuando la mujer desapareció tras la puerta. Tras comprobar por separado que las versiones acerca del viaje de la pareja coincidían, volvieron a reunirlos en el despacho del oficial.

—Parece estar en regla —dijo mientras les devolvía la documentación—. Necesito ver su equipaje —añadió Dietter con exquisita educación—. Aligó puso las dos maletas de color marrón sobre una mesa próxima.

—¿Qué vienen a hacer a la nueva Alemania? —preguntó el oficial con ironía mientras abría la maleta de la mujer, en la que encontró ropa bien doblada, abrigos y zapatos. El interior de la del hombre era un poco distinta.

—Estas parecen dos latas vacías.

—Sí, ya le he dicho que voy en dirección a Burdeos para llevar muestras de latas de varios tamaños para envasar pescado. Sardinas. Tal vez atún.

—Ya.

El silencio solo duró unos segundos más.

—Viene usted desde Galicia. Todo lo importante viene desde ese lado de España —informó con retranca—. Esto no sé, pero los cargamentos que vienen desde allí sí que son de lo más importante para nuestros tanques —se sinceró.

Aligó le siguió el juego mientras le sonreía.

—Solo vamos hasta Oloron. Después, en coche hasta Burdeos.

—Me gusta la geografía —especificó Dietter—. No me cuadra que para ir a Burdeos desde Galicia tengan que atravesar por este recóndito lugar en mitad de los Pirineos. Hay un paso en Irún-Hendaya. Está mucho más cerca. Nuestro Führer ya lo ha visitado.

—Debíamos pasar por Zaragoza. La empresa que fabrica las latas está allí —respondió con rapidez Margot—. Este era el camino más corto desde la ciudad.

Dietter miró los recipientes con curiosidad. Les dio la vuelta.

—Los enlatados son vitales para sus soldados en el campo de batalla —se atrevió a decir Aligó—. En nuestra guerra civil eran mercancía preciada. El Generalísimo tuvo exquisito cuidado de dotar de las mejores viandas al Ejército nacional para luchar contra los rojos —añadió en un tono de voz que sonó convincente.

—Lo sé, lo sé, una tropa bien alimentada es más eficaz. Eso es cierto. Pero de sardinas... —añadió el oficial torciendo el morro—. Si se enlatara carne de cerdo o de caballo, iría mejor.

—Denme la dirección y el teléfono de la casa a la que se dirigen en Burdeos. Todo esto me parece muy rocambolesco. Siéntense, por favor, y no hablen entre ustedes.

Un soldado entró para vigilar el despacho. Dietter volvió al rato con gesto amable y los invitó a proseguir su ruta.

—Comprenderán que debemos tener exquisito cuidado con todos los individuos que dejamos entrar por ese pasadizo. Hay numerosos indeseables. Vayan rápido, que no se les escape el tren —informó el oficial.

El tren abandonó la estación nada más subir. Margot y Aligó respiraron con calma sentados en los asientos de madera del último vagón del convoy, el cual desapareció en el interior del túnel de Canfranc. Los dos tuvieron la misma sensación. Estar adentrándose en la boca de una alimaña.

Dietter llamó por teléfono al destacamento de Urdos. El oficial de las SS al mando respondió. Después de describir con pulcritud a la pareja dio órdenes concretas:

—Vigilad a estos dos desde que abandonen el tren. No me cuadra mucho la historia. Es correcto lo que han contado. He hablado con Bordeaux y parece que es verdad salvo un detalle. De Galicia está llegando wolframio, no sardinas. Los aliados intentan controlar esas aguas. Sabemos que hundirán los barcos que se pongan a tiro. Además, no me suena que haya nada relacionado con los envases en Zaragoza. No quiero que nos hagan como los noruegos con el aceite de crotón. O algo peor.

«Putas latas —exclamó Dietter para sí mismo nada más cortar la comunicación—. Comer alimentos encerrados en una cueva de metal. No lo soporto. Mierda de guerra.»

43

Amanece en el valle del Aragón. La luz remolonea.

Cuando nieva, el silencio se hace presente amortiguando todos los sonidos. Como si las voces y los ruidos tuvieran sordina. El valle iba despertando con suavidad. Las primeras personas, bien abrigadas, comenzaban a pisar los cinco centímetros de nieve acumulada durante la noche por las calles. El crujido característico sobre el manto helado acompañaba sus pisadas.

Amira meció a la niña para que dejase de llorar. Como lo estaba haciendo desde el principio, en la habitación más interior de la casa, para que el llanto no traspasase las paredes. Sintió que la bebé se estaba quedando dormida, por lo que la acurrucó en una esquina de la habitación y con cuidado la dejó bien tapada. Terminó de hacer un improvisado nudo entre varias telas comprimidas para que se asemejara a un pezón. Lo untó con un poco de miel y lo dejó preparado en caso de que la pequeña se despertara. Después, volvió a la habitación con Eme. Se acercó a él y le agarró por la espalda. Él le besó las manos.

En los pocos días que llevaban juntos disfrutaban de una complicidad llena de guiños, besos y caricias. El hombre parecía haber olvidado momentáneamente a su difunta esposa. Había hecho el amor varias veces con aquella chiquilla, como él la llamaba. Al principio pensó que no estaba bien, que era mucho mayor que ella, que nada de lo que ocurría tenía sentido. Pero las horas y los días pasaban y tenía sentimientos muy distintos cada vez que la abrazaba; sin embargo, todos tenían un denominador común: se sentía a gusto con ella. El olor de Amira se introdujo en sus recuerdos y por primera vez los hizo saltar por los aires. La joven parecía estar obligándolo a superar el duelo de su esposa a golpe de mimos y caricias.

La joven, medio desnuda, se ubicó delante de él y volvió a tocar con sus dedos sus labios maduros. Entonces aparecieron los besos pequeños, la respiración caliente y los mordiscos diminutos en la oreja. Solo quería eso. Entregarse al juego con aquel hombre cariñoso de mirada melancólica y pensar que la guerra se había acabado y que estaba viviendo con su pareja en una granja de un país en paz. Que la primavera había llegado. Que tal vez pudiera quedarse más tiempo con él. Acompañada de esos pensamientos, Amira se agarró en silencio al cuello de Eme. Por ahora, nada de eso era posible.

Lo cierto es que estaba en una casa con alguien que conocía desde hacía muy poquito, rodeada de nazis y con una criatura de la que nadie sabía nada. Envuelta en una realidad que poco tenía de sueño y mucho de pesadilla, encerrada, y con un objetivo muy claro.

Este último pensamiento hizo detener a Amira y alejarse un par de pasos, para comprobar si la niña seguía durmiendo. Entonces pensó en hacer algo que desde que llegó a la casa no se había atrevido. Dudó un instante, pero le pareció que aquel era el mejor momento. Volvió y se situó a horcajadas sobre Eme y lo besó con pasión.

Estar entre sus brazos era sentirse detenida y al mismo tiempo protegida. Eme abrazaba de manera muy especial. Tal vez porque intentaba abarcar a dos personas al mismo tiempo, a ella y a Rosario. Y lo hacía con fuerza cariñosa, de la que te hace sentirte atrapada y a gusto.

Amira se sentó a un lado de la cama y le dijo con parsimonia.

—Tengo que contarte una cosa.

—Yo también —afirmó el hombre.

Amira sonrió y puntualizó:

—Bien. Empieza tú.

—Lo iba a hacer ayer, pero con lo de la fiebre de la niña...

—Ahora no tiene.

—Fenomenal.

El silencio se convirtió en dos sonrisas.

—Quiero que te quedes conmigo —le sugirió Eme, bajando la cabeza al mismo tiempo que la cogía de la mano—. No quiero que Horacio te saque de aquí. Nos organizaremos para conseguirte papeles. La mujer de Horacio es una artista falsificando. Los documentos llegarán en breve. Además, esto no puede durar mucho —continuó diciendo mientras mantenían sus manos apretadas—. Merecemos empezar una vida aquí. Algún día, la mierda de la guerra acabará. También Franco morirá, o alguien lo hará desaparecer, y podremos estar en un país libre. Quédate conmigo. Nadie te espera allí fuera.

La mujer le escuchaba con atención. Lo interrumpió en dos ocasiones para besarlo.

—Eso me parece muy bien, tal vez lo haga. Ahora no sé qué responderte. Pero hay algo que no te he contado —comenzó a decirle Amira a la vez que le daba otro beso, pensando que quizá aquel fuese el último.

—¿Qué pasa?

La mujer se levantó y observó a la niña, que estaba a unos pasos de ellos. Después volvió a sentarse a su lado, manteniendo cierta distancia.

—Es cierto que estoy en tu casa por casualidad, pero no es casual que esté en Canfranc. Te he mentido en un pequeño detalle. Me fui de la granja de Agen porque me informaron que cierto individuo estaba aquí.

—¿Cierto individuo? —interrogó Eme con preocupación—. ¿Quién? ¿De qué estás hablando?

—Dietter.

—¿Qué cojones estás diciendo? —preguntó Eme en voz muy baja.

La mujer se tapó la cara. Solo fue por un instante.

—He venido a matar a Dietter.

Los ojos de Eme no parpadearon. El silencio se hizo tenso. Incluso la niña se revolvió entre las mantas que la tapaban, lo que hizo que la joven se acercara nuevamente para ver si se había despertado.

—Estás bromeando —la interrumpió Eme—. Es un chiste de mal gusto.

—Estoy hablando en serio.

—¿Dietter? Me lo tendrás que explicar. Es solo un oficial.

Amira calló.

—¿Quién cojones eres tú? —preguntó atemorizado.

—Es el oficial que supervisó la redada del velódromo de París. Mi madre está muerta por su responsabilidad. Y muchos más, y pagará con su vida por ello —argumentó la muchacha.

Eme pensó en la contestación. Durante unos segundos fue incapaz de articular palabra.

—Joder, esto es una locura. No te puedo creer lo que me estás contando. Puede ser que estés en lo cierto, pero eso no se hará desde mi casa. La muerte no es la solución de nada. Yo no aprieto el gatillo por nadie —argumentó Eme—. Todo el mundo se ha vuelto loco a mi alrededor —maldijo.

—Si una persona mata, no tiene derecho a la vida —razonó Amira.

—Ojo que eso no es más que una puta espiral sin fin —replicó Eme—. Es muy simple: si tú matas, tú tampoco tendrás derecho a vivir.

—Mi madre fue enviada a un campo de concentración. De allí no se vuelve. Lo sé. Había gendarmes, pero el que dirigió la operación fue él. Recuerdo su maldita voz. No la olvidaré nunca. Cuando subió a la buhardilla, sus palabras, su voz y su entonación me devolvieron a la madrugada atroz que sufrimos en París. Aquí, a Canfranc, llegan los que se han destacado por alguna acción. Es un retiro cómodo, alejado del frente. Un premio, digamos. Pero yo voy a cambiar eso. Él pagará. Yo misma lo vi, y luego me confirmaron que estaba aquí y que su antecesor, un tal Otto, había desaparecido.

—¿Quién te dio toda esa información?

—El de la granja de Agen. Te dije que lo detuvieron, pero no fue así. Te mentí. No me atreví a contarte lo que ahora te estoy revelando. Yo me largué de allí en cuanto supe que mi objetivo estaba en este lugar.

—Amira, debes seguir tu camino. Te puedes quedar por aquí y cuando acabe la guerra, todo será más fácil. Ya lo verás. Incluso podríamos tener un futuro juntos.

Amira no respondió a la última frase de Eme. Solo bajó la cabeza.

—Lo que me estás contando es una locura. No sé si sabes bien lo que esa gente representa —dijo señalando la estación—. Ante la más mínima duda, disparan. Casi es mejor así, porque si te detienen, es aún peor. No lo dudan. Y tú me estás diciendo que vas a ir a vengar la muerte de tu madre. Una niña como tú, sin nada entre las manos, va a ir a matar a un oficial nazi. Lo que pasó con ella no tiene remedio. Nadie te devolverá su vida. Lo que estás pensando es un desatino. Olvídate de él. Es un asesino más a quien alguien, algún día, le hará probar su propia medicina. Pero ante todo es una persona. Además, tu madre nunca aprobaría esa locura.

—Yo no tengo camino. Solo huyo. Los que huimos no tenemos rumbo ni lugar ni hora de llegada. Solo corremos dejando atrás el horror. Eso, hoy, ha cambiado, me he convertido en una perseguidora. No me importa si fallo en el intento. Me reuniré con mi madre y la podré mirar a la cara sabiendo que hice lo que tenía que hacer.

—Estás jugando con tu vida —afirmó Eme.

—Tú también lo estás haciendo.

El hombre la miró sin saber qué pensar. No se atrevió a responderle. La joven se había trasformado. Necesitó tiempo para mostrar una apariencia muy distinta a la que enseñó cuando llegó. Las personas son un cúmulo de sorpresas, pensó Eme. Poco quedaba de la mujer frágil y asustada que aterrizó en su casa. Amira venía a ajustar cuentas desde su atrevimiento de juventud. Desde la inconsciencia de saber que la suerte estaba siendo su aliada, pero que aquello, por estadística, no podría durar mucho.

—Bien, ¿cómo has pensado hacer eso? ¿Has previsto enrollarte con él, en plan espía, como si fueras Mata Hari? ¿Seducirle con tu presencia? Por Dios, no tienes ese aspecto. No sabes lo que estás diciendo —dijo Eme, apartándose de la cama—. ¿Qué te parece si esa sesera que tienes tan impulsiva la utilizas para pensar cómo coño sacamos a esa criatura de aquí? Ese bebé se parece mucho a ti, también se ha quedado sin madre. Y debe sobrevivir para que un día alguien le pueda contar qué sucedió con su madre. Por qué narices un soldado desconocido la condenó a muerte, sin juicio ni defensa alguna, y la asesinó en mitad de estas montañas. Y también debe sobrevivir para que alguien le cuente que conoció a su madre y casi con toda seguridad le relate que fue maravillosa y cariñosa, que intentó alejarla del horror, pero que no lo consiguió para ella misma. ¿Qué te parece la idea? Imagínate que eres su madre y que tienes la obligación moral de ponerla a salvo. Cualquier acción contra ellos no va a salirnos gratis. Aquí hay muchos implicados.

La mujer negaba con la cabeza.

—Yo no sé quién era su madre. Tampoco soy yo la madre de esta criatura —manifestó Amira con acritud—. Eme, tú tienes que ayudarme.

—Te equivocas. Yo no ayudo a asesinar a nadie, lo siento —respondió con dureza el hombre—. Mi hijo... —Eme fue incapaz de continuar.

44

Dietter respiró con calma en el despacho de la estación de Canfranc. Una fotografía de Adolf Hitler presidía el pequeño habitáculo de paredes de color blanco crudo. En una esquina, una bandera nazi.

Ordenó varios papeles que tenía en su mesa. Todo estaba en su sitio. Alguien llamó a la puerta en el momento en el que vio un taco de cartas en una esquina de la mesa. Le dio paso mientras ojeaba distraídamente el montón. Luego las puso en su sitio. Todas habían sido abiertas y trataban asuntos de poca importancia.

—*Oberscharführer Hermann.*

El joven oficial entró en el despacho cuadrándose ante su jefe y ajustando la posición de la cartuchera de su Luger.

—Siéntese, siéntese —le ordenó—. Vamos a ver, Hermann. Aquí hay información incompleta de nuestro anterior camarada, Otto. Faltan papeles. Hay cartas y albaranes de entrada de mercaderías y otras cosas, pero yo estoy indagando sobre cuestiones un poco más concretas.

—Bueno, eso lo llevaba él en persona. Yo solo le ayudaba en algunas cosas, mi capitán. Será mejor que llamemos a París para hablar con él.

Dietter tardó en responder mientras miraba varias carpetas con documentación.

—Otto no responde la llamada, debe de estar muy atareado. La situación en Francia no está nada fácil.

—Si me dice qué está buscando en concreto, quizá le pueda ayudar, mi *Hauptsturmführer.* Coordiné varios asuntos con él.

—¿Usted tenía conocimiento de una operación de prioridad absoluta llamada Cataria?

El hombre negó con la cabeza.

—No. Con ese nombre, no. Tal vez si me da más datos.

—Con esos son suficientes —agregó con media sonrisa cínica—. ¿Nunca se lo comentó Otto?

El subordinado volvió a negar con la cabeza.

—Vamos, vamos, que no pasa nada. ¿Nunca hablaron de este asunto? —insistió Dietter.

—Otto guardaba lo importante en esa caja fuerte —dijo mientras señalaba un gran artefacto en una esquina de la habitación—. Solo él tenía las llaves. Este despacho estaba siempre cerrado.

—Bien, Hermann. Puede retirarse. Huelga decir que no debe hablar de esto con nadie. En esta estación, mucha gente sabe lo que trasportamos de un lado a otro. Pero hay otros temas más importantes que el oro o el tungsteno que no debe conocer nadie. Está en juego el desenlace de esta guerra. ¿Me entiende?

—Por supuesto, mi *Hauptsturmführer.*

El joven oficial se cuadró para salir.

Dietter se quedó pensativo al ver desaparecer a su subordinado. Estaba casi seguro de que le había dicho la verdad. Su antecesor en el cargo no parecía haber compartido ninguna información con su subordinado.

Cuando abandonó el despacho, Dietter se dio la vuelta y abrió la puerta de la pesada Dechepy Roussel con las dos llaves de la puerta. En el interior de la propia caja, una tercera llave daba acceso a una pequeña caja fuerte interior. Extrajo varios papeles, tras lo cual dejó la caja abierta para regresar a la mesa de trabajo.

Volvió a abrir dos correos del propio Heinrich Himmler. Los símbolos nazis estaban en el anverso. Una carta oculta parcialmente por otras le llamó la atención. En el reverso, la dirección del remitente: castillo de Wewelsburg. Un pequeño anagrama referido a la planta triangular del edificio daba más importancia al documento. Los restos de lacre habían manchado de rojo grana la zona de la abertura. El nombre de Otto aparecía junto a una cruz gamada. Abrió la carta con curiosidad.

Operación Cataria - OC

Estimado Otto Scholl:

Sabrás de la importancia de esta carta. Los miembros de la sociedad Ahnenerbe, con mi más fiel asesor en cuestiones de ocultismo, Karl Maria Wiligut (ya sabes que aquí le llamamos Weisthor), seguimos estando preocupados por tu actividad. La recuperación de un cuarto elemento para proseguir nuestras investigaciones en torno a la creación de un arma poderosa que de una vez por todas nos haga ganar la Guerra. Las otras tres —el arca de la alianza, el santo grial y la lanza de Longino— se encuentran ya en nuestras dependencias, pero nos sigue faltando una para crear la conjunción entre todas y que nos dé el dominio absoluto. Desconocemos qué es; sin embargo, las recientes investigaciones de nuestros camaradas de la Ahnenerbe nos han dado datos. La conexión entre el pasado de estas y el presente, que no es otra que conseguir su cuarto elemento. Y para ello estás tú allí, Otto. Si requieres más personal para realizar tu trabajo, no dudes en demandarlo. Lo necesitamos con urgencia. La guerra nos está exigiendo mucho. Cuanto antes tengamos la victoria, mejor será para todos.

Te recuerdo los datos de lo que estamos indagando, según nuestros especialistas en estos temas. Buscamos un objeto de madera que fue realizado no hace mucho por un experto en talla. Según la información que poseemos, puede ser que fuera hecho en un bosque relativamente nuevo y que fuese diseñado por un antiguo miembro de nuestra Wehrmacht en el asedio a Leningrado. O de alguna división de otro país que nos ayudara. Quizá la española, la que ellos llaman División Azul. En concreto, un soldado raso que simpatizaba con nuestra asociación Ahnenerbe. Este objeto está relacionado con las teorías de lo que descubrió Ernst Schäfer en su expedición al Tíbet y también puede tener relación con los ritos haitianos del vudú. Es posible que se encuentre en manos de algún familiar del soldado en cuestión. La zona coincide. Más de dos millones de árboles se plantaron por el hombre en la estación de Canfranc. No estamos seguros, pero puede ser que estuviera allí. Estamos buscando una figura. Algo parecido a un amuleto con poderes. Lo que sí tenemos claro es su denominación. Mamedkrafter. *Las órdenes son muy concretas: recuperarlo a cualquier precio. Mantennos informados de tus avances. Yo, por mi parte, informo con minuciosidad al Führer de todas las evoluciones en esta materia.*

Sieg Heil.

Heinrich Luitpold Himmler
Reichsführer de las Schutzstaffel (SS)

La carta estaba escrita por un solo lado, y la firma del segundo de a bordo del Tercer Reich le hizo mantenerla en la mano con respeto.

No tardó en darse cuenta del detalle.

—Hostia puta —gritó Dietter para sus adentros mientras se levantaba de la butaca. Agarró su zamarra larga y se la abotonó hasta arriba. Antes de salir dejó todo como estaba. Situó las dos llaves de la caja fuerte en un doble fondo del primer cajón del escritorio. La tercera la escondió en otro cajón.

No habló con nadie y salió a paso rápido.

45

Parque Nacional de Ordesa y Monte Perdido, otoño de 2016.

Las primeras luces del amanecer inundaban con una tenue claridad la Senda de los Cazadores en dirección a la cascada de la Cola de Caballo. La cuesta era mantenida y muy empinada. Chasis y Camino resoplaban con suavidad. Repiqueteaban los bastones de senderismo apoyándose en las piedras que salpicaban el piso. La caminata les exigía ir atentos a los barrancos laterales.

El Parque Nacional estaba pletórico. Los árboles se ceñían de ramas de hojas tenues. El otoño, desde su paleta de colores, pintaba el paisaje dando pinceladas y brochazos elegantes. Marrones claros, amarillos pálidos, mostazas, ocres y rojos apagados. Un festival de matices resplandecía entre la vegetación dando una sutil melancolía al conjunto.

Chasis marcaba el ritmo de zancada mantenida. Camino iba detrás sin perder distancia. Fueron más de dos horas de subida muy intensa. El resto, hasta la Cola de Caballo, era llaneando en tenue bajada por casi toda la cima de la imponente pared lateral derecha del antiguo glaciar que componía el valle de Ordesa. Al llegar a la parte más alta, se detuvieron en uno de los miradores. La visión lejana, pero diáfana, sobre la cima ya nevada del Monte Perdido era impresionante. Con sus más de tres mil trescientos metros de altitud parecía una catedral. El sol iluminaba el escenario. El frío no era intenso.

—Nunca me acostumbro a esta vista —dijo el sargento—. Me sigue emocionando como el primer día.

Camino asintió con la cabeza. Las gafas de sol que llevaba puestas ocultaban su rostro, si bien no su admiración. Se secó el sudor con un pañuelo y resopló.

—Sí, es increíble —exclamó ella en voz baja—. Merece la pena esta ruta. Yo siempre la había hecho por la pradera. Es muy bonita. Pero esta lo es aún más —añadió sin dejar de mirar a todos los lados.

Almorzaron encima de un tronco caído a escasos metros de la senda. Bocadillos pequeños de queso de marrano con aceite de oliva. Dátiles y nueces. Chocolate en barritas. Agua. La subida requería fuerzas adicionales. Quedaban varias horas hasta llegar a la mítica Cola de Caballo, para más tarde volver por la pradera, que era la parte más fácil del recorrido circular.

Camino eructó más fuerte de lo normal.

—Salud —replicó Chasis—. Ambos rieron.

—¿Vas bien?

—Después de este almuerzo, como para no estarlo.

—No hablo de tu cansancio.

La mujer bajó la mirada.

—Distraerme es como una medicina. El divorcio ha terminado siendo muy duro. Agotador. Me ha revuelto por dentro.

—¿Tu ex ha vuelto a llamarte? —preguntó el policía.

—Ahora hace casi un mes que ya no me telefonea. Estuve a punto de cambiar de número de móvil —respondió Camino—. Ha sido áspero. Al final me mendigaba amor y eso es insostenible. Es un momento cabrón, porque lo que sientes por esa persona es amistad y cariño. Nada más. Si alguien te da eso, no serán más que migajas con las que malcomer durante un tiempo. Alargar una agonía con fecha de caducidad cercana. Un parche que, pasado un tiempo, volverá a reventar por el mismo sitio —añadió mientras bajaba la cabeza—. Los hombres siguen siendo una cuestión complicada para mí. No sé qué me pasa. Entiendo bastante mejor el universo entero que a un solo hombre. Tengo ya cuarenta y seis años y el tiempo está pasando a una velocidad que da vértigo. Me arrepiento de tantas cosas que no sé por dónde empezar a clasificarlas. Lo único que no me decepciona es mi trabajo. Tal vez me atrae tanto porque me gusta evadirme de la realidad. Esas estrellas tan lejanas son mi refugio —insinuó señalando el cielo—. Ese mundo que he creado para mí quizá sea tan irreal como este en el que vivo, pero es el que me da la fuerza necesaria para seguir estudiándolo. Mi trabajo es mi refugio. Una particular cueva en la que me encuentro muy cómoda. Deseo que después de dejar atrás este último escollo del divorcio todo mejore. No sé cómo pude casarme con él. Maldito el día que elegí hacerlo.

Chasis se acercó y le cogió la mano. Intentó cambiar de asunto.

—El azúcar, por ahora, es una droga legal. Hace subir el ánimo —dijo mientras le ofrecía una chocolatina con trocitos de cacahuete. Ella lo mordió regalándole una sonrisa.

—En este entorno ocurren cosas mágicas. Las montañas tienen mucho de magnetismo —insinuó la mujer sin mirarlo.

Tardó en volver a hablar. Esta vez parecía que Chasis estuviera esperando sus palabras.

—Quizá, podríamos volver a estar juntos —afirmó Camino—. Pero no te lo estoy pidiendo, solo pienso en voz alta. Regresar a cuando teníamos quince años y nos prometimos un futuro sin fisuras. Retroceder sabiendo lo que sé ahora. Modificar el universo a nuestro antojo. Retornar a aquella oquedad en el techo de la gruta.

Las gafas de sol de la mujer hacían de telón opaco del escenario de un teatro soñador. Entre bambalinas se le escapó una lágrima.

Las gafas de espejo la observaron fijamente interrogando al policía. Él solo se vio reflejado en ellas. Aunque también se dio cuenta de cómo su figura había envejecido. Pensó en besar esos labios que tantas noches de insomnio le había regalado desde que empezaron a andar juntos y separados, metiendo la pata una y mil veces. Todo para terminar en esa etapa de melancolía y en mitad de un otoño que vaticinaba un nuevo invierno. Situados en la cima de uno de los lugares más impresionantes de la tierra, con un amor tan presente y perdido como el lejano monte que los observaba, el cual, sin embargo, seguía estando allí.

El silencio se interrumpió por un boceto de beso mudo. Ella interpretó que era un beso de compasión, por lo que apartó su boca torciendo la cabeza.

—Mi exmarido, al final de la relación, me pedía limosnas de amor. No quiero hacer lo mismo contigo.

—No lo son —replicó el policía.

—Pero tu compañera, Paloma, llevas ya un par de años con ella. Has encontrado...

Chasis la volvió a besar. Esta vez la sujetó con su enorme corpachón, interrumpiendo sus palabras.

—Yo no doy donativos —replicó con una mueca graciosa.

En esta ocasión, Camino se aferró a su poderoso abrazo y lo rodeó con fuerza entre sus brazos mientras recordaba la oquedad en mitad de la cueva de las Güixas. Pensando que tal vez aquel pacto de sangre entre adolescentes estaba siendo bastante más eficaz de lo que conjeturó. Imaginó que el aroma de alguna mata de romero estaría cerca. La barba le pinchó los labios. La sintió como un castigo por haberlo dejado marchar tantas veces. Las lenguas se acariciaron durante largo rato.

Tardaron en aproximarse a la Cola de Caballo. Lo hicieron disfrutando del paisaje, que bajaba gradualmente. En apenas cinco minutos, la niebla se disponía a dar un nuevo vuelco en sus vidas. Comenzó a bajar de manera sorpresiva, pero sin llegar a cerrar el paisaje. La luz del atardecer disminuyó de intensidad, como si alguien la hubiera desenchufado.

Los gritos de socorro fueron tan desgarradores que Chasis y Camino se detuvieron para intentar detectar de dónde provenían. La niebla parecía querer ocultar el origen. Apuraron el paso al ver que la llamada de auxilio procedía de una docena de metros más adelante. La niebla se apartó un poco y dejó el escenario al desnudo. En él se podía ver a un hombre que ayudaba a otro, el cual colgaba en el vacío sin dejar de pedir socorro, para no precipitarse barranco abajo. Por momentos se le estaba escurriendo.

El sargento corrió hacia ellos. El sudor de sus manos parecía aceite lubricando sus palmas. Solo podría sujetarlo unos segundos más. Bajo sus pies le esperaba una caída de más de cincuenta metros dispuesta a ver el desenlace.

—¡¡¡Ayuda, ayuda!!! —gritó el hombre que agarraba al otro con desesperación.

El sargento se deslizó con premura y, aferrándose a un arbusto, pudo situarse paralelo al hombre. Desde allí lo sujetó e hizo la fuerza necesaria para que el imprudente montañero pudiera salvarse con ayuda de su compañero y de Camino. Unos instantes más tarde fueron capaces de ponerlo a salvo tendiéndolo sobre el suelo rocoso. Volvieron para rescatar a Chasis.

La rama sobre la que precariamente había ejercido de salvador cedió de manera brusca. Camino le agarró *in extremis* de la mano, aunque no fue capaz de soportar su peso. El hombre se le escurrió entre los dedos. El cuerpo del sargento impactó varias veces en las rocas hasta perderse en la niebla.

Sus compañeros del Grupo de Rescate e Intervención en Montaña se pusieron en marcha para rescatarlo en cuanto el teléfono de aviso sonó en sus dependencias. Tuvieron que hacerlo por tierra. En aquellas condiciones, de noche recién echada y con niebla espesa, el helicóptero fue incapaz de volar. Pensaron que iban a rescatar un cadáver, pero se equivocaron.

Lograron estabilizarlo en el mismo lugar en el que lo encontraron. La sangre le brotaba de la cabeza y los brazos, también de las rodillas. Seguía inconsciente. Camino no le soltó la mano en ningún momento.

El todoterreno traqueteó a mucha velocidad hasta la ambulancia que esperaba en el aparcamiento de entrada al Parque Nacional de Ordesa. Mantuvieron la sirena mientras bajaron a toda velocidad por la serpenteante carretera de acceso al parque. Al llegar a Torla, aceleraron a fondo, mantuvieron las luces azules y rojas y apagaron las sirenas.

El conductor dudó si meterse a través del recién inaugurado túnel de Pedralba, pero imaginó que, de noche y sin circulación, quizá fuera más rápido ir por la antigua carretera. La cuenta atrás iba a ser apurada y los segundos contarían como horas. Más aún cuando el paramédico que viajaba en la parte trasera del vehículo le hizo un comentario al conductor: «Acelera, que se nos va».

Atravesaron a toda velocidad el puerto de Cotefablo. Apenas se cruzaron con un par de vehículos. Las curvas cerradas se convirtieron en un *rally* por la vida del guardia civil. En dos momentos derraparon las ruedas traseras, pero la ambulancia se mantuvo estable. Los minutos trascurrieron lentos. En el trayecto hasta el hospital de Jaca nadie habló. La recta hasta allí se hizo eterna.

Después de los primeros análisis pensaron que Chasis no saldría de esa. El médico de guardia responsable de la UCI le dijo a Camino que se prepararan para lo peor. Fue así de claro.

La mujer vio de lejos a la actual compañera de Chasis. También la vio preguntar, con cara desencajada, por su pareja. Camino pensó que el destino estaba jugando otra vez con su vida. La mujer se presentó como Paloma, pero claramente no venía representando la paz. Las palabras y miradas que se intercambiaron fueron secas y cortantes; en especial cuando Paloma comentó que Chasis le había dicho que estaría todo el día en Madrid por asuntos de trabajo, y que con toda seguridad no volvería a dormir.

Al salir del hospital, Camino tuvo la impresión de revivir un bucle que se alargaba en el tiempo. Un *déjà vu* constante.

46

—Mi hijo...

El silencio en la habitación se hizo palpable tanto como el de la nieve cayendo. Copo a copo iba disponiendo su manto blanco, tapándolo todo y dificultando la visibilidad del fondo de la carretera. Eme miró por la ventana. Encendió un cigarrillo.

—Mi hijo... se marchó un día parecido al de hoy —dijo Eme—. Nevaba, pero no mucho.

Amira se acercó a Eme y lo rodeó con sus brazos.

—¿Qué sucedió con tu hijo? ¿Es mentira lo que le contaste a Dietter?

—No. Es verdad. Tal vez eso me haya salvaguardado. Es posible que mi hijo me esté protegiendo a distancia. Quizá esa extraña figura tenga un poder especial.

Eme se sentó en la cama y respiró despacio entre el humo del tabaco. El recuerdo de su hijo parecía una llaga en su rostro.

—¿Qué quieres saber? —preguntó Eme. Daba la sensación de que deseaba contar algo—. Mi hijo —empezó a decir tapándose la cara con las manos—. Mi hijo...

—¿Es cierto que estuvo en la División Azul?

Eme afirmó con la cabeza. Amira abrió los ojos con sorpresa.

—Cuando se es joven como tú, suceden muchas cosas extrañas e impensables en tu cabeza. Ni su madre ni yo fuimos capaces de asimilar que nuestro hijo se enrolaría en una misión así. Él era un artista. Le gustaban las manualidades y la talla, pero andaba metido con amistades que al final lo llevaron muy lejos de aquí. Diecinueve años no es edad para morir. Tan lejos de su país... Cuando eres un chaval, juegas a creerte todo lo que te dicen, a sentirte invencible, a pensar que siempre llevas la razón. Y eso que nosotros lo intentamos a fondo para que razonase, pero él estaba muy convencido de sus ideas.

Amira escuchaba con atención.

—Los padres lo damos todo por nuestros hijos. Verás como es así si algún día los tienes —dijo Eme mientras dirigía por primera vez la mirada a la joven—. Nos informaron que había muerto en el campo de batalla. Nada más. Nadie trajo su cuerpo hasta aquí. Tal vez fue pasto de las alimañas, o qué sé yo. Recibimos una sucinta carta diciendo que aquella persona que durante tanto tiempo nos hizo felices había desaparecido. Nunca olvidaré el momento de su nacimiento, tampoco su sonrisa con cuatro años, pero tengo la sensación de que los últimos recuerdos, cuando todo se torció, son los que han prevalecido.

Amira seguía escuchando en la distancia.

—No sé en qué fallamos —comentó con amargura—. Por desgracia, es muy habitual en este maldito país. Familias divididas con ideas diametralmente opuestas. Hermanos que no se hablan. Padres que, igual que yo, ven incrédulos las ideas de sus retoños. Cada uno luchando en un bando distinto, habiendo recibido la misma educación. Jugando en el mismo entorno. Pensando con terquedad que uno está en posesión de la verdad absoluta. Sin hacer el más mínimo atisbo por entender al vecino. Ridiculizando su manera de pensar. Demonizando sus ideas. Apedreando al que no piensa igual. España es así. Ese odio tardará en desaparecer. Está tan arraigado que a lo mejor nunca desaparece del todo. Durante nuestra guerra vivimos eso con extrema crudeza. Ojalá esta cese pronto. La contienda en Europa, nada más terminar la nuestra, no ayuda a cerrar las heridas.

—Luchar por la dignidad es una prioridad —dijo la joven sentada en la cama justo a su vera—. Si por ello arriesgas tu vida y la pierdes, no será en vano. Es lo que estás haciendo tú en este momento, Eme, jugarte el pellejo por sacar gente que viene huyendo de Francia. No las conoces de nada, pero lo haces.

—Yo solo aporto un pequeño esfuerzo desde mi casa. Hay muchos luchando en el frente de batalla, mal alimentados, pasando un frío atroz, siguiendo fanáticamente a un líder que no es más que un demente con ínfulas de grandeza. Lo sé de primera mano. Personas a las que no les queda más remedio que ir a luchar por una causa en la que no creen. Obligados por leyes injustas. Yo solo quiero que esto acabe. Bastante daño me ha hecho toda esta mierda.

Amira se mantenía en silencio con la mirada en el suelo. De vez en cuando lo observaba. Liberté seguía dormida.

—A mí, la Guerra Civil española me destruyó la convivencia familiar. Mi hijo se enroló en esta aventura con tintes de epopeya, pero que terminó siendo un auténtico drama. Mi mujer no pudo soportar su ausencia. Menos aún imaginarse que pudiera morir a las puertas de una ciudad rusa, defendiendo unas ideas que jamás le inculcamos. Yo me quedé solo.

—¿Qué sucedió con Rosario? —preguntó.

—Murió de neumonía. Pero no fue eso lo que la mató. Fue la tristeza. El no poder soportar una situación...

Amira se aproximó y trabó la mano de Eme.

—Yo no soy la persona que estás buscando —sentenció Eme—. Yo no puedo ayudarte. Pensé que solo huías de algo, pero esto es muy distinto.

Amira bajó la cabeza sin decir nada.

La escena retrotrajo a Eme a una conversación con su propio hijo, poco antes de marchar al frente oriental. Con una edad muy parecida a la que ahora tenía Amira y en la misma casa. Veinte años mal cumplidos. Aunque aquella charla fue entre gritos y reproches, para explicar lo inexplicable y razonar sin peso ni argumentos convincentes. Después, el joven empuñó el petate y se marchó en dirección a una muerte casi segura. Fue la última vez que lo vio... La espalda de él y también las lágrimas de su madre, que era incapaz de comprender la situación.

—Yo estoy dispuesta a llevarlo a cabo, solo que sin tu ayuda será más difícil. Por supuesto que no te culpo. Lo haré con el pensamiento de mi madre en la cabeza —argumentó Amira.

—No lo conseguirás. Tus posibilidades son mínimas, inexistentes. Dietter te matará y antes te violará, y después invitará a todo aquel soldado que quiera repetir contigo el macabro juego. A continuación, para que cuentes lo que quiere oír, te torturará hasta límites que no te puedes ni imaginar. Y lo peor de todo será que una vez haya arrojado tu cadáver a los perros, no habrá nadie para contar tu historia. Todo quedará en la impunidad, en el anonimato. En el puto olvido. Tu vida es una muestra del horror y debes mantenerla para poder contarlo y que nadie lo pueda repetir. Tú tienes una pequeña deuda con la historia, todos la tenemos, y eso se soluciona de un solo modo. Sobreviviendo para contarlo.

—Yo lo voy a hacer. Se lo debo a mi madre.

—Eres terca... Muy terca. ¿De qué medios dispones? ¡Joder! ¿Armas? ¿Logística? Yo aquí no tengo más que una escopeta de caza y no pienso dejar que hagas con ella ninguna tontería. Tal vez tengas razón y este individuo no merezca estar con vida. Pero tú no eres la persona adecuada para quitársela. Eso es seguro. Olvida por completo este asunto. Sigue tu camino.

—La muerte libera, aunque esa libertad no es tal si no estás viva. Los muertos siempre son libres. Bonita contradicción.

Los golpes en la puerta del piso de abajo no sonaron fuertes, pero parecieron contundentes. Amira y Eme se miraron detenidos en el tiempo. Hicieron falta otros tres golpes para hacerlos reaccionar.

—Sube a la buhardilla. ¡Rápido! —dijo Eme en voz muy baja mientras se terminaba de vestir—. ¡¡¡Rápido!!! No hagas ningún ruido. Cierra la trampilla y estate muy quieta.

—¿Y Liberté?

—Cierra la puerta de la habitación. Esperemos que aguante dormida, por Dios.

—¿Quién puede ser?

—No lo sé.

—¿Horacio?

—No, no, Horacio tiene una clave concreta para llamar. ¡¡¡Rápido, sube y escóndete!!!

47

Pamplona, enero de 2020.

El planetario se encontraba al lado del Complejo Hospitalario de Navarra. En el parque Yamaguchi. El edificio de color teja tenía una poderosa torre circular con un ribete azul celeste que le daba personalidad al edificio. Cuando Camino terminó de dar la conferencia, Chasis la estaba esperando a la salida.

—Han sido muy interesantes tus palabras. Y eso que yo no entiendo mucho de esto. Pero ha sido sugerente.

—Era para todo el público. Se trataba de contar cosas de nuestro trabajo en el LSC. Ya has visto, flipan. Da gusto hacerlo con gente joven. Esa es la clave, contárselo a los chavales para crear afición a este mundillo. En una época en la que por desgracia la ignorancia está de moda, es importante informarles de que eso es un error. Si algo tiene la humanidad de razón de ser, es su inteligencia y su sabiduría.

—Los aplausos han sido prolongados.

—Es verdad. Te he visto al fondo —respondió la doctora.

—¿Qué hacemos? ¿Comemos en algún lado?

—Claro, te llevaré a un lugar que es mezcla de tradición y modernidad —dijo Chasis.

—Tú eres más de tradición.

—Sí, pero ya verás. Este sitio tiene un equilibrio perfecto entre ambas.

El restaurante Europa estaba en el primer piso del hotel del mismo nombre en el medio de Pamplona. A un lado, varios ventanales daban a la mítica calle Estafeta. Desde el otro extremo del local se podía ver la plaza del Castillo. El animado local hacía que la presencia de la pareja pasara desapercibida.

—Siempre que doy charlas me entra un subidón. Me gusta enseñar mi trabajo a la gente que lo desconoce.

—Vamos a brindar por eso —concluyó Chasis—. También por lo tuyo.

—No se celebra a menudo el medio siglo de vida —dijo Camino levantando la copa de vino.

Chasis la miró con una sonrisa.

—Y han pasado tantas cosas... —aseveró el policía—. Yo cumplo cincuenta el año que viene y te puedo decir que haré doble celebración: el día de mi cumpleaños y el que desperté del coma.

—Tu progresión fue alucinante. Unos días en coma, un mes de recuperación y unas semanas para empezar a trabajar. Sin secuelas —afirmó la mujer.

—Eso me dijeron los médicos. Que lo más increíble es que después de la caída tuviera una mejoría tan rápida. Lo único que saltó por los aires fue mi relación con Paloma. Por aquel barranco de Ordesa me caí yo, pero rodaron bastante más cosas.

—Sí, te caíste. Aunque te recuerdo que fue por salvar una vida.

—Sí, la persona a la que rescatamos me llama cada año para felicitarme. También me confesó que no se había tropezado como había contado en un primer momento a los rescatistas. En realidad, estaba asomado al barranco para intentar hacerse un selfi. Ya ves. Le dio vergüenza reconocerlo.

Camino sonrió.

—En el primer aniversario, la pareja me mandó hasta una caja de bombones al puesto de Canfranc. Detalles así hacen que te creas el valor de tu trabajo. Aunque mi presencia en aquel instante se debió a la casualidad.

—Gracias por llamar —apuntó Camino—. Desapareciste. No me habías vuelto a ver desde entonces. Han pasado casi cuatro años.

El policía sonrió y bajó la cabeza.

—Es menos que en el último intervalo. ¿Qué querías que hiciese? A través de un amigo en el hospital me informé de tu evolución. Cuando vi que estabas fuera de peligro, dejé de llamar. No olvido la mirada de Paloma aquel día —afirmó la mujer.

El policía tardó en responder:

—Se portó bien, pero luego se fue al carajo. Era muy temperamental. Se fue de casa hace más de un año —dijo mirando la copa de vino que tenía entre las manos—. Tenía todo el derecho a hacerlo.

—El derecho brota si tú lo abonas —afirmó Camino.

—Yo estaba a gusto con ella. Mirándolo desde la distancia, a lo mejor solo era eso. Poco importa ya —explicó el sargento.

—Es la primera vez que nos encontramos sin ataduras. Quizá puede ser el momento de...

El bacalao ajoarriero llegó interrumpiendo la sensación de complicidad que se estaba formando. Meloso y con trocitos de bogavante contrastando el sabor profundo del guiso.

—Berta, mi madre, cocinaba un exquisito bacalao con tomate —afirmó Chasis mientras se relamía con el plato. Ambos sonrieron. La conversación siguió por sus cauces.

—Yo creo que ahora es imposible retomar esta historia, porque, en realidad, no ha habido nada. Nunca lo ha habido. Solo una historia a golpes, entrecortada y con más sobresaltos que tranquilidad. No sé si nos hemos hecho más daño que beneficio. Lo he pensado mucho sin llegar a ninguna conclusión. Muchas noches sueño contigo —confesó la doctora.

—¿Muchas? —preguntó él.

—Digamos que con cierta frecuencia. Es una fantasía recurrente. Se repite en el mismo punto —añadió mientras apuraba su copa de Enate Merlot de 2008. La fragancia del merlot, con toques de grafito, especias y flores secas, le mantuvo el ensueño como si lo estuviera reviviendo.

Hubo un silencio que se interrumpió con el final de la comida. Helado de mango acompañado de una crema de arroz con leche.

—Qué bien combina el arroz con el mango. La melosidad del almidón del cereal contra la acidez de la fruta. El blanco acanelado y el amarillo elegante. Parece un matrimonio perfecto —dijo la doctora sin dejar de relamer la cuchara.

—¿Existe tal perfección? —indagó mordazmente Chasis.

Ambos rieron apurando la copa de Patxarán Gaizka Barañano que habían pedido para terminar. El aroma de las endrinas inundó el diálogo.

—No me gusta la palabra «perfección». Ni es bella ni es seductora. Además, conlleva tiranía, uno de los peores términos que pueden nombrarse. Aunque tal vez sí exista el matrimonio perfecto, pero yo no lo sé. Ni dónde está ni si solo es una historieta absurda que nos montamos los humanos para hacer más llevadera la existencia. No sé si crece de forma espontánea o se aprende. Si brota solo y se mantiene verde sin cuidarlo, o si hay que someterlo a injertos. Te juro que todavía no lo sé. Tampoco si el tiempo lo influencia o lo desgasta, lo afianza o lo destruye. Del matrimonio sé muy poquito. Del amor creo que no sé nada de nada —remató la doctora—. Ojalá lo supiera. A veces creo que se parece mucho a mi trabajo. La materia que investigo es parecida al amor. Conceptos nombrados. Solo nombrados. Pero como bien dice un refrán vasco: «Todo lo que tiene nombre», existe. El amor, entonces, ha de existir —sonrió la doctora—. Las gilipolleces más grandes se hacen en su nombre. Mi trabajo está plagado de cosas así. Alejadas del precepto de ver para creer de santo Tomás. Nosotros no vemos. Intuimos, nombramos y conjeturamos hipótesis más cercanas a la filosofía que a la ciencia. Bueno, eso tampoco es verdad. Lo que hacemos es ciencia y lo demostramos. No hay otro sendero que los conceptos científicos, aunque en este caso sean tan complejos —afirmó en tono categórico.

El paseo para bajar la comida por la capital navarra fue despacio. Hicieron el recorrido del encierro de las Fiestas de San Fermín, pero al revés. Comenzaron dejando a la derecha la plaza de toros y enfilando lentamente la calle Estafeta, Mercaderes y la plaza del Ayuntamiento, para terminar bajando la cuesta de Santo Domingo, donde se sitúan los corrales desde donde salen los toros para el encierro. Sentados en un banco cercano, y con las zamarras cerradas hasta más arriba del cuello, se deleitaron con las luces del atardecer relamiéndose con los rayos zalameros de un frío sol de invierno.

—No piensas contarme ese sueño —inquirió Chasis mientras paseaban cogidos de la mano.

Camino esperó unos instantes. Solo jugó con sus guantes frotándolos entre sí. Lo miró con esos ojos verdes tan familiares y lejanos al mismo tiempo, tanto como su tormentosa relación.

—Sí, claro —dijo la doctora—. Al principio lo vivía como una pesadilla. Las últimas veces, fue parecido a una simple fantasía. Tal vez mi subconsciente se ha habituado a él y lo interpreta de manera familiar. Lo he hablado con una amiga psicóloga, y no es más que un sueño de caída. Ella cree que está relacionado con mi trabajo, pero no sabe toda la historia de mi vida contigo. Solo una parte muy pequeña. En una ocasión, me explicó que, en mi mente, la oquedad de la cueva de las Güixas no era más que un símil de un agujero negro, uno de nuestros campos de estudio, con las mismas características. Una fuerza de atracción que supera nuestra imaginación. Aunque nuestra relación se parece más a una estructura espacio-tiempo similar a un hipotético agujero de gusano.

—Te escapas de mí —respondió Chasis mientras sonreía y pasaba con rapidez la mano por su frente.

Camino besó los labios del policía con delicadeza.

Las palabras que la mujer almacenó durante todos esos años salieron con voz tenue. Como si estuviese contando cómo se hizo una herida de la que jamás se repuso. Una cicatriz abierta que el paso de los años supura historias idealizadas por el tiempo. Ensalzadas en una realidad virtual contradictoria. Dulce y amarga.

—Siempre es el mismo sueño. Estamos en la oquedad de la cueva de las Güixas. En nuestro lugar. Yo te abrazo cerca de la claraboya y tú me aprietas. De repente, un niño muy pequeño, salido de la nada, cae por la abertura y tú desapareces detrás de él intentando sujetarlo. Yo a su vez intento sujetarte a ti, pero finalmente los dos caéis por aquel orificio. Cuando llego, se vuelve un agujero negro que fagocita el entorno. Hay marcas de sangre en el suelo. A continuación, el torbellino se calma y yo me siento frente a él. Ya no me absorbe. Solo contemplo el escenario atraída por su presencia. Después, siento muy fuerte el eterno olor a romero, tanto como si estuviera frotando una rama delante de mi nariz. El aroma lo invade todo. En ese punto me despierto.

Chasis tardó en contestar:

—El romero... —sonrió—. Qué difícil es sujetar a alguien que se está cayendo —añadió.

—Tú sí lo hiciste.

48

Eme bajó la escalera con el corazón desbocado. Los golpes volvieron a sonar más en su interior que en la puerta. Dietter se introdujo en la vivienda con brusquedad nada más abrirla. No sonreía. Venía solo.

—¡Cierre la puerta! —ordenó el oficial con la mano sobre la cartuchera de la Luger.

—¿Qué sucede? —preguntó Eme sin saber muy bien cómo reaccionar.

—Usted y yo tenemos que hablar —dijo con extrema calma.

Eme intentó tranquilizarse a la vez que le daba paso hacia la cocina. Los rescoldos del día anterior estaban ya totalmente consumidos. Olía a carbón y a una pequeña mancha de leche requemada sobre la superficie de la económica. Dietter habló con palabras cortantes.

—Usted es la persona que pasa gente por la frontera. Usted es un *mugalari*. Pasa gentuza que viene huyendo del otro lado, después de quién sabe si atentar contra nuestras tropas o de intentar reventar el Gobierno legítimo que hemos creado en Francia.

—No sé de qué me está hablando. Yo trabajo en la estación. Aquí mismo —añadió—. Usted me ha visto muchas veces. No hago otra cosa.

—¡No me mienta! —interrumpió el oficial elevando el tono de voz—. Sabía esto desde el minuto uno, pero he preferido esperar a que usted diera algún paso en falso. ¿Quiere que le detenga? Se acabaron las caras bonitas. Usted no me ha dicho nada de lo que ocurre y ha tenido tiempo suficiente para hacerlo. ¿Qué se cree? Que yo no tengo informadores muy buenos que saben lo que sucede aquí. Es usted un ingenuo. No sé cómo puede hacer estas cosas con el hijo que tuvo. Me confirmaron que murió en el frente oriental. Lo que interpreté como una mentira era verdad. Y lo más importante, era de los nuestros. Un artista de la madera que fue capaz de crear algo que usted me va a dar ya mismo.

—Todo esto es un delirio —insistió Eme—. No sé qué dice. Usted no puede hacer esto. Está en territorio español. Está fuera de Francia.

—¿No puedo? ¿Quiere ver cómo lo hago? ¿Quiere? No me lo ponga más difícil —sentenció mientras sacaba la Luger de la cartuchera. Le apuntó a la cabeza con naturalidad—. Usted tiene una red de paso de fronteras y me va a decir quiénes son los individuos que trabajan con usted si no quiere que le reviente esa cara de pasmado que lleva instalada desde que he entrado —añadió acercando aún más la pistola a la cabeza—. Seguro que su amigo, el de la furgoneta, está metido hasta el fondo. El pastor puede que también lo esté. Ese hijo de la gran puta. Parece gallego. No sabes si va o si viene. No logro saber si de verdad está con nosotros o juega a dos bandas o a ninguna —aventuró con seriedad.

Eme permaneció callado. Tuvo la sensación de recibir información contradictoria.

—Emeterio, dispone de tres segundos de margen para empezar a hablar. Estoy generoso. Tiene además otros tres para darme la figura que me enseñó el otro día en la buhardilla. Esa estatuilla parece más importante de lo que creemos —detalló—. No tengo reparo en contárselo. Una importancia parece que vital.

La pistola estaba a menos de dos palmos de su cabeza. Un chasquido apenas perceptible en la parte superior hizo dudar al oficial, que alzó levemente la cabeza.

—Está usted solo ¿verdad? Ya sé que su mujer no puede ser la que ha hecho ese ruido. Ella murió hace un tiempo. La tal Rosario no aguantó una enfermedad. ¿Quién hay ahí arriba? —preguntó con rabia—. Es evidente que hay alguien. Tal vez alguna de las personas que pasa, ¿no?

—Nadie. Las casas de madera crujen a menudo.

—No se ría de mí, no me haga ir a buscarla —amenazó apartando la mirada del techo—. ¡¡¡Dígale que baje si no quiere que yo mismo suba por esa puta escalera!!! —añadió gritando.

—No hay nadie —insistió.

Dietter no dejaba de apuntar a Eme. En aquel momento, el llanto del bebé se escuchó diáfano, aunque duró muy poco.

—¿Qué cojones pasa? Eso es el llanto de un niño. O tiene una madera muy juguetona —añadió con sarcasmo.

Eme no respondió. En un estado de máxima tensión pensó en la escopeta que estaba cargada en el armario de su habitación. También especuló con que Dietter era más pequeño que él, aunque el nazi no le daría margen con esa pistola en la mano.

—Vamos para arriba —ordenó el alemán, haciendo un gesto con la mano—. Usted va delante por la escalera. No me la juegue porque me lo cargo aquí mismo como a un perro.

Los escalones hasta llegar a la habitación del piso de arriba se hicieron eternos. Siete a la derecha, después otros tantos a la izquierda. Eme se sintió perdido y sin saber cómo actuar. Lo que tanto había temido estaba sucediendo en su propia casa. Tal vez por su excesiva impetuosidad. Asumió que no tenía que haber recogido al bebé, tampoco a la joven. Lo llevarían a un campo de concentración. O ni siquiera podría salir vivo de allí.

Percibió un miedo egoísta, el único que existe.

«Pero llegado hasta aquí, no debo rendirme —recapituló dudando—. No lo hemos pasado tan mal para que un hijoputa nos asesine sin razón», pensó Eme. Él no era un hombre que arreglase las cosas a tiros, mas si la violencia te visita, no debes dejarla pasar. Jamás. Ninguno de los tres saldría con vida de allí, resumió su cerebro, mirando de reojo la pistola que le apuntaba a escasa distancia.

Al llegar al rellano, las puertas de las dos habitaciones estaban cerradas. Los llantos del bebé no eran fuertes. Solo eran constantes y tenues, como si se acabara de despertar.

—Aquí hay un niño —dijo Eme, señalando la puerta de la izquierda. Volvió a recordar la escopeta de caza que estaba en la de la derecha.

—Eso es evidente. Ábrala y no haga tonterías, que soy de gatillo nervioso —conminó Dietter.

La puerta crujió al abrirse. El bebé, que pareció darse cuenta de lo que estaba pasando, miró atentamente al desconocido que se acercó. La visión le distrajo. Eme intentó meterse en su habitación, pero el oficial se dio la vuelta y lo detuvo sin dejar de apuntarle con el arma.

—¿Adónde cree que va? —lo increpó—. No quiero hacer de niñera.

Fue el único momento de distracción.

Amira, escondida a un lado del armario en el cuarto de la niña, aprovechó el momento y golpeó al oficial en la cabeza con todas sus fuerzas. Dietter cayó sobre el terrazo casi en cámara lenta. El grosor y la largura del tronco que la joven sostenía en sus manos incrementó el tremendo y brutal porrazo. El hombre convulsionó tendido en el suelo durante unos segundos.

La sangre salió a borbotones de la herida. En mitad del desconcierto, Amira levantó de nuevo el tronco con ademán de repetir la acción. Eme intentó evitarlo abalanzándose sobre ella, pero solo esquivó el golpe de lleno. El segundo leñazo fue en el tórax y de refilón, y acabó con las convulsiones del oficial.

Eme y Amira rodaron encima del terrazo a un lado de la criatura, que a esas alturas lloraba abiertamente. El espacio sonoro invadido por el llanto era muy incómodo.

—¡¡¡Estás loca!!! ¡¡¡Qué has hecho!!! ¡¡¡Te has cargado a un oficial nazi!!! Nos matarán —exclamó Eme con una mezcla de desesperación y miedo—. ¡¡¡Amira, estás en mi casa, no tienes derecho!!! ¡Estás poniendo en peligro a todos! ¡Lo has echado a perder! Vendrán aquí y nos llevarán a un campo de concentración. Estamos muertos —vociferó Eme y añadió—: ¡Qué vamos a hacer!

El último grito sonó acompañado de golpes en la puerta.

Silencio.

Tres seguidos y uno más corto.

49

Toc, toc, toc... toc. Volvió a sonar la puerta de la calle. Los golpes en clave rompieron el silencio.

Amira intentó calmar a la niña meciéndola entre sus brazos. En el piso superior, la sangre brotaba de la cabeza del oficial alemán en forma de hilo constante.

Toc, toc, toc... toc. Volvió a sonar, esta vez con más dureza. Emeterio bajó corriendo la escalera, sabiendo que era Horacio. Abrió y cerró la puerta en un suspiro. El conductor, al ver el rostro desencajado de Eme, se alarmó y le preguntó qué había pasado. El hombre no supo qué responder. Solo lo prendió de la mano y lo llevó hasta arriba.

—¿Qué narices está pasando?

Al llegar a la segunda planta, Amira lo miró mientras abrazaba aún más a la criatura.

—¿Qué ha ocurrido? ¿Quién es este tipo? ¡¡¡Es un nazi!!! —exclamó Horacio sin reconocerlo, pues el cuerpo se encontraba tendido de espaldas.

Eme le resumió los últimos minutos de la historia de aquella habitación. Apenas unas cuantas frases entrecortadas por el nerviosismo. A veces, balbuceantes. Otras, con un tono de voz que parecía un omnisciente.

—¡Joder! Es Dietter, ¡joder! ¿Hay algo que pueda empeorar el asunto? No me lo creo. ¡Por Dios! —exclamó el conductor—. Estáis locos —añadió acercándose al cuerpo del oficial—. Pero qué coño os pasa por la cabeza. No os paráis a razonar un solo puto instante antes de hacer las cosas. ¡Joder! ¡¡Qué mal!! ¡¡¡Hostia!!!

La escena era surrealista. Dietter, tirado boca abajo en mitad de la habitación. Amira, con la niña en brazos, temblaba. El bebé era el único que conservaba la calma mordiendo el improvisado trozo de tela comprimida, atravesado con un pequeño palo y untado con unas gotas de miel. La muchacha se miraba las manos, incrédula de lo que acababa de hacer.

El tronco yacía sobre una de las piernas del oficial. Su zamarra negra contrastaba con las sábanas blancas de la cama cercana. La Luger estaba a escasos centímetros.

—Este tipo era un alemán de alto rango. ¡Qué coño estáis haciendo! Nos vamos a ir todos al garete. Joder, ¡¡¡jodeeeeer!!!

—No tuvimos más remedio —dijo Eme por primera vez justificando el escenario—. Entró hasta aquí diciendo que nos había descubierto y que quería no sé qué.

—¿Qué es lo que quería? —preguntó Horacio.

—Contó que sus informadores le dieron mis datos y que quería algo. Cosas absurdas. No entendí lo que me dijo. Tal vez fue un montaje y lo que quería era presionarme.

—¿Presionarte? ¿De qué coño hablas?

—Intentó hacerlo hace ya un tiempo.

—No me habías dicho nada. Tú... ¿mantenías relación con este tipo? —preguntó Horacio.

—Trabajo en la puta estación. ¿Qué querías que hiciera? Le toreaba y le daba largas cambiadas. ¿Qué querías que hiciera? —repitió—, ¿qué lo mandase a la mierda? ¿Estás loco? No le di importancia. Yo ya sabía cómo tratarle. Le conté la historia de mi hijo. Le hacía creer que pensaba como él. Mantenerlo de amigo era una buena estrategia.

—¿Amigo? Ya veo que sigues siendo un puto blando —afirmó Horacio con acritud—. Eso nos matará a todos. Podías haberme informado de ello. Entre los dos hubiéramos pensado cómo actuar, ¿no? Esta gente no hace amistades. Para algunas cosas eres un ingenuo, Eme, de verdad te lo digo.

—A lo mejor tienes razón —expresó el *mugalari* tapándose la cara.

Horacio miró el cuerpo del oficial y recogió la pistola del suelo. Observó el arma con cierta admiración. Su tono, de repente, se relajó.

—La mítica Luger —dijo Horacio con parsimonia y cierta admiración—. El arma preferida del enemigo —añadió sopesándola.

—¿Qué hacemos?

—Deshacernos de él, está claro. Y de todo lo que traía, incluida esta pistola —añadió sin dejar de mirarla—. ¿Alguien le ha visto entrar? ¿A qué hora ha llegado?

—Justo cuando estaba amaneciendo, casi de noche. No creo que le haya visto nadie.

—¿Habrá dejado dicho a sus compañeros de la estación dónde iba o habrá venido de improviso?

—Eso lo sabremos enseguida. En apenas unas horas, si no aparece en su despacho, tendremos aquí algún soldado haciéndonos una cordial visita. Y yo tengo que irme a trabajar en una hora —dijo Eme.

Amira, con el bebé entre los brazos, salió de la habitación en silencio. Horacio y Eme la miraron con el rabillo del ojo de la misma manera. Comenzaron a hablar en voz muy baja.

—Te dije que no te fiaras de nadie. ¿Cómo sabes que la historia de esta mujer es verdadera? No lleva ni unos días y ya ha cambiado todo. Solo falta que te enrolles con ella. Que por otra parte me parece que ya lo has hecho. Se te nota en los ojos —rectificó Horacio.

—La situación está cada vez más compleja. No quiero que te la lleves. Es muy especial y me está ayudando a superar mis historias.

—Sí. Ya lo veo, una persona ideal —agregó con ironía, señalando el cuerpo de Dietter—. No sé si eres consciente de lo que tenemos: un nazi de alto rango muerto y tirado sobre el terrazo de tu habitación, y que tal vez sus compañeros ya lo estén echando en falta y vengan a por él. ¿Te he resumido la situación con claridad o prefieres que me explaye más?

—Amira es...

—Ni idea de quién es —interrumpió el conductor—. Lo que sí sabemos es la que acaba de montar.

—Me recuerda mucho a Rosario —insinuó Eme, bajando la cabeza.

—¿Qué? No, eso no es verdad. ¿Estás ciego? Esta es una cría y es rubia. Tu mujer tenía tu edad y era morena. No te equivoques. No te puede recordar a tu mujer, ¡hostia! Es imposible.

—Sí, sí me la recuerda. Al principio no, pero desde que llegó el bebé lo hace constantemente. La trata con cariño, la mira y la arropa como lo hacía Rosario con nuestro hijo —agregó el *mugalari*—. Me traslada a la imagen de cuando él era pequeño.

—¡¡¡Joder!!!

Tras unos segundos de silencio, en los que Horacio resopló varias veces mientras miraba cómo la sangre del oficial se extendía por una parte de su cabeza, Eme habló con la mirada perdida en el suelo.

—Amira solo es una víctima más de todo este desatino. No hago otra cosa que pensar en ella. Me encanta tenerla entre mis brazos. No te la vas a llevar.

—Yo no voy a trasladar a nadie que tú no quieras. Recuérdalo, somos camaradas unidos en una pequeña causa. Salvando vidas. Llevamos más de noventa pasadas sin error por estas montañas. Y eso no es poco —dijo Horacio y continuó—. Veo que la cosa es más grave de lo que imaginaba. Así que ya hablaremos más adelante de Amira. Ahora necesitamos ser pragmáticos... ¡Qué hacemos con esto! —exclamó señalando el cuerpo de Dietter.

—Lo metemos en la furgoneta. En el compartimento caben dos personas acurrucadas. También un cadáver. Además, este nazi no era grande.

—¿Y?

—Ya veré. Tengo un lugar donde puedo tirarlo o enterrarlo.

—¿En España? ¿Quieres liar una si nos pillan? Además, no puedes tirarlo a la cuneta como una basura. Es una persona.

—Él haría eso contigo —argumentó Horacio.

—Pero yo no con él —cortó Eme.

—Entonces, ¿qué cojones hago? ¿Me desembarazo del tipo en Francia o lo devuelvo a la estación...? ¡Oigan, creo que esto les pertenece!, les diremos a sus compañeros de las SS —añadió gesticulando—. Si tienes alguna idea brillante, se admiten propuestas. Pero una cosa es cierta. Tenemos mucha prisa. No sabemos qué información tienen o, según has dicho, si este tipo estaba en otros asuntos.

Amira, con gran parsimonia, se volvió a reunir con ellos en la habitación e interrumpió la conversación. Sostenía a la niña entre sus brazos. El bebé miraba con curiosidad y tranquilidad.

—La he limpiado. Ha podido tomar toda la leche que le puse en un vaso. Lo ha aprendido ella sola —afirmó la joven—. La necesidad es la madre del aprendizaje.

Horacio y Eme la miraron sopesando la escena.

—¿Qué hacemos con el cadáver de este tipejo? —dijo la joven con seriedad.

Fue la palabra «cadáver» la que pareció hacer reaccionar a Dietter. Articuló dos palabras ininteligibles al tiempo que movió el brazo derecho. Parecía que buscaba su arma. Levantó la cabeza y la giró a ambos lados. Varias palabras inconexas en alemán salieron de su boca. La sangre había parado de brotar.

50

La torre de los Fusileros se encontraba en la margen izquierda del kilómetro 666 de la N-330 en dirección a Francia, justo entre Canfranc Pueblo y Canfranc Estación, pero más cercana a esta última. A trescientos metros de un pequeño túnel y del embalse de la central hidroeléctrica de Ip. El río Aragón discurría unos metros más abajo.

Cartón aparcó el coche en la pequeña explanada de la propia torre. La planta elipsoidal daba a la edificación un aire medieval. Rodeada de un foso perimetral y buena altura, confería a la edificación un porte bello y sólido.

Chasis la observó mientras cerraba la puerta del copiloto. El cielo estaba despejado y se veía muy azul. El sol pegaba con fuerza. Las gafas de sol ayudaban a mitigarlo.

—Cuántas veces al día pasamos por aquí y no le hacemos ni caso. Hace años que no entro —dijo el guardia civil.

—Yo estuve aquí con los niños, pero ¿qué hacemos aquí, jefe? ¿Estamos de turismo?

—Ni idea. Déjame ver qué podemos sacar en claro de todo esto —afirmó Chasis sin dejar de mirar el entorno.

Después de sortear el puente levadizo y hablar con el encargado, los dos policías entraron en el interior de un patio central. La piedra de sillería daba un aspecto de solidez a toda la edificación. Subieron varios pisos y observaron el entorno en busca de algún detalle. Tardaron veinte minutos en hacerlo. A la salida, el sol iluminaba aún más el entorno.

—Muy bonita. Preciosa, aunque no creo que tenga nada que ver con el asunto —sugirió Cartón.

Dieron la vuelta lentamente a la edificación.

—¿Para qué sirve una torre como esta?

—Defensa. Prevenir ataques o rechazarlos. Un pequeño fuerte para evitar que las tropas enemigas incursionen en tu territorio. Aquí podría haber veinte o treinta soldados armados listos para defender la posición y el tráfico por la zona —aclaró Chasis.

—Qué tiene que ver eso con el caso que nos ocupa. Tenemos un par de muertos sobre la mesa y la cosa no está fácil. Desde arriba nos están apretando.

—Lo sé, lo sé. Pensé que la torre podía hacernos pensar de otro modo. Solo eso.

—Desde el punto de vista cinematográfico, a lo mejor el asunto de las runas es solo un *macguffin* —afirmó Cartón.

—Es posible.

Ambos permanecieron en silencio unos segundos.

—Ayer logré hablar con Camino Ostolaza. He quedado a la tarde con ella —aseguró Chasis.

—¿Esa no fue novia tuya? —preguntó con desparpajo su compañero.

Chasis bajó la cabeza.

—Esperemos que no tenga nada que ver en este caso. Al haber tenido una relación con ella, no podría llevarlo. Solo le preguntaré. Dirá cosas parecidas a su compañero de trabajo, Ismael. Después solo quedará pendiente hablar con Nadine, la hermana de Sofía.

—Recopilemos lo que hay hasta ahora —sentenció Cartón, abriendo su libreta y sentándose a una de las mesas exteriores preparadas para hacer pícnics alrededor de la torre. Chasis se sentó enfrente.

—Silván, muerto en la cueva de un tremendo golpe. Por lo que sabemos, hay algo que falta del ritual que había montado en el interior de la cueva.

—Eso es una simple suposición —cortó Chasis.

—Vamos a imaginar que, en efecto, sí hay un objeto que la persona que lo agredió se llevó. También que eso puede ser la razón del asesinato. Partimos de esa hipótesis.

—*Ok*.

—Por otro lado, tenemos a un tipo que vigila las grutas de los Pirineos. José García Méndez, el del CDOS. No sé qué pensar de él.

—El asesino siempre vuelve al lugar del crimen —argumentó socarrón Chasis—. De nuevo, la navaja de Ockham.

Ambos sonrieron.

—Difícilmente defendible y demasiado obvio. Un colgado, diría yo —añadió el sargento—. Por ahora, ahí se queda.

—¿Ana?

—La que descubre el cadáver de Silván es la encargada del centro de interpretación Subterránea. Uy, no sé. Me pareció una persona impulsiva. Estaba muy nerviosa. Tenía heridas en varios sitios —comentó Chasis.

—Convengamos que es normal estar así después de descubrir un cadáver en tu lugar de trabajo —respondió Cartón con ironía.

—Tal vez, ahora que han pasado unos días deberíamos volver a hablar con ella. Estará más tranquila —replicó Chasis.

—Ella recogió la runa que había puesto José en la entrada —dijo Cartón.

—No sé qué significa eso. En este momento, nada. Echan tanta basura. Además, eso es lo que nos contó ella. Puede que no sea verdad y nos la enseñara por alguna razón —insistió.

—Yo la vi sincera. Después, el batik nos llevó a la casa de Güido. ¿Siguen sin llegar las imágenes de las cámaras de seguridad del entorno? —preguntó Chasis.

—Estarán al caer —dijo Cartón—. Se pidieron enseguida. Son de una sucursal bancaria cercana. Según nos han contado, parece ser que, de refilón y muy al fondo, se ve la entrada de la casa del italiano. Quizá nos aporten alguna pista. Por allí no pasa mucha gente. El pueblo es pequeño. Veremos cuando lleguen. La hora de la muerte de Güido ya nos la han confirmado. Miraremos si en ese lapso se ve entrar o salir a alguien.

—La cuestión es saber si el fallecimiento del escultor está relacionado con el de Silván. Si hay alguien que ha matado en serie a dos personas o, por el contrario, estamos en una hipótesis equivocada —dijo Chasis.

—Sofía...

—Está claro que se suicidó. La hipótesis que hablamos ayer de que los tres integrantes de la comitiva al valle de Ip, para aventar las cenizas de Ismael, se hubieran puesto de acuerdo para empujar a Sofía por el barranco es descabellada. No me lo creo. No hay móvil.

Ella daba el tipo de una posible suicida. Su marido asesinado, y la espina clavada que debían de tener ambos por haber perdido a su hija pequeña, creo que es más que suficiente para considerar sacar esa hipótesis del saco de un crimen —afirmó Chasis.

—Sofía podría haber participado en el crimen de su marido, y después suicidarse porque sus remordimientos la corroían. Podría ser —intervino Cartón.

—Solo hablamos una vez con ella, pero no me pareció el tipo de persona de ir a hacer una cosa así.

—O también podría ser una buena actriz y estar hasta las narices de que su marido se ausentara para pasear por ahí —argumentó Cartón.

—Las ausencias empiezan a suceder después de la muerte de la niña. Puede ser una razón potente. Puede que el hecho haya tenido una repercusión muy fuerte en su vida y que se trate de una situación que es incapaz de superar, y por eso se ve envuelto en un torbellino del que no sabe salir.

—Debería ser así —opinó Cartón—. Se me ponen los pelos de punta de pensar que a uno de mis hijos le pueda ocurrir. Solo imaginármelo me enferma —añadió moviendo la cabeza.

La mente de Chasis jugó con él al recordar una parte concreta de su relación con Camino y que mantuvo en su cerebro más tiempo del deseado. Después cogió la runa que se encontraba envuelta en un plástico. La puso al lado de la vista de la torre y las comparó. Daba un halo de misterio.

—La runa que, entre otras cosas, significa «t» y que llevaba encima José García Méndez —dijo Cartón arrastrando las palabras—. Representa la dirección correcta que debe llevar todo. ¿Qué tiene que ver con la torre?

—Protección. Simbología que comparte con la letra. Una torre se usa para lo mismo. Para proteger —añadió Cartón.

—Si es verdad que en el ritual que Silván estaba llevando a cabo en la cueva de las Güixas falta un objeto, puede ser que este se use para la misma función de protección —argumentó Chasis.

—Entonces, alguien necesitaba ese, digamos, amuleto —respondió Cartón.

—Amuleto del que no sabemos ni su forma ni su tamaño ni su color. Nada de nada. Solo una supuesta huella —replicó el jefe—. Si lo unimos con el uróboro de la tela, ya podemos tener el significado del ritual —añadió.

—Dispara —dijo Cartón.

Chasis sacó su libreta y la apoyó sobre la mesa. Con la ayuda de su inseparable lápiz dibujó un esquema de la tela.

—Tenemos una persona atormentada por la muerte prematura de su hija, Zilia. Está terriblemente afectada. Pero no se rinde a la evidencia ni al presente. Y quizá va a intentar devolverle la vida o solo comunicarse con ella.

—Bien, prosigue.

—Vamos a dejarlo en que quiere comunicarse con ella. La tela significa el círculo eterno de las cosas. También la vuelta a empezar. Un ritual con los elementos básicos para comenzar una nueva vida. La clave es el reinicio del ciclo. Intentar crear algo que ayude a devolver a la vida a su retoño, o que venga otro a sustituirlo. De un hijo te enamoras. Muchas veces, el amor es más fuerte.

—Claro, desde el primer día. Pero distinto. Yo lo estoy hasta las trancas de los dos míos —afirmó Cartón—. Más que de mi mujer —remató, categórico y socarrón—. Un niño de tres años te puede llegar a querer, por supuesto que sí. Y también con bastante menos. Reconoce olores, sombras y sonidos amables que le tranquilizan. Ya a los pocos días de nacer tiene incipientes sentimientos de amor hacia algo que no sabe reconocer, pero que, sin embargo, le gusta. La protección, el calor, el alimento. Lo básico. Uno con esa edad ni te cuento. Habla, camina, sonríe, interactúa. En algunos casos hasta escribe letras muy básicas. Pinta, juega, yo qué sé, todo. Claro que ama, a su estilo, y genera mucho amor.

—¿Por qué Sofía no habló de nada de esto con nosotros cuando la interrogamos?

—No sé. La muerte de su marido lo había invadido todo. Tenía la mirada perdida. Es bastante lógico. No sabría decírtelo. Tal vez sea un tema que deberíamos averiguar con su hermana.

—Organiza una cita con Nadine para hablar de ello —ordenó Chasis—. A más tardar mañana a primera hora. Yo por la tarde estaré con Camino.

—¿Quieres que te acompañe?

Chasis negó con la cabeza.

51

Hizo falta más de media hora para que Dietter, con un enorme hematoma en la parte posterior de su cabeza y otro golpe de menor tamaño en la mitad de la espalda, reaccionara. Boca abajo y con las manos atadas a la espalda comenzó a hablar desde el suelo. También a dar órdenes.

Amira había trasladado a Liberté a la parte superior. La escueta buhardilla. En algún momento, y sobre un trozo de tela puesta a modo de alfombra, dejó que el bebé se incorporara e hiciera ademán de gatear. Pero era demasiado pronto. Jugó boca abajo, en la misma posición que el otro invitado de la casa.

Eme y Horacio permanecían impasibles esperando a que el oficial se calmara.

—¿Piensan dejarme en esta posición? —el oficial instó en voz muy alta a sus acompañantes.

No hubo respuesta. El silencio de la incomprensible situación se mantuvo reinando durante largos segundos. Pasados unos minutos, los hombres incorporaron al nazi y lo situaron en una silla. El hueco del respaldo fue muy bien para amarrarle las manos a las dos bases de este. Además, aseguraron con más cuerdas los tobillos a las patas.

—Supongo que se dan cuenta de que he informado a mis subordinados dónde estaba y que, en cuanto noten mi ausencia, vendrán aquí. Hagan el favor de liberarme inmediatamente ¡Se los ordeno! ¡¡Soy *Hauptsturmführer* de las SS!!

—Sabemos quién es —dijo Eme—. No se esfuerce. Lo que no sé es si lo que nos está diciendo es verdad o mentira.

—Usted —amenazó el nazi mirando a Eme a los ojos—. Me engañó desde el primer momento. Le creí con lo de su hijo en el frente oriental. Colaboró muy bien con nosotros, Eme, pero esto de ahora, ¿que significa? ¿No sabía que su amigo colaboraba con nosotros? —remató mientras giraba la cabeza para mirar al conductor.

Horacio miró con descaro el rostro de Eme.

—A ver, ¿qué estás diciendo? Yo jamás he colaborado con este individuo —dijo el *mugalari* dirigiéndose a Horacio—. Este tipo está mintiendo. ¿A quién vas a creer?

—Nos hemos entrevistado varias veces —cortó Dietter—. No te atrevas a negarlo.

—¡Cállate!, hijo de puta desquiciado. Yo no he colaborado nunca contigo —interrumpió Eme en voz alta—. Me juego el tipo por sacar gente de ese país al que habéis invadido con tanta tranquilidad.

—¡Sí, sí lo has hecho! —volvió a la carga el alemán.

Eme resopló ante la insistencia.

—Vas a conseguir que también te tapemos la boca, maldito cabrón —dijo Eme.

Horacio sostenía la Luger del oficial de manera distraída.

—¡Esa arma es propiedad de la Wehrmacht! ¡Haga el favor de dejarla en mi cartuchera! ¡Se lo ordeno!

—Por favor, le ruego que se calme —sugirió Eme—. Y deje de gritar porque no le va a servir de nada. Esta habitación es la más interior y los dueños de la casa de al lado murieron hace ya un año. Está usted bien aislado.

—¿Qué piensan hacer conmigo?

—Aún lo tenemos que decidir —intervino Horacio.

—No tienen otra posibilidad que liberarme. Será la opción menos mala para ustedes.

—Estamos considerándolo —respondió el conductor.

—Les diré una cosa: es mejor que me maten —añadió contradiciéndose el oficial—. Porque ustedes ya son hombres muertos. Hagan lo que hagan, no tienen un futuro más allá de unos días. Esto no va a quedar así —amenazó—. Tal vez yo no, pero mis camaradas llegarán de un momento a otro y ajustarán cuentas. Son soldados alemanes. Están entrenados para disparar ante la más mínima duda. Los aplastaremos como a cucarachas. Vendrán en mi búsqueda y este patético tinglado que tienen ustedes aquí montado saltará por los aires. ¿Ahora que son?, ¿una guardería? ¿Quién está atendiendo al bebé? Se oye desde aquí que hay alguien con esa criatura. ¿Es la persona que me ha atacado, o ha sido usted? —preguntó desorientado—. ¿Quién de los dos me ha golpeado?

—Ninguno de nosotros dos lo hemos hecho. Seguro que le sorprendería saber quién fue. Pero olvídese de ese asunto. Observo que es usted muy impulsivo. Llegado este punto, no creo que nadie tenga conocimiento de este lugar y menos que sea verdad lo que nos está contando —aventuró Eme—. Puede que haya salido de su despacho pensando que aquí no iba a encontrar dificultades. Sin decir nada a nadie.

—Se lo juro, saben dónde estoy y aparecerán tan pronto como se den cuenta. Somos unidades del ejército más poderoso de la tierra. La Wehrmacht. No hacemos las cosas por impulsos. Todo está organizado y previsto. Pagarán por lo que han hecho.

Eme negó con la cabeza. Horacio asistía al diálogo sin intervenir.

—Va a tener que calmarse, porque nuestra baza ya está decidida. Igual perdemos, no lo descarto, pero nos la jugamos a que nadie sabe que usted está aquí.

—Soy un prisionero de guerra. Exijo que me desaten y atiendan mis heridas.

—Cálmese. No es prisionero de nadie. Nosotros no somos ni soldados ni policías. Somos gente de la calle que aporta su grano de arena en este desatino que ustedes han montado. Sí, ustedes —repitió Horacio de manera categórica.

Dietter cambió de estrategia. Seguía estando muy nervioso.

—Les prometo impunidad. Pasaré por alto este gigantesco chichón que me han hecho. Se lo juro por el Dios que prefieran.

—Hombre, será por uno en el que crea, de lo contrario ese juramento del que habla sería muy ridículo —sonrió el conductor.

—Vamos a hacer un trato. Ustedes me liberan y yo no los denuncio.

Horacio y Eme se miraron con curiosidad.

—Bueno, es una promesa que nos evitaría una buena cantidad de problemas, ¿por qué íbamos a hacer eso? Y, sobre todo, por qué íbamos a creerle —sugirió el conductor.

—Vamos, vamos, están perdidos. Ustedes no son asesinos. No van a ser capaces de matarme y arrojarme a un descampado. Lo veo en sus ojos. Son buenas personas, tal vez equivocadas de ideología, pero nada más. Les juro que si me liberan, no abriré la boca.

—¿Solo a cambio de la libertad? —preguntó Eme con recelo.

—Bueno, yo había venido aquí a buscar un objeto. Me lo han requerido mis superiores —admitió el oficial—. Será un pacto entre caballeros: me dejan marchar con él, y les juro que yo no tomaré represalias. Les doy mi palabra. La de un oficial de la Wehrmacht —añadió con solemnidad—. Con frecuencia hacemos esto de intercambiar prisioneros. Ya saben, la guerra tiene unas normas.

—Ustedes se pasan esas normas por el forro de los cojones —espetó Horacio a poca distancia de su rostro.

Eme mantuvo la vista en el suelo. Horacio le miró esperando una explicación. Al no tener respuesta, terminó preguntando.

—¿De qué está hablando? No sé a qué objeto se refiere.

—Su hijo fue una gran persona —aduló el oficial—. Me lo han contado mis superiores por carta. Se llamaba Estanislao, como el primer presidente de la Primera República Española —habló en un tono que pareció respetuoso—. Entiendo que la elección del nombre no fue casualidad. Fue lo único malo que tuvo —sonrió—. También fue un buen artista de la madera. Supongo que se lo enseñó usted —dijo mirando a Eme.

—Todos en la familia sabemos tallar, pero él era especialmente habilidoso en ese campo, tenía ese don —explicó Eme—. Si no hubiera sido por sus ideas equivocadas, habría terminado siendo un gran tallador. Aquí, con nosotros. Ustedes tienen la culpa de su final.

—Su hijo cooperó de manera voluntaria en nuestra causa. Eso fue así, que no se le olvide. Según me han informado, estaba muy convencido.

—Una mierda —respondió Eme—. Estaba convencido de aquello que se puede estar a esa edad: amistades extrañas que le inculcaron la peregrina idea de enrolarse en la División Azul; la genial ocurrencia de apoyarles para invadir la Unión Soviética; pájaros en la cabeza e historias de adolescentes tardíos sin madurar. Pero al final habría recapacitado. Justo al final de todo —añadió en voz muy baja.

—No sé de qué estáis hablando —cortó Horacio.

—De nada —afirmó Eme—. Este hombre está delirando.

—Yo no le conocí —reconoció Dietter con voz profunda—, pero mis superiores me contaron que estaba en el frente y se reunía con activistas nuestros de la Deutsche Ahnenerbe. Estaba convencido de crear una religión basada en la pureza de nuestra raza. A pesar de que él no era ario. Eso pasa con cierta frecuencia. Los que con más fuerza defienden una idea son los acólitos venidos de fuera que creen en nuestros ideales, y solo por eso son bienvenidos. Su hijo era de los nuestros. Realizó la talla allí mismo. Participó en reuniones importantes.

—Estaba obsesionado por la sociedad Thule. Por el ocultismo, por lo esotérico. Creía a pies juntillas en esas cosas, pero fue debido a sus amistades extrañas, yo jamás le hablé en esos términos —afirmó Eme con rabia—. No pude sacarle esas ideas de la cabeza.

Horacio asistía al diálogo con perplejidad.

—Ustedes son los culpables de todo —proclamó Eme, absorto en sus pensamientos—. Deberíamos matarle aquí mismo —vociferó mientras le arrebataba la pistola a Horacio.

La ira se apoderó del templado Eme. En un instante, el *mugalari* se había levantado y había puesto el arma sobre la cabeza del oficial.

—Por gente como usted, yo no tengo familia —escupió con rabia.

El cañón de la Luger tembló en las manos de Eme, a dos centímetros de la frente parcialmente ensangrentada de Dietter. Horacio intentó pararlo sujetándole el antebrazo, sin embargo, Emeterio lo apartó de un manotazo.

Todo parecía acabar, pero el tiempo se dilató...

—¡Hazlo! —La voz femenina atravesó el espacio sonoro. Los tres miraron hacia el quicio de la puerta. Amira, sin la niña, volvió a repetir lo mismo—: ¡Hazlo!, dispara a este hijo de la gran puta. El mundo será un poquito más amable sin él.

Horacio se mantuvo quieto sin decir nada. Tal vez fueron las órdenes de la mujer las que hicieron que Eme bajara la pistola.

—Yo no soy un asesino.

—Él sí lo es —afirmó Amira.

—No quiero ser como él —manifestó Eme guardando el arma.

—Ustedes no tienen valores. Nosotros, sí —intervino el nazi con tono socarrón—. Para vivir es necesario tenerlos. Aunque eso conlleve hacer cosas inexplicables en un primer momento.

—Maldito cabrón. Todo se ha removido desde que usted está en la puta estación —dijo Horacio señalándole—. Otto era igual de nazi, sin embargo, estábamos mejor con él. La cosa se encontraba más calmada. Nadie se metía con nosotros.

—Otto tuvo lo que se merecía.

La mujer había desaparecido escaleras arriba. Los dos hombres centraron su atención en Dietter mientras lo interrogaban con la mirada. El nazi las esquivó.

—¿Qué sucedió con su antecesor? —preguntó Eme.

52

Otto se mantenía en el lado del copiloto.

La carretera desde Urdos era estrecha y serpenteaba en dirección a la frontera con España. La subida hasta el puerto de Somport tenía un fuerte desnivel. El piso estaba muy resbaladizo. La nieve amontonada a los lados hacía que el ruido del motor del Volkswagen Kübelwagen rebotara. La cruz gamada viajaba dibujada en mitad de las puertas laterales.

El frío se colaba en el interior del vehículo. En la curva del comienzo del puerto había un pequeño rellano con la anchura exacta para poder cruzarse con alguien que viniera en dirección contraria. Dietter, que se hallaba a los mandos, detuvo el coche justo al abrigo de uno de los primeros árboles del bosque cercano.

—¿Qué sucede? —preguntó Otto.

—No lo sé —respondió el conductor echando el freno de mano—. El coche se ha quedado sin potencia. No acelera. Así será difícil subir el puerto. Creo que se debe haber calentado. Voy a echar un vistazo.

El conductor se bajó y empezó a hurgar en el motor apagado. Todo parecía estar en funcionamiento. Revisó el nivel del aceite y las correas. Haciendo tiempo con un trapo, retiró la suciedad de una esquina. Otto se apeó mientras se cerraba el abrigo tres cuartos negro de su uniforme.

—¿Puedo ayudarle? —preguntó a la vez que se acercaba.

La Luger de Dietter lo encañonó sin miramientos.

—Pero ¿qué hace?

—Con que saliese del vehículo por sus propios medios ya es suficiente ayuda para mí —dijo Dietter mientras le arrebataba su pistola reglamentaria.

—¿Qué hace? ¡Le ordeno que baje el arma! ¡Se ha vuelto loco!

—Vamos, camine —determinó sin dejar de apuntarle mientras señalaba el bosque.

—¿Qué significa esto? —dijo Otto empezando a andar por la nieve—. Usted no puede detenerme. ¡Le ordeno que baje el arma! ¿Qué es lo que pretende?

La nieve recién caída les llegaba a los tobillos y se asentaba sobre capas antiguas convertidas en hielo. No anduvieron mucho. Apenas unos cincuenta metros cobijados de miradas humanas y plenas de vegetación nevada.

—Tengo familia —imploró Otto con serenidad—. Déjeme ir y pasaré por alto esta situación. Nunca me fie de usted, a pesar de haber estado juntos en muchas ocasiones. Viene de hacer barbaridades. Sé lo que pretende —admitió deteniéndose—. ¡Qué vergüenza! Un militar de la Wehrmacht no actúa así. Somos oficiales de alto rango y tenemos códigos de honor. Usted no tiene conocimiento de lo que significa eso. ¡Le ordeno que baje la pistola inmediatamente!

—¡Cállese! —interrumpió Dietter—. Ha estado boicoteando una y otra vez toda la información que llegaba a la zona referida al objeto que buscamos.

—Lucho por mi país. Las historias esotéricas y prodigiosas no me interesan. Soy un militar. Sé de armas y de tanques, no de brujas.

—¡Cállese!

—Entiendo su manera de pensar, aunque no la comparta —dijo Otto.

—Lucha a su manera, y en esta misión no podemos permitirnos fracturas —afirmó Dietter sin dejar de apuntarle.

—Usted y yo estuvimos juntos en la operación Colibrí, en Múnich. Eso fue hace años. Éramos más jóvenes. Ahora, con la edad, veo las cosas de diferente manera —argumentó Otto.

—Yo sigo pensando igual que entonces —replicó Dietter—.

Allí hicimos una buena purga de disidentes y maricones. Y el pogromo del treinta y ocho fue aún más divertido.

—Cómo puede hablar de diversión, somos militares.

—Usted tenía una misión —interrumpió Dietter—. Encontrar el amuleto.

—La lucha de la Ahnenerbe es algo sin sentido. Yo no creo en lo sobrenatural —dijo Otto.

—Se equivoca. Sabemos compaginarlo con la ciencia. Formar nuestra propia religión nos hará más fuertes. No dependeremos de la religión cristiana y tendremos un poder único. La organización trata de investigar muchas cosas y a todos los niveles, desde el origen de nuestra raza aria hasta estudiar nuestra ascendencia en excavaciones arqueológicas. La ciencia está dándonos la razón. Se busca en los lugares más recónditos para confirmar cómo y dónde comenzó a existir el pueblo germánico. Y apoyamos innumerables expediciones de investigación allende nuestras fronteras. Hemos llegado al Tíbet, a Islandia y a las islas Canarias en busca de momias guanches. También a Sudamérica. Pronto estaremos en Crimea rebuscando cereales antiguos. Heinz Brücher es nuestro botánico, miembro de la Ahnenerbe, claro.

Otto mantenía la cabeza baja mirando la nieve. El sonido de las palabras de Dietter parecía aislarle aún más de la situación.

—Sabe que, creados por la Ahnenerbe, tenemos cientos de institutos y centros de investigación repartidos por toda Alemania. Buscamos leyendas, tradiciones, ciencias ocultas, geografía, física nuclear... Somos punteros en innovación. Alemania es el líder militar, pero también lo es en investigación.

—¡Se han vuelto locos! —interrumpió Otto—. Los militares de verdad como yo creemos en el wolframio. En el puto tungsteno que sirve para blindar nuestros carros de combate de los misiles enemigos. Lo pagamos a precio de oro —ironizó Otto.

Por un momento, Dietter parecía que escuchaba, pero no era así. Otto prosiguió en un intento desesperado de revertir la situación.

—Mi misión es mantener ese tráfico fluido desde Canfranc, no buscar cosas raras en la que ustedes creen —afirmó Otto—. Las batallas se detienen y se ganan con buen armamento y militares excelentes. Concentren sus esfuerzos en ello, por Dios, y déjense de historias absurdas. Quizá, todavía podamos ganar la guerra.

Dietter negó con la cabeza.

—Están ustedes en un error —insistió Otto.

—No, no lo estamos. Nuestro trabajo es laborioso. Buscamos archivos de brujas —replicó Dietter en un estado de exaltación—. Ellas desafiaban al cristianismo. Quizá, alguna de las que hemos hallado sea una ascendente de Himmler. Lo estamos investigando. Sería un orgullo. Sus historias las haremos nuestras. Estamos realizando descubrimientos científicos, estudiando las costumbres, la alimentación, las semillas en los pueblos nórdicos. El que parece que es el origen de la raza aria. Todo ello siguiendo el legado de nuestro amado Guido von List, dando alas a la ariosofía, y también de Jörg Lanz von Liebenfels. Juntamos ciencia y ocultismo. Creemos en las runas, no solo para utilizarlas de alfabeto, sino como medio para desencriptar secretos. Recuperamos los textos de famosos alquimistas. Buscamos libros como la Torre roja, textos del conocimiento de lo oculto. Trabajamos en experimentos para mejorar la medicina en humanos.

—Por desgracia, creo saber cómo se están haciendo esas pruebas con los prisioneros en los campos de concentración —rebatió Otto negando ostensiblemente con la cabeza—. Nada de eso será suficiente —añadió en voz baja.

—No se preocupe, en previsión de alguna contingencia, que no se producirá, estamos poniendo a salvo todos los miles de textos almacenados que llevamos recopilados en el castillo de Wewelsburg y en Berlín, y los llevaremos a Waischenfeld. Protegeremos nuestro trabajo. Demostraremos que somos un pueblo más eterno que los dos mil años de Roma. Tenemos descubrimientos de arados más antiguos que lo demuestran. La Ahnenerbe es, en sí misma, nuestra arma secreta. Está apoyada sin fisuras por nuestro amado Heinrich Himmler. Además, les debemos obediencia. Las órdenes de nuestros líderes son sagradas.

—Usted es el que está errando. Hemos tenido toda la obediencia del mundo, pero nuestra misión ahora es bastante más pragmática y menos esotérica. Parar esta puta guerra con dignidad, no como en la anterior. Y lo antes posible.

—Veo que no ha entendido nada —expuso Dietter—. Cuando se está con nuestro Führer, debe hacerse de manera global. La situación en el frente oriental urge. Y sabremos darle la vuelta. Los bolcheviques serán derrotados. Necesitamos descubrir cualquier recurso que nos pueda hacer invencibles. Para entender esto hay que pensar de manera integral y no contradecir las órdenes que vienen desde arriba. Somos un conjunto y gracias a eso funcionamos con precisión.

—Yo soy leal a Alemania. Pero sé cuándo estamos cometiendo un fallo.

—Usted estaba boicoteando las órdenes que llegaban firmadas por el mismísimo Himmler. Las almacenaba sin hacer nada.

—Eso no es cierto —argumentó Otto a la desesperada.

—Sí, sí lo es. Sospechaba de usted. Por mi parte informaré a mis superiores que el oficial Otto se ha perdido, digamos, en una noche de ventisca y que no lo hemos vuelto a encontrar. El tiempo aquí es muy traicionero...

—La guerra es la que está perdida. Como bien dice, nos están machacando en el frente oriental y no creo que vayamos a darle la vuelta. Pero le añadiré también que no conseguimos doblegar a Inglaterra. Los norteamericanos casi con total seguridad terminarán entrando en el conflicto. ¿O es que no se da cuenta de eso? Es casi una realidad. Esta situación hay que revertirla con criterio. Somos una nación única y poderosa. Debemos admitir lo que estamos haciendo mal. Nuestro Führer...

—Además, sus hijos pertenecen a la Rosa Blanca —interrumpió Dietter con desprecio.

Otto tardó en contestar.

—No somos responsables de lo que hacen nuestros hijos —respondió en voz baja—. Le aseguro que los eduqué en la búsqueda de nuestros ideales. Pero no sé qué sucedió, tal vez malas amistades.

—Ya sabrá que los hemos detenido no hace ni dos días. Tenían en su posesión panfletos contra la nación alemana. Varios más de la organización han caído. Los juzgarán rápido. Los pasaremos por la guillotina.

—Lo sé, lo sé —admitió Otto mientras bajaba la cabeza—. Déjeme, por Dios, ir a...

—No puede haber fisuras. Por ellas se cuela el enemigo —cortó Dietter...

El disparo sonó apagado.

La nieve hizo de silenciador en mitad del bosque. El olor a pólvora dejó paso al agrio de la muerte.

Algún copo cayó de las ramas mientras el cuerpo sin vida de Otto se desplomaba sobre la nieve. Se deslizó un metro hasta quedar atrapado entre las bases de dos troncos caídos. La bandera, formada por el rojo, el blanco y el negro, quedó sumida en el silencio de una esquina apartada del bosque. El cielo encapotado amenazaba con una nevada.

Dietter regresó al automóvil. Arrancó a la primera y comenzó el regreso a su base, en Canfranc Estación. Las ruedas patinaron un poco al salir del recodo del camino. Los primeros copos de nieve se depositaron con delicadeza sobre el cristal del automóvil. La copiosa nevada duró dos días enteros sin detenerse en ningún momento.

53

—Nada. Yo qué sé, lo trasladaron. Qué importa. Otto era un capitán muy especial. Tal vez tuvo un accidente. Quizá algunos de los suyos lo estaban esperando. Eso qué importa ya —dijo Dietter—. Era un tipo ambiguo. Yo creo que no estaba con nosotros, que era un traidor a la causa.

Los ojos de Eme y Horacio intuyeron algo, pero fue el segundo el que tomó la palabra en forma de pregunta.

—¿Has hecho desaparecer a Otto?

El oficial no emitió palabra. El conductor insistió y miró a su amigo Eme con cara de sorpresa.

Por unos instantes, pareció que el capitán se estaba derrumbando. No negó ni aseveró nada. Cogió aire. Un hilo de sangre comenzó a correr por su frente. La herida se había abierto levemente. Parte del pelo la canalizaba. Eme se acercó con un trapo y se lo puso en el corte. El hombre cerró los ojos y agachó la cabeza. Se escuchó un *danke* muy bajo cuando el *mugalari* apretó con suavidad la cabeza del alemán.

Horacio se acercó y comprobó que las ataduras de su improvisado prisionero estuvieran bien puestas. Después agarró del brazo a Eme y salieron de la habitación cerrando la puerta. Dietter los escuchó hablar en la lejanía, pero no fue capaz de entender lo que decían.

—Este tipo se ha deshecho de Otto —concretó Eme, alarmado.

—No lo sé ni me importan sus líos. Esta gente funciona así. Me da igual. Céntrate en lo que tenemos aquí delante.

—La pregunta es muy clara —dijo Horacio con nerviosismo—. ¿Qué narices hacemos con este individuo? Es evidente que en breve lo echarán en falta. Si lo soltamos, nos va a delatar. Eso es seguro. No me creo toda esa palabrería que nos ha contado. ¿A qué se refiere con la talla? ¿Una de las que hacía tu hijo?

Eme afirmó con la cabeza.

—¿Por qué la quiere?

—No lo sé. Desconozco lo que sucedió allí, en Leningrado. Yo recibí esa talla enviada por mi hijo desde las trincheras, cuando aquello empezó, junto con una carta. No sé qué pasó allí ni las compañías con las que tuvo relación. Creía apasionadamente en la Ahnenerbe. Pero ese pliego, aunque estaba en unos términos habituales suyos, eran raros. Tal vez, el ver tan de cerca el horror le hizo replantearse su situación. Es una teoría a la que me agarro con desesperación, para pensar que mi hijo era de otra manera a como lo conocí cuando abandonó todo esto..., su tierra y su casa.

—¿Dónde está esa talla?

—En la buhardilla. Es un simple objeto. Se podía enviar por correo desde el frente.

—Bueno, vamos a hacer una cosa. Este lugar ya no es seguro. Lo hemos perdido. Hay que salir de aquí en cuanto sea posible. Vamos a barajar la hipótesis de que Dietter no ha dejado dicho dónde está. Ya sé que nos la jugamos, pero es un riesgo que hay que asumir. Tenemos que deshacernos de él enseguida. El plan es el siguiente: metemos a Dietter, amordazado y maniatado, en el hueco de la furgoneta, y nosotros nos refugiamos en Urdos. Antes de llegar, lo abandonamos en una de las curvas más discretas y que tenga un bosque frondoso contiguo. Conozco bien el recodo. Y nosotros seguimos hasta Urdos. Allí aguantamos hasta que podamos. Por ahora, la casa de Cloe es segura.

—¿Y la camioneta? En cuanto se libere, Dietter mandará a buscarnos por todos los lados.

—La casa de Urdos tiene un cobertizo y allí puede caber. Alguna vez lo he hablado con Cloe.

—No es muy lógico que vayamos a Francia, donde los bestias estos tienen todo bajo control. En España estaríamos mejor. Joder, me parece una idea peregrina. ¿Ir al sitio en el que están los nazis?

Creo que estamos nerviosos y pensamos gilipolleces. No podemos ir allí. En este momento, Francia no es Francia, se llama Alemania.

—Vale, vamos a España. Pero ¿adónde? En mi casa de Jaca es imposible. No quiero implicar aún más a mi mujer, bastante hace con los documentos. ¿En la fonda? Demasiado tráfico de alemanes e implicaríamos a Juliano y su mujer. Angelines no lo permitiría. El resto de los contactos está muy lejos. Imposible aparecer por allí. Aquí no hay nazis, pero sí guardias civiles. Moverse por carretera también está complicado.

—Es increíble —concluyó Eme—. También luchamos por Angelines.

—Tranquilo —alegó Horacio—, cada uno intenta superar el horror como puede. No hay nada que reprochar a nadie.

—Te recuerdo que además tenemos una niña.

—La pasas esta noche a Urdos. Por la montaña, junto con Amira. Yo iré solo en la furgoneta con el alemán. Están acostumbrados a verme pasar. Solo, aún más fácil.

—Buffff..., joder..., no sé si es un plan muy estudiado. Tú conduciendo solo con él. No sé si es buena idea. No debería saber que vas solo en la furgoneta. Eso está claro. No debe saberlo. Tal vez intente algo.

—Proponme algo más apetecible —dijo Horacio—. Pero ya mismo, porque esta situación no puede demorarse. Nos reuniríamos donde Cloe y allí aguantaríamos hasta ver las cosas más claras. La francesa está muy preparada. Incluso tiene un pasadizo por fuera de la casa. A pesar de todo, yo estaría más seguro allí.

—¿En el país ocupado por el lobo? Yo no lo veo —respondió Eme.

—Con el oficial vivo no abarcamos muchas bazas. Removerá los infiernos para encontrarnos. De eso estate seguro. Este tipo de gente no perdona.

—Por eso ir a Francia me parece una insensatez.

El silencio fue interrumpido por breves sonidos del bebé en la buhardilla. El escenario era surrealista.

Eme y Horacio se miraron a la cara, pero no supieron responderse.

—Es tan fácil como apretar ese gatillo —afirmó Horacio—.

Luego lo hacemos desaparecer en algún lugar del bosque. Incluso podríamos seguir en esta casa. Todo volvería a la casilla de salida. La vida del enemigo no vale más que la nuestra. Por qué arriesgarla...

—Vaya opciones de mierda.

—Sí, habría sido mejor que el golpe de Amira hubiera sido un poco más contundente y así tendríamos un problema menos. Lo tiramos en una cuneta y ya está —apuntó Horacio con desprecio—. ¡Qué mierda!

—Tenemos lo que hay. No conjetures. Piensa en hacer encaje de bolillos para que todo cuadre y no perdamos nosotros la vida por no hacérsela perder a este cabrón.

La voz de Dietter recorrió la estancia. Eme entró en la habitación seguido por su amigo.

—Necesito ir al baño.

Horacio agarró la Luger y encañonó al alemán. Luego miró a Eme.

—Si soy un prisionero, quiero que se me trate como tal. Con dignidad.

—Le repito que nosotros no somos soldados, y aunque lo parezca, usted no es nuestro prisionero.

54

La noche caía sobre la inmensa montaña de la Collarada. El pico hacía el papel de gigante nevado dispuesto a acunar la oscuridad. La cueva de las Güixas ejercía de casa para unos pocos.

Con habilidad, Emeterio se coló en su interior por una especie de claraboya situada en la parte superior. Miró en todas las direcciones, ya que sabía que las cuevas se estaban utilizando de alojamiento para los «batallones de castigo». Prisioneros de la Guerra Civil Española puestos a trabajar en condiciones infames. Pero dio la impresión de que ese día no había nadie.

Hizo todo con rapidez. Miró la estatuilla del soldado nazi por última vez, pensando que tal vez tuviera el poderío que le contó su hijo. Le había librado de Dietter en el momento en que este registraba su casa, y eso era significativo. En un acto que le pareció contradictorio, por lo que representaba, acarició la esfinge del alemán tallada en madera. Besó también dos pequeños objetos de Rosario, su mujer, y los introdujo en el parco hueco que tenía en la parte de la espalda de la figurilla, sellándolo con la propia madera y con un poco de tierra húmeda.

La envolvió en una tela. En una fisura lateral de la pared de la gruta dejó la figura y la tapó con tierra y varias piedras. Se mantuvo un instante pensando que lo que acababa de hacer era un ritual sencillo de enterramiento de Estanislao, su propio hijo. Una losa llena de aristas clavada en su mente. No haber podido dar sepultura digna a su hijo. Ni siquiera tener su cuerpo cerca para hablar con él. Nadie repatrió el cadáver. Solo le informaron que se le había dado sepultura. Él creyó que le decían la verdad, pero eran solo palabras. No sabía ni dónde ni cómo. Quién sabe si lo habían olvidado en algún túmulo en el campo o enterrado en una fosa común de algún cementerio oculto. O quizá fuera todo mentira y su cadáver fue comido por los animales en algún lugar alejado de Dios. A pesar de la distancia, Estanis era su hijo.

Por su cabeza pasó también la imagen de Rosario. Se quedó quieto y se trasladó al día de su muerte. Una enfermedad que se alió con la melancolía de su único hijo perdido en un frente de batalla muy lejano.

Este sería su reposo en forma testimonial. La cueva le daría abrigo y dejaría que, aunque no su cuerpo, al menos su alma descansase en paz. Su mujer y su hijo reposando juntos. Emeterio sintió paz.

Se arrodilló y tocó con respeto las piedras que lo cubrían. Imaginó que, tal vez, aquel amuleto tuviera la potestad de rehacer su vida. Quién sabe si con Amira, pensó con dudas. La imagen de las dos jugó en sus recuerdos como si fueran pelotas rebotando entre paredes. Después leyó mentalmente las dos cartas. Las recordaba letra a letra. Una la recibió nada más llegar su hijo a Leningrado. La segunda estaba escondida en el interior de la propia estatuilla.

Leningrado, 25 de agosto de 1942

Queridos y venerados padres Emeterio y Rosario:

Por la presente espero que se encuentren bien. Yo acabo de llegar al campo de batalla y las condiciones son muy duras, pero por ahora nos dan de comer bien. Hace frío a pesar de las fechas, y se hace más intenso cuando llega la noche. No creo que se nos eche el invierno. La ciudad caerá en breve. Están sitiados y sin comida, por lo que se rendirán de manera inmediata. Nos están reagrupando en las divisiones alemanas que ya estaban aquí. Asediamos la ciudad por el flanco sur. Esto acabará muy pronto.

Me quedé muy triste por la manera en la que nos despedimos y ahora, viendo lo que estoy viendo y a la distancia, pienso que fui un poco injusto.

Me gustaría disculparme con ambos. Mis ideas son las que son y no las cambiaré nunca. Jamás, por mucho tiempo que pase. Estoy aquí defendiendo ideales que son ciertos. Pero eso no quita que ustedes sean mis padres y les deba el amor que les profeso. Sirvan estas letras para ello. Padre, dígale usted a madre que pronto estaré de vuelta en casa y dele un fuerte abrazo de mi parte.

Esta guerra es nuestra y acabará pronto. Los comunistas no tienen nada que hacer frente a nosotros. Están desunidos. En cambio, nosotros peleamos todos juntos. La Ahnenerbe es sólida y cada día que pasa crece un poco más. He hecho buenas amistades incluso en los altos mandos que dirigen las tropas y que están apoyando las investigaciones.

Por mi parte, trabajo las runas y estoy aprendiendo alemán. Seguro que será una lengua de largo alcance.

Dicho esto, ya sé que no piensan como yo, pero estoy convencido de que a mi regreso sabremos hablar y reír juntos entre esas montañas de los Pirineos que tanto amo.

Suyo.

Estanislao Gascón, miembro del Tercer Regimiento de la gloriosa 250.ª División de Infantería

El otro escrito, fechado apenas unos meses después, hablaba en términos muy distintos...

Leningrado, 25 de octubre de 1942

Queridos y venerados padres Emeterio y Rosario:

Por la presente espero que estén bien. Les envío esta misiva porque las cosas han cambiado mucho. Nos controlan todo lo que enviamos, en especial si son cartas que cuentan lo que estamos viviendo aquí. La figura que envuelve esta misiva es un objeto que se ha convertido en un fetiche para nosotros. Es algo muy extraño. No sé si nos estaremos volviendo locos o qué, pero me explico: si la figura está cerca, actúa como un amuleto de la suerte. Nadie alrededor suyo ha caído y ni siquiera ha sido herido. Los jefes de la Ahnenerbe la han considerado así.

Lo que estoy viendo aquí no es lo que yo esperaba. Sigo creyendo en mis ideales, aunque el horror es a veces insuperable.

A través de un enlace, he hecho desaparecer la figura en cuestión. Ojalá que llegue a destino. Espero que sea usted capaz de saber que, como usted me enseñó, la estatuilla tiene un pequeño hueco donde van estas palabras. Está hecha con todo el detalle del que fui capaz, que es el que usted me enseñó, padre. Basado en la taracea, ya sabe. Qué absurdo pensar que una cosa así pueda tener o dejar de tener energía. Los poderes son los que te dan tus propias manos. Aquí lo estoy viendo en primera persona. Se la envío porque de ser cierto lo que les he contado, prefiero que sean ustedes los que la tengan. Consérvenla y ojalá le dé suerte a madre y también a usted.

Me acusarán que yo he sido el que la he hecho desaparecer y me va a ser difícil convencerlos de lo contrario, pero ya lo tengo decidido. Tal vez, esos paseos por los Pirineos en compañía de ustedes deberán esperar. Lo que ellos consideran traición, aquí se paga con la muerte inmediata y quizá estas sean mis últimas palabras.

Abrace con fuerza a madre.

Estanislao Gascón, miembro del Tercer Regimiento de la 250.ª División de Infantería

Eme recordó que el paquete llegó a través de un compañero herido unos días después de que la carta oficial, que explicaba que su hijo había muerto en acto de servicio durante el asedio a la ciudad soviética, llegara a casa. Y todo se precipitó porque Rosario ya estaba muy enferma y al principio no quiso contarle nada de esto. Lloró en solitario las penas amargas que el destino le había proporcionado mientras cuidaba de su mujer. Lo único que no llegó a saber Rosario fue que, casi con toda seguridad, Estanis había sido asesinado en nombre de una extraña organización llamada Ahnenerbe. Es decir, por sus propios correligionarios.

Eme tocó la piedra con respeto y escuchó voces en el fondo de la cueva. Se asomó con cuidado desde el quicio de uno de los recodos. Agazapado, vio como bastantes metros más abajo varios prisioneros intentaban pasar la noche. Habían hecho fuego y se arrimaban a él para paliar el frío. Unas mantas y el duro suelo hacían de lecho. Pensó que tendrían la misma juventud que la de su hijo cuando marchó al frente.

Nada más salir apretó el paso antes de que oscureciera aún más.

55

Las vistas desde el piso que Camino compartía con Telmo, su actual pareja, eran al río Aragón. La intensidad del rumor del río dependía del cauce. Al asomarse al balcón, ella tuvo la sensación de estar en un escaparate natural. Se cambió Saturno de oreja. Después, salió de su casa.

Chasis repiqueteó los dedos sobre la mesa de su despacho. Observó la plaza de Europa justo delante del puesto de la Guardia Civil de Canfranc. Tragó saliva al ver a Camino atravesarla y acercarse. En su mente se colapsaron tantos recuerdos que fue incapaz de distinguirlos. Las cuevas, la casa de su madre, el primer beso, el pacto de sangre, los sueños que se repiten. Durante unos instantes ni siquiera imaginó la verdadera razón de la llegada de Camino al puesto.

Tardó unos minutos en subir al despacho. Un agente la acompañó. Un «buenas tardes» y un estrechar de manos fueron el sucinto saludo. Cuando notó su piel, la sintió familiar. La puerta se cerró como quien levanta el telón de un microteatro con dos personajes.

—Nunca hubiera podido imaginar verme en tu lugar de trabajo —dijo Camino—. Menos que iba a vivir a escasos cien metros de donde tú trabajas.

—¿Te has casado? —preguntó el sargento.

—No, solo vivo con él. Desde que Telmo trabaja en el hotel tiene alquilado un apartamento aquí, justo en el otro lado de la plaza. Cuando me lo dijo, parecía de coña. No me lo podía terminar de creer. El destino jugando, otra vez, con nosotros.

—¿Te va bien?

Camino bajó la mirada. No sabía si su incomodidad era el resultado de estar en unas dependencias policiales, de estar hablando con alguien tan especial para ella o, lo más seguro, debido a una mezcla de ambas. Pero estaba claro que notaba sensaciones contradictorias.

—No me has llamado para saber eso, ¿verdad? —preguntó la mujer.

Fue esa sencilla pregunta la que hizo romper la cortina que, aunque trasparente, se interponía entre ellos. Ambos sonrieron. Entonces, todo fue más fluido.

—No, claro —respondió Chasis—. Pero me gusta saber cómo les trata la vida a mis mejores amigos, y tú eres la primera en esa lista.

—¿Amiga?

—Como quieras definirte —admitió Chasis.

—Yo no me denominaría así. Yo no soy tu amiga. Soy bastante más que eso. Al menos para mí, tú eres una persona a la que tengo en mente casi a diario.

—Nos vemos de años en años.

—Me es igual. A esta conclusión llegué hace un tiempo. Tú has sido aquel con el que hice algo tan especial. Un pacto de sangre. El resultado se encuentra enterrado cerca de la oquedad de la cueva de las Güixas. ¿Crees que todavía estará en el mismo lugar? ¿El romero todavía soltará olor?

—Tal vez no esté físicamente, era solo un papel y desde entonces ha llovido agua, nieve y recuerdos. Pero todavía permanece en nuestras mentes. En la mía, al menos, sí. Creo que también en la tuya. El romero seco despide un aroma increíble si ha estado bien protegido. La tierra del valle lo mantiene.

Camino sonrió y afirmó con la cabeza.

—Es cierto, mantiene el perfume. Aunque eso pasó hace ya muchos años. Yo tengo cincuenta y dos. Aquello sucedió en el ochenta y seis. Éramos unos adolescentes. Yo estoy con Anxela desde hace un tiempo. Tú, con Telmo.

—¿Quién es Anxela?

—Una monitora de *snowboard*. Es gallega y una enamorada del valle. Una historia que se repite a menudo. Casi le doblo la edad.

—Ostras, eso es juventud. Telmo también es menor que yo, pero solo unos años —respondió Camino.

—Buscamos la juventud en nuestras actuales parejas —dijo Chasis.

—Parece que es así.

—No sé por qué hablamos de esto ahora. Es tarde para algunas cosas...

—No, nunca lo es. Podemos hacer lo que nos dé la gana —afirmó la mujer cambiándose el pendiente de lugar—. Pero no te lo estoy pidiendo. El destino se obceca en cruzarnos. Parecemos sus marionetas. Quizá quiera decirnos algo.

—No es el destino. Es nuestra mente que se empeña en llamarnos por teléfono y provocarnos encuentros.

—Nunca nos negamos. Parece magia.

—¿Te has preguntado por qué no estamos juntos? —inquirió Chasis con media sonrisa.

—Lo he pensado muchas veces. Dejas correr los momentos y si al final no van bien, puedes encontrarte solo o, peor aún, con la persona equivocada. Pero respondiendo a tu pregunta, no, no lo sé —afirmó Camino—. Es un cúmulo de casualidades. Tengo la sensación de que todo dejó de fluir desde mi primer error, en Madrid. No logré superarlo y tú tampoco. Luego los años van pasando a una velocidad endiablada. Te cruzas con uno y con otro y... Treinta y siete años desde el primer beso —añadió la mujer mirándole a los ojos.

Chasis le mantuvo la mirada desde el otro lado de la mesa.

—¿Estás a gusto con Telmo? —insistió.

—No nos vemos mucho. Sus horarios son los que son. En hostelería, ya sabes, para que algunos disfruten, otros trabajan. Tal vez sea mejor así. ¿Y tú?

—Anxela es un torbellino. No para. Se nota la diferencia de edad. No lo había pensado hasta hace poco, pero es así. La vida no perdona. Me cuesta seguir su ritmo. Según avanza el tiempo vas dejando de hacer cosas que antes realizabas sin problemas.

Ambos se miraron con descaro. A los ojos y sin parpadear.

—¿De qué conocías a Silván? —preguntó el guardia civil.

La pregunta cortó el ambiente como quien echa una gran piedra sobre la superficie de un estanque liso y tranquilo, generando múltiples ondas de choque.

—Ismael, mi compañero de trabajo en el LSC, me lo presentó. Coincidieron siendo él monitor en una actividad de raquetas de nieve. Se hicieron muy amigos, luego nos reuníamos y eso.

—¿Alguna idea acerca de alguien que quisiera hacerle daño a Silván? ¿Amistades extrañas? ¿Alguien fuera de su entorno?

Camino negó con la cabeza.

—¿Frecuentaba algunos lugares relacionados con el ámbito del ocultismo? Tipo lectores de cartas, o de tabla güija. No sé...

—No que yo sepa —respondió Camino.

—Eras buena amiga de su mujer, Sofía, ¿no?

—Sin más. Era delicada y para algunas cosas diría yo que era simple. Se dejaba llevar por él. Era muy dependiente. Pero sí, teníamos buena amistad. No sé cómo pudo escaparse de nuestras manos. La puta niebla —añadió bajando la cabeza.

—El juego ese... —comenzó a decir Chasis, rebuscando entre sus apuntes y alargando la pregunta—, CLE, os está dando muchas oportunidades de establecer lazos, ¿no?

—Bueno, es un juego. La realidad virtual creada por la IA, que ha diseñado Ismael, es increíble.

—Tú has colaborado en la creación —apostilló el hombre—. Sería lógico pensarlo.

—Yo no soy arquitecta de *software*, pero sí le ayudo en muchos contenidos.

—¿Es por diversión o por algo más? Vamos, Camino, eso no formará parte de algún experimento de los que lleváis a cabo en el LSC. Sois los más listos de la clase y podéis crear cosas inauditas. Tú misma me lo has contado. Un día me tendrías que dejar participar en el juego. ¿Quién tuvo la idea de crearlo?

Camino miró a Chasis y bajó los ojos.

—Fui yo la que generó la idea, y a Ismael le encantó. Se apunta a un bombardeo. Él es así. Lo montamos en la casona de Silván porque tenía sitio, y el asunto le atraía específicamente a él, aunque no sé por qué. Y teníamos razón porque está ocupando un gran espacio. En un piso no lo hubiéramos podido montar. Pero es para pasar el rato. Lo que ha creado Ismael es algo muy especial. Es como si tuviera vida propia. Circula en paralelo a nuestra realidad.

—No me creo que sea para pasar el rato —aventuró el policía—. Te conozco bien. No me engañes.

Por un momento, el tono del diálogo cambió con brusquedad y se hizo áspero.

—¿El juego tiene algo que ver con Silván? Tal vez fue él quien provocó que se hiciera —aventuró el policía.

Camino tardó en responder.

—No. Se crean personajes; después, un complejo, y fuera de lo normal ordenador, va originando situaciones y enigmas, hipótesis y emociones. De hecho, son varios en batería. Parece un ordenador cuántico. Tiene una potencia que a mí se me escapa. Pero sí, es cierto, la idea de montar el CLE fue mía como parte de una investigación. Tenía una buena razón...

—¿Cuál?

Camino se lo explicó en apenas unas frases. Al oír el razonamiento, Chasis se mantuvo callado durante un buen rato. Le sedujo el planteamiento. Solo la mirada de la mujer le hizo retomar las preguntas.

—¿Silván podría estar pasando una depresión? No tenían hijos, ¿verdad? —deslizó el policía.

Camino sonrió de medio lado.

—Ismael te lo ha contado, ¿no? —preguntó con complicidad.

—Cuéntamelo tú —apostilló Chasis.

Camino hizo un breve resumen de lo sucedido con Zilia, la hija de Silván y Sofía.

—Aquí encajaría el suicidio de Sofía, pero no el crimen de Silván.

—Eso pasó hace unos años. Yo los conocí así. Les debió afectar mucho. Lo de Zilia fue muy fuerte.

El silencio reinó más segundos de los esperados. Cada uno echó mano de casi los mismos recuerdos.

—Silván se fue de casa a las siete de la tarde, aproximadamente, del miércoles —dijo Camino—. Alguien le llamó. Al cabo de un tiempo dimos por terminada la sesión y nos fuimos. Pero, sí, Silván fue el primero que salió de la casa.

—Sabemos quién le llamó —afirmó Chasis—. Hemos analizado su móvil. La información me ha llegado hace media hora. Por ahora no te puedo decir quién es.

Cuando Camino abandonó el puesto de la Guardia Civil, Chasis se mantuvo pensativo durante un buen rato. Recordó la historia del porqué del CLE que Camino le había contado y le cautivó.

56

El coche aceleró por la recta en dirección a Jaca. La desviación a la población de Aisa era a la derecha. Serpentearon por la carretera, tomando altura y divisando el valle del Aragón con la majestuosa Collarada presidiendo la parte más ancha del mismo.

Al detenerse en Aisa llegaron a la dirección señalada, la plaza de Ramón y Cajal, justo al lado del Ayuntamiento. Cartón detuvo el coche en una de las callejuelas que quedaba delante de la dirección. Sin salir del vehículo, Chasis sacó un papel.

El listado de llamadas entrantes del teléfono de Silván era extenso. Pero había una muy concreta que coincidía con las declaraciones de las personas que lo vieron por última vez. La última de la que se tenía constancia y que se encontraba registrada en el propio aparato. También en la operadora telefónica.

Habían dado con la identidad de la persona que había llamado, que era una desconocida, pero no con lo que habían hablado.

Chasis miró el escrito y se quedó pensativo. Recordó que el móvil no se halló cuando lo encontraron muerto en la cueva. Estaba en el domicilio de Silván. Respondió el teléfono y lo dejó en su habitación. Y luego salió de casa.

Las llamadas eran las del mes en curso. No demasiadas.

—¿Quién será la tal Pilar Rodríguez? —preguntó Cartón.

—Ni idea. Tal vez no tenga nada que ver. Es solo una llamada. La muerte de Silván ocurre muchas horas después. Es solo un pequeño hilo del que tirar. Silván habló con esta persona de la que no sabemos una mierda. Dejó el teléfono en la mesilla de su casa y se largó. Es lo único que tenemos.

—No tenía WhatsApp —dijo Cartón y añadió—. Es extraño.

—Bueno, no todo el mundo tiene WhatsApp. Sí es verdad que no es lo más habitual. Las más numerosas provenían del teléfono de Sofía, su mujer. Pero tampoco eran muchas. El hombre se comunicaba a la antigua, con llamadas.

—Pero podemos dejar el móvil en casa —sugirió Chasis—. En este caso nos hubiera venido bien saber los movimientos de las últimas horas de Silván. Tal vez nos hubiera ayudado —especuló mientras salía del coche.

El edificio era de piedra antigua. La puerta de madera, que tenía una cardencha en la mitad, estaba al nivel de la calle. Llamaron varias veces. Una mujer de mediana edad les abrió la puerta.

—Buscamos a Pilar Rodríguez. Somos Alberto Bastidor y Lorenzo Cartón de la Guardia Civil. —Ambos enseñaron la placa que los identificaba.

—Soy yo —respondió con sorpresa—. Llevaba el pelo recogido y vestía como si fuera a salir.

—Nos gustaría hacerle unas preguntas —expuso Chasis—. ¿Podemos pasar?

—¿Preguntas?

—Solo serán unos minutos.

La mujer los invitó a pasar. Una chimenea apagada presidía el salón. Cerca de ella había dos sillones. A su lado, dos bancos de madera rodeaban una gruesa mesa. Pilar hizo ademán para que se sentaran.

—¿Vive usted sola?

—Sí, soy divorciada y mis hijos ya son mayores. Esta es la casa de mi madre. Murió hace tres años. La soledad es bastante mejor que la mala compañía —matizó sonriendo.

—¿Conoce a un tal Silván Lanau? —preguntó Chasis.

Pilar negó con la cabeza.

—Jamás he oído ese nombre. ¿Qué sucede con él?

—¿No ha leído las noticias? —intervino Cartón.

—Esto es un pueblo. Vivo muy aislada. Tengo mi huerta y me lleva mucho trabajo cuidar de ella. Es mi mundo. El de fuera no me atrae. Solo leo. Ni siquiera veo la televisión. En general me parece absurda.

Los policías le explicaron quién era Silván y se sorprendieron al mantener ella un desconocimiento total sobre su identidad.

—¿Nunca ha hablado con el tal Silván? —insistió Cartón.

La mujer volvió a negarlo.

—Tenemos datos que nos hacen pensar lo contrario —intermedió el agente.

—Yo no conozco a nadie con ese nombre. Se lo estoy diciendo en serio —afirmó la mujer con rictus de preocupación—. Jamás he hablado con ese individuo.

Chasis le enseñó el teléfono escrito en el papel.

—Ahhh, ya está. Perdonen por no decírselo antes. ¡Qué cabeza! Tengo la línea de teléfono compartida con mi hija pequeña. Ese número lo usa ella. Yo tengo otro, pero los dos están a mi nombre. Ya sabe, se lo pago yo para echarle una mano, y eso que no me visita mucho. Cosas de padres —sonrió.

—¿Quién es su hija? ¿Cómo se llama? —preguntó Cartón.

—Ana.

—Ana ¿qué?

—Ana Carrizo Rodríguez. Lleva el apellido de mi ex.

57

El contestador automático de Subterránea le recordó el horario de atención y le sugirió llamar al día siguiente. Chasis cortó la comunicación con un gesto adusto.

—Mañana a primera hora he confirmado una cita con la hermana de Sofía, Nadine. Pero lo de Ana es prioritario.

—Dile que quedamos a la tarde —ordenó Chasis.

—Perfecto, me ha dicho que iba a estar todo el día en la casa —respondió Cartón—. Luego la llamo para decirle que iremos más tarde.

Chasis recibió una llamada que interrumpió las palabras entre los dos compañeros. Cartón lo miró con el rabillo del ojo.

—Perfecto, estamos llegando —dijo el sargento cortando la comunicación.

—¿Qué pasa?

—Tenemos las imágenes de las cámaras de seguridad de la sucursal bancaria enclavada en las inmediaciones de la residencia de Güido. Las podemos ver.

—Bien. ¿Qué calidad tienen?

—Sale alguien, pero no saben quién es. Están esperándonos.

Al pasar enfrente de la torre de los Fusileros, a apenas un kilómetro del puesto, Chasis volvió a la carga con el teléfono móvil. Estableció línea y el resultado fue el mismo: «Soy Ana. Estoy liada, déjame el mensaje, te devolveré la llamada, te lo juro». Una risa joven remataba la coletilla antes de que saltara la grabación. El sargento volvió a intentarlo dos veces más, antes de llegar al puesto de la Guardia Civil de Canfranc Estación, con el mismo resultado.

Dejaron aparcado el coche en mitad de la plaza de Europa. La reunión con el técnico fue en el propio despacho de Chasis. Los tres se posicionaron delante de una pantalla de ordenador portátil.

—Tenemos las imágenes de la entidad bancaria cercana a la entrada de la casa de Güido —anunció el técnico—. Yo las he visto deprisa. Creo que hemos tenido suerte. Son bastante nítidas. Otra cosa es saber la identidad de este individuo. Fijaos en el recuadro superior izquierdo. Es la valla tan especial.

Las imágenes salieron con una nitidez fuera de lo común. En ellas se podía observar con claridad la imagen de dos individuos en el entorno de la casa de Güido. La primera era un empleado de correos, que sin llegar a entrar depositaba alguna carta en el buzón. Salía de plano casi con la misma discreción con la que entraba.

—Ya hemos comprobado el buzón. Era publicidad, nada de interés —afirmó Cartón.

Al cabo de unos diez minutos salía alguien más. Ambos policías se miraron con incredulidad.

—¿Conocéis a este tipo? —intervino el técnico—. Se le ve bastante bien. Solo hace falta identificarlo. Es alto, rubito y muy apuesto. Un bollito maduro —bromeó.

Durante unos segundos nadie habló. Ambos policías pensaron que coincidía con los rasgos de Silván. Una persona muy guapa.

—Echa para atrás y detén la imagen en una parte en la que podamos verle más fácilmente el rostro.

La acción se detuvo en el momento en el que se encontraba más cercana a la cámara y también más nítida. Chasis pidió ampliar la imagen fija.

Llevaba ropa de abrigo y se le notaba que caminaba deprisa hasta desaparecer del plano. La segunda cámara de vigilancia de la sucursal bancaria solo le había pillado de refilón y de espaldas.

—Tiene las manos en los bolsillos y la cabeza baja. No está tan fácil como pensábamos —dijo Chasis.

—El abrigo le abulta el cuerpo. ¿Crees que podría llevar algo dentro de ese abrigo?

—Podría ser. Hacía frío. Es normal que lleve las manos ahí, y en la posición que camina podría llevar muchas cosas que no sean demasiado voluminosas. O nada. No podemos saberlo.

—La hora de la muerte que nos ha dado el forense coincide más o menos con la de este individuo saliendo de la casa.

—¿Cuánto tiempo llevaría dentro de la casa? ¿No tenemos imágenes de cuando entra?

—No. Tal vez lo hizo por la puerta de atrás. Las cámaras no llegan a la trasera. Tenemos lo que estamos viendo. Sale andando con tranquilidad. No se le ve con el paso acelerado. Las cámaras no captan el aparcamiento que está al lado.

Cartón acercó todas las imágenes que tenían archivadas del caso. De Silván muerto tenían varias, pero era difícil identificarlo. De Silván vivo solo tenían la del carnet de identidad.

—Yo creo que es Silván, ¿no? —afirmó Cartón.

—Yo también lo creo —respondió Chasis—. Casi seguro.

58

Las luces de la fonda Cramora se hacían visibles en la lejanía. La noche recién echada mantenía algo de luz. El cielo se encontraba despejado. La luna llena daba claridad.

Eme llegó por el camino forestal del lado derecho. Entre los árboles, miró hacia los lados intentando saber si había alguien a la escucha u observando. Respiró varias veces antes de acercarse a su casa. Todo parecía tranquilo. Abrió la puerta con delicadeza y la cerró tras de sí. Subió hasta el primer piso. Se escuchaban los ruidos del bebé. En la habitación, Amira le interrogó con la mirada.

—¿Por qué has tardado tanto?

—Trabajo en la estación. No me puedo ir cuando me da la gana. He tenido que compensar por lo tarde que he llegado a trabajar esta mañana —dijo Eme y preguntó—: ¿dónde está Horacio?

—Ha ido a la fonda a hablar con Juliano. Todavía no ha regresado.

—¡Joder! Le dije que esperara a que yo llegase. ¿Estás tú sola con el alemán y la niña?

Amira afirmó con la cabeza mientras señalaba con el dedo la pistola de Dietter.

—¡Pero si no sabes usarla! —refutó Eme.

—Horacio me ha dado una clase acelerada. Está sin el seguro y lista para apretar el gatillo.

—Bobadas. Si nunca has disparado, el primer tiro, de lograr amartillarla, te saldría a la altura de la ventana. Dietter se abalanzaría sobre ti. Estarías muerta en menos de un segundo. Para apretar un gatillo hace falta fuerza. Tiene una carga de casi dos kilogramos.

—Mi madre me ayudaría.

—Eso son tonterías. Tu madre se quedaría con la boca abierta de lo que te iba a hacer este individuo en cuanto te pillara desprevenida. Tienes que haber disparado mucho para amenazar a alguien con una pistola.

—Eso él no lo sabe —dijo la joven—. Además, he estado a punto de hacerlo —confesó—, pero no he podido.

Pensó que si lo hubiera hecho, todo sería más fácil. El argumento retuvo las palabras de Eme. Respiró hondo. La imagen de la mujer con la niña en brazos le volvió a remover por dentro. Solo fueron unos segundos. Miró a Liberté. Pareció que le sonreía.

La puerta sonó con el código. Eme bajó a abrir con rapidez.

—Te había dicho que no la dejaras sola. Está con un oficial alemán maniatado, ¡joder! Y ha estado a punto de meterle un balazo.

—Tardabas en venir —respondió Horacio en voz baja—. Ya está hecho, le he contado los planes a Juliano. No podíamos dejarlo fuera de este asunto.

—¡Joder, Horacio, no me puedo creer lo que me estás contando! —exclamó el propietario de la fonda—. ¿Tenéis a Dietter amarrado con cuerdas en una habitación de la casa de Eme? ¿Con Liberté y Amira? ¡Hostia, qué mal está el asunto!

—Está controlado. No te preocupes —argumentó Horacio.

—¿Controlado? —ironizó Juliano.

—Hemos tenido que lidiar con la situación impuesta. No todo se puede prever. Dietter venía como loco a por algo que creía que Eme tenía en su poder, y al ver a la niña, la cosa empeoró. Amira se abalanzó contra él y casi lo mata... —informó el conductor.

—No sé si no hubiera sido mejor.

—Escúchame con atención. Vamos a abandonar la casa de Eme. Iremos a Urdos, a la casa de Cloe. Durante esta noche, Eme atravesará la frontera por el paso de montaña con Amira y Liberté. Allí nos refugiaremos por el momento. Yo iré solo con Dietter en el falso habitáculo. Lo llevaré bien amarrado y con los ojos vendados. En el trayecto dejaremos al alemán en la cuneta. No podemos hacer otra cosa. Tendremos poco tiempo para escondernos. Cuando Dietter llegue a la estación, o lo recoja alguna patrulla, lo primero que hará será ir a la casa de Eme. No dejaremos nada que nos comprometa. Ya lo hemos mirado. Mientras estemos allí, y hasta que esto se calme, tendrás que buscarte a otro para que te suba mercaderías.

—Eso no es un problema, conozco otra persona —dijo Juliano.

Angelines entró en el almacén a por una botella de vino. Saludó escuetamente a los dos. Desapareció con la misma presteza que había entrado.

—Yo os podría esconder. Tengo muchas habitaciones —aventuró Juliano.

—No. Muchas veces tenéis alojados nazis. Además, no creo que tu mujer lo permita, y nos interesa que tú mantengas la posición de la fonda libre de las sospechas de los alemanes, y así, dentro de poco, tal vez podamos retomar la actividad del paso de gente por las montañas. Si no estamos Eme ni yo, nada se puede hacer.

Durante unos segundos, las miradas se cruzaron con increíble complicidad.

—Pocas opciones lógicas quedan —reflexionó Juliano—. Llévate un trozo de queso para la travesía —sugirió mientras se acercaba a un armario de madera que tenía detrás. Los mohos de la corteza del queso eran de color marrón claro. El olor los retrotrajo a la cabaña del pastor. El cuchillo cortó un buen trozo, pero se tropezó con algo y dejó de cortar casi al instante. Juliano miró más de cerca.

—Este queso se ha puesto malo. Quizá se le cayó algo cuando lo estaba elaborando. Parece una ramita. No sé qué ha pasado. Me contó que era especial para mí, que no se lo diera a los comensales.

Dos trozos cayeron en forma de viruta. Horacio le ofreció uno. El sabor le trasladó a la cabaña del anciano. La rama no era tal. En el corte del queso se veía como si alguien la hubiera introducido. Juliano despegó el objeto. Ahora se vio con claridad que era un arrebujado de hojas. Pronto se dieron cuenta de que en su interior ocultaba un pequeño mensaje escrito a mano en un trozo de papel. Juliano lo desplegó y ambos lo leyeron a la vez. La tinta se había ajado. No era fácil leerlo.

Para mantener esto debemos confiar los unos en los otros. Eme vio salir de mi borda al alemán, pero yo estoy con vosotros. A veces lo tengo que hacer para que piensen lo contrario. No soy agente doble, solo defiendo Francia, pensando que lo que hacemos es lo correcto. No quiero alarmaros, pero el corazón me está fallando, sin embargo, aquí estaré hasta que pueda. Algún día me encontraréis en este mismo lugar. Enterradme muy cerca de mi cabaña, en esta pequeña esquina de los Pirineos que tanto amo, porque aquí quiero descansar. Sé que Liberté y todas las personas que hemos ayudado a huir crecerán en un mundo mejor y, más temprano que tarde, conocerán un futuro prometedor. Siempre vuestro, Cyrille.

Juliano y Horacio se abrazaron nada más terminar de leerlo. Por la mejilla del primero se escapó una tímida lágrima. Mantuvieron el abrazo pensando que tal vez fuese el último.

—Algún día las guerras se acabarán. Estoy seguro de que será así —añadió Juliano con un hilo de voz—. Si no nos volvemos a ver, me alegro mucho de haberte conocido. Eres una gran persona, Horacio.

—Tú también lo eres —aseguró el conductor. Luego le agarró del brazo para decirle unas últimas frases.

—En cuanto puedas, baja a informar a Jaca. Mi mujer estará preocupada... Debemos desembarazarnos de Dietter, y también hay que comunicar a Cyrille este asunto. La disculpa de traer queso para la fonda la haces a menudo. Dile que lo retomaremos en cuanto sea posible. Yo no debo parar allí con el alemán en la camioneta. Y pídele perdón por haber dudado de él. También nosotros hablamos con los alemanes y no somos sospechosos de nada —concluyó Horacio.

—Qué mala suerte hemos tenido con Dietter. No sé qué buscaba ese maldito alemán.

—Si le pegásemos un tiro, nos evitaríamos cualquier tipo de problemas —sugirió Juliano.

Durante unos segundos, el silencio se notó denso.

—Yo creía que sí, pero llegado el momento... es tan diferente —dijo Horacio bajando la cabeza—. Es el único plan que se nos ha ocurrido —añadió en voz muy baja—. Desconozco si es bueno o una puta mierda. Dejar al nazi vivo nos condena. Quién sabe si a muerte.

La visión de Dietter amarrado de manos era inquietante. Los dos hombres le explicaron su situación.

—¿Por qué tengo que ir con una venda en los ojos? —preguntó Dietter, enfadado.

—No tienes otra opción —respondió Horacio—. Lo hemos decidido así. También te taparemos los oídos. Cuando te soltemos, podrás quitarte todo y serás libre. Piensa que vamos a viajar varios en la camioneta y tenemos tu pistola. La usaremos sin miramientos si haces alguna tontería.

—Me estáis engañando; ¿qué vais a hacer conmigo? —interrogó el oficial en un tono que delataba miedo—. Exijo saberlo.

—¡Cállate! Te hemos dicho la verdad. No te vamos a matar. Solo te dejaremos en un lugar lejos de aquí —confirmó Eme—. Solo eso.

Al mirar por la ventana, Eme observó que la niebla se estaba echando.

—Vamos a darnos prisa —instó.

59

Amira consiguió dormir a Liberté. En la otra habitación, Dietter permanecía bien amarrado sobre la cama. La noche se había echado, pero todavía era pronto. Horacio había ido a buscar la camioneta. En pocos minutos estaría debajo de la casa de Eme para llevarse al alemán.

Emeterio preparó un petate con queso, un trozo de pan y algo de tocino con veta. Miraba por la ventana con preocupación. La niebla seguía entrando y daba al entorno un aspecto más misterioso. Imaginó que las nubes bajas siempre jugaban a dos bandas. Podía tener serios problemas para orientarse, pero al mismo tiempo el camuflaje era perfecto. Las escasas luces de los edificios colindantes ofrecían rayos de luz remarcados por las nubes bajas. Como si fueran focos de un teatro de realidad apuntando una falsa salida.

Todo parecía estar en orden. Eme sintió esa calma con desasosiego. Amira se le acercó por la espalda y lo rodeó con sus brazos. El hombre se dio la vuelta y la abrazó. Ella mantuvo un hilo de voz durante toda la conversación. El contenido de sus palabras había cambiado de manera sustancial.

—Siento mucho lo que ha ocurrido, no sé cómo he podido. De verdad que estoy muy arrepentida. Perdón..., perdón. Llevaba meses pensando en hacer esto, pero cuando de modo casual ha ocurrido, he reaccionado con impulsos. Y eso no está bien. La muerte tiene un sabor distinto cuando la ves de cerca. Desconocía que dejara un regusto amargo. Lo que piensas que puede ser dulce se vuelve áspero y agrio.

La voz entrecortada de la joven se unía al aspecto de fragilidad que rezumaba su cuerpo. Eme le besó el pelo. Después, en los labios. La cara de la joven quedó apoyada sobre el pecho del hombre. Las palabras también salieron dulces de su boca.

—No podemos hacer gran cosa. Tú no has hecho nada. No es culpa tuya que el oficial haya venido a esta casa. Habría terminado viniendo de todas formas. Alguien le habría informado de algo, y tarde o temprano estaría abajo aporreando la puerta. Tal vez haya sido mejor así. Seguro que lo arreglamos. Estate tranquila. Solo queda un paseo por las montañas y esta noche estaremos durmiendo en otro lado. Nos desharemos de este y punto. Ya lo verás.

El abrazo arreció entre los dos.

—Has pasado a ser una persona muy especial para mí —dijo la joven—. Te siento como si fueras la persona que siempre he estado esperando. La de los sueños cuando imaginas que no vivimos en esta pesadilla.

El beso de Eme cortó la conversación como quien parte de un hachazo un tronco por la veta. Sintió los labios imaginando miel de romero en su boca. Y el olor de la chica parecía que empezaba a ser el suyo. Los olores son los que de verdad mantienen la unión. El olor del que se había apropiado era el del romero. Sus notas relacionadas —el limón, el pino y la lavanda— se sumergieron en sus recuerdos. El olfato es un sentido que funciona a su aire. El más primitivo. El que sospecha. El amigo más íntimo del sabor. La estrujó contra sí. Con la lengua acarició cada recoveco de sus labios. El abrazo se mantuvo un buen rato.

Después, de nuevo, sobrevinieron las dudas.

Aquella chiquilla podía ser su hija, rumió Eme mirándola a los ojos. ¿Qué hacía jugando a ser padre y amante al mismo tiempo? Por primera vez desde que Estanis y Rosario desaparecieron de su vida, notó que la joven estaba inmiscuyéndose en su interior con descaro y bondad al mismo tiempo. Era dulce. Rezumaba una juventud insultante y un carácter fuerte. Y a él le gustaba. Aunque su lado más pragmático pensaba en que Amira solo estaba jugando con él.

Eme intentó retirar esos pensamientos. Ella se estaba ganando a pulso su amistad, también sus besos y la cercanía de alguien en quien confiar. Volvieron a besarse. Amira escondió su rostro en el pecho del hombre.

El ruido de una camioneta se dejó oír desde fuera. Después se escucharon tres golpes seguidos y uno más corto. Eme corrió hacia la parte más baja de la casa.

—Está todo listo —afirmó Horacio en voz muy baja—. Acabo de abrir la trampilla.

—Perfecto, lo bajo ahora. Después cerraré la casa y marcharé con Amira y el bebé. Tú llegarás a Urdos antes que yo.

—Ojalá que sea así.

—Bien, lo primero, esconde la camioneta. Nosotros llegaremos pronto, estate seguro —afirmó el *mugalari*.

—La mierda de la niebla —respondió Horacio—. Los faros de este cacharro parecen putas velas con este puré de guisantes.

—Es lo que hay. Vamos a pensar que nos protege. Yo me sé el camino. Espero que si nos cruzamos con alguna patrulla, no nos vean.

—Todo va a salir bien —animó el conductor.

Eme bajó al alemán. Llevaba las manos atadas a la espalda, los ojos y la boca vendados con varias vueltas de tela de yute. Antes de taparle los oídos, le advirtió:

—Vamos a ir Horacio y yo en la furgoneta. Somos más —mintió Eme—. No intentes hacer nada. Tenemos tu arma. Te dejaremos en un camino, luego tú verás lo que haces. O esperas a que alguien te recoja o te vas a algún pueblo cercano. No intentes huir, porque no dudaré en disparar con tu propia pistola. ¿Me has entendido?

Dietter afirmó con la cabeza. Pareció que decía *danke*, pero la mordaza se lo amortiguó.

Llegaron andando hasta la puerta de la casa y entre los dos ayudaron al oficial a meterse en el compartimento oculto de la camioneta. Se le escuchó protestar, pero el sonido era constante y tapaba cualquier otro. Horacio y Eme se abrazaron.

—Nos vemos en unas horas —dijo Eme en voz muy baja—. Toma esta botella de vino por si tuvieras algún encuentro indeseado con alguna patrulla. Con esto se los compra rápido.

Horacio agradeció el detalle y la dispuso a su lado. El vehículo se difuminó por completo en la niebla casi al instante de empezar a circular. Pasados unos minutos salieron Eme, Amira y Liberté. Al cerrar la puerta, el *mugalari* tuvo sensaciones encontradas y muchas dudas de lo que iban a hacer. Se dirigían a un país en guerra desde otro invadido por la posguerra. En ninguno había libertad.

La niebla hizo desaparecer a los tres en cuestión de segundos.

60

Dietter respiró hondo desde el reducido habitáculo donde se encontraba recluido. Intentó palpar todo el lugar a pesar del traqueteo del vehículo. El fuerte desnivel le hacía mantenerse pegado al fondo. La posición fetal le ayudó a que sus manos estuvieran a la altura de sus botas. Así pudo desenfundar su navaja, que guardaba en un compartimento oculto, con relativa facilidad. Dispuso el filo para cortar sus ataduras. Se pinchó con ella varias veces antes de atinar sus movimientos.

Medio metro más arriba, la camioneta —con Horacio al volante— serpenteaba con relativa calma la estrecha carretera en dirección a la entrada del túnel de Somport que conectaba con Francia. Sus manos agarraban el volante con cierta tensión. Tenía que entornar los ojos para poder ver mejor. La niebla seguía siendo el mayor escollo para transitar, pues le obligaba a circular muy lento. Las condiciones eran cada vez peores a medida que la altitud iba en aumento. Al pasar por delante del hotel Candanchú, las luces iluminaron el lado derecho de la subida.

Una persona que cruzaba en mitad de la carretera le obligó a frenar de manera brusca.

No la atropelló gracias a la baja velocidad con la que circulaba. Horacio no tuvo más remedio que detenerse. El golpe hizo que el oficial perdiese su navaja, y ello provocó un ruido metálico que se extravió entre tanto sonido.

La imagen de un guardia civil se silueteó casi al instante. Llevaba un capote y un fusil sobre el hombro que sobresalía por encima de él. Horacio abrió la puerta.

—Buenas noches —saludó el guardia civil—. Siento haberle asustado, creo que no había visto una niebla de este espesor en mi vida. Va usted hacia la frontera, ¿verdad?

El corazón del conductor latía desbocado. Tragó saliva con disimulada sonrisa.

—Sí, sí. Está aquí al lado.

—¿Podría llevarme? He llegado aquí hace unos pocos días y todavía no me he familiarizado con el entorno. No quiero perderme.

—Sí, claro, por supuesto —respondió Horacio en voz baja—. Tengo la garganta tomada —se disculpó.

El guardia civil subió a la camioneta al lado del conductor. En el momento de acelerar, oyó los primeros golpes. Eran tímidos al principio y algunos acompasados. Se confundían entre los del motor.

—Gracias por recogerme. He estado trabajando en el hotel Candanchú, haciendo trámites de rutina, y al salir ya se había echado esta niebla espesa. Me llamo Aurelio —indicó mientras le ofrecía la mano—. Llevo solo dos semanas en el puesto de fronteras.

Horacio se la estrechó mientras se presentaba. Con una sonrisa soltó la mano derecha del volante.

—¿Va usted a Francia?

—Sí, eso, voy a recoger mercancías.

—Va un poco tarde, ¿no?

Los golpes se notaban cada vez más, pero el traqueteo del vehículo por la carretera muy bacheada amortiguaba el sonido. Horacio picó el embrague para subir las revoluciones del motor y así aumentar el ruido. La empinada carretera daba esa opción. Los golpes mantenían un ritmo extraño. «Maldito hijo de puta», pensó el conductor.

—Sí, voy demorado. Ha sido por la niebla. Pensé que iba a despejarse y esperé. Total, que ha sido peor. No se ve un pimiento.

—A la tarde, antes de esta niebla, había gente esquiando en la estación y el cielo estaba despejado. Daba gusto verlos. Cada vez se está normalizando más la situación. Ya hace cuatro años que acabó la guerra —agregó el guardia civil desde su rostro tremendamente joven.

—Sí...

Los golpes se acentuaron por momentos. De repente, cesaron.

La camioneta terminó llegando a la cima del puerto de Somport. Las luces del automóvil daban al puesto un aspecto fantasmagórico. Un halo de niebla rodeaba las luces. Un tanque de la Wehrmacht, Panzerkampfwagen IV, sobresalía entre otros destacamentos. Aurelio descendió justo cuando le solicitaron la documentación. Al ver salir al guardia civil, apenas se fijaron en él. Le dieron paso, e incluso uno de los guardias civiles le llamó por su nombre.

—Vaya con cuidado, Horacio. No se ve nada.

El conductor levantó la mano a la vez que afirmaba con la cabeza.

—Se lo agradezco de veras —dijo el joven alejándose.

Al comenzar la bajada se escuchó un golpe más, pero esta vez fue distinto. La carretera estaba salpicada de zonas de hielo. Los frenos trabajaban chirriando para que el vehículo no se embalara. A veces circulaba erráticamente tratando de evitarlas. Horacio pensó en parar de inmediato para ver qué sucedía en el habitáculo, pero prefirió tirar unos kilómetros y alejarse un poco de la frontera.

Pasaron a la altura de lo que el conductor calculó que era la borda de Cyrille. La niebla se mantenía espesa. La visibilidad no daba un margen superior a tres metros.

A partir de allí, todo pasó muy deprisa.

La trampilla que daba al habitáculo se abrió con tal rapidez que Horacio no tuvo tiempo de reaccionar. La botella de vino se cayó y se rompió al instante y dejó que el líquido inundase la zona.

La camioneta dibujó un par de eses de manera errática y cogió velocidad sin control. En décimas de segundo, Dietter había levantado la tapa del escondrijo y se había colado en el interior de la cabina. Casi en el mismo movimiento le dio tiempo a abrir la puerta del copiloto y saltar con violencia desde la camioneta en marcha.

Dio varias vueltas sobre la carretera helada y se perdió en la niebla.

El sonido de un fuerte golpe hizo detener a Horacio en mitad de la carretera. Salió con el corazón en un puño para retroceder varios metros hasta encontrar el cuerpo inerte del oficial nazi en un lado de la cuneta. La mancha de sangre en la cabeza era muy grande. La roca saliente en el camino había decidido su fatídica suerte. Le tomó el pulso en la carótida.

Vacío.

A pocos centímetros de su mano, la navaja sobresalía de un lateral de su bota derecha. El tenue resplandor de las luces daba la claridad suficiente para apartar el cadáver del oficial de la carretera. Horacio arrastró el cuerpo sin vida un par de metros más adentro.

—No puedo darte sepultura. Lo siento —le dijo a Dietter con solemnidad. Después lo tapó de manera precaria con varias ramas caídas.

La pequeña andanada de piedras ayudaría a que tardasen mucho en encontrarlo. La niebla se estaba levantando y pudo observar muy a lo lejos las luces de otro vehículo que se acercaba lentamente. Calculó que tardaría dos minutos en llegar. Corrió hacia su camioneta y desapareció carretera abajo.

61

El coche camuflado de los policías volvió sobre la carretera de montaña desde la población de Aisa. El listado de las llamadas entrantes y salientes al número de Silván era esclarecedor.

Chasis las mantenía impresas entre datos técnicos de duración, hora exacta de comienzo y datos de antenas repetidoras de telefonía móvil que habían captado la señal. Ocupaba tres folios, grapados entre sí, de letra pequeña. Pasaba las hojas con atención. Había algunas llamadas a Sofía, su mujer, alguna a Camino y otras desconocidas pendientes de confirmar. Otras dos centraban la atención de Chasis. Varias perdidas del hotel Canfranc Estación al móvil de Silván. Alguna a Nadine.

Pensó que tenía todas las fichas del rompecabezas. Ahora debía casarlas para bocetar qué pasó con la suerte que corrió Silván. Una llamada más al servicio de reservas del hotel Canfranc Estación. Señaló el registro de llamada con el dedo y lo leyó con detenimiento.

—Primero, al hotel —ordenó Chasis a Cartón, señalando en el escrito el registro.

—No hubiera podido imaginar que la tal Ana tuviera relación.

—No te apresures —rebatió Chasis—. Solo fue ella la que llamó al móvil de Silván. Nada más. Parece ser que podremos verla después, veremos qué cuenta.

Atravesaron el puente Albert Le Lay y dejaron el vehículo en la nueva explanada, justo delante de su impresionante fachada. La historia del majestuoso edificio de la antigua estación reconvertido en hotel parecía estar mirándolos. Era como hurgar en el pasado. Hacía casi cien años de su inauguración y el gigantesco edificio volvía a brillar con esplendor. Su controvertida historia volvía a tomar vida. Desde los uniformes del personal hasta los apliques, las mesas, los sofás y los colores de las paredes. Todo recordaba a aquel comienzo de 1928. Los detalles estaban cuidados al máximo. El vestíbulo daba acceso y era la única zona abierta al público. Se podía atravesar el edificio paseando por él. La altura era diáfana hasta el artesonado de la bóveda. Los casi catorce metros proporcionaban luz y amplitud al espacio. La recepción era el antiguo despacho de venta de billetes. Antes, el tren, ahora, el lujo. En medio, historias que harían estremecer al mundo, paredes mudas que con el tiempo habían comenzado a hablar un idioma distinto.

Cartón miró el techo nada más entrar al vestíbulo del hotel. La puerta giratoria cedió el paso a su interior, pero tuvo la impresión de que los había trasladado cien años atrás. En el edificio se respiraba un aroma de triunfo, a laureles contra el abandono que el increíble lugar soportó durante tantos años.

Avanzaron hasta llegar a la recepción y enseñaron las placas que los identificaban como policías.

—Hemos quedado con la directora, Izarbe Muñoz.

La recepcionista hizo una llamada.

—Esperen un instante, enseguida viene. ¿Quieren tomar algo?

—Nada, gracias. Esperaremos en los sofás —dijo Chasis.

Cartón reclinó la cabeza en el asiento y el artesonado de la bóveda central brilló ocupando todo su campo visual. Algunos curiosos merodeaban admirando el cuidado entorno. Una mujer trajeada y menuda se acercó a los guardias civiles. Llevaba una *tablet* en la mano izquierda, el pelo recogido en un pequeño moño y gafas de varilla muy finas. Parecía estar acorde con el lugar.

—No le robaremos mucho tiempo. ¿Podemos hablar en un lugar más discreto? —preguntó Chasis.

—Claro, en la biblioteca.

Los tres recorrieron los largos pasillos de la planta baja del edificio, dejando a mano derecha el *wellness spa* y varias salas de reuniones. La biblioteca estaba al final y conservaba el mismo estilo *art decó* del resto del hotel. Tenía una pequeña chimenea en el centro y, justo enfrente, una barra con un toque *vintage* de cuero. Cuadros y libros daban calor a una de las estancias más representativas. Un recinto que llamaba al relax y la lectura desde sus ventanales, con vistas a los paisajes nevados del exterior.

—Iré al grano —dijo Chasis—. Quiero información sobre una llamada que se hizo a su sistema de reservas con esta fecha —añadió el policía mientras su compañero Cartón le enseñaba el papel con los datos.

—Bueno, esa es información reservada...

—Nos la tiene que dar obligatoriamente —intervino Cartón—. Tenemos un poco de prisa y no llevamos una orden judicial que le exija colaborar con nosotros. Pero si la necesita, se la conseguiremos en un par de horas. Por favor, no nos haga volver con el trámite. El asunto está muy claro. Es un caso de asesinato y tiene prioridad absoluta.

Chasis miró con complicidad a su compañero.

—No se preocupe, he dicho que era reservada, no que no quiera compartirla con la policía. —Izarbe sonrió, encendió la *tablet* y empezó a rebuscar entre los datos.

—Sí, aquí está, fue una llamada que se hizo para reservar una noche. Se registra todo y, por supuesto, también la hora de la llamada, la duración, etcétera. Coincide con los datos de esa llamada. Ahora se hace mucho a través de internet, mediante nuestra web de reservas, desde la central de Barceló Hotel Group, pero también se pude hacer a la antigua, por teléfono. La persona reservó una habitación para una sola noche.

—A nombre de...

—Silván Lanau.

Los policías se miraron.

—¿No les cuadra? —sonrió la mujer.

—¿Podríamos hablar con la persona que tramitó la reserva? —restó Chasis sin responder.

—Creo que hoy libraba. Me temo que no está, a no ser que haya cambiado el turno con algún compañero. Si quieren, pueden ir a buscarla, pero también puedo hacer otra cosa, dejarles escuchar la conversación.

—¿Tiene la conversación grabada? —interrumpió Cartón.

—Sí, se lo digo porque la hemos escuchado un par de veces. Tuvimos que hacerlo dado que la reserva no aparecía. Le hicimos varias llamadas perdidas, pero nunca obtuvimos respuesta. Esto, por desgracia, suele ocurrir. Gente que reserva y no aparece.

La mujer se levantó y llamó a una empleada.

—Enseguida vienen. Es la técnica del servicio de reservas.

La empleada llegó y la jefa se apartó con ella. Ambas miraron la *tablet*. Después de varios intentos aislaron la conversación. Los tres volvieron a quedarse solos en la biblioteca. Izarbe puso el volumen a media potencia.

—Por su seguridad, esta llamada puede ser grabada.

—Hotel Canfranc Estación, buenas tardes, le habla Mireia. ¿En qué puedo ayudarle?

—Buenas tardes, quería hacer una reserva.

—Muy bien. ¿Para cuándo?

—Para el próximo miércoles. Quiero una *suite*. He estado mirando su web.

—Fenomenal. ¿Para cuántas personas?

—Dos.

—Perfecto. ¿Dos adultos? ¿Algún niño?

—No.

—¿Algo en especial que pueda necesitar? ¿Quiere cenar en el hotel? ¿Tal vez reservar una sesión en nuestro *spa?*

—No, no. Solo quiero la habitación. Tendré que recibir a unas personas para hablar de negocios.

—Perfecto, la *suite* tiene un pequeño salón. Me tendrá que dejar un nombre, un número de DNI y una tarjeta de crédito.

Cuando Chasis y Cartón abandonaron el hotel no paraban de hablar.

—Vamos a pensar lo más lógico, a menudo lo más evidente es la realidad —teorizó Chasis mientras se metía en el coche—. Si el teléfono ese que hemos escuchado haciendo la reserva era el de Silván, va a ser... el mismo Silván el que habla. Nunca llegué a escuchar su voz, pero será fácil comprobarlo. Nadine, Camino o Ismael lo podrán hacer.

— Silván hace la reserva, vale, vamos a suponer que es así —especuló Cartón—. La reserva, por lo que hemos visto, la hace unos días antes de su muerte.

—Una reunión con amigos..., ¿cuántos? —preguntó Chasis—. ¿Qué iban a hacer?

—Creo que aquí hay un tomate que no terminamos de ver.

—A ver qué nos dice Ana —afirmó Cartón.

62

La parte trasera del centro Subterránea tenía una pequeña terracita de piedra sobre el mismo lecho del Aragón.

Chasis y Cartón encontraron a Ana fumando distraídamente, sentada sobre uno de los muros que guarecían el cauce del torrente. La mujer mantuvo el cigarro entre los dedos y las manos cruzadas cuando vio acercarse a los dos policías. Los saludos fueron escuetos.

—Muy bonita la casa de su madre. Aisa es un pueblo chulo —espetó Cartón con ironía. Chasis le miró de reojo.

—¿Sabe por qué hemos venido a charlar con usted? —preguntó el sargento con extrema seriedad.

La mujer tardó unos segundos en empezar a hablar.

—Yo no sabía quién era el cadáver que encontré. Me he enterado por la prensa —respondió casi de inmediato medio sollozando. El abrigo le tapaba casi toda la cara. Fumaba dando caladas sin tragar el humo. Daba la impresión de estar nerviosa—. No había mucha luz, solo lo vi de espaldas y con un abrigo grueso —añadió—. Salí corriendo en cuanto me di cuenta de que estaba muerto. No comprobé si tenía pulso. Ni siquiera lo toqué. Era solo un bulto.

Ambos guardias se miraron, pero la joven no se apercibió del hecho.

—Eso no importa ahora. Usted conocía a Silván. Eso es evidente. Venga, empiece por la «a», porque tengo la sensación de que no me está contando todo lo que sabe —afirmó el sargento.

—Tal vez tenga que llamar a un abogado.

—No lo creo necesario, si no oculta nada —intervino Cartón—. No la estamos acusando. Pero sí queremos saber de qué conocía a Silván ¿Eran amigos de hace mucho tiempo o lo conoció hace poco? ¿Qué relación tenía con él para haberle llamado? ¿Eran amantes? La llamada no dura en exceso. Eso generalmente indica que se da un recado preciso. No se habla del tiempo que hace ni se comenta el último capítulo de un culebrón.

La mujer dio dos caladas seguidas antes de responder.

—Éramos amigos.

—¿Amigos... que quizá compartían aficiones? —preguntó Cartón.

Ana afirmó con la cabeza.

—Me estoy empezando a cansar —dijo Chasis—. ¿De qué hablaron aquella tarde?

—Íbamos a hacer una reunión que luego no se celebró. Le pregunté qué tal estaba y me dijo que bien, pero que estaría fuera de casa por la noche. No me dijo nada más.

—¿Una reunión? ¿Dónde y para qué? —preguntó el sargento.

Ana respiró hondo manteniendo el cigarro entre los dedos. Hacía unos segundos que había dejado de darle caladas de manera compulsiva.

—En el nuevo hotel de la estación.

—Bien. Silván había reservado habitación en el hotel. Me lo está dejando a huevo. Tenía una aventura con Silván —aventuró Cartón—. Todo parece indicar que es así —añadió.

—No, ya le he dicho que no.

—Sabemos que a esa habitación iba a ir más gente —afirmó el sargento.

Ana apuró el cigarro y terminó apagándolo contra la piedra. Sostuvo la colilla entre los dedos.

—Parece que ya lo saben —manifestó la muchacha con media sonrisa.

—El número aproximado, sí, pero no los integrantes. Nos faltan algunos nombres —afirmó Cartón.

Ana habló de corrido.

—Es una habitación muy grande. La *suite* del ala sur. Tiene todo lo necesario, la historia de antes y la de ahora. El hotel era importante, según contaba Silván. Entre sus paredes han sucedido muchas cosas.

Ahora parece haberse reactivado y eso podía ser clave para él. Similar a las cuevas.

Cartón anotaba los detalles en su libreta.

—¿Quiénes eran las personas que iban a reunirse?

—Silván, el Grutas y Güido.

Cartón miró a Chasis. Este evitó su mirada.

—¿Grutas? ¿Quién es el Grutas?

—Bueno, le llamamos así porque él siempre se presenta como José García Méndez. Tienen la manía de hacerlo con nombre y apellidos —sonrió la joven.

Cartón asintió mirando al sargento.

—No me cuadra. Creo que falta gente, ¿no le parece?

—No la querían por las camas. Solo por el espacio y la situación.

—¿Cuál era el fin de la reunión? —preguntó el sargento.

—Ayudar a Silván.

—¿Ayudarlo a qué?

—A seguir ampliando el CLE.

—¡Eh! Esas siglas me suenan —exclamó Cartón—, pero explíquenoslo usted si es tan amable.

—La sigla de Canfranc Laboratorio de las Emociones. Es un programa informático extremadamente complejo. Yo nunca lo he visto. Buscan actos en el pasado que puedan ayudarnos en el presente. Lo han diseñado dos científicos del LSC. Es algo complicado. Silván tenía su propio compromiso y, a veces, le interesaba más lo suyo. Estaba obsesionado con la muerte de su hija. Sofía, su mujer, desde lo de la niña parecía que solo vivía para Silván.

—¿Y usted?

—Yo soy la guardiana de las cuevas. Saber lo que ocurre en ellas es mi razón de ser.

—Vaya, parece que las grutas de este entorno disfrutan de más cuidadores que visitantes —intervino Chasis.

—O sea que conoce a muchos. Denos su versión de los hechos si es tan amable. Por lo que acaba de decir, usted se reúne con varias personas. ¿Quiénes son esos individuos? —preguntó Cartón deslizando las palabras—. ¿Son siempre los mismos?

—No, vamos cuando podemos.

—¿De qué se conocen?

—Tenemos un grupo pequeño que defendemos las cuevas.

—No me lo diga, a ver si lo adivino —expuso Cartón. Chasis lo clavó con la mirada.

—CDOS —aclaró Ana.

—Los Cuidadores de las Cuevas —aclaró Cartón ante la cara de sorpresa de la joven.

—Curadores —matizó con media sonrisa.

—Eso es.

—¿Qué hacen en las reuniones?

Ana respiró hondo mientras observaba a las primeras visitas de turistas llegando a las cuevas. Un compañero de trabajo se estaba encargando de ellos.

—Rituales de protección. Se denominan rituales de regresión. Las cuidamos para que sigan estando como están. Yo participé al principio. Luego lo dejé.

—Eso no es muy difícil —afirmó Cartón—. La tierra ya se encarga de ello y no lo hace nada mal.

—Y el ser humano de destruirlas —cortó la joven.

—Esos rituales, ¿cómo se llevan a cabo?

—Utilizando figuras que simbolicen el ciclo eterno de las cosas.

—Usted recogió una runa y me la dio a mí, ¿se acuerda?

—Yo no sabía lo que era. Como soy compulsiva recogiendo basura, la retiré pensando que era eso y me la guardé. Eso ya se lo conté. José está muy convencido de la fuerza de las runas. Va dejándolas por todos lados. Estaba con algo de barro cuando la encontré. Es de José, seguro.

Cartón y Chasis se sentaron en el pretil. La mirada de escepticismo era clara.

—Cuénteme algo de Güido. ¿Quién es?

—No sé mucho de él. Empezó a venir a través de José. Contó que era amigo suyo. Un viejo muy simpático y un puto artista. La primera vez que vino me trajo un rakú increíble, una especie de plato negro y rojo. Diseñaba obras por encargo, pero era imprevisible. Un auténtico huraño. Muchas veces desaparecía durante semanas. Como no tenía teléfono, había que ir a decírselo a su casa. Y, cuando quería, era un embaucador. Para mí que no creía en estas cosas. Solo lo hacía por diversión.

—Mañana saldrá en la prensa que lo hemos encontrado muerto —dijo Chasis con seriedad.

Ana mostró una expresión de sorpresa.

—¿Asesinado? —preguntó la joven.

—No lo sabemos.

Al volver al puesto de Canfranc, ambos policías se sentaron en el despacho de Chasis. Después de un buen rato confrontando información y ordenándola, dedujeron que el siguiente paso era ir a ver a José García Méndez.

63

—Lo más importante ahora es saber quién era de verdad Güido —dijo Chasis, mientras viajaban hacia Sabiñánigo en el coche camuflado de la Guardia Civil.

—No tenemos mucha gente que le conociera. Vamos a ver qué nos dice este tipo —dijo Cartón al volante— Nadie parece conocer a nadie, o muy de refilón, y creo que es todo lo contrario —añadió con gesto de fastidio.

El piso estaba a las afueras de la población de Sabiñánigo. Nada más acercarse tuvieron la sensación de que la casa les resultaba familiar. Cartón señaló el felpudo de la entrada. Chasis afirmó con la cabeza mientras hacía sonar el timbre.

La imagen de una figura totémica antropomórfica de origen desconocido parecía dar la bienvenida. Daba la impresión de ser un animal protector, pero también desconcertaba un poco. Estaba dibujada con detalle en tonos madera sobre un fondo blanco.

Pasado medio minuto, el timbre volvió a sonar.

—Tú has hablado con él, ¿no?

—Sí, sí. Claro —respondió Cartón.

Iba a tocar el timbre por tercera vez, pero no hizo falta. La puerta se abrió. El Grutas los invitó a pasar. La primera percepción de los policías fue que el interior de aquella casa se parecía mucho a la de Güido. Artefactos, pequeñas esculturas de cerámica, cuadros por doquier. Desde el techo colgaban objetos variopintos, juguetes, flechas y amuletos.

José García Méndez se mostró desde el primer momento con una mezcla de amabilidad y distancia. Los invitó a sentarse en dos butacas que presidían la sala de estar. Él se sentó en una tercera.

—Tiene usted una esterilla a la entrada, digamos, intrigante —Cartón rompió el hielo.

—¿Le gusta?

—No pasa desapercibida.

—Sí, es un amuleto de los antiguos habitantes de la isla de Pascua. Moai Kava Kava. Es el protector de la casa. Es un dibujo que me hizo el propio Güido de este que está aquí colgando —explicó, señalando una de las esquinas de la estancia—. Está hecha de madera de toromiro. Viajo a la isla con cierta frecuencia. Ya la he visitado dos veces.

El rostro de José denotó sorpresa cuando le informaron del fallecimiento de Güido.

—Muchas cosas han cambiado desde que nos vimos la última vez —afirmó Chasis—. Debemos hablar de algunos asuntos —añadió con seriedad—. Usted conocía bien a Güido Spozio, ¿verdad?

José sonrió.

—Sí. Creo que era de los pocos que llegaron a conocer a Güido. Y a entenderle. Éramos dos solitarios con inquietudes parecidas.

—¿Quién era Güido? —inquirió Cartón.

—Ante todo, un artista —respondió el hombre—. De los que ahora llaman del Renacimiento. Un genio en pintura, escultura y cerámica. Se le daba bien todo lo que se hiciese con las manos.

—Sí, eso ya lo vimos —interrumpió Cartón.

—¿Qué relación tenía con usted?

—Ya se lo he dicho. Me hacía encargos. Alguna vez nos reuníamos en su casa —dijo José.

—Pertenecía al CDOS —afirmó Cartón.

—Bueno, sí, iba a su aire. Digamos que sí. No era amigo de nada que conllevara reunirse con gente. Podía parecer un ermitaño. Tenía ideas, digamos, muy personales.

—¿Personales?

—Sí, cercanas a la pureza de la raza y eso. No le gustaba que hubiera inmigrantes —afirmó José.

—Él lo era —interrumpió Chasis con una sonrisa.

—Suelen ser los peores. Ya ve. Sus padres le debieron inculcar aquello, según me contó una vez. No se llamaba Güido por casualidad.

—Explíquese, por favor —le pidió Cartón.

—Sí, ya sabe, el fundador de la ariosofía y el pensamiento nazi —afirmó José.

—No, eso no lo sabemos —dijo Cartón mirando a Chasis.

—Guido von List fue uno de los teóricos del nazismo, yo creo que el más importante. Fue escritor, pensador y creador, entre otros, del pensamiento único que imperó durante el período de entreguerras. Se le venera en muchos lugares cercanos a ese tipo de ideas. Nació en el siglo XIX, en Austria, como el Führer —añadió José con media sonrisa—. Escribió sobre ocultismo y fue uno de los referentes de la Ahnenerbe. De hecho, Güido Spozio tenía un aspecto físico muy parecido a las pocas fotos que quedan de Guido von List, con larga barba blanca, gafitas y gorra. Eso tampoco era casualidad.

—Explíquenos que es la Ahnenerbe, por favor.

—Bueno, fue una corriente de creencias ocultistas basada en las ideas de este señor y apoyada sin ambigüedades por el régimen nazi, en concreto por Himmler. Buscaban amuletos y libros con poderes. Hacían expediciones, tenían centros de investigación repartidos por toda Alemania. Todo para ensalzar la fuerza de la raza aria. Pero en el fondo era un intento de buscar elementos que pudieran utilizar como armamento invencible que los ayudara a ganar la guerra. Los alemanes son metódicos, pragmáticos y muy organizados. Debieron de encontrar muchas cosas —aventuró José—. La gente no lo sabe. Los nazis trabajaron mucho las ciencias de lo oculto.

Durante unos segundos, los tres se mantuvieron callados.

—¿Güido pudo haber tenido enemigos?

—Lo pensé muchas veces —respondió José—. Ese tipo de pensamiento no va haciendo amigos, a no ser que pienses como él.

—¿De qué vivía este hombre si dice que apenas se relacionaba? ¿No salía a mercados a vender sus obras, tal vez por internet o exposiciones temporales? Encargos de instituciones, si pensaba así, no creo que le llovieran precisamente.

—No, no. Los mandaba a freír espárragos. No dejaba pasar ni media. Bueno, hubo una época en la que lo visitaba una mujer para ayudarle en esa tarea. Pero fue poco tiempo. Yo me crucé con ella una sola vez en su estudio de Panzano, en la sierra de Guara.

—Conoce el nombre de esa persona.

—Luisa, si no recuerdo mal. No tengo ni idea del apellido. Tiene, o puede que ya no, una agencia de viajes en Huesca. Es una mujer con el pelo corto de unos cuarenta años. Alta. La típica vendedora, muy disuasoria. Se debió ofrecer a ser una suerte de mánager, para abrir su mercado y esas cosas. Creo que acabaron mal. Un día se lo pregunté y me contó perrerías de ella. No le di importancia. Lo hacía con todo el mundo. Un cascarrabias con carnet.

—Sabe algún detalle más de por qué la dejó.

—No.

—¿Cuál fue el último encargo que usted le pidió? —preguntó Chasis.

El silencio se hizo tenso.

—Un batik con un uróboro en la mitad.

—¿Cuántos batiks tiene?

—Hechos por Güido, ninguno. Tengo más, pero son de los que se pueden comprar por internet. Vulgaridades chinas que se venden por un euro.

—¿Qué hacen con el batik en cuestión?

—Nada. Los utilizamos en nuestros rollos.

—¿Rollos? —peguntó Cartón.

—Ya se lo he contado, protegemos las cuevas y...

—Sí, sí, pero usted...

—Tenía relación con Silván —interrumpió Cartón—. ¿Por qué no nos lo dijo? ¿Tal vez pertenecía a ese club tan exclusivo de personas obsesionadas con las cuevas?

—Después me enteré de lo que sucedió. Todavía no había salido en la prensa. Pero él no tenía relación con el CDOS, aunque muchas veces nos acompañaba. Me dio pena cuando me enteré de su muerte —respondió José.

—¿Cómo conoció al señor Silván Lanau? —preguntó el sargento.

Pareció dudar antes de contestar.

—El coche que llevaba se lo vendí yo. Ya sabe, el Ford Fiesta color blanco con pocos kilómetros. Hicimos amistad así. Era una persona muy amable. Le encantaba la montaña.

—¿Cuándo fue la última vez que estuvo con él?

—Unos días antes de morir.

—¿Qué hicieron juntos?

—Él estaba obsesionado con la muerte de Zilia, su hija. Matizo, la palabra que mejor lo definiría sería «atormentado». Me contó que se había metido en un asunto que me dejó pensativo. Habían creado con unos amigos un programa informático muy potente para ver cosas del pasado, o algo así —reconoció José.

—Prosiga, prosiga —Chasis lo animó.

—En su momento no le di importancia. Se lo pregunté, pero no quiso darme más información.

—¿Para qué quedaron? —inquirió Cartón—. ¿Solo para charlar?

El hombre sonrió.

—Estaba intentando generar una especie de proceso de regresión para encontrar a su hija.

—¿Y había quedado con él para contárselo?

—Sí, no, bueno, me pidió la tela con el uróboro que le daría la base para desarrollar esa invocación.

—La tela especial hecha por Güido, ¿correcto? —matizó Cartón—. O sea que la tela era de usted.

—La tendrá en su casa —manifestó José—. No me dijo cómo ni dónde ni cuándo iba a hacer ese proceso. Ya ve cómo tengo mi piso. No cabe una pulga. Son todos recuerdos de viajes y de mi trabajo para cuidar las cuevas. Piedras de todo tipo. Fotografías. Amuletos. Esa es una tela muy valiosa. Está hecha por un artista. Espero poder recuperarla, aunque ahora no tengo a nadie a quién reclamársela. Bueno, creo que tiene una hermana, quizá ella sepa dónde se encuentra.

—¿Conoce a Nadine? —preguntó Cartón.

La respuesta se hizo esperar.

—Sí, vinieron los tres a recoger el coche cuando lo compraron. Tal vez vaya a pedírsela. No sé si sabrá donde está, ni siquiera de qué se trata. Veremos.

—¿Qué relación tiene con Ana Carrizo? —cuestionó Chasis.

—Nos llevamos bien —resopló con una mueca.

—Aclárenoslo, porque sus palabras y su cara se contradicen —intervino Cartón.

Chasis se echó hacia el respaldo de su butaca y resopló con cautela.

—No, no, bien. A veces se piensa que las cuevas de las Güixas son suyas exclusivamente —matizó con media sonrisa—. Ya sabe, en todas las relaciones tenemos nuestras diferencias. La manera de cuidarlas es... demasiado puntillosa. Se cree que no existen otras grutas más que las que están en la falda de la Collarada. En el CDOS buscamos cosas más globales. Y le aseguro que en los Pirineos hay muchas cuevas. Nos llevamos bien.

Chasis tuvo una intuición.

—Usted está soltero, ¿verdad?

El hombre afirmó con la cabeza.

—¿Qué relación mantiene con Ana? —insistió el sargento.

—¿A qué se refiere? Ya he contestado eso.

—Sabe a la perfección a qué nos estamos refiriendo —dijo Cartón—. Además, no se preocupe. Lo que hablamos aquí es confidencial.

—No tengo ninguna relación.

—¿Dónde estaba la noche del pasado miércoles?

—Aquí, en mi casa.

—¿Puede demostrarlo? —inquirió Cartón.

—Vivo solo —respondió negando con la cabeza.

64

—No sé tú, pero tengo la sensación de no haberle creído nada de lo que nos ha contado el tal José —dijo Cartón mientras conducía en dirección a Huesca.

—Por ahora no podemos afirmar ni negar nada —matizó Chasis—. El relato de este tipo no me gusta.

—Era increíble cómo tenía la casa. Petada de cosas de lo más variopintas. Dijo que casi todos los objetos eran amuletos, pero yo he visto hasta una bola de lanzamiento de peso.

—Se parecía mucho a la casa de Güido. Una auténtica chamarilería.

—El teléfono de José nos lo sitúa en su casa en la noche del miércoles. Nos lo confirmaron las antenas de repetición. Eso juega a su favor. Pero, claro está, suponiendo que llevara el teléfono encima.

—Parece que este entorno no es muy amigo de acarrear el móvil consigo. Silván tampoco lo llevaba —comentó Chasis—. A Ana también la situamos en su casa hasta la mañana del jueves.

—A Ana no, a su móvil —aclaró Cartón.

—Bien. No podemos situar a ninguno a través del móvil en la escena del crimen. Ni a Ana ni a José.

—¿Nadine?

—¿Sospechas de ella? ¿En base a qué?

—Mira, aquí hay dos grupos que creo que son la clave. Entre ellos podría estar la solución, pero no me preguntes cómo. Por un lado, el grupo del CDOS con dos integrantes muertos, Güido y Silván. Este último es el punto de unión con otro grupo que se reúne en su propia casa para hacer un juego extraño del que, en principio, sabemos poco. Solo su nombre. CLE. En este otro grupo contamos al mismo Silván y también a Sofía, su mujer. Del resto —Ismael, Camino y Nadine— estamos al corriente de lo que nos han contado. En las cámaras de seguridad hemos visto a Silván saliendo de la residencia de Güido. Pero esperamos la autopsia del anciano para saber si simplemente se encontró con el cadáver o si además fue el autor del crimen. Lo que vimos en casa de Güido no aclara nada.

El móvil de Chasis se escuchó con claridad. La llamada duró menos de un minuto y medio.

—Buen trabajo. Gracias. Vamos para allí —fueron las únicas palabras que pronunció Chasis antes de colgar.

—¿Qué sucede? —inquirió Cartón.

—Acaban de localizarme a la tal Luisa. En efecto, trabaja en una agencia de viajes. A lo mejor no todo lo que nos ha contado es mentira —advirtió el sargento con ironía—. Tengo la dirección. La meto en el navegador. En cuarenta minutos estaremos allí —zanjó.

El coche atravesó el puerto de Monrepós con el sol de cara. Al llegar a Huesca, el móvil los llevó con rapidez a la centralita de una agencia de viajes. Le pidieron a Luisa un lugar privado para poder hablar. La parte trasera de su despacho fue suficiente.

—Usted conocía a Güido Spozio, ¿verdad?

La mujer respondió con una pregunta.

—Vaya, ¿quién les ha informado de eso?

Chasis y Cartón se miraron.

—Vamos a dejar claro que a las preguntas se contesta con respuestas, es una premisa sencilla —advirtió Cartón con extrema seriedad.

—Estuve durante un tiempo intentando ser su representante. Su agente, digamos. Si se hubiese dado a conocer, hubiera llegado muy lejos. Hacía verdaderas obras de arte. No tenía teléfono móvil. Tampoco fijo. Cada vez que había que decirle algo, tenías que agarrar el coche e ir a decírselo personalmente. A esos aparatos los llamaba instrumentos del diablo. No quería saber nada de ellos.

—¿Por qué lo dejaron?

—Bueno, yo intenté lo que algunos más ya habían intentado hacer sin conseguirlo. Vender sus obras. La obra de una persona cuyo fuerte no son las relaciones sociales.

Los policías relataron el hallazgo del cadáver de Güido sin dar más datos.

—¿Asesinado? —preguntó la mujer con cara de sorpresa—. ¡Dios mío! —exclamó con vehemencia.

—No podemos añadir nada, pero sí confirmar su muerte.

—¿Cuánto tiempo mantuvieron esa relación?

—Apenas dos meses.

—¿Cómo cortaron?

—Solo aceptaba dinero en metálico. *Cash*. Una vez le vendí una obra y a raíz de eso tuvimos una fuerte discusión. Se ponía muy nervioso. Me endilgó que cómo era capaz de hacerlo. No recordaba que unos días antes me había dado el permiso de venderla. No sé si lo hacía adrede, o por el contrario su avanzada edad le pasaba factura y sus olvidos eran ciertos. Yo jamás le engañé. Se lo juro.

Los policías estaban atentos al relato.

—Se ponía a decir barbaridades. Que si lo había hecho por mi cuenta, que le robaba obras, que mi comisión era excesiva. Cuando la habíamos pactado así. Todo con él era de palabra, apretones de mano y esas cosas. Pobre hombre, era un loco, pero un artista —añadió con la voz entrecortada.

—Paramos un momento si lo desea —sugirió Chasis con voz pausada. La mujer negó con la cabeza y continuó.

—Desde entonces cortamos. Solo llegué a vender esa obra suya. A mí me gustaba lo que hacía. Solo quería echarle una mano. Soy historiadora del arte, aprecio lo que veo. Si además puedo sacar una pequeña comisión, mejor. Las agencias de viaje son solo un sustento. El arte es mi verdadera afición.

—¿Cuál fue el objeto de la discusión? —intervino Cartón.

—Un batik. Bueno, uno en concreto hecho por encargo.

—¿Podría describírmelo?

—Sí, claro, representaba el alfabeto rúnico sobre un fondo granate oscuro. Era muy bonito. Iban a pagar casi dos mil euros por él. En su momento le dije con total claridad que me llevaba el quince por ciento de comisión. Y también que yo localizaba al comprador.

Además, me encargaba de llevarlo o de enviarlo por correo si era grande. De nada vale crear arte, un libro, una escultura o un cuadro si luego no sabes qué hacer con él. Este hombre tallaba esculturas de distintos tamaños. El trato personalizado es muy apreciado. ¿Saben lo que es ese alfabeto?

Los policías afirmaron con la cabeza, pero dejaron que la mujer se explayara.

—El rúnico es un antiguo alfabeto, más bien varios alfabetos. Las runas son las letras que los identifican, aunque también hablan de conceptos, no se ciñen a una letra. Se utilizaban en la antigüedad para escribir lenguas germánicas, en los territorios escandinavos y en Europa central —explicó—. Se dice que tienen poderes de encriptación mágicos. Puertas para el más allá. Son muy apreciadas en el mundo del ocultismo. Se venden grabadas sobre piedra o madera. A veces en obsidiana. Les pongo un ejemplo: ¿recuerdan ustedes los símbolos de las SS de la Alemania nazi? Bueno, aunque lo parecieran, no eran dos «eses». El anagrama de las SS nazis era una runa repetida dos veces. La runa sigel. Puede parecer que el ocultismo no encajase con el pragmatismo del Tercer Reich, pero no fue así. Los nazis investigaron a fondo todo lo relacionado con el más allá. Utilizaron mucho las runas. ¿Tiene algo que ver con la muerte de Güido?

—No le puedo responder —explicó Cartón evitando su mirada.

—¿Quién fue el comprador? —intervino Chasis—. ¿Podría darnos el nombre?

—Una mujer, Pilar. Creo recordar que el apellido era Rodríguez.

Ambos policías se miraron.

—¿Se lo llevó a su domicilio?

—Sí, estaba en Aisa. Me pillaba cerca. Yo se lo acerqué.

65

Chasis agarró el informe de la autopsia de Güido. Acababa de llegar a su mesa de trabajo y se mantuvo pensativo mientras lo leía con atención. Tras pasar por encima algunos datos técnicos referidos al análisis del cadáver llegó al resumen del forense. Leyó despacio el apartado sobre la causa de la muerte. Apenas tenía media línea.

—Ha llegado, ¿verdad? —Cartón entró en el despacho preguntando.

Chasis afirmó con la cabeza. El agente se acercó con interés y esperó a que su jefe terminara de leerlo.

—Sorpresa —dijo Chasis con cierto tono de alivio fingido mientras le tiraba el informe encima de la mesa. Lee.

Esperó sin hablar a que su ayudante leyera el resumen. Cuando terminó, se lo devolvió con media sonrisa.

—En efecto, sorpresa —respondió Cartón.

—No todo es como aparenta —afirmó Chasis con sensación placentera—. A veces la parca juega al escondite con nosotros. Es un alivio. Tenemos un posible asesinato menos que investigar. Me imaginaba, no sé por qué, que Silván no podía serlo, a pesar de que lo situamos en el salón de su casa en torno a la hora de la muerte de Güido. Sale de la casa del anciano, sí, pero no de cargárselo. Y por la hora, perfectamente podría estar vivo todavía.

—Bueno, no vayas tan deprisa. Te pueden matar a disgustos. Eso es una frase muy típica de madre —replicó Cartón—. Pudo haber tenido una discusión con él.

—Sí, aunque los enfados o disgustos que puedas contarle a otra persona no son considerados el arma de un asesinato —sonrió Chasis—. Difícil de demostrar en un juicio. Menos aún en este caso concreto en el que ambos están muertos.

—Puede ser —insistió Cartón—. Acuérdate de *Luz de gas*, la película basada en una obra de teatro con una Bergman pletórica.

Chasis sonrió de medio lado.

—Será. No voy a dudarlo si viene de un cinéfilo como tú.

El silencio se mantuvo durante unos instantes en mitad del despacho de Chasis del puesto de Canfranc.

—Es un gran enigma lo que estos dos hablaron.

—Si es que lo hicieron —añadió Cartón—. ¿Podría llevar la tela del uróboro encima?

—Ni idea.

El papel de la autopsia quedó en medio de ambos y sin respuesta a su pregunta, pero con la información muy concreta sobre las últimas horas de la vida de Güido.

Causa del fallecimiento: infarto agudo de miocardio. Más abajo se aclaraba que el golpe en la cabeza del anciano, con pérdida de sangre, fue como consecuencia de un posterior desvanecimiento. Añadía el informe del forense que no se habían encontrado arañazos o golpes en ninguna otra parte de su cuerpo.

—No existía ningún tipo de historial en los archivos de la Seguridad Social —intervino Cartón—. Esta persona nunca fue al médico de la sanidad pública. Tampoco a los hospitales privados de por aquí. Tal vez fue a consultas privadas. Mantenía su carné de identidad, que estaba caducado, de Italia, aunque vivía aquí desde hacía más de cincuenta años.

Chasis asintió con la cabeza.

—Si llegó a ser anciano sin visitar una sola vez al médico..., rubrico eso ahora mismo.

—Parece ser que tampoco apareció jamás por Hacienda —concretó el sargento—. Ni media declaración —afirmó jocoso.

—También lo firmo —agregó Cartón entre risas.

—Vivía en otro planeta. No tenía cuentas bancarias. Eso sí que me da envidia. Era de otra galaxia —matizó Chasis.

—En el registro en su casa se ha encontrado dinero, aunque no mucho, apenas unos dos mil euros —comentó Cartón.

El móvil de Cartón resonó con un zumbido. Habló durante quince segundos. Cortó la conversación diciendo ¡allá vamos!

—Nos da tiempo de pasar por la casona de Nadine antes de hablar con Ana. Después bajamos a su casa en Villanúa.

—Perfecto.

66

La enorme casona a las afueras de Canfranc Estación, propiedad de Nadine y Sofía, estaba cubierta por una fina capa de nieve de hacía varios días. Cuando Chasis y Cartón llegaron, Nadine los recibió con amabilidad. Se sentaron en los sofás de la sala. Tomaron café.

La urna con las cenizas de Sofía se encontraba en una esquina de la sala. Tenía un color parecido a la que ella misma llevaba en brazos cuando se arrojó al vacío por el barranco de Ip. Nadine observó cómo el policía la miraba.

—Hace ya unos días que están ahí —dijo con calma—. Jamás me dijo qué hacer con ellas. Quizá vaya a aventarlas al río Aragón. No lo sé.

—Ya encontrará un sitio —sugirió Cartón con amabilidad.

La mujer se sentó cerca de los policías.

—Bien, ustedes dirán.

—No queremos molestarla, pero hay algunas cosas que nos gustaría aclarar. Una en concreto —expuso el jefe.

—Díganme.

—La vez que estuvimos hablando con su hermana, aquí mismo, después del asesinato de su cuñado, nos omitió un detalle que a lo mejor pudiera tener relación con el caso y del cual nos hemos informado por otras vías. Se trata de la muerte de Zilia, su hija pequeña.

Nadine se mantuvo callada.

—Debería haberlo dicho, ¿no? Puede que no tenga nada que ver con el asesinato de su cuñado, pero sí tal vez en la decisión que más tarde tomó su hermana. A lo mejor se sintió tan sola que decidió...

No dejó escrita ninguna nota, ¿verdad? O es simplemente que no salió en la conversación. Silván también tendría una sensación parecida, ¿no?

Nadine respiró hondo antes de hablar.

—No les gustaba hablar de ello. Era una herida tan grande que desde entonces no supieron cómo asimilarla. La casualidad hizo que Silván estuviera de viaje cuando ocurrió. En concreto en los Alpes, haciendo una travesía muy lejos de aquí. Tardó en regresar varios días. Las dos tuvimos que apechugar con el momento. Las horas que suceden en ese lapso se hacen interminables. Los trámites son horrorosos. Jamás los olvidaré. Aquella muerte los atormentaba a ambos, pero fue peor para Silván. Nunca fue el mismo después. A Sofía le pasaba igual, aunque se le notaba menos.

—Nadie tuvo la culpa de eso. A veces pasa y no se puede culpar a nadie. Cualquier persona puede sufrir un derrame —argumentó Chasis.

Nadine respiró con calma.

—No, eso no es así.

Los policías la miraron con atención.

—Silván llevaba la carga de la muerte de la niña, pero Sofía lo llevaba aún peor por haberle mentido a su marido, porque, en realidad, lo de mi sobrina fue un descuido de mi hermana.

Chasis y Cartón seguían sin decir palabra.

—Es normal que no lo comentara, no le gustaba nada hablar de ello —afirmó—. Aquel día, mi hermana estaba con el móvil en la mano mirando bobadas y no se dio cuenta de que la chavala se había ido a un árbol de aquí cerca y se había subido a una rama. La niña se cayó de cabeza. Al principio no le dio importancia, pero después cayó en coma. Apenas duró unas horas. Durante un tiempo se lo ocultó a mi cuñado. Las cosas cambiaron mucho cuando pasado un tiempo, él se enteró. A mí me lo confesó desde el primer instante y lo hizo entre lágrimas. Me contó que estaba mirando el móvil y se había despistado. Fue mala suerte. A todos nos puede ocurrir. Yo misma, a veces, cuidaba de la niña si mi hermana tenía que trabajar en su tienda de ropa de Jaca. No quiero ni imaginarme si hubiera pasado cuando estaba a mi cargo —apuntó Nadine quebrándosele la voz.

Chasis y Cartón se encontraban absortos mirando a la mujer, pero todavía no había acabado.

—Yo tengo una aún mayor —añadió bajando la cabeza.

Los guardias civiles se mantuvieron en silencio esperando un nuevo giro de los acontecimientos.

—Aquel día, como Silván estaba en los Alpes, me pidió que fuera a cuidar de la niña. Y yo le dije que no podía. En realidad podía, pero estaba muy cansada y preferí quedarme en mi casa.

—Bueno, fue una casualidad. No debe atormentarse por eso. No creo que Sofía se lo echara en cara —intervino Cartón.

La mujer tragó saliva.

—Estoy segura de que, si hubiera ido, tendríamos aquí a la niña —añadió Nadine bajando la cabeza—. Una vez sí que me lo echó en cara. Mi propia hermana.

—Eso es un poco injusto —medió Cartón.

—Quién sabe, tal vez hubiera pasado lo mismo —sugirió Chasis intentando bajar el tono.

La mujer se tapó unos segundos la cara con las manos.

—Podemos parar cuando quiera —propuso Chasis—. ¿Se encuentra bien?

Nadine afirmó con la cabeza mientras se secaba una incipiente lágrima con un pañuelo de papel. Chasis intentó cambiar de tercio.

—Ustedes están jugando a un juego informático que se llama...

—CLE —dijo Nadine con naturalidad, añadiendo a su rostro una pequeña sonrisa—. Lo hacemos justo aquí arriba. ¿Quieren ver el lugar?

Los guardias civiles se miraron con curiosidad.

—Por qué no —apuntó Cartón.

Subieron los tres al piso superior. Al entrar en la especie de cámara anecoica, los sonidos de la conversación se escucharon tremendamente apagados. Parecía como si costase hablar. Varios cascos de realidad virtual se mantenían ordenados sobre una mesa lateral. Negros y brillantes. Lo que parecían ordenadores se alineaban en batería con varias luces intermitentes encendidas. Chasis contó ocho.

—Dios mío, parecen árboles de Navidad —opinó Cartón con naturalidad. El ruido apagado de las máquinas se dividía entre los propios ordenadores y los sistemas de refrigeración. Una de las tres gigantescas pantallas estaba conectada con la sigla del CLE.

—¿Está trabajando ahora? —curioseó Chasis—. Todo esto parece que está conectado.

—Sí, sí, claro. El sistema está vivo, es una pequeña IA con capacidad para cosas inimaginables —señaló con solemnidad la mujer—. No puede apagarse. Sería como cortar la vida de algo. Tenemos incluso un grupo electrógeno preparado en el exterior por si falla la red eléctrica. Debe continuar trabajando. Tiene capacidad para mantenerlo activo lo que dure la gasolina, el margen es muy grande. Casi un mes. Incluso se instaló un depósito auxiliar de combustible por si las carreteras se cortan por la nieve y nos quedamos incomunicados. Lo testamos arrancándolo cada dos semanas. Nos cercioramos de que el tanque de combustible esté lleno. Pero solo es seguridad, nosotros no nos movemos de aquí.

Por momentos, Cartón imaginó estar en un fotograma de una película concreta de Kubrick y estar viendo una versión muy moderna de Hal 9000.

—Es nuestro amigo. Nos hemos vuelto adictos a él. Yo estoy enganchada. No sé estar mucho sin meterme aquí. Es la ventana espaciotemporal a otro mundo. Por la tarde, Ismael volverá con nuevos datos para hacer que esto siga funcionando y creciendo. Por fortuna el espacio es grande —añadió Nadine con cierto orgullo—. La habitación de al lado nos sirve de soporte por si algún día este nos queda pequeño. Ahora, con la muerte de mi hermana y de mi cuñado todo ha cambiado, pero nos queda esto que podrá ayudarme a pasar el duelo. Tal vez, si progresa bien, a bastantes más cosas.

—¿Evoluciona?

—Claro. Tiene y debe progresar. Esto es materia viva. Necesita electricidad para funcionar, de hecho, depende de ella. Igual que un humano necesita su propia gasolina, la comida. Sin ella se va apagando y muriendo. Eso me suele explicar Ismael —dijo Nadine.

—Entonces el aparatito tendrá nombre —preguntó Cartón con sorna medida.

—El programa es CLE - Canfranc Laboratorio de las Emociones. El propio ordenador se llama «María».

67

Cartón conducía el coche en dirección a la casa de Ana.

—Los batiks parece que están pillando un protagonismo que no imaginábamos —razonó Chasis—. Tanto en el caso del uróboro como en el de las runas tienen aspectos parecidos. La mitología escandinava y la germánica. ¡Cómo eran estos vikingos!

—Parece ser que ambos se utilizan de bases para crear rituales —añadió.

—El que más me ha llamado la atención de los que hemos leído es el del ritual de atracción a personas. Estoy hablando de las runas —aclaró Cartón.

—Bien. Vamos a hablar en términos de conducta. ¿Cómo nos acerca esto a aclarar el asesinato de Silván?

—No lo sé.

—Da la impresión de que todo este asunto está pasando en un mundo paralelo generado por una inteligencia artificial. Nos movemos en una especie de realismo mágico en el que puede pasar cualquier cosa. El conjunto trascurre con una normalidad sobrenatural. Hay toda una corriente literaria que habla de ello. *La casa de los espíritus*, *Como agua para chocolate*, el portugués Saramago, el famoso Rushdie o el mismo García Márquez. Yo los tengo de referencia cuando escribo versos. Sucesos extraordinarios tomados de la cotidianeidad. La poesía es eso. El hombre decidió ir a hablar con su hija muerta a través de algo que lo pudiera acercar a ella. Un ritual. En medio, alguien que no quiso que eso sucediera.

Cartón le miró de soslayo.

—Lo que tenemos entre manos es bastante menos mágico. Un cadáver con nombre y apellidos.

Chasis no contestó. Tardaron unos minutos en llegar a la casa de la joven. Un ático muy pequeño en mitad de la población de Villanúa. Apenas cincuenta metros cuadrados de superficie. Con escueta decoración. Solo una foto enmarcada de la gruta.

—Desde este ventanal puede ver casi la entrada de las cuevas —observó el agente mirando a través de él.

—Por muy poco, sí. Si tuviera tres metros más de altura, seguro que sí —vaticinó Ana con sequedad.

—Es la primera vez que la vemos fuera de ese entorno —dijo Cartón con medida ironía—. Espero que las cuevas estén bien cuidadas en su ausencia.

La joven, que se mantenía de pie con los brazos cruzados, no respondió, solo hizo una leve mueca. Nadie invitó a nadie a sentarse.

—Usted compró un batik a Güido —intervino Chasis.

La muchacha afirmó con la cabeza.

—¿Para qué lo quería? Pagó bastante por él. Cuéntenos algo más.

—¿Qué quieren saber? Si me están haciendo estas preguntas, será que ya saben muchas cosas —aseguró la joven en un tono muy cortante.

—Sus ingresos me hacen pensar que no se corresponde con semejante gasto. Me resulta extraño. Tampoco es un dineral, pero sí una cantidad importante.

—Lo compré yo, pero no fue con mi dinero.

—¿Con el de quién?

—Me lo dio Silván.

—Vaya, esto es nuevo —exclamó Chasis.

—Y el batik llegó a la casa de su madre, ¿correcto?

—Sí, envío los paquetes a esa dirección. Yo no estoy mucho en casa. Mi madre está siempre en la suya. Entre la huerta y la casa apenas sale. Silván no quería que su mujer Sofía se enterara de eso.

—¿Qué querían hacer con él?

—Ayudar a Silván.

La mujer respiró hondo y mantuvo los brazos en la misma posición. Los ojos de los policías esperaron a que ampliase la respuesta.

—¿Qué relación tenía con Silván? ¿Tuvo una aventura con él? Vamos, eso no es ningún crimen, pero tal vez nos ayude a aclarar este asunto.

La mujer se tapó la cara. Se sentó en una silla. No invitó a nadie a hacerlo.

—¿Quiere contarnos algo? Lo estoy viendo en sus ojos —intervino Cartón.

—Si es simplemente eso, nos ayudará. De usted no dudamos —dijo Chasis cruzando los dedos.

—Sí, mantenía una relación con Silván —se sinceró la joven.

—Bien, a ver si aclaramos esta niebla —soltó Cartón—. Hace muy poco nos lo negó. Ahora la tengo que creer. ¿Desde cuándo?

—Casi un año.

—¿No fue capaz de reconocer el cadáver de su amante cuando lo encontró tirado en mitad de la gruta? —disparó con rapidez el sargento—. ¿Tenemos que creerle eso también? —atacó Cartón.

—Crean lo que quieran, es la verdad. La oscuridad era casi absoluta. Yo no sabía que iba a ir allí. Era muy reservado y, cuando se ausentaba, no decía a donde iba. El susto que me llevé fue enorme. Era solo un bulto. El batik no era grande y ni lo vi. La cara estaba ensangrentada y medio tapada por la capucha del abrigo. Yo no vi nada. Solo alguien en mi cueva. Nada más. Silván no contaba nada de lo que hacía.

—¿Qué es eso de la hija de Sofía? —simuló Chasis.

La joven aguantó callada.

—Yo no maté a Silván —anunció Ana con aparente convicción.

—No estamos acusándola de nada. Olvídese de eso. ¿Desde cuándo andaban juntos? Sea sincera, se lo ruego. ¿Qué le pasó a la hija de Silván?

Lo relató concisamente. Hablaba con fluidez. La historia coincidía.

—Parece que él se refugió en mí —dijo Ana—. Eso lo pienso ahora que está muerto. Siempre supuse que se había enamorado de mí. Ahora dudo que fuera así. Casi me doblaba la edad. A lo mejor solo necesitaba un hombro en el que llorar. Tenía días muy volubles. Unas veces venía contento, otras, lloraba con relativa facilidad.

Los policías se sentaron a su alrededor.

—Nos veíamos aquí, en casa, y en algún otro sitio de los que él conocía tan bien. Al lado, en la base del ibón de Ip. Enfrente también, en la zona de Gabardito. Yo estaba en la gloria, pero sabía que aquello no podía acabar como es debido. No sé, lo intuía. A veces, me parecía tan bonito. Fue mi primera relación —se sinceró.

—¿Cómo se conocieron?

—Yo le hice una visita guiada. Aquel día, el recorrido se organizó con una pareja más, habían fallado dos reservas. Después se quedó hablando un buen rato conmigo con constantes e interesantes preguntas sobre la cueva. Su presencia atraía. Tenía un cuerpazo y bastante personalidad —añadió Ana con algo de rubor.

—¿Sofía sabía de su relación con Silván? —inquirió el agente.

—No lo sé seguro. Creo que no. Lo estábamos manteniendo en secreto —manifestó la joven—. Eso yo no lo llevaba bien al principio. Luego me acostumbré a ser el comodín de la baraja.

—¿Para qué se iban a reunir en la habitación del hotel y por qué no fueron?

Ana tardó en responder.

—Silván y José se enfadaron. José nos amenazó con contar lo nuestro a Sofía. Decían que el hotel tal vez fuera un lugar mágico. Pero luego lo descartaron.

—¿Por qué se enfadaron?

—Cada uno sospechaba del otro.

—¿Qué iban a hacer en esa reunión en el hotel Canfranc Estación? —preguntó Cartón.

—Un ritual —dijo Ana—. Un ritual de atracción a través de las runas. Decía que el edificio del hotel había revivido y eso daba una oportunidad. Era el uróboro particular del valle. Volvía a empezar. Se ha vuelto un emblema desde que lo inauguraron.

—¿Atracción sobre quién?

—Sobre la hija de Sofía —respondió Ana—. Zilia se llamaba.

—¿Y qué querían de la niña? —preguntó Chasis—. ¿Volver a oír su voz, estar con ella, tal vez verla?

—No, no, el asunto era más concreto.

—La escuchamos —apuntó Cartón.

—Quería saber si se cayó o si la empujaron —sentenció Ana.

El silencio se hizo tupido. Los guardias civiles se miraron después de oír las palabras de la joven.

—A través de ese ritual se puede hablar con una persona fallecida. Pero no devolverle la vida ni resucitarla. Tampoco se puede modificar el pasado. Solo hablar. Le aseguro que es muy eficaz.

—A ver, usted está indicando que Silván pensaba que su hija había sido asesinada. ¿Qué le hacía tener semejante pensamiento?

—Silván estaba cuidando a su sobrina Malena, la hija de Nadine y José, en el piso de Jaca cuando la niña se precipitó al vacío desde el balcón. Un tiempo después se invirtieron los términos y Silván pensó que era una venganza.

—A ver, pare, pare, pare. —Chasis interrumpió sus palabras mirando a Cartón descaradamente.

—¿Nadine y José? ¿Malena?

—Yo me he perdido —apoyó Cartón—. ¿Qué cojones está diciendo?

Ana se mantuvo callada unos instantes.

—Explíquese porque esto va demasiado rápido —dijo el sargento, mientras el agente no dejaba de anotar detalles en su libreta—. Creo que yo también me he perdido —añadió con una mueca en su rostro.

—Nadine y José, sí. ¿No lo sabían? —preguntó Ana.

—Sabemos quiénes son ambos, pero ¿qué significa eso de nombrarlos a la vez?

—Tuvieron una hija que se mató.

—A ver, que me estoy volviendo loco —dijo Chasis—. ¿José y Nadine estaban juntos? ¿Casados?

—No, casados no, pero tuvieron una relación y una hija en común. Malena se llamaba.

—Eso cambia mucho las cosas —musitó Cartón.

—Anduvieron. Hace ya años que se separaron —contestó Ana en tono pausado—. Y tuvieron una hija, Malena, que se mató casi con la misma edad que Zilia, la de Silván y Sofía. En aquel entonces vivían en Jaca. Incluso los visitó la Policía Nacional porque en un primer momento debieron de dudar de su versión de los hechos. Después, todo cayó en el olvido y no se llegó a investigar nada. Fue un caso de mala suerte. Todo ello fue, al menos, lo que me contó Silván.

—Malena, la niña que tuvieron Nadine y José, murió anteriormente de manera similar a Zilia, la hija de Silván y Sofía —razonó Cartón.

—Ya se lo he dicho, cayó desde el balcón de un quinto piso. No sé más. Silván estaba a cargo de su sobrina Malena en aquel momento. Él juraba que había sido un terrible accidente, yo le creí.

—¿Dónde está ahora ese batik de las runas? —preguntó el sargento.

—Me lo pidió José. Sabía que Silván lo había comprado y yo se lo presté. Entonces se llevaban bien.

—Ya.

—Sabía que hacían cosas, pero ni dónde ni cuándo. Créanme —insistió Ana.

68

El hombre dispuso las runas sobre el batik de manera que formaban lo que podría ser el nombre de la niña. Símbolos de la antigüedad se desplegaron ante sus ojos queriendo rebuscar en su pasado.

Una nube de recuerdos vino a su memoria destrozada por los trágicos hechos. Intentó que las piedras le hablaran, pero estas lo miraron con aire ausente desde su densidad muda, pétrea y negra.

Movió los símbolos tratando de desencriptar la voz que quería oír, aunque no fue capaz de conseguirlo. De nuevo, su memoria tiró de datos grabados en su mente y se mantuvo hierático, dejando que lo único que se moviera fueran sus relatos. La muerte de su hija lo invadió todo. Y el tiempo, lejos de diluir las vivencias, las había afianzado. Una mezcla de tristeza, odio, desesperanza y revancha le mantenía agarrado a unas manos que temblaban cada vez más. Varias pastillas de distintos colores parecían haberse sumado a la fiesta privada de su interior. Algún blíster vacío ocupaba la mesilla de al lado. Le estaban dando la fuerza que en muchos momentos flaqueaba.

Maldijo su nombre en voz baja.

Pensó que tal vez no era el lugar, pero sí la ocasión. «El espacio cerrado que tanto amo sabrá darme la respuesta —se reafirmó—. Siempre lo ha hecho —se dijo entre dientes.»

«La cueva tiene la solución. No es el hotel. Aunque haya resurgido de sus cenizas y como un uróboro vuelva a empezar. La zona exacta es la gruta.»

Marcó el teléfono de manera automática. Una voz de mujer respondió.

69

El fuego de la chimenea de la casa de Cloe, en Urdos, ardía con Horacio tiritando a un lado sentado en una silla. La mujer le trajo una manta.

—Gracias —dijo el conductor—. No tengo frío.

—¿Quieres un poco de coñac? Tengo una botella guardada. ¿Tal vez un pitillo? —añadió Cloe.

El hombre asintió con la cabeza al último ofrecimiento. Encendió el cigarro acercando la mano a un ascua. El humo pareció tranquilizarlo cuando inundó sus pulmones. Lo degustó como quien ha jugado una partida con la muerte y ha salido victorioso. En el se reflejaron los recuerdos de varias personas, también el pensamiento de lo que estarían haciendo en ese mismo momento.

—Tengo queso. Es de Cyrille —comentó Horacio con media sonrisa—. Está en la camioneta. Luego te lo subo. Es una buena disculpa para moverme por la zona.

Un reloj de pared presidía uno de los lados del salón. Marcaba las dos de la madrugada.

—Ya deberían haber llegado —afirmó Cloe con preocupación.

—Una cosa es ir hasta donde está Cyrille y otra es llegar hasta tu casa. Es un tramo bastante más largo. Estate tranquila, llegarán. Eme es un fantástico *mugalari*. Conoce muy bien la montaña.

La noche se hizo especialmente larga. Cloe y Horacio mantuvieron un duermevela sobre las sillas, muy cerca de los rescoldos.

Entre cabezada y cabezada miraban de reojo el final de uno de los senderos, por los que debería aparecer la escueta comitiva.

El reloj dio cinco campanadas. Casi a la par, la puerta de la calle sonó con mucha delicadeza. Horacio se incorporó sobresaltado. Cloe corrió hacia la puerta.

—¿Por qué os habéis retrasado tanto? ¿Ha habido problemas? Creía que os había parado alguien o habíais tenido un encuentro fatal —afirmó el conductor.

—Hemos tenido que parar —afirmó Eme con palabras secas.

—¿Cómo ha ido lo de Dietter? —preguntó Amira.

Horacio relató con detalle lo sucedido en la camioneta.

—No lo he matado. De verdad, no os estoy mintiendo. Debía de tener una navaja escondida en algún lado, porque se soltó las ataduras, y eso que estaban bien hechas —señaló Horacio con extrema seriedad.

Liberté interrumpió el silencio entre las cuatro personas.

—Tengo una especie de cuna preparada, ven —afirmó Cloe señalando una habitación. Las dos mujeres desaparecieron con la niña en la habitación.

—Te cuento por qué hemos tardado tanto —empezó a decir Eme con solemnidad.

Era noche cerrada. Amira sostenía arropada a Liberté. Estaban en territorio francés desde hacía un rato. La niebla les había dado un respiro justo cuando cruzaban la muga. Vieron sin dificultad las luces del paso fronterizo de Somport. De bajada, las nubes volvieron a tapar el camino.

El llanto de la niña se dejó oír con cierto volumen.

—¿Qué pasa?

—La niña se ha despertado —avisó Amira, sujetando al hombre por el brazo.

—Hazla callar, por Dios.

—El movimiento no la calma —dijo la joven con nerviosismo—. No lo entiendo. Hace mucho frío, pero está bien tapada, y no hace nada que le he dado de comer.

El llanto de la niña estaba logrando desorientar a Eme.

—Joder, hazla callar.

Amira trató de calmarla. Comenzó por taparle la boca, pero la situación empeoró.

—Estamos muy cerca de la borda de Cyrille. Intentaremos hacer un alto allí. Procura que aguante de algún modo —suplicó cambiando el rumbo.

Bajaron por donde no había senderos. La única brújula, la mente de Eme. No tardaron ni cinco minutos en llegar a la borda. La carretera cercana se encontraba vacía. La puerta trasera se hallaba medio entornada. Eme desconfió. Hizo detenerse a Amira bastantes metros antes de la entrada. Ambos se agacharon. La niña parecía haberse calmado. Varias vacas miraron con indiferencia desde el cobertizo del ganado.

—Espera aquí. Veo la puerta entornada y no me gusta. Se ve el resplandor de una hoguera, pero noto algo raro —aventuró Eme—. Espera aquí a que yo entre.

Amira asintió.

El *mugalari* se acercó con extrema cautela. Empujó la puerta y el resplandor muy tenue de la hoguera, casi apagada, apenas iluminó el interior. Se adentró e hizo señas a Amira de que se acercara. El cuerpo sin vida de Cyrille se mantenía sentado en su silla preferida.

Sujeto por los reposabrazos, parecía querer restar importancia a su muerte. Eme le cerró los parpados y los notó fríos. La barba blanca conservaba algunas migas de pan negro seco. Había un trozo de queso caído. Una de las manos yacía en el aire. El olor a leche rancia derramada desde un vaso hacía pensar que fue lo último que aquel anciano había degustado. La escena hablaba de un tránsito dulce. En el lugar elegido por él. Rodeado de sus montañas preferidas, sus vacas, su leche y los quesos. Y, sobre todo, teniendo la conciencia tranquila por haber aportado su granito de arena para que el despropósito de la guerra acabara.

Amira lo miró sin dejar de acunar a la niña. Preguntó lo evidente, a lo que Eme aprobó sin palabras.

El hombre se arrodilló frente al cadáver. Se escucharon palabras muy delicadas.

—Perdón, Cyrille, te pido disculpas por haber dudado de ti —dijo mientras recolocaba las manos del pastor—. Lo siento —repitió bajando la cabeza—. Perdón.

Eme se levantó y se secó dos lágrimas que se habían deslizado hasta su barba grisácea. La niña se había calmado y estaba despierta.

—Tengo que enterrar a este hombre. No puedo dejarlo aquí.

—Si Dietter ya está libre, no tardará en ir a tu casa de Canfranc, y el siguiente sitio será este —razonó Amira—. Los muertos no protestan si no se los entierra.

—Pero los vivos, sí —cortó Eme—. No tardaré nada.

—Acabamos de pasar a escasos metros del cadáver de la madre de esta niña y no nos hemos parado a darle sepultura. Todavía está allí, medio enterrada por la nieve. A merced de los animales. Nadie la ha encontrado. No tenemos tiempo.

—Pues entonces voy a darme mucha prisa. Enterrar a la madre de la niña era mucho riesgo. La zona está muy expuesta. La niebla nos ha protegido. Este lugar está más resguardado.

Amira no dejaba de mecer a la niña, que parecía volver a quedarse dormida. Eme arrastró hacia fuera el cadáver del anciano. Cerca de la trampilla que servía para ocultar a los que pasaban la frontera había un hueco que comenzó a hacer más grande. El palmo de nieve de la superficie dejó paso a una tierra húmeda y blanda. Tardó muy poco en dejar preparada la sepultura. Un agujero en la tierra tan sencillo como su propia existencia, pero bastante más importante de lo que parecía. Alimentó la pequeña oquedad de tierra con el cadáver del pastor, y también con lo más importante de su vida. Sus objetos más valiosos. Los recuerdos de todas y cada una de las personas que ayudó a salvar del infierno formando parte de un entramado tan artesano y bondadoso como su propia alma. La tierra lo tapó todo. El cuerpo y sus memorias. Cuando Eme dio golpes sobre el túmulo, estaba sudando, a pesar del frío que reinaba en la zona. Le dedicó unas palabras más altas de lo que debería. Casi a gritos. Por unos momentos, pareció que no le importaba nada. La densa niebla estaba haciendo aún más íntimo el momento.

—*Merci, merci,* Cyrille, por tus actos y tu bondad. También por tus quesos tan ricos.

Una sonrisa y varias lágrimas salieron del rostro de Eme rivalizando entre sí.

—Te llevaré siempre en el corazón. Cuando Francia sea liberada, vendré a decírtelo. Tú serás el primero en saberlo. Y será pronto, estate seguro. Lamento que no hayas llegado a verlo, pero ten por seguro que será así. Llegará un día en que la frontera entre estos dos países se borrará. La atravesaremos sin tener que enseñar ningún papel. Tú has contribuido a ello. Gracias, *merci*, Cyrille.

El llanto de la niña le devolvió a la realidad de un plumazo. Retornó a la cabaña, y pasados unos minutos regresaron al bosque de bajada en dirección a Urdos.

Horacio terminó de escuchar todo lo sucedido. Cloe y Amira se habían unido al relato.

—La situación ha cambiado ostensiblemente —opinó el *mugalari*—. Si Dietter está muerto, y si no dejó dicho dónde iba, volvemos a la casilla de salida. ¿Se podría, entonces, volver a la casa de Canfranc?

Ninguno de los presentes fue capaz de dar una respuesta a esa pregunta.

70

La estación de Canfranc recibía los últimos destellos del atardecer. El nuevo capitán, *Hauptsturmführer* Gunther Fischer, miró el despacho y la caja fuerte medio abierta. Husmeó los papeles atrasados. El soldado que le acompañaba se mantenía firme a la entrada de la habitación.

—¿Esto es todo lo que hay de información?

—Señor, no se ha tocado nada desde que Dietter desapareció —garantizó el subordinado—. Todo está como él lo dejó.

—¿No comentó a nadie adónde iba? —afirmó.

—No, señor.

—Bien. Puede retirarse —dijo el oficial.

—Señor, le dejo la correspondencia que ha llegado esta tarde —añadió el soldado, mostrando un pequeño haz de cartas—. Hay una que lo ha hecho en valija especial.

—Perfecto. Déjelo encima de la mesa.

Gunther se sentó en la butaca y comenzó a revisar las misivas. Dejó para el final la que venía dirigida expresamente a él. Todas eran para los soldados acantonados en aquel lugar entre montañas.

Observó el sello azul de la censura nazi en todos los sobres menos en uno. La carta era muy fina y ni siquiera estaba dirigida a él. Al abrirla se dio cuenta de que era una simple carta extraviada de un soldado alemán en el frente oriental que iba dirigida a su mujer. Por error había llegado a un destino equivocado. La leyó con curiosidad. Algunas frases se le quedaron más tiempo en la memoria.

A menudo sueño contigo, cariño. Llego a casa y volvemos a besarnos y abrazarnos. La guerra relámpago que nos prometieron no es tan rápida como aseguraron. A veces pienso que estoy en un infierno. Nos permiten robar comida y saquear lo que necesitemos. Pero lo peor es el frío, casi más que el hambre. He tenido que quitar ropa de los cadáveres para poder abrigarme más. Incluso cortar pies de cuerpos congelados para luego, cerca de una hoguera, esperar a poder retirar el pie y utilizar las botas. Las pocas veces que sale el sol apenas calienta. Además, siempre debemos estar a la sombra. Las paredes nos guarecen de las balas enemigas, pero nos quitan el escaso sol.

Intenta escribirme, cariño, nos da mucha fuerza. A mí, al menos, me parece como si estuvieras leyendo las cartas a mi lado.

Pasearemos por las calles de Berlín cuando esto acabe.

No me olvido de nuestro hijo, de quien pronto será su cumpleaños. Dile que le mandaré un escrito especial por su cuarto aniversario y le haré un dibujo de jirafas, que tanto le gustan.

Lucho por mi patria, Alemania, pero esto es un disparate. Luchamos contra los rusos, pero también luchamos por conseguir sobres, papel, lápices y, lo peor, algo que echarnos a la boca. Comemos cosas que ni siquiera sabemos lo que son.

Gunther, pensativo, dejó de leer la misiva y la apartó a una esquina de la mesa. Agarró el sobre y volvió a mirarlo. No sintió nada. Luego abrió el escrito que iba dirigido a él.

Operación Cataria - OC

Estimado Gunther Fischer:

Desde la muerte de Otto y la desaparición de su sucesor, Dietter, el asunto se ha retrasado bastante más de lo que pensábamos. Trabajamos en ambos casos para saber qué ha sucedido con estos dos oficiales, pero el tiempo se nos ha echado encima. Los días pasan rápido y también el trascurrir del tiempo se ha convertido en un enemigo que hay que combatir. Confiamos plenamente en su trabajo. Viene usted avalado por su impecable actuación en el frente oriental. Y ha sido trasladado desde allí porque la misión de encontrar el amuleto y dar por zanjada la operación Cataria, que no es otra que recuperar dicho objeto, y que es en este instante una prioridad absoluta.

Buscamos el amuleto que dejó un soldado simpatizante de la Ahnenerbe, para juntarlo con el resto de las piezas sagradas y así tener el poder completo. Extreme las precauciones.

La victoria será nuestra, no lo dude ni por un instante.

Sieg Heil.

Heinrich Luitpold Himmler
Reichsführer de las Schutzstaffel (SS)

Nada más terminar de leerla, Gunther la apartó y se mantuvo mirando por las ventanas de su despacho. A través de los cristales se observaba que en las montañas circundantes la nieve estaba, poco a poco, dejando paso a zonas verdes de hierba. La primavera parecía querer entrar con timidez.

Dejó su cartera encima de la mesa y la cerró con llave. Antes tuvo tiempo de ver de nuevo una pequeña fotografía en blanco y negro en la que se podía observar, con escasa definición, la figura del amuleto. De refilón y casi movida, la imagen de Estanislao Gascón aparecía en un extremo. El rictus era serio. El *mamedkrafter* estaba sobre una mesa de un lugar indefinido y bastante borroso.

«Yo he venido aquí —pensó Ghunter—, a controlar el acceso de estos indocumentados y envidiosos españoles, que incluso sin tener enemigos exteriores fueron capaces de generar una guerra civil entre ellos mismos. Es increíble. Y sobre todo a que no huyan indeseables desde nuestras fronteras. Poco me interesa la magia y sus historias», se reafirmó el capitán mientras guardaba los documentos en la caja fuerte.

71

Jaca amanecía con lentitud. Peña Oroel brillaba con los primeros rayos de sol.

Horacio sostuvo entre sus brazos a Liberté y se asomó por una de las ventanas pequeñas. La niña sonreía mientras jugueteaba con el bigote del hombre. Notó que la pequeña crecía poco a poco, a pesar del escaso acceso a la comida que daban las cartillas de racionamiento. Él tenía posibilidades de tener más mercancías dejando de lado a los infames estraperlistas. El horror del hambre que se podía divisar por doquier era demoledor, peor que las propias balas y los obuses. Y en los niños el asunto era terrible, tanto que los adultos dejaban de comer para alimentar a las criaturas.

Pero él se sentía privilegiado al poder surtir a la fonda y a la estación. Por eso aprovechaba su situación, jugándose el pellejo, para que la camioneta sirviera de pequeño trasporte a una incierta libertad.

Horacio dejó a la niña sobre una manta que su mujer había dispuesto en el suelo de la salita, para que comenzase a gatear. Carolina interrumpió el momento enseñando dos papeles. El hombre los observó con orgullo.

—Eres una artista —dijo examinándolos de cerca—. Están perfectos.

—Es mi obligación. Ya sabes que esta es mi aportación. Han quedado muy bien. Tal vez, hacerlo para una niña te motiva más. He tenido que vincularla a nosotros —explicó señalando uno de los extremos del papel—. Luego, si se cambia, haré nuevos con los datos que me des. Parece que el destino está jugando con nosotros —dijo sin dejar de mirarla y añadió—: Le he puesto otro nombre para evitar posibles problemas.

—Están muy bien —halagó Horacio, pasándose la mano por la calva mientras miraba de cerca los documentos. Esbozó una sonrisa al ver el nuevo nombre de la niña. Berta.

—Durante el tiempo que la tengamos nosotros la llamaremos así, y en cuanto se pueda intentaré volver a su nombre original —aclaró Carolina.

—Bien. Lo haremos como dices —afirmó Horacio.

—¿Tenemos el derecho a quedárnosla?

El silencio solo era interrumpido por el bebé intentando empezar a gatear.

—No lo sé. Sí tenemos la obligación moral de sacarla adelante. Eso está claro. Si vemos la posibilidad de devolverla a... quién sabe, lo haremos. La madre bilógica desapareció, esa es una certeza. Ni siquiera pudimos darle sepultura. Según nos contó ella misma unas horas antes de morir, a su marido lo habían llevado a un campo de concentración, y por las noticias que nos están llegando desde el centro de Europa, de esos lugares no se vuelve. Menos aún si has sido cabecilla de algo. No sabemos nada. La memoria de esta niña está muerta. Ojalá algún día se la podamos reponer. Tiene derecho a saber su pasado.

—¿Podemos?

Horacio tardó en contestar. Miró por la ventana, pero no fue capaz de observar el paisaje. La pregunta de su mujer rebotaba en su ánimo.

—Yo qué sé. Nunca me hubiera imaginado verme en una situación así —dijo mientras miraba al bebé jugando con una pequeña pelota de tela improvisada.

—Una cosa es cierta —dijo Carolina—. Yo ya me he enamorado de esta cría. Si tengo que hacerme cargo de ella durante un tiempo y luego me la quitáis, no sé si podré soportarlo. Prefiero que te la lleves ya mismo.

—No tengo ningún sitio a donde llevarla —respondió el conductor—. Amira había comentado que ella también podía cuidar de la niña.

Durante unos segundos, Carolina no supo qué responder.

—Amira es aún joven. Yo ya no puedo tener hijos —dijo bajando la mirada—. Y se encuentran en un lugar con demasiadas tropas alemanas cerca. Está bastante mejor aquí. No vaya a ser que bombardeen la estación de Canfranc por alguna estúpida razón, como nos pasó aquí, en Jaca, en el treinta y siete —añadió Carolina con la voz entrecortada—. Allí están los nazis. Puede pasar.

La mujer comenzó a llorar mientras se tapaba la cara con las manos. Horacio la abrazó.

—Los bombardeos son lo peor. El ruido atronador, el humo denso, el olor negro a quemado, a muerte que se te mete por la nariz y no te deja respirar, el pánico de los gritos de socorro de todo el mundo corriendo a refugiarse. Desde aquel día se me retiró la regla y ya no he vuelto a tenerla. Yo, como la madre de esta criatura, hubiese podido tener un bebé —afirmó señalándola.

—No sé qué responderte —dijo Horacio mientras mantenía a su mujer muy cerca de él—. Por ahora se quedará aquí. No tiene a nadie, que sepamos.

—Yo la cuidaré como si fuera mía.

—Sabemos que está huérfana de madre y padre. Tal vez tenga tíos, parientes o qué sé yo. Pero será muy difícil contactar con ellos. Esperaremos a ver qué ocurre.

—La cuidaré como si fuera mía, nuestra —repitió Carolina mirando a la criatura—. Al mismo tiempo estaré aquí, falsificando los documentos que hagan falta —añadió sin dejar de abrazarle—. Algún día esto acabará.

La niña miraba con curiosidad la escena.

72

La mermelada de cambrón terminó de esterilizarse en los tarros de cristal. Cada tarro estaba enrollado en calcetines viejos y remendados mil veces, como medida para evitar roturas al golpearse entre ellos en el interior de la cazuela. Habían pasado más de veinte minutos sumergidos en agua hirviendo. El color amarillo oscuro de su interior se podía apreciar a través de las tapas transparentes.

María apartó la gran marmita del fuego de la cocina económica y la dejó enfriar encima de un tronco de madera que hacía las veces de salvamanteles. Calculó que tardaría alrededor de media hora para que aquel recipiente se templara. Después sacó los botes del agua y los dejó boca abajo hasta que terminaron de enfriarse por completo. Ayudaría a hacer el vacío.

Miró por la ventana al oír el suave murmullo de un coche que le resultó familiar. Reconoció al instante el BMW azul. La población de Biescas mantenía una luz tenue bajo cielos encapotados. El restaurante La Borda del Bosnerau acababa de abrir y sus luces aportaban algo de claridad. Un aroma melodioso salía de sus puertas, una mezcla de maíz cocido reconfortante y cilantro recién picado, preparados para hacer arepas.

Se extrañó de la hora. Su hija Camino tendría que estar trabajando a esa hora, pensó. La vio salir del BMW. Llevaba en la mano una maleta, un ordenador portátil cruzado en bandolera y una mochila. La anciana intuyó que el ciclo volvía a empezar.

La mujer fue a llamar, pero enseguida se dio cuenta de que la puerta estaba solo entornada. La empujó con una de las maletas. La anciana la observó desde la entrada. Dejó todo el equipaje en el pasillo. Camino se cambió Saturno de oreja.

—Esta casa huele bien, tiene un perfume que alimenta —dijo la doctora desde la distancia y a modo de saludo.

—Ya ves, esterilizando la mermelada habitual —respondió cuando Camino se acercó a darle un beso—. Hace una hora estaba picando romero y acabo de recoger laurel —añadió—. Tienen aromas parecidos a pesar de ser de familias distintas. Me lo dijiste tú.

Camino se detuvo al oír la combinación, pero no dijo nada. Le pareció estar oliendo ambos a la vez. Como si cada fosa nasal estuviera escudriñando perfumes distintos. A personas diferentes. Su madre tenía razón, son fragancias similares.

—¿Qué ha pasado? ¿No trabajas? Hoy es un día de labor. ¿Estáis de huelga galáctica? —interrogó María con tonillo.

—No cambias, mamá. Eres irónica hasta hartarte. Entro a la tarde. He cambiado el horario.

—Cambiar a mi edad —sonrió la anciana—. ¿Por qué vienes tan cargada?

—Vengo a quedarme, digamos, una temporada —respondió Camino sentándose al lado de la anciana.

La madre no hizo ningún gesto de sorpresa. Unos segundos más tarde habló con voz pausada.

—Yo vi lógico que te fueras a vivir con Telmo. Un cocinero siempre es un buen partido, sea como sea. Dar de comer es solidario. La cocina tiene mucho de complicidad, de buen rollo, también de erotismo. ¿No te hecha buenos polvos? —añadió con retranca.

—¡Mamá! ¡Por favor! Si prefieres, podrías empezar a contarme cosas de mi padre —contratacó la doctora—. ¿Qué te parece? Tampoco estás tú exenta de saber relacionarte con los tíos.

El silencio pesó como una losa. La anciana no abrió la boca. Acusó las palabras, pero su rostro no lo aparentó. Tardó en volver a hablar y como siempre lo hizo sin contar nada de la herida que llevaba en su corazón.

—Lo siento de veras —admitió Camino casi al instante.

—Bueno. Calma. Solo era una broma. Él es una persona muy amable y un gran profesional. ¿Qué ha sucedido? ¿Ya no cocina como antes? —añadió la anciana con tonillo—. ¿Qué fue del famoso plato que tanto te embaucó? Más de una vez lo has nombrado. El famoso rape al laurel. ¿Solo te engatusó por sus guisos?

—No. Cocina como siempre. Aquel plato era y sigue siendo espectacular —se defendió Camino con media sonrisa condescendiente—. Tal vez es el olor más que el sabor lo que predomina. Lo combina con la textura del pez haciéndolo mágico. Pero no me confundas, mamá. Es increíble lo que Telmo ha cambiado. Se ha vuelto un celoso. Piensa que...

—O tú —intervino la anciana cortándole las palabras—. Tú no estás libre de culpa de esta última relación. Ni de las anteriores.

—Ha entrado en mi correo y lo he pillado. No sé cómo lo ha hecho. Ha revisado todo, *e-mails* antiguos, archivos de...

—¿Estás segura? —María la interrumpió.

—Mamá, claro que lo ha hecho —especificó con terquedad—. Los ordenadores son chivatos por naturaleza. Si buscas bien, puedes saber con total exactitud si alguien los ha tocado.

—Eso no lo dudo viniendo de ti. ¿Y? Era o es tu compañero. Tampoco es tan grave. Tal vez hay una explicación sencilla para ello. Es posible que su ordenador se haya estropeado, yo qué sé. Actúas como si estuvieras a la defensiva. Tal vez le ocultas secretos. Pareces una adolescente. Pregúntate por qué lo ha hecho, y no pienses que le estoy defendiendo. Solo intento descifrar esta situación. A lo mejor tú eres la que lo ha provocado. Primero, tendrías que haberle contado cuando empezaste a salir con él, lo que también deberías haber hecho con los anteriores. Y en ninguno de los casos lo hiciste. Llevas una espina absurda clavada en forma de amor de pubertad que no termina de cerrar y que tú misma te empeñas en mantener abierta, pero solo en tus sueños. Un día tiraré a la basura ese absurdo haz de lictores que tienes por ahí —añadió María en un tono de enfado, señalando con desprecio la pequeña figura encima de uno de los aparadores—. Debes superarlo.

Camino rompió a llorar mientras se abrazaba a su madre. María la rodeó con sus brazos solo unos instantes. Después le habló a la cara.

—Yo no estaré siempre aquí. Soy tu amiga, pero sobre todo soy tu madre. En un momento no muy lejano esto se acabará. Y me duele verte a tu edad de esta manera.

Camino se separó inmersa en un mar de confusión.

—Por lo menos con este no te has casado —dijo cortando el instante con simpatía—. Además, no entiendo cómo una persona con un nivel profesional como el tuyo, increíble por cualquier lugar que lo mires, puede estar así.

—La casa de Telmo estaba a escasos cien metros de donde trabaja Chasis. Tenía que pasar por su puerta a diario. Lo veía cruzarse en el coche patrulla. ¿Qué le iba a decir a Telmo?, ¿que un antiguo novio curraba al lado y que aquello era suficiente razón para no irme a vivir con él? Y cuando por fin me instalé allí, pensé que era la prueba definitiva para superar mi adicción a Alberto. Pero no fue así. La cosa se volvió peor. Mucho peor. Por momentos pensé que vivía con Chasis. Que todo volvía a su origen. Que había un mundo paralelo donde el orden de las cosas había mutado y yo estaba con Chasis. Tal vez sea ese el que existe y no este.

—No sé qué decirte —respondió María con pragmatismo—. A lo mejor, eso es lo que tú quieres creer, no te engañes. Yo sí que no lo sé. Estoy a un nivel inferior de inteligencia. Sé las cosas de esta tierra. No creo que haya más. Esta es tu casa. Tu habitación está lista, siempre lo está, eso ya lo sabes —añadió mientras señalaba el cuarto—. Tendrías que ir a por él con decisión y asfaltar la carretera de tu vida por completo, en vez de seguir tapando los baches con estúpidos parches. Nunca es tarde para una relación. Tengas la edad que tengas. Jamás he sabido por qué Chasis te ha atraído como lo ha hecho. Yo, entre un poli y un cocinero, no lo dudaría, aunque es verdad que ambos te dan seguridad —reiteró en su habitual tono—. Difícil elección. El amor es tan irracional. Telmo es una buena persona. Chasis también lo es.

Camino sonrió forzadamente.

—Chasis ahora vive con otra mujer. En Torla.

—Vaya, pues si sigue trabajando en el puesto de la Guardia Civil de Canfranc Estación, tiene que atravesar por Biescas todos los días. Puedes salir a saludarle al balcón —dijo la anciana con coña.

Camino permanecía con la mirada perdida.

—¿Has discutido con Telmo?

—No.

—¿Entonces? Mujer, eso hay que arreglarlo. Yo creo que el cocinero te quiere —argumentó la anciana—. Te respeta, y con eso, a veces, es suficiente.

—Es solo que la situación me supera. Me vuelve a superar —matizó—. He recogido mis cosas y me he marchado de su casa. Le he dejado una nota.

—Ostras, ¿una nota? ¿Un escueto papel? Joder. Ya te digo, como una adolescente. Vamos a peor. ¿Y qué decía?

—Necesito tiempo —Camino resumió el texto.

—Ostras, llevabas unos años con él. ¿Todo se acota a dos palabras? Te llamará, estate segura. Le debes una explicación. No creo que se merezca esto.

—Bueno, no fueron solo dos, pero tampoco muchas más. Lo que importa es que ya no estoy en su casa. Es mejor así. Me sentía prisionera en aquel piso.

María se dio media vuelta y negando con la cabeza se dispuso a ordenar los botes de mermelada. Cuando la doctora se marchó a su habitación, lo primero que hizo fue llevarse el haz de lictores con ella. Por momentos, su mente confundida pensó que el aroma del laurel era más fuerte que el del romero.

73

Sin pistas en el caso que abruma a toda España y en concreto a Aragón: el asesinato de Silván Lanau. Hoy se cumple una semana desde la aparición del cadáver en la cueva de las Güixas. De cuarenta años, el empleado de las cercanas estaciones de esquí de Candanchú y Astún —donde ejercía sus labores, primero de monitor de esquí y luego de operario de remontes— fue descubierto con lo que se rumorea un fuerte traumatismo craneoencefálico. Fuentes policiales encargadas del proceso han declarado tener varias líneas de investigación, pero no han querido dar más detalles dado que el caso se encuentra bajo secreto de sumario. Tampoco han querido responder a las preguntas de nuestros compañeros para confirmar lo que en un principio se filtró con insistencia, aunque todavía no se ha llegado a corroborar, que la muerte pudiera tener relación con algún ritual o ceremonial oficiado de manera clandestina en la propia gruta.

Telmo dejó de leer el escueto comunicado de la Agencia EFE. Databa del día anterior. Apagó el móvil y terminó de hacer los pedidos de carne y pescado. La lista de las verduras era amplia. Un nuevo plato, a base de raíces y tubérculos, seguía aún sin terminar. Fue bocetado encima de la mesa de trabajo. Apenas garabateado en lápiz con un escueto dibujo de cómo podía quedar la preparación. Remolachas, chirivías, boniatos, nabos y ñames estaban en la lista grapada sobre varios papeles. Solo faltaba un buen recipiente para desarrollarlo. El jefe de cocina supuso que le vendría bien incluir en la carta una opción sin proteínas de carne ni pescado. Almidones y vinagretas ácidas combinan fenomenal, sopesó.

Dejó instrucciones a Segundo, su segundo. Concretamente, un papel manuscrito para aclarar un nuevo plato que estaban diseñando. Pensó en enviarle un mensaje, pero le gusto más la nota.

> He metido las lenguas de *waygu* en el frío. Ya están hechas. Mañana, nada más llegar, desgrasa la salsa y hiérvela. Han quedado fantásticas, muy melosas, pero hay exceso de grasa. Las daremos a partir de mañana. No antes. Es como mejor quedan. Telmo.

Nada más dejarla sobre la mesa de su compañero miró el mensaje y se mantuvo en silencio. El ajetreo de la cocina del hotel Canfranc Estación, a punto de empezar el servicio del mediodía, no le distraería de sus verdaderos pensamientos. El móvil permanecía en silencio. Alguna de sus creaciones subidas a Instagram recibía *likes* distraídos. Camino se mantenía en su mente, parecía que solo hubiesen pasado unos días de cuando habían decidido irse a vivir juntos. Pero, en realidad, tampoco hacía tanto tiempo. Apenas llegaba al año. Respiró convencido de no saber dónde estaba su compañera ni, sobre todo, con quién. Se negaba a dar por zanjada una relación mantenida a base de distancia, a pesar de estar viviendo juntos.

Los cocineros se manejan siempre con sus horarios estratégicamente distribuidos para dificultar la conciliación, consideró Telmo. También la diferencia de edad entre ambos podía ser un escollo. Él era unos años más joven que Camino. Pensó que tal vez la idolatraba por su profesión, y además intuyó que su relación estaba tocada desde que empezó. Tantas veces antes le había pasado que no estaba dándole importancia. Él necesitaba tener el control absoluto de su trabajo y casi aún más el de las personas que lo rodeaban.

Aquel día imaginó que las cosas no iban bien. Terminó de dar el servicio, pero no mandó ningún mensaje ni correo. Esperó al final de la noche para salir de su trabajo justo en la frontera con la siguiente jornada. Observó cómo los últimos clientes abandonaban el comedor. Anduvo el medio kilómetro que lo separaba de su casa. Miró distraído el cauce del Aragón. Bajaba crecido. Recordó lo poco que le molestaba para dormir el rumor del río. Pasó a la altura de la escultura Amagi, palabra sumeria que significa «libertad», del artista Pedro Rubio, en recuerdo a los caídos durante la Segunda Guerra Mundial, en el intento de huir de Francia a través del paso de Canfranc. El acero le devolvió la mirada desafiante. Al llegar a la plaza de Europa observó la llegada de un vehículo de la Guardia Civil al puesto de Canfranc.

Cuando abrió la puerta de su apartamento, la ausencia de Camino le intranquilizó. Al llegar al dormitorio leyó la nota que estaba sobre la cabecera de la cama.

> Vamos a darnos un tiempo. Estaré viviendo en casa de mi madre. Te aprecio, pero no sé vivir contigo. Es mi culpa. Pasado un tiempo, seguro que estaré mejor y tú, también. Un abrazo. Camino.

La leyó con cierta indiferencia. No se enfadó ni se molestó. Tampoco se sorprendió. Tantas veces su compañera le había avisado que era una persona muy especial para mantener una pareja que casi ni lo sintió. Recordó los avisos nada más pedirle que se viniera a vivir con ella. Pero él no quiso verlo, o quizá no se creyó que lo que afirmaba Camino fuera verdad. Incluso pensaron en adoptar un niño. Eso fue al principio y nunca se atrevió a hablar con ella de ese tema. Tenía la sensación de que ese último detalle los había alejado.

Un niño..., el cocinero repitió en su pensamiento con la mirada perdida. Se asomó al río Aragón desde su balcón. Encendió un cigarrillo y dejó que el frío entrase por todos sus poros.

Agarró una hoja de laurel, que siempre llevaba en el bolsillo, y la olfateó como si a través de ella pudiera saber más de su compañera. Un amuleto de olor para mantener su cercanía, aunque le pareció que la hoja estaba empezando a resquebrajarse. Él sabía que el laurel es quebradizo y también que es difícil separarlo. Tal vez fuera un aviso... O nada. Apuró lo que quedaba de la botella de vino Viñas del Vero Gran Vos que ayer había abierto para compartirla con ella. El paladar grueso y sabroso le inundó la boca.

Por instantes imaginó que Camino estaría en casa de Ismael. Telmo sabía que el ingeniero vivía en la mitad de la única calle que atraviesa Canfranc Pueblo. No tardaría ni media hora en llegar, pensó.

Escuchó truenos de tormenta eléctrica e imaginó que el fuego de San Telmo, que consideraba tan suyo, había vuelto y le daría el halo necesario para hacer lo que durante mucho tiempo había pensado. Bajó andando en la oscuridad de la noche por el único sendero que bordeaba el cauce del Aragón. Pequeñas ondas en un charco cercano le avisaban que estaba empezando a llover. Respiró hondo y palpó el cuchillo que llevaba en el bolsillo de la zamarra. Se colocó la capucha y desapareció por el sendero.

74

Nadine miró desde la ventana de la casona. Los árboles se mecían al ritmo de un viento que no dejaba de aumentar. La noche, encapotada de nubes muy negras, se estaba mimetizando con el paisaje. La lluvia había comenzado y las gotas de agua se depositaban sobre la cristalera de manera constante, pero no copiosa.

Agarró su teléfono móvil al observar que estaba vibrando. Descolgó con rapidez.

—¿José? —preguntó Nadine.

—Sí, voy a salir de casa. Enseguida llego.

Pocos minutos más tarde, el ruido del motor del coche apareció por la parte trasera del edificio. Nadine cerró la puerta principal y se abrochó el plumífero azul que llevaba puesto.

—Está lloviendo —afirmó Nadine a modo de escueto saludo.

—Ya lo veo —respondió José.

—Bueno, esto es habitual y no me importa. Conocemos todo muy bien. Además, hoy es el día, no podemos esperar al siguiente año.

—Sí, hoy hubiera sido el cumpleaños de nuestra niña —añadió la mujer, que mantenía la mirada perdida—. Pero yo no sé qué vamos a hacer en...

—Esto funcionará. Fíate de mí. Siempre lo has hecho. Es el lugar que nos puede ayudar. Las cuevas son el principio de todo y tenemos que incidir ahí, no en estúpidos programas informáticos —rebatió José— Disponemos de lo necesario. El hotel no nos sirve para esto. Volvemos a la gruta de las Güixas —anunció acelerando el coche carretera abajo en dirección a Villanúa. Al pasar primero por Canfranc Estación y después por Canfranc Pueblo tuvo una sensación de desasosiego, pero no supo por qué.

El chopo, justo a la salida de Canfranc Pueblo, dio la impresión de darle la despedida, como si de un peregrino incómodo se tratara.

La cadencia del limpiaparabrisas era intermitente en algunos momentos, pero cuando detuvieron el coche en el pequeño aparcamiento, frente a la entrada de la cueva de las Güixas, las pasadas eran constantes y el mecanismo se había acelerado.

Con la ayuda de un paraguas comenzaron a subir el tramo hasta la cueva. Vieron la verja cerrada con un candado bastante más gordo que el anterior. Al llegar a la claraboya apartaron varias ramas y se deslizaron por la oquedad con ayuda de unas cuerdas. La lluvia arreciaba.

El interior se mantuvo en una oscuridad casi plena hasta encender las linternas, pero el sonido del agua que fluía por debajo era mucho más que un murmullo.

Junto a la oquedad prepararon el ritual de atracción. En el suelo, José extendió el batik de las runas. Negro sobre oscuridad. Alineó las runas formando un círculo. Añadió al altar un vaso de cristal con agua del río Aragón. Para encender las velas tuvo que secarse las manos. La humedad lo estaba empapando.

Desenvolvió con cuidado la figura que llevaba en la mochila. La miró con detenimiento por todos los lados. La colocó en el centro apretándola un poco contra la tierra húmeda para que se mantuviera erguida. Los pequeños pies dejaron una huella sobre la tela. El *mamedkrafter* parecía estar presidiendo el acto.

La lluvia provocaba un ruido que se estaba incrementando paulatinamente. José empezó a hablar.

75

Chasis leyó en el móvil el parte de la Aemet para la zona mientras volvía en coche al puesto de la Guardia Civil. Cartón, al volante, le miró de soslayo.

—Viene fina, ¿no?

—Sí. Alerta naranja —aseguró el sargento—. Pero ahora me preocupan bastante más esas dos niñas que se han vuelto protagonistas de este caso.

> Acumulación de nieve en 24 horas: 50 cm Cota de nieve 1.800, que afecta principalmente a la mitad oeste de la zona. Hacia los 1.500 m en zonas cercanas a la divisoria podrá superarse este umbral. Riesgo muy importante de fuertes precipitaciones concentradas en zonas pirenaicas. Rachas de viento de componente norte rolando a noreste de hasta 60 km/h.

Cuando llegaron al puesto, la lluvia había hecho su aparición, pero de manera muy sutil, contradiciendo por el momento las previsiones. La noche estaba echada al llegar al despacho. La plaza de Europa se mantenía en completo silencio. Solo la lluvia se dejaba oír por los canalones cercanos. El murmullo, por ahora, era tranquilizador.

—Estoy en fuera de juego —dijo Cartón—. Lo de Nadine y José, no sé qué pensar. Me ha descentrado. Ninguno de estos dos pájaros ha hecho referencia a eso. Esos son un par de hijos de puta. No nos han dicho nada consistente —afirmó y luego dio paso a una pregunta—: ¿Crees a Ana?

—En este momento, sí —respondió Chasis—. Pienso que es la única que está diciendo la verdad. Yo recuerdo el caso de la niña. Fue hace un tiempo. No se le dio importancia ni se investigó aquí. Parece ser que fueron los compañeros de la Policía Nacional los que lo llevaron. No se habló más. Por desgracia, accidentes trágicos ocurren a menudo.

La mesa estaba repleta de papeles y fotocopias que se resumían en dos noticias, en el periódico y en el informe de los compañeros del CNP, relatando lo sucedido. Narraban la fatalidad de lo ocurrido en un piso de Jaca, con el resultado de la muerte de una niña que se había precipitado desde lo alto de un piso. El resumen era exacto sobre la causa del fallecimiento. El informe añadía la conclusión a la que llegaron los investigadores. Sin indicios de que hubiera existido juego sucio por parte de la persona que cuidaba a la pequeña. El caso se había archivado sin ningún otro detalle.

—Vamos a resumir el asunto —afirmó Cartón al ver a su jefe tan pensativo—. Hagamos una pequeña hipótesis: Silván tenía a su cargo a su sobrina Malena. Por un descuido, la criatura se precipita al vacío. Un accidente fatal. Bien. Un tiempo más tarde, Sofía está cuidando a su propia hija y sucede una cosa parecida, pero desde un árbol, según nos ha contado su hermana Nadine, y que Ana corroboró. Ambos con el mismo resultado fatal... ¿Otro accidente? —preguntó y continuó—: Ojo, la versión de Ana es solo la que le contó Silván. Ella no vio nada, no estaba allí. Todavía no estaban juntos.

Chasis no dejaba de mirar la noche mientras en su mente asimilaba las palabras, una por una, de su subordinado.

—No sé qué decirte —dudó el jefe—. Entonces la muerte de Silván, ¿podría ser una venganza? ¿De quién? ¿Por qué?

—Nadine no nos ha contado nada respecto a su relación con José. ¿Es normal? Hemos conseguido esa información de la amante del propio Silván, Ana.

—Investigamos la muerte de Silván, no la de unos niños. Pero ahora la cosa cambia. Tal vez esté todo unido. No tengo ni idea de por dónde tirar —afirmó Cartón.

—Cuando una muerte es por una caída, se mezclan conceptos de muy difícil aclaración —razonó Chasis—. Es prácticamente imposible demostrar si se trata de un suicidio, un asesinato o un accidente. Así de simple. Necesitaríamos el testimonio de un testigo o alguna otra prueba.

—En el caso de una niña de tan corta edad deberíamos retirar de la ecuación el concepto de suicidio, ¿no?

—Sí, me imagino que sí, habría que hablar con un psicólogo para corroborarlo; pero no deberíamos descartar las otras dos hipótesis —respondió Chasis.

—¿Qué significan las runas y los batiks? —preguntó Cartón.

—No lo sé. Tal vez un intento desesperado de modificar la realidad. No hay nada que nos indique que signifique algo. A veces, nos agarramos a clavos que están a temperaturas muy altas y los asimos como si fueran a sujetarnos. Pero no lo hacen. La desesperación no es buena consejera. Nos es difícil controlarla. Gente que cree en runas y rituales ha habido siempre. Creer en eso en la era de la ciencia puede parecer raro. Pero por lo visto, las personas que tienen esas creencias son legión.

—Silván hacía su ritual sobre un batik con un uróboro. Estaba utilizando algo, una figura creemos que humana que dejó huella, pero no runas.

El rumor del agua era muy potente y por momentos crecía. La lluvia golpeaba el cristal con fuerza. La carretera drenaba con eficacia el agua amontonada, sin embargo, el riachuelo paralelo a ella crecía exponencialmente. Parecía no ser capaz de absorber el cauce. Medio centenar de metros más adelante, justo tras el edificio Europa, el rumor del Aragón seguía creciendo.

—Es la una de la madrugada —señaló Cartón—. ¿Qué hacemos?

Chasis miraba absorto las gotas de agua rebotando con intensidad en el cristal.

—De momento, esperar a que esto amaine. Después, ir con urgencia primero a casa de José y seguidamente a la de Nadine. No vaya a ser que a estos les dé por desaparecer, aunque no lo creo.

Conviene hacer todo a primera hora, a ver qué nos cuentan estos tiparracos, porque pienso ir con el cuchillo entre los dientes —dijo el sargento.

Cartón miraba el móvil, pero no dejó de escucharlo. Pasado un cuarto de hora, lejos de remitir, el agua seguía entrando con violencia sobre la plaza de Europa.

—Yo voy a llamar a Anxela. Si esto sigue así, me quedo a dormir aquí. Hay una balsa de agua sobre la carretera —explicó Chasis señalándola—. No es buena idea circular en estas condiciones.

—Yo ya le había avisado a mi mujer que llegaría tarde. Que no podría acostar a los críos. Y cuidado que me gusta hacerlo —se sinceró Cartón.

Chasis lo observó y sintió una cierta envidia. La frase referida al instante tan íntimo de meter a los niños en la cama no pasó desapercibida por la mente del sargento.

En la imagen del fondo de pantalla del teléfono se podía observar a Anxela y a él en un rincón del parque Nacional de Ordesa. Pero Chasis se imaginó que estaba viendo a Camino. Lo que desde hacía muchos años había tenido como un recuerdo imborrable que no molestaba, había empezado a crecer desde hacía unos meses. A reactivarse. Percibía olor a romero por cualquier sitio que pasara. Y esa sensación se extendía como una mancha de aceite sobre el agua haciéndose cada vez mayor. Siempre a flote. Ese pensamiento lo inundaba todo.

La lluvia seguía arreciando con violencia.

76

Telmo llegó a Canfranc Pueblo en el tiempo calculado. La lluvia le hizo maldecir no haber llevado el paraguas. La capucha le guarecía, pero el agua empezaba a calarle. Sintió la hoja de laurel en el interior del bolsillo y se la acercó a la nariz. Quería tener a Camino a través de su aroma.

El agua caía constante y de forma moderada. El Sympatex de la zamarra lo mantenía seco, aunque pensó que, de seguir con esa potencia, no sería por mucho tiempo. La intensidad de la lluvia arreció.

El hombre caminaba deprisa por la única calle del pueblo. No había nadie. Todo eran sombras y ruido. Las gotas rebotaban en sus oídos con un vigor cada vez mayor. Por momentos, los desagües se colapsaban mientras buscaban una salida por encima de los propios conductos. El río Aragón crecía de manera brutal.

El portal del piso de Ismael estaba cerrado, pero sin llave. Telmo entró y se sacudió toda el agua que pudo. Goteaba por las mangas, por lo que a medida que subía por la escalera dejó multitud de gotas. Llegó hasta el segundo y último piso de la antigua casa de piedra. Palpó el cuchillo con muchas dudas.

Golpeó la puerta dos veces. Después tocó el timbre. Apenas se escuchó. El eco de la torrencial precipitación sobre los tragaluces del tejado de pizarra era tremendo. Telmo volvió a tocar el timbre. Ismael abrió la puerta.

—¿Telmo?

El cocinero no saludó, solo preguntó.

—Dile a Camino que salga.

—¿Qué?

—Que salga, ¡joder! Dile a mi compañera que salga —insistió con una voz que delataba tensión.

—Estoy solo, ¿qué te hace pensar que está aquí?

—Venga, no me vengas con historias y dile que deje lo que esté haciendo, que nos vamos a casa.

—Camino no está aquí —respondió Ismael con calma.

—Estoy empapado y es muy tarde. Dile que salga, si no quieres que entre a buscarla. Esto no son los juegos que nos traíamos en el colegio cuando éramos niños. Ya somos mayorcitos. Dile que salga, por favor.

Su tono era de rabia y al mismo tiempo de impotencia. Tras decirlo, una sensación de ridículo le invadió por dentro.

—¿Has perdido la cabeza? Aquí estoy yo solo —aseguró Ismael con serenidad—. Pasa, si quieres, y mira.

Telmo entró con decisión en el piso intentando no tocar a su antiguo compañero de clase. Miró por todos los rincones. Según hurgaba, el caminar del cocinero se iba haciendo más lento. Lo último que miró, el baño, le contó también la misma historia. La casa estaba vacía. Camino no se encontraba allí. Ismael, con la puerta aún abierta, miraba con un sentimiento que incluía compasión, incredulidad e indiferencia.

Los pasos de Telmo hacia la puerta se ralentizaron aún más. Al traspasar el quicio de la puerta murmuró unas palabras, pero Ismael no fue capaz de entenderlas.

—Espera, Telmo, siéntate un momento. No puedes salir con la que está cayendo —advirtió Ismael sujetándole del brazo. En la silla de la cocina se quitó la zamarra y dejó que Ismael le acercara una toalla. Se la pasó por la cabeza.

—Lo siento —musitó Telmo cubriéndose la cara. Después contó lo sucedido con una escasa docena de palabras.

Ismael se sentó justo enfrente y comenzó a hablar.

—Yo tampoco sé dónde está Camino. Casi seguro que estará en casa de su madre, en Biescas. Eso me contó esta tarde, pero no me dio a entender que iba a hacer la maleta e irse. Eso en lo que respecta a su físico. Te adelanto que su psique está muy lejos de este mundo. Siempre ha sido así. Es muy inteligente e increíblemente lista para algunas cosas. Para otras utiliza a los hombres para blindarse de sus carencias y su miedo al compromiso. No sé. Es una persona encantadora en todos los sentidos, que atrae como los planetas. Luego parece que a ella misma la absorbe algún agujero extraño del que nunca habla. En fin..., es muy reservada.

Telmo escuchaba con atención, pero mantenía su rostro oculto.

—Es una buena compañera de trabajo, sagaz e intuitiva. Sus cálculos son precisos y sus ideas increíbles. Yo jamás he visto una profesional así. Todavía sigo sin saber adónde quiere llegar con el juego que ha diseñado. Ella dice que es una cosa lúdica, aunque yo no la creo. A mí no me importa. Lo que he aprendido al diseñar el CLE jamás lo hubiera podido ni imaginar, y se lo debo a su iniciativa.

Telmo dejó la toalla en una esquina de la mesa y comenzó a hablar con tranquilidad mirándole a los ojos.

—Yo la quiero —proclamó Telmo—. Me ha ayudado mucho como persona y como profesional. Ya sé que nos llevamos unos pocos años. A mí eso me da igual.

—Camino me contó una vez que tenías un problema de celos.

Telmo lo miró con sorpresa.

—Pasamos un montón de tiempo trabajando juntos. Es normal. Y eso que no es en absoluto dada a contar intimidades. Sin embargo, una vez se le escapó.

Telmo seguía atento el relato del informático.

—Yo he tenido algunas novias, pero Camino no está entre ellas. Ahora estoy solo. No pasa nada. Nos obsesionamos con sentirnos queridos, pero creo que eso está sobrevalorado. La teoría de que las personas hemos de estar en pareja es una milonga. Tal vez a algunos les resulte, no obstante, a otros no. Yo ahora estoy en la gloria. Me gusta mi trabajo. Si algún día se me cruza alguien, quién sabe qué pasará. Me he encontrado a mí mismo en la soledad y estoy contento de haberlo hecho.

Telmo jugueteaba con un boli entre los dedos. Tenía la mirada perdida.

—Camino es muy complicada. Me dices que la quieres y seguro que tienes razón. A lo mejor te ha hecho un favor marchándose —argumentó Ismael.

Telmo se levantó con parsimonia agarrando su zamarra.

—Lo siento de verdad —musitó entre dientes—. Lo siento.

—No te vayas todavía —dijo Ismael mirando por la ventana— La lluvia ya no es tan intensa, pero aún no ha parado. ¿Quieres tomar un café?

El ruido de la fuerte lluvia se estaba diluyendo por momentos.

Ismael recordó la maldición del peregrino de Canfranc y se sintió bien al poder reconfortar a su antiguo compañero. El olor a café recién hecho fue sustituyendo al estruendo de la lluvia durante dos horas. Las palabras con aromas reconstituyeron la escena.

Media hora más tarde, Telmo abandonó la casa. Tuvo la sensación de que la hoja de laurel de su bolsillo estaba rota en mil pedazos. Sacó los trozos y terminó de separarlos. No lo hizo con rabia; de hecho, notó alivio. Los fue abandonando a cada paso que daba. Todos ellos quedaron inertes sobre el asfalto húmedo. Imaginó que el plato que los había unido se había echado a perder. Que el rape olía a podrido y el laurel, a marchito. Volvió a palpar el cuchillo, pero tampoco sintió nada.

El goteo del agua había desaparecido por completo. El propio halo que compartía con Camino, también.

77

El ruido de la lluvia estaba siendo sustituido por el creciente sonido del torrente de agua que circulaba por el fondo de la cueva de las Güixas.

—La magia rúnica te convoca —dijo José mientras Nadine observaba sus palabras con atención.

—Malena, te estamos esperando —insistió José con voz profunda.

Los sonidos que llegaban del exterior de la gruta se unían al infernal estruendo de la torrentera situada al fondo de la cueva. En el interior, la baliza de detección de subida del agua había comenzado a agitarse. Se movía hacia arriba, pero no llegaba a dar la alarma.

—Malena, hija, ¿estás con nosotros? —preguntó José—. Te convoco a un trocito de nuestra tierra, también la tuya. Tú formas parte de esta oquedad. El lugar del cobijo. Tus cenizas reposan aquí desde tu muerte. Las esparcimos en este mismo punto. Malena, para nosotros estás viva. ¿Nos escuchas?

El suelo sobre el que la pareja estaba sentada era de tierra prensada. Se notaba muy húmedo. José movió el alfabeto intentando generar el nombre Malena a través de él. Las runas dibujadas sobre pequeñas piedras de obsidiana pulida brillaban dando la impresión de que estaban trabajando.

—Malena —repitió el hombre—. Te estamos esperando. Háblanos.

Nadine bajó la cabeza. El murmullo de la lluvia crecía. José, a su vera, repitió la pregunta dos veces más. Miró al *mamedkrafter*. Pareció implorar ayuda a aquella enigmática figura de madera.

Las velas oscilaban. El viento se metía por la claraboya y generaba una brisa constante. La lluvia se había detenido casi por completo. El rumor de la torrentera parecía haberse parado. Pero solo fueron unos instantes. Un espejismo. La realidad se abrió paso de manera estrepitosa.

El ruido entró de forma atronadora, como si hubiesen abierto una gigantesca compuerta y el agua entrase a raudales. La boya de aviso comenzó a subir a una velocidad alarmante. En unos minutos recibió la terrible cantidad de precipitación caída durante las últimas horas por todos los cientos de torrenteras que componen el Aragón.

La voz muy aguda de una niña de corta edad sonó en el interior de José. Pero no fue capaz de interpretar sus palabras. Asió el amuleto con una mano interrogándolo directamente.

—¡José, esto se está inundando! ¡Vámonos ya! —exclamó Nadine levantándose e interrumpiendo la conexión.

El aviso de la boya roja hizo saltar la alarma. El nivel del agua estaba subiendo con una fuerza extrema.

—¡No podemos hacer nada! —gritó Nadine, abandonando el lugar mientras sujetaba una de las cuerdas que colgaba de la claraboya. Comenzó a subir por ella mientras José permanecía absorto en la tela con las runas, cerrando el círculo que él mismo había invocado.

El nivel estaba llegando a su vera, pero él no cejaba en su empeño. En el instante en el que notó el agua muy fría en sus pies, fue cuando empezó a escuchar en su interior lo que le pareció la voz de Malena, su propia hija, hablándole. Sin embargo, no fue así. Era una voz infantil, pero no era la que ansiaba. José reconoció con claridad la voz de Zilia, su sobrina.

Nadine observó el interior desde fuera de la oquedad. Gritó el nombre de su antiguo compañero un par de veces. Dentro, el estruendo diluía las voces como quien disuelve leche en agua. Enturbiando su significado.

José creyó entender que Zilia le decía que nadie la había empujado desde el balcón aquel fatídico día. Después de oír esas palabras, el hombre mantuvo la mirada en otro mundo. Sintió como si el suyo estuviera destruyéndose por momentos. La sensación de derrota fue profunda.

El nivel de agua le llegaba a la rodilla con una potencia inimaginable. Lo último que vio antes de que el torrente le arrastrara violentamente por las galerías fue a Nadine observando impotente la escena. Aún asía la cuerda que la había ayudado a subir.

El pensamiento de José quedó anclado a las palabras de su sobrina mientras era zarandeado por la potentísima corriente. La tela y las runas se perdieron en la inmensidad de la cueva. El *mamedkrafter* quedó enganchado al final de la salida de las grutas. Flotó queriendo mostrar su secreto.

El cadáver de José, desfigurado por los golpes en la riada e hinchado por la humedad, fue recuperado a última hora del día siguiente. Las unidades de rescate de la Guardia Civil enseñaron a Chasis y a Cartón lo encontrado tras la inundación. Una estatuilla de madera con uniforme nazi y una tela negra con las runas dibujadas hecha girones.

—Puede que haya algo más —dijo uno de los buzos—. Tal vez sea conveniente dejar que la cueva vuelva a la normalidad. Por ahora no hemos encontrado nada más.

Chasis felicitó a sus compañeros mientras se alejaban. Cartón se agachó para ver la figura de cerca. Señaló los pies del *mamedkrafter* con la punta de un bolígrafo. El sargento asintió con la cabeza.

78

La estación conservaba una calma que rezumaba extrañeza. Parecía que era un día normal. Solo habían pasado dos días desde que ocurrió la muerte de Dietter y nadie parecía haberse percatado de nada.

La casa de Eme en Canfranc Estación se notaba muy fría. Nada más llegar, el *mugalari* encendió la cocina económica con varios troncos pequeños. La decisión de volver a la casa parecía haber sido la acertada. Dietter no había informado de su actividad a nadie.

Liberté por fin había salido y se hallaba en Jaca en el domicilio de Horacio. Quedaron para rearmar el paso de fronteras en el plazo de dos semanas, si encontraban a alguien que pudiera controlar el enlace a través de la borda de Cyrille. Había una candidata. Una mujer conocida de Cloe que, por ahora, solo estaba cuidando de las vacas.

«Debería dejar atrás un tiempo hasta que se haga con el lugar —pensó Eme mientras se calentaba las manos en el borde de la chapa—. Espero que también haga buenos quesos —imaginó.»

Amira se acercó por detrás y le besó el cuello. Él la agarró y la sentó sobre sus rodillas. Se fundieron en un abrazo. Ella le dio varios besos apoyando su joven cara en la barba salpicada de canas de Eme.

Juliano se comunicó con Eme para decirle que Carolina estaba trabajando en la documentación para la niña. Pasaría como una sobrina de ella que había quedado huérfana. Una palabra que, por desgracia, en tiempos de guerra se multiplicaba exponencialmente. Una mentira que casi era una verdad, pues sus padres no serán más que un recuerdo en su memoria. Quién sabe si algún día alguien se lo recuerde, o tal vez muera sin saber sus orígenes. En cuanto a los papeles para Amira, estaban en la cola de falsificación.

Juliano, por medio de Angelines, les había informado que tenían un nuevo capitán nazi en la zona, pero que todavía no sabía si era alguien de paso. Desconocía el nombre. Solo que era bajo y bastante rubio.

Eme abrazó a Amira con fuerza. El calor de la cocina llenaba de un cierto confort toda la estancia. La escena parecía haberse detenido en el tiempo. El *mugalari* pensó que lo que había ocurrido en los últimos días fue una mágica secuencia de horror y bondad, y que aunque la guerra proseguía implacable en el país vecino, y la posguerra acuciaba en el suyo con un protagonista sacado de entre los cuatro jinetes del apocalipsis, el hambre, su vida había cambiado tanto que estaba sintiendo una profunda percepción agradable.

Amira le miró con cariño.

—¿En qué piensas? —le preguntó la joven.

—En nada y en todo. Digamos que en la sensación de bienestar que me da tu compañía.

—¿Qué sucederá cuando encuentren el cadáver de Dietter?

Eme no supo qué responder. Se encogió de hombros. Su rostro hizo una mueca extraña.

—No lo sé. Puede que nada. Por lo que dijo Horacio, tal vez esté mejor escondido de lo que en principio parecía. Quizá tardan unos días o unos meses en encontrarlo, en caso de que lo estén buscando, porque el tipo en cuestión era muy especial. Quizá con el deshielo. O a lo mejor sirve de comida a los animales, o los zorros lo mueven y el cadáver queda al descubierto. La zona está a mucha altitud. En el supuesto caso de que lo pudieran encontrar, tendrían que relacionarlo con nosotros, por ejemplo a través de algo escrito que pudiera portar y que nos delatara. No lo sé. Cabe la posibilidad de que nunca lo encuentren, pues al cabo del tiempo serán solo huesos semienterrados de los que me temo estará plagada toda Europa. El propio continente es un gigantesco cementerio de muertos anónimos. Todo esto son suposiciones.

—Llevaba puesto el uniforme de oficial —aclaró la joven.

—Sí, sí, pero pueden pasar tantas cosas. El hielo en forma de cuña es un constante erosionador de la montaña. Podría quedar enterrado...

—O al descubierto —interrumpió Amira.

—Yo solo te puedo hablar del pasado. Lo que ocurra en el futuro es tan imprevisible que hasta me da miedo saberlo. Quién me iba a decir hace apenas unas semanas que me iba a encontrar en esta situación. Y, por ahora, salir ileso. Pero así de imprevisible es la vida —remató el *mugalari*—. Personas, lugares y tiempo. Agitas el cóctel y te lo bebes. En unos casos simplemente te hace sobrevivir, en otros, te embriaga y en bastantes más de los deseados te hace sufrir y te mata.

—Por eso tenemos que aprovechar el momento. Si no hubiera guerra, tal vez podríamos hablar en otros términos, ver un futuro, hacer previsiones, pero ahora no. Hoy estamos vivos, mañana nos invaden —prosiguió.

Amira le pasó la lengua por el cuello. Luego le introdujo el dedo índice en la boca y le mordió el labio inferior. Se estremeció cuando Eme le respondió siguiendo sus pautas. Hicieron el amor durante un buen rato. Se besaron sobre una cama fría que enseguida calentaron. Eme borró de su memoria el pasado y se mantuvo centrado en la realidad de un cuerpo pequeño que había encontrado por casualidad. El amanecer se hizo esperar. Las nubes oscurecían el paisaje a temperatura muy fría. De las constantes nieblas de días anteriores no quedaba ni rastro. Todo parecía más claro al llegar Eme a la estación. Tardó muy poco en estar distraído entre vías, aguadas, remaches y agujas. La sensación no le duró mucho. Un oficial nazi bajito y bastante rubio se acercó a él.

Detuvo sus quehaceres cuando este le saludó.

—Soy Gunther Fischer, he venido para sustituir a Dietter —añadió extendiéndole la mano—. Me han dicho que le conocía, ¿es correcto?

Eme se la estrechó mirándolo a los ojos.

—No lo sabía, he estado enfermo unos días. Pero respondiendo a su pregunta, sí, sí le conocía. ¿Han trasladado a Dietter? —preguntó Eme.

—Sí, parece que le necesitaban en otro lugar —afirmó con media sonrisa evitando su mirada—. ¿Está usted mejor?

—Sí. Tuve mucha fiebre, pero ya estoy mejor —aventuró Emeterio.

Por un momento pareció que iba a seguir hablando largo rato, sin embargo, la conversación se zanjó ahí.

—Que tenga un buen día —dijo el oficial mientras se alejaba.

79

—Leonor González.

—Leopoldo Martín.

Uno de los militares nazis leyó en voz baja los documentos y el salvoconducto que le acababan de dar. El fusil sobre el hombro apuntaba al techo del vagón de tren. Varios compañeros hacían lo propio con el resto de los pasajeros del vagón. Una calma tensa reinaba en silencio según iban avanzando por él. La estación de Urdos estaba custodiada por varias patrullas de soldados alemanes.

Los corazones de Margot y Aligó se aceleraron, pero su semblante no los delató. Todo sucedía con normalidad.

Al llegar a la estación de tren de Oloron Sainte-Marie se podía apreciar cierto tráfico de personas, aunque no en exceso. Varios trenes partían desde allí en dirección a Burdeos. Cuando bajaron, un coche los estaba esperando en la puerta. Margot se subió a la parte trasera del vehículo y Aligó acompañó al conductor en la delantera.

—¿Qué tal estáis? ¿Ha habido alguna incidencia?

—No, ha ido bien. Muchos controles para llegar hasta aquí. Esto parece lo que es, un país ocupado —dijo la mujer.

—¿Sensación de que os hayan seguido?

—No hemos notado nada —afirmó Aligó. Margot negó con la cabeza.

—¿Está todo preparado?

—Lo está —respondió su anfitrión.

El coche traqueteaba por la carretera alejándose de la región montañosa de los Pirineos. La mañana estaba clara y parecía que la primavera quería hacerse notar con una temperatura agradable.

—Tenemos unos días para reconocer el terreno —dijo el conductor—. Ya sabéis que el calendario ha coincidido. Es capicúa. Tres de abril del cuarenta y tres. En cuanto a los explosivos, está todo preparado. Nuestro objetivo, Pierre Laval, llegará a Burdeos ese mismo día. Viene a visitar la base de submarinos nazis de Betasom. No sabemos para qué va ahí, pero nos importa poco. Podría tener una reunión con un alto dirigente nazi. Quizá haya más de su propio Gobierno. Tenemos espías que han confirmado su presencia. Desde su discurso en la radio, defendiendo a ultranza la victoria alemana, lleva escoltas y es más difícil acceder a él. Dispararle implica distancia y posibilidad importante de error. Esto será más eficaz. Las partes del explosivo están bien guardadas. Solo falta montarlas. Vosotros sois los especialistas. Está todo en la casa —remató.

—¿Quién va a introducir el maletín en el despacho?

—Lo hará uno de los nuestros. Un tipo joven que posee acceso a Laval y se jugará la vida por nosotros —argumentó con solemnidad—. Ustedes solo tienen que indicarle cuál es el margen de detonación.

—El margen máximo es de cuatro minutos. Tal vez lo ajuste a tres.

—Bien, eso lo hablaremos delante del artefacto. No creo que llegue a pesar más de dos kilos.

El piso de Burdeos estaba en el centro de la ciudad. El Garona venía crecido. Torcieron dejando a un lado la catedral gótica de Saint André y se adentraron por las callejuelas. Un primer piso discreto y siempre con las cortinas echadas. Nada más instalarse, Margot y Aligó pudieron examinar los objetos. Lo único distinto era el temporizador. La mujer lo estudió y contrastó detalles con su compañero. La carga de dinamita pesaba más de dos kilos repartida en cuatro cartuchos.

Revisaron con detenimiento todas las piezas hasta el anochecer, cotejando datos para evitar errores y dejar terminada la bomba en la habitación contigua a la que dormirían. La noche se abatió sobre la ciudad costera. El conductor se despidió de ellos.

En el exterior, un coche negro con dos soldados nazis camuflados había seguido todo su recorrido desde el mismo Oloron Sainte-Marie. Esperaban instrucciones para actuar si fuera necesario. Pasadas varias horas recibieron información de abandonar la vigilancia. La orden provenía desde el mismo lugar del que había partido la necesidad de mantenerlos bajo control. El destacamento de las SS en Canfranc Estación. La firmaba el nuevo capitán, Gunther Fischer.

80

Siento el traqueteo del coche. Escucho voces en el exterior.

Agarran el asa del maletín donde me encuentro y me llevan hacia algún lado.

Los cuatro cartuchos de dinamita adheridos a la parte de abajo de mi interior están sujetos con una cinta adhesiva que mantiene todo mi ser conectado a un detonador, que a su vez está conectado a un temporizador. La última vez que vi la luz del día fue cuando las dos personas que me armaron se despidieron de mí. Margot y Aligó fueron mis creadores. Lo último que escuché de ellos fue cuando me desearon suerte. Yo no sé lo que es eso. Tampoco sé adónde me llevan como regalo. Lo único que sé es que tengo que hacer mi trabajo, según me han dicho de manera cariñosa. Parecían estar nerviosos, pero al mismo tiempo, alegres.

Me está cargando alguien que desconozco. Oigo el sonido del mar. Tal vez estemos cerca de él. Podrían ser graznidos de gaviotas. Olfateo olor a humedad. Ruidos de barcos. Brisa marina. Sin embargo, no hay balanceo. Mi portador pisa tierra firme. Estamos cerca del mar.

Paramos en algún sitio. El espectro sonoro cambia tras un rato caminando. Estoy en el interior de un edificio. Noto que me depositan en un lugar que bien podría ser una mesa. Abren mi solapa. Veo su rostro. Es joven y va vestido con un uniforme nazi. Se siente la preocupación en su rostro. El pulso de su mano tiembla varias veces cada vez que se me acerca. Toca mi temporizador y lo ajusta al máximo posible.

Cuatro minutos.

Clic. Ya está hecho. El segundero empieza a correr. Los mismos cuatro minutos que tendrá de margen para alejarse de mí. El joven está tocando los cartuchos de dinamita con cierto grado de admiración. Parece acariciarlos. Las gotitas de sudor sobre su frente son visibles cuando acerca su cara a escasos diez centímetros de mi temporizador. Parece querer asegurarse de que todo está en su sitio. Yo le digo que lo está, pero parece que ni me escucha ni me entiende.

Aseguran mi cierre con la llave del maletín. También me desean suerte. Parece que confían en mí. Intento que sepan que no los voy a defraudar.

Tres minutos.

Las voces se confunden. Son lejanas, pero se entienden: *«Bienvenue, monsieur premier ministre»*.

Eso lo he oído claro. Se cruzan sonidos de botas.

Me agarran de nuevo del asa y me cambian de espacio sonoro, donde está claro que hay varias personas más. El nombre de Pierre Laval suena con claridad. También el de Joseph Darnand. Parece que son ellos los que están llevando el peso de las palabras. Mi trasportista me deja en el suelo con extrema delicadeza. Parece que he aterrizado en pavimento duro. La conversación es animada. Algunas frases son en alemán, aunque la mayoría son en francés.

Dos minutos.

Palabras como «bolchevique», «guerra», «Vichy», «Adolf», «niños», «adolescentes» y «Milicia francesa» se entrecruzan en animada conversación, mezcladas con ecos de sillas y, tal vez, de vasos de cristal y algo de licor. Lo puedo oler. Puede ser coñac o incluso armagnac. Después se oyen ruidos de papeles. Ahora todos parecen que callan.

Un minuto.

Me concentro en mi labor que no es más que esperar a que los últimos sesenta segundos trascurran con calma. La suerte ya está echada. El tictac de mi reloj suena tan amortiguado que apenas lo oigo. Él es el que va a dar el pistoletazo de salida.

«La Milicia francesa será colaboradora contra la resistencia. Las SS tendrán una ayuda importante con ella, Pierre, no te preocupes.»

«Sé que será así, Joseph, lo sé.»

He escuchado eso con precisión. No sé de qué hablan, pero estos momentos se me están haciendo muy lentos.

Treinta segundos.

Noto un empujón muy leve, como si me dejaran apoyada sobre uno de los pilares de una mesa. Me han movido, aunque apenas unos centímetros. Nadie ha cogido el maletín por el asa.

Una puerta se abre. Se escuchan pasos. El ir y venir de gente.

Diez segundos.

Bueno, ya está. Espero hacer bien mi trabajo y contentar a mis creadores.

Cinco segundos.

Vuelvo a moverme, pero esta vez siento que cogen el maletín por el asa.

Cuatro.

Me trasportan a...

Tres.

... un lugar a un metro de la anterior ubicación.

Dos.

Ahora, el silencio previo.

Un segundo.

Tal vez necesite la suerte de la que tanto hablan.

Cero.

81

La noticia sonó como una bomba amable en la cocina de la casa de Emeterio en Canfranc Estación. El hombre sonrió y abrazó a Amira con gran efusividad.

La económica mantenía un color muy especial. Eme freía unos huevos que le había conseguido Horacio y que parecían el manjar más sofisticado del mundo. Dejó un segundo el abrazo para rescatarlos del fuego. Volvió con la joven nada más depositarlos sobre un plato de cristal.

Amira no dejaba de llorar.

—No te preocupes. La noticia es fantástica —susurró el hombre sin dejar de abrazarla y besarle la frente deleitándose con el momento. En su cerebro, varias personas se mezclaron en ese instante, pero la de su hijo Estanis fue la más potente. La de Rosario, su mujer, quedó incluso eclipsada por la de la joven. Pensó que quizá el amuleto tan misterioso que le había enviado desde el campo de batalla era un mensajero para rehacer su vida, y lo estaba consiguiendo. Funcionaba. Imaginó con ingenuidad que el túnel de la guerra, que tanto coste le había pasado, estaba por fin comenzando a terminar.

—Un niño será una bendición, aunque nazca en estos tiempos tan convulsos.

Los trozos de pan negro de hacía varios días esperaban encima de la mesa.

—Siéntate a comer —invitó el hombre—. Todo saldrá bien. Estate segura de que esta es una noticia muy buena. El plato que te he preparado es un lujo acorde con la buena nueva que me acabas de dar. Huevo frito en aceite con un ajo que tenía olvidado. Es pequeño, pero dará suficiente sabor.

Los dos trozos solitarios de ajo fileteado quedaron en el borde. Ambos comieron el manjar untando primero la yema con el pan. Para ello, rompieron la parte cuajada y blanquecina de la superficie. Se desparramó el amarillo con la consistencia espesa, colorista y sabrosa de la mejor y más fácil salsa del mundo. Después, con ayuda de un tenedor, retiraron con cuidado la puntilla crujiente de los bordes de la clara. Los trozos oscuros dieron otra dimensión. El sonido de la parte tostada y dorada sonó con simpatía en boca de ambos. Parecía un aperitivo, un guiño de un sabor distinto, a pesar de provenir del mismo sitio. La sal crujió casi a la vez. Al final juntaron lo blanco cuajado y lo amarillo cremoso, dejando que el pan duro se empapara un poco con la grasa y se reblandeciera. Por último, añadieron el ajo dando un leve toque amargo al conjunto. Apretaron la miga para embeber hasta la última gota de los restos de la sabrosa batalla. Los vaivenes de los trozos de pan por la vajilla dejaron el cristal impoluto. No hubo hierbas aromáticas en medio. Solo necesitaban el olor del propio huevo para seguir adelante. El aroma de la supervivencia.

La noche se había echado. Había varios pedazos de queso en un rincón de la alacena.

—Ahora tendrás que alimentarte por dos —expuso el hombre ofreciéndole un trozo—. Son los últimos quesos que preparó Cyrille y ya están muy maduros.

Ella comió distraídamente.

—¿Qué nombre quieres ponerle? —preguntó con media sonrisa.

—Ni idea —respondió Eme mientras su cabeza situaba a sus dos personas perdidas como candidatas. Pensó en Rosario si era niña o Estanislao si era niño, pero no lo dijo. Tal vez no era buena idea. Los muertos deben su vida a su momento, no a su nombre. Repetirlos es querer atarlos demasiado a su pasado.

—A mí me gustaría llamarla María.

—¿Y si es niño?

—Es una niña, lo noto —afirmó la joven.

82

Horacio llegó a la fonda Cramora a primera hora de la mañana. Descargó las mercancías. El oro de oliva había llegado, pero no en la cantidad esperada. Cinco litros en una garrafa de cristal. El resto era también un lujo. Harina blanca de un obrador de Huesca —era el único que la estaba elaborando, a pesar de que el trigo había perdido rendimiento—. Tabaco de liar envuelto en una hoja de periódico. Un paquete de lentejas de casi tres kilos en un papel oscuro. Durante unos días se olvidarían del pan negro.

—Me han asegurado que no tiene bicho —dijo Horacio abriendo el paquete y mirando la legumbre en su interior.

Juliano le miró con media sonrisa.

—Me conformo con que no tengan muchos guijarros. El bicho termina cocido, la piedra, no —añadió riéndose abiertamente—. Eso a mis dientes no les gusta.

—Te he traído algo de queso de la sierra de Guara. Es de oveja y no está mal. Tal vez está un poco fresco, pero es cuestión de dejarlo un par de semanas. Mejorará.

Cyrille se cruzó por la memoria de ambos.

—Una amiga de Cloe se está encargando de las vacas —explicó Horacio—. Está empezando a hacer queso, pero creo que le queda mucho por aprender. Habrá que darle más tiempo. El que probé ayer estaba muy poco curado y soso. Ese tiempo servirá también para reanudar el paso por la frontera. En cuanto se haya acomodado, Cloe nos ha asegurado que funcionará igual que el pastor.

Juliano sonrió de nuevo.

—Te veo muy contento —apreció Horacio.

—Me acaban de dar una noticia increíble. Pensábamos que no podíamos tener hijos... Angelines está embarazada.

—¡Buaa!, ¡¡¡felicidades!!! Eso es fantástico —exclamó Horacio—. Tengo que darle la enhorabuena.

—Ahora está descansando en su habitación.

—Yo estoy contento —dijo Juliano—. Esta guerra se acabará y estoy seguro de que Franco se vendrá abajo en cuanto terminen con Hitler. Es imposible que esto dure más. Ambos caerán. El niño que nazca vivirá en un país mejor.

—Seguro que sí —afirmó Horacio.

—¿Qué tal vais con Liberté?

—Muy bien —respondió Horacio—. Carolina le ha hecho unos documentos en los que consta que es nuestra sobrina. Por ahora está perfecto. Veremos qué hacer cuando acabe esta maldita guerra. Le hemos hecho una modificación en el nombre manteniendo su raíz. La llamamos Berta. Su nombre auténtico es un peligro. Llamarla a gritos por la calle podría dar lugar a un verdadero altercado. Algún día, cuando se haga mayor, si todavía está con nosotros, se lo contaremos. Sería justo devolverle su pasado y su nombre.

—Señorita Berta, sí, está muy bien. —Juliano sonrió.

—Sí, se lo merece. Es una auténtica superviviente.

—Es una niña tranquila. La cuestión es sacarla adelante. Come razonablemente y llora poco. A la noche no se despierta más de una vez. No se puede pedir más.

—Juliano, ¿tenéis pensado cómo vais a llamar a la criatura? —interrogó Horacio.

—Ni idea. Llevamos pensándolo varios días, pero yo creo que va a ser Juanmi.

—Es bonito. ¿Y si es niña?

—No me da opción —sonrió el dueño de la fonda—. Angelines ha dicho que va a ser un niño. Está convencida.

—Fantástico.

83

«Detenidos integrantes de una cédula, sospechosos de ser los responsables de la explosión ocurrida anteayer en una de las sedes de la Gestapo en Burdeos. Se cree que el vil atentado iba dirigido contra el primer ministro del Gobierno de Vichy, don Pierre Laval, y el secretario general de la Milicia francesa, don Joseph Darnand. La fuerte deflagración ocasionó importantes daños materiales y, por desgracia, también la muerte de un oficial de las SS presente en la reunión. Por fortuna, ambos altos dirigentes solo resultaron con heridas de poca consideración. Se trabaja en el interrogatorio de los infames arrestados que han sido trasladados a París.»

Horacio leyó la noticia a través de uno de los enlaces en su casa de Jaca. No supo cómo reaccionar. Maldijo mil veces el resultado de la acción. Su imaginación voló.

Margot logró incorporarse en el suelo de la comisaría y volver en sí. Había agua sobre la baldosa fría. El pelo estaba enmarañado y manchado de sangre. No tenía hambre, solo una sed increíble. El estado de semiinconsciencia parecía haber inundado su cuerpo. Sangraba levemente por los nudillos. Llevaba todas las uñas de la mano derecha levantadas. Apenas las sentía. Se las habían sacado una por una con unos alicates. El dolor fue indescriptible. Tenía la cara deformada por los golpes. Solo conservaba encima una camisa hecha girones. Hacía frío, pero ni siquiera lo sentía. Recordó cómo la habían violado varias veces. Fueron soldados de las SS; algunos de ellos hablaban alemán y otros, francés. Perdió la cuenta cuando contabilizó ocho. El sufrimiento fue inimaginable. La humillación, casi peor. Se desmayaba como defensa. Las manos atadas a un poste. Las muñecas tenían profundas laceraciones. Todo el habitáculo, de unos diez metros cuadrados, se encontraba húmedo. En algunas zonas se habían depositado charcos muy pequeños. Intentó beber de ellos palpando en la oscuridad. El olor era nauseabundo. Vomitó en dos ocasiones. Recordó entre brumas que un soldado limpió el cubículo con una manguera. Se sintió un poco mejor después de dar dos sorbos pensando que podía ser agua.

Un haz de luz iluminó la escena cuando un oficial que hablaba francés entró en la habitación. La mujer incrementó su posición fetal al verlo entrar. El hombre la agarró por las piernas y sin mediar palabra la volvió a violar. Margot chilló e intentó zafarse, pero le fue imposible. Los gritos fueron incapaces de salir de su garganta. Creyó perder el conocimiento. Nada más acabar, el individuo se despidió con un lacónico «estate segura de que hablarás».

Las horas pasaban con lentitud. Todo parecía detenido. Los recuerdos se instalaron en la mente de Margot. Recordó los momentos en brazos de Aligó. Haciendo el amor. Sintiendo sus besos, sus caricias. Un perfume de recuerdos sacudió su cuerpo.

Las propias palabras de su compañero Aligó, en forma de gritos desgarradores desde la habitación contigua, le hicieron aterrizar de sus ensoñaciones. El cinismo de alguien hablando en español fue lo único que Margot entendió: «Hablando se entiende la gente», escuchó con sorpresa a través de la pared.

Después sobrevinieron más gritos. Golpes. Ruidos. Y al final, un disparo. Margot no quiso creerlo...

La detonación retumbó en toda la estancia. Durante un buen rato no hubo ruidos. Solo algún murmullo ininteligible. Chasquidos arrastrando algo. Bisbiseos. E incluso alguna risita.

La puerta se abrió al cabo de media hora. Tres oficiales entraron. Dos de ellos enarbolaban una porra de madera.

—Se nos acabó la paciencia con tu amigo —dijo el más alto de ellos—. Lo siento. Veremos lo que aguantas, porque de hoy no pasa. Llevamos aquí varios días y la paciencia se me ha agotado por completo. O nos cuentas quiénes fueron tus enlaces, las personas que organizaron todo, o no llegas a esta noche.

Margot se hizo un ovillo sin responder. Intentó imaginarse estar en un prado rodeada de flores de lavanda y caminando con su familia a plena luz del día, con el sol iluminando el cielo azul. Quizá, en algún balcón de los Pirineos. Imaginó que estrujaba la lavanda cerca de su nariz. Que el perfume la liberaba de su situación.

Un golpe brutal en las costillas le hizo perder el conocimiento. Tal vez la vida.

Horacio se estremeció sin saber cómo actuar. Creyó que en España estaba más seguro, pero el trato de colaboración del régimen español con el alemán jugaba en su contra. Maldijo la mala suerte de la acción. Todo el trabajo de más de un año se había ido al traste.

Absorto en sus pensamientos observó a Liberté jugando con una muñeca de trapo que Carolina acababa de coser. Pareció que la estaba acunando.

Su instinto se trasladó a la imagen del cadáver de Dietter y pensó en el peor de los panoramas: que él hubiera puesto sobre aviso de la pista de Margot y Aligó, y que ahora, desde el otro mundo, Dietter se estuviese alegrando. Riéndose del desenlace del atentado que con tanto cuidado habían elaborado él y sus compañeros de la resistencia.

El pensamiento de que Margot y Aligó hubiesen hablado le puso la carne de gallina. Se imaginó a unos soldados llevándose a la niña y asesinando a Remedios y a él mismo.

Se preguntó si Margot y Aligó habrían aguantado o si, por el contrario, le habrían dado información al enemigo. Conjeturó que Liberté pudiera verse de nuevo en una situación límite.

Pasados unos minutos, la niña se quedó dormida abrazada a la muñeca.

84

Desde la casona de Nadine se podía escuchar el cauce del Aragón. Seguía muy crecido, pero dentro de sus límites.

El coche de Chasis aparcó delante de la casona. Cartón sacó el cuaderno de notas del interior de su chaqueta. El timbre sonó. Nadine estaba vestida como para salir a la calle. Los recibió con seriedad. Los tres se reunieron en torno a la mesa de la cocina.

—Le voy a ser sincero —dijo Chasis sin preámbulos—. Para empezar, cuénteme lo que pasó ayer. Cuando saltó la alarma de inundación y llegaron los servicios de rescate de nuestros compañeros de la Guardia Civil, la encontraron al lado de la cueva... con cuerdas. ¿Qué coño hacía allí? ¿Por qué no nos contó que en una época estuvo saliendo con José? Sabemos que tuvieron una hija que murió en un accidente. Cuénteme todo, partiendo de lo más inmediato. Ayer. Y no me mienta porque le aseguro que hoy usted duerme entre rejas.

Nadine respiró hondo, pero no empezó por los sucesos más cercanos.

—José y yo hace mucho tiempo que ya no estamos juntos —se defendió.

—Luego hablaremos de eso —intervino Cartón—. ¿A qué fueron allí?

—Fuimos a la gruta de las Güixas a saber la verdad sobre mi hija Malena.

—Cuando ocurrió aquello, su tío Silván estaba a su cargo —interrumpió Chasis con rapidez—, ¿correcto?

La mujer se sorprendió al oír las palabras del sargento. Asintió con la cabeza.

—Tal vez no fue un accidente. Malena no se precipitó al vacío por estar jugando en el balcón. Alguien la empujó. Queríamos averiguar eso. Quería...

—Haciendo un ritual en las cuevas —aventuró Cartón.

La mujer afirmó con la cabeza.

—José se había vuelto un fanático de las cuevas —dijo Nadine—. Fue influencia de Güido —prosiguió—. Mantenía una relación estrecha con él, le contaba cosas inverosímiles. Le conocí una vez y no era una persona que me atrajera lo más mínimo. Y cada vez me alejaba más de José. Güido solía contar que los nazis habían conseguido amuletos e instrumentos para saber el pasado. Se pasaban el día con textos antiguos sobre la Ahnenerbe y todas las sociedades ocultas que mantuvieron bajo investigación. Todo tenía un tufillo muy extraño. José se hizo experto en las runas y sus poderes adivinatorios y de encriptación, e iba repartiéndolas de manera absurda por los lugares que él consideraba que debía salvaguardar.

La mujer mantuvo la cara tapada con las manos unos instantes en los que los policías hicieron ademán de hablar, pero ella misma prosiguió.

—Luego decía que él mismo había creado una sociedad para protegerlas.

—¿Usted sabía que su cuñado Silván tenía una amante?

—Más o menos.

—¿Por qué no nos informó de ello? Se lo preguntamos expresamente nada más encontrar el cadáver de Silván —inquirió Cartón.

—Sabía que andaba con alguien. No sabía quién era. Me lo imaginaba, aunque no lo sabía con seguridad. Se lo juro.

Los policías se miraron entre ellos.

—¿José y Silván se llevaban bien?

Nadine tardó en responder.

—José le acusó desde el primer momento de haber matado a nuestra hija Malena. Se le había metido aquella idea en la cabeza. Era muy obsesivo.

—¿Por qué José no lo denunció a la policía?

—Estuvo a punto de hacerlo, pero al final se dio cuenta de que no serviría de nada si en vez de pruebas solo tenía sospechas. Que un individuo se precipite al vacío sabrán bien ustedes que es muy difícil de demostrar.

—Sí, lo sabemos perfectamente.

—¿Por qué piensa que Silván quería matar a su hija? Pudo haber sido un descuido. Un niño de corta edad es imprevisible, se puede subir a la barandilla, yo qué sé. No es nada difícil que lo haga —dijo el agente.

—Eso pienso yo. Pero él se convenció de lo contrario. Zilia, mi sobrina, se precipitó desde un árbol cuando mi hermana Sofía estaba a su cargo, y murió. Yo pienso más bien que fue una especie de castigo divino sobre lo que había ocurrido con Malena.

—Espere, espere —interrumpió el sargento— Silván mató a Malena y en venganza su compañero José mató a su sobrina Zilia. ¿Es así? Pero..., usted nos relató que la propia Sofía estaba a cargo de Zilia cuando esta se cayó del árbol. No me cambie la versión, se lo ruego. ¿Con cuál me quedo? —inquirió el sargento.

Tardó en responder.

—No fue Sofía. Fue José el que estaba a cargo de la niña en este mismo jardín que tenemos delante —dijo mientras señalaba el gran terreno que circundaba el edificio.

—No es eso lo que nos contó hace unos días —insistió Chasis.

—¿Qué versión debemos creer? —preguntó Cartón con sarcasmo—. ¿Cuál es la razón de su afición a cambiar el relato de los hechos?

—José estaba a cargo de Zilia en esta casa —insistió—. Zilia se subió a un árbol y se cayó. No me gusta hablar de ello.

—O sea que en un principio intentaba ocultar que fue José, no Sofía, la persona encargada del cuidado de Zilia. ¿Es esta la versión buena? Debería serlo. La otra sobre un castigo divino, en fin... ¿Verdad?

—José fue mi compañero.

—Y Sofía su hermana —cortó Chasis—. Podría encubrir a cualquiera de los dos.

—José seguía acusando a Silván de la muerte de nuestra hija Malena.

—Desarrolle eso, se lo ruego —dijo Chasis irónicamente.

—La ayudo —intervino Cartón—. José fue a la cueva cuando Silván estaba haciendo un ritual en la gruta. ¿Es así?

Nadine afirmó con la cabeza.

—Vamos, hemos llegado casi al final. ¿Qué sucedió entre estos dos hombres?

Nadine comenzó a relatarlo de manera pausada.

La gruta de las Güixas estaba a oscuras. Silván se mantenía de rodillas sin dejar de mirar el amuleto que acababa de desenterrar. Más de ochenta años le contemplaban con forma de uniforme nazi desde una madera tallada con mucha habilidad. Lo cogió por la base y lo situó sobre la tela, dejando una pequeña marca de los dos pies en la superficie.

Los pensamientos de Silván parecían hablar con Dios, pero no era así. No rezaba. Solo hablaba con su hija Zilia. La conexión con ella era fluida y muy tranquila. El ruido del agua corriendo, constante y tranquilizador.

—Zilia, te queremos mucho. Estamos aquí jugando contigo como tantas veces lo hicimos antes en el jardín de la casona —hablaba Silván en un susurro. Notaba su presencia, pero sus palabras eran difíciles de entender—: ¿Estás conmigo?

—Sí —respondió la voz de Zilia.

—¿Estás bien?

La voz de una niña volvió a afirmar.

—Zilia, quiero que me cuentes qué pasó aquel día. Estabas jugando en los árboles de la casona, ¿verdad?

—Sí.

—Zilia, ¿a qué estabais jugando?

—Al pillapilla.

—¿Con quién estabas jugando? —preguntó Silván.

—La prima Malena se cayó desde el balcón de la casa de Jaca —dijo Zilia— Me ha contado que se subió a una silla que arrastró desde el salón. Y que tú estabas en el cuarto de al lado. Quería ver un juguete que se asomaba desde el piso de enfrente y se resbaló.

—Eso es así, mi vida. Ella se cayó —afirmó Silván—. Pero háblame de cuando tú te caíste del árbol. ¿Con quién estabas?

—Yo no me caí, me empujaron —aclaró alzando la voz—. Yo no me caí, estábamos jugando con...

Un ruido hizo volver la cabeza a Silván e interrumpió el momento. José apareció a su vera sin haber oído que se acercaba.

—¿Qué quieres? ¿Qué haces aquí?

—¿Qué te está contando tu hija? Que eres lo que ya sabemos, un asesino de niñas —escupió José.

—Yo no le hice nada a tu hija Malena. Se cayó por accidente. Era mi responsabilidad, sí, pero no mi culpa. Fue un fatal error. Un desgraciado accidente. Déjame en paz. ¿Por qué iba a hacer yo eso? —espetó Silván.

—Para que la casona y el resto quedara en posesión exclusiva de tu hija Zilia.

—Eso es absurdo. Vete de aquí. ¿A qué has venido? Temes que me diga la verdad y se confirme que tú te vengaste injustamente con Zilia. Porque es eso lo que me va a decir. Lo sé.

—El territorio de las cuevas es mi terreno.

—Déjame en paz con tus rollos absurdos —añadió Silván dándose la vuelta.

El golpe de José sobre Silván fue seco. Después de un segundo, solo se oyó el rumor del agua corriendo. José soltó la piedra nada más hacerlo. Agarró la figura de madera y se la llevó.

Nadine se mantuvo callada nada más terminar el relato. Parecía sincero.

Cartón miró a Chasis. Este había dejado sobre la mesa la libreta abierta. La cerró sin dejar de mirar a la mujer. La cara de escepticismo de los policías hizo que la mujer insistiera.

—Créanme. Esto fue lo que me relató José. Él también quería el amuleto. Yo vi que existía en el CLE y dónde se encontraba, y se lo conté a José. Pero Silván lo encontró antes.

—¿Qué vieron en el CLE?

—Sabíamos de su existencia, no de sus poderes. El CLE nos dio su posición. Justo en el medio de las cuevas. Es una historia larga —añadió la mujer—. Silván lo había encontrado un poco antes de que José llegara. Todo pasó muy rápido aquella noche.

—Esta mañana ha estado reconociendo el cadáver de su expareja —dijo el sargento.

La mujer bajó la cabeza.

—¿Qué les sucedió a ustedes dos en la cueva? ¿No sabían que había alerta naranja por fuertes lluvias? Él conocía bien el lugar, también la existencia de un sistema de detección de inundación permanente por si el caudal aumenta. Lo hace con relativa frecuencia y lo de ayer fue muy fuerte —insistió.

—José estaba intentando llevar a cabo otro ritual, aunque no a través de un uróboro. El de atracción de personas partiendo de las runas es más potente. Eso me explicó José. Güido se lo contó con detalle. Las runas son el alfabeto para hablar con los muertos y generar el ritual de aproximación. Él quería saber si Silván había matado a nuestra hija Malena. Yo le dije que había sido un accidente, pero él insistía.

—¿No se dieron cuenta de que el agua subía a toda velocidad?

La mujer se mantuvo sin responder.

—El cuerpo tiene muchos golpes. Vamos, vamos, no será que quería deshacerse de su ex por alguna razón que no nos cuenta —intervino Cartón.

—No, por Dios. Le avisé que todo se estaba llenando, sin embargo, él no me hizo caso. Parecía estar en trance. Yo salí por los pelos.

—Escalar por una cuerda no es nada fácil —afirmó Cartón—. Más difícil aún si después de subir por ella se la retira dejándolo a su merced.

—No, eso no es así. Yo intenté que saliera. Bajaba el agua que daba miedo. No sé cómo aguantó tanto.

—Una cuerda sin nudos no la escala cualquiera —dijo Cartón.

—Lo he hecho muchas veces. Estoy acostumbrada. Acompañé a José en sus incursiones por simas y barrancos —afirmó Nadine.

—Ya.

—Y, claro está, de esa última conexión que José hizo con el más allá no sabemos la respuesta —razonó Chasis.

El silencio se mantuvo unos segundos.

—Usted acaba de resolver de un plumazo el asesinato de su cuñado Silván. Según sus palabras, por supuesto. Cargar el asesinato a un muerto es fácil. No se puede defender. Partiendo de lo que nos acaba de contar, ¿sabe que la puedo empapelar por obstrucción a la justicia, ocultación de pruebas de un asesinato y estar involucrada en el homicidio de una niña? —aventuró Chasis.

—Usted está loco. Zilia se cayó del árbol. Tal vez lo que debería investigar es si a nuestra hija Malena la mató Silván.

—Su familia tiene muchas posesiones aparte de esta casona —afirmó Cartón cambiando el tercio—. No se atreva a negarlo, tengo aquí mismo la información.

—Sí, herencia de los abuelos. Tenemos varias posesiones más.

—Usted y su hermana tienen un buen pico. Bueno, ahora usted sola...

La mujer bajó la vista.

—Y no son garajes ni trasteros precisamente —insistió el policía.

85

Chasis mantuvo sobre la mesa el informe de una referencia que había solicitado a sus compañeros de trabajo. La ubicación del coche de José en el caso de que la tuviera. Y la tenía.

La entrada de Cartón le distrajo un instante. Se sentó enfrente suyo.

—Mira lo que ha llegado —informó el sargento enseñándole un papel.

Cartón leyó con atención.

—Por el móvil no hemos podido situarlo en la escena del crimen a esa hora. Pero gracias al rastreador del coche, sí.

—Las coordenadas, según estos datos, son exactas en la hora y en la situación. La hora coincide y el aparcamiento es el de la cueva de las Güixas. Este tío estaba allí en aquel momento. La confesión que le hizo a Nadine, su ex, es bastante más precisa de lo que intuíamos. Pensó que jamás le delataría al estar juntos intentando averiguar lo de su hija Malena.

—Dejó el móvil en su casa, pero no fue capaz de saber que podríamos localizar el vehículo.

—Extraño que no lo supiera —afirmó Cartón—. Yo sé los detalles que tiene el mío.

—No es tan extraño... Mira —rebatió Chasis.

El listado de los coches a nombre de José era extenso.

—Pienso que este tío, al trabajar en una empresa de segunda mano, tenía acceso a vehículos de ocasión muy golosos y a buen precio. A veces, él era el primero en comprarlos y poner a la venta el suyo anterior.

Por lo que veo en esta lista era bastante habitual. Cada vez que aparecía uno interesante lo cambiaba. No es descabellado.

—Eso conlleva que no conocía a fondo lo que compraba —argumentó Cartón—. ¿Es eso lo que quieres decir?

—Exactamente. Mira, casi una vez al año lo cambiaba. Hay un año en que lo cambia dos veces. Este último lo tenía desde hacía tres meses.

Cartón seguía leyendo el extenso listado de coches a nombre de José García Méndez que había comprado y vendido.

—El Grutas era un pájaro —murmuró Cartón—. Pero hemos llegado tarde.

El silencio se convirtió en respuesta durante unos segundos.

—Sí.

—Podemos ir a por Nadine —apuntó Cartón—. Pudo acompañarle a la gruta y colaborar en el asesinato de su cuñado.

—¿Cómo lo hacemos?

—No lo sé —apuntó Cartón.

—Nadie la sitúa en el lugar del crimen y el lío de los niños no me aclara nada. De las cuatro personas queda solo una viva. Nadine. No podemos preguntar a Silván ni a Sofía, y desde ayer tampoco a José. Ana sabía cosas, pero pocas y matizadas por Silván.

—Creo que Ana está al margen —dijo el sargento.

—Más rapidez en saber las cosas no nos hemos podido dar. Todo ha ido muy deprisa.

—No estoy echando la culpa a nadie. Nosotros hemos hecho nuestro trabajo. Seguimos haciéndolo. No sé si creer lo que acaba de contar Nadine —afirmó Chasis.

—Yo sigo teniendo muchas dudas. El tono de voz de Nadine es... poco creíble.

Al salir del puesto de Canfranc el tiempo estaba despejado. A pesar de la proximidad, la distancia hasta Torla se le hizo muy lejana. Chasis imaginó que Anxela le estaría esperando. En el interior del coche se mantuvo pensativo y quieto. Giró la llave y lo arrancó. Sin moverse, lo apagó.

La plaza de Europa había terminado de drenar toda el agua caída y en algunos lugares estaba seca por completo. Respiró hondo. Agarró el móvil y no supo qué pensar. Por momentos le pareció que el teléfono actuaba solo. Buscó en la agenda de contactos la letra «c».

Abrió la línea. Una voz femenina respondió al segundo tono.

86

Habían pasado unas semanas desde que Chasis habló por última vez con Camino. La sensación era muy extraña. Estuvo con Anxela en su casa de Torla, pero en todo momento imaginó no haber estado allí. Como si esos días no hubieran existido. La rechazó dos veces y la joven se había ido de morros al salir.

El coche de Chasis estaba esperando en la misma plaza de Europa. Parecían días vacíos, inexistentes. La mente del sargento Alberto Bastidor se encontraba anclada en el trabajo a medio resolver. Personas que se habían caído o quién sabe si arrojado. Dos universos paralelos que daban la impresión de estar corriendo a la vez.

Camino tocó la ventanilla con los nudillos. Chasis desbloqueó la puerta del coche desde el botón interior.

—Ya está. Pero no te lo garantizo —dijo la mujer sentándose a su lado—. Y menos que lo que vayas a ver te pueda ayudar. Hemos hecho un apaño. Necesitaríamos más tiempo, pero no puedo asegurarte nada. Gracias a que a Ismael le gusta meterse en todos los charcos..., y este le ha parecido uno bien grande. —Al terminar de hablar besó los labios de Chasis durante una décima de segundo.

El coche atravesó Canfranc Estación hasta llegar a la casona. Nadine los recibió muy seria. Desconocía el alcance de la nueva dimensión en el programa CLE. Ismael ya estaba en la casa inmerso en la sala anecoica. Buscar en el pasado cercano estaba siendo una extensión que hasta ahora no conocía. El informático saludó al policía:

—Señor Alberto, nos volvemos a ver —añadió con simpatía estrechándole la mano.

Todos rodearon al científico.

—Insisto —dijo Ismael en voz baja—, no prometo nada. La clave para trasladarnos a este pasado tan reciente no sé si es correcta. Lo que hemos estado viendo de 1943 ha sido preparado con más calma y durante mucho tiempo. Esto ha sido más rápido y tal vez menos exacto, aunque a nuestro favor diré que sabemos bastante más que cuando empezamos. Pero bueno, allá vamos. Poneos los cascos. ¿Estáis preparados?

Camino intervino señalando los cascos y dando instrucciones a los policías. Nadine obedeció con recelo.

—Tienes que ajustarlos a la medida de tu cabeza —explicó Ismael a Chasis y Cartón, señalando las cintas y correas—. No estemos sentados. De pie es la única manera de hacerlo. No somos espectadores. Somos personajes. Viajamos a un mundo paralelo.

Ismael adaptó los parámetros de *María* y realizó los últimos ajustes. Los cascos se iluminaron a la vez y se escucharon voces por el sistema de sonido. También reguló la intensidad de los auriculares.

Los participantes pudieron captar un olor a hierba húmeda.

Por último, conectó el resto de la información en una de las bases de datos de *María*. La rapidez de cálculo era meteórica.

—Creo que ya lo tengo —aseguró Ismael—. Durante una hora, aproximadamente, nadie puede abandonar la sesión. Nos vamos a otra realidad —añadió con voz lacónica.

Los cascos parecieron coger vida propia.

—Vamos allá.

Todo se fundió a negro.

Ana cerró la puerta de la cueva de las Güixas. Tensó la cadena y guardó la llave del candado. Después bajó con cuidado por el sendero. Recogió dos colillas y una especie de pequeña piedra manchada. Maldijo varias veces a los turistas. Al llegar a Subterránea apagó las luces de la salita y se aseguró de que las ventanas estuvieran bien cerradas. El atardecer la saludó con una luz gris, casi negra.

El viento despeinaba de nieve fina y seca los casi dos mil novecientos metros de altitud del pico de la Collarada. El manto blanco temprano del otoño había tapado por completo bastante más que la especie de farallón que componía la cima. El sonido de suave ventisca era constante. La luz del sol se ocultaba ayudada por abundantes nubes densas.

La silueta de un hombre apareció por el fondo de la entrada de la gruta. Se arrodilló sobre la tierra justo debajo de la claraboya. Se dispuso a instalar un pequeño altar. El *mamedkrafter* se mantuvo estable encima de la tela.

Silván enumeró los tres elementos dispuestos. El fuego, el agua y el hombre. La vela, el agua del río Aragón y el hombre tallado. El sonido acompasado de la corriente acuífera de la propia gruta se colaba ofreciendo una pequeña melodía rítmica.

En décimas de segundo los sonidos cambiaron. El ruido que hubo detrás de él fue de pisadas. Silván se dio la vuelta y miró con extrañeza a la persona recién llegada. Intercambiaron palabras cortantes y reproches mutuos durante varios minutos.

—No quiero seguir hablando contigo —dijo Silván—. Déjame en paz —replicó volviéndose hacia el pequeño espacio que había montado. Se agachó con cierta parsimonia.

La vela osciló. No fue capaz de anticipar la acción, o en todo caso lo hizo tarde.

El golpe en la cabeza fue con una piedra, preciso y muy violento. Solo necesitó uno más para hacer desaparecer a Silván del mundo de los vivos. El cuerpo quedó tendido sobre parte del improvisado altar. El reguero de sangre pareció respetar el escenario y recorrió paralelo el límite de uno de los lados de la tela.

Nadine se agachó y encendió una pequeña linterna. El momento se iluminó artificialmente con una densidad amarga y ácida.

La figura de madera se mantuvo erguida en mitad de la tela. La mujer la recogió con ambas manos, como si le estuviera ofreciendo sentimientos de respeto. La envolvió con la misma tela con la que había estado enterrada. Miró el batik con el uróboro y lo dejó en su sitio. Nada más terminar de levantarse observó con tranquilidad el entorno. Apretó con fuerza el objeto. Como quien da por finalizado un ritual, apagó la llama de un fuerte soplido. Comenzó a andar deprisa y con seguridad pasillo abajo. Como si la cueva estuviera iluminada. Nadine se detuvo solo una vez para cerciorarse de su acción. Atrás, el cadáver de Silván quedaba tenuemente iluminado desde la oquedad de la cueva.

El ruido de alguien abandonando la sala con premura sonó débil. Ismael fue el que se dio cuenta. Detuvo el programa. Se quitó el casco. Su cara reflejó sorpresa al darse cuenta de que el de Nadine estaba tirado en una de las repisas. Solo se escucharon pisadas corriendo escaleras abajo y el rugir de un coche saliendo con prisa desde la base de la casona.

El resto de los integrantes de la sesión se quitó los cascos. La puerta de la sala anecoica oscilaba medio abierta.

87

Un mes más tarde.

El psicólogo forense Juan Manuel Astigarraga saludó extendiendo la mano a los dos policías. Estos le invitaron a sentarse. Cartón cerró la puerta del pequeño despacho.

—Ayer terminamos de leer con atención su informe psicológico sobre Nadine —dijo Chasis—. Pero le he pedido que viniera para que nos aclare algún punto, así que le agradezco mucho su presencia y su colaboración.

—Es un placer poder hacerlo —afirmó el psicólogo mirando el informe desde sus gafas de varilla. Pasó sus páginas de manera distraída, sabía al dedillo lo que había escrito en él. Sus dos entradas le daban un aspecto más mayor de lo que aparentaba. La perilla salpicada de canas lo situaba en torno a la cuarentena—. No ha sido un trabajo fácil —prosiguió el psicólogo—. Me han faltado algunos puntos importantes, pero pienso que con lo que hay mis colegas y yo hemos podido crear un perfil ajustado. Hubiera sido muy interesante cotejar datos con sus familiares más cercanos. Eso, por desgracia, no ha sido posible. Nunca pudimos obtener las referencias de su ex, José, su hermana Sofía y su cuñado Silván. A modo de ayuda he utilizado la parte, más bien escasa, en la que ustedes hablaron con Sofia y José antes de morir. Después de varias sesiones he podido establecer un estudio de la personalidad de Nadine que nos ayuda a entender cómo alguien puede llegar a hacer algo como lo acontecido.

—El nexo entre las dos hermanas no era lo que parecía —intervino Cartón.

—No, no, no lo era. De hecho, su vínculo era muy alejado de ser idílico o solidario. Por regla general se odia o se ama lo que se tiene más cerca. En este caso, el odio había invadido por completo el lazo que tenían. La envidia era la clave de sus relaciones y parece ser que todo provenía del vínculo que tenían entre ellas respecto a sus padres. Sofía era la mayor y todo apunta a que podría ser la preferida de estos. Una situación que en la mayoría de los casos no tiene importancia, pero en el caso que nos ocupa, sí. Dudo mucho de que sus padres la consideraran así, lo importante es que ella lo percibía de ese modo. Nadine tenía una preocupante relación con sus progenitores. Incluso me ha llegado a admitir que deseaba su muerte. Los percibía como enemigos que luchaban a favor de su hermana y en su contra. Ella misma me ha relatado que sintió mucho placer cuando por fin murieron, gracias a lo cual ellas pudieron disfrutar de los bienes sin ataduras. Sabía que las posesiones de sus padres, herencia de sus abuelos, eran grandes propiedades muy bien valoradas en toda Huesca. Y Nadine estaba obsesionada con ellas. Por otro lado, es una mujer hermética, no es fácil mirar en su interior, tanto que he tardado muchas sesiones en descubrir sus rasgos para crearle un perfil. Han tenido ustedes mucha suerte al poder pillarla de una manera tan atípica e increíble.

—Solo es cuestión de estar ahí —respondió el sargento—. La suerte, a veces, trabaja para nosotros.

—Desde que ha confesado su crimen parece como si se hubiera liberado de un peso. Envidiaba la vida de su hermana con claros rasgos patológicos. Intentaba imitarla en todo lo que hacía. Sofía se casó con Silván y ella lo hizo con una persona que, según me ha confesado, no amaba. Aquello tuvo su consecuencia lógica: una separación al poco tiempo. Contó que se quedó embarazada en un intento de seguir la estela de su hermana, lo cual era un fracaso asegurado. En contra, Nadine es también fácilmente influenciable y su expareja encaja en un carácter dominante.

—Muy obsesionado con sus proyectos —intervino Chasis.

—Ustedes llegaron a hablar con José —afirmó el psicólogo—. Yo también he podido sacar algo de las conversaciones que tuvieron con él.

—Apenas hablamos un par de veces durante las investigaciones. Y sí, era muy obsesivo con sus asuntos —añadió Chasis.

—Durante las sesiones con Nadine he visto claro que la influencia que ejercía José en ella era muy fuerte; pero, ojo, no debemos descartar que sea un intento de suavizar su situación. Ella admite toda su culpa, aunque también podría estar pensando en cubrirse las espaldas de cara al juicio para que la condena se suavice, a pesar de haberse declarado culpable. Es habitual cargar las culpas sobre los muertos. Es un patrón que se repite en estas situaciones.

—Claro, los muertos no tienen abogado —dijo el agente.

—En comparación con su hermana, siempre tuvo la sensación de estar haciendo peor las cosas, y eso dejó un poso negativo en su interior que se fue acumulando —afirmó Astigarraga—. Una especie de competición. Silván era guapo y con buena presencia. La antítesis de José. Evidentemente, la sombra de su hermana la seguía, más allá de que Sofía pudiera no tener esa impresión. Solo en su imaginación enferma de recelos veía que cada vez que luchaba contra ella, salía perdiendo. Por ejemplo, el matrimonio de Sofía iba bien. Mientras que Nadine no supo retener a José, ni siquiera con la niña Malena de por medio —remató.

—La envidia..., sin ningún motivo —dijo en voz baja el agente.

—Ya lo dijo Unamuno —añadió Juanma—: «La envidia es la íntima gangrena del alma española». Los motivos no son necesarios. Simplemente existe.

—Exacto —agregó el sargento—, y eso hace referencia a una frase de Quevedo: «La envidia va tan flaca y amarilla porque muerde y no come».

Todos sonrieron.

—Esa envidia, digamos, ¿va creciendo sin hacer ruido? —preguntó Cartón.

—Depende —valoró el psicólogo— En la mayoría de los casos, sí. En otros se expresa, pero la primera opción es la más común. Tú no eres consciente de que la sufres. La envidia te corroe por dentro sin darte cuenta, pues mayormente la admites como parte de tu personalidad.

—Y luego llegó lo de las niñas —afirmó Cartón.

—El asunto de la muerte de Malena, lejos de separar a José y a Nadine, los terminó uniendo. En especial por el obsesivo convencimiento de José de que Silván era el responsable de la caída de su hija. Eso acabó siendo campo abonado para la percepción envidiosa de Nadine. José la convenció de que Silván había asesinado a Malena. Un pensamiento al parecer sin fundamento, que, sin embargo, me ha repetido de muchas maneras.

Los policías seguían atentos el relato.

—Zilia y Malena se llevaban apenas unos meses. De nuevo, el mismo patrón. Apenas se demoró Nadine en imitar a su hermana Sofía quedándose embarazada —sentenció el psicólogo—. En su mente lo tiene todo muy claro. Y en vez de afrontarlo lo dejó en su interior, en una suerte de venganza fría y sin prisas. Aunque tampoco tardó mucho...

El psicólogo prosiguió con sus conclusiones:

—Todo se precipita desde el accidente de Malena, que se produjo durante una mañana bajo el cuidado de su tío Silván. La envidia de Nadine se desata en ese punto, y a ello se le añade la obsesión de José. El cóctel perfecto y listo para explotar que da como resultado el asesinato de Silván y, antes, tal vez el de Zilia. De esto último, por ahora, Nadine no ha dicho nada. No he logrado saber qué pasa en su interior sobre ese asunto.

—Sí, ahí tenemos una laguna —informó el sargento.

—Aquí se desata el pensamiento relacionado con las posesiones y el dinero. Incitado por José, todo se fabula entre los dos para pensar que el accidente no ha sido tal. En ese punto, Nadine y José vuelven a tener una relación un poco más fluida.

—Los obsesivos pueden llegar a crear un mundo entero a través de sus pensamientos y autoconvencerse de que esa realidad, ese universo, es el exacto y único posible —afirmó el psicólogo—. Son personas con una preocupación desmedida por el orden. También por el control de las cosas. En esa órbita, alguien influenciable como Nadine se trasforma en un meteorito, que el planeta gigantesco y obsesivo de José va a terminar fagocitando con facilidad.

—Pero Sofía no tenía una personalidad apabullante —intervino Chasis—. Era más bien frágil, tanto que creemos que se suicidó porque no supo soportar la muerte de su marido Silván.

—No es necesario que la tenga. La percepción enfermiza de la envidia no necesita tener una razón lógica. Y Nadine la tenía de su hermana, cuando en realidad no había nada que envidiar. En ocasiones, lejos de atenuarla, la refuerza. Son las contradicciones del intelecto humano. Sofía era una persona delicada que vestía de manera adecuada y con elegancia. Nadine, en vez de intentar estar a su altura, se refugiaba en su comparación y se obsesionaba con una diferencia que apenas existía.

—Las hermanas eran físicamente muy parecidas —aseguró Cartón.

—En efecto —respondió Juan Manuel—. Un claro ejemplo más de la patológica percepción que Nadine tenía sobre su hermana. Eran muy similares. En vez de crear su propio cosmos, lo único que hacía era gastar sus energías en envidiar el del vecino, en este caso el de su hermana.

Los policías escuchaban sin perder detalle.

—Incluso me llegó a decir que Silván y Sofía se habían apoderado de la casona, cuando luego hemos sabido que no fue así —dijo el psicólogo—. Las escrituras de esa propiedad siguen estando a nombre de las dos hermanas. Pero Nadine lo percibía como otro agravio comparativo.

—Ese es un dato muy claro —intervino el sargento.

—Además, les puedo añadir un apunte que en el informe solo bosquejo. Por lo general, buscamos en la personalidad de estos sujetos traumas o heridas psicológicas que puedan haberse dado durante la infancia o la adolescencia. Malos tratos, abusos, violaciones, familias desestructuradas. En líneas generales se encuentran historias de alcoholismo, drogadicción y afines en padres, tíos, abuelos o familiares cercanos. Es decir, entornos hostiles y posibles causas de deterioro psicológico a distintos niveles. Ya saben. Posibles torturas a animales o mascotas. Una justificación de los hechos. Bueno, pues nada de eso hemos encontrado en el perfil de Nadine. Sí mantiene un distintivo que nos cuadra. Discreción, elección de víctimas vulnerables, normalidad en sus relaciones interpersonales, falta de empatía, pero... ninguna referencia a esas situaciones ni en sus padres ni en sus familiares más cercanos. Parece como si el mal hubiera surgido de la nada. A veces pasa. No todo tiene un porqué. Los genes recesivos afloran en un momento dado o nunca. La psique es un universo por explorar que nos sigue deparando infinidad de sorpresas. Da miedo pensar en lo misterioso e impredecible de la actividad humana. Pero ella no está loca en el sentido patológico que todos conocemos. Es consciente y diferencia el bien del mal —concluyó Astigarraga.

Chasis se reclinó pensativo sobre la silla sin dejar de escuchar.

—Me resultan curiosas las referencias al paisaje que hace en su informe —señaló Cartón.

—Bueno, eso es así —respondió el psicólogo—. Los valles cerrados y la climatología pueden influir. El paisaje crea el carácter. Los horizontes sin salida y el mal tiempo obliga a algunos a refugiarse en sí mismos. La soledad es un patrón claro de los individuos obsesivos y posibles suicidas. Se origina un mundo donde la percepción de este parece que se acaba en las altísimas cumbres que rodean el paisaje. La tierra influye en la personalidad de los individuos que la habitan. Esto no es ninguna novedad. Los lagos, al no tener salida, también lo hacen. Los bosques muy cerrados son otro ejemplo; de hecho, en Japón hay uno que se conoce con ese nombre: el bosque de los suicidios.

El psicólogo se reposicionó en su asiento y continuó.

—Pero les diré una cosa: esto último no está detallado en el informe. Es solo una corazonada. Se trata más bien de una hipótesis después de conocerla a fondo. Cuando la comitiva sube a aventar las cenizas de Silván al valle de Ip, la posibilidad de que Nadine imaginase a la perfección lo que su hermana iba a hacer es casi una verdad absoluta. Digamos que asistió a un suicidio anunciado e incluso avalado por ella misma. Y llegado a este punto les pregunto: permitir un suicidio ¿es un asesinato o un acto de caridad?

—Buena pregunta... Depende de las circunstancias —aventuró Cartón.

Los dos policías se miraron con cierto rictus de escepticismo.

—He estado más de seis sesiones con Nadine —insistió el psicólogo—. Cada una de más de dos horas. Aunque nunca lo ha admitido, yo no lo descarto. En mi opinión, estaba esperando la muerte, el suicidio, de su hermana con sensación de triunfo final.

88

Una semana más tarde.

Chasis terminó de meter sus cosas en cajas. Cuadros, lámparas, libros... Las bajó al coche con una sensación extraña.

La vista del parque Nacional de Ordesa desde Torla era increíble. Miró por la ventana y sintió desazón por dejar el piso. Por tener que buscar, de nuevo, un lugar y sobre todo una nueva compañía. El hombre se dio prisa porque pensó que Anxela volvería en breve y no quería coincidir con ella. Habían hablado de manera muy hostil desde que él le informó de sus intenciones.

Hizo el recorrido hasta llegar a Canfranc Pueblo con cierta nostalgia y una mezcla de preocupación y expectación. La casa de siempre —la de Berta, su madre— le esperaba en el comienzo de una nueva etapa de su vida. Subió en dos veces las últimas cajas de cartón que quedaban.

Conjeturó abrazar a Camino como lo hizo aquella tarde de hace tantos años a un costado de la oquedad de la cueva de las Güixas. Al llegar, la encontró vacía. Gritó con suavidad dos veces el nombre de su actual pareja. Nadie respondió. En su lugar había un escueto mensaje sobre la mesa de la cocina escrito con la letra de Camino:

> Estoy en casa de mi madre, en Biescas. Vuelvo a la tarde. Un beso.
> Camino.

Chasis tragó saliva. Imaginó que su nunca inacabada relación con la doctora tomaría nuevamente otro rumbo. El hombre sonrió pensando que sería verdad... «Esa chavala es impredecible. Tiene cincuenta y tres años y actúa en su mundo. Me lo podía haber dicho por Whassap», pensó el policía.

El teléfono móvil sonó.

—Buenos días, Cartón. ¿Novedades?

—Bueno, lo que ya sabemos. Al admitir Nadine su responsabilidad plena en el asesinato de Silván, todo es más fácil.

—Es curioso porque lo que vio, lo que vimos, en *María* es solo un universo paralelo. No el real. Nada la inculpa más que su propio testimonio. El asunto de *María* se parece a una invocación moderna hecha por un ordenador.

—Ya, pero parece que ella lo vio como la versión real. Recuerda que lo contó en el interrogatorio. Sintió que la habían filmado durante el fatal encuentro con su cuñado —dijo Cartón—. ¿El mundo que vimos era real? No lo sé. Yo todavía no me lo creo. Solo es el testimonio de ella. Además, te diré algo por lo que me siento bien. Nosotros hemos provocado este desenlace. Hemos logrado su confesión. Es el objetivo final de cualquier investigación policial, ¿no? Percibió como real el cosmos que se creó en la casona.

—Sí, tienes razón. Un asesinato con una piedra recogida en el mismo lugar donde se encontraban pone la trama con el epígrafe de homicidio casual y eso no disfruta más que de atenuantes. El abogado defensor alegará acto improvisado, convencerá al juez de ausencia de premeditación, ataque de ira pasajero, reconocimiento del daño causado y confesión tardía, pero también confesión, voluntad expresa de no reincidir, trastorno mental transitorio... Imagínatelo, con el código penal que tenemos en España, esta tía está en la calle en media docena de años. Igual ni eso. De poco sirve nuestro trabajo como policías.

—Y nos aclaró que sabía el localizador del coche, pero que, a veces, usaba el de José. Y que lo hizo para, en un primer momento, echarle la culpa a José, dejando que la ubicación del vehículo lo delatara a él. Tanto Nadine como José sabían que tenía un localizador.

—Menos mal, porque eso me chirriaba. Nunca creí que José, un profesional de la venta de vehículos, no supiera que el coche que tenía en propiedad lo llevara a pesar de cambiar con frecuencia de coche.

—Nadine lo sabía y lo utilizó para involucrar a José. Ella tenía su propio coche. No ha dado una explicación de por qué lo usó, pero ahora ya lo sabemos, para involucrarle.

—En cualquier caso, no era un arma efectiva. Localizar el coche de José en el escenario del crimen tampoco es una prueba crucial. Estaba su coche, no él.

—Claro. Sin el testimonio de autoinculpación no iba a ser fácil demostrar que la que usaba el coche de vez en cuando era Nadine.

—Bueno, eso es normal. Luego demostramos que, a pesar de que Nadine al principio lo negara, había muchos cruces de mensajes entre los dos. Mantenían una relación, aunque no estaban juntos.

—Supongo que haber perdido a una hija une o... separa, yo qué sé —dijo Cartón.

—¿Qué te pareció lo que contó Nadine sobre lo de las niñas? —añadió.

—Es el fondo de todo este asunto. Una herencia con muchas posesiones y un accidente que dio lugar a un asesinato. Ahí está la clave. Un accidente conduce a un asesinato. En ambos hechos, las niñas caen desde cierta altura con resultados fatales sin saber seguro si hay una mano que las empuja. Hoy en día es casi imposible saberlo. Tal vez si Camino e Ismael... Ellos me han dicho que lo están intentando, pero pasa el tiempo y la llamada no se produce.

89

Un mes más tarde.

Ismael trabajó durante toda la noche en los nuevos parámetros del programa CLE. La instalación de *María* en una de las dependencias del LSC se había retrasado más de dos semanas. Después, pasó bastantes días hasta conseguir adecuarlo a la nueva situación.

La mañana estaba fría, pero el sol pegaba con fuerza desde las primeras horas.

Caminó miró la nueva ubicación momentánea del gigantesco ordenador. Chasis estaba sentado a su lado, Cartón, justo enfrente.

—Centrar el programa en fechas concretas es lo más difícil —afirmó Ismael—. No he tenido tiempo de hacer más de lo que vais a ver. El programa es, como sabéis, una ventana abierta a mundos paralelos, pero desde uno muy concreto, el nuestro. Todavía no sé qué relación puede tener con nosotros. Es un juego de verdad, realidad y ficción, en el que los tres parámetros se juntan. No os puedo decir más. El lugar es bastante más grande que la casona de Nadine y Sofía, y nos servirá a la perfección. Actualmente lo estoy ampliando para mi propio trabajo aquí, en el LSC. Es el proyecto más ambicioso que he desarrollado en mi vida. Hurgar en el pasado y llegar hasta el Big Bang, lo que suponemos que es el comienzo de todo. Ver la creación para poder entenderla. Siempre desde este mundo sin llegar a saber con exactitud si es cierto que existe. Eso es otra historia. Necesitará tiempo, el eterno comodín que atraviesa nuestras vidas. Tal vez yo no, pero las personas que trabajan aquí, en la batcueva de

Canfranc, son increíbles y algún día lo conseguirán. Estoy seguro de que será así.

Los cuatro escuchaban sin perder detalle.

—Advierto una cosa más —continuó Ismael—: lo que me habéis pedido y explicado es muy duro. He tardado mucho en hacerlo. La realidad que vais a ver a continuación, intuyo, lo será también. No hay nada más dramático y terrible en la historia de la humanidad que la muerte de un niño.

Todos asintieron con la cabeza. Nadie se atrevió a hablar.

—Primero veremos la muerte más lejana, la de Malena. Después veremos la más cercana, la de Zilia —precisó Ismael.

Camino, Cartón, Chasis e Ismael se pusieron los cascos. La realidad virtual fue a dos fechas concretas. Los lugares y momentos del día también fueron exactos, precisos.

—Yo quiero ver la tele —le dijo Malena a su tío Silván—. No quiero salir a la calle, hace mucho frío —añadió parapetándose en el sofá.

—Lo que aquí hace es un calor sofocante. Esta calefacción central es un asco. El termostato va a su bola. Voy a abrir un poco la ventana del balcón —le respondió Silván dejando un pequeño resquicio que permitía entrar un delicado halo de aire helado en el interior.

—Ponme a Blippi, tito Silván —pidió la niña—. Quiero ver la tele.

El hombre hurgó en el YouTube del televisor hasta encontrarlo. Las imágenes comenzaron a dar color al entorno.

—Estoy en la cocina. Tengo que hacer la comida —le explicó su tío. La niña asintió sin dejar de mirar la televisión—. No te muevas de ahí —le advirtió dejando a la niña sola. Antes, le dio un beso en la frente. La niña lo abrazó por el cuello depositándole otro beso en la barba.

La sala se fue ventilando y la temperatura se suavizó. Los sonidos de su tío cocinando llenaron el ambiente de aromas provenientes de la otra esquina de la casa. El olor de las manzanas asadas con canela fue inundando la estancia. Dio la impresión de que el aroma de la fatalidad ya estaba en el aire.

Los minutos pasaron hasta que comenzaron los anuncios interrumpiendo la acción de Blippi. Nadie dio al botón de saltar la publicidad, y la aburrida y extensa propaganda hizo levantarse a la niña del sofá. Se sintió atraída por el balcón y sin decir nada salió por la ventana medio abierta y la empujó con suavidad. La pequeña banqueta que utilizaban Silván y Sofía para sentarse a leer cuando hacía buen tiempo estaba en el mismo lugar.

Pareció estar viendo la escalera de un patíbulo amable.

Justo al lado de la barandilla. Malena se subió a la banqueta y se asomó para ver la calle. Arqueó su cuerpo curioseando un niño con un triciclo. La barandilla actuó de balancín. Los pies perdieron apoyo y la chiquilla giró sobre sí misma precipitándose al vacío.

El sonido fue sordo. Los gritos de los viandantes que pasaban por el lugar mucho más agudos. La mancha de sangre se extendió con rapidez.

Camino interrumpió el momento retirándose los cascos apresuradamente. Dio la impresión de que salía de un mundo paralelo. Todo se detuvo en la eterna noche de las instalaciones bajo tierra del Laboratorio Subterráneo de Canfranc. La escalofriante escena había detenido el corazón de Camino, que lloraba desconsolada.

Chasis la agarró del brazo y ambos se refugiaron en el despacho contiguo. Cartón e Ismael miraron cómo los dos desaparecían sin decir palabra. El policía la obligó a sentarse en un sofá. Hablaron con sus rostros a escasos centímetros.

—Estoy bien, estoy bien —balbuceó Camino con la respiración entrecortada. Parecía que le costaba hacerlo—. Es solo que me ha impresionado por la sensación de realidad que tiene este asunto. Yo no puedo continuar. Hazlo tú. Esto me ha paralizado. Creo que no podré olvidar el sonido del cuerpo estrellándose contra el asfalto. Parecía un estampido apagado. La sangre en un gran charco me ha revuelto.

Las lágrimas volvieron a salir sin control.

Chasis mantenía abrazada a Camino. Tardó unos minutos en volver a hablar. Lo hizo a trompicones. Como si su universo se hubiera puesto del revés.

—De verdad, estoy bien. Es que me ha revuelto por dentro. Bufff, era igual que estar allí. Me hubiera gustado sujetar a aquella niña —dijo la mujer, rompiendo a llorar de nuevo—. Yo no quiero seguir —insistió, empezando a ralentizar su resuello. Se secó las lágrimas con un pañuelo. Respiró varias veces en profundidad—. Créeme, tengo muchas cosas que hacer aquí. Seguid vosotros. Yo os espero en mi despacho. No depende de mí lo que estáis viendo. Yo hubiese podido sujetar a la criatura —agregó con tristeza.

—No —afirmó Chasis en voz baja—. Es otro universo. Tú has creado la puerta de acceso, pero desde este no creo que eso sea posible.

—Eso, por ahora, no lo puedes saber con certeza.

Hubo un silencio que se prolongó unos instantes. La mujer parecía estar digiriendo las palabras del policía.

—¿Estás mejor?

Camino afirmó con la cabeza mientras se pasaba el pañuelo por la cara. Sus ojos estaban vidriosos, perdidos.

Chasis volvió a la sala y resumió la situación con escuetas palabras. Cartón, Ismael y el sargento se volvieron a sumergir en Canfranc Laboratorio de las Emociones. *María* invirtió un par de minutos en reiniciar su mundo.

La casona de Sofía y Silván tenía, en el lado opuesto al que daba el río Aragón, una extensa arboleda de álamos y pinos. La utilizaban de lugar de juegos. Zilia jugueteaba por el jardín haciendo volar los vilanos que estaban abiertos.

Una voz aguda hizo que la niña mirase a la puerta de la casa. Nadine avanzó hasta ella. Todo el odio acumulado desde la muerte de Malena se disfrazó de amor y cariño cuando la mujer agarró la mano de Zilia.

—Me dice tu madre que tiene mucho trabajo en la tienda y que vendrá más tarde —le dijo a la niña y añadió—: La esperaremos jugando en el árbol.

La escalera para subir hasta la parte central del chopo estaba siempre puesta. Subieron por ella hasta una altura considerable. El olor a madera con musgo fue patente.

Sintió que el aroma de la venganza estaba inundando la atmósfera.

—Podremos ver si han hecho nido los herrerillos —dijo la niña desde lo alto del árbol.

Nadine mantuvo a Zilia sujeta por el vestidito. La niña parecía estar contenta desde esa altura. A la mujer se le metió el miedo en el cuerpo.

La determinación de hacerlo, también. Sospechaba que su cuñado había hecho con Malena algo parecido. La niña no merecía vivir. Ella se había convertido en la heredera de todos los bienes de la familia. Imaginó a Silván empujando a su hija. Ahora, Zilia estaba a su merced.

El empujón fue suave y delicado. La niña se precipitó al vacío. La mancha de sangre se extendió con rapidez.

Cartón dejó los cascos y respiró hondo. El agente hizo otro tanto. El ordenador parecía haberse detenido. Ismael se disculpó dejando los cascos a un lado y dijo:

—Está sin pulir.

—Joder, lo siento —afirmó Cartón—. Tengo hijos de esa edad y se me ha revuelto el estómago. La sensación de extrema violencia cuando la mujer le da un suave empujón a la niña ha sido terrorífica. Pareció una caricia.

Chasis e Ismael lo miraron. Habían tenido una percepción similar.

Al llegar de vuelta al despacho de Chasis en el puesto de Canfranc, los dos policías se sentaron uno frente al otro. El primero en hablar fue Cartón.

—Ni siquiera el más aterrador asesinato de un adulto se acerca al horror del de una criatura. Es increíble lo que hemos visto. No se me olvidará jamás.

Chasis se mantuvo en silencio. Luego, tras más de medio minuto de estar callado, dijo:

—La visión ha sido alucinante, terrible. Solo has visto una realidad. Puede que simplemente ocurra en tu imaginación. O más concretamente en la de un aparato que no es más que una máquina —afirmó Chasis.

—Hemos visto un universo. ¿Quién te dice que no es real? —preguntó Cartón.

—¿Quién te dice que ese metaverso, por decirlo de alguna manera, es el bueno? —replicó Chasis—. Nadie te lo asegura. Es muy simple. Es el que vivimos y es la única referencia que tenemos. Los otros pueden que existan, o no. ¿Un ordenador como *María* podría llegar a crearlo? No sabría responder...

—En nuestra imaginación hay metaversos. Tal vez eso sea suficiente —argumentó Cartón.

—¿De qué nos sirve lo que hemos visto?

—Creo que de nada. O en todo caso nos sirve solo a nosotros. Quizá a los lectores de este relato les sea útil. En realidad, la cuestión es muy sencilla. Es el dinero. El dinero en forma de propiedades, pero dinero al fin y al cabo. Un accidente fortuito desencadena una conspiración. El resto es venganza pura. Pienso que tú has matado a mi hija, y entonces yo voy a por la tuya. El ser humano es así. Mata por placer, por resarcimiento —aseguró Cartón.

—Después, un auténtico rifirrafe para que, a través de rituales extraños, cada uno intente exorcizar sus demonios como puede. Hablar con el más allá para encontrar una explicación a las sospechas. Y en un arrebato, la envidiosa de Nadine mata al bueno de Silván porque sospechaban de él. Justamente Silván, que además de cargar con la muerte de su sobrina cuando la estaba cuidando tiene que soportar algo peor: las sospechas de asesinato de su familia más cercana. Al final, creo que Ana solo fue un apoyo en momentos muy cabrones. Más tarde, de nuevo, todo se precipita. Silván, por medio del ritual, no pretendía otra cosa que saber si su hija había sido asesinada como desquite de aquel primer accidente. Finalmente fue Nadine la que estaba cuidando de Zilia. Nos mintió cuando primero nos dijo que la niña estaba bajo el cuidado de Sofía, y luego nos volvió a mentir cuando dijo que había sido José. Fue la propia Nadine la que empujó a la niña —dijo Chasis.

—Te recuerdo que hemos visto todo eso en un programa de ordenador. Reflejando un cosmos que gira quién sabe si al mismo ritmo que el nuestro. Tal vez ese sea el de verdad, y el nuestro el que se refleja en el suyo. En cualquier caso, y en términos policiales, no podemos inculpar a nadie por lo que acabamos de ver. La justicia de este mundo no juzga actos en universos paralelos.

—Jefe, te ha quedado chula la frase —dijo Cartón con media sonrisa—. Pero tengo la sensación de que lo que hemos visto es real.

—Lo sé, un universo paralelo, pero verídico. Yo también tengo ese pálpito —reconoció el jefe—. Uno de los muchos que existen. Los creamos a miles en películas, obras de teatros, libros o simplemente imaginándolos. Una versión moderna de los mundos creados a través de los rituales de las runas, uróboros y afines. En esta ocasión lo hizo un puto ordenador.

90

María observó a su hija Camino mientras comía una rebanada de pan con mermelada de cambrón. El café estaba humeando y conservaba el aroma tan cariñoso asociado al comienzo del día.

Las maletas se encontraban justo a la entrada. La anciana se sentó cerca.

—Gracias —dijo María.

—Bueno, era lo que me habías pedido —respondió Camino dando un sorbo—. Para mí ha sido también muy importante. Cuando hace años me pediste llegar a este punto de conocer mis ancestros, pensé que era imposible. Una locura. Un imposible. Pero el equipo que formamos entre Ismael y yo, con la ayuda de varios compañeros, ha dado sus frutos. Es difícil hacer las cosas solo. El equipo es un millón de veces más eficaz. Tu petición te interesaba a ti, y también a mí. Era un puto reto. Un desafío increíble. El más grande que he desarrollado en mi vida. Y tú, mamá, eres la responsable, la que tuvo la idea. En la mayoría de los casos, la idea es la clave de todo. Fue un giño llamarlo así. CLE.

—Tú has sido siempre una persona con mucha ambición. Desde que eras una chiquilla. A todo le ponías pasión. Tenías hambre de querer hacer cosas. Tu afán ha dado resultados.

La doctora sopló el vaho de café. El perfume mimoso inundó sus recuerdos.

—Amira y Eme fueron mis padres, tus abuelos —concluyó María—. Yo solo quería saber más cosas de ellos. Tú me has dado bastante más —añadió la anciana.

—Su nombre tiene las mismas letras que María. Solo tienes que cambiar de lugar la «a» y la «i», y Amira se trasforma en María —explicó la doctora dirigiéndose a su madre—. Era sencillo y no era casualidad. Fue una impronta que marcó mi abuela. La vida era tan inconsistente en esa época que ella imaginó que el nombre resistiría y alargaría sus recuerdos. El ordenador ha sido capaz de crear la imagen de manera diáfana.

María escuchaba en silencio.

—Saber qué fue de ellos te ha remontado a tus orígenes. Ahora conoces a fondo quiénes fueron tus padres —afirmó Camino—. Pero debemos seguir trabajando para saber más de sus vidas, porque apenas los conociste. Hemos llegado hasta un punto, pero la historia seguirá. Ya lo creo que continuará. El programa tiene cada vez más experiencia y cada día es más exacto. Todo coincide —reconoció Camino cambiándose el pendiente de oreja—. Se nos está abriendo un universo increíble. Gigantesco. El más grande que la mente humana pueda imaginar. Y ha sido posible gracias a nuestro empeño y a las poderosas instalaciones del LSC y a sus científicos. Almas dispuestas a todo. Parecidas a las que hemos visto en el pasado.

María estaba sentada en su silla preferida y escuchaba a su hija con admiración.

—Chasis me espera en su casa de Canfranc. Ya he hablado con Telmo y se le pasará. No estoy orgullosa de nada, más bien me avergüenzo de algunas cosas. Es mi existencia. Espero haberle regalado más de una jornada de felicidad. Pero ya no me quedan más para él. Eran días finitos. El romero tiene la insólita cualidad de mantener su aroma intacto cuando está seco. El romero desafía el tiempo.

—¿Romero?, no sé de qué hablas —dijo la anciana.

—De nada —afirmó Camino con media sonrisa. Luego sorbió con lentitud un poco de café y continúo hablando— Ahora llegó el momento de contarle a Alberto las cosas que el programa me ha enseñado de manera colateral. El programa ha logrado captar a sus abuelos biológicos, aunque solo de refilón y sin nombres. Sí sabemos que, a su madre, Liberté o Berta, la cuidaron dos personas fantásticas, Horacio y Carolina. Que sus abuelos paternos se llamaban Juliano y Angelines, y que ambos estuvieron a cargo de una fonda en Canfranc Estación justo en la posguerra. También que tuvieron un hijo, Juan

Miguel, el padre de Chasis que murió siendo Alberto muy joven. Por último, estamos al tanto de que, por seguridad, a Liberté la llamaron Berta, pero manteniendo la raíz, y que con Chasis hicieron algo parecido. Su nombre, Alberto, mantiene su propia raíz en masculino: Berto. Es decir, supieron mantener el origen.

El vapor del café se estaba evaporando.

—Tal vez los padres de Chasis desaparecieron a una edad en la que se llevaron muchos secretos a la tumba. Con un poco de tiempo y el potente ordenador podremos saber más —concluyó Camino— Aunque también puede que no sea así. Lo que hemos visto en la pantalla no es más que un universo que no sabemos si es real.

—Pero es un mundo posible —matizó la anciana—. Sé que en alguno de ellos ha sucedido. A mí eso me vale. También debería valerte a ti.

—Quizá, si hubiera algún objeto que nos dijera que todo esto sucede en el mismo universo —manifestó el lado más pragmático de la doctora.

91

Chasis llegó a casa con el *mamedkrafter* en una bolsa. Lo examinó encima de la mesa del escritorio. Lo había cogido de entre las pruebas que tenían, producto de la inundación de la gruta de las Güixas. Una investigación que todavía seguía en marcha.

Miró el objeto con curiosidad. La humedad a la que fue sometido lo había deteriorado un poco, pero todavía mantenía todo el supuesto encanto que podía emanar de una figura que representaba el mal. Daba la impresión de haberse dilatado por el agua acumulada. Acercó una lupa y enseguida se percató de que tenía una especie de tapa en la parte de la espalda. Tiró de ella, pero tuvo que utilizar la punta de un cuchillo para que por fin cediera. Su rostro se mantuvo absorto. No podía creer lo que estaba viendo. Una pequeñísima rama de romero terriblemente seca y... un pendiente pequeño con forma de Saturno.

Curioseó la rama y creyó que todavía olía, pero no lo pudo asegurar. Lo que en apariencia era un amuleto al fin parecía mostrar su secreto. Tal vez el verdadero y complejo laberinto de su poder. El regalo de unos abuelos que había tardado en llegar.

Camino hizo sonar las llaves de la casa de Chasis. El sargento aguantó el pendiente en la mano mientras lo miraba de cerca. Ella se aproximó al policía por detrás y lo besó en el cuello. Él no se inmutó, seguía manteniendo el colgante.

Camino se cambió de oreja el pendiente que llevaba puesto. No dijo nada cuando vio la pareja del colgante que Chasis sostenía. Solo abrió sus ojos como platos y durante unos instantes se quedó paralizada. El *mamedkrafter* parecía mirarlos.

Unos segundos más tarde se arrimó aún más mientras se tocaba el pendiente que oscilaba desde su lóbulo izquierdo. Se recreó observando los dedos de Chasis sin llegar a creer lo que sostenía entre sus manos. En su cerebro se formó una imagen: la de su abuelo Emeterio introduciendo uno de los pendientes de Rosario —su mujer— en el interior de la figura, y escondiéndola luego en la cueva de las Güixas. Se imaginó a su abuelo dando valor a esos recuerdos. El olor formaría parte de ellos.

Enterrar de modo simbólico a su hijo Estanislao con un objeto de Rosario en el interior era el enterramiento eterno. El que nunca muere. El que jamás pudo hacer con el cuerpo de su hijo.

Tal vez el universo que había creado para ver sus orígenes no fue capaz de mostrárselo. O ella no había sido consciente del gesto. Los ordenadores y los rituales tampoco son exactos. El pendiente que siempre llevaba puesto se lo regaló su madre, pero nunca le explicó por qué solo tenía uno. Quizá ni ella misma lo supiera.

Camino pensó que a partir del programa *María* podría intentar saber cosas de su propio padre, al que nunca conoció. Su madre jamás le contó nada de él. Solo sabe que huyó. A duras penas le sonsacó esa información. «Un hijoputa que desapareció», según su brevísima versión de los hechos. Aquel tema era tabú. Tal vez era el momento de intentarlo. *María* estaba siendo una herramienta poderosa y muy precisa. Quién sabe si un instrumento mágico. Una segunda parte de esta historia.

La sonrisa de Chasis la hizo volver de sus pensamientos.

Camino abrazó a su antiguo novio como si tuviera dieciséis años y estuviera delante de la oquedad de la cueva. Queriendo fundirse con él. No parecía haber cambiado la intensidad, a pesar de la distancia entre ellos.

Chasis le ofreció el pendiente. La rama de romero pareció desintegrarse entre sus dedos; sin embargo, depositó lo que quedaba de ella sobre su palma. La mujer olfateó la hierba y dejó los trozos marchitos encima de la mesa. Se convenció de que el pendiente se había impregnado de su aroma. Lo sujetó con delicadeza y se lo puso en la oreja que tenía libre.

—Estoy segura de que mi abuelo, Eme, estaría contento de que su nieta llevara puestos los dos —susurró la doctora.

—Tal vez equilibre tu cabeza —ironizó Chasis.

—Puede ser —admitió mientras le besaba los labios.

Tras más de media hora hablando entre ellos, Chasis se mantuvo en el sillón mascullando la historia que la mujer le acababa de contar. Mientras, Camino calentaba un poco de bacalao con tomate que había sobrado del día anterior. El olor de la fruta con el pescado inundó los recuerdos de él y los confundió con los que preparaba Berta, su madre, y descubrió cómo había cambiado todo desde entonces, aunque al mismo tiempo se mantenía un hilo de coherencia. El perfume del romero no muere. Permanece, a pesar de estar arrancado de la mata y seco.

«Ahí tienes la respuesta», se dijo.

El sargento imaginó que se hallaba en un momento muy dulce. Comprendió que los tres incendios y la inundación de su particular Canfranc se habían cumplido. Que ya no existía maldición alguna que superar. Que tal vez, en un universo paralelo, nunca se había separado de Camino y que estaba casado con ella. Que el pacto de sangre funcionó con exactitud milimétrica. Que juntos habían tenido un hijo y que era mayor, y que quizá estaba a punto de darle un nieto y convertirle en abuelo. Solo habría que buscarlo quién sabe dónde a través de quién sabe qué.

De nuevo, un juego u otra realidad. El tercer cosmos que estaba intuyendo en pocos días.

Chasis se levantó y se acercó a la repisa cercana a la chimenea. Se encontraba apagada, pero la temperatura de aquel trozo de papel le devolvió el calor de su madre Liberté. Nítida sobre sus pensamientos.

El papel tenía escrito, en forma de prosa poética, unas palabras que le dedicó Chasis al poco de morir. Cuando lo desdobló advirtió que el tiempo lo seguía deteriorando, pero todavía era legible. Se convenció de que el papel se estaba muriendo y que en unos años el texto habría desaparecido. Sospechó que, tal vez, simplemente estuviera mutando de universo. Se dispuso a leerlo de nuevo. Ahora, con el recuerdo de sus abuelos Juliano y Angelines, y el recuerdo de los que consideraba como tales, Horacio y Carolina.

Respiró en profundidad. Camino le miró en la distancia. Seguía tocando los anillos de Saturno de su nuevo pendiente. Él cruzó la mirada y sin despegar los labios se lo agradeció. Sosteniendo el escrito con ambas manos leyó con la nostalgia golpeando su pensamiento.

La «e» de ejemplar lucha y constancia.
La «t» de tozudez y tenacidad por querer encontrar los senderos de tu vida.
La «r» de los recuerdos perdidos en tu corazón.
La «e» de educación por los momentos compartidos. Por las enseñanzas que pudieron caer en el olvido, pero no lo hicieron.
La «b» de búsqueda de tus orígenes. De breve como los escasos años que nos conocimos. De bondadosas caricias.
La «i» de idilio con tu persona, grande y amable. Del infinito amor que te profesé. La letra que lo incluye todo, infatigable, ilustre, idónea, importante, impecable como tu presencia.
La «l» de libertad, la que tú me enseñaste.
Llevo tu nombre en mi interior, señora Berta, y lo siento mío. Cuando de nuevo compartamos universo, te contaré mi relato. A pesar del humo amargo de tu involuntaria despedida sin avisar, siempre te querré.
Tu hijo,
Alberto.

Chasis imaginó que las dos últimas letras no las había podido escribir él. ¿O sí?

A la memoria de Irene Fernández y José Ángel de Jesús

AGRADECIMIENTOS

Cada libro nuevo lo comparto con un universo de almas que muchas veces es difícil reproducir. Y como en las buenas películas, los nombro a todos esperando no dejarme a nadie en el tintero. Este universo estuvo conformado por todos ellos:

Antonia Kerrigan me ayudó desde algún universo perdido.

Hilde Gersen, Sofia di Capita y Claudia Calva lo hicieron desde uno bastante más cercano.

Para los anónimos, como Margot y Aligó que, aun conociendo el elevadísimo riesgo, supieron no quedarse en casa.

Laboratorio Subterráneo de Canfranc (LSC), consorcio compuesto por el Gobierno de Aragón, el Ministerio de Ciencia e Innovación y la Universidad de Zaragoza.

Puesto de la Guardia Civil de Canfranc.

Alcalde de Canfranc, Fernando Sánchez.

Museo Vasco del Ferrocarril de Azpeitia.

Al personal del Canfranc Estación, a Royal Hideaway Hotel (Barceló Hotel Group): a los cocineros, el director y el personal del establecimiento hotelero, infinitas gracias por la ayuda brindada. En especial a Eduardo Salanova y Ana Acín.

Restaurante Vidocq, Diego Herrero y Amaya Sarasa.

Restaurante La Borda del Bosnerau, Aitor Ugarte y Josefina Figueroa.

Pilar Fañanás (Librería Fañanás de Biescas).

Lola Campos (nere bihotza azukre koskorra).

Raúl Ibáñez (mi matemático de cabecera. Dos más dos son cuatro..., depende).

Kany Peñalba (tu imagen vale por dos).

Ana Gutiérrez (bastante más que mi hermana).
Jesús Alonso (bastante más que mi cuñado).
José Antonio Márquez (bastante más que mi primo).
Horacio Márquez (mi tío, siempre lo recuerdo riéndonos juntos).
Jesús Portugal (agente promotor de los valles de Huesca).
Nuria Pargada (alcaldesa de Biescas).
Sergio García (reserva de la biosfera de Ordesa-Viñamala).
Esperanza López Sanz (alcaldesa de Hoz de Jaca).
Martí Rafel (Balneario de Panticosa).
Valeria Suarez (Balneario de Panticosa).
Natxo Barral (Motos Natxo Barral).

Familia Idoate, Juan Mari, Pilar, Esther, María Eugenia e Ignacio (formo parte de ella).

Lydia Díaz (Planeta Gastro) y su mirada.
David Figueras (Planeta Gastro) y su determinación.
Maria Salvador (Planeta Gastro) y sus letras.

Grupo 1982. Mikel, Txema, Carla, Pablo y Alex Ubarretxena, Laura y David Mateos, Rosa da Silva y todo el equipo del restaurante Zmare Donostia: a todos les debo bonitos momentos.

Con el tiempo, la mayoría de las amistades decrecen y unas pocas se afianzan. Los felices años ochenta con los maduros años de esta época compartiendo recuerdos en El Rasillo. Juanma Astigarraga, Isabel Trespaderne, Alberto Arrizabalaga, Isabel Llamas, Joseba Irizar, Elisa Uralde, Joxe Lizaso, Montse Fernández, Quique Aguirrezábal, Begoña Arteta, Javier Ibáñez, Paz Anzola, Arantxa de Castro, María Eugenia Espinosa.

Para el loco genial instalado en el Mirador de Ulia, Rubén Trincado.

Para mi amigo Bruno Oteiza y Lisi Fernández, desde su Gatxupa donostiarra.

A Amira Rosenfeld por prestarme su nombre.

A Almudena Cacho por prestarme la voz.

A Igor Cubillo, de letras cantadas y comidas.

Los sonidos son como los alimentos: necesarios para vivir. Ellos también me ayudaron a crear este texto:

Nothing else matters, Scala and Kolacny Brothers
All of me, John Legend
We fly so close, Phil Collins
Strangelove, Depeche Mode
Te pareces tanto a mí, La Oreja de Van Gogh
Sirenas, La Oreja de Van Gogh
War, Paolo Buonvino
The truth, Paolo Buonvino
Firenze, Paolo Buonvino
Idea 10, Gibran Alcocer
Ramm4, Rammstein
Banda sonora de *Basic Instinct*, Jerry Goldsmith
Lost without you, Freya Ridings
Last letter, Jurrivh
Devil came to me, Dover

FRANCIA
ESPAÑA
NAVARRA
ZARAGOZA
HUESCA
PIRINEOS
Larrau
Sainte-Engrâce
Bedous
Accous
Gere-Belesten
Laruns
Argelès-Gazost
Pierrefitte-Nestalas
Cauterets
Luz-St-Sauveur
Borce
Urdos
Valle de Ossau
Valle de Arrens
Pto. de Larrau (1578 m)
Peña de Ezkieta (1979 m)
Auñamendi (2504 m)
Mesa de los Tres Reyes (2438 m)
Pto. de Somport (1640 m)
Pto. del Portalet (1795 m)
Balaitús (3146 m)
Parc National des Pyrénées
Vignemale (3299 m)
Pyrénées-Mont Perdu
Aragnouet
Gavarnie
Ochagavía
Ezcároz/ Ezkaroze
Uztárroz/ Uztarroze
Isaba
Zuriza
Urzainqui
Roncal
V. de Salazar
V. del Roncal
S. de Arrigorrieta
S. del Vedao
S. del Bernera
Parque Natural de los Valles Occidentales
Astún
Candanchú
Formigal
Sallent de Gallego
Túnel de Somport
Canfranc-Estación
Canfranc
V. de Astún
Panticosa
Ansó
Siresa
Hecho
Valle de Ansó
Navascués
Burgui
Aragüés del Puerto
Forcala (1476 m)
Aisa
Villanúa
S. de Partacua
V. de Tena
Bubal
Tendeñera (2853 m)
Taillón (3144 m)
Monte Perdido (3355 m)
Bordes de Pineta
Parzán
Espierba
Bielsa
Salvatierra de Esca
Sigüés
Valle de Hecho
V. de Borau
Castiello de Jaca
V. del Aragón
Biescas
Yésero
Torla
V. de Ordesa
Parque Nacional de Ordesa y Monte Perdido
Tella
E. de Yesa
Berdún
Jaca
Broto
Fanlo
Sarvisé
V. de Vio
Puértolas
Santa Cilia
Lárrede
R. Gallego
V. de Broto
Puente la Reina de Jaca
R. Aragón
Batiellas
Val Ancha
Sabiñánigo
E. de Laspuña
Escalona
Bailo
Oroel (1770 m)
V. de Onsella
Pto. de Santa Bárbara (864 m)
S. de San Juan de la Peña
Fiscal
V. de Solana
S. Ferrera
Yebra de Basa
Labuerda
R. Cinca
Boltaña
Hostal de Ipies
S. de Portiello
Aínsa
S. de Sto. Domingo
Lanave
Campodarbe
Anzánigo
Caldearenas
Biel
N
O
E
S
0
10
20 km

PERSONAJES PRINCIPALES POR ORDEN ALFABÉTICO

Personajes de 1943

Amira Rosen, fugitiva de las SS.
Angelines Lacasa, cocinera de la fonda Cramora y mujer de Juliano.
Carolina Martín, mujer de Horacio.
Cloe, dueña de la casa de Urdos.
Cyrille Blanchard, pastor francés.
Dietter Meyer, oficial de alto rango de las SS, Brigada de Cazadores de Montaña de Baviera de la Gestapo, acantonada en la estación de Canfranc.
Emeterio Gascón, mugalari de fronteras.
Estanislao Gascón, hijo de Rosario y Emeterio.
Ghunter Fischer, oficial de alto rango de las SS.
Horacio Viñuales, suministrador de mercaderías.
Juliano Escartín, cocinero de la fonda Cramora.
Liberté, niña rescatada.
Margot y Aligó, apodo de Leonor González y Leopoldo Martín.
Otto Scholl, oficial de alto rango de las SS en la estación de Canfranc.
Rosario, mujer de Emeterio.

Personajes de 2023

Alberto Bastidor (Chasis), sargento de la Guardia Civil.
Ana Carrizo, empleada de Subterránea (Cueva de las Güixas-Villanua).
Anxela, monitora de *snowboard*.
Berta, madre de Chasis.

Camino Ostolaza, científica en el LSC.
Guido Spozio, artista, escultor y pintor.
Ismael Martínez, científico en el LSC.
José García Méndez, miembro de CDOS.
Layla, dueña de la tienda de esoterismo.
Lorenzo Cartón, agente de la Guardia Civil.
Malena García, hija de José.
María, madre de Camino Ostolaza.
Nadine Casbas, hermana de Sofía.
Pilar Rodríguez, madre de Ana Carrizo.
Silván Lanau, manero asesinado.
Sofía Casbas, mujer de Silván.
Telmo Beteta, jefe de cocina del Canfranc Estación, a Royal Hideaway Hotel.
Zilia Lanau, hija de Sofía y Silván.

BIBLIOGRAFÍA

AA. VV., *Pysbe 212 recetas de bacalao*, San Sebastián, Penagos, 1936.

BORGES, JORGE LUIS, *El jardín de senderos que se bifurcan*, Buenos Aires, Sur, 1941.

BRADBURY, RAY, *Las doradas manzanas del sol*, Minotauro, Barcelona, 1952.

CASTILLO, JOSÉ, *Recetas de 200 cocineros de sociedades vascas*, San Sebastián, Ttarttalo, 1991.

CASTILLO, JOSÉ, *Recetas de cocina de abuelas vascas*, San Sebastián, Ttarttalo, 1990.

CONDE, DAVID, LORENZO MARIANO, y JOSÉ CARLOS SAMPEDRO, *Las recetas del hambre*, Barcelona, Editorial Crítica, 2023.

EQUIPO SUSAETA, *La cocina aragonesa*, Madrid, Susaeta Ediciones, 2007.

FERREIRA, JUAN CAMPOS, *Historia de la Ahnenerbe: de 1935 a la actualidad*, editorial independiente, 2018.

GONZÁLEZ ÁLVAREZ, MÓNICA, *Guardianas nazis. El lado femenino del mal*, Madrid, Edaf, 2012.

HERNÁNDEZ, JESÚS, *Hechos insólitos de la Segunda Guerra Mundial*, Barcelona, Roca Editorial, 2018.

IBÁÑEZ TORRES, RAÚL, *Las matemáticas como herramienta de creación artística*, Madrid, Los libros de la catarata, 2023.

IRIGARAY, SAÚL, *Silván*, Zaragoza, Garabato Books, 2020.

LESTA, JOSÉ, *El enigma nazi*, Madrid, Edaf, 2009.

MCGEE, HAROLD, *La cocina y los alimentos*, Barcelona, Debate, 1984.

MEDINA MORALES, FRANCISCA, y MARÍA Á. LÓPEZ-VALLEJO, «El tratamiento nominal camarada en la diacronía del español (ss. XVI-XX): un ejemplo de deixis social igualitaria», Universidad de Granada. DOI: <10.15581/008.37.1.128-61>.

Mestayer de Echagüe, María, *La cocina completa*, Madrid, Espasa-Calpe, 1933.

Moutier, Marie, *Cartas de la Wehrmacht*, Barcelona, Editorial Crítica, 2018.

Mustienes Sánchez, Jesús Ignacio, *La Estación Internacional de Canfranc: historia de un sueño de la ingeniería, el arte y el paisaje* [tesis doctoral], Universidad de Zaragoza, Escuela de Doctorado, 2022.

Rolland, Eduardo, *Galicia en guerra*, Vigo, Xerais, 2006.

Rubio-Serrano, Ana, *La banalidad del mal* [tesis doctoral], Facultad de Teología de Cataluña, 2021.

Shrier, Abigail, *Un daño irreversible*, Barcelona, Booket, 2021.

Filmografía

Bosch, Roselyne (directora), *La redada*, 2010.

Links

<https://www.abc.es/historia/abci-secretos-asquerosa-comida-ultravigorizante-soldados-nazis-asolaron-europa-201805070216_noticia.html>.

<http://es-la-guerra.blogspot.com/2006/07/sardinas-noruegas-contra-los.html>.

<https://www.youtube.com/watch?v=qSqqBVHOatE>.

<http://www.agenteprovocador.es/publicaciones/velas-negras-para-hitler>.

<https://www.canfranc.es/arboles-monumentales-canfranc/chopo-cementerio.pdf>.

<https://www.scientificamerican.com/article/hugh-everett-biography/>.

<https://www.annefrank.org/es/ana-frank/la-casa-de-atras/cuarto-de-bano/>.

<https://web.huescalamagia.es/>.

<https://www.todocoleccion.net/>.

<https://www.tella.info/leyenda-de-silvan/>.

<https://soldadosyuniformes.wordpress.com/category/vehiculos-ale-
manes-2%C2%AA-guerra-mundial/>.

<https://www.esquire.com/es/ciencia/a43374113/reflejos-tempora-
les-reales/>.

<http://05racismo.blogspot.com/2009/04/112-la-arioSofía-de-guido
-von-list.html>.

<https://www.heraldo.es/especiales/canfranc/>.

<https://go.majestics.fr/runes>.

<https://www.serrablo.org/wp-content/uploads/2019/10/158.pdf>.

<https://www.museedesblindes.fr/es/>.

<https://www.lavozdegalicia.es/noticia/vigo/vigo/2018/06/12/ope-
racion-contra-pesqueros-gallegos/0003_201806V12C6991.htm>.

<https://segundaguerramundial.es/personajes/pierre-laval/>.

<https://es.wikipedia.org/wiki/Magia_r%C3%BAnica>.

<https://www.cndh.org.mx/sites/default/files/doc/CasoIguala/RE-
C15VG/APARTADO13/EVIDENCIA10.PDF>.

<https://encyclopedia.ushmm.org/content/es/article/resistance-insi-
de-germany>.

<https://www.google.com/search?q=unamuno+y+la+envidia&rlz=
1C1CHBD_esES1031ES1031&oq=unamuno+y+la+envidia&aqs
=chrome..69i57.4087j0j7&sourceid=chrome&ie=UTF-8>.